BETTINA SZRAMA

Der Henker von Lemgo

HISTORISCHER ROMAN

emons:

MIX
Papier aus verantwortungsvollen Quellen
FSC® C083411

Umschlagfotografie: iStockphoto.com/HultonArchive
Umschlaggestaltung: Tobias Doetsch
Druck und Bindung: CPI – Clausen & Bosse, Leck
Printed in Germany 2011
ISBN 978-3-89705-864-4
Historischer Roman
Originalausgabe

Dieses Buch wurde vermittelt durch die Literaturagentur erzähl:
perspektive, München (www.erzaehlperspektive.de

Für Erwin Lange,
der mir bei meiner Recherche und beim Schreiben
stets den Rücken frei gehalten hat.
Ohne ihn wäre dieser Roman nicht zustande gekommen.

Da ich in meinem Roman die Originalnamen verwendet habe, kommt es mitunter zu Doppelnamen. Daher werden im Folgenden die Hauptpersonen aufgeführt.

Maria Rampendahl – angeklagte Hexe
Curd Rampendahl – Deche der Brauereizunft und Ratsherr – Vater
Catharina Rampendahl – Mutter
Margaretha und Ilsabein Rampendahl – Schwestern
Johann Caspar Rampendahl – Chirurg und Bruder (angeblich von Mutter und Tochter vergiftet)
Henrich Rampendahl – Bruder
Hermann Hermessen – Chirurg und späterer Ehemann von Maria
Anton Hermessen – Bruder von Hermann und Ehemann von Margaretha
Peter Grönspan – Lehrjunge bei den Rampendahls
David Claussen d.Ä. – Henker, Geliebter Marias
Johann Vieregge – Knochenhauer/Kaufmann
Maria Vieregge – Tochter von Johann und verehelicht mit Curd Blattgerste
Heinrich Kerckmann – Bürgermeister von Lemgo
Hermann Cothmann – Günstling und Nachfolger Heinrich Kerkmanns
Andreas Koch – ev. Luth. Pfarrer von Lemgo
Johannes Berner – Stadtsekretär
Barthold Krieger – Stadtsekretär
Elisabeth Rullmann – Tochter des Ratsherrn Henrich Rullmann
Heinrich Rolemann – Advokat
Heinrich Kaufmann – Onkel von Maria Rampendahl
Elisabeth Kaufmann – Cousine von Maria Rampendahl
Hans Koch und Jürgen Echtner – Nachbarn
Diedrich Stockmeyer und sein Weib Catharina Böndel – Nachbarn
Christoph Stockmeyer – ihr Sohn
Magd Grete und eine Hebamme
Hermann Beschoren und dessen Ehefrau Margarethe Hake – hingerichtetes Schulleiterpaar
Witwe Böndel – Mutter des Advokaten und Ratsmannes Arnoldt Spruthe, hingerichtet wegen Hexerei

Die Hinrichtung

Edle, GroßEhr und Tugendreiche Frau Mutter,
meine hochgeehrte frau Schwägerin.
Von hießigem Process ist dieses zu berichten, dass vorgestern der eine geraume Zeit in hafft gesessene Schulmeister iustificiert worden. Er wurde vffm marckt auff einen wagen gesezt, einmahl mit gluenden Zangen, vnd nachgehends vnterwegs noch zweymahl gerissen, furm Thor endhauptet, vnd vffs feuer geschmissen vnd verbrant. Er stelte sich sehr geherzt zum tode an, vnd hatt mann ihn nicht einmahl schreyen hohren (...)
Lembgo, den 28. Septembris Ao. etc. 1654
Meiner hochgeehrten Frau Mutter, Dienstergebener vnd allzeit bereitwilliger Diener, Jacob Heinrich Zutterig

Laut erklangen die Glocken von St. Nikolai, als die ersten Schaulustigen zum Marktplatz stürmten, um sich die besten Plätze zu sichern. Die Menschen waren das gewöhnt, denn in Lemgo läuteten häufig die Glocken. Entweder war gerade wieder einmal ein Ratswechsel angesagt, oder der hohe Herr Bürgermeister und Blutrichter Heinrich Kerckmann ließ auf dem Marktplatz Aufsässige und lästige Verwandte als Hexen und Zauberer hinrichten. Für diesen Tag, den Samstag vor Pfingsten 1654, hatte sich der Richter etwas ganz Besonderes ausgedacht, um seine Untertanen Zucht und Ordnung zu lehren. Denn er, der mächtigste Mann Lemgos, war schon lange in Amt und Würden, viel zu lange, um nicht zu wissen, dass seine Macht zu Ende ging. Er würde ein Exempel statuieren müssen, um sich seinen Ruf als christlicher Ritter der – ach so sehr – im Argen liegenden Welt zu wahren, seinen Ruf als ein Mann der Tat, der weder Tod noch Teufel fürchtete.

Vor dem Rathaus waren die Zimmerleute bereits geschäftig dabei, die Tribüne für das hochherrschaftliche Gericht zu errichten. Die Menschen auf dem staubigen Platz gafften sie ungläubig an, als sähen sie das riesige Holzgerüst, von welchem der Richter nachmittags um vier das längst feststehende Urteil verkünden würde, zum ersten Mal. Mit offenen Mündern zogen sie die Hüte und Mützen, bevor sie sich rundherum niederließen. Um sich die Langeweile bis zum Nachmittag zu vertreiben, hatten sie Stühle, Verpflegung, Bier und ihre Kinder mitgebracht. Bald steckten sie die Köpfe zusammen und tuschelten: »Hast du es auch gehört, Nachbar? Es soll die spektakulärste Hinrichtung aller Zeiten werden. Auf dem Weg zur Sandkuhlen vor dem Ostertore wird Meister David dem vermaledeiten Schulmeister das Fleisch vom Leibe reißen. So hat es der hohe Richter angeordnet. Welch ein Leid! Aber er hat es nicht besser verdient, der Hurensohn. Darf man sich gegen den hohen Rat auflehnen und unseren Kindern, Gott beschütze sie, anstelle von Recht und Gehorsam das Zaubern lehren? Gott stehe ihm bei, dem Schulmeister Hermann Beschoren.«

Als gegen Mittag die letzten Zuschauer aus allen Himmelsrichtungen zum Marktplatz drängten, brodelte es bereits wie auf einem Volksfest. Händler und Schmiede hatten ihre Pferdewagen in den Straßennischen der einzelnen Bauernschaften abgestellt und ihre Stände aufgebaut. Tücher aus feinstem Leinen in leuchtenden Farben, seidene Garne und Goldgeschmeide verlockten Hausfrauen zum Kauf. Lustige Holzpuppen, vom Spaßmacher bis zur brennenden Hexe, erfreuten die Kinderherzen, während man sich die hungrigen Bäuche füllte und es sich bei Bier und Gebratenem gut gehen ließ. Bald waren Unzählige zu dem Spektakel zusammengekommen, weit mehr als zur Prozession der Heiligen Drei Könige. In Trauben hockten sie auf Mauervorsprüngen und Dächern, hingen in Scharen in den Bäumen und drängten sich in den Türen der Häuser, begierig, endlich mit einer besonders grausamen Hinrichtung für ihre Geduld belohnt zu werden.

Abgeschirmt von diesem Spektakel, stand im Schutze der düsteren Rathausmauern vor dem hohen Fenster weit über ihren Köpfen ein einzelner Mann. Seine Schultern waren wie unter einer schweren Last gebeugt, doch seine Augen über der gebogenen Nase und dem energischen Kinn verfolgten wachsam das Geschehen auf dem Marktplatz. Der Blutrichter Heinrich Kerckmann war alt geworden, ein Schatten seiner selbst. Ein krummer Mensch, der es nicht verwinden konnte, dass er es in all den vielen Jahren seiner Alleinherrschaft nicht geschafft hatte, die Stadt von ihrem größten Feind, dem Teufel, zu befreien. Seit ihm sein Ansehen bei Hofe die Blutgerichtsbarkeit für die Stadt Lemgo eingebracht hatte, jagte er den Beelzebub unerbittlich und stellte sich ihm mit grausamer Härte entgegen. Alles, was man sich bis über die Landesgrenzen hinaus über Kerckmann erzählte, stimmte. Mit scharfem Blick verfolgte er jede Auseinandersetzung seiner Untertanen, und schon ein belangloser Streit zwischen Nachbarn am Gartenzaun oder auch nur ein unüberlegtes Schimpfwort waren für ihn klare Beweise teuflischen Unwesens. Bekam er den Unglücklichen dann in seine Gewalt, ließ er nichts unversucht, den Teufel mittels grausamer Folter aus ihm herauszulocken, um schließlich als stolzer Sieger eines ungleichen Kampfes hervorzugehen und die körperliche Hülle den Flammen zu übergeben.

Der Rechtsgelehrte und Assessor beim Hofgericht Doktor Heinrich Kerckmann mordete und betete dabei in der Hoffnung, dass die Seelen noch auf der Folterbank vor Gott Vergebung fänden. Weder unterschied er zwischen Arm und Reich, noch nahm er Rücksicht auf kirchliche oder verwandtschaftliche Bande. Die Quelle seiner unumschränkten Macht war einzig Gott, für dessen Vertreter auf Erden er sich hielt. Nur seiner Autorität beugte er sich.

Im Spiegel der Glasscheibe erschien ein Gesicht. Ein junges, fast noch knabenhaftes Antlitz und doch mit ersten untrüglichen Spuren grausamer Härte und Entschlossenheit, das von pechschwarzen Locken eingerahmt wurde. Der Henker David Claussen war leise hinter Kerckmann getreten.

»Euer Hochwohlgeboren, soll ich mit der Prozedur beginnen, oder wollen wir noch etwas warten?«

Augen hat er, so finster wie die rabenschwarze Nacht, dachte Kerckmann bei sich. Allein mit der energischen Kraft, die aus ihnen funkelt, könnte er sämtlichen vergreisten Ratsmitgliedern das Fürchten lehren. Oh, wie er sie hasste, die Mitglieder des hohen Rates, insbesondere die Vertreter der Zünfte, die sich bestens darauf verstanden, sich seinen Anweisungen zu widersetzen und teuflischen Ausschweifungen hinzugeben. Mit einem Mann wie dem jungen David an der Seite könnte er ein Imperium erschaffen und dem Hexenglauben endgültig den Garaus machen. Doch seine Finger zitterten bereits, und seine einstige Kraft war in den letzten Jahren geschwunden. Er seufzte. Auch das Altern war eine Erfindung des Teufels.

»Gehe Er und hole Er den Schulmeister«, murmelte er, ohne den Blick vom Marktplatz zu wenden. Im Hintergrund hörte er, wie sich schwere Schritte langsam entfernten. Als Kerckmann den jungen Henker aufrecht über den Marktplatz zum Schinderkarren laufen sah, leuchteten seine Augen voller Stolz. Einen solchen Scharfrichter wie den jungen David gab es weit und breit kein zweites Mal. Die Nachbarstädte, selbst Graf Adolph, liehen ihn sich manchmal gegen gutes Geld aus. Der Mann hatte goldene Hände, und solange Kerckmann lebte, wollte er die seinen über ihn halten und es ihm an Arbeit nicht mangeln lassen. Für seine Treue würde er ihn reich belohnen, und mächtig wollte er ihn machen, so mächtig, dass seine Feinde schon bei der Erwähnung seines Namens erzitterten. Denn die Gegner seiner gottgewollten Ordnung waren zahlreich und hielten sich im Verborgenen. Trotzdem kannte er sie alle. Die jungen aufstrebenden Bürger und die Zünfte, zu denen der verhasste Bürgermeister Kleinsorge und der Deche Rampendahl gehörten. Weltverbesserer, die nur darauf warteten, ihn aus seinem hohen Amt zu drängen.

Während der Richter über seine Feinde nachdachte, herrschte auch im Hause des Cordt Rampendahl wenig Anlass zu ausgelassener Fröhlichkeit. Der Deche der Bäcker- und Brauerzunft hatte den Knechten befohlen, das Tor zur Diele zu schließen. Selbst die wuchtigen Fensterläden vor den mit Buntglas verzierten Scheiben wurden hastig verriegelt. Das Vorderhaus, in dem gewöhnlich rege Geselligkeit herrschte, wenn Cordt und seine Frau an die Nachbarn selbst gebrautes Bier ausschenkten, schien verwaist. Cordts Ehefrau Catharina hatte den Mägden befohlen, kein Vieh zu schlachten und die Kochtöpfe kalt zu lassen. Dem traurigen Anlass gemäß behielt sie sich vor, zum Mittagsmahl Weizenbrot und Salz zu reichen. Mit dieser Geste wollte die Familie Rampendahl ihrem langjährigen Freund, dem Schulmeister Beschoren, gedenken und Gott, den Allmächtigen, um Gnade für seine verirrte Seele bitten. Cordt hatte für alle Familienmitglieder, Knechte, Mägde und auch für die Kinder, deren helles Lachen ansonsten tagtäglich durch die Räume hallte, Einkehr und Besinnlichkeit angeordnet.

Der Hausherr selbst saß in der kaminbeheizten Stube im oberen Speicher des Hinterhauses und starrte mit grimmiger Miene in sein Bier, das vor ihm auf dem Stubentisch stand. Sein Gesichtsausdruck mahnte den Gast, der ihm gegenübersaß, zur Vorsicht. Denn Vorsicht war alle Tage geboten, da dem Dechen nur allzu schnell das ungezügelte Temperament durchging und er gern die Wortgewalt der Zunge mit der Schlagkraft seiner Fäuste verwechselte.

Heute sprach aus Cordts Miene seine Stimmung, ahnte er doch, weshalb der Pfarrer von St. Nikolai, ein Freund des Hauses, zu dieser Stunde bei ihm eingekehrt war. Sein Bäckerjunge Peter gehörte zu den achtzehn verurteilten Hexenkindern des Schulmeisters.

Verdrießlich führte Cordt die Kanne zum Mund und nahm einen kräftigen Schluck von dem gelben, leicht verderblichen Gerstensaft. Als er ihn mit Schwung wieder absetzte, ergoss sich ein Teil des Gebräus auf das Lederwams, das seinen gewaltigen Brustkorb bedeckte. Unwillkürlich rieb seine Hand, kräftig und breit und von winzigen roten Härchen bedeckt, über das speckige Tuch. Dabei bemerkte er, dass Hochwürdens Kanne noch voll war.

»Sauft, Andreas!«, forderte er ihn auf. »Gott, der Herr, wird's Euch schon nachsehen.« Doch der junge Pastor mit dem feinen Gesicht aus Milch und Honig drehte den Rosenkranz zwischen den schmalen Fingern und schien mit seinen Gedanken ganz woanders zu sein.

Der Deche – mit der Kraft und Urwüchsigkeit eines Brauers – konnte es nicht verstehen, dass jemand sein gutes Bier ausschlug. »Mit Messwein kann ich Euch nicht dienen, Hochwürden«, schnaufte er beleidigt, zog dabei die dichten Brauen über der breiten Nase zusammen und wartete auf eine Reaktion.

Aber Andreas starrte immer noch auf das Jesusbild über dem Kamin und hielt die Hände mit dem Rosenkranz im Schoß gefaltet. Das prunkvolle Jesusgemälde im prächtigen Goldrahmen spiegelte die Verbundenheit des Hauses Rampendahl zu St. Nikolai wider. Obwohl Cordt wohlhabend war und sich zur intelligenten Oberschicht zählte, hasste er allzu überflüssigen Luxus und legte Wert auf die Bescheidenheit des einfachen Mannes. Einzig eine kleine Ausnahme gab es dabei: einen schweren Ahorntisch mit prunkreichen Ornamenten, nachgestaltet dem Luxus des französischen Hofes. Alle anderen Möbel waren praktisch in die dicken Steinwände eingelassen. Wände, von Cordts Vater Ludeke mit eigenen Händen erbaut, die der Vergänglichkeit trotzten, kühl im Sommer und warm im Winter waren. Die Kanne an den Lippen und den Blick auf den Pfarrer gerichtet, versuchte er von Neuem, Hochwürdens Aufmerksamkeit auf sich zu lenken. Er gab seiner Stimme einen freundlichen Ton.

»Wollt Ihr mich nicht endlich an Eurer Zwiesprache mit dem Herrn teilhaben lassen, lieber Andreas?«

Diesmal schreckte der Geistliche aus seiner Versunkenheit auf und sah Cordt mit braunen Augen fragend an. Das Talglicht auf dem Tisch flackerte und belebte die regelmäßigen Züge. Es verlieh ihnen eine seltsame Ähnlichkeit mit denen auf dem göttlichen Gemälde. Fasziniert von der Erscheinung, schlug Cordt unwillkürlich das Kreuz vor der Brust. Die Ehre, mit Hochwürden an einem Tisch zu sitzen, ließ ihm vor Stolz die Brust schwellen. Noch dazu saß der Herr Jesus Christus nicht zum ersten Mal in Gestalt des Pfarrers an seinem Tisch und soff sein Bier. Andreas war ein Sohn Gottes aus Fleisch und Blut, der furzte und sich des Öfteren in der Nase popelte. Was für eine Ehre für Cordts Haus! Er legte die Stirn in krause Falten und betrachtete erst Andreas' lange Locken, die sich sanft um die hohe Stirn wellten, und dann dessen schmales Gesicht mit den sanften, melancholischen Augen, deren feiner Leidenszug ihn spontan an den Gottessohn hatten denken lassen. Er fragte sich, ob der Herr diese Ähnlichkeit wohl so gewollt hatte, als Andreas endlich zu einer Antwort ansetzte: »Entschuldigt die Unhöflichkeit, Deche, aber meine Gedanken weilten wohl ein wenig zu lange bei den Hexenkindern.«

»Dann ehrt es mich, dass ich Eure Aufmerksamkeit jetzt wieder habe«, grinste Cordt. »Dem Herrn sei Dank, dass meine Tochter Maria nicht zu den achtzehn beklafften Kindern gehört«, knurrte er erleichtert. Wochenlang hatte er um das älteste Töchterchen, seinen Augenstern, gebangt und Himmel und Hölle in Bewegung gesetzt, um es vor den Stadtbütteln zu schützen.

Andreas runzelte die dichten Brauen über der fein geschnittenen Nase. Der eben noch würdevolle Blick verdunkelte sich und ruhte zweifelnd auf dem breiten Gesicht seines Gastgebers. »Frohlockt nicht zu früh, Deche. Unter den Ratsmännern geht das böse Gerücht umher, dass mein Beichtkind, die göttliche Maria, als Einzige vom Schulmeister das Zaubern gelernt haben soll. Die Hexenjäger werden jeden ihrer Schritte mit Argusaugen überwachen.«

Cordt wusste allzu gut, dass Andreas nur das aussprach, was auch er insgeheim befürchtete, dennoch riefen dessen Worte tiefen Unwillen in ihm hervor. Auf seine Älteste ließ er nichts kommen. Sie war sein Fleisch und Blut und ganz aus seinem Holz geschnitzt.

»Beim Beelzebub! Der Teufel soll die hohen Herren holen, doch stattdessen säuft er mit ihnen aus einer Kanne. Schlimm genug, dass sie meine Mutter Salmeke als Hexe beklafften und auf dem Scheiterhaufen verbrannten. Jetzt strecken sie ihre gierigen Krallen auch noch nach meiner Rosenblüte Maria aus. Aber ich schwöre bei Gott: Mein Kind bekommen sie nicht. Ich werde Maria vor ihnen zu schützen wissen. Was für eine Sünde, ein unschuldiges Kind aufgrund haltloser Gerüchte als Hexe zu beschimpfen. Sie werfen uns vor, meine Mutter habe ihre Enkelin unter der Folter als Hexe beklafft. Gemeinsam mit ihr soll sie sich beim Hexentanz vergnügt und obendrein die Äcker unfruchtbar gemacht haben. Ein altes Weib und ein unmündiges Kind. Eine infame Lüge! Genauso gut hätte Salmeke meine Äcker vor dem Ostertore verhexen können. Und doch sind sie die fruchtbarsten weit und breit.«

Cordt hatte sich in Rage geredet. Mit vor Eifer geröteten Wangen beugte er sich über den Tisch. Hinter vorgehaltener Hand wisperte er: »Ich sage Euch etwas, Hochwürden: Meine Mutter Salmeke war nicht die Hure Luzifers, wie ihr vorgeworfen wurde, und ich muss es ja wissen. Eher war sie eine sehr willkommene Beute für die hohen Herren, da sie ohne Schutz dastand, als mein Vater Ludeke, Gott hab ihn selig, uns verließ. Es ist doch allgemein bekannt, dass der ehrwürdige Richter Kerckmann und seine Hexenjäger wie die Geier hinter reichen alten Witwen her sind, um sich selbst zuerst die Beutel zu füllen.«

»Wem sagt Ihr das?« Insgeheim stimmte Andreas dem Dechen zu, doch als Geistlicher hielt er es für seine Pflicht, seine Zunge zu zügeln. »Aber versündigt Euch nicht, Gevatter. Den Teufel nehmt lieber nicht zu oft in den Mund, sonst wird man auch Euch mit ihm noch in Verbindung bringen.«

Großspurig winkte Cordt ab und blähte die Backen auf. »An mich trauen sich die Halsabschneider nicht heran. Lieber vergreifen sie sich an schutzlosen Weibern.« Er nahm einen kräftigen Schluck aus der Kanne und bekreuzigte sich. »Zuerst die Mutter, dann die Tochter. Aber um sich mit einem Mann auseinanderzusetzen, hinter dem eine starke Zunft steht, dafür sind sie zu feige.«

Eine große braune Schabe krabbelte unbeholfen über den Tisch. Sie hatte an der Bierlache genippt und ging nun im Zickzack ihrer Wege. Cordt blickte ihr hinterher und fing sie, als sie von der Kante zu stürzen drohte, blitzschnell mit der Hand auf. Umständlich hielt er sie in die Höhe und betrachtete interessiert das zappelnde Tier zwischen seinen Fingern. »Was glaubt Ihr, Hochwürden, ob der Schulmeister wohl sehr leiden muss?«, fragte er nach einer Weile des Schweigens.

Obwohl Andreas angeekelt das Gesicht verzog, empfand er gleichzeitig Mitleid für die Schabe, die auch ein Geschöpf Gottes war. »Der Hohe Rat hat angeordnet, den Schulmeister zur allgemeinen Abschreckung mit Zangen zu reißen. Die Prozedur wurde in Lemgo bisher nur bei Mördern angewendet.«

»Könnte man Meister David nicht dazu überreden, den Schulmeister vorher von seinen Qualen zu erlösen?« Cordt deutete mit der Hand die Bewegung des Halsabschneidens an.

Ratlos hob Andreas die Schultern unter der Soutane. »Eure Frau Mutter, Gott möge ihr verzeihen, hatte das Glück, vor dem Brennen von Meister David durch das Messer erlöst zu werden. Ob der Henker auch dieses Mal dazu bereit ist, das weiß nur der Allmächtige. Solche Ausnahmen genehmigt lediglich der Hohe Rat, und der handelt im Auftrage Gottes.«

Er bekreuzigte sich und grinste verschwörerisch. »Man munkelt, Eure älteste Tochter habe die Gabe, den Henker mit ihrer Schönheit zu bezaubern und zu einer solch barmherzigen Gnade zu überreden.«

Cordt erwiderte das Grinsen. Ja, sein rothaariges Töchterchen, sein leuchtender Juwel, das war schon eine! Eine, die keine Furcht kannte, nicht einmal vor dem Henker. Eine, die das Herz auf dem rechten Fleck trug. Genau wie er. Sie war eine echte Rampendahl.

In die Soutane kam plötzlich Leben. Anscheinend hatte Andreas die Unterhaltung durstig gemacht, denn er schien es sich anders überlegt zu haben. Kurz entschlossen schürzte er die Ärmel, griff zur Kanne und prostete dem Dechen lächelnd zu. Er führte das volle Gefäß an seine Lippen und ließ das Bier die Kehle hinunterlaufen.

Verblüfft beobachtete Cordt den zuckenden Adamsapfel. Hochwürden schluckte wie ein durstiges Pferd und setzte erst wieder ab, als die Kanne bis auf den Grund geleert war. Er wischte sich schon mit dem Ärmel den Schaum von den Lippen, doch Cordt starrte noch immer mit offenem Mund auf den Krug in seiner Hand. Er kannte den jungen Pfarrer als aufgeschlossenen und streitbaren Gesellen, der mit Gottes Hilfe die Ungerechtigkeit der weltlichen Herren von der Kanzel aus scharf verurteilte, aber den Gelüsten des Magens und der Kehle eher enthaltsam gegenüberstand. Diese Seite an ihm war neu.

»Catharina!«, brüllte Cordt Rampendahl, als er die Sprache wiedergefunden hatte und Andreas zufrieden rülpste. »Für unseren Gast noch eine Kanne Bier!« Anerkennend klopfte er ihm auf die Schulter. »Einen guten Zug habt Ihr am Leib, Hochwürden!«

Den kläglichen Rest, auf dem inzwischen mehrere Fliegen schwammen, schüttete er in die Flammen des Kamins, sodass das Feuer hoch aufloderte. »Was Maria, meine Schöne, betrifft, so muss ich Euch recht geben«, kam er wieder auf seine Tochter zu sprechen. »Bevor sie Meister David mit ihrem Liebreiz gefangen nahm, habe ich versucht, ihn bei einer Kanne Bier zu überreden, meiner Frau Mutter die Qualen des Feuertodes zu ersparen. Er kann den Reuter genauso gut halten, wie er das Schwert führt. Meine Hochachtung vor dem Scharfrichter! Doch meinem Anliegen wich er aus und berief sich immer wieder auf den Hohen Rat. Erst der Anblick meiner wunderschönen Marien hat ihn umgestimmt. Manchmal frage ich mich, ob es daran lag, dass er Kinder über alles liebt oder dass mein Töchterchen vielleicht doch über seltsame Kräfte verfügt.«

Das Bier tat seine Wirkung. Andreas' Gesicht begann zu glühen. Mahnend hob er den Finger. »Meister David liebt auch die fleischlichen Begierden. Eure Älteste ist noch ein Kind, wenn auch ein liebliches«, erwiderte er leise. In seiner Stimme schwang Sorge mit. »Ich möchte nicht hoffen, dass er bereits das Weib in ihr erkannt hat. Schließlich weiß sie noch nichts vom blutigen Handwerk des Henkers und von den gottlosen Gelüsten eines heißblütigen Mannes, wie David Claussen einer ist. Sicherlich hat Gott sie erhört und ihr die richtigen Worte in den Mund gelegt, mit denen sie sein Herz betörte. Doch der Henker ist nicht nur mit Kraft, sondern auch mit teuflischer Schönheit gesegnet, die, ähnlich wie die Luzifers, durchaus

Einfluss auf ein heranwachsendes Mädchen haben kann. Ein Mann wie David, stark wie ein Bär, mit dem Blick eines Adlers und dem Leumund des Ehrenmannes, könnte durchaus die Phantasie Eurer lieblichen Tochter beflügeln. Dennoch ist er der Henker und insgeheim gefürchtet, weil er in gewissen Dingen ebenso wenig Gnade kennt wie sein Herr, der hohe Richter und Bürgermeister Heinrich Kerckmann.«

Er erinnerte sich der Jahre, als sie und David gemeinsam die Knüppelschule besucht hatten, doch nachdem die Kinderzeit nun schon lange hinter ihnen lag, sprach er Davids Namen mit dem gleichen Respekt aus wie die meisten in Lemgo. Kein Scharfrichter in der Umgebung hatte so jung mit dem blutigen Handwerk begonnen wie der kühne und geheimnisvolle David, der nach dem frühen Tod seines Vaters bereits mit neunzehn Jahren das erste Mal das Schwert geführt hatte – mit der gleichen Perfektion und der gleichen Unerbittlichkeit wie erfahrenere, ältere Henker. Seitdem fürchtete man nicht nur den Meister, der sein blutiges Handwerk vollendet beherrschte, sondern auch seinen Schüler, der mit der Obrigkeit seine Geschäfte abwickelte und die bedingungslose Unterstützung des Blutrichters Kerckmann genoss.

Cordt erriet die Gedanken des Pfarrers. »Donner, Beelzebub und Pestwurz! Ich werde meiner Blume diese Phantasien schon austreiben. Vielleicht werden sie ihr auch von allein vergehen, wenn sie erst begreift, wie gnadenlos David unseren alten Schulmeister auf Befehl der hohen Herren tötet. Weshalb lässt Gott so ein Ungemach überhaupt zu?«

»Da nützen auch Flüche nichts, Deche Rampendahl. Damit versündigt Ihr Euch nur. Meister David ist den hohen Herren verpflichtet. Er ist unbestechlich und liebt sein Handwerk wie Ihr das Eure. Wenn er und Gott uns nicht helfen, dann müssen wir es eben selbst tun.« Gespannt beobachtete er Cordt, der sich nachdenklich hinter den Ohren kratzte.

Die Worte aus dem Mund des geistlichen Freundes verwirrten den Brauer. Sie stellten seine Grundsätze auf den Kopf. »Wollt Ihr damit sagen, dass Gott es billigt, was die hohen Herren da tun?«

»Vielleicht ist selbst Gott nicht unfehlbar.« Andreas bekreuzigte sich. Seine Miene blieb ernst. Es war nicht zu erkennen, was hinter der hohen Stirn vor sich ging.

In diesem Moment erinnerte er Cordt an dessen Vetter, den Bürgermeister. Überhaupt empfand er es als seltsam, dass ein Pfarrer, von dem jeder in der Stadt wusste, dass er mit zwei hohen Kämmerern verwandt war, solch unchristliche Ansichten pflegte – dennoch begrüßte er sie mit einem breiten Lächeln. Wer, wenn nicht sie, die Jungen, vermochten den Machenschaften der Ratsherren schon Einhalt zu gebieten?

Er öffnete den Mund, um etwas zu entgegnen, als er von Catharina unterbrochen wurde. »Und wie sollten wir uns Eurer Meinung nach ohne die Hilfe des Herrn behelfen? Ihr sagt ja selbst, dass der Hohe Rat im Auftrage Gottes handelt.«

Mit zwei Kannen Bier unterm Arm stand sie in der Tür und hatte Andreas' letzte Worte mit angehört. Sie stellte die Krüge auf den Tisch, wischte sich die Hände an der Schürze ab und setzte sich neben ihren Mann auf die Bank. Mit flinker Hand goss sie dem Pfarrer Bier nach und lehnte sich dann vertraulich an Cordts breite Schulter. Dass sie ihren kräftigen rotblonden Dechen noch genauso liebte wie damals, als sie noch Catharina Bohne, die Tochter des reichen Magisters und Chirurgus Johann Bohne, gewesen war, stand ihr in das schöne Gesicht geschrieben. Ihre runden Wangen glühten, ihre grünen Augen blitzten. Höflich lüftete Andreas das Gesäß und deutete mit einem leichten Kopfnicken seine Verehrung an.

»Euer Ehemann weiß eine aufstrebende Zunft hinter sich. Er ist zwar oftmals etwas ungestüm, aber ein kluger Kopf. Die Zünfte vertrauen ihm und wollen ihn im Rat sehen. Dort wäre er für uns eine große Hoffnung und könnte unsere Ziele erfolgreich durchsetzen.«

Mit großen Augen folgte Catharina den Ausführungen des Predigers, bevor sie den Mund öffnete. Cordt kannte ihre spitze Zunge, und mit ihren smaragdgrünen Augen, den vollen roten Lippen, dem kunstvoll hochgesteckten dunkelbraunen Haar unter dem weißen Spitzenhäubchen und dem mit Goldfäden durchwirkten Tuch, das über dem prallen Busen leicht spannte, war sie für ihn eine immerwährende Verlockung, eine nie versiegende Begierde. Fünf herrliche Kinder hatte diese Liebe bisher hervorgebracht.

»Aber wie soll Cordt den Hexenjägern denn Einhalt gebieten? Schließlich haben wir doch alle Ratsmitglieder gegen uns, und die Verurteilten sind stets rechtmäßig der Zauberei überführt worden.«

Schnell bekreuzigte sie sich. »Habt Ihr etwa keine Furcht vor bösen Heimsuchungen?«

»Natürlich habe ich wie alle Leute in Lemgo vor Unholden und Hexen Furcht. Davor, dass sie meinem Weibe und meinen Kindern etwas Böses antun oder dass sie mein Vieh verhexen. Aber ich höre auf Gott, der mir tagtäglich versichert, dass unter uns Sünden begangen werden, die nicht alle des Teufels Werk sind. Dass die Hexen bekämpft werden müssen, das steht schon in der Bibel, nur sollten die Herren einen Hexenprozess den Rechten gemäß behutsam führen, um dabei keinen Irrtümern zu erliegen.«

Ein Junge mit blondem Haar, so hell wie reife Ähren, trat mit einer silbernen Platte in den Händen durch die Tür. Er verbeugte sich und setzte das Tablett, auf dem frisch gebackenes Brot dampfte, auf dem Tisch ab, um auf die Weisungen seines Meisters zu warten.

»Setz dich zu uns, Peter, und iss etwas von dem Brot«, befahl ihm Cordt und brach sich mit den Fingern einen Kanten ab.

Der schmächtige Junge senkte den Blick und ließ sich gehorsam ihm gegenüber nieder. Unschlüssig knetete er die Bäckermütze zwischen seinen Fingern. Auf dem blassen, mit Sommersprossen übersäten Kindergesicht lag deutlich der Ausdruck von Angst. Der Junge kannte sein Schicksal, vertraute aber noch auf die Hilfe seines Herrn, der mit vollen Backen brummte: »Das ist mein Bäckerjunge Peter. Er ist ein sehr gelehriger Schüler und ganz bestimmt kein Hexenkind.«

Catharina strich dem Jungen beruhigend die blonden Locken aus der Stirn. Ihr schönes Gesicht überzog eine leichte Röte, als sie ihrem Mann beipflichtete. »Peter ist ein guter Junge. Ich hoffe, dass Gott ihm beisteht, wenn sie ihn holen kommen. Seit Jahren ist er der liebste Gespiele unserer Töchter.«

Stufen knarrten, aus der Diele erklang lautes Kindergeschrei, und im gleichen Moment schob sich ein groß gewachsenes Mädchen mit schmalen, biegsamen Hüften und langen schlanken Beinen durch die Tür. Hinter ihr sträubte sich ihre jüngere Schwester aufs Heftigste und schlug wütend mit der freien Faust auf die Hand ein, die sie festhielt. Doch das größere Mädchen mit den unergründlichen Augen, so blau wie der Grund des Meeres, störte sich nicht daran.

»Margaretha hat mir schon wieder eine Puppe zerrissen!«, schimpfte es und warf eine Puppe aus Seide und Vliesflicken auf den Tisch. Aus dem hellen Stoffrumpf ragte büschelweise das Stroh. »Hier, Vater! Seht selbst und straft sie gebührend!« Ihre Augen verschleuderten Blitze, auf den Wangen glänzten Tränenspuren.

»Wollt ihr Mädchen nicht zuerst Hochwürden begrüßen?« Catharina griff nach der kleineren Margaretha und zog die Protestierende energisch zu sich auf den Schoß. Das Mädchen zappelte und versuchte sich zu befreien. Beruhigend strich Catharina ihrer Tochter über den nussbraunen Scheitel. Die Achtjährige hatte ihr rundes Gesicht und die grünen Augen geerbt und ließ sich nur schwer besänftigen. Erst als Hochwürden ihr mit erhobenem Finger drohte, verbarg sie das Gesicht an der Brust der Mutter und bohrte schmollend mit dem Finger in der Nase.

Die ältere Maria schien einen Augenblick lang zu überlegen, bevor sie züchtig die Augen senkte und vor Hochwürden artig einen Knicks andeutete.

Andreas lächelte gnädig auf sie hinab und schlug über ihr das Kreuz. Dann fasste er ihr sanft mit den Fingern unter das Kinn und hob ihren Kopf an, sodass sie ihm in die Augen sehen musste. »Kennst du die Geschichte von Kain und Abel, mein Kind?« Er staunte immer wieder über den seltsamen klaren Ausdruck in ihren blauen Augen.

Maria nickte schuldbewusst und hauchte einen Kuss auf die Gebetsschnur, die er ihr darreichte. Sie war ganz das Abbild ihres Vaters, zugleich aber von solch zarter Gestalt, dass man sie eher für einen jungen Burschen hätte halten können, wären da nicht die langen Haare gewesen, die ihr bis zur Hüfte wallten.

»Du bist ein schönes Mädchen. Schön wie die heilige Magdalena. Aber du bist auch ungehorsam wie ein ungebändigtes Pferd und ungestüm wie dein Vater. Dabei bist du die Ältere und solltest deiner Schwester gegenüber Nachsicht üben. Du willst doch nicht im Fegefeuer enden?«

»Fegefeuer oder Scheiterhaufen, was macht das schon für einen Unterschied, Hochwürden?«

Mit einer solchen Schlagfertigkeit aus dem hübschen Mund hatte Andreas nicht gerechnet. Überrascht und zugleich erschrocken zog er seine Hand zurück und wechselte einen vielsagenden Blick mit Cordt.

»Das Kind führt eine spitze Zunge. Woher nimmt es solche ungefälligen Worte?« Gleichfalls hob er Marias Arm und besah sich stirnrunzelnd ihren von rotblauen Kratzern und Schürfstellen übersäten Ellbogen.

»Aus der Knüppelschule«, knurrte Cordt. »Die Leute hetzen ihre Teufelsbälger auf mein Töchterchen. Es ist ein wahres Glück, dass die Maria nicht auf den Mund gefallen ist.«

Maria bemerkte das Interesse, das ihr entgegengebracht wurde, und fühlte sich in ihrem kindlichen Stolz bestärkt. Rasch nutzte sie die Gelegenheit. »Keinen Fuß mehr setze ich in Lindemanns Haus«, zeterte sie wütend. »Seitdem die hohen Herren meinen Schulmeister mit Ruten geschlagen haben, behaupten alle, auch ich sei eine Hexe, und der Schulmeister habe mir das Zaubern beigebracht. Sie bewerfen mich mit Pferdeäpfeln und verbieten mir, Gottes Wort mit ihnen an einem Tisch zu lernen.«

Cordt drohte ihr spielerisch mit dem Finger. »Ich habe aber auch gesehen, wie du die Tochter vom Knochenhauer Vieregge an den Haaren gerissen hast. Und mit ihrem Bruder bist du auch nicht gerade zimperlich umgegangen.«

Statt eine Antwort zu geben, verzog Maria das Gesicht, stampfte wütend mit dem Fuß auf und suchte gekränkt nach den passenden Widerworten.

»Versündige dich nicht der Lüge, Jungfer Maria«, kam Andreas ihr zuvor. »Natürlich darfst du weiterhin gemeinsam mit den anderen Kindern das Wort Gottes lernen. Dafür werde ich sorgen.« Er schmeichelte ihr, indem er hinzufügte: »Ich habe gehört, dass du von allen Kindern am besten schreiben und lesen kannst. Noch besser sogar als dein Vater, der erst kürzlich die vorteilhafte Küsterstelle ausgeschlagen hat, die ich ihm angeboten habe, weil er so gut rechnen kann.« Breit grinste er in Cordts Richtung, der ein verdutztes Gesicht machte.

Augenblicklich hellten sich Marias Züge wieder auf. »Ihr seid so gütig, Hochwürden«, hauchte sie über seine Hand. Als sie ihren Kopf wieder hob, entfuhr ihren Lippen jedoch ein leiser Aufschrei, und sie flüchtete sich erschrocken in Andreas' Arme. Aus den weiten Falten seiner Soutane heraus starrte sie gebannt den Stadtsekretär Johannes Berner an, der in der Begleitung zweier Stadtdiener bisher unbemerkt den Raum betreten hatte.

Die Überraschung zeichnete sich deutlich auf den Gesichtern der Anwesenden ab, denn Berner war dafür bekannt und gefürchtet, ohne Voranmeldung aufzutauchen. Er hielt sein Verhalten für eine von Gott vorbestimmte Notwendigkeit, nahm man doch dadurch den Zauberern die Möglichkeit zur Flucht oder konnte sie gar während der Ausübung ihres teuflischen Handwerks überführen. Ohne sich an der allgemeinen Verblüffung zu stören, näselte er auf neumodische Art: »Deche Rampendahl, auf Beschluss des Hohen Rates habt Ihr uns das Kind Grönspan auszuliefern, wenn Ihr Euch nicht der Zauberei mitschuldig machen wollt!«

Ohne Aufforderung trat Berner in die Stube, während seine etwas zu eng stehenden Augen blitzschnell die Umgebung nach einem möglichen Fluchtweg absuchten. Befriedigt, nichts dergleichen entdeckt zu haben, stürzte er sich sogleich auf den Jungen und deutete mit einer Kopfbewegung den Stadtdienern an, seinem Beispiel zu folgen und notfalls, sollte sich der Deche weigern, den Jungen herauszugeben, auch Hand anzulegen.

Cordt erholte sich als Erster von der Überraschung. Stumm und äußerlich gelassen hatte er sich Berners Forderung angehört und war vor seinem Bier sitzen geblieben. Doch als der Junge in seiner Angst von der Bank sprang und hinter dem breiten Rücken seines Meisters Schutz suchte, erhob er sich ruckartig. Mit auf den Tisch gestützten Fäusten und nach vorn geneigtem Oberkörper demonstrierte er dem herausgeputzten Berner die Macht des Hausherrn und starrte ihm in das gepuderte Gesicht. Obwohl Berner mit dem Eindringen in sein Haus seine Befugnis weit überschritten hatte, wahrte Cordt die Höflichkeit des Gastgebers. Ernst wies er dem Stadtsekretär den freien Stuhl neben dem Pfarrer zu und gab Catharina ein Zeichen, einen Krug für ihn zu füllen. »Bei einem Schluck Bier lässt es sich gleich besser verhandeln.«

Doch Berner winkte ab und schob den Krug mit der Stockspitze von sich. Aus den Augenwinkeln heraus erfasste er lauernd die anwesenden Personen und bedachte, nachdem er sich kurz bekreuzigt hatte, den Pfarrer mit einem ironischen Lächeln. Während er seinen dürren Oberkörper wegen eines Venenleidens auf einen goldverzierten Stock stützte, spielte er den Überraschten und schnarrte süffisant: »Ihr hier, Hochwürden? Ich hatte Euch bei den Delinquenten im Turm vermutet.«

Andreas deutete mit dem Kopf einen Gruß an und zuckte dabei gelassen mit den Schultern. Auch wenn Berner die rechte Hand Kerckmanns war und zudem der meistgehasste Mann in Lemgo, ihn vermochte er nicht zu beeindrucken.

»Meine Schäfchen, die Gottes Beistand benötigen, sind überall, hoher Herr!«

Berner maß Andreas mit einem seltsamen Blick aus seinen grauen Vogelaugen und schoss dann mit einer Lebendigkeit herum, die dem dürren Mann niemand zugetraut hätte. Mit auf den Bäckerjungen gerichtetem Stock befahl er: »Gefangen nehmen!«

Als die Knechte sich anschickten, den Befehl auszuführen, erhob Cordt dröhnend seine Stimme. »Ihr dringt in mein Haus ein, hoher Herr, und denunziert meinen Bäckerjungen?«, vermochte er seine Wut nur mühsam zurückzuhalten. »Er ist noch ein Kind und hat sich keines Vergehens schuldig gemacht. Will der Hohe Rat jetzt etwa auch Kinder brennen?« Schnell zog er den Jungen hinter der Bank hervor und drehte ihn so, dass er ihm zu Angesicht stand.

»Überzeugt Euch selbst!« Cordt fasste dem Kind mit der freien Hand unter das Kinn und hob seinen Kopf, sodass ihn der Junge ansehen musste. Mit gerunzelter Stirn suchte er in den blauen Augen etwas, das wie der Leibhaftige aussah und ihm verriet, dass diese junge Seele verloren war. Doch er fand nichts als hilflose Angst. »Kommt so etwa der ›schwarze Kerl‹ daher? Mit solch unschuldigen Kinderaugen?« Er untermauerte seine Frage, indem er den Jungen ein Stück in Berners Richtung schob, der diesen Moment zu nutzen wusste und nach dem Jungen griff.

Doch Cordt zog Peter blitzschnell aus dessen Reichweite und schob ihn in Andreas' Arme. Schützend stellte er sich vor die beiden. »Ich verlange eine Erklärung, Amtmann Johannes Berner«, donnerte er. »Euer Verhalten ist nicht rechtens!«

»Und Eures, Deche Rampendahl, bestätigt mir, dass der Junge ein Zauberer ist. Der Teufel in ihm ist bereits im Begriff, Gewalt auch über Euch zu erlangen.« Lange schon stand Johannes Berner in städtischen Diensten, viel zu lange, um sich von dem jungen Dechen einschüchtern zu lassen. Im Gegenteil. Er war dem Quertreiber Rampendahl weitaus überlegen und würde ihn anders anpacken. An seiner empfindlichsten Stelle. Ein falsches Lächeln legte sich auf das starre, geschminkte Gesicht.

»Euch ist bekannt, dass der Schulmeister Beschoren achtzehn Kindern das Zaubern lehrte und dass zu diesen Besagten auch Jungfer Maria zählt? Gerade um Eurer Tochter willen solltet Ihr nicht unbesonnen handeln. Zudem ist Eure Mutter Salmeke eine gebrannte Hexe und, soweit es mir zu Ohren kam, Jungfer Margaretha das Mündel des gleichfalls der Zauberei bezichtigten Eheweibes des Schulmeisters.«

Die mit Bedacht gewählten Worte verfehlten ihre Wirkung nicht. Der Deche wurde um eine Farbnuance blasser, vergaß seinen christlichen Anstand und ballte hinter dem Rücken die Fäuste. »Gleich hau ich ihm eins in seine blasierte Fresse«, zischte er wütend über die Schulter zu Andreas gewandt. Dann spürte er, wie jemand an seinem Rock zupfte.

Es war Peter. Vor Angst schlotternd und mit grenzenloser Panik in den weit aufgerissenen Augen, flehte der Junge: »Bitte, Meister, lasst mich mitgehen. Sicher wird sich alles aufklären, und Gott wird über mein Schicksal wachen.«

Die Worte berührten Cordt, zeugten sie doch von der Verbundenheit des Jungen zu seiner Familie. Er würde sich lieber opfern, als damit rechnen zu müssen, dass seinem Meister durch ihn ein Ungemach widerfuhr. Gerührt strich er Peter mit der Hand über die blonden Locken, doch gleichzeitig reifte in ihm ein Entschluss.

»Ich gebe den Jungen nicht heraus. Ihr müsst ihn Euch schon holen«, brüllte er und stellte sich vor ihn, der hinter seinem breiten Rücken vor Berners Zugriff sicher war. Dann zog er den Degen. Mit einer Stimmgewalt, die selbst den Stadtsekretär zusammenzucken ließ, schleuderte Cordt ihm entgegen: »Herr, verschwindet augenblicklich aus meinem Haus und betretet es nie wieder! Und lasst Euch nicht einfallen, Hand an meine Tochter zu legen!«

Mit einem Aufschrei flüchtete sich Catharina zu den Mädchen hinter den Kamin und schickte, auf Gott vertrauend, einen hilflosen Blick zu Hochwürden.

Andreas spürte ihre Hilflosigkeit und erfasste rasch die Situation. Einen solchen Ungehorsam würde Berner nicht ungestraft hinnehmen. Er musste Cordt mit Gottes Hilfe zur Umkehr bewegen. Obwohl sich seine Züge aschfahl von der dunklen Soutane abhoben, gebot er dem Jungen leise, sich nicht von der Wand wegzubewegen, und trat dann beherzt zwischen Berner und Cordt. Beschwörend hob er die schmalen Hände. »Versündigt Euch nicht vor Gott, meine Herren, und belegt den Streit gütlich!« Mahnend berührte er Cordts Hand, die leicht zitternd den Degen auf Berner gerichtet hielt: »Zügelt Euer Temperament, Deche, und denkt an Eure Familie.«

Doch Cordt schnaubte wie ein verwundeter Stier. Die Einwände des Freundes erreichten seine Ohren nicht, geschweige denn seinen Verstand. Wie eine lästige Puppe schob er Andreas zur Seite und ließ Berner warnend die Spitze des Degens durch die Seide des Überrocks spüren.

Berner wurde abwechselnd rot und blass und schob trotzig das spitze Kinn nach vorn. Er schwitzte so stark, dass sich die Schminke in schmalen Rinnsalen löste und sich mit der dick aufgetragenen Puderschicht vermischte. Dennoch wusste der kleine schmächtige Mann in den lächerlichen Absatzschuhen und mit dem steifen Filzhut um die städtische Macht hinter sich und wich keinen Zoll zurück. Aus seinem Gebaren sprachen Macht und Gnadenlosigkeit. Er feixte Cordt frech ins Gesicht, doch seine Hände zitterten sichtbar. Die Unverfrorenheit des Dechen erlaubte ihm nun, auch die Jungfer Rampendahl zu denunzieren. Listig ergriffen seine Finger die Degenspitze. Er schwitzte noch stärker, als die scharfe Klinge die Innenfläche seiner Hand einritzte, ließ aber seinen Widersacher, der ihn entschlossen zurückdrängte, nicht einen Augenblick aus den Augen. Etwa auf Höhe des Kamins griff er plötzlich mit der anderen Hand hinter sich und erfasste Marias Arm. Noch ehe Cordt begriff, was geschah, entriss er Catharina das Kind. Zum Entsetzen der Anwesenden presste er Maria an sich und schwenkte frohlockend ihren Arm.

»Was sagt Ihr nun, Meister Rampendahl?«, fragte er lauernd. »Wollt Ihr mich noch immer aufspießen, oder kommt Ihr nicht umhin zu bekennen, dass dies die Male des Leibhaftigen sind?«

Triumphierend, endlich einen Beweis teuflischer Macht in seinen Händen zu halten, präsentierte er Marias Verletzungen und schaute reihum in die erschrockenen Gesichter.

»Sie ist eine Schülerin ihres Hexenmeisters, der auf dem Friedhof Kinderleichen ausgrub, sie verbrannte und deren Asche mit klein geschnittenen Kinderherzen zu einer geheimen Zaubersalbe vermischte. Mit ihr bestrichen er und seine Zauberlehrlinge Rachen und Rücken der Kühe, auf dass deren Milch für ewig versiege. Dies belegen die Male an ihrem Arm nur allzu deutlich!«

Zähneknirschend senkte Cordt den Degen. Er hatte den Stadtsekretär unterschätzt.

»Teufel, Ihr lasst sofort meine Tochter los, oder Ihr werdet an höherer Stelle von mir hören!«

»Ihr droht mir mit dem Grafen?« Berner verzog verächtlich die Mundwinkel.

Cordt sah ein, dass Berner auf diese Weise nicht beizukommen war. »Eines Tages werde ich Euch im Rat gegenübersitzen, Johannes Berner. Vergesst nie, dass Eure Tage und die Eures Herrn, des Blutrichters, gezählt sind. Wenn Ihr dann noch die Kraft dazu habt, bringt Euren dürren Hals ja vor mir in Sicherheit, verdammter Leuteschinder!« Auffordernd deutete er mit der Degenspitze zur Tür. »Gott wird Euch für Eure Sünden strafen. Ich werde mir meinen Bäckerjungen zurückholen. Und wenn Ihr jetzt nicht augenblicklich Eurer knochiges Hinterteil aus meiner Stube schafft …«, drohte er und spürte, wie Berners eingefrorenes Grinsen sein Blut erneut in Wallung versetzte. Gleichfalls starrte er voller Angst auf seine Tochter, die in Berners Armen nach Luft ringend heiser röchelte.

»Euer Hochwohlgeboren, gern will ich Reue und Buße tun. Der Herr ist mein Zeuge, die Wunden stammen von den bösen Kindern aus Lindemanns Haus, nicht vom Teufel!« Sie richtete die hervorquellenden Augäpfel flehentlich auf den Vater und beschwor ihn mit ihrem Blick, vernünftig zu handeln.

Verblüfft lockerte Berner die Umklammerung. Augenblicklich erkannte Maria ihre Chance, entwand sich seinem Griff und flüchtete sich in die Arme des Vaters, wo sie befreit aufatmete. Dann drehte sie dem verhassten Mann das Gesicht zu und richtete trotzig die blauen Augen auf ihn: »Der Schulmeister hat uns die Vorteile von Kräutern gelehrt und uns gezeigt, wie man daraus Tee gegen Husten und Salbe gegen Läuse zubereitet. Gott ist mein Zeuge, daran ist nichts Frevelhaftes. Er ist kein Zauberer, und ich bin keine Hexe. Aber Ihr, Herr, Ihr seid es, der den Teufel im Leibe trägt!«

Berner wurde dunkelrot. Seine geschminkten Augen zogen sich zu schmalen Schlitzen zusammen. Dieses dumme kleine Luder wagte es tatsächlich, sich ihm, Johannes Berner, entgegenzustellen? Entrüstet schnappte er nach Luft und griff sich mit einer Hand an die

Brust. Aber die Schwäche währte nur einen Augenblick, dann atmete er tief durch und gab den Knechten das Zeichen zum Eingreifen.

Als hätten die Stadtdiener nur darauf gewartet, schulterten sie ihre Flinten und richteten sie drohend auf Vater und Tochter. Der Deche schäumte erneut vor Wut. Brüllend warf er sich ihnen entgegen, doch ein harter Schlag mit dem Gewehrkolben vor die Brust beförderte ihn zurück an die Wand. Er strauchelte, dann quoll Blut aus seinem Mundwinkel. Catharina schrie leise auf und stürzte zu ihm. Die Demütigung hatte seine Züge dermaßen verzerrt, dass sie das Schlimmste befürchtete. Weinend schlang sie die weißen Arme um seine breiten Schultern, um ihn vor weiteren Dummheiten zu bewahren. Während er sich mit dem Handrücken das Blut vom Gesicht wischte, machte Cordt tatsächlich Anstalten, sich wieder auf Berner zu stürzen.

Andreas hatte die Szene aus dem Hintergrund erschrocken mit verfolgt. Er war kein Pfarrer der ängstlichen Sorte, ganz im Gegenteil: Im Ernstfall vermochte er sogar meisterhaft den Degen zu schwingen. In manchen Dingen forderte der Herr zwar Zurückhaltung von ihm, doch diese galt nur so lange, wie sich ein Freund nicht in ernsthaften Schwierigkeiten befand. Als er Cordt auf dem Boden liegen sah, schickte er mit den Augen ein Vaterunser zur Deckenwölbung, bekreuzigte sich und beschloss, die ihm von Gott gegebenen Fäuste einzusetzen. Er raffte das untere Ende des Gewandes und warf sich den Knechten mutig vor die Lunten. »Ihr guten Leute, versündigt Euch nicht!«, donnerte er auf sie ein. »Und fürchtet Gottes Zorn, denn Ihr begeht Unrecht, wenn Ihr auf unschuldige Kinder schießt!« Sein Kiefer arbeitete nervös, seine Fäuste zuckten heftig. Notfalls würde er seine Schäfchen mit dem Leben verteidigen.

Als die Stadtknechte unschlüssig zu Berner traten, nutzte Andreas den Augenblick. »Soweit mir bekannt ist, bringt Ihr den Jungen mit den anderen Kindern nach Detmold in die Anstalt. Dort erwartet sie göttliche Bekehrung, habe ich recht?«, schmetterte er Berner mit fester Stimme entgegen. »Aber was ist das für eine Bekehrung, wenn er in ein paar Jahren dennoch hingerichtet wird, weil die Kinder dazu angehalten werden, sich gegenseitig zu verleumden? Und was geschieht mit ihm, wenn er die harten Torturen in der Anstalt lebend übersteht? Er ist jedermanns Freiwild und würde letztendlich doch als Hexer auf dem Scheiterhaufen enden. Warum versündigt Ihr Euch nicht gleich an den Kindern und tötet sie, in Gottes Namen?« In seinen Augen loderte ein gewaltiges Feuer, aus dem wütende Funken auf Berner übersprangen. »Ich schwöre Euch, Gottes Zorn wird über Euch kommen wie einst über König Herodes!«

Der Stadtsekretär, der selbst in panischer Angst vor dem Teufel lebte, wich erschrocken vor dem tobenden Geistlichen zurück. »Ihr wollt mir diktieren, wie ich mein Amt auszuüben habe, Hochwürden?«, fauchte er gefährlich leise, besann sich dann aber eines Besseren. Nicht umsonst war er ein städtischer Angestellter. Der Vergleich aus der Bibel besänftigte ihn. Drohend wies er mit knochigem Finger auf Cordt. »Diese Schmach werde ich Euch und Eurer vorlauten Tochter niemals vergessen, Rampendahl. So wahr ich jetzt vor Euch stehe, das schwöre ich. Und Ihr, Hochwürden, seid gewiss, dass wir Eure Kirche fortan genauestens im Auge behalten.« Berner winkte den Knechten, die den sich sträubenden Jungen bei den Armen packten und in ihre Mitte nahmen. Zum Abschied schwang Berner noch einmal drohend seinen Stock, dann tippelte er leicht gebeugt hinter den Knechten her.

Es dauerte eine geraume Zeit, bis seine hölzernen Schritte in der Diele verklungen waren, dann lag andächtige Stille über dem Raum. Niemand traute sich, das Wort zu erheben, bis Cordt nach Maria Ausschau hielt.

»Wo ist meine goldgelockte, tapfere Maria?« Suchend ließ er seinen Blick umherschweifen, während er Eheweib und Töchterchen Margaretha fester an die breite Brust zog. Ihre zarten Körper wärmten ihn durch das Hemd, und er spürte ihr erleichtertes Zittern nach der überstandenen Angst. Trauer und Hilflosigkeit überfielen ihn.

»Wo bist du, Herr und Hirte, unser Erlöser und Beschützer?« Fragend forschte er in Andreas' Gesicht. Einige Sekunden lang versanken die Blicke der Männer ineinander, dann senkte der Geistliche stumm die Lider. Zweifel verdunkelten seine Züge und nagten an seiner Seele. Unerträglich, dass er seinem Freund Cordt in dieser schweren Stunde nicht ein einziges Wort des Trostes spenden konnte. Er selbst suchte Beistand beim himmlischen Vater und beugte das

Knie vor dem heiligen Gemälde. Wandelte er denn noch auf dem Wege des Herrn, oder beschritt er bereits den sündigen Pfad des Zweifels? »Welche Sünde, Herr, kann so schwer wiegen, dass du mir deine Hilfe verweigerst?«, betete er verhalten über die gefalteten Hände. »Herr, ich bitte dich, lass es nicht zu, dass die junge Saat sinnlos vernichtet wird.«

Er zog die Kapuze tief in die Stirn, segnete Cordts Stube und griff nach der noch halb gefüllten Kanne Bier, die er an die Lippen setzte. Cordt hörte ihn laut schlürfen, doch plötzlich drehte er ihm das von der Kapuze verdeckte Gesicht zu und spie den Rest Bier auf den gewichsten Boden. »Es ist nicht rechtens, dass Hexen und Unholde ihr Unwesen treiben und Trunksucht und Maßlosigkeit unsere Stadt beherrschen. Aber Gott verlangt von uns, dass wir uns nicht scheuen, unsere Stimme zu erheben gegen die Richter, welche nichts taugen und sich auf Gott herausreden, wenn durch ihre Fehler Unschuldige gerichtet werden.«

Cordts Mund stand vor Staunen noch immer offen, als Andreas, erschrocken über die eigenen Worte, dem Dechen den Krug in die Hand drückte und eilig an ihm vorbei durch die Tür schritt.

Während Berner wütend die Stube verließ, war Maria unbemerkt an den Stadtdienern vorbeigeschlüpft und zu der Kammer im vorderen Giebel gelaufen, die sie sich mit Margaretha und der jüngsten Schwester Ilsabein teilte. Sie riss die unterste Lade vom Schrank auf und wühlte zwischen den Kleidern, Seidenstrümpfen und Spitzen. Als sie gefunden hatte, wonach ihre Finger so eifrig suchten, kniete sie sich hin und drückte den Gegenstand aufatmend an ihre Brust. Es war ein kleines, schwarz eingebundenes Buch mit goldenen Lettern. In ihm las sie immer dann, wenn sie Gottes Beistand benötigte. Im gleichen Augenblick spürte sie eine Hand auf ihrer Schulter. Erschrocken blickte sie in die funkelnden Augen Margarethas.

»Du weißt, dass dies mein Buch ist. Der Schulmeister hat das Buch vom wahren Christentum mir geschenkt, nicht dir.«

Maria fühlte sich ertappt und suchte nach einer plausiblen Erklärung. »Es war die Schulmeisterin, die es dir gegeben hat, nicht er.«

»Auch das gibt dir nicht das Recht, in meinen Sachen herumzuschnüffeln. Du versündigst dich.« Margaretha hatte die Hände ausgestreckt: »Gib es mir zurück, Maria.«

»Nein, niemals!« Maria hatte sich von den Knien erhoben, verbarg das Buch listig hinter dem Rücken und wich langsam vor Margaretha zurück.

»Nicht du warst seine Schülerin, sondern ich. Von Rechts wegen ist es somit mein Buch. Es gehört mir!« Energisch behauptete sie ihren Besitz und stampfte zur Bekräftigung theatralisch mit dem Fuß auf.

Die Geschwister stritten sich tagtäglich mindestens ein Mal. Immer gab die kleinere Margaretha zuerst nach, da sie von ruhigerem Gemüt war. Auch diesmal neigte sie den Kopf zur Seite und fragte mit kindlich ernster Miene: »Müssen wir uns eigentlich um das Buch streiten? Wir sind doch Schwestern. Du bist die Ältere, also erlaube ich dir auch, es zuerst zu lesen!«

Maria hielt das Buch noch immer hinter dem Rücken und zog sich nun rückwärts zum Bett zurück. Mit angezogenen Beinen ließ sie sich auf der seidenen Bettdecke nieder und überlegte, ob sie Margarethas Sinneswandel trauen konnte. Ohne die Schwester aus den Augen zu lassen, begann sie zwischen Spitzenkissen und den selbst genähten Puppen aus Brokat und bunten Perlen durch die Buchseiten zu blättern. Bedächtig zeichnete sie mit dem Finger die schwarze Schrift nach und buchstabierte laut, die Zunge vorwitzig zwischen die leicht geöffneten Lippen geschoben, bis Margaretha vor Ungeduld zu ihr auf das Bett sprang und sie im gleichen Augenblick den Atem der jüngeren Schwester an ihrem Ohr verspürte.

»Eigentlich benehmen wir uns wie zwei kleine Teufel. Dabei sollten wir auf Vater hören und zusammenhalten. Wir haben uns doch lieb, und ich will nicht, dass die Büttel dich wegholen wie den Peter.«

Mit kindlichem Gespür hatte Margaretha erkannt, dass nicht das Buch der Grund des Streits war, sondern Marias verletzte Seele. Sie bekam Angst um ihre ältere Schwester und strich ihr unbeholfen mit den Fingern durch das lange goldrote Haar. Die Berührung sollte sie trösten, doch Maria lehnte ihre Wange mit einem Schluchzer an ihre Schulter.

Durch Margarethas Worte waren die Geschehnisse für Maria wieder real geworden. Ihre azurblauen Augen füllten sich mit Tränen. Mit wundem Herzen dachte sie an den Freund, mit dem sie ihr bisheriges Leben verbracht hatte, dessen glühende Blicke stets ihr und nicht der Knochenhauer-Maria gegolten hatten, die ihn so schändlich verraten hatte. Als sie an den Schulmeister dachte, ihren gütigen Lehrer, überwältigte sie die Trauer. »Wie recht du hast, Margaretha«, seufzte sie weinerlich.

Sie warf das Buch auf das Bett und schlang die weichen Arme um den Hals der Schwester. Dann brach der Schmerz in einem Tränenstrom aus ihr heraus, und sie wimmerte leise. »Die Büttel haben ihn geschlagen, bis er blutete, und ihn gegen die Wand gestoßen. Alle Kinder mussten mit ansehen, wie er hilflos vor ihren Füßen auf dem Boden kroch und nach seiner Brille suchte, und haben ihn dabei verspottet und mit Füßen getreten. Aber er ist doch unser lieber Schulmeister gewesen! Immer hat er mich gelehrt, ehrfürchtig zu Gott, unserem Herrn, zu beten und seine Gebote zu achten. Ich habe Gott angefleht, als sie ihn in schweren Ketten und blutend aus Lindemanns Diele führten, aber er hat mich nicht erhört. Warum? Wo hat sich dieser Gott versteckt, der zulässt, dass man jetzt seine Schreie aus dem Turm bis auf den Marktplatz hinunter hört?«

Margaretha blickte ihr mit geröteten Augen überrascht ins Gesicht. Ihr besonnenes Wesen gestattete es ihr bisweilen, der Älteren Ratschläge zu erteilen. »Der Hohe Rat ist Gott, sagen alle …«

»Der Hohe Rat kann nicht gleich unserem Herrn sein. Wäre es so, so würde Gott all unsere Freunde töten.«

»In der Bibel steht, es gäbe einen Gott und einen Teufel. Der Hohe Rat jagt alle Hexen und Teufel und wird dabei von Meister David unterstützt. Der Henker hat auch unsere Großmutter getötet, und alle sagen, er sei der Teufel!« Hastig wischte sich Margaretha mit dem Handrücken die Tränenspuren von den Wangen. Die Frage war schwierig und erforderte ihre ganze Aufmerksamkeit.

»Wieso glaubst du den Leuten diese Teufelslüge?« Bei der Erwähnung des Scharfrichters blitzten Marias Augen plötzlich auf, und sie vergaß ihren Kummer. Das Gespräch nahm eine neue Wendung und begann sie abzulenken. Rasch rutschte sie höher in die Kissen und setzte sich der Schwester mit verschränkten Beinen gegenüber. Gespannt hing sie an deren Lippen. »Meister David ist doch nur der Henker.«

»Aber er sieht aus wie der Teufel, und die Leute schreien gar furchtbar, wenn sie mit ihm zusammen im Hexenturm sind.«

Erschrocken presste ihr Maria die Hand auf den Mund. »Über

den Turm zu sprechen, hat uns der Vater verboten«, wisperte sie und schaute ängstlich zur Tür. »Außerdem glaube ich nicht, dass Meister David der Teufel ist. In Wirklichkeit ist er sanft und wunderschön, der Teufel aber ist hässlich und stinkt.«

»Und woher weißt du so viel über Meister David?« Margaretha bekam runde Augen. Argwöhnisch nahm sie wahr, wie Marias Wangen zu glühen begannen.

»Weil ich mit ihm gesprochen habe.«

»Duuu ...?« Erschrocken zog Margaretha ihre Hände zurück und rückte von der Schwester ab. »Aber der Henker ist unrein! Eine böse Krankheit wird dich heimsuchen, und alle werden dich meiden.«

»Das hat dir die Mutter erzählt. Der Vater sagt immer, Meister David sei ein echter Saufkumpan, und beim Kindermachen würde er sich mächtig anstrengen.«

Plötzlich war es still in der Kammer geworden. Nur das leise Knabbern einer Maus war zu hören. Auf Margarethas rundem Gesicht spiegelte sich der schulmeisterliche Ausdruck einer Erwachsenen. Wie immer, wenn sie über etwas nachdachte, bohrte sie sich mit der Fingerspitze in der Nase. Kritisch beäugte sie Maria. »Du bist in ihn verliebt, gib es zu«, unterbrach sie dann die Stille.

Maria war bis in die Spitzen ihrer Haare dunkelrot angelaufen und versuchte, dem Blick der Schwester auszuweichen. Nervös nestelte sie an der Spitze der Überdecke. »Ich bin nicht in ihn verliebt«, druckste sie herum, »aber meiner Meinung nach hat er unsere Großmutter von den Qualen des Feuertodes erlöst.«

»Und deshalb glaubst du, dass er in dich verliebt ist?«

»Ich bin das erste Mädchen, dem der Henker zärtlich über die Wange gestrichen hat. Und er hat zu mir gesagt, dass ich die schönste Jungfer sei, die ihm je begegnet ist.« Schwärmerisch blickte sie zu dem seidenen Betthimmel hinauf. Noch heute spürte sie die langen Haare des wilden Mannes auf ihrer Haut, und genau wie damals, als sie ihm mit flinken Händen die am Pferdeknauf verfangenen Haare entwirrt hatte, rief die Erinnerung daran ein seltsames Kribbeln in ihr wach. Ein Kribbeln, das so süß und angenehm war wie frisch gewonnener Honig und sie schwindlig machte. Sie konnte ihn einfach nicht vergessen. Träumerisch rief sie sich das männliche Gesicht mit den feurigen Augen ins Gedächtnis. Zu lange loderte das Geheimnis bereits wie ein Feuer in ihr. Wenn sie jetzt nicht darüber sprach, würden die Flammen sie unweigerlich verzehren. Sie ergriff Margarethas Hände. »Hast du ihn denn je von Nahem gesehen, so nah, wie ich ihn vor mir sah?«

»Bisher erblickte ich ihn nur in der Sandkuhlen. Meistens verbarg er seine bösen Augen hinter einer Maske.«

»Eben.« Maria faltete die Hände über der Brust. Ihr Blick verklärte sich. »Ich allein habe sein wildes Gesicht gesehen mit der hohen edlen Stirn und den vollen sinnlichen Lippen, von denen alle Weiber dieser Stadt träumen. Er ist stark wie ein Löwe und hat Muskeln wie ein Bär.«

Maria erinnerte sich lächelnd der sanften Träume, die ihr kindliches Herz wie keimende Pflänzchen umgarnten. Seit jener Begegnung ließ Davids Bild sie nicht mehr los. Vom Herrgott und ihrem Vater einmal abgesehen, war er der erste Mann, den sie anbetete. Die Burschen in ihrem Alter dagegen weckten ihr Interesse kaum. Ganz anders verhielt es sich mit der Maria vom Knochenhauer. Die älteren Buben in der Knüppelschule verdrehten sich nach ihr die Augen, und in der Dunkelheit drückte sich das frühreife Luder bereits mit ihnen in der Nähe des Hexentanzplatzes umher und ließ sich von ihnen auf den Mund küssen.

»Jetzt ist aber genug mit der dummen Schwärmerei!« Noch ehe Maria begriff, was ihr geschah, hatte Margaretha sie plötzlich mit beiden Händen an den Haaren gepackt und schüttelte sie heftig. Sie konnte der Begeisterung für den Scharfrichter nicht das Geringste abgewinnen und versuchte, die Schwester energisch zum Schweigen zu bringen. »Vielleicht vergleichst du ihn noch mit einem edlen Herrn? Meister David ist ein blutrünstiges Scheusal. Nicht umsonst warnt uns die Mutter immer vor ihm. Such dir lieber einen gleichaltrigen Burschen, den du anhimmeln kannst!«

Der eben noch so harmonische Frieden zwischen den Geschwistern war jäh zerstört worden. Mit verzerrten Zügen presste Maria die Hände gegen Margarethas Brust und stieß sie gekränkt von sich. Dann stand sie mit gerunzelten Brauen und schmalen Augen über der Schwester und fauchte verletzt: »Ich werde dir beweisen, dass Meister David kein Scheusal ist. Ich gehe zu ihm und bitte ihn um Gnade für unseren Schulmeister. So wie damals bei der Hinrichtung der Großmutter.«

Eigentlich wollte sie die Schwester nur beeindrucken, doch angetan von ihrer eigenen Idee und begeistert von der Vorstellung, den heimlich Angebeteten auf diesem Wege wiederzusehen, sprang Maria rasch vom Bett und lief zum Schrank. Bedenkenlos schlug sie alle Warnungen in den Wind, riss die mit Paneelholz verkleideten Türen auf und zerrte einen schwarzseidenen ärmellosen Umhang hervor, ein Kleidungsstück, das sie für gewöhnlich ausschließlich zu ihren sonntäglichen Kirchgängen und zur Beichte trug. Maria warf ihn sich über die Schultern und rannte an der Schwester vorbei zur Tür hinaus.

Sekundenlang saß Margaretha wie versteinert auf dem Bett, dann wurde ihr das Ausmaß der Worte ihrer Schwester bewusst. »Was hast du vor, Maria?«, rief sie ihr ängstlich hinterher. »Begehe ja keine Torheit! Ich habe es doch nicht so gemeint!«

Doch Marias Schritte klapperten bereits die Stufen hinab. Schnell rutschte Margaretha vom Bett und holte ebenfalls ihren Umhang aus dem Wandschrank. Die Angst um die Schwester verlieh ihr Flügel. Mit dem Mantel über dem Arm stürzte sie hinter ihr her die Treppe hinunter. Nur einen Moment lang dachte sie daran, dem Vater Bescheid zu geben, doch dann hegte sie die Hoffnung, die Schwester noch auf der Diele einzuholen. Vor Angst klopfte ihr Herz so heftig, dass sie am Treppenabsatz kurz um Luft ringen musste. Die Last des schlechten Gewissens lag wie ein starker Druck auf ihrer Brust und löste einen heftigen Hustenanfall aus.

»Maaaria!«, hustete sie und spie Schleim.

Es war nicht das erste Mal, dass die Ältere ihren hübschen Kopf durchsetzte und eine Torheit beging. Und da sie Schwestern waren, die letztlich doch immer treu zusammenhielten, hatte Margaretha den Vater schon des Öfteren für sie belogen und Sünde auf sich geladen. Dafür bestrafte sie Gott jetzt mit diesem hartnäckigen Husten.

Auf der staubigen Straße vor dem großen Holztor am Dielenausgang blieb Maria stehen und verschnaufte. Unschlüssig blickte sie die verwaiste Straße hinunter. Wie immer am Tag der Hinrichtung war die einzige gepflasterte Gasse zum Markt wie leer gefegt. Vom Marktplatz drangen schon laute Stimmen zu ihr herüber. Seit Großmutter Salmekes Tod hatte der Vater ihr bei Strafe verboten, jemals wieder einer Hinrichtung beizuwohnen. Jetzt hielt sie die

Furcht und auch das Versprechen, das sie ihm hatte geben müssen, davor zurück, ihre Idee in die Tat umzusetzen. Am liebsten hätte sie ihr Wort zurückgenommen, doch als Margaretha hustend neben ihr auftauchte, fühlte sie sich von Neuem bestärkt, der Schwester zu beweisen, dass sie nicht nur angegeben hatte und Meister David tatsächlich ihr angebeteter Held war.

»Warum läufst du mir nach, Margaretha? Geh wieder ins Haus zurück, sonst bemerkt der Vater noch unsere Abwesenheit«, sagte sie zu ihrer Schwester. »Ich will schnell zum Marktplatz laufen und Meister David suchen.«

Margaretha hob beschwörend die Hände. Ihre Augenränder und die Nase waren vom Husten gerötet. »Reitet dich der Teufel, Schwester? Zu Hause wird es Stockhiebe setzen, wenn der Vater dein Vorhaben bemerkt. Und auf dem Marktplatz werden sie dich ergreifen und mit den anderen Hexenkindern in die Anstalt bringen! Ich nehme alles zurück, was ich gesagt habe, und wenn du willst, sage ich sogar, dass Meister David ein guter Mann ist. Aber, in Gottes Namen, komm wieder ins Haus und vergiss den Henker!«

Einen kurzen Moment lang zögerte Maria. Fast wäre sie bereit gewesen, der Schwester zu folgen, doch dann erwachte ihr Ehrgeiz. Längst ging es ihr nicht mehr um den Henker. Vielmehr wollte sie der jüngeren Schwester ihren Mut beweisen. Sie wollte von ihr bewundert werden.

»Ich gebe schon auf mich acht«, antwortete sie keck und zog die Kapuze weit über den Kopf, bis nur noch die feine Nase und der Mund hervorschauten. Eine vorwitzige Locke ihres rotblonden Haares, die sich am Hals vorbeischlängeln wollte, schob sie geschickt in die Falten zurück.

Rasch zog auch Margaretha die Kapuze über ihren Kopf. Sie atmete wieder ruhiger und wollte beweisen, dass sie Maria an Mut und Hartnäckigkeit in nichts nachstand.

»Dann werde ich dich begleiten.« Entschlossen hakte sie die Schwester unter. »Ich werde dich nicht allein gehen lassen. Dann ertragen wir eben auch die Prügel gemeinsam, schließlich war ich es, die deinen Stolz verletzt und dich zu dieser Tat angestiftet hat.«

Maria hörte nur die Hälfte von Margarethas Worten. Ihre Augen wanderten unschlüssig zu den bleiverglasten Fenstern in der Giebelwand hinauf, hinter der sich die Stuben befanden. Sie brauchte nur zurück ins Haus zu gehen, dann wäre alles vergessen. Da ertönte die Glocke von St. Nikolai, die den hochherrschaftlichen Richter ankündigte. Kurz entschlossen griff sie nach Margarethas Hand. »Komm!« Eng umschlungen, ohne sich noch einmal umzusehen, schlugen die Geschwister die Richtung zum Marktplatz ein.

Unbemerkt hatten die Mädchen den Ort des Spektakels erreicht. Die eben noch wärmende Sonne hatte sich hinter den Wolken verkrochen und verbreitete nun trübes Licht. Obwohl ein frischer Wind aufgekommen war und sich herbstliche Regenschauer ankündigten, fühlte sich die Stadt an wie ein heißes Brot im Backofen. Vor den ersten Häusern am Rande des Marktplatzes blieben die Geschwister stehen. Seit Mittag bewachten die Stadtknechte die Ausgänge zu den einzelnen Bauernschaften. Mit ihren weiten bunten Beinkleidern und den farbigen Bändern an Hosen und Strümpfen wirkten sie wie fremde schillernde Vögel. Da sich fast alle Bewohner bereits auf dem Marktplatz versammelt hatten, erwarteten die Wächter niemanden mehr. Gelangweilt lümmelten sie auf den Mauervorsprüngen, reinigten die verstaubten Lunten ihrer Musketen oder verfolgten das Spektakel vor dem Rathaus.

Maria richtete sich auf und stellte sich auf die Zehenspitzen. Mit scharfem Blick entdeckte sie in dem Gewühl einen freien Platz vor der Tribüne. Nur wenige Fuß entfernt stand der schwere Holzkarren des Henkers und wartete auf Hermann Beschoren, um ihn im Anschluss an die Urteilsverlesung außerhalb der Stadttore zur Gertrudenklause zu bringen, wo er öffentlich enthauptet und verbrannt werden sollte.

Anstelle des sonst mageren Schindergauls dösten heute zwei mächtige Ochsen im Joch. Geduldig ertrugen sie den ungewöhnlichen Wagenaufbau, den drohend über ihren breiten Köpfen in die Höhe ragenden Holzpfahl und den eisernen Herd, in dem ein offenes Schmiedefeuer brannte. Sechs Knechte im Harnisch bewachten das Gefährt mit riesigen Langspießen. Dazwischen bemerkte Maria den Scharfrichter, der scheinbar unbeteiligt in der Glut herumstocherte. Wie ein Schmied fachte er mit einem Blasebalg die Flammen an, bis sie aufloderten und winzige Funken sprühten. Zwischendurch schob er schwere eiserne Zangen in das Feuer, um sie vorzuglühen. Beim Anblick des großen Mannes, dessen sehnige Gestalt sich Respekt einflößend von den Zuschauern abhob, begann Marias Herz heftig zu schlagen.

Über ihm auf der Tribüne, dunkel wie der Fürst der Hölle, thronte der hochherrschaftliche Stadtrichter Kerckmann auf seinem Richterstuhl. Gelangweilt drehte er das Geschenk des Grafen Hermann Adolph zwischen den Fingern: eine winzige silberne Uhr. Die Rubine auf der runden Fassung fingen den Rest des verglimmenden Sonnenlichts ein und umspielten die knochigen Finger des Besitzers mit blutroten, glitzernden Funken. Das tanzende Farbenspiel erhellte die harten, wie eingemeißelt wirkenden Züge und verlieh ihnen eine sanfte Zufriedenheit.

Als er kurz aufblickte, blitzten seine grauen Augen freudig auf. Das Leuchten der Macht und des Triumphes. Mit der Hinrichtung des beliebten Schulmeisters würde für kurze Zeit wieder Ruhe und Ordnung in die Stadt einkehren. Das machte ihn nicht nur zum Sieger, sondern auch zu einem Abgesandten Gottes. Ein selbstgefälliges Grinsen legte sich auf die hohlen Wangen, bevor er sich wieder dem Volk zuwandte und mit hochgezogenen Brauen auf die brodelnde Masse unter sich schielte. Wie die Ratten tummeln sie sich, dachte er, aber er würde ihnen schon noch den gottgewollten Gehorsam lehren. Mit aller Macht und Härte, die ihm sein Schöpfer verliehen hatte. Wen interessierte es da schon, ob der unbequeme Beschoren ein Hexer war oder nicht? Wen, dass er, der Richter, selbst mit ihm in enger Verwandtschaft stand?

Selbstzufrieden hob er den Weinkelch aus Zinn und Rubinen. Doch noch während er sich voller Vorfreude die Lippen leckte, huschte ein dunkler Schatten über sein Gesicht. Missmutig blickte er über den Becherrand auf die Beisitzer an seiner Seite. Die kurze Freude war verflogen. Wie er sie verachtete, die zwei Assessoren in Grau und Schwarz, die eitel und hoffärtig lediglich die reich geschmückten, kunstvollen Meisterwerke ihrer Schneider vorführten!

Als sie seinem abwertenden Blick begegneten, prosteten sie ihm mit heuchlerischer Ergebenheit zu. Alles nur Verstellung, dachte er. Wenn sie wüssten, dass er jeden ihrer falschen Gedanken wie ein Hund erschnüffelte! Er erschauerte unter der pelzverbrämten Schaube. Die kleinste Unachtsamkeit von ihm genügte, und sie würden sich über ihn hermachen wie die Hammel über das Gras. Niemandem an diesem Tisch traute er, niemandem, außer seinem alten Studienkollegen Johannes Berner, der wie immer die Funktion des Fiskals übernommen hatte. Die Verhandlung würde er am anderen Ende der Tafel führen, aber noch blätterte er mit spitzen Fingern in einem der Bücher vor sich.

Kerckmann beugte den Oberkörper etwas nach vorn, um besser sehen zu können. Das schwarze Buch? Es enthielt alle besagten Hexer und Zauberinnen der Stadt. Wonach suchte der Freund? Die Akte »Beschoren« hatte er ihm doch nach der peinlichen Befragung übergeben. Doch Berner ließ sich nicht stören und verfolgte aus den Augenwinkeln heraus jede Bewegung des Verteidigers auf der Gegenseite. Wie zwei Raubvögel belauerten sich die beiden Kontrahenten über die Brillengläser hinweg. Dabei war der Defensor schon jetzt seiner Funktion enthoben. Er verschwendete nur noch seine Zeit hier. Den Rest auf der Empore bildeten die Schöffen, allenfalls stille Zuschauer, eine Riege aus Brokat, Samt und Seide mit eingeschränkter Bewegungsfreiheit. Geziert lachten und scherzten sie miteinander und erwarteten die Ankunft des Verurteilten.

So viel verstaubte Eitelkeit versetzte den Richter in Langeweile, die bei ihm noch schlechtere Laune zur Folge hatte. Der Anblick dieser aufgetakelten Vergänglichkeit war ihm schon lange zuwider, obwohl er selbst dazugehörte. Um sich abzulenken, wandte er sich alsbald dem jungen, nach französischer Mode wie ein Edelmann gekleideten Mann zu, der unauffällig hinter seinen Stuhl getreten war. Sein Anblick ließ sein altes Herz höherschlagen und besserte seine Laune erheblich. Der blass geschminkte Mann war gerade erst mit der Kutsche angekommen. Trotz des feinen Überrocks mit den breiten Spitzenvolants und den wallenden Locken über dem schmalen Kragen hatte Kerckmann in ihm sogleich den Studiosus Hermann Cothmann erkannt. Erfreut über das Wiedersehen, bat er ihn, sich zu ihm auf die Tribüne zu gesellen. Ihm war zu Ohren gekommen, dass der junge Cothmann sich momentan eine Studienpause gönnte und als Hofmeister an der Küste arbeitete. Lächelnd bot der Richter ihm die Hand zum Gruß.

Cothmann musste sich wie alle großen Menschen weit zu Kerckmann hinunterbeugen, um einen Kuss auf dessen Seidenhandschuh zu hauchen. Die Hand wachsam am Degenknauf, flüsterte er mit einem aufgesetzten Lächeln: »Welche Ehre, Ratsherr! Geben Euer Hochwohlgeboren uns nachher das Vergnügen, die Hinrichtung des Hexenmeisters in seinem Haus zu feiern?«

Zufrieden grinste Kerckmann über das greise Gesicht. Der junge Cothmann war doch ein rechter Heißsporn! Hatte nur das Saufen und die Weiber im Kopf. Dabei war ihm längst aufgegangen, dass sich unter dem schwachen Fleisch ein ehrgeiziger Charakter und ein eiserner Wille verbargen, die nur die nötige Unterstützung brauchten, um sich günstig zu entfalten. Kerckmann hatte regelrecht einen Narren an Cothmann gefressen und ihn zu seinem Günstling auserkoren. Ausschlaggebend waren seine hervorragenden Referenzen und die Abstammung von einer angesehenen Fürstenfamilie gewesen. An den Großvater, den langjährigen Bürgermeister vor seiner Zeit, vermochte er sich noch gut zu erinnern, genauso an den Herrn Bruder der Mutter, einen angesehenen Rechtsprofessor, den er insbesondere für seine gute Zusammenarbeit schätzte. Leider hatte es der Vater nie zu etwas gebracht, und Cothmanns Mutter hatte er erst kürzlich als Hexe hinrichten lassen müssen. Dass der Junge in schweren finanziellen Nöten steckte und er deshalb das Studium unterbrochen hatte, war für Kerckmann kein Grund, ihm die Gunst zu entziehen, auch wenn ihn die ganze Stadt seiner Mutter wegen mied. Er verfolgte seine eigenen Pläne mit dem jungen Mann.

»Bei Regen werden wir das Gelage im hinteren Saal meines Hauses abhalten. Ihr seid herzlich eingeladen, Hermann«, antwortete er. Hinter vorgehaltener Hand, sodass nur Cothmann es hörte, fügte er hinzu: »Die schönsten und wollüstigsten Weiber werden uns den Abend versüßen!« Plötzlich kündigte ein ungleichmäßiger Trommelwirbel den Angeklagten an. »Würdet Ihr mir aufhelfen, junger Mann? Die Pflicht ruft, und das Alter zwickt mich wieder.«

Cothmann tat ihm unterwürfig den Gefallen und stützte ihn unter dem Arm.

»Es ist ein Graus, wenn der Geist noch stark ist und der Körper sich bereits der Vergänglichkeit beugen muss. Aber Gott will es so, um unsere Seelen in sein Reich heimzuholen«, murmelte der Richter. »Lasst Euch von einem alten Manne raten: Genießt Euer junges irdisches Leben, Hermann!«

Mit undurchdringlicher Miene wartete der Richter zwischen

Tisch und Richterstuhl. Stolz und finster blickte er auf seine Untertanen hinab. Seine Gestalt hatte etwas Drohendes an sich und wirkte respektvoll auf den Pöbel. Als der Lärm verstummt war, legte sich Totenstille über den Platz. Langsam und würdevoll hob Kerckmann den Arm und gab dann das Handzeichen zur Eröffnung der Verhandlung.

Der Trommelwirbel wurde heftiger, und zwischen den Menschen bildete sich eine Gasse. Allen voran schritt der Trommler, ihm folgten drei Pfarrer und sechs bewaffnete Henkersknechte. Noch nie hatte es ein so großes Aufgebot für einen verurteilten Hexer gegeben.

Abgeschirmt vom Pöbel und im Takt der Schläge wankte der greise Schulmeister Beschoren zwischen vier baumlangen Knechten. Trotz der schweren Eisen an Händen und Füßen versuchte er, sich aufrecht zu halten, was ihm aber nur selten gelang. Bei jedem zweiten Schritt stolperte er über die schwere Kette zwischen seinen nackten Füßen. Als er vor Entkräftung stürzte und mit dem Gesicht auf das Pflaster fiel, traten ihn die Henkersknechte unter dem Gelächter der Zuschauer wieder in den Stand. Doch er hielt sich tapfer. Kein Schmerzenslaut kam über die aufgeplatzten Lippen, nur ein einziges Mal drehte er das Gesicht seiner Frau zu, die ihm, ebenso in Eisen gelegt und von zwei Knechten geführt, folgte.

Als der Zug vor der Tribüne zum Stehen kam, schloss sich schweigend die menschliche Mauer hinter ihm, und die erste Reihe Schaulustiger drängelte sich neugierig bis vor die Stadtknechte. Einer von ihnen stieß den Schulmeister mit der Hellebarde in den Rücken, sodass er nach vorn fiel und kniend und mit gebeugtem Haupt vor dem Hohen Gericht das Urteil erwartete. Gleichzeitig entstand ein reges Durcheinander, da einigen von den Schaulustigen die Prozedur zu lang dauerte.

»Fangt endlich an und macht dem Hexenvolk den Garaus!«, schrien sie johlend. »Wir wollen sie brennen sehen und keine Pamphlete anhören!« Vor Ungeduld bückten sie sich und begannen, Beschoren und sein Weib mit Abfällen und Steinen zu bewerfen, doch ein harscher Befehl des Scharfrichters reichte aus, und sie beugten sich den Hellebarden und Langspießen der Knechte.

In der kurzen Verwirrung ließ der Schulmeister seinen Blick über den Platz schweifen. Als er die Hexenkinder entdeckt hatte, schien es, als würde für einen Moment das Leben in ihn zurückkehren. Die zuvor noch ausdruckslosen Augen sprachen plötzlich eine beredte Sprache: Sie schimmerten feucht, und winzige Tränen rannen Beschoren die hohlen Wangen hinunter. »Meine Kinder«, murmelte er, »Gott beschütze sie.« In diesem Augenblick hätte er zugestimmt, sich die Eingeweide aus dem Leib reißen zu lassen, um das kommende Unheil von ihnen abzuwenden.

Ein Schulmeister von der Detmolder Anstalt, zwei Nonnen, zwei Pfarrer und mehrere Landsknechte trieben die Schüler wie Vieh neben dem Karren mit Stöcken zusammen. In ihren haarigen Büßergewändern und mit kahl geschorenen Köpfen erinnerten sie Beschoren an zur Schlachtbank getriebene Kälber. Jetzt, wo er sie wiedersah, traf ihn die Schwere seiner Schuld, die Schulkinder unter der Folter belastet zu haben, unerträglich stark. In Kürze würde er vor Gott darüber Rechenschaft ablegen müssen, und vor dessen Zorn fürchtete er sich mehr noch als vor dem Tod. Dabei hatte er die Kinder gerade vor diesem Schicksal bewahren wollen, indem er es als Schulmeister für seine Pflicht gehalten hatte, sie über die wahren Hintergründe der Hexenverfolgung aufzuklären.

Das Leid in den Kinderaugen gab ihm all seinen Mut zurück. Er sammelte seine letzten Kräfte und versuchte das schier Unmögliche. Als die Knechte unaufmerksam waren, bäumte er sich auf und entzog sich ihrem Griff. Blind rannte er mit dem Kopf gegen ihre Leiber und biss um sich wie ein tollwütiges Tier. Aus Furcht vor dem Teufel in ihm ließen die Knechte entsetzt von Beschoren ab. Für einen Augenblick frei, stürzte er, soweit es die Kette zuließ, auf die Tribüne zu und hob die gefalteten Händen zu dem Richter. »Habt Erbarmen, hoher Herr. Vierteilt mich, zerstreut meine Asche in alle Winde, aber verschont um Himmels willen die Kinder!«, flehte er ihn mit dünner Stimme an.

Stadtsekretär Berner stand auf. Er hielt das Pergament mit der Anklageschrift in den Händen und beantwortete höhnisch anstelle des Richters die Bitte des Hexenmeisters. Dafür unterbrach er das Gespräch mit dem Verteidiger und blickte von oben, über den Tisch gebeugt, auf Beschoren hinab. In den grauen Schreibtischaugen spiegelten sich Langeweile und grenzenloser Zynismus. Erbarmen für die Hexenkinder war nicht darin zu finden.

»Weshalb bittet Ihr für sie, Hexenmeister? War es nicht einer Eurer eigenen Schüler, Schulmeister Beschoren, welcher Euch der Zauberei bezichtigt hat?«

»Erbarmen, Ihr hohen Herren ...«

Zwei Knechte versuchten, ihn von der Tribüne wegzuzerren. Doch beherzt und mit Gottes Hilfe gelang es dem Schulmeister, sich ein zweites Mal zu befreien. Diesmal hatte er die Axt eines Knechtes ergriffen und schwang sie drohend über dem Kopf. Mit klirrenden Ketten und der Axt in den gefesselten Händen steuerte er auf die Stufen zu, die zur Tribüne führten.

Berner war nur um eine winzige Nuance blasser geworden. Für solche Pannen war Meister David zuständig. Es war seine Aufgabe, den wild gewordenen Hexenmeister zu bändigen.

Behände sprang der Scharfrichter vom Wagen und winkte den Knechten, die ihm rasch folgten. Während der Henker sich kraftvoll über Beschoren warf und ihm beherzt die Axt entriss, schlugen und traten seine Helfer den Hexenmeister zu Boden.

Schmerzhaft spürte Beschoren den Fuß eines Knechtes im Genick, dann schob man ihm auch noch einen Luntenstock rücklings durch die Arme, sodass es ihm die Beine wegriss und er mit dem Kinn auf das Pflaster schlug. Der Aufprall schmerzte und drückte hart auf die Muskeln, doch er presste die Lippen zusammen und ertrug die Qualen in Demut. Denn Gott hatte ihn erhört und ein Zeichen geschickt. Ein Zeichen, das er in den Augen Marias erblickt hatte, die er unter den Hexenkindern wähnte und die plötzlich aus der Geborgenheit des mächtigen Holzgerüstes, unterhalb der Tribüne, erschrocken auf ihn herabgeschaut hatte.

Die Mädchen hatten die Unaufmerksamkeit der Wächter genutzt, um sich unbemerkt an ihnen vorbeizuschmuggeln. Doch als Maria sich der undurchdringlichen Zuschauerwand gegenübersah, überkam sie große Ratlosigkeit. Nirgendwo war an ein Durchkommen zu denken, und Margaretha frohlockte bereits: »Komm, Maria, du siehst ja selbst, Gott hat sich gegen uns verschworen. Lass also Meister David in Ruhe seine Arbeit tun. Der Vater hat sicherlich unsere Abwesenheit bereits bemerkt und sucht nach uns!«

Aber in diesem Moment hatte Maria eine winzige Lücke erspäht, die durch den Tumult vor der Tribüne entstanden war. Rasch gab sie der Schwester den Befehl: »Du wartest hier! Und wenn ich zurückkomme, gehen wir nach Hause.«

Hilflos sah Margaretha zu, wie die Schwester auf die dichten Zuschauerreihen zusteuerte und hinter einem Händlerkarren ihren Blicken entschwand.

Ohne sich noch einmal umzusehen, drängelte sich Maria unter Einsatz ihrer Hände und Ellbogen durch die Mauer parfümierter Stoffe, Tücher und Körper. Einige Male war es stockdunkel um sie herum, und sie verlor für den Bruchteil einer Sekunde die Orientierung. Sosehr sie sich auch reckte, die federgeschmückten Barette der Herren und die ausladenden Hüte der Damen versperrten ihr die Sicht. Einmal stieß sie sich unsanft an einem Händlerstand, ein anderes Mal stolperte sie über ein verirrtes Ferkel, das quiekend durch ihre Beine flüchtete. Längst war sie zur Umkehr bereit.

»Margaretha, wo bist du?«, schrie sie, um die Schwester im Gewühl wiederzufinden. Inständig hoffte sie, dass sie noch an der vereinbarten Stelle ausharrte, und bat Margaretha innerlich um Verzeihung für ihre Torheit. Heiße Tränen rannen ihr über die Wangen, und sie lief wie betäubt weiter, bis sie sich plötzlich den Kopf stieß. Erschrocken und benommen zugleich bemerkte sie, dass sie vor dem Holzaufbau der Tribüne stand.

Der Raum darunter war hohl. Rasch lebte Marias Verstand wieder auf und riet ihr, dort Schutz zu suchen, bis das hochnotpeinliche Gericht abgehalten war. Auf Händen und Füßen kroch sie unter die Tribüne, bis sie erschöpft zwischen zwei wuchtigen Holzstämmen liegen blieb. Als sie sich stark genug fühlte, um aufzustehen, erstarrte sie. Ihre Augen sahen geradewegs in die ihres Schulmeisters Hermann Beschoren. Das Leid in ihnen, sein verändertes Aussehen und der gebeugte Rücken unter dem Fuß des Knechtes verwirrten sie. Ohne dass sie es hätte verhindern können, begann sie leise zu weinen.

»Herr im Himmel«, schluchzte sie verängstigt, »gütiger Vater, mach, dass der böse Traum aufhört. Ich habe solche Furcht!« Sie schloss die Augen und bekreuzigte sich. Dann öffnete sie langsam wieder die Lider in der Hoffnung, dass ihre Bitte erhört und der Schulmeister und das ganze Spektakel wieder verschwunden waren.

Doch Beschorens leerer Blick war noch immer unbeweglich auf sie gerichtet. Er hatte das Mädchen bemerkt und wagte sich nicht zu rühren, nur die angeschwollene, pochende Halsschlagader verriet seine Erregung. In diesem Moment ließ der Druck in seinem Genick nach, und der Fiskal verlas den Artikel der Anklage. Wie durch einen dichten Schleier nahm Beschoren die Worte wahr. Seine Gedanken weilten bei Maria und der Furcht, sie könnte von den Knechten entdeckt werden.

Aber da hatte Maria sich bereits ein Herz gefasst und schob sich auf den Knien ein paar Zoll auf ihn zu. »Schulmeister«, hauchte sie zitternd, »lieber Schulmeister, leidet Ihr große Schmerzen?« Sie streckte die Hand nach ihm aus, um ihn zu berühren und zu trösten. »Ich werde Gott und auch Meister David bitten, damit Letzterer Euch nicht wehtut. Der Henker wird mir die Bitte nicht abschlagen und genauso wenig der Herr meine vielen Gebete, in die ich Euch hundertfach eingeschlossen habe.«

Ein Sonnenstrahl glitt über das ausgemergelte Gesicht Beschorens. Der Schulmeister sah so aus, als lächelte er sanft über das unbescholtene Kind, dessen reine Seele noch an Wunder glaubte.

Doch im gleichen Moment lenkte Johannes Berner seine Aufmerksamkeit auf sich. Er richtete eine Frage an den Angeklagten: »Habt Ihr, Schulmeister Hermann Beschoren, vernommen, wessen Ihr und Euer Eheweib auf einhelliges Belieben und rechtlichen Schluss beider Räte dieser Stadt Lemgo angeklagt seid? Nehmt Ihr das Urteil an? So antwortet deutlich mit Ja!«

Nur zu gut erinnerte Hermann Beschoren sich an die Qualen der Tortur, unter welcher die Anklage zustande gekommen war. »Lächerlich, der Vorwurf der Zauberei.«

Genau wie bei all den anderen Anklagen vor der seinen beruhte sie nur auf Gerüchten und vom Rat zurechtgelegten Fragen. Nicht der Teufel hatte ihn als seinen Hexenmeister ausgewählt, sondern der Hohe Rat selbst. Doch jetzt war er mit seiner Seele im Reinen und wünschte sich nur noch einen schnellen Tod.

Während er den Blick noch immer auf Maria gerichtet hielt, beantwortete er geistesabwesend Berners Frage und hoffte inständig, dass Cordt Rampendahl endlich auftauchen und seine Tochter von diesem Ort fortbringen würde. »Ja.«

Nach Berner sprach der Verteidiger. Er näselte leicht und beendete seine Ausführungen schnell.

»Das Palavern könnt Ihr Euch sparen. Es hat sowieso keinen Einfluss mehr auf den Verlauf des Prozesses«, presste Beschoren kaum hörbar zwischen den Zähnen hervor und faltete die Hände. Als er Maria in sein Gebet einschloss, hörte er plötzlich ihre Stimme ganz dicht neben seinem Ohr. Zu Tode erschrocken riss er den Kopf herum und blickte ihr geradewegs in die verweinten Augen. Er hätte sie ohne Weiteres berühren können, so nahe war sie ihm.

»Schulmeister, könnt Ihr Gott, den Allmächtigen, nicht fragen, ob ich auch eine Hexe bin? Alle behaupten es wegen meiner Großmutter Salmeke.«

Ohne dass er es bemerkt hatte, war sie unter dem Podest hindurch auf ihn zugekrochen und befand sich nun in Lebensgefahr. Um von ihr abzulenken, betete er inbrünstig weiter. »In Gottes Namen, geh, Kind«, raunte er Maria zwischendurch zu, »und verlass diesen furchtbaren Ort!«

Er hatte noch nicht zu Ende gesprochen, da wurde sie auch schon unsanft von hinten gepackt und von ihm weg zurück in ihr Versteck gezogen.

»Au!«, schrie sie und blickte erschrocken in das grinsende Gesicht des Studiosus Cothmann. Als sie sah, dass es kein Knecht, sondern ein junger Edelmann war, der sie gepackt hatte, verlor sie ihre Furcht. Sie konnte sich sogar erinnern, sein geschminktes Gesicht schon einmal gesehen zu haben: auf der Hinrichtung der Hexe Catharina Goehausen. Unter einer Mönchskutte war er Maria aufgefallen, weil seine Haut so leichenblass gewesen war, als habe man sie weiß überpudert. Die Mutlosigkeit in seinen Augen hatte damals ihr tiefes Mitleid erweckt, doch der Vater hatte sie schnell weggebracht, als die Menge Cothmann in der seltsamen Verkleidung erkannt und mit Steinen und Kot beworfen hatte. Letztendlich hatte ihn ein gräflicher Verwandter, der eine dunkle Kutsche besaß, vor Schlimmerem bewahrt.

»Wer seid Ihr, und was erdreistet Ihr Euch?«, schimpfte Maria. »Wenn mein Vater erfährt, wie Ihr mich behandelt, wird es Euch schlecht ergehen!« Wütend zappelte sie in seinem festen Griff.

»Ich glaube eher, dein Vater wird dich mit dem Stock verprügeln. Was suchst du eigentlich hier, du kleine Kröte? Du kannst Gott danken, dass *ich* dich entdeckt habe und nicht einer von den Knechten oder gar der Scharfrichter«, versuchte er ihr Angst einzujagen. Er keuchte vor Anstrengung.

Seine Worte verwirrten sie, und sie vergaß, sich zu wehren. Cothmann nutzte den Moment, um sie ohne Mühe zum Tribünenaufgang zu tragen, wo er sie wieder absetzte. Einen Moment lang musterte er sie verschnaufend, dann schob er neugierig ihre Kapuze zurück. Erstaunt hob er die geschminkten Augenbrauen. »Bist du von fürstlichem Geblüt, mein Kind? Wer ist dein Vater?«

Entzückt betrachtete er sie. War dies noch ein Kind oder schon ein Weib? Während er noch darüber nachdachte, hob er mit den behandschuhten Fingern der Rechten ihr Kinn und fuhr mit den Fingerkuppen bedächtig die Linien ihrer Wangenknochen nach. Dabei zwang er Maria, ihn anzusehen, und zog sie aus dem Schatten der Tribüne in das Licht, um sie besser in Augenschein nehmen zu können. Mit der freien Hand nestelte er an ihrem Umhang, begierig darauf zu erfahren, was für Liebreize sich darunter verbargen. Da traf ihn schmerzhaft ihr Fuß am Schienbein.

»Mein Vater ist Cordt Rampendahl, und mein Name ist Maria!« Ihre Augen blitzten zornig, während sie sich flink seinem Griff entwand und er erstaunt seinen beschmutzten Strumpf betrachtete.

»Du Biest«, fauchte er amüsiert, »das sollst du mir büßen!« Seltsamerweise war er nicht im Geringsten wütend auf das Mädchen, vielmehr reizte ihn seine Abwehr. Um Maria zu ärgern, täuschte er ein böses Gesicht vor und griff erneut nach ihr.

Maria duckte sich blitzschnell, und seine Hand verfehlte sie um Haaresbreite. Mutig nahm sie all ihre Kräfte zusammen und rannte gegen seine gespreizten Beine. Während er völlig überrumpelt strauchelte und nach Halt suchte, lief sie flink an ihm vorbei. Und noch bevor er begreifen konnte, dass sie ihm entwischt war, streckte sie ihm keck die Zunge heraus und tauchte kichernd in der Menge unter.

»Ehrenwerter Richter, ich bitte um die Verlesung des Urteils«, richtete Berner gerade das Wort an Kerckmann.

»Verkündet nun das Urteil, Fiskal Johannes Berner«, gab der Richter seine Zustimmung, der durch den jungen Studiosus abgelenkt wurde, der seinen Platz hinter ihm wieder eingenommen hatte.

Dass Berner zur Verlesung schritt, hielt Cothmann nicht davon ab, dem Richter leise seine Beobachtung mitzuteilen. Leicht zerzaust ordnete er rasch Perücke und Rock, bevor er sich, noch ganz von Marias Bild eingenommen, zu Kerckmann hinabbeugte. Hinter vorgehaltenem Taschentuch schwärmte er von der Begegnung: »Beim Urinieren ist mir soeben ein Mädchen von fürstlicher Gestalt begegnet. Sie würde eine gute Ehefrau abgeben, wäre sie etwas älter, aber leider werde ich ein alter Mann sein, wenn sie so weit ist.«

Der Bürgermeister hielt den Blick steif geradeaus auf die Menge gerichtet. »Konntet Ihr den Namen des Mädchens erfahren?«

»Sie trägt den göttlichen Namen Maria.«

Kerckmann suchte in seinem Gedächtnis, dann verfinsterten sich seine Züge. »War es vielleicht Maria Rampendahl?«

»Genau!«

»Dann meidet sie. Sie ist eine verdammte Hexe und Schülerin von Hermann Beschoren!«

»Warum ist sie dann nicht unter den verurteilten Hexenkindern?« Cothmanns geschminktes Gesicht war vor Erstaunen zu einer starren Karnevalsmaske geworden.

»Weil der Hexenmeister seine Lieblingsschülerin mit Hilfe eines Teufelszaubers zu schützen vermochte. Meister David ist es nicht gelungen, ihm ihren Namen zu entreißen. Aber auch das wird der Hexe auf lange Sicht nichts nützen. Eines Tages werden wir sie überführen, und dann wird sie brennen. Es ist nur eine Frage der Zeit.«

Erneut setzte Trommelwirbel ein, diesmal wild und heftig, um die Aufmerksamkeit der unruhig gewordenen Zuschauer anzuschüren. Das Volk war nicht gekommen, um langen Reden zu lauschen, es wollte den Hexenmeister leiden sehen, ihn vor Schmerzen schreien und um Gnade winseln hören. Im Grunde genommen interessierte den Pöbel das grausige Schauspiel nur, um die eigenen Aggressionen abzureagieren, die der Hohe Rat geschickt in die richtigen Bahnen zu lenken wusste. Das törichte Volk wollte den Sieg des Guten über das Böse feiern, nichts ahnend, dass es dadurch nur das Ansehen des Richters und des ehrenwerten hochherrschaftlichen Rates stärkte.

Mit einem Handzeichen verschaffte Berner sich Gehör, dann tönte seine Stimme über den Marktplatz. »Kommen wir nun zur Verlesung des Urteils über Hermann Beschoren, Schulmeister der Stadt Lemgo!«

Feierlich erbrach er das Siegel und entnahm der Akte das Pergament mit dem Urteil. Dann begann er laut vorzulesen:

In Peinlicher Sachen, peinl. Ambts Anclegers
der Stadt Lemgo eins wieder Herman Buscharn
Peinl. Angeclagter anderstheils wird wegen
angeholten einsolches Dienten den Rechttgelahrten
vor unß Bürgermeister und
beiden Städter der Stadt Lemgo hiemitt
zu recht erkandt und außgesprochen das
zugegen Peinl. Angeclagter Hermann Buscharn
einer vorubten begangener und als bereits
alhier öffentlich für diesem gesagten
Peinl. Halsrichter freiwilligh ingüte
gestandener und bekandter Zauberei halber
auch als er vorschiedeene kleine Kinder
so ihm von uns den Eltern zur Schule geprachet
an statt schuldiger Information das Zaubern
gelernt und also deshalb dem Teuffel zu geführet,
indem zu Schreck und abscheulichem Exempel –
ihm aber zu wolverdienete Gerichtsstraffe –
zuerst dreimahl mitt gluendenen
Zangen anzugreiffen und folgendts
mit dem Schwertt vom leben zum
thode hinzurichten gelegen und darauf der Thodte
Corporis mit dem feuer zu verbrennen sey.

Berner verstummte kurz, um die Worte wirken zu lassen. Einige der Zuschauer murrten, dann begann es zu brodeln wie in einem überkochenden Kessel. Rufe wie: »Macht schon, beeilt euch!«, ertönten aus der Menge. »Schlagt dem Hexenmeister endlich den Kopf ab!« Und einer aus der ersten Reihe, mit feisten Wangen, spitzem Hut und Gänsebauch, schrie: »Er hat unsere Kinder verhext. Auf ewig sollen sie in der Hölle schmoren!« Es war Johann Vieregge, der seine Tochter Maria an der Hand hielt.

»Ruhe, ihr guten Leute!«, verschaffte sich Berner noch einmal Gehör und hob die Hand. »Lasst mich noch das Urteil über Margarethe Hake, Ehefrau des Schulmeisters Hermann Beschoren, zu

Ende verlesen, damit ich sie beide rechtens dem Henker übergeben kann.«

Nachdem er auch dieses ausführliche Urteil verlesen hatte, schob er das Pergament umständlich in die Akte zurück. Sein Blick blieb an dem Hexenmeister hängen: »Schulmeister Hermann Beschoren, habt Ihr noch einen Wunsch? Dann äußert ihn jetzt.«

Beschoren verharrte unbeweglich. Nur die arbeitenden Gesichtsmuskeln zeugten von den Gefühlen, die in ihm tobten.

»Gott vergebe ihnen, denn ich habe ihnen bereits vergeben. Sie wissen ja nicht, was sie tun«, murmelte er leise. Sein Blick wanderte zu seiner Ehefrau. »Verzeih auch du mir, wenn ich dir kein guter Ehemann war. Ich liebe dich.« Der Schmerz in den Augen seiner Margarethe machte ihn schier wahnsinnig. Sie war nicht so stark wie er. Ihre verwirrte Seele nahm das Geschehen um sie herum längst nicht mehr wahr, war nur noch auf den bevorstehenden Tod konzentriert. Sein Körper straffte sich. »Macht ein schnelles Ende, Meister David!«, rief Beschoren dem Henker zu.

»Meister David, hiermit übergebe ich die Schuldigen Eurer hochgeschätzten Kunst, sie vom Leben zum Tode zu befördern«, gab der Fiskal dem Scharfrichter den Befehl. »Friede ihrer Seele.«

Er hatte die Worte noch nicht ausgesprochen, da wurde der Schulmeister von hinten gepackt und zum Karren geführt. Wie auf ein unsichtbares Zeichen hin begann die Menge erneut zu toben. Vor der Treppe zum Karren hielt Beschoren noch einmal inne und sah zurück zu seiner Frau. Die Knechte hatten sie mit den Händen an das Ende des Wagens gebunden, ihre Augen blickten ausdruckslos ins Leere. Dann suchte er nach seiner Schülerin. Als er Maria nirgends entdeckte, stieg er erleichtert die Treppe hinauf.

Marias Hände zitterten, als sie dicht neben ihm das Wagenrad umschlossen und ihr Blick hinauf zum Wagen flehte, auf dem der Scharfrichter neben dem Pfahl breitbeinig auf Beschoren wartete. Unbemerkt hatte sie es geschafft, neben den Karren zu gelangen. Aus ihren kindlichen Zügen war jegliches Blut gewichen. Sie hatte den Mund zu einem Schrei geöffnet, ihre vollen Lippen bewegten sich verzerrt. Es kostete sie unendliche Mühe, ihrer trockenen Kehle einen heiseren Ton zu entlocken. Verzweifelt kletterte sie die Sprossen der Räder hinauf und klammerte sich an das Holz, bis ihre Finger zu bluten begannen.

»Meister David!«, rief sie. »Meister David, hier bin ich! Bei Gott, bitte, seid gnädig und erspart meinem Schulmeister die Qualen, so wie Ihr sie einst meiner Großmutter in Eurer Großmut erspart habt. Ich werde Euch jeden Abend bei untergehender Sonne in meine Gebete einschließen, und der Herr wird es Euch vergelten.«

Sie sah, wie der Henker sich kurz über das Wagengitter beugte und suchend hinab in die Menschenmenge schaute. Doch ihre Schreie verklangen ohne Antwort in der grölenden Masse. Wie ein verebbender Sturm gingen sie in dem Orkan unter, der nun einsetzte.

Als die Knechte den Schulmeister die letzte Stufe hinauf vor seine Füße stießen, reichte ihm David helfend seine kräftige Hand. In dem Handschuh fühlte sie sich kühl an. Der Henker nickte kurz, während Beschoren hinter der ledernen Maske nach seinen Augen suchte.

»Warum, mein Sohn, verbirgst du heute dein Gesicht vor mir?«, fragte er leise. »Noch nie hast du Derartiges getan und den Verurteilten stets aufrichtig in die Augen gesehen. Ist's die Abscheu, oder gerätst du diesmal mit deinem Gewissen in Konflikt?«

David hielt die zitternde Hand seltsam lange fest. Hinter den Augenschlitzen arbeitete es, und Beschoren glaubte, eine winzige Träne zu entdecken.

»Du bist noch so jung, mein Sohn. Töten ist dein Handwerk, wie es schon das deines Vaters und deiner Großväter war, aber ich weiß, dass du ein Meister deines Faches bist. Befürchte nicht, dass ich dich im Angesicht des Todes mit einem bösen Fluch belege. Aber selbst wenn es so wäre, würde dich deine Kappe nicht davor schützen. So nimm sie ab, mein Sohn, und schau mir ehrlich ins Gesicht.«

Stumm vernahm David die Worte des Schulmeisters, während die Menge ihn grölend anfeuerte, endlich mit der Prozedur zu beginnen. Die Knechte hatten alle Mühe, den Karren vor Übergriffen zu bewahren. Weder der Schulmeister noch die Henkersknechte bemerkten, was in diesem Moment hinter Davids hoher Stirn vor sich ging. Lediglich die aufeinandergepressten Lippen legten Zeugnis davon ab, dass in ihm ein Mensch mit Gefühlen lebte.

Plötzlich ging ein Ruck durch den kräftigen Körper. »Stellt Euch vor den Pfahl und beugt Euch nach vorn«, befahl er Beschoren, der vergeblich darauf gehofft hatte, in Davids Augen sehen zu können.

»Gott wird es dir vergelten«, murmelte er.

David zog ihm das Hemd über den Kopf und schlang ihm die Seile um die Füße. Die Arme band er mit einem Riemen hinter dem Pfahl zusammen. Zuletzt legte er noch einen breiten Strang um seinen Körper, sodass nur der nach vorn gebeugte Oberkörper frei blieb. Eine Kopfbewegung des Henkers Richtung Tribüne genügte, um zu verstehen zu geben, dass die Vorbereitungen beendet waren. Der Fuhrmann setzte die Ochsen in Bewegung. Links und rechts begleiteten zwei Priester den Karren und beteten voller Hingabe, während die Menge erwartungsvoll dem Wagen folgte.

»Ich werde Euch jetzt mit glühenden Zangen reißen und auf dem Wege zum Tor noch zwei weitere Male, bevor ich Euch mit dem Schwert enthaupte und Euren Körper anschließend dem Scheiterhaufen übergebe. Der Herr wird mir verzeihen«, sagte der Henker zu Hermann Beschoren und setzte ihm eine der schweren glühenden Eisenzangen in das Genick.

Die Zuschauer hielten den Atem an. Dichter Rauch stieg auf, es zischte und stank nach verbranntem Fleisch. Beschorens magerer Körper wand sich in den Seilen, doch über seine blutleeren Lippen kam kein Schmerzenslaut. Als der Henker die Zange wieder absetzte, war die Haut des Schulmeisters im Genick aufgeplatzt und qualmte.

David hielt die Zange in einen bereitstehenden Behälter mit kaltem Wasser und entfernte die herausgerissenen verbrannten Fleischstücke. Die Menge reagierte enttäuscht. Wütend griffen sie Meister David an. »Geh nach Hause zu deinem Weib, Henker, und übergib lieber uns den Hexer!«

»Treib die Ochsen an!«, rief David dem Fuhrmann zu. Die Schmach brannte wie Feuer. Beschoren hatte die Prozedur klaglos wie ein Mann ertragen, aber der Pöbel wollte unterhalten werden. Eine solche Panne durfte ihm kein zweites Mal passieren. Voller Zorn griff er zur nächsten Zange.

Als die massigen Ochsen sich in das Joch stemmten, wurde Maria vom Rad geschleudert. Die gewaltigen Räder setzten sich knarrend in Bewegung, während sie von dem vorwärtsdrängenden Pöbel mitgerissen wurde. In ihren großen Augen stand das blanke Entsetzen.

Sie rannte um ihr Leben, ohne den Blick von dem Henker zu wenden, der dem Schulmeister erneut die Zange ansetzte, um noch weitaus härter an seinem Fleisch zu reißen als beim ersten Mal. Gnadenlos zerstörte der Henker das reine Bild vom gütigen Meister David in Marias Seele, während erneut Rufe nach Beschorens Tod erschallten. Doch der Schulmeister gab keinen Schmerzenslaut von sich. Ohnmächtig hing er in den Seilen. Den Lehrer so leiden zu sehen, verursachte Maria unendliche Qualen, während die wachsende Mordgier in den Augen der Zuschauer sie ängstigte. Von Panik erfüllt versuchte sie, dem Geschehen zu entkommen, und rief nach Margaretha. Wie eine hölzerne Puppe wurde sie bis vor die Osterpforte mitgeschleift, wo der Pulk plötzlich stoppte. Während der kurzen Verschnaufpause sah sie entsetzt an sich hinunter. Die seidenen Strümpfe und Schuhe waren bis zum Rocksaum mit menschlichen Abfällen und Pferdekot beschmutzt. Doch die Menge ließ ihr keine Zeit, darüber nachzudenken. Weiter ging es bis zur Landwehr, wo der Karren an der großen Handelsstraße zum Stehen kam. Auch die Kutschen des Hohen Gerichts hielten inne: ein Vier- und zwei Zweispänner hinter dem Schinderkarren. Von den hinteren Reihen wurde Maria gegen einen in die Erde gelassenen Zaun gepresst, hinter dem sich der Scheiterhaufen befand. Er war so hoch, dass er ihr die Sicht über die Feldmark versperrte, und ruhte auf sechs kräftigen Balken. Die Henkersknechte hatten darauf Kluftholz mit Stroh, Teer und Pech geschichtet. Der Haufen hatte die Höhe eines erwachsenen Menschen. Ängstlich und zugleich angesteckt von der Erregung der Zuschauer, klammerte sich Maria an die Absperrung. Neben ihr versuchten einige Vorwitzige bereits, über den Zaun zu klettern, und andere taten es ihnen nach. Bald hingen sie wie Trauben an der Holzwand und nahmen ihr die Sicht. Wieder dachte sie an Margaretha. Die Schwester würde sicher nach ihr suchen, doch ein Zurück war bei der Menschenmenge unmöglich, und auch das Schauspiel vor ihr hielt sie plötzlich wie ein böser Zauber gefangen.

Der Henker hatte sich auf das danebenstehende kleinere Podest begeben, in dessen Mitte sich ein riesiger Hauklotz befand. Direkt davor stand ein Behälter für den Kopf des Hingerichteten.

Unter einem Schwall von Hochrufen stieg nun der Richter bedächtig die drei Stufen zu dem behelfsmäßigen Schafott hinauf. Ihm folgte der Pfarrer von St. Nikolai mit gesenktem Kopf. Maria hatte ihren Beichtvater längst erkannt. In der Hoffnung, er würde sie sehen, winkte sie mit beiden Händen und schrie, so laut sie konnte: »Hochwürden, hier bin ich!«

Doch Pfarrer Andreas Koch hörte ihr Rufen nicht. Gerade raunte ihm Kerckmann zu: »Ich hoffe nicht, Hochwürden, dass seine Enthauptung Beschoren noch zum Märtyrer macht. Er ist schließlich nicht von Adelsgeblüt, sondern nur ein Schulmeister, dem diese Ehre widerfährt. Dem Pöbel ist es morgen sowieso schon wieder egal, der wievielte Hexenmeister er war. Hauptsache, die Leute haben Spaß.«

Neben Johannes Berner war auch der junge Studiosus aus der Kutsche gestiegen. Er begleitete Berner zu Margarethe Hake, die in dem Moment von den Henkersknechten mit Stricken auf einer am Boden liegenden Leiter festgebunden wurde.

Beschorens Gattin lag rücklings auf den Sprossen. Die Knechte achteten genau darauf, dass alles im richtigen Lot stand und ihre Füße nicht zu tief hingen. Nur noch ihr Kopf am Leiterende war beweglich, um den Leib, die Füße und die Handgelenke hatten die Knechte starke Seile gebunden und mit den Sprossen verknotet.

Bisher hatte die Verurteilte alles teilnahmslos über sich ergehen lassen, doch nun, als die Knechte ihr Werk begutachteten und hier und da an den Stricken zogen, erwachte sie aus ihrer Lethargie. Verzweifelt riss sie an den Stricken. »Neiiiin!«, schrie sie. »Ich will nicht sterben! Ihr Hurensöhne, bindet mich los! Lasst mich zu meinem Mann! Herr, ich bin uuunschuldig!«

»Es ist immer dasselbe«, erklärte Berner dem jungen Cothmann ungerührt. »Erst bekennen sie sich zur Hexerei, und dann, im Angesicht des Todes, sind sie plötzlich alle wieder unschuldig. Aber genau das will das Volk sehen. Es will sie wimmern hören und Tränen fließen sehen. Wäre es nicht so, wäre es schnell vorbei mit unserer Glaubwürdigkeit.« Vertrauensvoll zog er Cothmann näher zu sich heran. »Nicht nur der Scharfrichter verdient an der Hinrichtung des Hexenmeisters. Auch wir gehen dabei nicht leer aus.« An Cothmanns Grinsen sah er, dass dieser ihn verstanden hatte.

Doch hinter der glatten Stirn vom Studiosus tobten andersgeartete Gefühle. Er verstand es, sie geschickt vor Berner zu verbergen, als er sich neugierig über den Körper der Hexe beugte. Kalt und emotionslos glitt sein Blick über sie hinweg, doch als Margarethes Augen, durch sein Interesse mit neuer Hoffnung erfüllt, verzweifelt an seinem Gesicht hängen blieben, schien es, als kehre die Erinnerung an die Vergangenheit zurück, die er zuvor verdrängt hatte. Kaum wahrnehmbar formten seine Lippen ein Wort, das nur Margarethe verstand: »Mutter!« Anstelle ihres grauen, kahlen Schädels glaubte Cothmann plötzlich, das weißblonde Haar seiner Mutter Catharina vor sich zu sehen und die stumme Klage in ihren gebrochenen Augen, als man sie, kahl und mit Wunden übersät, tot aus ihrem Gefängnis zum Scheiterhaufen geschleppt hatte. Gleichzeitig aber straffte sich sein junger Körper, und er schämte sich seiner Schwäche. Berners unausgesprochene Frage beantwortete er mit einem gleichgültigen Achselzucken. Man hatte ihn gedemütigt, ihn mit Schimpf und Schande beladen, aber dank seiner mächtigen Freunde war er nur stärker geworden. Mit undurchdringlicher Miene überließ er Margarethe ihrem Schicksal. Er würde die Schmach, die ihm in seiner Geburtsstadt angetan worden war, niemals vergessen.

Hermann Beschoren stolperte zwischen den Knechten die Treppe hinauf zum Schafott. Obwohl ihm die glühenden Zangen schon zwei Mal die Besinnung geraubt hatten und ihn jedes Mal ein Bottich mit kaltem Wasser wieder zu Bewusstsein gebracht hatte, schritt er die letzten Stufen in seinem Leben aufrecht hinauf. Er nahm weder den Scharfrichter mit dem Richtschwert noch den Richter und den Priester wahr, der ihm aus der Bibel vorlas. Sein letzter Blick galt seiner Frau Margarethe. Man hatte die Leiter neben dem Scheiterhaufen in eine senkrechte Lage gebracht, sodass er in ihr vor Angst wahnsinniges Gesicht sehen konnte. Ihre Augen quollen übergroß aus den Höhlen hervor. Schrill schrie sie: »Hermann, hilf miiir!«

Ein letztes Mal richtete Kerckmann das Wort an ihn: »Hermann Beschoren, Schulmeister von Lemgo, ich übergebe Euch nun Eurem höheren Richter.« Er bekreuzigte sich.

Der Schulmeister blickte zu der herbstlich geschmückten Feldmark hinüber, dann wanderten seine Augen über die Köpfe der Menschen, die noch vor wenigen Tagen seine Freunde und Nachbarn gewesen waren. Einen Moment verweilte sein Blick auf dem Mädchen am Zaun. In ihren wunderschönen Augen spiegelten sich Schock und Hilflosigkeit. Seine letzten Gedanken galten ihr, als in der Ferne die Glocken der Kirche von St. Nikolai erneut anschlugen. Dann wurde er von hinten gepackt, die Knechte zwangen ihn in die Knie und drückten seinen Kopf auf den Klotz. Er sah noch, wie Meister David mit dem Schwert hoch über ihm zum Schlag ausholte. Die Schneide blinkte. Ein vorwitziger Sonnenstrahl hatte die Wolken durchbrochen. Dann ging ein Aufschrei durch die Menge, und sein Kopf fiel nach einem sauberen Schlag in den Korb.

Als der kopflose Körper zuckend neben den Klotz sank, hob der Fiskal den Arm. »Legt Feuer!«, gab er den Knechten den Befehl.

Mit ölgetränkten Fackeln entzündeten die Büttel die acht Klafter Holz, fünf Stiegen Stroh und eine halbe Tonne Teer von vier Seiten. Schnell züngelten die Flammen empor, das Stroh begann zu knistern, und Funken sprühten. Das Feuer fraß sich weiter durch bis zum oberen Kluftholz, und noch bevor die Flammen den gesamten Scheiterhaufen erfassten, hoben die Büttel die Leiter an.

Margarethe ruckte an den Seilen und versuchte, sich flach zu machen. Vergeblich. Sechs Knechte kippten die Leiter in das Feuer. Sie schrie, dann schlugen die Flammen wie ein roter Feuerball über ihr zusammen.

Inzwischen hatten die Henkersknechte in aller Eile den leblosen Körper des Schulmeisters auf eine zweite Leiter gebunden und schmissen ihn nun gleichfalls in das Feuer. Als der abgetrennte Kopf in hohem Bogen hinterherflog, kreischte die Menge vor Vergnügen.

Der Scheiterhaufen brannte jetzt lichterloh. Schwere Rauchwolken trieben über die Köpfe der Menge hinweg und reizten die Schleimhäute. Die Zuschauer husteten und rüsteten sich zum Aufbruch. Gemächlich wanderten die ersten in Richtung Osterpforte davon, als die Pferde vor den Kutschen der Ratsherren sich in Trab setzten.

Meister David verzog sich zufrieden in eine geschützte Ecke. »Er war sofort tot, der Herr sei seiner Seele gnädig«, murmelte er, stolz auf den sauberen Schnitt, der ihm reichlich Lohn und Anerkennung einbringen würde. Erwartungsvoll sah er zum Himmel hinauf. Ein feuchter Westwind war aufgekommen und blies jetzt kräftig in die Flammen. Er hoffte auf Regen, den der Wind meistens mit sich brachte. Der Regen war sein Verbündeter. Er nahm ihm einen großen Teil der Nacharbeiten ab.

Mittlerweile war der Platz in tiefschwarzen Rauch getaucht. Nur noch die Knechte harrten vor dem Scheiterhaufen aus. Ihre Augen waren rot und tränten stark. Sie husteten. David hielt sich ein Tuch vor die Nase und näherte sich dem Haufen an einer heruntergebrannten Stelle. Mit einem Langspieß stocherte er in der verlöschenden Glut. Das Feuer hatte die Leitern und Stricke gänzlich aufgefressen, die Leiber von Beschoren und seinem Weib waren vollständig verkohlt, doch noch loderten die Knochen.

David beugte das Knie und bekreuzigte sich. Ohne auf die Glut zu achten, die ihm den Handschuh verbrennen konnte, griff er zwischen die Scheite und hielt einen kurzen Moment später den Schädel des Schulmeisters in den Händen. Ehrfurchtsvoll beugte er den breiten Rücken, legte den Kopf vorsichtig, als wollte er ihn nicht beschädigen, auf die Erde und bedeckte ihn mit seinem Wams.

»Verzeih deinem starrköpfigen Schüler, alter Mann«, murmelte er mit weicher Stimme und zog sich langsam die Maske vom Kopf. Eine Weile knetete er sie unschlüssig mit den Händen, dann erhob er sich schwerfällig. »Holt die Körper heraus und vergrabt sie an Ort und Stelle«, befahl er den Knechten. »Alles muss seine Ordnung haben.«

Das Hexenkind

»Erlassen aber sind die Gesetze, damit aus Furcht vor ihnen die menschliche Bosheit im Zaune gehalten und die Unschuld unter den Ehrbaren gesichert, dagegen unter den Böswilligen durch die Furcht vor der Strafe die Gelegenheit Schaden zu stiften, eingedämmt werden.«
(Vorwort in: Justiz in alter Zeit, ebenda)

Maria harrte weitab vom verglühenden Scheiterhaufen bis zum Schluss aus. Zutiefst betroffen hatte sie die Hinrichtung ihres alten Schulmeisters verfolgt. Nur langsam verklang das Echo der Schreie der Meisterin in ihren Ohren. Das grausame Erlebnis ließ sie auch jetzt noch wie im Fieber erschauern.

Hilflos und am ganzen Leibe zitternd, schaute sie sich um. Der Platz wirkte nach dem Spektakel einsam und verlassen. Nur noch einige Betrunkene und Hartnäckige lungerten grölend herum. Obwohl es noch früh am Nachmittag war, begann es bereits zu dunkeln. Der Himmel war jetzt verhangen und ließ keinen Sonnenstrahl mehr hindurch. Still und leise begann es zu nieseln. Der feine Regen wusch Maria den Staub vom Gesicht, der sich in kleinen schmierigen Rinnsalen ihre Wangen hinabstahl.

Noch benommen vom Geschehen, suchten ihre Augen nach einer Abkürzung durch die Gärten nach Hause. Sie erinnerte sich an den gestrengen Blick des Vaters und die Sorge der Mutter, wurde unruhig und begann zu frösteln. Der Gedanke an Margaretha machte ihr zusätzlich ein schlechtes Gewissen. Sie hatte die jüngere Schwester einfach sich selbst überlassen. Sollte ihr ein Leid geschehen sein, so würde der Vater ihr das niemals verzeihen. Insgeheim betete Maria, dass Margaretha noch auf dem Marktplatz auf sie wartete. Wäre dies der Fall, so wollte sie auch gern alle Schuld auf sich nehmen, die sie in ihrem Ungehorsam begangen hatte.

Unsicher, wo genau sie Margaretha zurückgelassen hatte, entschloss sich Maria für den direkten Weg durch das Stadttor und rannte los. Die Räder der herrschaftlichen Kutschen hatten auf dem Rückweg tiefe frische Spuren hinterlassen. Mit beiden Händen raffte sie die Röcke und sprang federnd über die ausgefahrenen Spurrinnen. Gelegentlich verlangsamte sie ihren Schritt, um die Pfützen geschickt zu umgehen. Bei einem Ausweichmanöver stolperte sie unversehens über einen am Wege liegenden Stein. Nach Halt suchend, ruderte sie mit den Armen, bevor sie mit einem leisen Schrei der Länge nach hinschlug. Flink rappelte sie sich wieder auf und merkte dabei, dass ihr der rechte Schuh fehlte. Er war im Schlamm stecken geblieben und ragte mit dem Absatz nach oben heraus. Maria bückte sich, um ihn herauszuziehen, als sie plötzlich einen kräftigen Tritt im Kreuz verspürte. Die Wucht warf sie bäuchlings zurück in die ausgetretene Schmutzlache.

»Wen haben wir denn da?«, ertönte eine kräftige Männerstimme über ihr, während Maria sich mit dem Gesicht nach unten wand und der Schlamm ihr Mund und Nase verklebte. Wie gelähmt verharrte sie einen Augenblick und lauschte. Obwohl sie nichts sah, fühlte sie instinktiv die Gefahr und wünschte sich, der Vater wäre hier, um ihr zu helfen.

Doch der Herrgott hatte sich von ihr abgewandt. Niemand kam zu ihrer Rettung. Stattdessen musste sie niesen und spuckte mit Lehm vermischten Speichel. Über ihr hörte sie verhaltenes Atmen, und es roch nach Bier und anderen Ausdünstungen. In banger Erwartung stützte sie sich auf die Ellbogen, drehte das beschmutzte Gesicht nach oben und blinzelte. Dann schossen ihr Tränen der Verzweiflung in die Augen, denn während die Umrisse über ihr langsam Gestalt annahmen, bohrte sich eine weitere Stimme wie ein Messer in ihr Ohr: »Das ist doch die Rampendahlsche, das Hexenkind!«

Ohnmächtig und ihren Feinden wehrlos ausgeliefert, stellte sie fest, dass ihr die verhasste Stimme bekannt vorkam. Sie gehörte Maria Vieregge. Doch während sie noch darüber nachdachte, ob wohl eine Handvoll Dreck die Beleidigung rächen könnte, wurde sie im Genick gepackt und an den Haaren nach oben gerissen. Vor Schmerz verzog sie das Gesicht, und die ersten Tränen kullerten ihre Wangen hinunter. Das Herz klopfte ihr zum Zerspringen, doch die Wut auf Maria Vieregge war stärker als aller Schmerz. Entschlossen rieb sie sich den Schmutz aus den Augen und blinzelte überrascht in Johann Vieregges feistes Gesicht. Neben ihm standen der für sein böses Getratsche stadtbekannte Nachbar Jürgen Echtner, ihr Onkel

Heinrich Kaufmann mit der nach alter spanischer Mode herausgeputzten Cousine Elisabeth und der junge Kornherr Hans Koch, ein spindeldürrer, ewig betrunkener Zecher.

»Wo wollen wir denn so schnell hin um diese Zeit?«, grinste Johann Vieregge und stieß Maria mit einem Stock vor die Brust, sodass sie rücklings in die Arme ihres Onkels fiel.

»Wahrscheinlich zu den anderen Hexenkindern nach Detmold«, antwortete an ihrer Stelle Koch mit schwerer Zunge, und alle lachten. Kaufmann schubste sie zurück in Vieregges Arme.

»Was soll das, Johann?«, protestierte Kaufmann. »Soll ich mir an der Hexe vielleicht die Finger schmutzig machen?«

»Kannst sie ja hinterher mit Bier abwaschen«, höhnte der vierschrötige Knochenhauer und feixte wie über einen gelungenen Witz. Jetzt drängte sich Maria Vieregge neben Maria und kreischte mit schriller Stimme: »Na, du Hexenluder! Hu ... hu ... hu ...!« Aufgekratzt schnitt sie mit den Fingern Grimassen und begann mit seltsam wiegenden Bewegungen und geschürzten Röcken die Zauberinnen vom Hexentanzplatz nachzuahmen.

Marias Blick hetzte von einem zum anderen und blieb zuletzt an Maria Vieregges triumphierenden Augen hängen. Das Knochenhauerluder hielt sich für schön und zeigte das offen, doch die etwas zu spitz geratene Nase und die schmalen Lippen ließen das Gesicht hart erscheinen, was ihm den unbekümmerten Zauber der Jugend nahm, obwohl sie nur wenig älter war als Maria. Das schwarze, in der Mitte gescheitelte und am Hinterkopf aufgetürmte Haar unterstrich diesen Eindruck.

»Maria Vieregge, warum tust du das? Wieso können wir nicht Freundinnen sein?«, versuchte sie zaghaft einzulenken und dachte daran, wie die falsche Katze ihr einmal in Lindemanns Haus hinterhältig einen Krug Milch entlockt hatte. Wie sie, nachdem sie von der Milch getrunken hatte, plötzlich mit Schaum vor dem Mund und verrenkten Gliedern auf dem Boden gestrampelt und sie bezichtigt hatte, sie mit einem bösen Zauber vergiftet zu haben. Daraufhin hatte sie der Schulmeister Beschoren getröstet und gesagt, dass die Vieregge ein böses Mädchen sei und es keine Zauberer und Hexen gebe, dafür aber für alles eine natürliche Erklärung. Daraufhin hatte Maria Vieregge angefangen, hysterisch zu lachen und sie vor den anderen Kindern zu verspotten.

»Freundinnen ...? Wir ...? Doch nicht deshalb, weil wir zusammen die Knüppelschule besuchen ...?« Die Vieregge hatte in ihrem Gehopse innegehalten. Sie spielte die Erstaunte. »Mit dir, Hexendirne des Schulmeisters Beschoren, will ich nichts zu tun haben«, konterte sie boshaft.

Die Schmähung war schmerzhafter als ein Schlag ins Gesicht. Doch anstatt sie zu entkräften, fauchte Maria in gekränkter Eitelkeit zurück: »Ich bin also eine Hexe? Dann halte dich ja fern von mir, du Hurenkind, denn sonst zaubere ich dir deine hochmütige Nasenspitze noch ein Stück höher!«

»Miststück!« Beleidigt schnappte die Vieregge nach Luft und brütete eine weitere Bosheit aus.

Währenddessen wand sich Maria wie ein Aal in der Umklammerung des Knochenhauers, um sich zu befreien. Doch er hielt sie fest in seinen riesigen Pranken. Hilfesuchend blickte sie in die Runde, konnte von den anderen aber keinen Beistand erwarten. Sie grinsten dreckig und feuerten die Herausforderin trunken an. Marias einzige Chance war es, sich der Feindin mutig zu stellen.

»Du warst es doch, die den Schulmeister an die hochwohlgeborenen Herren verraten hat! Gib es zu, du hast ihnen auch gezeigt, wo sie Peter finden!«, schrie sie ihr ins Gesicht. Die Situation erforderte all ihre Kräfte. »Warum hast du das getan?«

Die Vieregge zuckte verlegen mit den Schultern und ließ den Vater für sich antworten, der als Erwiderung Marias Haarschopf nur noch fester um die Hand drehte. Vor Schmerz bog sie ihren Rumpf nach hinten, schlug hilflos mit den Armen und gab sich dem Gelächter der Männer preis.

Der Triumph über sie ließ ein selbstgefälliges Lächeln auf dem Gesicht des Knochenhauerluders erscheinen. Einen Augenblick lang genoss sie stumm Marias Wehrlosigkeit, dann fauchte sie giftig zurück. »Du mit deinem rotgoldenen Teufelshaar und dem Engelsblick. Glaube ja nicht, dass du jeden damit betören kannst. Mich jedenfalls nicht! Und wenn du glaubst, dass du wegen deines Vaters und seines Einflusses bei den Zünften überall den Mund aufreißen kannst, so hast du dich ebenfalls geirrt. Der Schulmeister jedenfalls hat seine Strafe dafür bekommen, dass er dich, Enkelin und Tochter einer Hexe, mir, der Tochter des besten Knochenhauers der Stadt, vorgezogen hat. Ich bin zwar nicht so reich wie die Tochter des

Cordt Rampendahl, aber an Schönheit kann ich's mit dir allemal aufnehmen, und zudem habe ich andere Vorzüge. Deinen Schulmeister zu beklaffen, bedurfte es meiner nicht. Sowieso hätte mir niemand geglaubt, dass sich Beschoren, statt Gottes Wort zu lehren, öffentlich gegen die Hexenverfolgung des Hohen Rates bekennt. Meinem Bruder Johann glaubte man dagegen schon. Ein Bub von sieben Jahren ist in den Augen der Richter niemals zu einer Lüge fähig.«

Schadenfroh schob die Vieregge das Kinn nach vorn, während sie die schmalen Lippen spöttisch schürzte. Der überlegene Eindruck, mit dem sie die Rampendahl einzuschüchtern versuchte, verfehlte seine Wirkung nicht.

Maria schäumte vor Wut. »Du falsche Schlange!« Sie hatte vergessen, dass der Knochenhauer sie festhielt, und machte mutig einen Schritt nach vorn auf die Feindin zu. Vieregge riss sie an den Haaren zurück. Als sie aufheulte und mit den Händen nach ihrer Kopfhaut griff, ließ er sie los, um sie vor die Füße seiner Tochter zu stoßen.

Vor Schmerz schrie Maria leise auf und wollte sich an den Röcken der Knochenhauertochter hochziehen. Doch die Vieregge wich lachend vor ihr zurück und schleifte sie an ihren Rockfalten hinter sich her. »Dafür wird der Herrgott dich und deinen Bruder bestrafen!«, heulte Maria auf.

»Wir werden ja sehen, wer zuerst bestraft wird, du Hexenbalg!« Zornesrot holte die Vieregge mit ihrem perlenbesetzten Schuh aus und trat Maria kräftig in den Bauch. Vor Schmerzen krümmte sich ihre Widersacherin und rollte sich wie ein Igel zusammen. Als das Knochenhauerluder abermals nach ihr trat und sich dann über sie beugte, formte Maria ihren Mund zu einem Trichter. Die Ladung Spucke traf just in diesem Moment ihr Ziel, als die Verhasste den Mund zu einer neuen Gemeinheit geöffnet hatte. Sie stieß einen quietschenden Laut aus und wischte sich mit dem Ärmel übers Gesicht. Um ihre Mundwinkel zuckte es verdächtig, doch sie unterdrückte die Tränen und kreischte zornesrot: »Hure, ich reiße dir jedes Haar einzeln heraus!« Wie eine Krähe mit ausgebreiteten Flügeln stürzte sie sich auf Maria. Im gleichen Moment verkrallten sich ihre Fingernägel in ihrem Schopf. Maria wehrte sich und trommelte mit beiden Fäusten auf ihrer Nase herum.

Die Männer hatten einen Halbkreis gebildet. Die Keilerei begann sie zu amüsieren. Sie feuerten die Kämpfenden an und schlossen lautstark Wetten ab. Am lautesten schrie der Knochenhauer.

»Gib es ihr, Kind! Kratz dem Hexenbalg die Augen aus!« Er nahm einen Schluck aus dem Krug seines Kumpans Koch, der in seinen bestickten Hornschuhen um die beiden herumstolzierte und dabei Kaufmanns Tochter anhielt, es Vieregges Maria gleichzutun.

Das blasse, jungfräuliche Mädchen hatte sich bisher aus dem Geschehen herausgehalten. Sie war den Rampendahls stets mit Respekt begegnet und wusste, dass ihr Onkel einflussreiche Freunde besaß. Gehorsam beugte sie sich ihrem Vater Heinrich Kaufmann, der sie zurückhielt. Er hatte von allen der Gruppe am wenigsten getrunken und fürchtete die Rache des Schwagers. Er wusste, dass Rampendahl den Angriff auf seine Tochter nicht schweigsam hinnehmen würde.

»Lasst sie endlich in Ruhe ziehen, Vieregge. Ihr habt Euren Spaß gehabt«, wandte er schüchtern ein. Einzugreifen wagte er nicht. Zu schnell konnte ihn ein solches Verhalten selbst in den Verdacht der Hexerei bringen. In diesem Augenblick flog ein Stein durch die Luft und traf Maria an der Schläfe. Blut spritzte und färbte ihr rotblondes Haar dunkler. Mit einem Aufschrei sackte sie in sich zusammen.

»Wollen sich die Herren weiterhin feige an einem Kind vergehen?«, brüllte plötzlich eine kräftige Stimme. »Dann solltet Ihr bedenken, dass Ihr mit einer Brüchtenstrafe nicht so leicht davonkommt!«

Mit einem überraschten und verständnislosen Gesichtsausdruck fuhren die drei Betrunkenen abrupt herum. Die Vieregge rannte hastig zum Vater und versteckte sich hinter seinem breiten Rücken. Nur Maria blieb schmutzig und mit zerzausten Haaren im Morast der zerfahrenen Straße sitzen und hielt sich den blutenden Kopf. Sie schluchzte leise.

Alle Augen waren respektvoll auf den Scharfrichter gerichtet, der, von dem Lärm angelockt, unbemerkt seinen schweren Friesen zum Stehen gebracht hatte und nun neugierig näher trat. Der tiefschwarze Koloss zu seiner Rechten schnaubte und scharrte mit den breiten Hufen. Links und rechts des kräftigen und edel gebogenen Halses wallte die dichte lockige Mähne.

Während David Claussen mit einer Hand das Pferd am Zügel hielt, wies er mit der anderen zum abgebrannten Scheiterhaufen. »Sind Euch rollende Köpfe und ein Scheiterhaufen nicht genug? Müsst Ihr jetzt schon Lynchjustiz an Kindern betreiben?«, donnerte er wütend. Da er den Hut tief ins Gesicht gezogen hatte, konnten sie seine Erregung nicht in Gänze sehen, doch um seine Mundwinkel zuckte es gefährlich. In der Satteltasche steckte noch gut sichtbar das Richtschwert, das er im Begriff gewesen war, zurück in die Scharfrichterei zu bringen.

Der Anblick des todbringenden Werkzeuges jagte den Anwesenden noch nachträglich einen Schauer über den Rücken. Heinrich Kaufmann hatte sich als Erster wieder gefasst. »Verzeiht uns den Frevel, Meister David. Wir haben einen zu viel über den Durst getrunken. Das verwirrt die Sinne«, versuchte er, die Situation diplomatisch zu retten.

Doch der bullige Knochenhauer fiel ihm ins Wort. »Was faselt Ihr da, Kaufmann. Es ist doch allgemein bekannt, dass die Rampendahlsche ein Hexenkind ist. So ein Übel muss an der Wurzel bekämpft werden, bevor es in der Erbfolge noch weitergegeben wird. Schon die Großmutter dieses Balges war eine Hexe, genauso wie die Mutter eine ist. Und Ihr, David Claussen, Ihr haltet Euch da lieber raus. Ihr seid nur der Scharfrichter. Euch kommt es nicht zu, über Hexerei zu urteilen, Eure Aufgabe ist es lediglich, Befehle auszuführen!« Dreist stellte er sich dem Pferd in den Weg. Das Bier schien den selbstgefälligen Knochenhauer sämtlicher Hemmungen beraubt zu haben. In Erwartung, dass die anderen ihm für seinen Mut Beifall zollen würden, forderte er den Scharfrichter zum Duell heraus.

David hatte sich das wirre Gefasel ruhig angehört und streckte nun die Hand nach Maria aus: »Komm, ich bring dich nach Hause, Jungfer.«

Vieregge blähte sich hinter seinem Rücken noch immer auf und krakeelte weiter: »Im Kopfabschlagen scheint Ihr mir flinker als im Reden zu sein, Meister David. Wie wäre es, wollt Ihr Euer Schwert nicht auch an mir ausprobieren? Ich zittere nicht vor Euch, Filler!« Er bemerkte nicht, dass die anderen auf Distanz zu ihm gingen.

»Ihr sucht Händel?« Der Henker ließ von Maria ab und drehte dem Knochenhauer langsam das Gesicht zu. Für einen Moment blickte er ihm fest in die Augen. Die Halsschlagader verfärbte sich zu einer prallen blauen Schnur und schwoll an, als wollte sie jeden Augenblick den gespannten Muskel sprengen. Dann packte David Vieregge ohne Vorwarnung am Hals, sodass das feiste Gesicht des Knochenhauers ängstlich zu zittern begann. Er war dem großen, muskelbepackten Henker körperlich durchaus gewachsen, an Schnelligkeit aber weit unterlegen.

»So wütend habe ich den Scharfrichter noch nie erlebt«, flüsterte Kaufmann seiner Tochter Elisabeth ins Ohr und brachte sie in Sicherheit. Meister David war als ein schlagkräftiger Mann bekannt, ebenso der Knochenhauer, nur spielten sich ihre Art von Handgreiflichkeiten meistens bei geselligen Saufgelagen in den Nachbarhäusern ab.

Vieregge schien lebensmüde zu sein. Frech feixte er David an. Obwohl ihm die Augen aus den Höhlen quollen und die Stimme nicht mehr gehorchte, wiederholte er die Beleidigung: »Ihr seid ein Filler, nichts anderes! Ehrbaren Leuten wie uns habt Ihr nicht zu sagen, was sie zu tun und zu lassen haben!«

Die Beleidigung »Filler« war für David eine schwer zu ertragene Schmähung, zudem gefährlich, weil seine Belehnung mit dem Abdeckerprivileg einen berufsmäßigen Umgang mit seinen Fillern bedingte. Entsprechend wurde die Beleidigung von der Obrigkeit bestraft. Das wusste jedermann – auch Johann Vieregge.

Der Henker hätte ihn wie einen Apfel zerquetschen können, doch er besann sich letztendlich eines Besseren, als er in die verängstigten Augen Marias blickte. Kaufmann hatte das Mädchen aus dem Bereich der beiden Kampfhähne weggezogen. Hilflos ließ sie es mit sich geschehen, dass ihr die ältere Cousine umständlich mit einem Tuch über Haar und Gesicht wischte.

»Seid Gott, unserem Herrn, dankbar dafür, dass ich mehr Ehre im Leib habe als Ihr Schelm in Eurem Fettwanst und deshalb großmütig über die Schmähung hinwegsehe«, zischte David dicht an seinem Ohr. Er verspürte keine Lust darauf, sich mit dem Knochenhauer zu prügeln. Stattdessen spannten sich seine Armmuskeln, um den schweren Koloss zu umfassen und in die Luft zu heben. Verächtlich schleuderte er ihn von sich weg, sodass Vieregge rücklings in einer ausgefahrenen Radspur landete.

Mit Unterstützung seiner Tochter erhob er sich schwankend und trollte sich von dannen. David hörte, wie er, auf ihre Schultern gestützt, Verwünschungen gegen ihn und das Hexenkind ausstieß.

Rasch ergriff der Scharfrichter die Zügel des Hengstes und wandte sich warnend an die beiden anderen Umstehenden. »Was ist mit Euch? Seid auch Ihr der Meinung, ein kleines Mädchen erschrecken zu müssen?«

Kaufmann und Koch räusperten sich verlegen und hatten es plötzlich sehr eilig. Der junge Kornherr deutete mit dem Kopf eine Verbeugung an, mehr traute er sich nicht zu, dazu stand er nicht mehr fest genug auf den Füßen. »Wenn Ihr erlaubt, Meister David, dann werden wir die Angelegenheit mit einer Kanne Bier bei Cordt Rampendahl auf der Diele bereinigen«, lallte er.

»Falls Euch Rampendahl nicht das Fell über die Ohren zieht.« Der Scharfrichter lachte versöhnlich. Ein Angebot zum Saufen stimmte ihn jederzeit gnädig.

Dort, wo Maria vom Stein getroffen worden war, lag einsam ein Häufchen aus schmutzigem Leinen. David bückte sich und hob es auf. Marias Umhang. Er schwang sich auf das Pferd und wiederholte, im Sattel sitzend, seine Aufforderung. »Komm schon, ich bring dich zurück zum Vater und zur Mutter.« Um ihr die Angst zu nehmen, beugte er sich über den Sattelknauf, schnitt eine lustige Grimasse und streckte ihr die Hand entgegen.

Doch Maria rührte sich nicht. Die Ärmel ihres Hemdes hingen ihr in Fetzen von den kindlichen Schultern, die leicht zitterten. Vereinzelt schimmerte rosiges Fleisch durch die zerrissene Kleidung, auch Schürfwunden und schwarzbraune Schmutzstellen zeugten von dem Überfall. Unschlüssig verharrte sie an Ort und Stelle. Das eben Erlebte hatte sie stark verunsichert. Ängstlich richtete sie die Augen auf Meister David und hüllte sich in tiefes Schweigen. Erst als er den Friesen wendete und sich ungeduldig anschickte, ohne sie davonzugaloppieren, kehrte langsam das Leben in sie zurück. »An Euren Händen klebt Blut, Meister David«, bemerkte sie zaghaft.

Der Einwand irritierte David nicht, der Begriff »Blut« gehörte für ihn zum Alltag. Doch der Ekel und die Abscheu in ihren Augen stimmten ihn ärgerlich. »Ich weiß, dass du ein vorwitziges Mädchen bist, also komm endlich und hab dich nicht so«, befahl er ihr ärgerlich. Der Friese unter ihm tänzelte nervös.

»Wirst du mir dann auch den Kopf abschlagen?«

»Warum das denn?« Verblüfft sah er auf sie hinab. Schließlich war es eine Ehre, den Kopf abgeschlagen zu bekommen.

»Weil ich eine Hexe bin so wie der Schulmeister ein Hexer.«

David lächelte erleichtert. »Sei nur ganz beruhigt. Ich schlage keinen kleinen Mädchen die Köpfe ab.« Dann änderte sich sein Gesichtsausdruck, und schulmeisterlich streng drohte er ihr mit erhobenem Zeigefinger: »Mit der Hexe hast du gar nicht so unrecht. Denn ein Mädchen, das ohne Vater und Mutter einer Hinrichtung beiwohnt, kann nichts anderes als eine Hexe sein.«

Jetzt war es an Maria, erstaunt zu sein. Gebannt hing sie an dem wettergegerbten Gesicht mit den dunkel glühenden Augen. »Aber, Gott ist mein Zeuge, ich wollte Euch doch nur um Gnade für den Schulmeister bitten!« Vorsichtig trat sie näher.

David Claussen beugte sich tiefer zu ihr hinab, um sie auf das Pferd zu heben. »Du warst bereit, dein Leben für ihn aufs Spiel zu setzen?« Er bewunderte ihren Mut.

Maria blickte zu Boden und trat von einem Fuß auf den anderen. Seit Tagen hatte sie von einer Begegnung mit Meister David in ihrer Phantasie geträumt, doch nun hielt sie die Scheu vor dem Mann zurück, der ihr noch vor wenigen Augenblicken so grausam sein zweites Gesicht offenbart hatte. Verunsichert griff sie in ihr Mieder und zog das Buch des Schulmeisters hervor, das sie in der Eile eingesteckt hatte. In der Hoffnung, dass es sie vor dem Teufel beschützen möge, drückte sie es an ihr Herz.

»Was versteckst du da vor mir?«, fragte David neugierig.

»Es ist das Andenken an meinen Schulmeister. Durch diese Fibel wird er aus dem Himmelreich zu mir sprechen, wenn ich ängstlich bin.«

»Und jetzt hast du Angst vor mir?«

»Ja, weil Ihr ein grausamer Mann mit einem Engelsgesicht seid. Wie der Teufel. Ihr verbergt Eure Grausamkeit hinter einer schönen Maske.«

»So, so.« David grinste geschmeichelt und hielt ihr erneut auffordernd die Hand hin. »Zeigst du mir das Buch? Oder hätte dein Schulmeister etwas dagegen, wenn so ein Teufel wie ich es berührte?«

Das Interesse des Scharfrichters verlockte sie, sich mit dem Geschenk vor ihm zu brüsten. Artig reichte sie ihm das Buch.

Neugierig nahm es ihr David aus der Hand und warf einen kurzen Blick auf den bibelähnlichen Umschlag. Als er die erste Seite aufschlug, verfinsterten sich seine Züge. Hastig gab er es ihr mit den Worten zurück: »Steck es schnell weg, Maria. Ein Geschenk soll man in Ehren halten. Aber dies hier ist nicht für andere Augen bestimmt. Versprich mir, es niemals einem Fremden zu zeigen, geschweige denn, jemandem davon zu erzählen.« Des Lesens mächtig, hatte er die Gefahr, die sich hinter den ketzerischen Lettern verbarg, sofort erkannt und das Unheil gewittert, das der Nachlass des Schulmeisters noch über seinen Tod hinaus anrichten konnte.

Marias Züge drückten Erstaunen aus, als sie das Buch wieder an ihrer Brust verbarg. Noch verstand sie die Bedeutung der Worte des Scharfrichters nicht, doch mit der Zurückgabe des Buches hatte er ihre Zweifel beseitigt und sie von seiner Arglosigkeit überzeugt. Schlussendlich folgte sie, wenn auch zaghaft, seiner Aufforderung und reichte ihm ihre schmale Hand. Auf seinen kräftigen Arm gestützt, kletterte sie über den Steigbügel hinauf zu ihm in den Sattel. Behutsam legte er ihr den Mantel über die Schultern und schloss die Spange vor ihrer Brust. Einen Moment lang spürte sie seinen rauen Atem und die Wärme seines Körpers an ihrem Rücken. Sicher zwischen seinen starken Armen, überkam sie erneut jenes angenehme Kribbeln. Verwirrt hob sie den Kopf und sah ihm in die dunklen Augen. Sie lächelten sanft zurück, fast ein wenig spöttisch, dann senkte sie verlegen den Blick.

Der Friese war nun nicht mehr aufzuhalten. Er scharrte heftig mit den Hufen, und David gab ihm die riesigen Sporen. Erschrocken setzte das edle Tier zum Sprung nach vorn an, sodass Maria heftig gegen Davids nackte Brust gedrückt wurde. Zuerst erschrak sie, dann lehnte sie sich entspannt zurück. Mit dem Kopf an seiner Schulter durchströmte sie ein überwältigendes Gefühl: das Gefühl der Geborgenheit. Während der Wind ihr Haar umspielte und es mit der schwarzen Mähne des Scharfrichters vereinte, galoppierte der Friese mit gleichmäßigen Sprüngen durch das Stadttor. Doch je näher sie dem Marktplatz kamen, umso mehr wuchs die Sorge um die Schwester. »Meine Schwester Margaretha sollte auf dem Marktplatz auf mich warten. Darf sie auch auf Eurem Pferd reiten?«, fragte Maria zaghaft.

»Natürlich. Auf dem breiten Rücken meines Friesen ist jederzeit

Platz für eine weitere schöne Jungfer. Aber hast du einmal daran gedacht, dass deine Schwester vielleicht schon nicht mehr auf dich wartet oder ihr gar etwas passiert sein könnte? Dann hättest du eine große Sünde auf dich geladen.«

»Ich habe fleißig zum Herrn gebetet, auf dass er mich erhört.« Sie kuschelte sich enger an seine Brust, um die auf sie einströmenden Gefühle zu genießen.

Lächelnd strich er ihr über das rotgoldene Haar. Sie schien so zerbrechlich. »Dann wird dir der Herr auch beistehen, und wir finden deine Schwester.«

»Du bist gar nicht so böse, wie Mutter immer sagt«, stellte Maria fest. Sie war mutiger geworden, beugte sich nach vorn und griff ihm in die Zügel. »Darf ich ihn halten?« Sie kokettierte mit ihm wie ein erwachsenes Weib und zwinkerte ihm zu.

David lachte schallend. »Wieso auch soll ich böse sein? Warum sagt deine Mutter nur so etwas über mich?«

Sie spreizte die Finger, und er schob ihr den vom Pferdeschweiß hart gewordenen Zügel dazwischen. »Nun, sie schimpft immer, wenn wir nicht folgsam sind: ›Hol euch der Henker!‹«

Der Friese bäumte sich erschrocken auf. Ängstlich umschlang sie die männlichen Hände, die ihr hart in die Zügel griffen. Ihre Worte hatten David mitten ins Herz getroffen. Sichtlich beleidigt grunzte er: »Beim Henker, wieso halte ich dich dann jetzt in meinen Armen? Viel eher sollte ich dir das Hinterteil versohlen. Immerhin warst du heute sehr ungehorsam.«

Schlagartig lösten sich die angenehmen Gefühle für ihn in Luft auf. Verhalten und ängstlich sah Maria zu ihm auf. Die Zweifel kehr ten zurück. Gleichfalls aber bemerkte sie hinter der gespielt ernsten Miene ein verschmitztes Leuchten in seinen Augen. Schelmisch lächelte sie zurück.

»Ich habe heute mit angesehen, wie Ihr meinen Schulmeister getötet habt. Zugleich aber höre ich ein Herz in Eurer Brust schlagen, das nicht anders klingt als das meines Vaters. Wenn auch Blut an Euren Händen klebt, so glaube ich trotzdem, dass Ihr ein Mann von Ehre seid und mich unbeschadet zu meinem Vater bringt.«

Ihr Vertrauen rührte ihn und stimmte ihn gnädig. Bezaubert von ihrer kindlichen Naivität, klatschte er sich schallend auf den Oberschenkel. »Jungfer, du hast das Herz auf dem rechten Fleck! Sei froh, dass du noch ein Kind bist, dein Liebreiz könnte einen Mann glatt um die Besinnung bringen.«

Der Friese reagierte übermütig mit einem Bocksprung nach vorn. David klopfte ihm beruhigend auf den Hals und schnalzte aufmunternd mit der Zunge. »Die Hände fest schließen, Jungfer, und aufrecht stellen! Und nun gib ihm die Schenkel!«

Begleitet von einer Meute streunender Hunde auf der Suche nach Abfällen, überquerten sie den Marktplatz. Marias Oberkörper hüpfte im Takt auf und nieder, während ihre Augen angestrengt Ausschau nach Margaretha hielten. David zügelte den Friesen, um einem Bauern Platz zu machen, der mit einer mageren Kuh und ihrem Kalb in die Gasse einbog. Prüfend glitt sein Blick über den ausgestorbenen Platz und blieb an den Stadtknechten vor dem Rathaus hängen, die eifrig damit beschäftigt waren, die Reste der Tribüne abzutragen. Das Kantholz lag bereits übereinandergestapelt in der Mitte des Platzes und wurde von den Knechten auf Ochsenkarren und Pferdewagen zum Abtransport verladen. Vor einem Bretter transportierenden Einspänner entdeckte der Henker Margaretha. Das Mädchen stand mit dem Rücken zu ihnen und schaute interessiert einem schweren Kaltblut zu, dessen mächtiger Kopf in einem Hafersack steckte. Bedächtig bewegte sich der kräftige Kiefer hin und her.

»Ho!«, feuerte David rasch den Friesen an und gab ihm erneut die Sporen, denn Maria hatte bei dem Anblick der Schwester begonnen nervös umherzuzappeln und drohte nun vom Pferd zu rutschen. »Zügel deine Ungeduld, mein schönes Kind«, brummte er und hielt sie mit eisernem Griff am Sattel fest, während er das Pferd auf das Fuhrwerk zulenkte.

Als die Knechte den Scharfrichter wahrnahmen, unterbrachen sie ihre Arbeit und zollten ihm respektvoll ihre Ehrerbietung. Meister David war nicht nur der Henker von Lemgo, er war auch ein angesehener Bürger, Gevatter und guter Nachbar. So mancher blickte mit Neid auf seine Dienstwohnung am Ostertore, seine Stuben mit bunten Glasfenstern, aufwendigen Holzvertäfelungen und Kachelöfen. Obwohl er noch jung an Jahren war, hatte er es bereits zu beachtlichem Wohlstand gebracht. Zusätzlich gehörten ihm ein Stadtturm, ein Brunnen und eine Scheune. Er besaß Ländereien außerhalb der Stadtmauern und war obendrein selbst imstande, Geld zu verleihen, wofür die Stadt Lemgo ihm im Gegenzug Steuerfreiheit für all seine Besitztümer gewährte.

Margaretha flüchtete beim Auftauchen des Scharfrichters ängstlich unter die steinernen Rundbögen vor dem Rathauseingang. Sie wollte im Verborgenen hinter einem Pfeiler darauf warten, dass der gefürchtete Mann weiterzog. Doch Maria war der Schwester mit den Augen gefolgt und rief nun laut ihren Namen. Vor Freude, Margaretha wiederzusehen, löste sie sich aus Davids Armen und sprang geschwind vom Pferd.

»Margaretha, meine Schwester, meine Freundin!«, rief sie und rannte überglücklich der überraschten Schwester entgegen. Wenige Sekunden später hing sie an ihrem Hals. »Dass du auf mich gewartet hast, das werde ich dir nie vergessen. Ich bin ja so froh!« Vor Freude und Erleichterung brachen sich die vergangenen Strapazen und Ängste in Tränen ihren Lauf.

»Ach, Margaretha, wenn du wüsstest, was ich alles erlebt habe. Der Herr hat es zugelassen, dass unser Schulmeister furchtbare Schmerzen erleiden musste. Oh, Margaretha, ich konnte ihm nicht helfen. Seine Seele, Gott hab sie selig, ist jetzt bei unserem Herrgott im Himmel.« Froh, die Schwester unbeschadet wiederzusehen, tätschelte sie ihr immer wieder Wangen und Hände. Sie musste ihr so viel erzählen.

Margaretha erholte sich schnell von ihrer Verblüffung. Ihre Freude hielt sich augenscheinlich in Grenzen. Mit einem abfälligen Blick auf den Henker fauchte sie vorwurfsvoll: »Ich denke, Meister David hätte solche Qualen verhindern können. Kommst ja schon mit dem Teufel gemeinsam auf einem Pferd geritten! Und dafür lässt du mich hier allein zurück. Ich hatte furchtbare Angst. Oh, wie grausam du manchmal bist, Schwester, und wie schrecklich du aussiehst. Was ist dir nur widerfahren? Die Mutter wird schimpfen, wenn sie deine zerrissenen Kleider sieht.«

Enttäuscht über Margarethas Abwehr, wich Maria ein paar Schritte zurück und öffnete den Mund, um sich zu verteidigen, als der Scharfrichter mit dem Pferd am Zügel unschlüssig näher trat. Obwohl das Haus Rampendahl nur noch eine Wegbiegung weit entfernt lag, fühlte sich David dennoch für die Mädchen verantwortlich. Dessen ungeachtet hatte er nicht vor, den restlichen Tag mit ihnen zu vertrödeln. »Nun, was ist, ihr holden Mädchen?«, mahnte er ungeduldig. »Soll ich euch nach Hause bringen, oder findet ihr den Weg allein?«

Maria überlegte nicht lang. Entschlossen nahm sie die Schwester an die Hand und trat unter dem Torbogen hervor. Margaretha folgte ihr nur widerwillig. Davids Arbeitskleidung, das rechte Bein gelb und das linke grün, seine muskelbepackten Schultern und das wild herabhängende Haar ängstigten sie. Selbst als er ihnen den Rücken zukehrte und das durch den Ritt verrutschte Richtschwert mit einigen geübten Handgriffen wieder zurechtschob, versuchte sie, die ältere Schwester besorgt zur Umkehr zu bewegen.

»Wenn uns der Scharfrichter zum Vater bringt, wird die Strafe noch härter ausfallen«, wisperte sie scheu und ließ kein Auge von David, der sich anschickte aufzusitzen. »Außerdem ist uns verboten, mit dem Henker zu reden. Lass uns lieber schnell nach Hause gehen.«

»Meister David hat mich vor Maria Vieregge und ihrem Vater beschützt und behütet bis hierher gebracht. Nicht vor ihm, sondern vor dem Knochenhauer und seinem Balg musst du Angst haben. Sie waren es, die mich so zugerichtet haben. Meister David ist ein gütiger Mensch, Margaretha«, versuchte Maria die Schwester zu beruhigen.

Doch ihre Worte überzeugten nicht. Weiterhin hielt Margaretha den Blick ängstlich auf den Henker gerichtet und verfolgte lauernd jede seiner Bewegungen. Mit Befremden sah sie, wie Maria furchtlos ihren kleinen Fuß in den Steigbügel über Davids Stiefel schob. Als er sich zu ihr herabbeugte und sie sanft um die Taille fasste, nahm sie allen Mut zusammen und trat entschlossen dazwischen. Auf dem Pferderücken erschien ihr der Henker weniger gefährlich als sonst, sodass sie ihrem Unmut nun freien Lauf ließ.

»Du wirst nicht aufsitzen, Schwester! Der Vater und die Mutter sind in großer Sorge um uns, und wir werden uns nicht noch mehr versündigen.« Wütend stampfte sie mit dem Fuß auf und blickte die Schwester herausfordernd an.

Maria spürte Davids Hand an ihrer Hüfte. Missmutig drehte sie sich nach der krakeelenden Schwester um. Plötzlich wurde diese unsanft im Rücken gepackt und hastig auf das Pferd gezogen. Im gleichen Augenblick hörten sie einen gellenden Schrei. Dann sah Maria das Pferdefuhrwerk quer über den Marktplatz auf sie zu rasen.

Zu spät hatte David die Gefahr erkannt. Ihm blieb gerade noch Zeit, die beiden Mädchen vor sich in den Sattel zu heben, dann wendete er schnell den Friesen, damit die Gäule ihn nicht an der Breitseite erwischten und er notfalls zufassen konnte. Als er dem Pferd die Sporen in die Flanken schlug, galoppierte das Gefährt polternd neben ihm her. Er brüllte den Mädchen zu, sich fest an ihn zu klammern, beugte sich tief aus dem Sattel und griff mutig in die Zügel des Handpferdes.

Als das Gespann kurz darauf zum Stehen kam, lief dem Knecht auf dem Bock der Schweiß über das angespannte Gesicht. Er hatte sich die Zügel um die blau angelaufenen Hände gewickelt und hielt die Gäule breitbeinig gegen die Holzplanken gestemmt. Während seine Armmuskeln sich unter dem Hemd prall abzeichneten, bäumten sich die Gäule auf und wieherten schrill. Ihre schweißnassen Flanken zitterten. Bevor jedoch die Hufe auf dem glitschigen Pflaster Halt finden konnten, sprang plötzlich ein Weib vom Wagen. Mit auf die beiden Mädchen in Davids Armen gerichtetem entsetzten Blick rannte die Frau ohne Umschweife auf sein Pferd zu und umklammerte die Steigbügel.

Davids Brust hob und senkte sich schwer. Auf den gebräunten Wangen hatten sich vor Anstrengung rote Flecken gebildet. Das schmale Gesicht mit den grünen Augen kam ihm vertraut vor. »Catharina?«, entfuhr es ihm überrascht. »Euer Wagemut hätte uns fast das Leben gekostet!«

Ungeachtet des Henkers, der von oben mit gerunzelten Brauen auf sie herabschaute, hatte Catharina Rampendahl nur Augen für ihre Kinder. Während sie sich die Tränen aus dem Gesicht wischte, griff sie nach den Füßen der Mädchen und wollte sie vom Pferd zerren.

»Was hast du mit meinen Kindern gemacht, du Unhold?«, kreischte sie hysterisch und boxte wie irre gegen seine kräftigen Waden. »Gib sie mir zurück, David!«, flehte sie dann.

Doch das Gesicht des Henkers verfinsterte sich. Energisch stieß er sie mit dem Fuß vor die Brust, sodass sie unsanft rücklings auf der Erde landete und einen Teil ihrer prallen Schenkel entblößte. Einen Moment schien es, als ergötze er sich an ihren Rundungen, doch für weibliche Reize war jetzt nicht die Zeit.

»Mäßigt Euch, Weib!«, brüllte er. Seine Geduld war am Ende. Er packte die beiden Kinder an den Haaren, als sie im Begriff waren, vom Pferd zu klettern. Erschrocken kreischten die Mädchen auf.

Catharina hatte sich bereits wieder erhoben. Sie kannte Davids wildes Temperament und bereute ihren Unmut. Um ihn zu besänftigen, sank sie demütig vor ihm auf die Knie und umfasste mit zitternden Händen seine Steigbügel: »David, hast du vergessen, was uns beide verbindet? Bei der Sünde, die wir auf uns geladen haben, verschone meine Kinder. Nimm mich dafür! Wenn du es befiehlst, werde ich dir auch zu Willen sein. Mach mit mir, was du willst, aber gib mir meine Kinder zurück.«

Verwirrt zappelte Maria im Griff des Henkers. Bei jedem Wort Catharinas schloss sich dessen Faust fester um ihren Haarschopf. Ängstlich hielt sie sich mit den Händen an seinem Handgelenk fest, während sie verständnislos ihre Mutter anblickte.

»Mutter!«, schrie sie. »Mutter, bei Gott, was bedeuten deine seltsamen Worte?«

Catharina suchte nach einer Erklärung für das Kind. Davids Wut hatte sich bereits wieder gelegt, und anstelle des Ärgers über Catharinas hysterisches Auftreten trat nun Gelassenheit. Es lohnte sich nicht, mit einem aufgeregten Weib zu streiten. Rasch beeilte er sich, die Mädchen loszuwerden, und setzte sie auf dem Boden ab.

Seine Stimme wurde weich. »Demütigt Euch nicht noch mehr vor mir, Catharina. Mit euren wirren Worten redet Ihr Euch lediglich um Kopf und Kragen. Ich weiß, dass Ihr ein ehrbares Weib seid und ein solches Anbieten nicht nötig habt.« Mit Schwung sprang er aus dem Sattel, packte die verschüchterten Mädchen bei den Schultern und schob sie ihr in die Arme.

Aufatmend drückte Catharina sie an ihre Brust. »Meine Töchter, meine Täubchen. Dem Herrgott sei Dank!« Glücklich, die Kinder wieder in den Armen halten zu können, küsste sie ihnen abwechselnd Augen und Scheitel und schickte Dankesgebete zum Himmel. Dann richtete sie sich auf und hob das tränennasse Gesicht. David stand nur wenige Fuß vor ihr. Seine Züge waren regungslos.

»Ich danke Euch, David, aber weshalb wolltet Ihr meine Kinder nach Detmold bringen?«

»Das ist ein unwahres Gerücht. Weshalb sollte ausgerechnet ich Euren Kindern das antun?«

»Aber der ehrenwerte Hans Koch und der Nachbar Jürgen Echtner, die mir auf dem Weg hierher begegneten, schworen doch bei Gott, unserm Herrn, dass Ihr meine Töchter in die Anstalt bringt.«

»Die beiden sind Hurensöhne. Ihre Absicht war es, Euch zu verunsichern, was ihnen anscheinend ganz prächtig gelungen ist. Bestimmt lachen sie jetzt über Eure weibische Einfalt.« Längst bereute er es, sich um die Mädchen gekümmert zu haben. Im Haus des Richters floss das Bier mit Sicherheit bereits in Strömen, und er lungerte hier auf dem Markt herum und debattierte mit einem hysterischen Weib.

»Achtet demnächst besser auf Eure Mädchen«, knurrte er, »dann müsst Ihr mir auch keine Vorwürfe machen. Ohne mein Eingreifen hätten die Hurensöhne die Jungfer Maria gesteinigt. Sie ist beklafft, und Ihr wisst, dass Ihr sie beschützen müsst, wenn Ihr sie nicht eines Tages brennen sehen wollt.«

David wollte endlich zur Scharfrichterei. Ohne sich weiter um Catharinas Gejammer zu kümmern, schwang er sich auf sein Pferd. Maria blickte verwirrt von David zur Mutter. In ihrem hübschen Kopf purzelten die Gedanken durcheinander. Warum hatte die Mutter in ihrer Furcht den Henker so vertraulich angeredet? So, wie sie sonst nur mit dem Vater sprach? Doch Catharina schob sie und Margaretha hastig zum Wagen und gebot ihnen einzusteigen. Als sie sich ihres Gehorsams vergewissert hatte, lief sie noch einmal zurück zu David, der im Begriff war, seinen Friesen mit den Sporen anzutreiben. Rasch griff sie ihm in die Zügel und stellte sich ihm in den Weg.

»Was willst du noch, Weib?«, brummte er und hielt das ungeduldige Pferd mit kräftiger Hand zurück.

Da ihre Kinder in Sicherheit waren, wurde Catharina mutiger. Jetzt war sie wieder die Frau des Cordt Rampendahl, die dem Fuhrknecht mit herrischer Stimme den Befehl erteilte, die Kinder nach Hause zu bringen, während sie mit der freien Hand das gelöste Haar verführerisch unter der Haube verstaute.

»Warte, David«, bat sie ihn mit lockender Stimme und weiblicher Schläue. »Sag mir nur noch eins: Wer hat meine Tochter Maria als Hexe beklafft? Ist es wahr, was alle erzählen, dass es meine Schwiegermutter war? Du bist der Mann, dem unter Folter jedes Geheimnis preisgegeben wird. Sollte dein Herz noch ein wenig für mich schlagen, dann verrat es mir, bei Gott. Ich schwöre dir, selbst der Teufel wird es nicht aus meinem Mund erfahren.«

Die Vertraulichkeit in ihrem Ton hielt ihn zurück. Auf seinem Gesicht lag Erstaunen, doch in seinen Augen loderte der Funken eines Feuers einer längst vergessenen Leidenschaft. Catharina bemerkte es, da seine Stimme einen weichen Klang annahm und er sie kaum wahrnehmbar dämpfte.

»Ich bin nicht mehr der junge David Claussen, Catharina. Ich bin der Henker von Lemgo. Bei meiner Ehre, selbst der Teufel würde mir unter der Folter das Geheimnis nicht entreißen. Ich kann und darf dir nicht sagen, wer Maria beklafft hat.«

»Aber David, bei dem Geheimnis unserer Liebe, hast du denn alles vergessen? Damals, als mein geliebter Mann auf dem Weg nach Speyer war ... Kannst du nicht verstehen, dass ich seither mit der Furcht lebe, dass der Herr mich für diese Sünde mit einem Hexenkind bestraft hat? Ich muss es wissen, um Maria besser schützen zu können und vor dem Herrn Vergebung zu erfahren.«

»Warum sollte Gott gerade die Jungfer Maria für unsere Sünde strafen? Du hast vier gut geratene Kinder.« Er sah ihr tief in die Augen. Sein Blick sog sich regelrecht an ihren Pupillen fest.

Er erinnerte sich daran, wie er sich vor Jahren in die junge und schöne Catharina Bohne verliebt hatte, die damals bereits mit dem Bäcker und Brauer Cordt Rampendahl verheiratet gewesen war. Sie war seine erste heimliche Liebe und sollte doch nur eine Schwärmerei bleiben. Denn bereits ein Jahr später, anno 1647, als er bei dem für seine Heilkünste berühmten Scharfrichter Meister Bröcker in die Lehre ging, um die Arznei zu erlernen, begegnete ihm dort dessen Tochter Agnesa. Die herbe Agnesa besaß bei Weitem nicht so viel Liebreiz und auch nicht solch feurige Augen wie Catharina, aber sie war ihm bis heute eine gute Frau gewesen und hatte verstanden, seine Liebe zu wecken. Zudem hatte sie eine reichliche Mitgift von dreihundert Talern in die Ehe gebracht, was es ihm ermöglicht hatte, vom Landesherrn ein stattliches Haus zu erwerben. Da er als junger Meister mit eigener Haushaltung einer Hausfrau bedurfte, heiratete er sie und schlug sich Catharina aus dem Kopf.

Erst als sich deren Mann für einige Monde in Speyer auf Wanderschaft befand, flammte die alte Leidenschaft wieder auf. Als sie den Knechten die Mittagsmahlzeit in die Wiesen vor den Stadttoren brachte, wo Schwiegervater Ludeke das Getreide einfuhr, passierte es. Meister David sah, wie sie sich beim Baden in der Weser das lange Haar wusch. Die sanften, verführerischen Rundungen ihres weißen Körpers schimmerten durch das Hemd hindurch. In diesem Augenblick musste ihn der Teufel geritten haben, denn er stieg vom Pferd und riss sie in seine Arme. Catharina war ausgehungert gewesen, war sie doch seit Wochen ohne Mann. Sie wehrte sich nicht und ließ ihn in dem nahen Wäldchen aufspringen wie einen Hengst.

Danach hatte er viele Monde im Ungewissen gelebt, ob es Catharinas Mann Cordt wohl erfahren würde. Zudem hätte das Berühren der Barbierstochter, wäre es denn bekannt geworden, seine und ihre Ehre beschmutzt, immerhin war er der Scharfrichter. Doch die Jahre und sein blutiges Handwerk hatten ihn die Sünde bis zu dem Augenblick vergessen lassen, in dem Catharina ihn daran erinnerte.

»Du solltest unser kleines Geheimnis in dir auslöschen oder es tief in dir vergraben«, riet er ihr, während er an ihr vorbeisah. In seiner Stimme schwang unmissverständlich eine Drohung mit. »Dein Ehemann Cordt ist ein ehrbarer Mann, und ich bin mit meiner geliebten Ehefrau Agnesa vor Gott den Bund der Ehe eingegangen. Halte dir immer vor Augen: Wenn ich dir eines Tages unser Geheimnis auf der Folter entreißen müsste, wäre dies dein und deiner Familie Verderben.«

Ein letztes Mal umfing sein Blick die ausladenden Hüften und den üppigen, fleischigen Busen, der unter den Perlenschnüren des Miedereinsatzes erregt auf und nieder wogte. Sie war ein vollblütiges Weib, das zu einem Kerl wie Cordt Rampendahl gehörte, das hatte er längst begriffen, aber um ihre Tochter Maria zu schützen, musste er sie demütigen. Entschlossen nahm er ihr die Zügel aus der Hand und wendete das Pferd.

»Und warum hast du meine Tochter gerettet?«, rief Catharina verblüfft hinter ihm her.

»Gerettet?« David lachte dröhnend, während der Friese in den Galopp fiel. »Bei meiner Ehre, das ist nicht meine Art. Ich verbrenne Hexen und rette sie nicht!«

Über den mächtigen Hals seines Pferdes gebeugt, entschwand er ihren Blicken. Die auf den Steinen klappernden Hufe hallten noch lange nach.

Jungfer Maria

Item so jemand … jemands zu bezaubern bedrohet und dem bedroheten dergleichen beschicht, … das gibt eyn redlich anzeygung der zauberey, und gnugsam ursach zu peinlicher frage.
(Carolina, § 44, Von zauberey gnugsam anzeygung)

Inzwischen waren elf Jahre ins Land gegangen, und das Mädchen Maria war zu einem jungen Weib erblüht. Die unbekümmerte Jugend hatte sie damit verbracht, bei der Mutter das Hauswesen zu erlernen, sodass sie nun mit ihr gemeinsam die Küche und den Keller verwaltete. Catharina war eine gestrenge Lehrmeisterin gewesen, aber mit viel Geduld hatte sie Maria auf die bedeutungsvolle Aufgabe vorbereitet, einmal die Vorsteherin eines eigenen Hauses zu sein. Maria hatte unter anderem gelernt, die Rohstoffe für Nahrung und Kleidung eigenhändig herzustellen und weiterzuverarbeiten. Wie gut oder schlecht sie sich darauf verstand, würde für das Auskommen und den Wohlstand ihrer späteren Familie von ausschlaggebender Bedeutung sein. Mit einer schlechten Ehefrau an der Seite würde ein Ehemann niemals auf einen grünen Zweig kommen, egal, wie tüchtig er auch sein mochte. Zudem kostete ihn eine schlechte Wirtschaftsführung das Ansehen und verringerte seine Chancen auf ein öffentliches Ehrenamt.

So verstand sich Maria nicht nur auf das Schlachten und Ausweiden von Federvieh, auf die Butter- und Käseherstellung, das Spinnen und Nähen von Kleidern, sondern kannte sich auch im Wechseln von Geldmünzen aus und beaufsichtigte selbstbewusst und energisch das Gesinde, während sie sich zudem um den Garten und das Vieh kümmerte. Ganz ohne Catharinas Einfluss entwickelte sie eine Vorliebe für Kräuter und chirurgische Heilmethoden, die ihr in der Barbierstube ihres Bruders Caspar zugutekam, wo sie, wenn sie nicht gerade dem Vater und der Mutter beim Bierausschank zur Hand ging, in den Abendstunden aushalf.

Neben dem Vorzug, eine selbstbewusste und tüchtige Hausfrau zu sein, war Maria vor allem aber eine begehrte Schönheit mit leidenschaftlich funkelnden Augen, blauer als ein Amethyst, und mit langem, seidig wallendem, rotgoldenem Haar. Da sie aber zudem auch wegen der reichen Mitgift eine gute Partie war, fanden sich unlängst im Hause Rampendahl immer häufiger junge Burschen aus der Nachbarschaft mit Heiratsabsichten ein. Es schien, als dächte niemand mehr an den Makel der Zauberei, der ihr anhaftete. Stattdessen wetteiferten bei Zechgelagen die Burschen um ihre Gunst, und so manch einer musste nach handgreiflichen Streitigkeiten auf Rampendahls Diele eine erhebliche Brüchtenstrafe entrichten. Aber so hervorragend Marias Heiratschancen auch standen und sosehr manche Mutter sie sich auch zur Schwiegertochter wünschte, so schnell lebte auch das unheilvolle Gerücht vergangener Tage wieder auf.

»Butter und frisch gemolkene Milch! Kauft, gute Leute, kauft! Kauft Rampendahls Brot!« Es war später Vormittag. Wie so häufig bot Maria auf dem Markt hinter ihrem Holzkarren ihre Waren neben den Buden der Brauer und Bäckerzunft feil. Das Pferd stand ausgespannt davor. Damit der temperamentvolle Braune nicht fortlief, hatte sie ihm die Vorderbeine zusammengebunden und ein Fuder Heu vor das Maul gelegt. Auf dem Wagenaufbau waren verschiedene Laibe Brot, selbst gebackene Brezeln, Kringel und Kuchenstücke sowie etwas von ihrem gesponnenen Leinen ausgebreitet. Wie alle tüchtigen Hausfrauen legte Maria die Spindel nie aus der Hand. Während sie mit kräftiger Stimme die Knochenhauer-Maria hinter ihrem Fleischwagen zu überschreien versuchte, betätigte sie mit dem Fuß eifrig das Spinnrad.

Tagelanger Regen hatte den Kies vom Platz gespült und die Steine gelockert. Nur wer Schuhe mit hohen Absätzen trug, gelangte sauberen Fußes über den Marktplatz. Jetzt lockte der allmählich aufklarende Himmel nicht nur die Bauern und die verschiedenen Zünfte, geordnet nach Tischlern, Schmieden, Wagnern und Gerbern, sondern auch Gaukler und fahrendes Volk auf den Marktplatz. Zwischen umherlaufenden Schweinen, gackernden Hühnern und vor sich hin dösenden Kühen buhlten Dirnen um ihre Freier, balancierten grazile Mädchen auf Seilen und klingelten die bunten Schellen der Gaukler. Hie und da verweilten Kinder neugierig vor dem Backwerk, und manche Hausfrau feilschte um das Pfund Butter und den Laib Brot, bevor sie die Ware für ein paar Groschen endlich erstand.

»Finger weg!«, schimpfte Maria und klopfte einem Bettler mit dem Buttermesser auf seine schmutzigen Finger, während sie einer alten Frau ein Brot in den Korb legte. »Hier, Nachbarin, lasst es Euch munden. Wie wäre es noch mit einer Kanne Milch für die Brotsuppe?«

Die Frau lächelte und entblößte ihren zahnlosen Kiefer. Unschlüssig überlegte sie.

Maria nutzte die Gelegenheit, um ihr die mitgebrachte Kanne mit Milch zu füllen. »Das macht drei Groschen, Mütterchen.« Auffordernd hielt sie der Alten die Hand hin, als sie neben dem Braunen einen in schwarzen Brokat und weiße Spitze gekleideten Herrn bemerkte. Hände in perlenbesetzten Seidenhandschuhen tätschelten interessiert den edlen Hals des Pferdes. Maria ließ den Fremden einen Augenblick gewähren, bevor sie die Unverfrorenheit, den Gaul ihren Waren vorzuziehen, schnippisch kommentierte: »Der Hengst ist nicht zu verkaufen, hoher Herr.« Nebenbei zählte sie der Alten die zu viel gezahlten Groschen auf die Hand zurück.

»Das habe ich auch nicht vor, Jungfer. Rosslenden hole ich mir lieber bei der schönen Maid vom Knochenhauer. Zudem ist so ein herrliches Tier viel zu schade zum Schlachten. Glaubt mir, ich verstehe etwas davon, Jungfer Rampendahl. Dieselbe seid Ihr doch?«

Der Fremde war näher getreten und griff ohne Umschweife nach ihrer Hand, die er galant an seine Lippen führte, wobei er mit seiner anderen freien das Barett schwenkte und steif eine Verbeugung andeutete.

Obwohl Maria dem Rechtsgelehrten Hermann Cothmann bisher nur ein einziges Mal begegnet war, hatte sie ihn an seiner Kleidung wiedererkannt. Solcherlei auffällige Stoffe, eine Mischung der spanischen, englischen und französischen Mode, trug nur ein Einziger in der Stadt. Zudem war ihr ein Gerücht zu Ohren gekommen. Die ganze Stadt munkelte, dass der Günstling des greisen Kerckmann derzeit als der aussichtsreichste Favorit auf das Bürgermeisteramt galt und sich die Stellung eiskalt durch Korruption erschleichen wollte.

»Wie komme ich zu dieser Ehre, Euer Hochwohlgeboren?«, täuschte sie Überraschung vor, doch Cothmann verstand es listig, von ihrer Frage abzulenken.

»Hätte ich eine Hausfrau, würde ich sie gewiss zu Euch schicken,

Jungfer, um bei Euch Butter und Brot zu kaufen«, schmeichelte er. »So verführerisch wie Eure Anmut ist der Duft Eurer Brezeln.« Sich seines Sieges bereits gewiss, schwenkte er abermals das Barett mit den Greifenfedern.

»Ihr macht mich verlegen. Doch Euer Interesse scheint augenscheinlich mehr meinem Pferd zu gelten als meinem Gebäck.« Maria konterte mit einem frechen Augenaufschlag und entzog ihm die Hand. Doch schon im gleichen Moment bereute sie ihre vorwitzigen Worte. Instinktiv spürte sie, dass mehr hinter den Komplimenten steckte, und fürchtete, dass ihre Worte ihn herausfordern könnten. Wenn sie dem Gerücht Glauben schenken konnte, so ging Cothmann nicht nur bei der Erreichung seiner gesellschaftlichen Ziele mit äußerster Kaltblütigkeit vor. Aber da er sie stumm mit seinen eisgrauen Augen verschlang, wandte sie sich den Nonnen des Franziskanerordens zu, die nun neugierig ihren Stand umlagerten. Als ihr die Äbtissin einen Weidenkorb reichte, füllte sie diesen mit Butter, Brot und Brezeln. »Bitte, ehrwürdige Mutter, Eure Waren. Beehrt mich bald wieder.« Mit einer ehrfürchtigen Verbeugung gab Maria ihr den Korb zurück.

Während sie geschäftig die Wünsche der anderen Nonnen erfüllte, ließ Cothmann sie nicht einen Moment lang aus den Augen. Scheinbar gelangweilt schlenderte er zwischen den Krügen und Töpfen umher, lüftete plötzlich den Deckel eines der Krüge unter dem Wagen und schnüffelte an seinem würzigen Inhalt.

»Wie ich sehe, vertreibt Ihr auch Kräuter? Getrocknete Schlüsselblume und Schachtelhalm. Habe ich richtig geraten?«

»Ja, Euer Magistrat. Es sind Kräutertees gegen Husten und Erkältung, die auch vergifteten Harn heraustreiben. Ist es etwa verboten, sie auf dem Markt anzubieten?« Ärgerlich schob Maria den Deckel wieder auf den Krug zurück. Cothmanns plötzliches Interesse für die Kräuter verunsicherte sie. »Was wollt Ihr von mir, Landmann? Ihr habt den Weg zu mir doch nicht auf Euch genommen, um in meinen Töpfen herumzuschnüffeln.« Es war mehr eine Feststellung denn eine Frage.

»Natürlich nicht, Jungfer Maria.« Er setzte eine Unschuldsmiene auf und ließ die Finger spielerisch über die Backwaren gleiten. Auf seinem Gesicht lag ein feines Lächeln. Plötzlich fasste er sie scharf ins Auge, zwang sie, ihn anzusehen, und steuerte dann ohne Umschweife auf sein Ziel zu. »Ich wollte die älteste Tochter des Dechen Rampendahl kennenlernen, deren Liebreiz und Geschicklichkeit von der ganzen Stadt gerühmt wird.«

Marias Wangen überzog ob des Kompliments eine leichte Röte, doch sie hielt seinem Blick stand. »Mir ist bekannt, dass Ihr der Tochter des Dissener Vogts Wilhelm de Baer versprochen seid.«

Erfreut bemerkte sie, wie nun auch er unter der Schminke errötete und sich kleine rote Flecke bildeten. Doch seine Augen funkelten lüstern. »Noch hat Gott den Bund der Ehe mit ihr nicht besiegelt.«

»Für zwei Taler frischen Rahm, Jungfer!«

Ein altes Männlein hielt einen Topf zwischen seinen zittrigen Fingern. Rasch beugte Maria sich über einen der Steintöpfe und schöpfte den gelben Rahm von der Milch. Dabei bot sie Cothmann die breiten Rundungen ihres prächtigen Hinterteils dar. Augenblicklich gaukelte ihm die Phantasie die verheißungsvollsten Bilder vor, und sein Blick saugte sich lüstern am Objekt seiner Begierde fest. Er wurde merklich nervöser, je mehr er der Vorstellung unterlag, sich jetzt mit ihr dem Liebesspiel hinzugeben. Die wiegenden Hüften trieben ihm den kalten Schweiß aus den Poren. Seine Hände zuckten unruhig, die Lust schoss in sein Glied und brannte wie Feuer unter dem Faltenschoß. Vor Lust vergaß er, dass er ursprünglich mit ehrbaren Absichten zu ihr gekommen war. Aber wie alle Weiber war sie doch nur eine Hure, die ihn herausforderte. Er musste sie besitzen. Jetzt gleich, hier auf dem Marktplatz. Am besten in seiner Kutsche!

In Gedanken angelte er sich mit dem Degen eine Brezel vom Wagen, durch die er ihr seine geheimen Wünsche mitteilen wollte. Dazu ließ er sich den saftigen Teig langsam und genüsslich im Munde zergehen und fuhr sich immer wieder mit der Zunge um die Mundwinkel. Maria beobachtete sein Tun aus den Augenwinkeln ungerührt.

Als er ihren Blick bemerkte, presste er kauend zwischen den Zähnen hervor: »Es gelüstet mich danach, mich jetzt und hier in zügelloser Gier mit dir zu wälzen, Jungfer. Ich will, dass du schwaches Weib mich darum bittest.«

Entrüstet fuhr Maria herum und blickte ihn wie von einem tödlichen Degenhieb getroffen an. Einen Moment kämpfte sie gegen ihre Sprachlosigkeit an, dann beugte sie sich nahe zu ihm über das

Backwerk. Vor Empörung drohten ihre weißen Brüste aus dem Miedereinsatz zu springen. Ekel erfasste sie, als sie seinen keuchenden Atem spürte.

»Weiß de Baers Tochter um Eure Gier, die Liebeswonnen mit mir zu genießen?«, zischte sie angewidert in das geschminkte Gesicht. »Ich bin keine Hure. Wenn es Euch nicht um ein ehrbares Angebot geht, so verlasst auf der Stelle meinen Stand, bevor ich die Knechte rufe und Euch hinwegprügeln lasse!«

Ihr Ausbruch ernüchterte ihn, doch er verstand geschickt, die gekränkte Eitelkeit mit Würde zu überspielen. Sein Gesicht verriet keinerlei Regung, stattdessen betrachtete er lächelnd die Rüschen seiner Hemdsärmel und entfernte dann umständlich ein verirrtes Staubkorn.

»Ihr seid nicht auf den Mund gefallen, Jungfer Maria, genau so hat man mir Euch geschildert. Doch Ihr seid mir noch eine Revanche schuldig. Entsinnt Ihr Euch der Hinrichtung Eures Hexenmeisters Beschoren? Überlegt Euch also Euer Verhalten gut. Es könnte sein, dass Ihr Euren Sinn einmal ändern müsst und mich um die Freuden der Liebe anfleht.«

»Mit Eurer Drohung beeindruckt Ihr mich nicht im Geringsten, Landmann. Ich bin eine ehrbare Jungfer, und Ihr habt vergessen, wessen Tochter Ihr beleidigt. Die Brezel kostet übrigens zwei Groschen!«

Gleichmütig öffnete er den Beutel, den er am Gürtel trug, und entnahm ihm einen Taler. Langsam, als bräuchte er Zeit zum Überlegen, drehte er die Münze zwischen den Fingern hin und her und schnappte, als sie nach der Münze griff, plötzlich nach ihrem Handgelenk. Augenblicklich verschwand das Lächeln aus seinem Gesicht, und Maria sah sich ängstlich nach Hilfe um.

In diesem Moment ertönte Margarethas Stimme neben ihr. »Maria, du sollst sofort zur Mutter kommen. Die Nachbarin Catharina Böndel, Stockmeyers Frau, hat sie in ihr Haus rufen lassen. Anscheinend benötigt die Mutter wieder einmal dein eifriges Mundwerk zur Unterstützung.«

Margaretha ahnte nicht, wie erleichtert Maria war, als Cothmann wütend ihr Handgelenk losließ und nach seinen Knechten winkte. »Wir sind noch nicht fertig, Hexe!«, fauchte er und verschwand zwischen den Buden und Ständen.

Einen Augenblick später entdeckte Maria ihn in Begleitung seiner Knechte zwischen Speckseiten und Würsten am Stand von Maria Vieregge. Die Knochenhauertochter nutzte sein Auftauchen für einen Flirt. Als sie Marias Blicke bemerkte, hängte sie sich an seinen Arm, warf ihre schwarze Mähne zurück und schickte einen triumphierenden Blick in ihre Richtung.

»Was wollte der Edelmann von dir?«, fragte Margaretha überrascht. Sie war noch ganz außer Atem vom Laufen und trank hastig einen Schluck Milch.

»Der? Der ist kein Edelmann, sondern ein Hurensohn«, murmelte Maria gedankenverloren, während sie das Geschehen am Nachbarstand aus den Augenwinkeln verfolgte. »Ein schamloser Verführer ist er, der Herr Rechtsgelehrte.«

»Der Landmann Hermann Cothmann? Ich habe von ihm gehört. Zurzeit ist er der interessanteste Mann in der Stadt, weil er als Sohn einer Hexe das Ruder der Macht ergreifen will. Hat er sich in dich verliebt? Ich sah, wie nahe er bei dir stand.«

»Nein, nein«, lenkte Maria verlegen ab und tauschte rasch die Schürze mit ihr. »Kannst du auf den Wagen aufpassen, solange ich fort bin? Ich nehme das Pferd, um schnell zurück zu sein.«

Wie ein Bursche schwang Maria sich aus dem Stand auf den Pferderücken und warf der Schwester den Beutel mit den Talern zu. Ein paar Hühner gackerten aufgeschreckt, und ein Krug polterte über das Pflaster, als sie mit wehenden Röcken auf dem Rücken des Hengstes zwischen den Wagen und Marktbuden verschwand.

Maria warf dem herbeieilenden Knecht die Zügel zu, während sie im gleichen Moment vom Pferd absaß. Obwohl es noch nicht dunkelte, fiel ihr im Nachbarhaus die für die frühen Abendstunden ungewöhnliche Stille auf. Sie kannte die Stockmeyers als geschäftige Nachbarn, bei denen sich bis zum Einbruch der Nacht das gesamte gesellige Leben auf der Diele abspielte. Bis auf ein paar grunzende Schweine, die es sich unter einer Kutsche bequem gemacht hatten, und ein paar räudige Hunde, die den Neuankömmling aus sicherer Entfernung mit langem Hals argwöhnisch beschnüffelten, befand sie sich mit dem Knecht allein hier.

»Wo ist meine Mutter?«, fragte sie den alten Mann, der sich gehorsam anschickte, das Pferd zu versorgen.

»Oben, über den Stuben, beim Speicher.«
»Bei den Mägdekammern?«
»Eure Mutter ist bei der Grete.«
Forschend schaute sie dem Mann in die müden Augen. Auch wenn Heinrich so alt war, dass sie sich beim Gedanken an ihn immer nur an das runzlige, wie Leder gegerbte Gesicht und den zahnlosen Mund erinnerte und sich manchmal fragte, wie er wohl als junger schmucker Bursche ausgesehen haben mochte, kannte sie ihn als einen stadtbekannten Schwätzer. Seine untypische Einsilbigkeit wunderte sie.
»Ist etwas mit der Grete?«, drängte sie.
Doch der Greis beantwortete ihr die Frage nicht. »Das Pferd braucht Wasser«, murmelte er und wollte sich dann rasch von dannen stehlen.
Maria stellte sich ihm in den Weg. »Was ist mit dir, Heinrich? Sag mir wenigstens, wem die fremde Karosse gehört.«
»Den Rullmanns.«
»Dem Gerber und Kämmerer Rullmann? Seltsam.« Maria vergaß den Knecht und dachte stattdessen über die Rullmanns nach. Sie wohnten nicht in der unmittelbaren Nachbarschaft, weil sie nicht der gleichen Zunft angehörten. Henrich Rullmanns Frau war Gretes frühere Dienstherrin, ansonsten bestanden zwischen den wohlhabenden Rullmanns und den Stockmeyers keine freundschaftlichen Verbindungen. Demnach musste etwas Ungewöhnliches vorgefallen sein.
Heinrich hatte mit dem Hengst an der Hand die Diele verlassen. Um über sein seltsames Verhalten nachzudenken, blieb ihr keine Zeit mehr. Schnellen Schrittes lief Maria zu dem zweigeschossigen Stubeneinbau am Seiteneingang des Fachwerkes, doch vor der Treppe stockte sie. Ein furchtbarer Schrei, der aus dem oberen Stockwerk drang und nichts Menschliches mehr an sich hatte, jagte ihr eine Gänsehaut über den Rücken. Selbst die Schweine begannen aufgeschreckt zu quieken und rannten in Panik unter der Kutsche hervor.
Als sie sich überwand, die Treppe hinaufzusteigen, prallte sie mit einer Magd zusammen, die einen Zuber mit blutigem Wasser nach unten trug. »Gut, dass Ihr kommt, Jungfer Rampendahl. Ihr werdet bereits erwartet.«
»Wo geht es zum Speicher?«

»Dort entlang.« Die Magd wies mit einer Kopfbewegung rechts die Treppe hinauf.

Da die Häuser einander ähnelten, wusste Maria, dass die Kammern der Mägde neben dem Speicher lagen. Keuchend erreichte sie das Dachgeschoss. Es roch nach muffigem Getreide, und Mäuse tummelten sich auf den Holzdielen zu ihren Füßen. Eine der Türen der Mägdekammern stand weit offen. Aus ihr drang lautes Stimmengewirr. Deutlich war ihre Mutter herauszuhören. »Sie ist eine gottlose Kindesmörderin und gehört dem Richter übergeben.« Noch nie hatte Maria derartige Worte aus ihrem Mund vernommen. Nichts Gutes ahnend, trat sie über die Schwelle.

Die Mägdekammer war nur wenige Fuß im Quadrat groß und sehr niedrig. Maria bückte sich instinktiv, um sich nicht den Kopf am Balken zu stoßen. Als sie aufschaute, bot sich ihren Augen ein seltsames Bild. Auf dem Bett als einzigem Möbelstück lehnte sich die Magd Grete in halb sitzender, halb liegender Stellung an die Bettstatt. Mit beiden Händen hielt sie sich ein Tuch zwischen die gespreizten Beine. Es war genauso blutgetränkt wie die Innenseiten ihrer Oberschenkel und der graue Lappen unter ihr. Ihr blasses Gesicht war eingefallen wie das einer alten Frau. Sie stöhnte leise. Neben ihr zog die Hebamme im Schein einer Talgfunzel eine Taufspritze mit Weihwasser auf und redete auf die Magd ein. Doch was auch immer sie zu Grete sagte, es ging in dem Stimmengewirr der Streitenden unter. Wie Kampfhähne standen sich Diedrich Stockmeyers Weib Catharina Böndel, die Waschfrau sowie die Rullmannsche und die Mutter gegenüber. Die Frauen gebärdeten sich so heftig, dass Maria eine handfeste Prügelei befürchtete.

»Mutter, was geht hier vor?«, rief sie laut und stürzte auf sie zu.

Catharina Rampendahl nahm die Fäuste von den Hüften und zog Maria aufatmend an ihre Seite. Froh, Verstärkung aus der Familie bekommen zu haben, warf sie den Kopf in den Nacken und lächelte der Böndelschen höhnisch in das hochrote Gesicht. »Du willst die Bestrafung doch nur verhindern, weil dein Ehemann mehrere Monde lang deiner Magd beiwohnte und dich nun die Angst verzehrt, der Bastard sei von ihm.«

Anschließend erklärte sie Maria, während sie anklagend mit dem Finger auf die Magd wies: »Die Grete hat ihr Kind umgebracht, und jetzt wollen sie, dass ich lüge und bestätige, dass das Balg in ihrem Leib gestorben ist.«

Auf die ausgesprochene Anschuldigung folgte eisige Stille. Außer dem kläglichen Wimmern der Magd war nichts zu hören. Die Hausherrin schnappte nach Luft, und die beiden anderen Weiber starrten mit entsetzten Gesichtern auf die beschuldigte Böndel.

»Anstatt zu streiten, solltet ihr lieber mit anfassen«, nutzte die Hebamme die Gelegenheit, sich zu Wort zu melden. Sie schob ihre ausladenden Rundungen zur Tür und schrie die Treppe hinunter: »Ich brauche Wasser, Tücher und Schweinefett, aber schnell!« Als ihr Blick auf Maria fiel, verschwand der sanftmütige Ausdruck aus ihrem ehrwürdigen Matronengesicht. »Wer hat die Jungfer hier hereingelassen?«

Sie stemmte die kräftigen Fäuste in die breiten Hüften und wackelte auf Maria zu. Ihr Blick verhieß nichts Gutes. Die Wangen über dem mächtigen Doppelkinn schwabbelten entrüstet hin und her. Eine solche Entwürdigung einer Entbindung durch eine unverheiratete Frau war ihr in all den Jahren noch nie untergekommen, und sie war immerhin die dienstälteste Hebamme.

»Ein Sündenpfuhl ist das!«, herrschte sie Maria an. »Eine Entehrung all unserer Sitten und Bräuche. An diesem unreinen Ort eine Jungfer, das ist ja Gotteslästerung!«

Catharina unterbrach sie und stellte sich vor ihre Tochter. »Von wegen Gotteslästerung. Ihr selbst habt Gott gelästert, indem Ihr einen Kindesmord zugelassen habt. Ihr ebenso wie all die anderen Anwesenden!« Dabei wies sie der Reihe nach anklagend auf die Frauen. »Deshalb soll meine Tochter bezeugen, dass ich, eine Rampendahl, mich niemals einer solchen Sünde vor Gott, unserem Herrn, schuldig mache!«

»Aber Catharina«, fand die Böndelsche ihre Sprache wieder, »wir sind doch Nachbarinnen. Warum verurteilst du uns? Wenn es zum Gespräch wird, dass der Hausherr mit meiner Magd ein Kind gezeugt hat, dessen Frucht die Verfluchte in ihrem Leib mit einer Nadel getötet hat, dann werden wir alle auf dem Scheiterhaufen brennen!« Verzweifelt rang sie die Hände. »Jungfer Maria! Bei der Liebe meines Sohnes Christoph zu dir, rede deiner Mutter diesen Wahnsinn aus. Du weißt, wie gern ich dich als meine Schwiegertochter sehen würde.«

Maria bekreuzigte sich. Stockmeyers Weib hatte mit den Händen ihre Hüfte umfangen und sank jetzt demütig vor ihr auf die Knie. Das veränderte Verhalten der Nachbarin verwirrte sie und war ihr unangenehm. Hilfesuchend blickte sie sich nach der Mutter um.

»Niemals wird eine meiner Töchter deine Schwiegertochter. Nicht, wenn du dieses Verbrechen gutheißt!«

Maria beugte sich zu der Hausherrin hinab und half ihr wieder auf die Füße.

»Mutter Böndel«, flehte sie, »erniedrigt Euch nicht. Der Vater und die Mutter haben mich in Gottes Glauben erzogen. Sein Wort ist mir heilig, genauso wie das der Mutter und des Vaters. Wenn Grete die Frucht ihres Leibes getötet hat, so werde ich es vor dem Herrn bezeugen müssen, selbst wenn ich dadurch Euren Unwillen auf mich ziehe!«

Maria suchte in dem runden Gesicht mit den mütterlichen Augen nach Verständnis für ihre Entscheidung. Von Kindesbeinen an war sie im Hause Stockmeyer ein und aus gegangen. Mit dem Sohn Christoph war sie wie mit einem Bruder zusammen aufgewachsen. Als der gut aussehende Bursche später im Hause Rampendahl um ihre Gunst warb, hatte sie sich geschmeichelt gefühlt und war dem Liebeswerben des Nachbarn nicht abgeneigt gewesen. Einen Augenblick schwankte Maria zwischen der Mutterliebe, der Gottesfurcht und dem hübschen Gesicht des Nachbarsburschen. Der dunkelhaarige Schreinersohn war gescheit und stark. Die reiche Mitgift beider Familien hätte ihre und die Zukunft ihrer Kinder bis in alle Zeiten gesichert. Doch die Furcht vor der Strafe Gottes, sich an einem Komplott mitschuldig gemacht zu haben, war stärker als die junge, aufkeimende Liebe zu Christoph.

Im Rücken spürte sie den zwingenden Blick der Mutter. Sie schuldete ihr Gehorsam und Beistand. »Bei der Liebe zu Eurem Sohn, Nachbarin, ich stehe zu meiner Mutter. Eure Magd hat sich eines Verbrechens schuldig gemacht und gehört vor den Richter.«

»Ist das dein letztes Wort, Maria?« Eine seltsame Veränderung ging mit der Nachbarin vor. Über die blassen Züge glitt ein Schatten, während ihr sonst so lebendiges Gesicht regungslos erstarrte. Ihr Blick ruhte mit Bedauern auf Maria. Seltsam gefasst wischte sie sich den Staub vom Rock und rückte die Haube zurecht. »Ich hoffe für Euch, dass Ihr beide diese Entscheidung niemals bereuen werdet«, presste sie kaum hörbar zwischen den Lippen hervor, dann wendete sie sich wieder dem Geschehen am Bett zu, wo die Waschfrau und die Rullmannsche der Hebamme beistanden und der widerstrebenden Grete einen Trunk aus Myrrhe, Raute und Bibergeil einflößten.

»Du musst das Gebräu schlucken«, befahl ihr die Hebamme, während sie mit der Handfläche die Stirn der Magd befühlte, auf der sich unzählige Schweißperlen gebildet hatten. »Kannst du mich überhaupt verstehen, Grete?«, fragte sie barsch und suchte in dem blassen Gesicht nach einem Lebenszeichen.

Grete nickte abwesend. Jeden Augenblick konnte sie das Bewusstsein verlieren.

»Ich habe eine Taufspritze mit Weihwasser in deine Gebärmutter eingeführt und den Bastard mit Gottes Segen getauft. Der Trunk wird auch gleich seine Wirkung tun. Du musst jetzt pressen.«

Grete stieß einen markerschütternden Schrei aus und wehrte sich verzweifelt gegen die Frauen, die sie mit vereinten Kräften vom Bett auf den Bretterboden zogen.

Die Hebamme stieß sie rücklings in eine hockende Stellung und umfasste sie von hinten mit ihren fleischigen Armen. »Pressen!«, schrie sie und warf der unschlüssig verharrenden Maria einen wütenden Blick zu. Die beiden Frauen hielten Gretes Beine, während die Hausherrin einen Wasserbottich unter sie schob. »Mein Haus ist von diesem Augenblick an nicht mehr Euer Haus, Nachbarin, und nehmt Eure verwünschte Tochter mit!«, herrschte sie Catharina an.

Marias Mutter hatte nicht vor, die Beleidigung ihrer Tochter hinzunehmen, und schickte sich an, die Nachbarin mit einer bissigen Antwort in die Schranken zu weisen. Doch Maria ergriff leichenblass ihre Hand.

»Mutter«, flehte sie, »komm, unsere Anwesenheit wird nur noch größere Sünde heraufbeschwören!« Als sie das unreine Blut bemerkte, das sich nun in Strömen aus der Magd in den Bottich ergoss, packte sie das blanke Entsetzen.

Die Hebamme verschwendete keinen Blick mehr an die Rampendahls. Sie hatte zwei Haken gepackt und kniete nun schwitzend und mit aufgekrempelten Hemdsärmeln vor der wimmernden Grete. Die

Hausherrin stützte die Magd unter den Armen, während ihr die Hebamme Anweisungen gab: »Zieht sie höher. Ihre eigene Kraft reicht nicht. Die Frucht beginnt sich bereits zu zersetzen. Ich muss sie ihr stückchenweise herausholen, sonst stirbt sie am Fieber.«

Die Hebamme rieb sich die Arme bis zum Ellbogen mit Schweinefett ein, und als die beiden Helferinnen der Grete die Schenkel auseinanderrissen, stürzte Maria der Mutter voran durch die Tür hinaus. Noch in der Diele verfolgten sie die Schreie der Magd.

»Habt Ihr, Diedrich Stockmeyer, der Magd Grete beigewohnt und mit ihr ein Kind gezeugt?« Lauernd blinzelte Johannes Berner hinter dem Aktenberg auf seinem Schreibtisch hervor. »Ihr dürft ruhig antworten«, forderte er den Schreinermeister auf, nachdem er bemerkt hatte, dass dieser unentschlossen von einem Fuß auf den anderen trat.

Berners knochige Finger tasteten auf der Schreibtischplatte nach dem Brillentuch. Die Schärfe seiner Augen hatte mit den Jahren nachgelassen, und schon seit Langem zierte seine Nase eine Gelenkbrille, während er den inzwischen fast kahlen Kopf mit einem hohen schwarzen Hut verbarg, unter dessen Seiten ein paar dünne graue Strähnen auf die altmodische, einem Mühlrad gleichende Halskrause aus gestärkter Spitze hinabhingen.

»Also, Ihr habt ihr beigewohnt?«

Stockmeyer nickte verschämt.

»Wie oft?«

»Immer dann, wenn meine Frau in den Wochen ging.«

Um Berners geschminkte Mundwinkel zuckte es spöttisch. Gierig leckte er sich mit der Zunge über die schmalen Lippen, während sich in seiner Vorstellung der Schreiner und die Magd auf die schamloseste Weise aneinander vergingen. Er frohlockte, denn wer im Alltagsleben die Ehe mit einer Kindsmörderin brach, der musste nach seiner Auffassung wohl oder übel auch mit dem Teufel im Bunde sein. Damit verging er sich gegen Gottes Gebot.

Nachdenklich fasste er Stockmeyer ins Auge und blätterte dann in den aufgezeichneten Befragungen der Hebamme, der Waschfrau, Stockmeyers Frau und der Rullmannschen, die alle zu dem Fall bereits auf das Rathaus zitiert und vor beiden Räten angehört worden waren. Alle hatten sie beteuert, dass die Grete fleißig und ordentlich sei und auch sonst nichts Ungebührliches über sie zu berichten war.

»Ihr habt Euch mit einer schweren Sünde belastet, Diedrich Stockmeyer«, stellte Berner näselnd fest. »Aber ich will Gnade vor Recht ergehen lassen, wenn Ihr mir sagt, ob das Gerücht stimmt, dass sie den Bastard in den Wehen getötet hat.«

Der kräftige Mann knetete aufgeregt das Barett in seinen feuchten Händen. »Das Teufelsweib hat mich verführt, hoher Herr«, gestand er reumütig, »aber ich schwöre bei Gott, unserem Herrn, dass sie nicht von mir guter Hoffnung war.«

Berner überlegte. Eine seiner Taktiken war, den teuflischen Buhlen so lange als möglich im Ungewissen zu wiegen. Aber diese Anhörung zog sich schon viel zu lang hin. Er gähnte herzhaft. Hunger und Müdigkeit machten sich allmählich bemerkbar. Zu dumm, dass gerade jetzt beide Bürgermeister und die Hälfte des hochherrschaftlichen Rates mit einer schweren Grippe im Bett daniederlagen und alle Arbeit an ihm hängen blieb.

Ungeduldig griff er zur Glocke. Der schrille Ton hallte drei Mal von den Wölbungen des Ratssaales wider, bevor sich die schwere Tür öffnete und ein Stadtdiener im Saal erschien.

»Stadtdiener Halle, hole Er mir den Landrat Cothmann und den Siegler.« Der Diener verbeugte sich ergeben. »Ach ja, und wenn Er dem Meister David begegnet, sage Er ihm, er soll ebenfalls in den Ratssaal kommen.«

Bei der Erwähnung des Scharfrichters wurde das wettergebräunte Gesicht Stockmeyers aschfahl. »Aber ich schwöre Euch, hoher Herr, dass sie keines Kindes gewesen ist. Meine Ehefrau und ich hätten es doch bemerken müssen«, beteuerte er seine Unschuld.

»Die Rampendahlsche und ihre Tochter behaupten etwas anderes. Und sie waren dabei, als die Reste der Teufelsfrucht in Eurem Hause von der Hebamme beseitigt wurden. Sie schwören bei Gott, es mit eigenen Augen gesehen zu haben. Vielleicht habt Ihr bei dem Bastard der Grete ja sogar selbst mit Hand angelegt? Was sagt Ihr nun dazu, Stockmeyer?«

»Die Rampendahlsche?« Der Zimmermeister wurde noch etwas blasser. »Aber jeder in der Stadt weiß doch …«

»Was weiß jeder in der Stadt?« Berner beugte sich weit über den Schreibtisch. Schon zum zweiten Mal putzte er die eingefassten Brillengläser, damit ihm auch keine Regung in Stockmeyers Gesicht entging. »Sage Er jetzt die Wahrheit, Stockmeyer, oder sollen wir dieselbe mit Schärfe erforschen?«

In diesem Moment betrat der Landrat in Begleitung des Scharfrichters und des Kämmerers den Saal. Cothmann schwenkte ausladend sein Barett, sein Haupt schmückte eine dunkle, löwenähnliche Allongeperücke. Er war in ein scharlachrotes Wams aus Samt gehüllt und ließ das Hemd in der Taille und an den Handgelenken hervorschauen. Sogar die Seidenstrümpfe unterhalb der knielangen Rockhose mit den Spitzenvolants leuchteten in einem tiefen Rot. Er schien bester Laune zu sein.

Meister David deutete eine leichte Verbeugung an und blieb dann unbeweglich vor dem Richtertisch stehen. Schweigend erwartete er Anweisungen. Das wilde schwarze Haar, das er wie immer offen trug, umhüllte wie ein dichter Mantel die breiten Schultern, wobei sich an seinen Schläfen bereits die ersten grauen Strähnen zeigten. Seine große Gestalt versuchte er unter einem weiten Umhang aus Hundeleder zu verbergen, zu den knielangen Hosen trug er hohe Stiefel, die mit Straßenschlamm beschmutzt waren.

Berner rümpfte die Nase, als er den Dreck auf den blank gescheuerten Dielen bemerkte. Um sich für die Unverfrorenheit des Henkers zu rächen, mit solchen Stiefeln auf dem Rathaus zu erscheinen, wandte er sich zunächst mit einer Beschwerde an ihn.

»Meister David, Ihr habt uns, den Herren von beiden Räten, Anlass zu Unmut gegeben. Ihr seid unserer Aufforderung im Mai, den Taler Brüchtenstrafe für Euer Trinkgelage in Berndt Brockhausens Haus auf dem Sonntag unter der Predigt zu bezahlen, nicht nachgekommen. Eher ward Ihr geneigt, Euch der Gerechtigkeit des Rates durch ein infames Schreiben zu entziehen. Wir betrachten Eure übermütige Antwort, dem Kämmerer keine drei Groschen geben zu wollen und ihm stattdessen einen zu furzen, als eine Herausforderung unserer städtischen Obrigkeit. Was habt Ihr dazu vorzubringen?«

Gelassen zuckte David mit den Schultern und musterte Berner verächtlich. »Wenn es so geschrieben steht, so wird es schon seine Richtigkeit haben«, knurrte er. Schon lange war dies seine Art, den Herren von Lemgo seinen Unwillen auszudrücken.

»Der Scharfrichter von Lemgo und Detmold glaubt wohl, mit seiner Hinwendung zum Landesherrn auf das bessere Pferd gesetzt zu haben. Ist Er, Meister David, etwa zu mächtig geworden und will nun unsere beiden Obrigkeiten gegeneinander ausspielen?«, beteiligte sich Cothmann unvermutet an dem Gespräch.

Der Landmann hatte den Ausführungen des Stadtsekretärs ruhig im Hintergrund zugehört und bisher gelangweilt mit einem Brieföffner gespielt. Während für Berner die Beschwerde an den Henker nur eine lästige Formsache war, nutzte Cothmann jetzt die Gelegenheit, um den Scharfrichter in seine Schranken zu weisen. Zu sehr war er ihm bereits ein Dorn im Auge. Ein Henker, der schneller als er an Macht und Ansehen gewann und dies in ungehorsamster Weise auszuspielen gedachte, bedeutete eine potenzielle Gefahr für ihn.

David Claussen runzelte die Stirn. »Was wollt Ihr, Sohn einer Hexe, von mir? Seid Ihr vielleicht ein Ratsmann, dass es Euch zukommt, über mich zu urteilen?«

Der Stadtsekretär hatte sich ächzend erhoben. »Ruhe, meine Herren!«, schnarrte er, als er sah, wie Cothmanns Hand in Richtung Degen zuckte. Eine Auseinandersetzung zwischen dem Scharfrichter und dem ehrgeizigen und manchmal vorwitzigen Landmann im geheiligten Rathaussaal würde seine Würde nur der Lächerlichkeit aussetzen. »Meister David, bringt den Delinquenten Diedrich Stockmeyer zur Tustodie, wo die Magd Grete untergebracht ist. Wir werden ihn ihr gegenüberstellen. Euch, Landmann, möchte ich bitten, dem *actum confrontationis* beizuwohnen und alles anzuhören!«

»Hoher Herr«, Cothmann nahm seine untertänigste Haltung an, »gestattet mir, hier noch einen Augenblick zu verweilen und später nachzukommen. Ich möchte die Maria Rampendahl zu den Vorkommnissen befragen.«

»Ihr, Landmann?« Berner hob erstaunt die Augenbrauen. »Aber Ihr habt keine Befugnis. Nur ein Ratsmann darf Befragungen vornehmen.«

»Ihr wisst, dass ich die Rechte studiert habe und den hohen Richter Dr. Heinrich Kerckmann in seinem Sinn vertrete.« Die Impertinenz Berners ärgerte ihn, aber im Gegensatz zu dem alten Mann hatte er Zeit. Genügend Zeit, um darauf hinzuwirken, dass dieser arrogante Greis sich eines Tages doch noch seinen Anordnungen fügen würde.

Der Stadtsekretär ahnte nichts von Cothmanns Gedanken, und alles, was im Sinne seines alten Freundes Kerckmann geschah, hatte seine Zustimmung. Er nickte gnädig. »Gut, Cothmann, aber beeile Er sich!«

Während er dem Henker und dem Kämmerer gebot, ihm zu folgen, warf er einen Blick auf die kleine Taschenuhr an der goldenen Kette in der Innenseite seines Rockes. »Ich erwarte Euch im Hexenturm, Landmann, und waltet mit Vorsicht. Rampendahl ist ein unliebsamer Gegner, wenn es um seine Tochter geht!«

Als die schwere Tür hinter Maria ins Schloss fiel, verharrte sie unschlüssig auf der Stelle. Der riesige Saal schien leer. Ein Umstand, den sie höchst merkwürdig fand. »Ist hier jemand?«, fragte sie zaghaft und schritt zögernd vorwärts. Laut hallten Marias Worte von den hohen Wänden wider und verliehen der Situation etwas Gespenstisches.

»Trete Sie ruhig näher, Jungfer!«

Maria erschrak und hielt inne. Die Stimme kam aus dem großen Ratssessel vor dem Feuer im Kamin, von dem sie nur die mit Leder reich verzierte Rückenlehne sehen konnte. Sie machte sich auf eine Überraschung gefasst.

Aufmerksam behielt sie den Stuhl im Auge und antwortete mutig: »Erst, wenn Ihr mir Euer Angesicht zeigt.« Schon bedauerte sie es heftig, das Angebot des Vaters abgewiesen zu haben, sie auf das Rathaus zu begleiten. Schuld daran, dass sie nun allein hier stand, war der Stadtdiener. »Es ist nur eine kleine Formalität«, hatte er gemeint und alle Zweifel zerstreut, indem er Cordt Rampendahl schwor, sie unversehrt zurückzubringen.

»Ihr fürchtet Euch doch nicht etwa, Jungfer Rampendahl? Ihr, die sonst so locker mit dem Mundwerk vornweg ist.« Der Stuhl knarrte, und Hermann Cothmann erhob sich. »Ich wusste doch, dass wir uns wiedersehen würden.« Bedächtig trat er um den Schreibtisch herum auf sie zu und spielte den Überraschten. »Aber mir scheint, als freutet Ihr Euch gar nicht über unsere Begegnung?«

Maria zeigte keine Überraschung, denn sie hatte geahnt, dass sie irgendwann wieder in Cothmanns Falle tappen würde. »Das habt

Ihr ganz richtig erkannt, Landmann. Warum habt Ihr mich auf das Rathaus holen lassen?«

Ein spöttisches Lächeln war die Antwort. Ohne sie weiter zu beachten, zog er eine kleine silberne Puderdose aus seinem Wams und betrachtete sich selbstgefällig in dem runden Spiegel. »Es sind noch ein paar Unklarheiten im Fall der Grete offen, die dich betreffen, mein Kind.«

Maria entging nicht, dass er sie über den Spiegeldosenrand hinweg belauerte. Dann klappte er das Döschen zu und begab sich vom Schreibtisch zu den Archivschränken, in denen die Hexenakten aufbewahrt wurden. Die Absätze seiner Schuhe klapperten auf den Dielen. Mit ihr zugewandtem Rücken suchte er eine Weile zwischen den Akten und Büchern, bis er das richtige gefunden hatte. Er hielt ein in schwarzes Leder gefasstes und mit einem Schloss versehenes Buch in den Händen, wiegte es zwischen ihren Händen hin und her.

»Ein gefährliches Buch«, murmelte er. »Die schwarze Fibel der Zauberer und Hexen unserer Stadt. Wäre ich der Bürgermeister, hätte man nicht so leicht Zugriff darauf.«

Als würde er Marias Bestätigung suchen, hielt er es in ihre Richtung. »Vielleicht kennt Ihr ja den Inhalt? In ihm sind alle besagten Hexen der Stadt Lemgo aufgeführt, sind für die Ewigkeit auf Pergament festgehalten.«

Ungeduldig trat Maria von einem Fuß auf den anderen. Hinter ihrer hübschen Stirn arbeitete es angestrengt. Verzweifelt überlegte sie, was er vorhaben könnte.

»Eure Großmutter und der Schulmeister Beschoren sind in dieser Fibel verewigt, und vielleicht steht Euer Name auch schon darin. Wollen wir mal nachsehen?«

»Weshalb lenkt Ihr ab, Landmann? Ihr habt mich doch nicht rufen lassen, weil ich eine beklaffte Hexe bin, sondern aus einem anderen Grund.« Maria war es leid, sich seine Ungereimtheiten noch länger anzuhören. Längst hatte sie durchschaut, weshalb er sie ohne Begleitung auf das Rathaus bestellt hatte. Jeder seiner lüsternen Blicke verriet es ihr. »Wenn Ihr keine anderen Fragen an mich habt, dann lasst mich wieder an meine Arbeit gehen!«

»An Eure Arbeit, Jungfer?« Cothmann lachte geziert. »Soweit mir zu Ohren gekommen ist, meiden die ehrbaren Leute Euren

Marktstand, seitdem das Gerücht umgeht, Ihr hättet im Komplott mit der Mutter dem Bruder Henrich Gift gegeben.« Endlich ließ er die Katze aus dem Sack.

»Dieses Gerücht haben die Nachbarn unter die Leute gestreut, wegen der Grete«, keuchte Maria aufgebracht. »Mein Bruder Henrich, Gott hab ihn selig, ist an Typhus gestorben. Die Stockmeyers wollen sich an uns rächen, weil wir die Wahrheit über die Grete gesagt haben.«

Cothmann grinste, dann veränderte sich sein Gesichtsausdruck. Um sie gnädig zu stimmen, spielte er den Mitfühlenden. »Natürlich gebe ich nichts auf das Gerücht und fühle mit Euch. Hält Stockmeyer jedoch auf der Folter an der Beklaffung fest, so steht es schlecht um Euch und Eure Frau Mutter.«

Lüstern blieb sein Blick an ihrem Busen hängen, der im Mieder vor Erregung leicht zitterte. Maria hatte ein Kleid aus dunklem Tuch gewählt, und der große weiße Kragen und die breiten Spitzenmanschetten unterhalb der weiten, von einem Seidenband umschlungenen Ärmel betonten ihre weiblichen Reize. Das rotgoldene Haar trug sie in der Mitte gescheitelt, zu dicken Zöpfen geflochten und am Hinterkopf aufgesteckt. Glitzernde Perlenschnüre hielten es zusammen. Gegen seine unscheinbare Braut Elisabeth besaß die Tochter des Dechen eine nahezu teuflische Schönheit. Kein Wunder, dass sie jeder in der Stadt für eine Hexe hielt.

»Wie steht es denn mit Stockmeyers Sohn, dem Christoph? Ich habe gehört, Ihr wart ihm so gut wie versprochen?«, wechselte er lauernd das Thema.

»Ich war ihm nicht versprochen, aber er wäre mir ein willkommener Ehemann gewesen.«

»Und ist es wahr, dass er jetzt um Vieregges Tochter Maria wirbt?« Cothmann hatte es sich lässig auf dem Schreibtisch bequem gemacht und tat, als würde er ins Plaudern verfallen. Während er mit dem Unterschenkel wippte und scheinbar verzückt seine bestickte Schuhspitze betrachtete, belauerte er Maria weiter.

»Davon ist mir noch nichts zu Ohren gekommen. Darf ich jetzt gehen, hoher Herr?« Maria verbeugte sich leicht und hoffte auf die Beendigung des Gespräches.

Doch Cothmann war noch nicht am Ziel. Rasch sprang er vom Schreibtisch auf, umfasste ebenso schnell ihre Hüfte und hob mit zwei Fingern ihr Kinn an. »Stockmeyer wird dich unter der Folter als Hexe beklaffen, weil wir, die Herren beider Räte, es so wollen. Anschließend wird kein Mann dich mehr freien, und auch deine beiden jüngeren Schwestern werden als alte Jungfern enden!«

Angeekelt bog Maria ihren Oberkörper so weit wie möglich zurück und stemmte die Fäuste gegen seine Brust. Obwohl sie wusste, dass er die Wahrheit sagte und diese benutzte, um ihr Angst einzujagen, hielt sie seinem Blick stand. »So, das glaubt Ihr also?«, entgegnete sie spöttisch. »Dann habt Ihr wohl die anderen Bewerber übersehen. Der ehrbare Hans Henrich Borchmeyer hält gerade bei meinem Vater um meine Hand an.«

»Aber er kann dich nicht beschützen! Du brauchst einen starken Ehemann in einem hohen Amt, der dich vor dem Scheiterhaufen bewahrt«, keuchte Cothmann.

Gleichfalls vermochte er seine Gefühle nicht mehr zurückzuhalten und näherte sich gierig ihrem Gesicht. Der weiche Körper in seinem Arm bog sich wie eine Pinie im Wind. Als Maria sich zu wehren versuchte, reizte das seinen Eroberungsdrang nur noch stärker. Wie von Sinnen umschlang er ihre Schultern und presste ihren Körper ungeachtet ihres Widerstandes gegen seine Brust.

»Begreifst du denn nicht, dass ich dich begehre, Weib? Vor Sehnsucht nach dir vergehe. Und wenn ich erst Bürgermeister bin, wird es niemand mehr wagen, dich anzurühren«, hechelte er und versuchte, sie gegen ihren Willen in die rosige Halsbeuge unterhalb des Haaransatzes zu küssen.

»Ihr würdet Eure fürstliche Verbindung zu dem Vogt Wilhelm de Baer doch niemals wegen der Tochter eines Dechen aufs Spiel setzen. So dumm seid Ihr nicht, Landmann. Schließlich pfeifen es die Spatzen von den Dächern, dass Euch der Vogt die Schande Eurer Frau Mutter reichlich mit Gulden vergönnt hat.« Wütend wand sie sich in seinen Armen, um ihn von ihrem Gesicht abzuhalten. »Lasst mich sofort los, Landmann, sonst schreie ich nach dem Stadtdiener!«

Doch Cothmann spürte nur noch den Leib dieses herrlichen Weibs in seinen Armen. Brutal zog er sie an sich, bis ihr die Luft wegblieb, dann drängte er sie zum Schreibtisch.

»Ihr werdet mir gehören, auch wenn ich Euren Vater um Eure Hand bitten muss, und auch, wenn der Vogt damals nach der Hinrichtung meiner Mutter als Einziger zu mir gestanden hat. Jetzt bin ich auf dem Weg ganz nach oben und habe andere Gönner. Ich brauche seine Gunst nicht mehr, denn auch ich bin von fürstlichem Geblüt, an das man sich in Bälde erinnern wird. Es liegt in deiner Hand, Maria. Ein Wort von dir, und ich löse die Verbindung zu de Baers Tochter. Mir wird schon etwas einfallen«, keuchte er und riss wild an der Verschnürung ihres Mieders.

Bei dem Gerangel platzten die Ösen aus dem Stoff, und endlich boten sich die zwei herrlich reifen Früchte seinen gierigen Lippen dar. In der Vorfreude, sie zu genießen, öffnete er hastig die Hose. Doch plötzlich spürte er eine Hand wie eine Zange im Genick, sodass er erschrocken von Maria abließ. Als er sich mit einem dümmlichen Gesichtsausdruck umdrehte, blickte er überrascht in den gezückten Degen des Scharfrichters. David stand breitbeinig hinter ihm. Sein Blick war finster wie der eines Adlers. »Landmann, Ihr überschreitet Eure Befugnis«, knurrte er wütend und gab gleichzeitig Maria mit dem Degen ein Zeichen, sich an seine Seite zu stellen. Schnell kam sie der Aufforderung nach und brachte hinter seinem breiten Rücken mit zitternden Fingern ihr Mieder in Ordnung.

Cothmann wurde erst blass, dann rot über die Störung, erholte sich aber schnell von dem Schreck. Scham verspürte er nicht. Es lag weit unter seiner Würde, sich mit dem Henker wegen einer Hure zu schlagen. Hier im Rathaus war er der Überlegene, egal, worum es ging. Während er die Hose schloss, fasste er den Scharfrichter höhnisch ins Auge und schob mit spitzen Fingern die auf sich gerichtete Degenspitze zur Seite. »Was erdreistet Ihr Euch, Henker? Ihr seid es, der seine Befugnis bei Weitem überschreitet. Das wird Folgen für Euch haben. Was sucht Ihr überhaupt hier?«

»Ich hatte das Pergament mit der Brüchtenstrafe vergessen, Herr Landmann«, rechtfertigte sich David, bevor er den Degen langsam in die Scheide zurücksteckte. Dabei glitt sein Blick spöttisch an der Hose seines Widersachers hinab und blieb an deren Wölbung hängen. Ein verstecktes Grinsen überflog seine edlen Züge. »Mir scheint, fürstliches Geblüt macht noch lange keinen Herrn aus Euch.«

Maria klopfte vor Überraschung das Herz. Mit Spannung verfolgte sie, wie der Scharfrichter den Landmann verhöhnte. Seit der Begegnung vor vielen Jahren hatte sie den Henker nur noch aus weiter Ferne auf den Hinrichtungen gesehen. Je mehr Zeit ins Land ging, desto stärker war auch die Schwärmerei für den gefürchteten Mann in Vergessenheit geraten. Doch jetzt, wo sie seinem Körper so nah war, flammte die alte Leidenschaft wie ein Feuer wieder in ihr auf.

David hatte sich in all den Jahren nicht zu seinem Nachteil verändert. Stattdessen waren seine Züge noch männlicher und begehrenswerter geworden. Maria überkam ein schier unstillbares Verlangen, ihren Retter zu berühren. Um zu verhindern, dass die beiden ungleichen Männer ihretwegen die Klingen kreuzten, fasste sie sich ein Herz und legte beruhigend ihre Hand auf die seine, die er vorsichtshalber am Degenknauf behielt.

»Würdet Ihr mich aus dem Saal begleiten, Meister David?«, fragte sie und sah ihn bittend an.

Nur schwer vermochte David sich davon abzubringen, Cothmann eine Lektion zu erteilen. Doch als Mann von Ehre, erfahren im Umgang mit schönen Frauen, richtete er seine Aufmerksamkeit schließlich doch auf Maria. Ruhig und gelassen kam er ihrer Bitte nach. Als sein Blick den ihren traf, da hatte sie das Gefühl, als versuchte er, sich zu erinnern.

Es dauerte nicht lange, und seine Mundwinkel umspielte ein vertrautes Schmunzeln. »Es soll mir eine Ehre sein, Jungfer Rampendahl.« Höflich verbeugte er sich vor ihr und bedachte seinen Widersacher mit einem triumphierenden Blick.

»Ihr gestattet doch, dass ich der Jungfer meinen Schutz anbiete, Landmann? Bei mir ist sie bestimmt sicherer aufgehoben als in Eurer Gegenwart.« Siegesgewiss lächelte er Cothmann an. »Ihr solltet etwas gegen Eure Triebe tun«, riet er ihm und reichte Maria mit einer Galanterie, die ihm der Landmann nicht zugetraut hätte, die Hand.

Dann endlich fand Cothmann die Sprache wieder. Er hatte längst bemerkt, was zwischen den beiden vorging, und entgegnete nun seinerseits frech: »Aber gern überlasse ich Euch die Hure, Henker. Ich hoffe nur, dass sie Euren Lümmel verträgt!«

David reagierte blitzschnell auf die Beleidigung. Ehe Maria sich versah, schob er sie zur Seite, setzte mit einem gezielten Sprung über den Schreibtisch und schlug Cothmann wütend die Faust in die Magengrube. Als die Spitze seines Degens dessen ungeschützten

Adamsapfel traf, befürchtete Maria, dass der Henker sich mit dem Angriff um seine Stellung gebracht hatte. Nach Luft ringend, zog sich der Landmann mit hervorquellenden Augäpfeln rückwärts zum Fenster zurück.

Mit einem leisen Aufschrei warf sich Maria David in die Arme. Überrumpelt starrte er auf das Weib an seinem Hals. Maria spürte, wie er unter dem Wams leicht erzitterte. »David, in Gottes Namen, verschont ihn! Ich müsste Tag und Nacht um Euch weinen, wenn Ihr Euch durch einen solchen Schelm um Eure Ehre bringt.« Ihre blauen Augen flehten ihn an.

Einen Moment lang sah er nachdenklich auf sie herab, dann höhnte er verächtlich in das grünliche Gesicht von Cothmann: »Ihr seht aus wie ein Haufen Hühnerscheiße, Landmann. Bedankt Euch bei der Jungfer. Ihretwegen verschone ich Euch. Aber kommt mir niemals wieder vor das Schwert, denn dann würde ich mein ehrbares Handwerk vergessen und es genießen, Euch den Kopf ganz langsam vom Rumpf zu trennen.«

Mit dem Blick des Siegers vergewisserte sich David, dass der Landmann außer Gefecht gesetzt war, und schlang seinen starken Arm um Marias Hüfte. Ohne seinen Widersacher aus den Augen zu lassen, führte er sie behutsam rückwärts zur Tür, wo sie sich noch einmal übermütig umdrehte.

»Nichts für ungut, Herr Landmann«, spottete sie. »Ich nehme Euch trotzdem beim Wort. Mein Vater wird den zukünftigen Bürgermeister jederzeit als Brautwerber willkommen heißen!«

Hermann Cothmann ließ sich hinter dem Schreibtisch ächzend in den Lehnstuhl des Richters fallen. Ihm war speiübel, allerdings wusste er nicht, ob sein Zustand von der Schmach oder dem Schlag herrührte. Nachdenklich starrte er die Tür an, hinter der Maria mit dem Henker verschwunden war. Nervös spielte er mit dem Federkiel, bis er ihn wütend mit den Fingern zerquetschte und auf den Boden warf. »Warte nur, meine Schöne«, murmelte er, »der Tag meines Sieges wird kommen, und auch dir, David Claussen, werde ich das freche Maul schon noch stopfen!«

Im unteren Teil des Rathausgewölbes hielt David plötzlich vor Maria inne. Sie stand mit dem Rücken zur Mauer, während er seltsam lächelnd auf sie hinabsah. Allein mit ihm zwischen den ehrwürdigen Mauern überkam sie ein merkwürdiges Gefühl. Zum einen spürte sie zum ersten Mal wildes Verlangen nach einem Mann, zum anderen zollte sie dem Henker gebührenden Respekt. Der leicht spöttische Gesichtsausdruck ließ sie erahnen, dass er, der in der Liebe erfahren war, ihre Empfindungen erriet. Verwirrt schoss ihr die Röte in die Wangen, und sie beeilte sich, sich für die Rettung zu bedanken. »Meister David, ich glaube, ich stehe tief in Eurer Schuld. Ich werde meinem Vater von Eurer Ritterlichkeit berichten. Solltet Ihr jemals meines Vaters oder meine Hilfe benötigen, so werdet Ihr immer auf uns zählen können.«

»Es ist schon seltsam, Jungfer Maria«, lächelte er zurück, wobei er ihre Gestalt prüfend umfing. »Jetzt kreuzen sich nach so langer Zeit wieder unsere Wege, und wieder musste ich Euch aus einer ungewöhnlichen Situation befreien. Ein so anmutiges Weib wie Ihr sollte vorsichtiger sein und das Haus nicht allein verlassen. Fast bin ich geneigt, an eine Gottesfügung zu glauben, dass wir uns wiederbegegnen. Wäre ich nicht mit meinem Weib Agnesa verheiratet, so würde ich mich auf der Stelle in Euch verlieben. Eure Jungfernschaft wäre vor mir nicht mehr sicher. Ihr seid wie eine wunderschöne Rose. Deshalb lasst Euch von einem Mann raten, der sich auf Frauen ebenso wie aufs Töten versteht: Achtet auf Euch. Hütet Euer wertvollstes Gut vor solchen Schelmen wie dem Landmann. Denn wie schnell ist eine Rose gebrochen, noch bevor sie in voller Schönheit erblühen konnte.«

Seine Worte streichelten über ihre Haut, während seine Hände ruhig am Degenknauf verharrten. In dem verlassenen dunklen Gewölbe gab Maria sich der Illusion hin, dass nicht der Henker von Lemgo zu ihr sprach, sondern der Mann, den sie sich heimlich in ihren Träumen vorstellte. Damals auf seinem Pferd waren ihre sogenannten Gefühle noch kindliche Schwärmerei gewesen. Doch jetzt, mit dem Herzen des Weibes, das sich nach der Leidenschaft eines Mannes sehnte, spürte sie mehr denn je, wie die Gefühle für den wilden David wieder entflammten.

Ohne dass sie es verhindern konnte, begann ihr Herz aufs Heftigste zu schlagen. Im Ratssaal war sie eben noch mutig und zu Spott aufgelegt gewesen, doch in der Einsamkeit des Gewölbes fühlte sie sich ihm hilflos ausgeliefert. Die Stimme versagte ihr den Dienst, während sie seinen leidenschaftlichen Blick erwiderte. Plötzlich spürte sie sich wie auf Schwingen emporgetragen, und noch ehe sie darüber nachdenken konnte, was ihr geschah, riss er sie an seine Brust. Sie vermochte weder zu denken noch sich zu wehren. Als sein Gesicht sich dem ihren näherte, öffnete sie einen Hauch breit die vollen Lippen und schob sie ihm voller Verlangen entgegen. Sie spürte seinen heißen Atem an ihrer Wange.

»Bei Luzifer, was tun wir?«, flüsterte er heiser, dann trug Maria die Leidenschaft fort, und der Boden unter ihr öffnete sich, als seine brennenden Lippen sich ungestüm auf ihren Mund pressten. Hastig, fast brutal, erkundeten seine Hände ihren Körper. Sie waren rau und heiß und riefen nie gekannte Wonnen in ihr wach. Doch noch ehe sie die Reue einholen und ihr Gewissen sie aus dem Rausch erwecken konnte, hatte er sie bereits wieder losgelassen. Nach wenigen Sekunden, hin und her gerissen von seinen Gefühlen, packte er sie ein zweites Mal und zog sie fest an sich, wobei er ihr tief in die Augen sah, bevor er sie wieder sichtlich verwirrt von sich stieß.

»So verzaubern und vom rechten Weg abbringen kann mich nur eine Hexe«, keuchte er erregt. »Kreuze nie wieder meinen Weg, Maria, nie wieder! Ich bin der Henker von Lemgo und nicht mehr frei. Gewiss bin ich nicht der Mann, der dich glücklich machen kann, und als meine Hure bist du zu schade.« Er verharrte noch einen Moment schwer atmend. Sie konnte sehen, wie sehr er gegen das Verlangen in sich ankämpfte. Oh, teuflische Versuchung! Die Schlange hatte ihr den Apfel zugeworfen. Berauscht von seinen Küssen, streckte sie die Arme nach ihm aus, als er sich von ihr abwandte und sie schweren Schrittes verließ.

»Was ist Euch, Jungfer Maria?«

Verstört hob Maria den Kopf. Der Prediger Andreas stand über sie gebeugt und berührte sie sanft an der Schulter. Sie war so sehr in ihr Gebet versunken gewesen, dass sie sein Kommen nicht bemerkt hatte. Reumütig erhob sie sich.

»Hochwürden? Verzeiht mir mein Eindringen in die Kirche, aber ich suchte um Vergebung. Und wo könnte ich sie anders finden, als hier, in Gottes Haus.«

Die gütigen Augen Marias, der Mutter des Herrn, blickten vom Altar unverwandt auf sie herab.

»Und wovor suchtest du Vergebung, meine Tochter?« Der Pastor half ihr beim Aufstehen.

»Ich habe gesündigt, Hochwürden.«

Andreas lächelte sanft. »Doch welche Sünde, mein Kind, kann so schlimm sein, dass Ihr Euch der Jungfrau Maria unter Tränen zu Füßen werft, während draußen die Jugend den Frühling eintanzt?«

Seine Frage rief erneut die Erinnerung an den Henker und den sündigen Kuss in ihr wach. Die Wonnen ihrer ersten Erfahrung mit einem Mann lagen noch wie frischer Tau auf ihren Lippen. Das Verlangen nach Davids Küssen lastete so schwer auf ihrer Seele, dass sie sich nicht anders zu helfen gewusst und den Weg zur Kirche von St. Nikolai eingeschlagen hatte. Wie im Traum war sie an den Chorstühlen und an der Kanzel vorbei zum Altar geschritten, wo sie auf den Stufen vor dem Bildnis der Jungfrau Maria auf die Knie gesunken war.

»Die Verwirrungen der Liebe, Hochwürden«, hauchte sie und wischte sich mit dem Handrücken eine Träne aus dem Auge.

Rücksichtsvoll bedrängte er sie nicht mit Fragen. Als erfahrener Seelsorger sah er, dass die Jungfer in Nöten steckte und eher Rat und Hilfe als Vergebung brauchte. »Möchtet Ihr vor dem Abendmahl die Beichte ablegen, mein Kind?«, fragte er sanft und schlug das Kreuz über ihr.

»Nein!« Maria hob flehentlich die Hände. »Nicht vor der lutherischen Gemeinde.«

Besorgt schaute er sie an. »Dann muss es eine schwerwiegende Sünde sein, die Eure Seele belastet. Möchtet Ihr sie mir anvertrauen? Vielleicht kann ich Euch helfen, mein Kind, doch vergeben kann Euch nur Gott!«

Dankbar küsste Maria die Hand mit der Gebetsschnur. Als sie sich wieder aufrichtete, hatte Andreas bereits das geistliche Gewand aus der Kanzel geholt und es sich lose übergeworfen. Enttäuscht musste sie feststellen, dass er ihr in dem weltlichen schwarzen Gehrock und dem ausgeschnittenen weißen Hemd deutlich besser gefallen hatte. Zum ersten Mal bemerkte sie, dass er sich – schon allein durch die langen lockigen Haare und das fein geschnittene Gesicht – von den Pastoren St. Mariens unterschied. Sie errötete leicht.

Um ihr die Beichte zu erleichtern, zog Andreas sie sanft auf die Altarstufen hinunter und setzte sich neben sie. Als er das Erstaunen in ihrem Gesicht sah, lächelte er. »In meinem Gotteshaus gibt es keine Beichtstühle. Ihr müsst mir schon vor der heiligen Maria anvertrauen, was Euch bedrückt.«

Sanft presste er ihr den Rosenkranz an die Stirn, legte ihn ihr feierlich über die gefalteten Hände und forderte sie auf: »Nun sprecht – was belastet Euer Herz?«

»Es ist ein Kuss, Hochwürden.«

Andreas lächelte. Etwas Ähnliches hatte er erwartet. »War er so schrecklich, dass Ihr ihn als Sünde empfindet?«

»Der Kuss hat die schlimmsten Wonnen in mir ausgelöst, und ich erhielt ihn von einem Mann, der mich niemals hätte küssen dürfen!«

»Aber Ihr seid ein junges, schönes Weib, Maria. Es ist ganz normal, dass Ihr diese Erfahrungen macht, auch wenn Euch dabei mal ein junger Mann einen Kuss raubt. Möchtet Ihr mir seinen Namen verraten?« Mit Geschick und Einfühlungsvermögen tastete er sich voran. Er wollte sie nicht drängen, schließlich hatte die Jungfer gerade ihre ersten Erfahrungen mit der Liebe gemacht.

»Es war Meister David, der Scharfrichter, der mir den Kuss raubte.«

Erstaunt hob Andreas die Brauen und runzelte die Stirn. Ein solches Geständnis hatte er nicht erwartet. Zumal er an der nervösen Bewegung ihrer Hände und dem Zucken in Marias hübschem Gesicht bemerkte, wie sehr sie dieses Erlebnis gefangen nahm.

»Bin ich durch seine Berührung jetzt unrein, Hochwürden?« Sie hob zum ersten Mal seit langer Zeit die Lider und suchte nach einer Antwort in seinem Gesicht. Der Grund ihrer blauen Augen war klarer als das Weihwasser im Taufbecken.

»Nein!« Nachdenklich schüttelte er die Lockenmähne. Um ihre Gefühle nicht zu verletzen, musste er die Worte mit Bedacht wählen. David stieß ihn in seiner Eigenschaft als Scharfrichter ab, brach er doch fast tagtäglich Gottes Gebote. Als Mensch aber war er durchaus nicht zu verachten. Andreas kannte ihn als einen guten und gottesfürchtigen Familienvater. Im Falle von Maria war anscheinend sein wildes Temperament mit ihm durchgegangen. Aber wie sollte er nun weiterreden, spiegelten sich in ihren Augen doch die Wonnen dieser ersten Liebe wie ein loderndes Feuer wider?

»Meister David ist ein stattlicher Mann«, begann er vorsichtig. »Er ist stark, und Ihr liebt Stärke. Schon weil auch Euer Vater ein starker Mann ist, den Ihr ebenfalls vergöttert.«

Sie nickte.

»Aber David ist kein Mann im üblichen Sinne. Bedenkt: Er ist der Mann, durch dessen Hände viele Menschen in unserer Stadt den Tod erleiden. Auch schert er sich wenig um die Gebote Gottes. Fast täglich bricht er eines davon. Er ist aufbrausend, aufbegehrend und hat die meisten Händel in der Stadt. Wie sein Herr, der ehrenwerte Richter Kerckmann, versucht auch er, sich an den Hingerichteten und ihren Hinterbliebenen zu bereichern. Andererseits ist er ein guter Chirurgus und ein liebevoller Vater. In unserer schlimmen Zeit, in der fast jedes Kind ersetzbar ist, bemüht er sich redlich um das Wohl seiner acht Nachkömmlinge. Er ist ein Mann in den besten Jahren, aber er ist verheiratet und könnte Euer Vater sein, Jungfer Maria.«

»Aber auch er hat eine Seele, Hochwürden. Ich habe sie gespürt. Sie ist sanft und ehrbar, stark und schön.« Ihr Blick verklärte sich.

»Aus Euren Worten schließe ich, dass Ihr ihn sehr liebt.« Andreas erhob sich und sah nachdenklich auf sie hinunter.

»Ja, Hochwürden, das tue ich. Ich liebe ihn. Ich weiß, dass diese Liebe Sünde ist und niemals Erfüllung finden wird, aber was kann ich gegen ihre Schmerzen und ihre Wonnen tun, wenn Gott es so will?«

»Die Liebe hat Eure Sinne verwirrt, mein Kind.« Andreas ergriff ihre Hände. Sie waren weich und schmal wie die einer Königin. Sanft zog er sie zu sich herauf und sah ihr in die blauen Augen. Seltsam. Je länger er ihrem Blick standhielt, umso mehr musste er sich eingestehen, dass diese junge Frau selbst auf ihn nicht ohne jede Wirkung war. War dies unschuldige Weib etwa doch eine leibhaftige Versuchung des Teufels?

»Ihr müsst ihn vergessen, mein Kind«, sagte er mit belegter Stimme. »Auch wenn er der ehrbarste Bürger dieser Stadt wäre und regelmäßig zum sonntäglichen Kirchgang erschiene.« Maria maß ihn erschrocken. Verlegen senkte er die Augen. »Er wird niemals ehrbar wandeln wie ein Christ, und durch das tägliche Vollsaufen mit Bier und Branntwein wird er der Stadt ein ewiges Ärgernis sein.«

Ihr unschuldiger Blick machte ihn unruhig. Bisher hatte er sie immer als das Kind des Freundes gesehen, doch mit einem Mal bemerkte er anstelle des Kindes das erblühte Weib. Mit auf dem Rücken verschränkten Händen begann er nervös zwischen den Betstühlen umherzulaufen. Was David widerfahren war, widerfuhr nun auch ihm. Der Zauber dieses Weibes führte ihn in Versuchung. Um dem teuflischen Spiel zu widerstehen, erklärte er: »Gott, meine Tochter, kann nicht irren, Menschen können es jedoch schon. Tagtäglich werden Menschen von den Richtern zum Brennen auf dem Scheiterhaufen verurteilt, und David ist der Vollstrecker dieser grausamen Urteile. Seine Seele kann bei all dem vielen unschuldig vergossenen Blut nicht rein geblieben sein.«

Mit verzehrenden Blicken war er vor ihr stehen geblieben und zog sie nun in die Falten der Soutane. Erschrocken bemerkte Maria den Wandel, der mit ihm vorging. Während sie noch überlegte, was den Beichtvater so verändert haben mochte, hatte er sich bereits wieder in der Gewalt. Erregt schob er sie von sich und schlug das Kreuz Gottes über ihr. Er verspürte so etwas wie Eifersucht auf David, wollte aber die Gebote Gottes nicht übertreten. Wenigstens bei ihm würde der Teufel kein Glück haben. »Eure Großmutter Salmeke und Euer Schulmeister, sie sind durch seine Hand gerichtet worden«, erinnerte er Maria. »Sie waren die unschuldigen Opfer unfähiger Richter und eines Henkers, der an ihrem Tod verdiente. Vergesst das nie, meine Tochter, wenn Ihr Euch in Liebe nach ihm verzehrt!«

Schweigsam hatte Maria ihm zugehört. Hochwürden erschien ihr mit einem Mal wie ein Fremder. Das war nicht mehr der Prediger, den sie von Kindesbeinen an kannte. Er schien sich zu einem Märtyrer aufzuschwingen, der mit ketzerischen Worten längst nicht mehr nur den Scharfrichter anklagte. Sie hatte auf einen weisen Rat gehofft, zumindest aber auf Vergebung, stattdessen jedoch verwirrte er sie. Also stimmte das Gerücht vielleicht ja doch, und die Witwe Böndel hatte ihn tatsächlich auf dem Freien Hof unter den tanzenden Hexen gesehen. Hastig schlug sie das Kreuz vor der Brust. Es drängte sie danach, Hochwürden und die Kirche zu verlassen, um allein mit sich und Gott zu sein.

»Er wird Euch niemals lieben, meine Tochter. Und so Gott es will, wird er auch Euch eines Tages töten. Ihr seid jung und schwärmerisch verliebt in den ersten Mann, der Euch auf den Mund geküsst hat. Aber das wird sich legen, wenn der erste Brautwerber um Eure Hand anhält. Er wird Euch die göttlichen Wonnen der wahren Liebe schenken, mein Kind.«

Die Worte verhallten ungehört unter der Kirchenkuppel. Maria vernahm sie nicht mehr. Verwirrt und die Gedanken voller unbeantworteter Fragen, rannte sie zwischen den Kirchenstühlen hindurch auf den Ausgang zu.

»Ho!« Caspar schnalzte mit der Zunge und ließ die Peitsche über den Pferderücken sausen. Das Fuhrwerk rumpelte schwankend über den Steinweg außerhalb des Ostertors.

»Seht, Schwestern, oben auf dem Berg die Feuerräder!« Sein Arm wies zur Spitze des Holzhauser Berges, wo vor dem dunklen Himmelszelt die ersten Osterräder aufflammten. Als sich die riesigen Holzkonstruktionen mit dem brennenden Roggenstroh erst schwerfällig und dann mit einem riesigen Feuerschweif lichterloh und immer schneller durch die Dunkelheit talabwärts bewegten, kreischten die Mädchen auf dem Wagen vor Entzücken auf.

Maria hielt zur Linken Margaretha, zur Rechten die Schwester Ilsabein im Arm. Mit großen Augen verfolgten sie die herabstürzenden Räder, während sich Caspar zurückneigte und in den Wagen hineinrief: »Nun, Schwestern, für welche von euch Schönen lassen die Junggesellen denn nun die Räder zu Tale?« Ein zweistimmiges Kichern war die Antwort.

Einzig Maria war verdächtig ruhig geblieben. Ein wenig wehmütig dachte sie an Henrich Borchmeyer. Er war der Letzte gewesen, den die Gerüchte über sie und die Mutter davon abgeschreckt hatten, beim Vater um ihre Hand anzuhalten. Die Erinnerung an Christoph Stockmeyer schmerzte sie hingegen stärker. Sicher war er jetzt gerade zusammen mit den Burschen auf dem Berge und widmete sein Feuerrad der Knochenhauer-Maria.

»Nun, Schwestern, haltet eure Osterkerzen bereit. Festhalten, ich fahre euch jetzt zum Osterfeuer vor die Kirche«, riss Caspar sie aus den Gedanken.

Nachdenklich blickte sie auf die mit Bildern verzierten Kerzen der Schwestern. Margaretha hatte mit bunten Farben eine Taube und ein Lamm auf den Talg gemalt, Ilsabein die Sonne und das Wasser. Da die Nachbarn ihr und der Mutter den Zutritt zur Kirche verwehrten, hatte sie ihre Kerze nicht verziert. Erst letztens, vor dem sonntäglichen Kirchgang, waren sie von der Stockmeyer und der Böndel vor der ganzen Gemeinde als Hexen beschimpft und bespuckt worden. Seitdem mied Maria den Gottesdienst und war auch zum Abendmahl nicht mehr erschienen.

»Wieso hast du deine Kerze nicht bemalt, Maria?«, fragte Margaretha und rollte Marias blanken Kerzenstumpf in der Hand. »Willst du sie denn nicht am Osterfeuer entzünden und in die Kirche tragen? Sie ist doch das Symbol für das Leben.«

Abwesend sah Maria zum Berg hinauf. »Ach, Margaretha, ich verderbe euch doch nur die schöne Osternacht. Es ist das Beste, wenn ich hier im Wagen zurückbleibe und ihr für mich eine Kerze mit entzündet.«

»Was ist mit dir, Maria?«, fragte Margaretha besorgt und legte die Kerze sanft in ihren Schoß zurück. Beunruhigt ergriff sie die Hand der Schwester. »Das bist doch nicht du, Maria! Wovor hast du solche Angst? Dass du eine Hexe bist, das sind nur Gerüchte, und Gerüchte werden auch wieder verstummen. Wir haben doch Freunde, und solange Caspar oder der Vater in deiner Nähe ist, wird niemand dir etwas anhaben.«

Maria seufzte leise. »Vielleicht hast du ja recht, Schwester, und ich sollte alles nicht so schwarzsehen. Für den Notfall habe ich ja einen Retter, der, so Gott es will, stets im richtigen Moment erscheint.« Träumerisch schloss sie die Augen.

»Ich weiß genau, an wen du jetzt denkst. Aber den schlag dir mal besser aus dem Kopf, bevor er dir noch den deinen abschlägt«, flüsterte ihr Margaretha mahnend ins Ohr.

Maria seufzte. »Selbst wenn ich's wollte: Ich kann ihn einfach nicht vergessen. Und warum sollte ich auch? Mich will ja sowieso kein ehrbarer Mann. Wenn er so küsst wie David, dann soll mich ruhig der Teufel holen.« Die letzten Worte hatte sie so leise gesprochen, dass nur Margaretha sie verstanden hatte. Sie erinnerte sich an seine glühenden Augen.

In diesem Moment wurden sie hart gegen die Holzplanken gedrückt. Caspar hatte das Gespann auf den Kirchplatz gelenkt und zwischen mehreren größeren und kleineren Fuhrwerken zum Stehen gebracht. Unweit von ihnen dösten vor einem riesigen Schlagbaum ein paar angepflockte Pferde vor sich hin. Aus der Ferne erklang Musik von Flöten und Cistern, die von dem Gesang junger Mädchen begleitet wurde.

Caspar sah zu den Kirchtürmen hinauf, deren Spitzen in ein rötlich goldenes Licht getaucht waren. »Sie haben das Osterfeuer schon entzündet«, frohlockte er und sprang flink vom Kutschbock. »Na, was ist, Schwestern?« Er klappte die Stufe herunter. »Jetzt aber schnell das Tanzbein geschwungen. Sicher gibt es auch gutes Bier und Branntwein.« Er hob den Zeigefinger in die Luft und schnupperte in alle vier Himmelsrichtungen. »Riecht ihr es auch?« Genüsslich strich er sich über den Lederkoller, den er über dem Wams trug. »Es duftet herzhaft nach Gesottenem und Gebratenem.«

Ritterlich reichte er zuerst der jüngeren Ilsabein und dann Margaretha die Hand beim Aussteigen. Als Maria zögerte, fasste er sie um die Hüften und hob sie schwungvoll vom Wagen. »Du wirst dich von den dummen Gerüchten der Nachbarn doch nicht vom Tanzen abhalten lassen, Schwester? Du bist jung und schön, und die Burschen warten sicher schon alle auf dich«, versuchte er sie aufzuheitern und hakte sie unter. Als er sah, dass sie lächelte, grinste er zufrieden. »Na also, und der Vater erwartet uns sicher schon mit einem Fass guten Bieres. Nun aber los!«

Singend und kichernd erreichten sie den Freien Hof. Obwohl er als verwunschener und heimlicher Hexentanzplatz verschrien war, wurde just auf ihm in der Nähe von St. Nikolai in der Osternacht ein Holzstoß angezündet, um der Freude über das Ende des langen Winters Ausdruck zu verleihen. Das riesige Feuer loderte bereits unter dem sternenklaren Abendhimmel, während sich rundherum, zwischen den Wagen mit Bierfässern und Buden, die Alten wie die Jungen ausgelassen tummelten. Die heiratsfähigen jungen Mädchen hatten sich an den Händen gefasst und tanzten singend um das Feuer herum, während sich die mutigsten Burschen anschickten, durch das Feuer zu springen, um der Liebsten ihren Schneid zu beweisen.

Caspar zog die Schwestern lachend an blökenden Lämmern und grölenden Betrunkenen vorbei in die Nähe des Feuers.

»Für wen willst du denn springen, Bruder?«, kicherte Maria. »Kenne ich sie?«

»Natürlich für die Maria!«

»Was? Die Vieregge?«

»Sie ist nach dir die Zweitschönste in der Stadt.«

Maria war abrupt stehen geblieben. Die Freude auf ihrem Gesicht war einer lähmenden Starre gewichen. Jedem hübschen Mädchen hier hätte sie seinen Sprung gewünscht, denn ihr Bruder Caspar war ein stattlicher junger Bursche, den sich so manche Jungfer zum Ehemann wünschte, aber niemals würde sie ausgerechnet der Maria Vieregge diesen wunderbaren Mann gönnen. Mit in die Seiten gestemmten Händen schrie sie laut gegen den Gesang der Mädchen an: »Neiiiin! Das wirst du nicht! Nicht für sie!«

Im Nu war auch Caspars gute Laune verflogen. Barsch fasste er sie am Arm und zog sie weiter. »Du wirst mir nichts verbieten. Ich bin der Ältere, und selbst wenn ich um Marias Hand freien würde, hättest du mir nicht reinzureden!« Trotzig schüttelte er die rotblonde Mähne.

Ein Streit zwischen den Geschwistern war nichts Ungewöhnliches, schließlich waren sie beide aus dem gleichen Holz geschnitzt. Nicht selten ging dabei das Temperament mit ihnen durch, und jeder vertrat stur seine Meinung. Doch dass sie ihm gerade in der Osternacht die gute Laune verderben musste, nahm er ihr übel. Trotzig streckte er das Kinn nach vorn und hielt Ausschau nach Maria Vieregge. In seinen blauen Augen funkelte es wild.

»Ich werde es nicht zulassen«, schimpfte Maria stur in seinem Rücken und hinderte ihn am Weitergehen.

»Nur weil du sie nicht leiden kannst, muss ich sie noch lange nicht meiden«, zischte er ihr über die Schulter zu. »Bevormunden kannst du unsere Schwestern, nicht mich.« Er ließ ihre Hand los und begab sich zu den Burschen, die sich abseits vom Feuer auf den Sprung vorbereiteten.

Ärgerlich sah sich Maria nach den Schwestern um, doch Margaretha und Ilsabein waren während des Streites abgedrängt worden und tanzten bereits fröhlich um das Feuer. Allein zurückgelassen, schrie sie Caspar versöhnlich hinterher: »Caspar! Lass mich nicht hier stehen, nimm mich mit, bitte!«

»Die Hexe ist hier!«, rief jemand im selben Moment hinter ihr. Sofort wandten sich alle Köpfe um. Neugierige strömten aus allen Richtungen herbei, um die Hexe mit eigenen Augen zu sehen. Als die Flötenmusik verklang und die Mädchen aufhörten zu tanzen, hatte sich ein Halbkreis um Maria gebildet.

Zunächst wurde nur untereinander hinter vorgehaltener Hand getuschelt, dann wurden die Stimmen lauter, und die Ersten zeigten mit Fingern auf sie. Ängstlich sah Maria sich nach Caspar um, während sie vor der vorwärtsdrängenden Masse zurückwich. Links von sich sah sie, wie Caspar von einigen Burschen bewusst an den Armen zurückgehalten wurde. Er wand sich wie ein gefangener Stier.

»Maria, lauf zum Wagen. Lauf weg!«, schrie er in Sorge.

Glutrot und gespenstisch loderte das Feuer im Hintergrund. In den vordersten Reihen kamen die Nachbarn Stockmeyer, Reineking, Echtner und die Rullmann auf sie zu. Sie hatten sich mit den anderen Gaffern zu einer undurchdringlichen Mauer untergehakt und beobachteten sie lauernd mit vom Alkohol aufgedunsenen Gesichtern, während sie Schritt für Schritt bedrohlich näher rückten. Eine Walze aus schwitzenden und stampfenden Leibern. Es gab kein Entrinnen mehr.

Maria spürte, wie ihr Herz vor Angst bis zum Halse schlug. Ihre Augenlider flatterten, und die Finger zitterten nervös in der Seide ihres Rockes, während sie sich verzweifelt nach einem Fluchtweg umsah. Nur noch wenige Schritte, und die Menge würde sich über sie hermachen, sie treten, anspeien, ihr an den Haaren reißen und sie steinigen.

Doch plötzlich überkam sie eine seltsame Ruhe. Statt der Angst fühlte sie eine nie empfundene Kraft in sich aufsteigen. Den Nachbarn würde sie sich nicht ausliefern. Sie wollte es ihnen zeigen! Entschlossen nahm sie allen Mut zusammen. Wenn man sie schon für eine Zauberin hielt, dann wäre es doch am klügsten, auch als eine solche aufzutreten.

»Was wollt ihr von mir?«, schrie sie laut über die Köpfe hinweg, beugte ihnen den Oberkörper entgegen und stemmte die Fäuste in die Hüften. »Habt ihr euch nicht bei meinem Vater um Jahr und Tag mit Freibier die Bäuche vollgesoffen? Euch mit seinem Brot vollgefressen? Hast du, Catharina Böndel, nicht gar oft um Feuer gebeten und wenn dir mal das Salz ausging, auch welches erhalten? Sind wir nicht seit Jahren gute Nachbarn?«

Sie lauschte in die Menge, in der sich ein leises Murren regte. Einige traten beschämt von einem Fuß auf den anderen. Es war um ein Vielfaches einfacher, sich im Wirtshaus zu den Gerüchten um die Hexe auszulassen, als ihr nun von Angesicht zu Angesicht gegenüberzustehen.

»Hört nicht auf das listige und verschlagene Weibsbild, das andere behände bestricken und verführen kann!«, rief plötzlich eine Nachbarin, Brachts Ehefrau.

Sofort kam erneut Bewegung in die Menge. »Sie ist eine famose Giftmischerin und Gotteslästerin!«, tönte es von rechts.

Und Brachts Ehefrau fügte bestätigend hinzu: »Die Hexe hat meine Mutter vergiftet!«

Catharina Böndel wies hysterisch immer wieder mit dem knochigen Finger auf sie und spuckte ihr abfällig vor die Füße. »Ihretwegen wurden mein seliger Mann Diedrich hingerichtet und meine Magd Grete verbrannt!« Sie brach in einen hysterischen Weinkrampf aus.

»Lüge nicht, Brachts Frau!«, schrie Maria erbost zurück. »Deine Mutter war alt und gebrechlich. Aus meinen Händen hast du lediglich Medizin erhalten, die ihre Leiden lindern sollte. Du weißt, dass ich meinem Bruder Caspar in der Barbierstube zur Hand gehe und mich deshalb auf die Kräuterkunde verstehe. Ich bin keine Giftmischerin.«

Unerschrocken machte sie einen Schritt nach vorn auf die Böndelsche zu, die vor der vermeintlichen Zauberin sofort das Kreuz schlug und in den Schutz der Gruppe zurückwich. »Und die Grete, Mutter Böndel, war eine Hure und Kindsmörderin. Sie hat den Tod verdient.«

Nun trat ihr der junge Hermann Reineking in den Weg. Der große, kräftige Mann ballte vor ihr die Fäuste, und Maria wich erschrocken vor ihm zurück. Die Farbe ihres Gesichtes ähnelte der ihres Haares.

»Die Hexe vergiftet mir mein Vieh!«, donnerte Reineking und sah ihr dabei lüstern in das Mieder. Er schien sich nicht nur an ihrer Angst zu weiden. »Meine Schafe zittern, springen unsinnig umher und fallen tot um, wenn sie mit ihrem Wagen an unserem Stoppelfeld vorbeifährt.«

Behände brachte Maria sich vor ihm auf einem Baumstamm in Sicherheit. Einen Kopf breit über ihm, schrie sie mit vor Wut verzerrter Stimme: »Deine Schafe haben den Mangel, und den habe ich ihnen nicht angezaubert! Du hast es dir einreden lassen, genauso wie du dir die Brautwerbung von den Nachbarn hast ausreden lassen!«

Die Menge lachte. Die Reaktion gab Maria neue Hoffnung. Beschwörend hob sie die Hände. »Wenn ich eine Hexe wäre, würde ich dann noch vor euch stehen? Wäre Luzifer mir nicht längst zu Hilfe geeilt und hätte mich auf seinem Wagen durch das Feuer davongetragen? Aber stattdessen stehe ich unversehrt vor euch, Leute. Ich, Cordt Rampendahls Tochter. Wann werdet ihr endlich begreifen, dass wir uns mit den ewigen Nachbarschaftsstreitigkeiten und den von uns selbst aufgebrachten Gerüchten nur den hohen Herren auf Gedeih und Verderb ausliefern? Heute bin ich die Hexe, morgen vielleicht du, Brachts Frau, oder du, Stockmeyers Sohn, ein Zauberer!«

Maria hatte Christoph Stockmeyers Lockenkopf in der Menge entdeckt und suchte nun bei ihm nach Verständnis und Hilfe. Verlegen richtete Christoph Stockmeyer den Blick nach unten. Er liebte die Rampendahlsche immer noch. In diesem Moment bewunderte er sie zutiefst, wie sie auf dem Baumstamm mit flammenden Augen dem Pöbel trotzig die Stirn bot. Ihre letzten Worte waren nicht spurlos an ihm vorübergegangen. Insgeheim hatte sie soeben das ausgesprochen, was die Jüngeren unter ihnen längst wussten. Doch anstatt sich zu wehren, wie Hochwürden Koch es mittlerweile offen tat, soffen sie, schlugen sich gegenseitig und weideten sich zur Abwechslung an den Qualen der Geopferten.

Wütend zerquetschte er Maria Vieregges Kerze zwischen seinen Händen. Wütend, weil er schwach war wie ein Lamm und weil ihn Scham und mütterlicher Gehorsam davon abhielten, zur anderen Maria, der Schöneren der beiden, zu stehen. Stattdessen war er mit der Tochter des Knochenhauers zum Osterfeuer gegangen, für die auch der Barbier durch das Feuer sprang.

Sein Blick glitt zu dem schwarzhaarigen Luder. Schamlos aufreizend hing es an Caspars Arm, während er mit erhobenen Armen seiner Schwester Beifall klatschte. »Bravo, Maria! Gib es ihnen. Sie sind nur dumme Lämmer, aber du bist etwas ganz Besonderes! Und deshalb werde ich auch eine Kerze für dich anzünden und in die Kirche tragen!«

»Und ich werde für dich durch das Feuer springen!« Entschlossen warf Christoph den zerbröckelten Kerzenstumpen in das Feuer und trat aus der Menge heraus und vor Maria.

»Du …?« Sprachlos schaute sie auf ihn herunter. Sein Mut weckte auch den ihren. Freudig streckte sie ihm die Hände entgegen, während er sich rasch der Handschuhe entledigte und sie in die Menge warf. Dann zog er das Wams und die Stiefel aus und reichte ihr barfuß und barhäuptig die Hand. Das weiße Hemd leuchtete im Dunkeln und gab einen Teil seiner dicht behaarten Brust frei. Glücklich riss Maria es ihm vom Leib und schwenkte es hoch über ihrem Kopf, während die Menge, begeistert über seine Courage, »Bravo!« brüllte. Seine starken Arme hoben sie vom Baumstamm herunter und die, die Maria eben noch als Hexe beschimpft hatten, klopften Christoph nun freundschaftlich auf die Schulter und grölten: »Bier her! Wo bleibt Rampendahl?«

»Sie sollen nicht meinen Gott verhöhnen und sich sicher wähnen, bloß weil er eine Zeit lang dazu stillschweiget! Auch gebührt es uns Christen, ehrbarlich zu wandeln und sich nicht im Fressen und Saufen zu ergehen, denn die Trunkenbolde werden das Reich Gottes nicht schauen!«

Wie gebannt starrte Maria durch die Tür auf die prunkvolle Kanzel, von welcher der Pfarrer mit dem Gebetbuch in Händen das Osterfest segnete. Noch nie hatte sie Hochwürden so zornig erlebt. Es schien, als spräche eine fremde Macht aus ihm. Anstelle der üblichen frommen Predigt schleuderte er heute in glühenden Worten die Laster der Bürger von der Kanzel.

»Ihr Leute, die ihr Gottes Wort hinter euch werft, mit Dieben eins seid und in Gemeinschaft mit Ehebrechern lebt: Eure Mäuler reden Böses, und eure Zungen treiben Falschheit!«

Jedes Wort traf wie ein Peitschenhieb, und doch verfolgte Maria die Predigt mit einer seltsamen Mischung aus Scham und Triumph. Ursprünglich hatte sie vorgehabt, die Kirche in der Osternacht nicht zu betreten. Und daran hatte auch Stockmeyers Feuersprung nichts geändert, dessen selbstloser Einsatz die verlogenen Nachbarn bis zum Kirchgang von ihr abgelenkt hatte. An der Kirche jedoch, wo die anderen unmittelbar an ihr vorbeimussten, verfolgten sie ihre bösen Blicke von Neuem und bohrten sich wie spitze Nadelstiche in ihre Haut. Sobald sie an ihnen vorüberging, steckten sie die Köpfe zusammen und tuschelten aufgeregt: »Seht ihr die Hexe dort? Sie hat in der Kirche der Jungfrau Maria gelästert.« Manche schlugen hinter ihrem Rücken das Kreuz Christi, ganz Eifrige bespuckten und beschimpften sie. Doch die leidenschaftlichen Worte des Predigers und die Beruhigung, dass es der Vater war, der jetzt beschützend ihren Arm ergriff, weckten erneut ihren Kampfgeist.

Mutig betrat sie das Gotteshaus, um entgegen allen Vorbehalten mit den anderen an den Osterfeierlichkeiten teilzunehmen. Seltsamerweise erlaubte sich niemand in Cordt Rampendahls Nähe, offen gegen seine Tochter vorzugehen. Seine imposante Erscheinung zog sofort sämtliche Blicke auf sich. Die Ratsherren Koch und Hancke, die es am wildesten getrieben hatten, verbeugten sich heuchelnd vor ihm wie vor einem Fürsten. In der Erwartung eines Freibieres hätten sie wahrscheinlich gar einen Fußfall vor ihm gemacht.

Am Arm des Vaters schritt Maria mit hocherhobenem Haupt an ihnen vorbei und folgte mit der brennenden Kerze in der Hand der Prozession. Leise stimmte sie mit den anderen in das Lied *»Lumen Christi – Deo Gratias«* ein, mit dem das Licht Christi in die Kirche gebracht wurde.

Über einem Meer unzähliger flammender Lichter segnete Hochwürden von der Kanzel aus die heilige Prozession. Und auch wenn seine Worte unter den Zuhörern eher auf Verwunderung stießen – Maria sprach er damit aus der Seele und verschaffte ihr Sühne für die erlittene Schmach. Den anderen zum Trotz verfolgte sie die Predigt höchst konzentriert und lächelte selbstzufrieden hinauf zur Kanzel. Erfreut, in Hochwürden einen Verbündeten gefunden zu haben, blickte sie zum Vater, um zu sehen, ob es ihm ebenso erging. Doch der hatte sein Gebetbuch geschlossen und tuschelte leise mit ihrem Bruder Caspar.

Christoph Stockmeyer dagegen schien von der Predigt weniger angetan zu sein. »Peinlich ist das«, zischte er seiner Mutter zu. »Was erlaubt sich dieser Schelm, Gottes Wort so zu lästern und ehrbare Bürger von der Kanzel aus anzugreifen?«

Catharina Böndel, die in der vorderen Bank steif auf einer Krinoline aus Rosshaar und Filz saß, nickte zustimmend und tat die Worte des Sohnes sogleich der Knochenhauertochter neben ihr im Kirchenstuhl kund. Mit einem ironischen Blick zur Kanzel beugte sie sich zu der schwarzhaarigen Maria und begann mit ihr aufgeregt zu flüstern. Auch auf der anderen Seite der Kirchenstühle wurden die Köpfe zusammengesteckt, und ein vielstimmiges Raunen lief durch die Bankreihen.

Verlegen stieß Margaretha Maria mit dem Ellbogen an. »Verstehst du Hochwürden? Was ist nur mit ihm, dass er heute Nacht so redet? Als ob der Teufel ihm die Worte eingibt!«

»Ich glaube nicht, dass ihm der Teufel die Predigt diktiert. Vielmehr ist es die verlogene Gemeinde selbst.« Im gleichen Moment erschrak sie über ihre eigenen Worte, die laut über ihre Lippen gekommen waren. Vieregges Tochter beugte sich empört zu Brachts Frau hinüber und tuschelte mit ihr, indem sie provozierend in Marias Richtung schielte. Mehrfach hörte sie ihren Namen, doch Gott, der Allmächtige, kam ihr zu Hilfe. Hochwürden beschrieb mit den Fingern anklagend einen Halbkreis über den Köpfen seiner Schäfchen und donnerte so laut von der Kanzel, dass selbst das Knochenhauerluder ihm mit offenem Mund lauschte.

»Obwohl Gott ernstlich geboten hat, dass man die Zauberer nicht leben lassen solle, so hat er daneben auch geboten: Du sollst falscher Anklage nicht glauben. Du sollst kein Verleumder sein unter deinem Volk. Du sollst fleißig suchen, forschen und fragen, ob sich's also in Wahrheit verhalte, was da geredet wird, damit niemand unschuldig überzeuget, sondern gleich der Susanna durch besondere Vorsorge des Daniel gerettet werden möge.«

In der Kirchenhalle war es totenstill geworden, es herrschte Ruhe wie vor einem Sturm, als der Prediger mit den Worten »Friede mit euch!« das Gebetbuch schloss und mit hoher Stimme einen Psalm anstimmte.

Marias Verstand riet ihr, die Kirche schnell zu verlassen. Hochwürdens seltsame Predigt hatte die Gemüter der angetrunkenen Menschen, unter denen sich zahlreiche Ratsherren befanden, stark erhitzt. Bereits die erste Strophe des Psalms endete in einem aufbrausenden Gemurmel. Immer mehr Gottesdienstbesucher sprangen auf, und unzufriedene Stimmen wurden laut. Ausrufe wie »Zauberer!«, »Wegbereiter Satans!« und »Hexenmeister!« tönten erzürnt durch den Kirchenraum.

Aus Furcht, die Angriffe könnten sich auch gegen sie wenden, suchte Maria die Nähe ihres Vaters. Doch ehe sie es sich versah, wurde sie von ihm weggedrängt und mit der tobenden Menge zum Ausgang geschoben. Der Vater wartete bereits mit seinem Wagen vor dem Tor. Hinter ihm spannte Caspar in aller Eile das Pferd an, während Margaretha und Ilsabein sich anschickten, auf den Wagen zu klettern.

Unschlüssig verharrte Maria vor dem Eingang zur Kirche. Der Anblick einer Gruppe aufgebrachter Ratsherren hielt sie zurück.

Wild gestikulierend schwenkten sie brennende Fackeln in der Hand und forderten den Feuertod für den ketzerischen Prediger, während nur einige Meter weiter der Vater auffordernd mit der Peitsche winkte. Das Risiko, die Gruppe nicht unbehelligt zu passieren, war groß, deshalb suchten Marias Augen zwischen den dahinjagenden Kutschen und Wagen nach Christoph Stockmeyer. In diesem Moment spürte sie eine Hand auf ihrer Schulter. Zu Tode erschrocken, sah sie sich um.

»Jungfer Maria!«

»Hochwürden?« Erstaunt blickte sie in das Gesicht des Predigers.

»Ich habe bemerkt, wie aufmerksam Ihr meiner Predigt gefolgt seid, mein Kind! Hat sie Euren Gefallen gefunden oder Euch gar verwirrt?«

Verlegen deutete sie einen Knicks an und blickte dabei ängstlich um sich. Niemand schien den Prediger hinter ihr zu bemerken. Die finsteren Mauern gaben ihm ausreichend Schutz vor dem Pöbel. Während sie die Ratsherren im Auge behielt, antwortete sie: »Eure Worte haben mein Herz berührt wie noch nie, Hochwürden. Ihr habt die Wahrheit gesprochen und dabei niemanden geschont. Eine Wahrheit, die jeder in dieser Stadt kennt, aber niemand hören will. Ich bin zwar eines Eurer schwarzen Schafe, doch jetzt fürchte ich mehr um Euch, Hochwürden!«

Der Pfarrer nickte zustimmend und zog einen kleinen Rosenkranz unter dem prunkvollen Messgewand hervor. Hastig drückte er ihr die Gebetsschnur in die Hand und flüsterte: »Jungfer Maria, junge mutige Menschen wie Euch braucht Lemgo. Kommt am Dienstag bei Sonnenuntergang zum Freien Hof, der Rosenkranz wird Euch den Weg zu Freunden weisen.«

»Aber dort tanzen doch um Mitternacht die Hexen?« Beim Gedanken an den Freien Hof konnte sie nur an eins denken: Was wollte Hochwürden dort? Gern hätte sie ihm die Frage gestellt, doch das Kirchentor fiel schon quietschend hinter ihm ins Schloss, und zurück blieb nur der Rosenkranz in ihrer Hand. Verwirrt betrachtete sie die Perlenschnur, die sich von ihrer eigenen Gebetsschnur durch die geschnitzten Runen auf dem kleinen Holzkreuz unterschied.

»Was ist jetzt, Maria? Willst du mit mir fahren?«

»Vater!« Fast hätte sie ihn vergessen. Caspar war schon aufgebrochen und ratterte mit dem Wagen über den Kirchplatz. Die Schwestern hielten die Zügel, während ihr Bruder das Gespann vom Pferderücken aus lenkte.

»Ich komme, Vater!« Hastig ließ Maria den Rosenkranz in den Rockfalten verschwinden, ehe sie zum Vater hinauf auf den Kutschbock kletterte. Hinter ihr thronte, einem riesigen dunklen Schatten gleich, das Bierfass. Der Holzstapel glomm noch schwach, während ein sanfter Wind über den Kirchhof wehte. Ein verirrter Windhauch spielte mit den verlöschenden Flammen und wirbelte feinen Ruß auf, der in der Nase kitzelte und sie zum Niesen reizte.

»Ho!«, rief Cordt. »Lass uns heimwärts ziehen, meine Tochter!« Mit geübtem Griff lenkte er die massigen Rosse durch die Menge. Das Fass auf dem Leiterwagen ächzte wie eine alte, schwerfällige Fregatte, die steuerlos auf dem Meer umhertrieb.

»Was wollte Hochwürden von dir, Maria?«

Cordt hatte die Ellbogen auf die Knie gestützt und ließ die Zügel durchhängen. Die Pferde kannten den Weg und trotteten die Gasse hinauf. Sie rumpelten durch die stockdunkle Nacht, während über ihnen Tausende von Sternen funkelten.

Die Schärfe in seinem Blick verwirrte sie. »Er sprach mich nur auf die Predigt an, Vater«, antwortete Maria erstaunt.

»Hat sie dir gefallen?«

»Ich weiß es nicht.«

»Wie: Du weißt es nicht?«

Sie spielte mit dem Rosenkranz und überlegte, bevor sie antwortete. »Ich glaube, Hochwürden hat auf unsere menschlichen Schwächen hinweisen wollen.«

Cordt grinste. »Das hat er tatsächlich! Mit Gottes Hilfe hat er uns unseren moralischen Verfall vor Augen geführt. Was glaubst du, weshalb die Rampendahls im Wohlstand leben, he? Weil das Volk von Lemgo von Sonnenauf- bis Sonnenuntergang mein Bier säuft, und weil jede Hinrichtung eines Familienmitglieds Reichtum für ein anderes bedeutet.« Er lachte dröhnend.

Über ihnen öffnete sich ein Fenster. »Ruhe da unten!«, krakeelte jemand, dann ergoss sich von oben eine stinkende Brühe über die Pferderücken.

»Verdammtes Aas!«, brüllte Cordt und schüttelte drohend seine Faust. »Ich habe von deinem mutigen Auftritt beim Osterfeuer gehört«, sagte er dann zu seiner Tochter. »Leider bin ich als dein Vater zu spät gekommen, doch ich verspreche dir, die Rädelsführer werden nicht ungestraft bleiben. Du hast wieder einmal bewiesen, dass du meine Tochter bist, und das erfüllt mich mit Stolz.«

»Aber das war nicht allein mein Verdienst, Vater. Christoph Stockmeyers edelmütige Tat hat die Menge tief beeindruckt.«

»Hoffst du jetzt, dass er wegen des Feuersprunges doch noch um deine Hand anhält? Dann hoffst du vergebens, Tochter.«

»Wie kommt Ihr darauf, Vater?« Maria griff in die Zügel, damit Cordt anhielt und sie ansah. »Ihr wisst selbst, dass die Nachbarn alle Freier vor mir warnen. Jeder Todesfall in unserer Umgebung, der Tod meines Bruders Henrich, jedes Misslingen im nachbarlichen Haus wird mir seit Gretes Tod als Hexerei angelastet. Ich habe nicht mehr viel Auswahl. Soll ich denn als alte Jungfer ohne eine eigene Familie sterben?«

»Christoph Stockmeyer ist im Grunde seines Herzens ein guter Kerl, aber er hat seinem Vater Diedrich vor der Hinrichtung bei seiner Ehre geschworen, sich vor dir zu hüten. Diesen Schwur wird er nicht brechen!«

Maria hüllte sich in Schweigen. Cordt griff unter sich in einen Sack und zog ein versiegeltes flaschenähnliches Gefäß in einem Lederbeutel hervor. Er erbrach es und reichte es ihr. Sie roch an der Öffnung und blickte den Vater fragend an. »Trinke nur, Kind. Es ist Wein, ein guter Tropfen«, rülpste er. »Ein Geschenk vom Landmann Cothmann. Ich hoffe, der Wein taugt mehr als er!«

Klatschend pfiff die Peitsche über die Pferderücken, und als die Pferde sich in die Riemen legten, schlang er den Arm um Maria und zog sie an seine breite Schulter.

»Warum bin gerade ich eine Hexe und nicht Margaretha oder Ilsabein?«, fragte sie nachdenklich mit einem Anflug von Schwermut, dann nahm sie einen kräftigen Schluck Wein. Er war stark und süß. Wie Öl rann er die Kehle hinunter und wärmte den Magen.

»Weil du meine Tochter bist«, knurrte ihr Vater wütend. »Und weil einige Leute mich in die Knie zwingen wollen. Ja, ich bin es, mein Kind, dem sie eigentlich schaden wollen.« Er seufzte schwer. »Ich werde ihnen anscheinend zu wohlhabend. Alles begann mit dem Prozess gegen Hermann Meyer, der mir vorhielt, ich würde nach St. Johanns Mühlen gehen, um die Siebe der Bäcker zu kontrollieren und es dann im Rathaus Gert Wilhelm wie ein Dieb und Schelm zu hinterbringen. Für diese Lüge bekam er ein paar heftige Ohrfeigen von mir, an die er sein Leben lang denken wird. Dann ist da der Streit mit Schwager Kaufmann wegen Großvater Ludekes Haus. Ich habe ihm vor langer Zeit einen Gefallen getan, als ich das stattliche Haus in der Tröger Bauernschaft übernahm und ihn von seinen Schulden befreite, doch seit einigen Jahren wirft er mir Intrigen und unlautere Machenschaften vor. Er hat auch deine Großmutter Salmeke auf dem Gewissen. Viele meiner Freunde sind bereits hingerichtet worden, und jetzt strecken sie ihre Krallen nach dir aus, mein Kind. Doch Kerckmann und Berner sind alt und kränklich, sie werden bald ins Reich Gottes eingehen, und Ratsmänner wie Hancke und Rullmann sind keine Gefahr, solange noch nicht feststeht, wer der Nachfolger des Bürgermeisters wird. Sollte es sich aber bewahrheiten, dass sein Günstling Hermann Cothmann das Ruder ergreift, dann werden die Scheiterhaufen noch häufiger brennen.«

»Aber wie kommt der Landmann dann dazu, Euch mit solch köstlichem Wein zu beschenken?« Maria nahm noch einen Schluck und reichte das Gefäß dann dem Vater. Sie war misstrauisch geworden.

»Cothmann war deinetwegen bei mir. Aber nicht, um um deine Hand anzuhalten, Tochter. Er hat durchblicken lassen, dass du ihm als Hure dienen sollst. Verflucht soll er sein.« Die Peitsche pfiff noch stärker über die breiten Rücken der Brauereigäule. »Ich werde das zu verhindern wissen!«

Cordt hatte sich in Rage geredet. Normalerweise sprach er in einem ganzen Jahr nicht so viel. Doch bei den Festlichkeiten hatte er reichlich mitgetrunken, und nun löste ihm der Rausch die Zunge. Ihm war warm geworden. Er nestelte an den oberen Knöpfen seines Hemdes unter dem Lederkoller. In dem dichten Teppich aus roten Locken kam ein mit Diamanten bestücktes Kreuz zum Vorschein. Er wischte sich mit dem Filzhut über das Gesicht und schob ihn anschließend Maria zwischen die Finger, während er mit seiner Pranke vertraulich ihre zarte Hand drückte. »Auch wenn er mir auf meine schlagkräftige Antwort hin gedroht hat, dich zu vernichten, falls du ihm nicht zu Willen bist«, übertrieben stolz warf er sich in die

Brust, »werde ich ihn aufzuhalten wissen. Denn zuerst muss er an mir vorbei. Und so wahr ich Cordt Rampendahl bin: An mir wird sich Cothmann die Zähne ausbeißen!«

Mit an die Brust gepresstem Rosenkranz eilte Maria schnellen Schrittes durch die stockdunklen Gassen. Als sich die Türme von St. Nikolai wie zwei düstere Schatten vom Himmelszelt abhoben und die Glocken Mitternacht einläuteten, verlangsamte sie ihr Tempo. Sie musste nur noch den Kirchhof überqueren, dann war sie am Ziel. Doch die Furcht vor dem Freien Hof war stärker und lähmte ihr Vorhaben.

Wie schon so oft hatte sie sich heimlich aus dem Haus gestohlen und war ihrer unstillbaren Neugierde gefolgt. Jetzt erlag sie dem ängstlichen Klopfen ihres Herzens. Unfähig, auch nur noch einen weiteren Schritt zu machen, presste sie sich gegen die kalten Kirchenwände und lauschte in die dunkle Nacht hinein. Je länger sie horchte, desto mehr gewöhnten sich ihre Augen an die Dunkelheit.

Sie begann, sich an die Geschichten und Gerüchte zu erinnern, die man sich am Kamin erzählte oder unter Qualen auf der Folter aussprach. Sie handelten von Teufelswesen auf Besen, Ofengabeln, schwarzen Böcken und Hunden, die in Heerscharen durch die Lüfte flogen und sich auf dem Platz zum Hexensabbat in wilden Tänzen und Orgien ergingen.

In dem Augenblick, als ihre Phantasie am lebendigsten war, nahm sie plötzlich mit Schaudern einen riesigen Tisch wahr, der wie eine Fata Morgana aus dem Dunkel vor ihr auftauchte, und war schlagartig von Hunderten von Teufelsjüngern und Hexen umringt. In der Gesellschaft zahlreicher Käuzchen und Katzen nahm die oberste Hexengesellschaft am Tisch Platz. Die Horde ließ sich nicht lange bitten und machte sich sofort schmatzend und lärmend über die üppigen Speisen her, während sie die zahlreichen ärmeren Hexen am Rande mit Ruten drangsalierte und dazu zwang, die oberen Hexen und Hexenmeister zu bedienen. Riesige schwarze Ratten krochen zu Tausenden aus den Kloaken, bis Maria dem Gefühl erlag, über ein wogendes Meer aus pelzigen Leibern zu schreiten.

Am Ende des Tisches hockte der Oberste der Hexengesellschaft auf einem Stuhl aus nackten Teufelsjüngern. Er hielt ein goldenes Zepter in den Klauen und winkte ihr zu. Sein gesamter Körper war behaart, und seinen mächtigen Kopf zierten zwei riesige Ziegenhörner. Lüstern richtete er die Augen auf sie, die sie wie feurige Blitze zu durchbohren schienen. Im gleichen Moment schwebte sie auf dem Rattenteppich ihm entgegen. Keinen Blick ließ sie von seinen Augen, die in ihr ein Feuer ungeahnter Wonnen entfachten. Riesige Wellen der Lust erfassten sie, bis es ihr feucht zwischen den Schenkeln wurde und sie sich, einer Ohnmacht nahe, den Liebkosungen der Krallenfinger ergab, die ihr genießerisch über Hals und Busen strichen.

Plötzlich sprang der Höllenfürst laut heulend auf, streifte die Hose ab und reckte ihr sein haariges Hinterteil zum Kuss entgegen. Anstelle von Ekel spürte sie noch größere Lust und hatte nichts Eiligeres zu tun, als sich ergeben zu den geöffneten Backen hinabzubeugen. Inbrünstig hauchte sie einen Kuss auf die faltige Stelle in der haarigen Kimme. Ihre satanische Unterwerfung wurde sogleich mit höllischem Gestank gekrönt, und unter dem frenetischen Gejohle der Hexen verwandelte sich der fürstliche After in eine riesige Kloake …

»Jungfer Rampendahl!«

Wie im Traum spürte sie den Druck einer Hand auf ihrer Schulter. Als Hochwürdens Gesicht verschwommen vor ihr auftauchte, lächelte sie ihn mit verklärten Zügen an. »Ich habe dem Obersten der Hexengesellschaft mit einem Kuss auf den After gehuldigt. Ich bin jetzt eine der ihren.«

»Was redet Ihr da, Kind? Es sind die giftigen Dämpfe der Kloake, die Eure Sinne verwirren. Ich bin es, Pfarrer Koch!« Er vergewisserte sich, dass sie niemand beobachtete, dann hielt er ihr die Hand vor den Mund, packte sie und zog sie hastig in eine Mauernische. »Hier hinein!«

Maria bewegte sich noch immer, als ginge sie auf Wolken, und murmelte seltsame Verse vor sich hin. Andreas musste sie festhalten, damit sie nicht stolperte. »Jungfer! Kommt zu Euch! In Gottes Namen, Ihr bringt uns noch alle auf den Scheiterhaufen!«

»Der Rosenkranz, Euer hochwohlgeborener Höllenfürst!« Mit verklärtem Gesicht drückte sie Andreas die Gebetsschnur in die Hand, dann verdrehte sie die Augen und sank ohnmächtig zu seinen Füßen nieder.

»Verdammter Teufelszauber!«

Ärgerlich beugte Andreas sich zu ihr hinab und schob ihr prüfend die Augenlider hoch. »Herr, vergib mir diesen Fluch.«

Er bekreuzigte sich, hob sie auf und warf sie über die Schulter. Huckepack trug er Maria rasch die dunkle Gasse entlang, bis er mit ihr hinter einer Tür verschwand, die in ein unterirdisches Gewölbe führte.

Langsam hob Maria die schweren Lider. »Wo bin ich?«, hauchte sie. Ihre Augen mussten sich erst an das flackernde Halbdunkel gewöhnen. Sie ließ sie langsam umherwandern, bis sie an dem fremden Gesicht hängen blieben. Nach einem Augenblick schnellte sie, wie von einer Mistfliege gestochen, hoch.

»Was soll das, hohe Herren? Was wollt Ihr von mir?«

Mit halb aufgerichtetem Oberkörper blickte sie entsetzt auf die vermummten Gestalten, die sie schweigend umstanden.

»Die Herren wollen Euch nichts antun, mein Kind.« Andreas Koch reichte ihr seine Hand und half ihr beim Aufstehen. »Im Gegenteil. Wir sind erleichtert, dass es Euch wieder besser geht und Euer Geist wieder klar ist. Meister Davids Filler haben keine gute Arbeit geleistet. Ihr habt direkt über einer Kloake gestanden und der giftigen Dämpfe zu viel eingeatmet.«

»Aber ich habe den Teufel gesehen!«

»Das Bild müsst Ihr sofort vergessen, meine Tochter. Die Dämpfe haben schlimme Visionen in Euch hervorgerufen! Sie haben Euch etwas vorgegaukelt, was es nicht gibt. Auf dem Freien Hof tanzen keine Hexen, die Häuser stehen viel zu dicht, und Gottes Haus wacht über den Platz. Eure Hexen würden Furcht bekommen!« Zustimmendes Gelächter aus dem Hintergrund quittierte seine Worte.

»Aber wer sind die Herren dort, Hochwürden?« Andreas' Worte hatten einleuchtend geklungen. Sie machten Maria mutiger, und während sie sich daran erinnerte, weshalb sie sich allein zum Freien Hof aufgemacht hatte, nahm sie ihre Umgebung gründlicher in Augenschein.

Offensichtlich befand sie sich in einer Kammer, die nur vom Kaminfeuer und wenigen Talglichtern an den rohen Steinwänden erleuchtet wurde und einem Verlies ähnelte. Zu ihrer Rechten befand sich ein langer, grob behauener Tisch, auf dem sich Akten, loses Papier und Schriftrollen stapelten. In einer Ecke stand ein schwarzer

Kasten mit einem Holzaufbau. Einer der Herren drehte nun das Rad an dessen Seite wie ein Schiffsruder um die bewegliche Platte, damit die Schindelpresse, wie Hochwürden ihr erklärte, schwarze Buchstaben auf ein Pergament setzte. Ihr Blick fiel auf ein verriegeltes Fenster. Fragend schaute sie zu den Herren, die allesamt schwarze Kutten trugen und ihre Gesichter unter Kapuzen verbargen. Nur die ringgeschmückten Handschuhe ließen darauf schließen, dass es sich um Herren der Oberschicht handelte.

»Es sind die Herren Kantor Bernd Grabbe, der Rechtsgelehrte Arnold Spruthe, die Brüder Diedrich und Heinrich Kleinsorge und der Kaufmann Johann Rottmann.«

»Der hohe Herr Rottmann ist der Höllenfürst. Er sitzt ganz oben auf und trägt auf dem Hexensabbat das goldene Zepter.« Augenblicklich war die furchtbare Vision wieder zurückgekehrt. Misstrauisch sah sie von Hochwürden zu dem vermummten Rottmann, der das Rad an der Maschine drehte. »Und die Herren Kleinsorge sind die Söhne des hochwohlgeborenen Bürgermeisters. Was hat das zu bedeuten?« Ängstlich bekreuzigte sie sich.

»Nichts, was Euch beunruhigen müsste, mein Kind.« Andreas Koch schob seine Kapuze zurück und lächelte. Zum ersten Mal bemerkte sie, dass er blendend weiße Zähne hatte.

»Wir alle hier sind der Hexerei beklafft, so wie Ihr, meine Tochter. In der Kirchmesse habe ich erkannt, dass Ihr die Gerüchte fürchtet, Euch aber dagegen auflehnt. Wir, alle Herren, die hier vor Euch stehen, denken ebenso. Bis jetzt sind es noch wenige, aber wir werden immer mehr. Wir müssen den Menschen die Augen öffnen!«

Er tauschte einen seltsamen Blick mit Rottmann und wies mit der Hand einladend zum Tisch.

»Kommt in unsere Mitte und nehmt an unserer geheimen Sitzung teil! Ihr sollt erfahren, wie wir uns gegen die Machenschaften des Hohen Rates zu wehren wissen. Ihr seid ein mutiges Weib, das im Hause seines Vaters viel sieht und hört. Ihr könntet uns bei unserer Aufgabe unterstützen.«

»Aber beim Herrn, dem Allmächtigen, was Ihr vorhabt, ist eine Verschwörung gegen den Hohen Rat, dem von Gott gegeben wurde zu walten und zu richten.« Unschlüssig trat Maria von Hochwürden einen Schritt zurück. Konnte sie ihm vertrauen?

»Was geschieht mit mir, wenn ich den Frevel, an Eurer Verschwörung teilzunehmen, nicht begehe?« Ihr fiel das Gerücht ein, das seit Tagen in der Stadt zu hören war: Andreas Koch sollte mit seiner Frau auf dem Hexentanzplatz gesehen worden sein, wo er mit mehreren vermummten Weibern tanzte, während sich seine Frau in den Armen von Johann Rottmann wilden Orgien hingab.

»Dann werdet Ihr sterben!«

Diedrich Kleinsorge hatte sich als Erster am oberen Ende des Tisches niedergelassen. »Was geben wir uns mit einem Weibe ab?«, fragte er ungeduldig. Seine Stimme verriet seine Jugend, entbehrte aber nicht einer gewissen energischen Konsequenz. »Wir sollten uns lieber beeilen, meine Herren. Bis zum ersten Hahnenschrei verbleibt uns nicht mehr viel Zeit für das Pasquill!« Gehorsam folgten ihm die Herren und nahmen ihre Plätze ein.

Maria war blass geworden. »Hochwürden, ich habe Euch vertraut. Ihr seid mein Beichtvater!«

»Und deshalb, Jungfer, überlegt Euch Eure Entscheidung gut. Eigentlich habt Ihr keine andere Wahl. Lehnt Ihr ab, so werden Euch die Herren nicht wieder lebend hinauslassen. Gebraucht Ihr aber Euren Verstand und erringt ihr Vertrauen, so gewinnt Ihr vielleicht mächtige Verbündete. Für den Pöbel und den Rat seid Ihr eine Hexe, diesen Makel kann auch der Herr nicht von Euch nehmen!«

Maria gestattete sich ein Seufzen. Eingedenk der Lage, in die sie sich selbst durch ihre Neugierde gebracht hatte, würde ihr wohl nichts anderes übrig bleiben, als der Verschwörung beizuwohnen. Gleichfalls hörte sie aus Hochwürdens Worten etwas heraus, das sie hellhörig machte. Doch ihre Gedanken wurden von seinen viel zu weiten Stulpenstiefeln abgelenkt. Vorsichtig wanderte ihr Blick zu den Herren am Tisch, die in ihren schwarzen Umhängen auf ihre Entscheidung warteten. Sie deutete eine Verbeugung an: »Hohe Herren, ich bin nur ein Weib, sagt mir, an welchem Platz ich Euch zuhören darf.«

»So ist es recht!«

Arnold Spruthe zündete an dem Platz, der ihrer sein sollte, ein Talglicht an: »Meine Achtung vor Eurem Mut, Jungfer Rampendahl! Ich versichere, dass Ihr es nicht bereuen werdet.«

Hochwürden stellte eine Kanne Wein auf den Tisch, bevor er sich Diedrich Kleinsorge gegenüber niederließ.

»Ist das Euer guter Messwein, Andreas?«, frotzelte Rottmann.

»Ich darf doch annehmen, dass es sich um einen Eurer Scherze handelt? Der Wein ist köstlich und süß und stammt aus Frankreich.« Andreas nahm einen kräftigen Schluck. Dezent versuchte er, das Rülpsen zu unterdrücken, als er Maria mit einer höflichen Geste bat, neben ihm Platz zu nehmen.

»Aber nicht, dass die Jungfer vorhat, mir den After zu küssen. Ich bin nicht der Teufel, auch wenn man das von mir behauptet!« Einstimmiges Gewieher begleitete Rottmanns Witzelei.

Maria senkte verlegen die Lider, obwohl sie derbe Scherze wie diese gewöhnt war. Doch zwischen den vermummten Herren fühlte sie sich unwohl und schickte deshalb immer öfter einen nach Hilfe suchenden Blick zu Hochwürden, der als Einziger die Kapuze abgenommen hatte. Das Talglicht vor ihm zauberte einen leichten Schatten auf seine Wangen. Er unterstrich die hohen Wangenknochen, die einen seltsamen Kontrast zu den leicht ergrauten Haaren bildeten. Die sonst sanften Augen flackerten wild, als er das Wort ergriff.

»Meine Herren, Ihr wisst, dass mein Amt es erfordert, wider das Zaubereilaster zu erinnern, dass man damit behutsam umgehen müsse. Rechtschaffene Prediger dürfen weder blinde Wächter sein, die nichts wissen, noch stumme Hunde, die nicht bellen. Sie dürfen sich nicht scheuen, ihre Stimme zu erheben wie eine Posaune und dem Volke seine Übertretung zu verkünden. Wie alle hier Anwesenden gehört haben, sind mir Zweifel bei Pastor Müllers Ehefrau gekommen. Ihr Geständnis, ihr seien auf dem Hexentanz die Augen verblendet gewesen, machte mich stutzig. Wie, meine Herren, kann es dann sein, dass sie andere Hexen erkannt hat? Ebenso muss ich Euch mitteilen, dass die Müßmannsche am Morgen ihrer Hinrichtung nach dem Abendmahl ihre Besagung auf Hermann Meyers Frau widerrief und mir als ihrem geistlichen Beistand auf dem Wege zur Hinrichtung ihre völlige Unschuld beteuerte. Die Böndelsche, Eure Frau Mutter, Arnold Spruthe, hat bei ihrer letzten Befragung behauptet, dass ich vor zwölf Jahren mit ihr in ihrem Hause Ehebruch begangen haben soll. Magister Kempers Ehefrau ist im Kindbett verstorben. Die Küstersche hat erzählt, ich habe ihr das Kraut dazu gegeben, damit Magister Kemper die Schwester meiner Ehefrau heiraten kann. Doch will ich nicht über mein eigenes Unglück lamentieren, das letztlich auch mich als Hexenmeister denunziert. Ich will Euch, meine Herren, damit nur sagen, dass wir die Dinge noch vorsichtiger angehen müssen. In Lemgo besitzen sämtliche Wände Augen und Ohren, selbst die dicksten Gefängnismauern. Gerüchte haben Beine bekommen, laufen durch die Straßen und Gassen, Klatsch, Tratsch und Verleumdungen blühen wie nie zuvor.«

»Aber deshalb können wir dem Hohen Rat nicht den Vorwurf des unordentlichen Prozessierens machen. Alle Lemgoer Verfahren sind formaljuristisch korrekt und bestens abgesichert. Das macht sie für uns so unangreifbar«, unterbrach ihn Spruthe.

»Dem widerspricht allerdings, dass meine Mutter, die Witwe Böndel, auf Pastor Koch drei Mal gepeinigt wurde, was in meinen Augen nicht rechtens ist!« Zu aller Erstaunen schlug der Rechtsgelehrte mit der Faust auf die Tischplatte, sodass der Wein im Krug überschwappte.

Andreas Koch nahm den Moment zum Anlass und ergriff erneut das Wort. »Die Herren von Lemgo sind mir wegen meiner Predigten wider dem Saufen und Ehebrechen sowie anderer Untugenden nicht wohlgesinnt. Trotzdem bin ich mir keiner Schuld bewusst. Stets habe ich die Pflichten meines geistlichen Amtes erfüllt. Im Moment sehe ich keine Gefahr für mich und denke, dass wir uns eine Kampfansage leisten können.«

Aus seinen Worten hatten Wut und Zuversicht gesprochen. Fasziniert von seiner Verwandlung vom sanftmütigen Pfarrer zum unerschrockenen Kämpfer, fühlte Maria mit ihm und bewunderte seinen Mut.

»Dann schreiten wir also zur Tat.« Rottmann schob, während er sich erhob, mit dem Ellbogen das Papier zur Seite und entrollte vor ihren Augen ein Pergament. Glatt gestrichen bedeckte es die ganze Tischfläche. Nun erhoben sich auch die anderen Herren von ihren Plätzen und beugten die Köpfe tief über das mit großen schwarzen Buchstaben beschriftete Pergament. Damit Maria auch etwas sah, gestattete ihr Hochwürden, seinen Platz einzunehmen.

Als sie versuchte, etwas von der Schmähschrift zu lesen, beugte sich Andreas von hinten über ihre Schulter. Sein warmer Atem im Nacken kitzelte auf ihrer Haut, gleichfalls spürte sie seine Hände an ihrer Hüfte. Sie zitterten leicht. Es war seltsam, den männlichen

Körper zu fühlen, der für sie nie mehr als den Abgesandten Gottes verkörpert hatte.

Einen winzigen Augenblick glaubte sie, in Andreas' Augen ein begehrliches Flackern zu sehen. Die Vertraulichkeit befremdete und erregte sie, doch es blieb keine Zeit, um über die eigenartigen Empfindungen nachzudenken. Sie ließ es geschehen, dass Andreas ihre Taille behutsam wie einen Schatz mit seinen Fingern umschloss, und blickte verlegen in die Runde. Niemand schien Anstoß daran zu nehmen, dass der Pastor ihr so vertraut über die Schulter schaute.

»Das Pasquill ist eine gemeinsame Idee von mir, den Herren Diedrich Kleinsorge und Kantor Grabbe«, wurde sie von Rottmann abgelenkt. »Die Daten zu den darin genannten Personen sowie einige weitere wichtige Notizen hat Hochwürden Andreas Koch freundlicherweise beigesteuert. Die Brüder Kleinsorge haben den Text unter Aufsicht unseres Rechtsgelehrten Arnold Spruthe verfasst. Vorerst werden wir das Pasquill dem hochwohlgeborenen Grafen Hermann Adolph zu Detmold zukommen lassen, auch wenn die Schmähschrift sich vorrangig gegen die Lemgoer Hexendeputierten und ihre Clique richtet.«

Arnold Spruthe unterbrach seine Beschäftigung, Siegellack über dem Talglicht zu erwärmen, um Bedenken zu erheben. »Weshalb wir heute hier zusammengekommen sind, meine Herren, ist die Frage: Wer wird das Pasquill zum Grafen und unter das Volk bringen? Es ist äußerst gefährlich, solche Schmähschriften zu verteilen, und kann für den Überbringer den Tod bedeuten.«

»Das ist richtig, dennoch denke ich, dass dies kein Problem darstellen wird. Unser Diener kann es zum Braker Schloss bringen, und den Lemgoer Teil könnte vielleicht die Jungfer Rampendahl übernehmen?« Heinrich Kleinsorge fixierte Maria mit seinen dunklen Augen über den Tisch hinweg.

»Ich?« Maria fuhr erschrocken herum. »Aber Hochwürden, das dürft Ihr nicht zulassen. Ich bin ein ehrbares und schwaches Weib«, flehte sie und bemerkte dann erst erschrocken, dass sie sich in Andreas' Arme geflüchtet hatte. Durch ihr Ungestüm hatte sich seine Kutte geöffnet. Verwirrt blickte sie auf die Rüschen an dem weißen, weit ausgeschnittenen Hemd, durch das seine nackte männliche Brust schimmerte. Hochwürden war ein Mann wie jeder andere und obendrein noch gut gebaut. Sichtlich verlegen ließ Maria ihn los und schaute betreten zu Boden.

»Verzeiht mir mein Verhalten, Hochwürden«, murmelte sie und deutete einen Knicks an. »Aber wie soll ausgerechnet ich, eine beklaffte Hexe, auf die eine ganze Stadt schaut, das Pasquill an seinen Bestimmungsort bringen?«

»Ganz einfach. Zu den nächsten Festlichkeiten in Cothmanns fürstlichem Haus werdet auch Ihr eine Einladung erhalten.« Diedrich Kleinsorge grinste zweideutig. »Dass Euch der Herr Landmann wohlgesonnen ist, davon spricht mittlerweile jeder, wenn auch hinter vorgehaltener Hand. Auf seinem Ball sollte es ein Einfaches sein, die Briefe unter den Tänzern zu verteilen. Und ich bin mir sicher, dass Ihr Euch vor Tänzern nicht retten werden könnt.«

»Aber sie werden doch bemerken, dass das Pasquill von mir ist.«

»Nicht, wenn Ihr es geschickt anstellt. Ihr seid ein Weib, dem man Schläue und einen scharfen Verstand nachsagt.«

»Hochwürden!«, flehte Maria erneut. »Bitte, redet den Herren diesen Plan aus!«

»Gott, der Allmächtige, wird über Euch wachen, mein Kind!« Andreas' Stimme war nun wieder weich. »Ich werde an Eurer Seite sein und Euch mit Gottes Hilfe beschützen. Zudem wird der Umstand, dass es sich bei der Festlichkeit um einen Maskenball handelt, Eure Aufgabe erleichtern, meine Tochter!«

Sie zögerte. Alles in ihr wehrte sich gegen diesen Plan, zugleich aber war die Aussicht auf einen Ball der Oberschicht eine nur allzu verlockende Versuchung. Höflich senkte sie den Blick und gab nach einem kurzen Zögern den Herren ihr Einverständnis. »Ich werde mich Eurem Vertrauen würdig erweisen, meine Herren. Aber verlangt danach nie wieder so etwas von mir!«

»Nun, Jungfer Rampendahl, damit beweist Ihr uns erneut Euren Mut. Mit der erfolgreichen Ausführung dieser Aufgabe steht Ihr sodann unter unserem Schutz. Bedenkt aber immer, dass, solltet Ihr uns verraten, das Euren Tod bedeutet. Erhebt jetzt mit uns den Becher, auf dass die Lemgoer Herren das Fürchten von uns lernen!«

Rottmann war aufgestanden und führte als Erster den Krug zum Mund. In einem Zug ließ er den Wein die Kehle hinunterlaufen, dann rülpste er lautstark und spießte mit seinem Messer das Pasquill auf die Tischplatte. Maria spürte Hochwürdens Blick auf sich und prostete ihm wie im Taumel zu. Nach und nach schlossen sich die anderen Rottmanns Beispiel an, bis das Detmolder Siegel in einem Kreis aus blinkendem Stahl verschwunden war.

»Eine junge Hexe sitzt wieder im Turm. Sie hat sich selbst der Hexerei bezichtigt und mehrere einflussreiche Namen genannt.« Maria zupfte Andreas an der Kutte. »Habt Ihr das gehört, Hochwürden?«

»Sprecht mich nicht mit Hochwürden an, das könnte uns verraten!« Andreas war von Kopf bis Fuß in eine schwarze Kutte gehüllt. Nur die Augen waren durch die Schlitze des Stoffes zu erkennen. Auch Maria hatte sich verschleiert und das Kostüm einer Haremsdame gewählt. Über dem hauchdünnen glitzernden Schleier verbarg sie ihr Gesicht hinter einer blauen Seidenmaske.

»Der Harlekin auf dem Stock, ist das der Stadtsekretär Johannes Berner?« Neugierig musterte sie die greisenhafte Figur in dem bunten Narrenkostüm.

Der Pastor nickte. »Und der Greis neben ihm auf dem bestickten Polstermöbel ist Bürgermeister Kerckmann. Lächerlich, dass gerade er Luzifers Kostüm gewählt hat.«

»Ich glaube, er leidet an der Zitterkrankheit, Hochwür... Seht doch, er kann sich kaum noch aufrecht halten.«

»Er ist alt. Lange wird er nicht mehr unter den Lebenden weilen«, flüsterte Andreas. Maria war überrascht. Solche Worte war sie von Hochwürden nicht gewohnt.

Ein roter Kavalier mit einer blonden Kurtisane im Arm, die ein tiefes Dekolleté präsentierte, gesellte sich zu Kerckmann und Berner.

»Das kann nur Hermann Cothmann sein. Die Frau an seiner Seite ist die Tochter de Baers. Und dort, der dicke, dunkelhäutige König neben dem Seeräuber vor den Damastvorhängen, das ist ihr Vater, der Vogt de Baer.«

Maria bestaunte die Einrichtung des Ballsaales. »Was für prächtige Damast- und Seidenstoffe. Sitzmöbel in Ohrmuschelform und alles reich bestickt und gepolstert. Die Schränke so fein poliert und die Stühle mit geschweiften Füßen! In Vaters Haus ist alles einfacher, wuchtiger und viel schwerer. Der einzige Luxus ist der gedrechselte zweitürige Kleiderschrank. Warum leben wir Rampendahls nur so genügsam?«

»Darüber macht Euch keine Gedanken, meine Tochter. Euer Vater weiß, was richtig und Eurem Stand angemessen ist. Er hat es nicht nötig, mit Äußerlichkeiten zu bestechen. In welchem Kostüm steckt er denn, Euer Vater, Jungfer?«

»Er ist der Seeräuber neben dem Vogt.«

Stolz deutete sie auf den groß gewachsenen Korsaren mit dem gestutzten roten Haar und der schwarzen Augenbinde. Im gleichen Moment zog ein Neuankömmling alle Augen auf sich. Am Eingang, in der kunstvoll gedrechselten Paneelwerktür, war ein kräftiger Wikinger aufgetaucht. Die Tierfelle über der breiten offenen Brust und der Helm aus Kuhhörnern verliehen dem Mann etwas Wildes und Ungebändigtes. Manches Weib starrte ihm sehnsüchtig hinterher, als er zielstrebig auf die Gruppe um den Bürgermeister zusteuerte.

»Der Henker und sein Meister«, knirschte Andreas. »Wie sollte es auch anders sein.«

»Meister David?«, entfuhr es Maria erstaunt, und ihr Herz begann augenblicklich wild zu klopfen.

Als Andreas das Leuchten in ihren Augen sah, zog er sie rasch hinter einen der schweren Fenstervorhänge. »Vergesst ihn«, zischte er und musterte sie mit einem seltsamen Ausdruck. Er gebot ihr, sich still zu verhalten, und deutete auf die Sitzgruppe. »Von hier aus können wir hören, was zwischen den Herren gesprochen wird. Vielleicht erfahren wir ja etwas Wichtiges.«

»Aber Hochwürden, Gott wird Euch für diese Sünde strafen!«

»Pssst. Und manchmal erlaubt Gott solch kleine Verfehlungen, wenn sie dem Guten dienen.«

Die Glöckchen an Berners Hut klingelten bei der kleinsten Bewegung. Maria kicherte leise, als sich das Gesicht mit der Schicht aus Puder und Schminke mitsamt dem wuchtigen Mühlsteinkragen steif über die Hand von de Baers Tochter beugte und laut einen Kuss daraufschmatzte. Mit der Rechten hielt sich der Richter dabei seine rote Seidenmaske vor die Augen.

»Die neuerlichen Besagungen der Hexe werden eine Welle von Prozessen nach sich ziehen, Amtmann Berner«, hörte sie den Bürgermeister ächzen. Trotz seines aufwendigen Kostüms – oder grad deshalb – wirkte er eingefallen, und jeder sah, dass er dem Tode näher war als dem Leben.

»Jemand muss die Last der kommenden Prozesse tragen«, keuchte er und schaute dabei Cothmann an, den Mann, auf den er all seine heimlichen Hoffnungen setzte. »Der Tod meines Amtskollegen Müller macht meine Nachfolge noch dringlicher. Auch ich spüre ihn schon in meinen Gebeinen, deshalb wird es erforderlich, bei der übernächsten Ratswandlung einen Bürgermeister neu zu besetzen. Notiere Er das, Berner«, krächzte er und richtete sich auf, während ein Diener ihm ein Kissen in den Rücken stopfte. »In der Zeit, die mir noch bleibt, werde ich meinem Nachfolger den Weg ebnen.« Er winkte den Landmann, der gerade seiner jungen Frau den Hof machte, näher zu sich heran. »Werden doch allhier Kräfte zu stark, die es gilt, vor meinem Ableben in die Knie zu zwingen.«

Cothmann ahnte, auf wen der Bürgermeister anspielte, und wurde hellhörig. »Meint Ihr die Söhne Eures ehrenwerten Amtskollegen Kleinsorge?«

»Ja, die Ratsmänner Diedrich und Heinrich Kleinsorge bereiten uns großen Kummer. Jung und ungestüm, wie sie sind, können sie es nicht erwarten, mich in Gottes Reich eingehen zu sehen, um das Amt des Bürgermeisters an sich zu reißen. Sie sind Weltverbesserer, Ehrgeizlinge und Feinde der Rechtsordnung Lemgos. Wiegen sich in Sicherheit und glauben, durch die Stellung ihres Herrn Vaters im Rat und den Zünften, die hinter ihnen stehen, Politik machen zu können. Die Zünfte wiederum sehen gleichfalls ihre Chancen gekommen. In ihnen gibt es Leute, die in den Rat streben und die mir nicht behagen. Zum Beispiel dieser Deche, der uns unangenehm aufgefallen ist, wie heißt er doch gleich …?«

»Rampendahl, Euer Hochwohlgeboren«, antwortete Berner flink.

»Den müssen wir unbedingt im … Auge … behal…« Die letzten Worte gingen in einem heftigen Hustenanfall unter. Der Bürgermeister hatte sich an seiner eigenen Spucke verschluckt. Nach Luft ringend, ruderte er wild mit den Armen. Während Berner wie ein aufgescheuchtes Huhn um den alten Freund herumtanzte und ihm eifrig mit dem Fächer Luft zuwedelte, verhielt sich Cothmann abwartend. Erst als Kerckmann stoßweise atmete und seine Lippen blau wurden, schob er Berner zur Seite und beugte sich über den

Greis. Mit der Linken öffnete er ihm den hochgeschlossenen Spitzenkragen, während er ihm mit zwei Fingern der Rechten den Schleim aus dem Rachen entfernte. Er winkte David zu sich, der herbeieilte und den Brustkorb des Bürgermeisters zu kneten begann. Dabei bewegte er dessen magere Arme wie eine Pumpe auf und ab, bis sich sein Oberkörper aufbäumte und er aufs Parkett spie. Stöhnend und mit einem leichten asthmatischen Röcheln lehnte sich der Bürgermeister im Sessel zurück. Rasch öffnete Cothmann nun auch die oberen Knöpfe vom Wams, um ihm das Atmen zu erleichtern. Als sich sein Ohr nahe genug an den greisen Lippen befand, wisperte Kerckmann: »Euch, mein Sohn, das schwöre ich, so lange wird Gott mir noch beistehen, Euch werde ich in Amt und Würden bringen. Und wenn dies meine letzte Tat auf Erden ist. Denn Ihr, Cothmann, seid der einzig fähige Mann für das Bürgermeisteramt!«

In seinem Versteck schickte Andreas einen Blick gen Himmel und bekreuzigte sich. »Der Herr sieht und hört alles, und kleine Sünden straft er sofort«, murmelte er und grinste. Er bedauerte es zutiefst, dass er das Gespräch nicht weiterverfolgen konnte, denn der Kapellmeister stand mit erhobenem Taktstock vor dem kleinen Hoforchester, das der Gastgeber extra vom Schloss Brake hatte kommen lassen. Am Rand der Tanzfläche wirbelte der Tanzmeister hin und her und ordnete im französischen und italienischen Akzent die Paare.

»Jetzt ist es so weit«, flüsterte Andreas Maria zu und ließ aufmerksam die Augen umherwandern. Als er feststellte, dass die Luft rein war, verließ er sein Versteck und zog sie hinter sich her zur Tanzfläche. Dann drehte er sich hastig nach ihr um. »Ab jetzt liegt alles in Euren Händen, meine Tochter. Mir ist das himmlische Tanzvergnügen nicht vergönnt. Kurzweil dieser Art ziemt sich nicht für einen Geistlichen. Habt Ihr die Zettel?«

»Ja, sie sind unter meinem Rock, im Strumpfband.«

»Dann macht Eure Aufgabe gut, mein Kind. Der Herr beschütze Euch.«

»Ihr lasst mich allein, Hochwürden?« Sie versuchte, seine Hände zu fassen, doch Andreas entzog sie ihr, obwohl es ihn schmerzte, sie schutzlos der Gefahr auszuliefern.

»Geht zu Eurem Vater. Er hält bereits Ausschau nach Euch, meine Tochter. Ich werde in Eurer Nähe bleiben und für Euer Wohl beten.« Unauffällig schlug er das Kreuz über ihr.

»Aber was ist, wenn man mich entdeckt?«

»Wir sind bei Euch und werden dann entsprechend eingreifen. Wenn Ihr Bedenken habt, dann, in Gottes Namen, möchte ich Euch zu nichts zwingen.«

»Nein, nein.« Maria schüttelte heftig den Kopf. »Ich habe mir alles gut überlegt. Seht her, Hochwürden!« Sie wies auf den Schlitz in dem aus schimmernder Spitze gearbeiteten Rock. »Es gibt viele Möglichkeiten, um die Zettel zu verteilen. Auf den Tischen, in den Taschen meiner Tänzer oder auf den Tabletts der Diener. Es ist nur ...«

»Was ist, meine Tochter?«

»Mich beschäftigt noch eine wichtige Frage, die einer Antwort bedarf. Der Herr möge mir verzeihen.« Ergeben deutete sie einen Knicks an und bekreuzigte sich. »War es ein Zufall, dass Ihr mich auf dem Freien Hof gefunden habt? Oder war alles ein geplantes Komplott der Herren Kleinsorge? Verzeiht mir, wenn ich Euch misstraue. Doch es lauert vielleicht der Tod auf mich, und ich sehe meine Beschützer nicht, nur Euch, Hochwürden.«

Ihre Worte trafen ihn mitten ins Herz. Schon längst war er kein Pfarrer mehr, sondern ein Kämpfer, durch dessen Mund Gott zu den Menschen sprach. Doch er war kein Judas. Seine braunen Augen ruhten enttäuscht auf ihr. Hatte sie so wenig Vertrauen zu ihm? Die Gewissheit, dass er sie dem Teufel direkt in den Rachen warf, schmerzte ihm in seiner Seele. Wäre Maria nicht so wichtig für ihre Mission gewesen, so hätte er sie niemals damit belastet und mit einbezogen. Zumal die Herren Kleinsorge und Rullmann sich lange gesträubt hatten, einem Weib Zugang zu gewähren. Aber nur eine Frau konnte die Schmähschriften sicher unter ihren Röcken verwahren, und Maria war ihnen von allen Weibern am mutigsten erschienen. Ihr hatten sie zugetraut, diese gefährliche Aufgabe zu übernehmen.

In seinen Händen zuckte es. Unschlüssig, die rechte Antwort zu finden, blickte er um sich und sah direkt in Heinrich Kleinsorges scharfe Augen. Der Bürgermeistersohn stand nur wenige Schritte von ihm entfernt. Niemand gewahrte die kurzen Blicke, die sie tauschten.

»Bei Gott, meine Tochter, ich schwöre Euch, dass kein Verrat auf meiner Seele lastet«, flüsterte Andreas leise, während er kurz nach Marias feuchten Händen griff. »Vertraut mir! Mein Handeln wird mir allein von Gott, unserem Herrn, eingegeben. Ich bin sein Mund und seine ausführende Hand. Gott ist der Tanz, und wir sind seine Tänzer. Er wird an Eurer Seite sein, meine Tochter, und Euch nicht verlassen.« Entschlossen wandte er sich ab und verschwand zwischen den rauschenden Gewändern der Damen.

Wie eine Welle schlugen Unsicherheit und Verzweiflung über ihr zusammen. Ihr Mut war plötzlich verschwunden, und Hochwürdens Antwort hatte sie nicht beruhigen können. Stattdessen fühlte sie sich alleingelassen und betrachtete skeptisch die Tanzfläche. Angesichts der vielen Paare wurde ihr unbehaglich. Wo sollte sie beginnen? Sie hatte ja nicht einmal einen Tänzer. Tränen standen ihr in den Augen. Unauffällig fuhr sie mit der Rechten an ihrem Schenkel entlang. Die Zettel waren etwas tiefer gerutscht. Am liebsten hätte sie sich der verdammten Schmähschriften entledigt. Musik setzte ein, und die Tanzpaare nahmen zu beiden Seiten des Tanzmeisters in einer Z-Form Aufstellung.

»Na, wie ist es, meine Dame? Darf ich Euch zum Tanze führen, oder habt Ihr schon einen Begleiter?«

Der Seeräuber war von hinten an sie herangetreten und schwenkte ausladend das Federbarett, während er sich mit einem tiefen Kratzfuß vor ihr verneigte.

»Vater? Ihr habt mich erschrocken!« Noch nie war er ihr so willkommen gewesen wie in diesem Augenblick. Sie hätte ihn umarmen und küssen können, erlaubte sich aber nur ein Lächeln. »Ihr seid der charmanteste Kavalier auf dem Ball, mein Vater«, schmeichelte sie und bot ihm mit einem Knicks den Arm.

»So? Ich glaube eher, ich habe meine Aufsichtspflicht als Vater verletzt und dich, mein Kind, zu lange allein gelassen. Also werde ich dir zuliebe das Tanzbein zu einem dieser neumodischen höfischen Tänze schwingen. Wie heißt er doch gleich?«

»Gavotte, Vater!«

Er hatte sich ihr gegenüber aufgestellt. »Hoffentlich trete ich dir nicht allzu häufig auf die Füße. Diese Tänze sind zu kompliziert für mich. Ich bin eben doch ein Brauer und kein Edelmann.« Cordt verbeugte sich nach der Anweisung des Tanzmeisters, bevor er auf sie zutrippelte. Sie musste lächeln, als sie ihm die Hand reichte und ihn in anmutigen Schritttritten umkreiste. »Für einen Brauer macht Ihr Euch aber ganz gut. Etwas hölzern, aber doch manierlich.«

»Spotte nicht, meine Tochter. Verstehst du, warum gerade wir eine Einladung zu diesem Ball erhalten haben, auf den wir doch im Grunde genommen nicht gehören?«

Sie entfernte sich leichtfüßig von ihm, um gleich darauf wieder graziös auf ihn zuzutanzen. »Freut Euch doch darüber, Vater. Vielleicht wird Euch dieser Ball die Türen in den Rat öffnen.«

»Ich glaube eher, du solltest dich vorsehen, mein Kind, und deine Maske um Mitternacht nicht lüften. Die Einladungen kamen vom Gastgeber selbst, sicher führt er wieder etwas im Schilde.«

»Avancieren, meine Damen, meine Herren!«, krähte es nun in Französisch von der Spitze der Tanzenden her. Cordt Rampendahl rückte auf und verbeugte sich vor einer schönen Nonne. Im gleichen Moment erschrak Maria und zog den Schleier höher vor die Augen. Ihr gegenüber stand der rote Kavalier. Höflich machte er seinen Kratzfuß und schwebte dann galant auf sie zu. In eleganten Sprüngen umkreiste er sie und versuchte dabei, einen Blick in ihre Augen zu erhaschen. Als sie mit dem Rücken zu ihm tanzte, flüsterte er ihr sanft ins Ohr: »Ihr seid nicht nur eine schöne Haremsdame, ihr seid gleichfalls die Königin auf meinem Fest. Selbst in den Lumpen einer Bettlerin würde ich Euch wiedererkennen, Jungfer Maria.«

»Ich glaube, Ihr irrt, mein Herr«, antwortete sie scheu. Seine Nähe engte sie ein, und sie war froh, als der Tanzmeister den nächsten Wechsel ankündigte.

Die Worte Cothmanns zwangen sie, einen klaren Kopf zu behalten. Sie musste den Ball schnell und möglichst unauffällig verlassen, doch zuvor galt es, die vermaledeiten Zettel loszuwerden. Aber wie? Verzweifelt hielt sie Ausschau nach ihrem nächsten Tanzpartner. Plötzlich leuchteten ihre Augen, und ihr Herz begann wild zu schlagen. Sie versuchte, die Erregung hinunterzuschlucken, denn vor ihr stand der Wikinger.

Nie hätte sie Meister David so viel Eleganz zugetraut. Trotz seiner stattlichen Figur war er ein leichtfüßiger Tänzer. Heimlich bewunderte sie seine muskulösen Schenkel, die sich im Sprung elegant bogen, und seine bloße Brust, die sich in kräftigen Atemzügen hob und senkte. Insgeheim fürchtete sie, ihr wilder Herzschlag könnte ihre Gefühle verraten. Ihre Beine zitterten derart, dass ihre Füße aus dem Takt kamen. David musste ihr helfen und verschlang kunstvoll ihre Finger ineinander.

Nachdem Maria in den Takt zurückgefunden hatte, blickte er lächelnd auf sie hinab: »Es würde mich brennend interessieren, welch schönes Gesicht sich unter dem Schleier verbirgt. Mich düngt das Gefühl, diesen herrlichen Körper schon einmal in meinen Armen gehalten zu haben. Würdet Ihr meinem Gedächtnis auf die Sprünge helfen, schöne Frau?« In steifer, aufrechter Haltung schritt er neben ihr her.

In diesem Moment dröhnte die Stimme des Tanzmeisters: »Auf besonderen Wunsch unseres Musagets: *countredance*!«

»Wie bedauerlich!« Meister David verbeugte sich höflich vor ihr, als der Kavalier wieder auftauchte.

»Meine Dame, diesen Tanz hattet Ihr mir versprochen.« David bedachte er nur eines kurzen Blickes. »Geht nach Hause zu Eurer Frau und Euren Kindern, Henker. Sucht in den Wirtsstuben nach Geselligkeit nach Eurem Geschmack, aber nicht hier in meinem Haus«, zischte er leise und hätte den unliebsamen Gegner gern vor allen Gästen hinauswerfen lassen. Offiziell war der Scharfrichter nicht eingeladen, doch Kerckmann konnte ohne seinen Nachrichter nicht sein, und so hatte Cothmann zähneknirschend den Wunsch des Alten erfüllen müssen. Insgeheim schwor er sich, nach seinem Amtsantritt als Bürgermeister einige Dinge zu ändern.

Davids Züge verfinsterten sich. Er verachtete den aufgeblasenen Günstling zutiefst, doch die Ehre und der Respekt, den er als meistgefürchteter Mann Lemgos für sich in Anspruch nahm, forderten Revanche für die Beleidigung. Der reichliche Biergenuss machte es ihm einfach. Mit einem höhnischen Grinsen trat er einen Schritt auf Cothmann zu, sodass ihm dieser in die Augen sehen musste, und knurrte warnend: »Es ist Euer Haus, Landmann, und ich weiß, dass ich Euch nicht willkommen bin. Aber nun bin ich einmal hier, und Ihr müsst notgedrungen mit mir vorliebnehmen.«

Er kannte Cothmann und ahnte, wie er auf die Worte reagieren würde, deshalb ließ er ihn einfach stehen. Die Muskeln gespannt und jederzeit bereit, sofort den Degen zu ziehen, steuerte David langsam auf den Richter zu. Er hatte seinen Herrn nach ihm rufen hören – als plötzlich die Musik aussetzte. Maria entfuhr ein leiser Schrei, und in Erwartung eines spannenden Duells bildete sich augenblicklich ein Kreis Neugieriger um die beiden Kontrahenten.

Cothmann hatte noch eine Rechnung mit dem Henker offen und die Beleidigung im Rathaus nicht vergessen. »Muskelkraft macht Intelligenz noch lange nicht wett, Meister David!«, rief er hinter ihm her. »Wie mir zu Ohren kam, steht Euer Angebot noch, Euch mit mir zu schlagen, Henker. Aber ich hörte auch, dass Ihr Euch wie ein Bauer nur mit Euresgleichen prügelt.« Er drehte sich tänzerisch elegant im Kreis und ließ sich bejubeln. Dann nahm er einem der Gäste den Bierkrug aus der Hand und prostete siegesgewiss in die Runde. »Ein Hoch auf den Henker, liebe Leute, den meistgefürchteten Mann Lemgos, der den Reuter besser halten kann, als er mit dem Degen umzugehen versteht! Aber gern stehe ich ihm auch bei einem Krug Bier zur Maulschellenrevanche zur Verfügung!«

Die Umstehenden jubelten vor Entzücken, nur Maria wäre am liebsten im Erdboden versunken über die Schmach, die dem Geliebten in diesem Augenblick widerfuhr. Zu gern hätte sie ihn an der Hand gefasst und hinausgeführt, doch sie durfte sich nicht verraten.

David erstarrte. Kerckmanns schwache Rufe waren vergessen, im Saal war es mucksmäuschenstill geworden. Sensationslüstern verfolgten die Gäste jede Bewegung des Henkers, als dieser sich langsam umdrehte und Cothmann wie ein Wolf umschlich. Die Menge hielt den Atem an, als die Hand des Landmanns spontan zum Degen fuhr.

Plötzlich blieb der Henker vor ihm stehen. Ihre Blicke bohrten sich ineinander. Wie zwei kampfbereite Stiere tasteten sie sich gegenseitig ab und suchten am anderen nach einer Schwäche.

In Davids Augen blitzte es spöttisch. »Gestattet Ihr?« Er nahm dem verdutzten Landmann den Krug aus den Händen, setzte ihn zum Erstaunen des Publikums an die Lippen und schlürfte ihn laut rülpsend bis auf den Grund leer. Dann schleuderte er ihn unter die Gäste und brüllte: »Leute, unsere Stadt nährt eine giftige Schlange an ihrem Busen. Eine Schlange, die sich langsam einen Platz in der besseren Gesellschaft erschleicht. Schon im Paradies verkörperte sie das Böse. Wie ihr alle wisst, bin ich der Henker, der Satan bekämpft, sich aber nicht mit ihm schlägt. Was, liebe Leute, soll ich nun mit der Schlange machen? Soll ich ihr den Kopf abhacken oder ihr kräftig eins furzen?« Augenblicklich hatte er die Lacher auf seiner Seite.

»Ihr eins fuuurzen!«, wieherten die Gäste und klatschten sich dabei auf die Schenkel. Das zustimmende Geschrei spornte David zu noch größerem Übermut an. Seine dunklen Locken hingen ihm jetzt strähnig und nass ins Gesicht. Sein gestählter Oberkörper glänzte vor Schweiß, und das Bier tat seine Wirkung. Laut grölend riss er sich unter dem Gekreische der tobenden Gäste die Hose vom Hinterteil und präsentierte Cothmann die blanken Backen. Die Gäste schrien und johlten vor Vergnügen. Im gleichen Augenblick verfinsterten sich Davids Züge. »Das ist für die hinterhältige Verleumdung meiner Ehefrau, du Hurensohn«, zischte er Cothmann leise zu.

Seitdem seine Nachbarin, die Witwe Böndel, in den Verdacht der Hexerei geraten war, war auch die Scharfrichterei nicht mehr frei von Vorwürfen. Es ging das böse Gerücht um, Davids Frau Agnesa hätte der Böndelschen das Zaubern gelehrt, und sie wären allzeit zusammen in der Kutsche gefahren.

David blähte vor Cothmann die Wangen auf. Sein Gesicht lief dunkelrot an, dann entwichen ihm lautstark die ersten Biergase, und das Publikum hielt sich kreischend die Nase zu.

Blass, steif und ohne die Hand vom Degen zu nehmen, sah Cothmann dem Treiben zu. Er kochte vor Wut, lächelte aber wie über einen gelungenen Scherz. Niemand sollte bemerken, wie nahe ihm die Demutigung durch den Scharfrichter ging. In diesem Moment schwor er ihm tödliche Rache.

David ließ Cothmann nicht aus den Augen, als er seine Hose feixend wieder hochzog. »Habt Ihr genug, Landmann, oder wollt Ihr Euch immer noch mit einem Bauern schlagen?«

In diesem Moment spürte er Kerckmanns Hand auf seinem Arm. Der Richter sah angeekelt zu ihm auf. »Genug der Possen, Henker! Ihr seid ja vollends besoffen. Verlasst augenblicklich den Saal. Der Auftritt wird für Euch ein Nachspiel haben.«

Im Nu war David wieder nüchtern. Demütig verbeugte er sich vor dem alten Mann und küsste den Saum seines Rocks. »Immer zu Euren Diensten, hoher Herr. Ich bin mir meines Vergehens bewusst und erwarte Eure Strafe.« Damit erhob er sich und strebte durch die Menge Richtung Tür.

Auf halbem Wege blieb er vor Maria stehen. Seine Augen blickten nachdenklich auf sie hinunter, während seinen Mund ein seltsames Lächeln umspielte. Plötzlich nahm er ihre Hand in die seine und drückte einen leidenschaftlichen Kuss auf den Handschuh. Er hatte sie wiedererkannt.

Als ihre Augen in heimlichem Verlangen ineinandertauchten, setzte die Musik wieder ein. Rasch bildeten sich Tanzpaare, und Maria wurde von Davids Seite abgedrängt. Der Schmerz, ihn wieder verloren zu haben, schien sie schier zu erdrücken. Suchend glitt ihr Blick über die Köpfe hinweg, als sie eine Hand an ihrer Hüfte spürte. Erfreut fuhr sie herum. Doch das strahlende Lächeln auf ihrem Gesicht wich der Enttäuschung, als sie den Landmann erblickte. Nichts an ihm verriet die eben erlittene Schmach. Aufgekratzt und mit einem verführerischen Lächeln auf den Lippen, ergriff er ihre Hand und führte sie zu den Paaren, die zu einer Longway in einer Reihe Aufstellung genommen hatten.

»Extra für Euch, meine Schöne, habe ich diesen bäuerlichen Tanz bestellt, um Euch mit den höfischen nicht zu sehr zu langweilen«, grinste er und schwenkte seinen federgeschmückten Hut. »Eine Longway wird flott von unten nach oben getanzt, so begegnet man allen Tänzern wenigstens ein Mal«, erklärte er ihr unbeschwert.

Doch die allzu flotte Tanzmelodie führte bei einigen Paaren rasch zu einem wilden Durcheinander. Maria war in ihren Gedanken noch immer bei David, als sie beim zweiten Paarwechsel über fremde Füße stolperte und rückwärts in Cothmanns Arme fiel. Auch um sie herum strauchelten die Tänzer und rissen sie mit zu Boden, sodass Cothmann und Maria sich rücklings in einem Knäuel sich auf der Tanzfläche windender Paare wiederfanden.

Durch den Fall hatte sich ihr Strumpfband gelöst, und der Packen Schmähschriften fiel nun auf das Parkett, wo sogleich mehrere Hände nach den Zetteln griffen.

Für einen Augenblick glaubte Maria, den Boden unter den Füßen ein zweites Mal zu verlieren. Gebannt und zu keiner Bewegung fähig, beobachtete sie, wie der Kavalier sich während des Aufstehens nach dem Papier bückte. In der Hocke verharrend, las er den Text, bis seine Kaumuskeln nervös zu arbeiten begannen und Hals und Gesicht unter der Maske leichenblass wurden. Die Reaktion der anderen Gästen war der seinen ähnlich. In die allgemeine Verwirrung hinein wurden die ersten Stimmen laut.

»Schmähung!«, schrie jemand. »Ketzerei! Fangt den Übeltäter!«, rief ein anderer aufgebracht.

Maria wollte die Gelegenheit zur Flucht nutzen. Während das Blut in ihre Adern zurückkehrte, sprang sie auf. Die Tür war nur noch wenige Meter entfernt, da spürte sie Cothmanns Arm wie eine Klammer um ihre Hüfte und seinen heißen Atem im Genick.

»Hure«, zischte er. »Keine unbedachte Bewegung, sonst töte ich dich.« Hastig drängte er sie durch einen Vorhang in eine verborgene Kammer. Mit einer Hand auf ihrem Mund, damit sie nicht um Hilfe schreien konnte, presste er sie fest gegen seinen Körper und schleifte die wild Strampelnde zu einem weit ausladenden Ledergesims. Maria biss und spuckte um sich wie eine tollwütige Katze.

»Du brauchst dich nicht zu wehren, verdammte Hure. Und hoff schon gar nicht auf die Hilfe deines Vaters, um den werden sich meine Knechte kümmern.« Er umschlang ihren Körper noch fester, und sein rechtes Bein fuhr brutal zwischen ihre Schenkel, während sie seine heftige Erregung an ihrem Hinterteil spürte.

»Was ist das?«, keuchte er und hielt ihr das Pasquill vors Gesicht. »Wie kommst du dazu, solche Schmierereien in mein Haus zu tragen? Für wen arbeitest du? Ist es dein ehrenwerter Herr Vater, der sich mit solch miesen Tricks den Sitz im Rat erschleichen will? Antworte mir!« Wütend drehte er sie zu sich, ging in die Knie und rieb sein steifes Glied gegen ihre Scham. Im gleichen Moment fuhr seine freie Hand unter ihren Rock.

Ihre Lage ließ wenig Gegenwehr zu. Rücklings hing sie über dem Polster und stützte sich mit den Händen ab, doch als er sich die Hose öffnete und sie einen Moment unbeobachtet ließ, trat sie ihm mit dem Absatz ihrer Schuhe kräftig in seine Männlichkeit. Fluchend sprang er von ihr weg und krümmte sich vor Schmerzen. Diesen Moment nutzte Maria, um ihm die Maske vom Gesicht zu reißen. Mit ihr in der Hand wollte sie in den Saal entwischen, doch Cothmann war schneller. Brutal packte er sie an den Haaren und zog sie zurück in den Raum. Vor Schreck und Schmerz schrie sie nach dem Vater, doch der Landmann drehte ihr die Arme auf den Rücken und trat ihr in die Kniekehlen, sodass sie nach vorn auf den Boden schlug. Im Nu war er über ihr und drückte ihr seine Knie in die Schulterblätter. Sie hörte ihn wütend keuchen und an seiner Hose herumnesteln, dann schien er es sich anders zu überlegen. Eine Weile spürte sie nur den Druck seines Körpers auf sich, dann sprang er plötzlich von ihr hoch und trat sie mit der Stiefelspitze in die Rippen.

»Steh auf, du Hure«, zischte er und ordnete sein Kostüm. Er wies auf die Bank. »Setz dich! Und keine Fluchtversuche mehr.«

Zitternd schleppte sich Maria zu dem Möbel. Blut lief ihr aus der Nase. Sie versuchte, es mit dem Handrücken abzuwischen, verschmierte es aber nur.

Großzügig warf er ihr ein Taschentuch in den Schoß, dann stellte er sich breitbeinig vor ihr hin und schwenkte triumphierend ihr Strumpfband in der Hand. »Nur ich habe gesehen, aus wessen Strumpfband die Schmähschrift fiel, Jungfer Maria«, sagte er mit bedrohlich ruhiger Stimme. Er hatte sie in der Hand, wusste es und grinste überlegen. »Dieses Strumpfband ist ab jetzt ein wichtiges Pfand für mich. Richte dies auch deinem Herrn Vater aus. Ich verlange Folgendes: Zum einen wirst du deinen Vater davon überzeugen, sein Anrecht auf einen Sitz im Rat zurückzuziehen, zum anderen wirst du mir zu Willen sein, wann immer mir nach dir gelüstet. Weigerst du dich«, er machte eine kleine Pause und genoss seine Überlegenheit, »dann wirst du als Hexe brennen!«

Er ging zum Vorhang und spähte mit einem Auge durch den Schlitz. Die Tanzpaare hatten sich zu einem Menuett aufgestellt. Berner avancierte vor seiner Frau und stolzierte wie ein bunter, magerer Hahn um einen fetten Schwan.

Offensichtlich hatte sich der Tumult gelegt, und alles lief wieder in normalen Bahnen. Cothmann war begierig zu erfahren, wie Kerckmann das Problem gelöst hatte, und trat hinter dem Vorhang hervor. Während er sich nach dem Bürgermeister umschaute, winkte er einen der Diener im Mohrenkostüm herbei und griff sich eine Karaffe Wein vom Tablett. Der Mohr beugte den Kopf mit dem riesigen Turban vor ihm. Cothmann schnipste mit dem Finger und gebot ihm, sich zu entfernen. Gleichfalls begab er sich mit raschen Schritten zum linken Flügel, wo er den Bürgermeister und zwei Kämmerer in aufwendigen Kostümen zwischen einer Gruppe Edelleute entdeckt hatte. Er vermutete Händel als Grund der Zusammenkunft, denn die Gruppe schien erregt in einen Disput verstrickt. Als er näher trat, hörte er eine Stimme, die ihm bekannt vorkam.

»Es wird Zeit, dass Ihr die Führung erfahreneren und hochverständigen Leuten überlasst. Eure Politik führt zu Verrat, oder weshalb tretet Ihr die abgepressten Gebühren von den zum Schwert begnadigten Opfern an den Landesherrn ab? Wollt Ihr Euch die Gelder sichern, oder erkauft Ihr Euch damit seine Unterstützung?«

»Was soll das, meine Herren?«

Cothmann hatte sich in die Gruppe gedrängt und schützend vor seinen Gönner gestellt, der sich, auf seinen Stock stützend, die Vorwürfe mit gelassener Miene anhörte. »Ihr beleidigt den Bürgermeister zu Lemgo und Assessor vom Hofgericht in Detmold, mein Herr. Seid Ihr Euch des Bürgermeisteramts bereits so sicher, Herr Heinrich Kleinsorge? Ihr seht, ich habe Euch selbst in Eurem verwegenen Kostüm erkannt.«

»Es ist nicht verwunderlich, dass Ihr, Günstling einer von hochstehenden Personen gedeckten Hexenjägerclique, Euch vor Euren Herrn und Meister stellt. Habe ich recht, meine Herren Kerckmann, Rullmann, Grothe und Kuckuck? Übrigens kommt Ihr ganz nach der Natur Eures Vaters, Landrat, presst überhöhte Zinsen aus armen Leuten und strebt nach dem Bürgermeisteramt.«

Cothmann machte ruhig einen Schritt auf den Kontrahenten zu. Seine Hand lag am Degen. »Wieso sucht Ihr Händel, Heinrich Kleinsorge?« Er hatte vor, sachlich zu bleiben, doch an seinen zusammengepressten Lippen und dem gefährlich leisen Ton war unschwer zu erkennen, dass er jeden Augenblick bereit war, für seinen Gönner die Klinge zu kreuzen.

»Was regt Ihr Euch überhaupt so auf? Hat nicht Euer Bruder Diedrich erst kürzlich sein Amt als Stadtsyndikus niedergelegt, nachdem Ratsherr Dierking über Euren Bruder gesagt hat, er sei ein Kerl, der da wert wäre, dass man ihm zur Abkehrung des vielen Unheils den Kopf vor die Füße lege? Ich kann von Kerckmann nichts Derartiges behaupten und denke, über den fähigeren der beiden Anwärter auf das Amt des Bürgermeisters wird die nächste Ratswandlung entscheiden.«

In diesem Moment spürte er einen schmerzhaften Schlag im Gesicht. Abwehrbereit riss er den Arm in die Höhe und blickte erstaunt auf den weißen Spitzenkragen, der sich rasch mit Blut vollsog. Die Zornesader auf seiner Stirn schwoll an. Mit einem Ruck riss er sich die Maske vom Gesicht und schleuderte sie samt dem Handschuh Kleinsorge vor die Füße. Hasserfüllt maß er sein Gegenüber. Kleinsorge hielt noch das Glas in der Hand, mit dem er ihm ins Gesicht geschlagen hatte, sein Bruder stand kampfbereit neben ihm.

»Das wird Euch eine Revanche kosten, Heinrich Kleinsorge. Ich schicke Euch meine Sekundanten Johannes Berner und den Vogt de Baer. Sie werden Euch einen Zeitpunkt für ein Duell im Morgengrauen vorschlagen. Und jetzt verlasst auf der Stelle mein Haus!«

Heinrich Kleinsorge tauschte einen Blick mit seinem Bruder, dann sah er die Umstehenden an. Aller Augen waren sprachlos auf ihn gerichtet, während Kerckmann und der neugierig hinzugetretene Berner Cothmann zu sich in die Ecke gezogen hatten und erregt auf ihn einredeten. Ein Duell zwischen den Eliteanwärtern auf die frei werdenden Ratsämter war etwas, was sie im Moment nicht brauchen konnten.

Als sich die Brüder Kleinsorge, ihr Anwalt Spruthe, der Kaufmann Rottmann und Kantor Grabbe demonstrativ abwandten und im Begriff waren, den Saal grußlos zu verlassen, hielt Berner sie zurück. »Eine Entschuldigung Eurerseits, meine Herren, würde den Konflikt in unser aller Sinne zum Gütlichen regeln!«

Diedrich gab seinem Bruder ein Zeichen. »Es wäre unklug, auf das Angebot nicht einzugehen, Bruder«, flüsterte er ihm zu.

Heinrich nickte zähneknirschend und ballte unter dem Überrock die Fäuste. »Ich füge mich, weil du der Ältere bist. Aber der Tag wird kommen, an dem dieser Emporkömmling unsere Macht spürt!«

»Die ganze Stadt spricht davon, dass Hochwürden gefangen genommen wurde, Vater!« Atemlos stand Maria in der Tür und blickte erstaunt auf den Vater, der, die Ellbogen auf den Tisch gestützt, missmutig in den Krug Bier vor sich starrte.

Aufgeregt war sie mit der Neuigkeit sofort zu ihm gelaufen, jetzt aber verharrte sie verwundert auf der Schwelle. Dem Vater gegenüber saßen im Halbdunkel der Diele die Brüder Kleinsorge, getarnt durch weite graue Überröcke und tief ins Gesicht gezogene Barette. Ihre ernsten Mienen ließen nichts Gutes ahnen. Zudem bemerkte

Maria die viel zu früh geschlossenen Fensterläden und vermisste die Knechte und Mägde. Auch die Mutter und die Schwestern waren nirgendwo zu entdecken.

Besorgt trat sie mit einem frisch gefüllten Krug Bier an den Tisch. Cordt hob bei ihrem Erscheinen den Kopf. Er war barhäuptig, und das rotblonde Haar wallte ihm in dichten Locken bis auf die Schulter. Ihr Anblick erhellte seine Züge. »Komm, setz dich zu uns, Tochter!«, forderte er sie erfreut auf.

Maria genoss sein Vertrauen. Er schätzte ihren gescheiten Rat und zögerte nicht, sie auch in gefährliche Angelegenheiten einzuweihen. Gehorsam ließ sie sich neben ihm auf der Bank nieder und nickte den Herren zur Begrüßung scheu zu. Rasch füllte sie die Krüge bis zum Rand und fragte dann leise und mit gesenktem Blick: »Meine Herren, selten begrüßen wir so hohe Gäste in unserem Haus. Ist es die Verhaftung Hochwürdens, die Euch zu uns führt?«

»So ist es, Jungfer«, antwortete ihr Diedrich mit einer leichten Verbeugung. »Euer Vater weiß übrigens Bescheid«, fuhr er hastig fort, während ein flüchtiges Lächeln über sein junges Gesicht huschte. »Wir befinden uns auf der Flucht, und Euer Herr Vater war so freundlich, uns mit allem Notwendigen zu versorgen, da unsere Häuser bereits konfisziert wurden. Wir haben keine Möglichkeit mehr, unsere Anwesen zu betreten. Täten wir es dennoch, so würde man uns sofort einsperren.«

»Aber warum denn Euch, hohe Herren?« Maria sprang erschrocken auf. Cordt griff nach ihrem Arm und zog sie sanft auf die Bank zurück.

»Der Landmann Hermann Cothmann hat es an die Spitze geschafft. Er wurde von den Herren beider Räte zum ›Direktor des peinlichen Gerichts gegen die Unholde und Hexen‹ vereidigt. Seine Stellung ist das letzte Werk des kürzlich dahingeschiedenen Teufels Kerckmann, der diese Funktion bis dahin innehatte. Über Jahre hinweg hat der Hexenbalg die Position an der Seite des mächtigsten Mannes genutzt, um Verbindungen zum Grafen und zu den Universitäten aufzubauen. Er ist nicht mehr aufzuhalten, und es ist abzusehen, dass das Amt des Bürgermeisters für ihn nur noch eine formelle Sache ist. Sämtliche Türme platzen vor Gefangenen, und die Schreie der Gefolterten verstummen nicht. Allein die Witwe Böndel wurde drei Mal auf den Pfarrer gefoltert. Dabei hat ihr Sohn, der Magister Spruthe, in der Hoffnung, seine Mutter zu retten, unsere Sache verraten. Während einer Anhörung beim Grafen in Detmold ist ihm, aus welchen Gründen auch immer, Hochwürdens Name über die Lippen gekommen, den man daraufhin auf Beschluss beider Räte sofort von seinem Amt suspendiert hat. Unsere Gönnerin, Gräfin Maria Magdalena, die Mutter des Grafen, versuchte, Hochwürden zu warnen, doch im Bewusstsein seiner Unschuld vermochte Andreas sich nicht vorzustellen, ernsthaft in Gefahr zu geraten, und schlug die Warnung beherzt in den Wind. Ausschlaggebend für seine Gefangennahme war letztlich die Aussage einer verwirrten alten Frau, der Küsterschen. Nachdem alle geständigen Hexen auf ihn befragt wurden, hat sie die beim Tanz abgehaltenen Schmausereien mit Wein aus dem Ratskeller und Stuten, Schinken und Mettwürsten beschrieben. Anschließend nannte sie unsere Namen, den des Kantors Grabbe und Hochwürden als den Oberhexenmeister. Leider besitzt die Gräfinnenmutter zu wenig Einfluss auf ihren Sohn. Kantor Grabbe hat sie geraten, Schutz bei Graf Casimir in Brake zu suchen. Ein folgenschwerer Fehler, denn seine Flucht dorthin hatte zur Folge, dass man ihn in Eisen gelegt zurückführte. Die Witwe Böndel wurde in aller Eile hingerichtet, ohne dass ihr Sohn ihr helfen konnte, und auf Rottmann – als Kommandant der Hexenrotte – wartet nun ebenfalls das Schwert.«

»Aber was kann der Rat Hochwürden vorwerfen, was so verwerflich wäre?« Cordt hatte vor Erregung die Hand seiner Tochter ergriffen.

»Der Hohe Rat klagt ihn an, mit seinen Predigten das Reich des Teufels erweitert und das Unkraut der Zauberei zum Wachsen gebracht zu haben.«

Heinrich unterbrach ihn mit zorniger Miene. »Er ist ein Geistlicher und deshalb für die Obrigkeit ein gefährlicher Wegbereiter des Satans. Der Rat fürchtet seine Art zu denken. Seine Predigten sind eine große Bedrohung.«

»Kann man Hochwürden denn nicht helfen?«, fragte Maria ängstlich und bekreuzigte sich.

Diedrich schüttelte den Kopf. »Viele namhafte Geistliche haben bereits vergeblich Widerspruch eingelegt. Außerdem haben sie sich damit sofort selbst in die Gefahr des Hexereivorwurfs gebracht. Auch die Gräfinnenmutter hat sich mit einem Schreiben für Hochwürden eingesetzt und vom Grafen dafür einen Verweis erhalten. Das beweist nur, dass von ihrem Stiefsohn keine Hilfe zu erwarten ist, da er an der Begnadigung zum Schwert mit verdient. Auch Hochwürden selbst hat eine Appellation an den Grafen geschickt, nachdem ihm die Verfassung des Pasquills von Berner nachgewiesen wurde. Leider blieb sie ungehört.«

»Besteht denn die Möglichkeit, zu ihm vorgelassen zu werden?« Maria war eine Idee gekommen und sie hing nun hoffnungsvoll an Diedrichs Lippen.

»Damit würdet Ihr Euch einer großen Gefahr aussetzen, Jungfer. Euer kleines Missgeschick im Zusammenhang mit dem Pasquill hat Euch zur Nummer eins auf der Verfolgungsliste gemacht. Wir haben auf dem Ball versucht, durch einen provozierten Zwischenfall von Euch abzulenken, doch Pastor Koch muss die Auseinandersetzung zwischen Euch und Cothmann beobachtet haben. Kurz nach Eurem Weggang hat er ihn mutig unter Druck gesetzt. Vielleicht hat Cothmann Euch deshalb bisher verschont, vielleicht aber hat er auch ganz andere Ambitionen, was Euch betrifft, Jungfer. Er ist ein berechnender, eiskalter Wolf. Niemand weiß, was seine Pläne sind.«

Diedrich erhob sich und schulterte sein Bündel. »Wir werden versuchen, unseren Kampf außerhalb der Landesgrenzen weiterzuführen. In Lemgo ist es derzeit zu gefährlich. Auch bringt der Mut eines Einzelnen, gegen die Hexenjägerclique vorzugehen, nur den Tod, wie wir an Hochwürden sehen. Euch, Jungfer, raten wir, uns zu begleiten. Ihr solltet nicht länger in Lemgo verweilen. Ihr seid eine schöne und mutige junge Frau, und wir würden es zutiefst bedauern, Euch dem Scheiterhaufen überlassen zu müssen.«

Auch Heinrich schnürte nun sein Bündel und reichte Cordt freundschaftlich die Hand. »Wir bedanken uns für das Brot und das Bier, Deche. Auf Euch, der Ihr die geballte Kraft der Zünfte hinter Euch habt, ruht jetzt unsere ganze Hoffnung. Männer wie Euch braucht Lemgo im Rat. Wir wünschen Euch viel Glück auf Eurem schweren Weg dorthin. Sollten wir uns jemals wiedersehen – dann hoffen wir, dass es unter glücklicheren Umständen in einem freien Lemgo geschieht!«

Hastig nahm Diedrich einen letzten Schluck Bier und schaute nachdenklich über den Krugrand auf die zögernde Maria hinunter. »Für welchen Weg habt Ihr Euch entschieden, Jungfer? Wollt Ihr Euch in unseren Schutz begeben und uns begleiten?«

Langsam hob Maria den Blick. Obwohl ihr die Tränen in den Augen standen, war sie nie reifer und schöner gewesen als in diesem Moment. »Ich danke Euch für Euer Angebot, hoher Herr, aber ich gehöre hierher. Meine Flucht würde Cothmanns Hass nur verstärkt auf meinen Vater, meine Mutter, meinen Bruder und meine Schwestern lenken. Ich werde Hochwürden beistehen und einen Weg zu ihm in den Turm finden.«

»Euer Mut ist bewundernswert, Jungfer! Wir beten für Euch und wünschen Euch von Herzen einen Ehemann an Eurer Seite, der es an Stärke und Unerschrockenheit mit Euch aufnehmen kann.« Diedrich wusste, dass sie es schwer haben würde, in Lemgo jemals einen Mann zu finden, und drückte ihr zum Abschied mitfühlend die Hand.

Der Wärter schob den schweren Riegel zur Seite, steckte den Schlüssel ins Schloss und drehte ihn quietschend um. »Es ist offen«, murmelte er, hängte den Schlüsselbund zurück an den Gürtel und wendete ihr dann sein Gesicht zu. Er war ihr unheimlich. Nicht allein die Größe und das verfilzte Haar schockierten sie, und auch nicht die wulstige Narbe, welche seine rechte Gesichtshälfte entstellte. Der Blick war es, der leere Blick seiner weißen Augäpfel. Mit Schaudern dachte sie daran, dass der Mann vielleicht einmal blaue Augen gehabt hatte und schön von Angesicht gewesen war. Hatte ihm der Krieg oder der Henker das Augenlicht genommen?

»Aber nur kurz«, unterbrach der Mann ihre Gedanken. »Ich warte vor der Tür, falls der Hexer Euch …« Er grinste breit. »Na, Ihr wisst schon!«

Während sie halb gebückt durch die niedrige Kerkertür trat, blickte sie noch einmal zurück. Sie wurde das seltsame Gefühl nicht los, dass seine blinden Augen sie noch durch den schützenden Umhang durchbohrten.

Knarrend fiel die Tür hinter ihr ins Schloss, und sie trat unentschlossen in den Raum. Ihr fröstelte. Dunkelheit umfing sie, und ihre Augen mussten sich erst langsam an den Kerker gewöhnen.

Sie hätte David bitten sollen, sie in den Hexenturm zu begleiten. Ein Lächeln glitt über ihre Züge, als sie an ihn dachte. Er hatte sie nicht noch einmal auf den Mund geküsst, obwohl sie es sich heimlich gewünscht hatte. In der Stadt wurde zurzeit so viel herumgehurt wie noch nie zuvor, Ehebruch war an der Tagesordnung. Dass ausgerechnet der Henker sich ehrenvoll verhielt, ließ ihr Herz für ihn noch höherschlagen.

Ein tiefes Stöhnen riss sie aus ihren Gedanken. »Hochwürden?«, rief sie leise in den Raum hinein.

»Herr, mein Erlöser? Seid Ihr es?«, kam es röchelnd aus dem Verlies zurück.

Maria machte mutig einige Schritte nach vorn, bis sie erstarrte. Unmittelbar an der Wand vor ihr saß zusammengesunken der Prediger. Der Kopf war ihm auf die Brust gesunken, das dichte dunkle Haar hing ihm wirr ins Gesicht. Am Scheitel sickerte Blut hervor. Erschrocken berührte sie seine Schulter. »Hochwürden?«

Schwerfällig hob der Prediger sein Gesicht. Es war so blass, dass es in der Dunkelheit leuchtete. An seiner linken Schläfe klaffte eine blutende Wunde. Mühsam richtete er die müden Augen auf sie und schien einen Moment zu überlegen, bevor er sie erkannte und ein gequältes Lächeln über seine Züge huschte.

Sie beeilte sich, nach einem Taschentuch zu suchen, um es ihm auf die Wunde zu pressen. »Was haben sie Euch angetan, Hochwürden?«, flüsterte sie mit belegter Stimme.

»Jungfer Maria …?«

Maria bemerkte, wie das Leuchten in seine Augen zurückkehrte, und half ihm beim Aufstehen.

»Maria«, flüsterte er hastig, »welcher Engel hat Euch zu mir geschickt?« Sie bemerkte, dass ihm das Stehen schwerfiel. Breitbeinig lehnte er sich gegen die Wand, um sicheren Halt zu finden. »Die Beinschraube hat meine Unterschenkel zerquetscht«, erklärte er ihr mühsam lächelnd wie zur Entschuldigung.

Maria musste gegen den Kloß in ihrem Hals ankämpfen, als sie den würdevollen Mann in dieser erbärmlichen Verfassung vor sich sah. Das Hemd hing ihm in Fetzen von der Brust, Schuhe trug er keine mehr. Der linke Fuß stand in einem unnatürlichen Winkel ab und zeigte nach hinten.

»Ich möchte Euch helfen, Hochwürden. Sagt mir, was ich tun

kann!« Vor Erschütterung konnte sie die Tränen nur mühsam zurückhalten.

»Das ist lieb von Euch, meine Tochter, aber mir kann nur noch Gott helfen.«

»In der Stadt erzählt man sich, Ihr sollt mit dem Schwert hingerichtet werden. Aber es muss doch jemanden geben, der dieses unsinnige Urteil verhindern kann, Ihr seid doch der Kirche verpflichtet?«

Er schüttelte traurig den Kopf und hob ihr die gefesselten Hände entgegen. Nicht einmal ein Kreuz zum Beten hatten sie ihm gelassen. Hastig nahm sie die Gebetsschnur ab, die sie um den Hals trug, und schob sie ihm zwischen die geschwollenen Finger.

Dankbar küsste er das Kreuz. »Mein Geist und meine Seele gehören der Kirche und Gott, meine Tochter. Aber hier in Lemgo bin ich dem Hohen Rat verpflichtet, von dem mich gewisse Leute zerstören wollen, Maria. Doch sie wissen nicht, dass sie nur meinen Körper vernichten, nicht aber meinen Geist. Dieser wird im Volk weiterleben. Ich habe alles versucht, sogar an den Landesherrn habe ich geschrieben und viel Zeit mit Seufzen und Klagen verbracht. Habe immer auf das Gute gehofft und gemeint, ich würde einen positiven Bescheid erhalten. Aber all mein Hoffen und Harren war bis hierhin vergeblich ... Doch nun steht Ihr plötzlich vor mir, mein Kind, einem Engel gleich, und meine Hoffnung kehrt zurück. Denn was anderes als ein Zeichen von Gott, unserem Herrn, könntet Ihr mir bringen?«

»Die Herren Kleinsorge, sie leben und sind außer Landes, Hochwürden.« Sie hatte die Stimme gedämpft und schaute sich ängstlich zur Tür um. »Sicher werden sie Euch helfen, wenn ich ihnen Bescheid gebe. Ich könnte auch Meister David bestechen. Ich würde alles für Euch tun, wenn Ihr mir nur sagt, was ...«

Er lächelte bitter. »Ihr liebt ihn wohl immer noch, den Meister David?«

»Ja, Hochwürden«, antwortete sie wahrheitsgetreu und versuchte, die Röte ihrer Wangen unter der Kapuze zu verbergen. »Er hat es mir ermöglicht, jetzt bei Euch zu sein. Doch zu viel ist in den letzten Tagen geschehen. Ich glaube, es ist nicht die Zeit für Mädchenschwärmereien, und trotzdem weiß ich, dass der Henker mir zugetan ist.«

Einen Augenblick dachte sie an ihren Gang zur Scharfrichterei zurück. David war verärgert gewesen, weil sie sich mit einem Trick bei dem Knecht den Zugang erschlichen hatte. Sie erinnerte sich an seine Augen, die für einen Moment voller Leidenschaft auf ihr geruht hatten, bevor er plötzlich die Brauen über der Nase zusammengezogen und Maria roh, fast brutal, am Arm gepackt hatte. Er hatte völlig verändert gewirkt. Auch das Leuchten war aus seinen Augen gewichen. »Komm!«, klang noch im Nachhinein seine harte Stimme in ihren Ohren. »Ich habe dir verboten, jemals den Versuch zu unternehmen, mich wiederzusehen.« Er hatte sie wütend vor sich her in die Folterkammer vor einen seltsamen Stuhl gestoßen. »Oder willst du eines Tages damit Bekanntschaft machen?«

Vor Schmerz und Entsetzen hatte sie lediglich den Kopf geschüttelt und war zaudernd vor ihm auf die Knie gesunken. Mit Schaudern hatte sie das getrocknete Blut am Mauerwerk hinter dem Folterstuhl gesehen, die vier am Boden festgeschraubten Füße und die Pferdehaargurte an der Rückenlehne. Aus dem Sitz hatten lange, spitze hölzerne Stacheln hervorgeragt.

»David, bei Gott, ich bin gekommen, um für den Pastor zu bitten!«, hatte sie erschrocken gefleht, doch sein Blick war abweisend und fremd geblieben. Und trotz allem hatte sie hinter seinen Worten deutlich die verhaltene Leidenschaft gespürt.

»Verzeih mir die Rohheit, schöne Hexe. Es steht nicht in meiner Macht, dem Prediger zu helfen. Ich kann dir höchstens freies Geleit geben, um zu ihm zu gehen. Doch in Gottes Namen: Komm nie wieder!« Am Zittern seiner Stimme hatte sie herausgehört, wie schwer ihm dieser Schritt gefallen war.

Andreas richtete sich mit vor Schmerz verzerrtem Gesicht auf. Seine Augen ruhten jetzt forschend auf ihrem Gesicht. Sie spürte, dass er ihr ins Herz schaute, und lenkte schnell ein: »Vielleicht kann ich eine mildere Folter erwirken. David ist ein mutiger Mann, und der Rat fürchtet ihn.«

»Ach, Ihr seid noch immer ein einfältiges Kind!« Andreas zog den malträtierten Fuß näher heran. »Den Scharfrichter vergesst. Er hat ganz andere Sorgen. Erst kürzlich hat er wieder eine Tochter verloren. Obwohl er den gräflichen Leibarzt rufen ließ und keine Heilmittel aus der Apotheke ihm zu kostspielig waren, hat der Herrgott das Mädchen zu sich genommen. Da der Leibarzt vermutete, dass dem Kind Gift beigebracht wurde, hat Meister David getobt wie noch nie und allen Hexen mit dem Tod gedroht. Und sollte Cothmann, der jetzige Direktor des peinlichen Gerichtes, auch Bürgermeister von Lemgo werden, so steht zudem Davids Beziehung zum Hohen Rat auf wackligen Füßen. Er wird sich also keine Nachsicht erlauben, schon um sein Verhältnis zu Cothmann und zum Grafen zu verbessern.«

»Ich glaube an das Gute in ihm!«

»Möglich, dass auch ein Scharfrichter ab und zu ein guter Mensch ist, solange es nicht an sein eigenes Leben geht. Außerdem habe ich meine Torturen längst überstanden, mein Kind. Der Befehl dazu kam von der Universität von Gießen, und der alte und geschworene Rat hat dem, korrekt wie immer, zugestimmt.« Er lachte fast ein wenig zynisch. »Bis zur dritten Tortur habe ich versucht, meine Freunde zu schützen, dann aber hielt ich die Schmerzen nicht mehr aus. Oh, Herr, verzeih mir meine Schwäche. Meinetwegen mussten die Herren Kleinsorge fliehen, denn die Herren vom Rat hatten mein Geständnis. Doch meine Überzeugung, dass die Böndelsche und die Müßmannsche unschuldig gestorben sind und man solche Hexenprozesse den Rechten gemäß behutsam führen muss, werde ich wohl mit in den Tod nehmen. Aber es reut mich nicht, dass ich Gottes Wahrheit etliche Male am helllichten Tag vor allen verkündet habe.«

Während er sprach, hatte sein Gesicht wie in der Kirche auf der Kanzel zu leuchten begonnen. Mehr noch: Aus Hochwürden strahlte der Herr, und Maria kniete ehrfürchtig vor ihm nieder. Voller Bewunderung hingen ihre Augen an seinen markanten Zügen, so als wollte sie sich diese für alle Ewigkeit einprägen. Zum ersten Mal fiel ihr auf, dass er warme braune Augen hatte.

»Vielleicht könnte mein Vater Euch helfen? Ich habe gehört, dass Eure Ehefrau Anna Elisabeth über keine baren Mittel verfügt.«

»Gott soll Euch Eure Güte belohnen, meine Tochter. Wenn meine Ehefrau und meine Kinder unter dem Schutz Eures Vaters stehen, kann ich beruhigt vor unseren Herrn treten. Und Euch wünsche ich einen guten Ehemann, mein Kind. Ich weiß doch, wie sehr Ihr Euch danach sehnt.« Mit Schaudern dachte er daran, was ihr bevorstehen würde, fände sie in Lemgo keinen Gatten.

»Ich bin eine besagte Hexe, Hochwürden.« Verlegen wich Maria seinem Blick aus. »Mich wird niemand heiraten.«

»Euer Ehemann wird kommen, glaubt nur fest daran, mein Kind. Eines Tages wird er vor Euch stehen. Wild und stark wie Euer Meister David und mutig und gütig wie Euer Beichtvater!«

Trotz der traurigen Umstände musste Maria lächeln. »Ich bin zu Euch gekommen, Hochwürden, um Euch in Eurem Unglück beizustehen. Jetzt aber seid Ihr es, der mich aufheitert. Ich weiß, was Ihr mir sagen wollt, und mir ist bewusst, dass eine Frau ohne männlichen Schutz in Lemgo zum Tod auf dem Scheiterhaufen verurteilt ist. Meiner Großmutter blieb dieses Los nicht erspart. Ebenso wenig der Witwe Böndel.«

Die Eisen klirrten, als Andreas mühsam die Arme hob und ihr Gesicht vorsichtig in seine Hände nahm. Ein Schlüssel wurde in die Tür gesteckt.

»Manches Mal, wenn ich Euer schönes Gesicht sehen durfte, habe ich bereut, nicht mehr so jung zu sein, um Euch, meine Tochter, zu freien. Euer Liebreiz hat Gefühle in mir geweckt, die, Gott möge mir verzeihen, mehr in mir wachriefen, als mir als Ehemann und Geistlichem erlaubt ist. Auch deshalb glaube ich fest daran, dass die Liebe zweier so widersprüchlicher Männer wie David und mir zu Euch sich eines Tages gewiss in einem Einzigen vereinen wird, der Euch fürderhin ein Leben lang beschützen und lieben wird.«

Der Wärter stand mit grimmigem Gesicht in der Tür und klapperte ungeduldig mit dem Schlüsselbund. »Ihr müsst das Verlies verlassen, Jungfer«, drängte er. »Gleich erscheint der hohe Herr, Hochwürden Magister Kemper, um nach dem Gefangenen zu sehen.«

»Magister Kemper?« Fragend schaute sie von dem Wärter zu dem Prediger.

Andreas hob nichts ahnend die Schultern. »Er ist zwar mein Schwager und auch Pastor, aber er besucht mich ganz gewiss nicht, um mir zu helfen. Er ist der Meinung, dass ich unserer Gemeinde kein Seelenhirte, sondern ein Wolf gewesen bin, und hält mich für schuldig.«

Maria seufzte und reichte Hochwürden zum Abschied die Hände. Als er sie ergriff und leidenschaftlich an seine Lippen führte, versuchte sie sich jeden Zug seines Gesichtes einzuprägen. Dann wandte sie sich ab, um ihn die Tränen, die ihr nun haltlos über die Wangen liefen, nicht sehen zu lassen, und ging schnellen Schrittes zur Tür. Ihre Schultern zuckten, und sie wandte sich nicht mehr um. Als die Tür hinter ihr ins Schloss fiel, hörte sie ihn leise beten.

»Hilfe! Oh, Heiliger Vater im Himmel, hilf ihm!«

»Maria, um Gottes willen, was ist mit dir?« Verschlafen beugte sich Margaretha über die schreiende Schwester und tupfte ihr mit einem Taschentuch den Schweiß von der Stirn. Durch die Berührung kam Maria wieder zu sich. Erschrocken richtete sie sich auf und schob das Federbett beiseite. Einen Moment lang schien sie noch gegen den Schlaf zu kämpfen, dann schaute sie hellwach geradewegs in Margarethas müde Augen.

»Du hast geträumt, Schwester, ruh noch einen Moment. Gleich müssen wir sowieso mit der Mutter in die Waschstube.« Margaretha kuschelte sich zurück auf ihre Bettseite. Sie wollte die letzten Minuten Schlaf noch auskosten, bevor sie den Tag im Waschhaus zwischen kaltem Wasser, Lauge und Bergen von schmutziger Wäsche verbringen würde.

»Das war kein Traum, Margaretha. Ich habe Hochwürden und das Schwert des Scharfrichters über ihm gesehen«, stellte Maria fest und versuchte, sich zu erinnern.

»Und …?« Margaretha hob kurz den Kopf und ließ ihn dann ins Kissen zurückfallen. »Er wird einen Prozess bekommen und hingerichtet werden. Lass mich noch einen Moment schlafen, Maria.« Sie hatte noch nicht ganz fertig gesprochen, da drehte sie ihrer älteren Schwester schon wieder den Rücken zu. Aus der Diele unter ihnen erklang morgendlicher Lärm. Die Schweine quiekten, ein Hund bellte, und der Vater schimpfte mit einem Knecht.

In der Kammer war es noch dunkel, doch zu Maria kehrte der Schlaf nicht mehr zurück. Eine unbekannte Angst schnürte ihr die Kehle zu und hielt sie wach. Ungeduldig warf sie sich von einer Seite auf die andere und lauschte für eine geraume Weile Margarethas Schnarchgeräuschen.

Alsbald trieb sie die Unruhe wieder in eine sitzende Position, und sie begann sich zu kratzen. Als sie das quälende Gefühl Tausender Ameisen auf ihrer Haut nicht mehr aushielt, sprang sie aus dem Bett und lief barfuß zum Fenster, dessen Laden noch geschlossen war. Rasch öffnete sie den Riegel, und ein Schwall morgendlicher

Frühlingsluft strömte ihr entgegen. Es roch würzig nach frischem Heu und Pferdedung. Hinter den Hügeln leuchtete der Horizont blutrot und kündete vom Sonnenaufgang.

Sie nahm einen tiefen Atemzug, hob die Brust, dann hielt sie mit einem Mal mitten in der Bewegung inne und krümmte sich. Wie das Schwert des Henkers durchzuckte ein messerscharfer Schmerz ihren Körper. Erschrocken griff sie sich an den Kopf, wo der Schmerz am stärksten war. In grenzenloser Angst schrie sie nach dem Vater und stürzte halb besinnungslos die Treppe hinab, geradewegs in seine Arme.

»Kind, in Gottes Namen, was ist mit dir?« Cordt hatte am Sudkessel gestanden und Malzzucker zubereitet. Gerade wollte er dem Biersud Hefezellen zusetzen, als Maria – nur mit einem Hemd bekleidet und leichenblass – auf der Treppe erschien. Blitzschnell, das Nudelholz in der einen Hand und einen Krug in der anderen, stürzte er ihr entgegen.

»Sie haben ihn hingerichtet, Vater«, schluchzte sie hilflos in seinen Armen.

Tröstend strich er über ihr seidiges Haar. »Du hast ein sensibles Gemüt, mein Kind. Ich wollte dich mit der Todesnachricht verschonen, doch eure Seelen scheinen enger miteinander verwandt gewesen zu sein, als ich dachte. Also hat Gott dir bereits just in dem Moment ein Zeichen gegeben und dich den Schmerz spüren lassen, als Meister David ihm heute, in aller Frühe, den Kopf vom Genick trennte.«

»Hat er sehr gelitten, Vater?« Maria schniefte laut.

Cordt überlegte. Er wollte ihr nicht stärker wehtun als unbedingt nötig. »Da, wo Hochwürden jetzt ist, meine Tochter, hat sein Leiden ein Ende. Um ihn zu demütigen, haben ihn die Herren entgegen allen Regeln heimlich im Morgengrauen am Samstag vor Pfingsten ohne ein Glockenläuten unter dem Regenstor hingerichtet. Sie sind nicht gut mit ihm verfahren. Hochwürden konnte kaum noch gehen. Stumm soll er Meister David die linke Hand zum Gruß gereicht haben, weil er die Rechte nicht mehr gebrauchen konnte. Seine gräfliche Hoheit zu Lippe hat ihn zum Schwert begnadigt. Anschließend wurde sein Körper verbrannt und in alle Winde verstreut.«

Caspar

»maleficae et magae«

»Maariiaa!«, schallte Margarethas Stimme durch das Haus.

Elisabeth, die Tochter des wohlhabenden Ratsherrn Rullmann, drehte sich vor dem Spiegel und hob gereizt die Augenbrauen. »Was will deine Schwester nur so Dringendes von dir, dass sie uns nun schon zum zweiten Mal stört?«

»Ich werde wohl nach ihr sehen müssen«, murmelte Maria mit der Nadel zwischen den Zähnen. Sie hatte gerade mit letzten Handgriffen die fünf Ellen Seide des weißen Hochzeitskleides an der Braut so zu raffen versucht, dass sie der Trägerin eine gesunde bürgerliche Üppigkeit verliehen.

Elisabeth rauschte zur Tür und horchte. Als es ruhig blieb, griff sie in das kleine Handtäschchen aus reicher Goldspitze.

»Dein Bruder hat mir einen goldenen Saphirring geschenkt. Sieh her, Maria!« Verschwörerisch lächelte sie ihr zu und öffnete kichernd ein silbernes Kästchen, in dem auf rotem Samt das Hochzeitsgeschenk lag: ein kleiner glänzender Ring mit einem glitzernden Stein.

»Er ist wunderschön«, stellte Maria fest und fuhr mit dem Finger verträumt über den Stein. »Wäre ich nicht deine Brautjungfer, so würde ich dir das Geschenk neiden. Mein Bruder weiß, was seiner Braut gefällt.«

»Du wirst morgen Nacht meinen Schleier abtanzen und dann im nächsten Jahr eine glückliche Braut sein.«

»Ach, Elisabeth …« Maria seufzte. »Ich zähle fast schon dreißig Jahr. Nun kommt ganz sicher mehr kein Mann, um mich zu freien.«

»Du wirst sehen, Maria, der Schleier hat noch immer Wunder bewirkt. Er wird dich nicht im Stich lassen«, versuchte die junge Elisabeth sie aufzumuntern und drehte sich aufreizend vor ihr um.

»Zerdrück das Kleid nur nicht«, ermahnte Maria sie und winkte der Magd, damit sie Elisabeth beim Ausziehen behilflich sei. Marias Meinung nach hätte Caspar keine bessere Braut freien können. Elisabeth war eine sanfte Schönheit mit kleinen Grübchen in den Wangen und einem lustigen Lachen im Gesicht. Ein wenig wehmütig dachte sie daran, was sie durch den Weggang des Bruders alles verlieren würde, als abermals laut durch das Haus geschrien wurde: »Maariiaa!«

Im nächsten Moment wurde es laut vor der Tür. Die Knechte und Mägde liefen aufgeregt durcheinander, und irgendjemand brüllte: »Einen Chirurgus! Schnell!«

Maria wurde blass und blickte verstört zu Elisabeth und den beiden Mägden, die der Braut gerade das seidene Oberteil abgenommen hatten. Elisabeth stand nur noch im engen Mieder und dem reich mit Rüschen verzierten Seidenrock vor ihr.

»Hier, zieh dein Kleid über!« Maria warf ihr das geblümte Leinenkleid zu, das sie zuvor getragen hatte. »Ich ändere dein Hochzeitskleid später, jetzt muss ich nachsehen, ob meine Hilfe im Haus gebraucht wird!« Sie ahnte nichts Gutes.

»Warte, ich begleite dich!« Schnell schlüpfte Elisabeth in das Alltagsgewand und folgte Maria in die Diele. Sie trug noch die zierlichen Hochzeitsschuhe, als sie hinter ihrer zukünftigen Schwägerin herstürmte und in der Diele auf die aufgelöste Margaretha traf. Zusammengesunken saß sie neben dem Kamin, heulte wie ein eingesperrter Köter, raufte sich wild die langen Haare und stieß lauthals Verwünschungen aus.

»Margaretha …?« Maria ging besorgt neben ihr in die Knie und zog sie ängstlich an ihre Brust, während sie ihr das aus dem Knoten gelöste Haar aus dem Gesicht strich. »Was ist geschehen?« Die allgemeine Freude auf die bevorstehende Vermählung, die eben noch das Haus beherrscht hatte, war wie weggeblasen. Mit einem Kloß im Hals blickte Maria der Magd nach, die mit einem Bottich Wasser hastig zum Hinterhaus an ihr vorbeilief.

»Caspar …«, schluchzte Margaretha und verbarg ihren Kopf zitternd an Marias Schulter. »Oh, Maria, unser Bruder stirbt! Welch böser Zauber!«

»Caspar, mein Liebster …?«, schrie hinter ihr Elisabeth auf.

Maria hatte sie in der Aufregung ganz vergessen, doch ihr Aufschrei ließ sie erschrocken herumfahren. Elisabeths Gesicht war blutleer. Mit weit aufgerissenen Augen versuchte sie, das Gehörte zu verarbeiten. Plötzlich, ehe Maria hilfreich zupacken konnte, stürzte sie ohnmächtig neben Margaretha zu Boden.

Fassungslos blickte Maria auf Elisabeth und schob Margaretha dann energisch von sich. Noch vermochte sie sich die Aufregung im Haus nicht recht zu erklären, zumal Margaretha in ungereimten Worten gesprochen hatte.

»Kümmere dich um sie!«, herrschte sie die Schwester an und rüttelte Elisabeth an den Schultern, bis sie wieder zu sich kam. Dann lief Maria entschlossen zum Hinterhaus, wo sich Caspars Barbierstube befand.

Sie musste zuerst die Hühner verscheuchen, bevor sie die Tür öffnen konnte und mit klopfendem Herzen eintrat. Dann erfasste sie mit einem einzigen Blick die Situation und stürzte zu ihrem Bruder, der mit steifen Gliedern auf dem Bett lag und sich bei ihrem Erscheinen in unkontrollierten Zuckungen erging.

»Caspar! In Gottes Namen!«

Er drehte ihr das Gesicht zu, keuchte, atmete qualvoll und schnell. »Ma...ria ...! Dem Herrgott sei Dank!«

Erst jetzt nahm sie im schummrigen Licht die Mutter und den Vater neben dem gräflichen Leibarzt wahr. Auf ihrem Weg zum Hinterhaus hatte sie im Zwischenhof seine Kutsche passiert.

»Bring mir etwas Milch mit Hirtentäschelkraut und etwas Aconitin vom Eisenhut. Aber nur wenig Ei...senhut ...«, krächzte er. »Gegen die Leibschmerzen, die Nervenschmerzen und das Maaa...« Röchelnd bäumte er sich auf und erbrach sich unter erneuten Krämpfen.

Die Mutter trat rasch hinzu und hielt seinen Kopf über die Bettkante. Mit vornübergeneigtem Oberkörper spuckte er mit Blut vermengten Speisebrei in einen Bottich auf dem Boden. Der Leibarzt fühlte Caspars Puls, während Maria sich beeilte, den Anweisungen ihres Bruders Folge zu leisten. Sie wusste, dass er nur ihr vertraute. Seit Jahren ging sie ihm jetzt schon zur Hand und kannte sich mit fast allen Heilkräutern aus. Da er nach dem Hirtentäschelkraut verlangt hatte, ahnte sie, dass er an heftigen Leibschmerzen und Magenbluten litt. Die von den Nerven ausgehenden Krämpfe, gegen die der Eisenhut helfen sollte, wiesen auf eine Infektion hin.

Rasch nahm Maria den Mörser zur Hand und zerkleinerte die Kräuter, die sie anschließend mit lauwarmer Milch in einem Krug vermengte. Während sie die Mischung umrührte, liefen ihr die Tränen über die Wangen. Sie betete zu Gott. »Verschone ihn vor dem Bauchtyphus und der Pestilenz.«

»Was mischt Ihr da zusammen, Jungfer?«

Der Leibarzt war hinter sie getreten und blickte ihr über die Schulter. Mit seiner langen braunen Perücke kitzelte er sie im Nacken.

»Ich mische die Kräuter, wie es mir mein Bruder aufgetragen hat.«

»Euer Bruder spricht im Fieber. Als sein Chirurgus habe ich bereits alles getan, um seine Schmerzen zu lindern. Alles Weitere liegt nun in Gottes Hand. Ihr solltet wissen, Jungfer, dass auch Ihr nichts mehr für ihn tun könnt. Euer Bruder Caspar ist vergiftet worden.«

Überrascht hob sie den Kopf. Der Leibarzt beugte sich tief über die getrockneten Kräuter, roch an ihnen und betrachtete sie eingehend, um ihre Qualität festzustellen. Dazu benutzte er ein wohlgeschliffenes Vergrößerungsglas, das er anschließend wieder im Rock verschwinden ließ.

»Ihr möget ein erfahrener Chirurgus sein, hoher Herr, doch die Anweisungen meines Bruders waren sehr präzise. Ich muss sie befolgen. Er vertraut mir.«

»Wenn er stirbt, wird man Euch dafür verantwortlich machen. Seid Ihr Euch dessen bewusst, Maria Rampendahl? Ich hörte davon, dass Ihr über Hexenkünste verfügt und der Zauberei mächtig seid.«

»Papperlapapp! Das sind nur Gerüchte. Wäre ich eine Hexe, würde ich meinem Bruder die Krankheit weghexen, schließlich ist morgen der wichtigste Tag in seinem Leben. Glaubt Ihr etwa, ich würde zusehen, wie er sich vor Schmerzen windet? Ich stehe tief in Caspars Schuld. Bei ihm habe ich die Kunst der Medizin erlernt. Er hat mich in die Kräuterkunde eingeführt und mich gelehrt, wie man Wunden versorgt und Brüche heilt.«

»Wenn es so ist, bin ich hier offensichtlich überflüssig.« Der Leibarzt lächelte gekränkt und zog sich mit einer leichten Verbeugung zurück.

Als sie mit dem Krug Milch zurück ans Bett trat, kniete Elisabeth vor Caspar und küsste inbrünstig seine schlaffen Hände. Die Mutter stand daneben und betete leise, der Vater stützte Caspar im Rücken, damit der Leibarzt seine Herztöne hören konnte. Seine blauen Augen schienen bereits gebrochen und blickten ins Leere.

Rasch schob ihm Maria den Löffel mit der Medizin zwischen die schwärzlich verfärbten Lippen. »Bitte, Caspar, kämpfe! Schluck die Medizin«, forderte sie ihn flehentlich auf.

Mühsam unternahm er den schwachen Versuch, ihrer Aufforderung nachzukommen, verschluckte sich aber, was wiederum heftige Krämpfe in ihm auslöste. Sein schweißnasser Körper verbog sich so stark nach hinten, dass die mit Blut vermischte Milch ihm links und rechts an den Mundwinkeln wieder herauslief. Röchelnd sank er in die Kissen zurück und blieb verdreht liegen.

Eine ganze Weile herrschte Stille in der Kammer, die nur durch Elisabeths leises Schluchzen und die Gebete der Mutter durchdrungen wurde. In diesem Moment trat Henrich Rullmann unter einer pelzverbrämten Schaube mit dem Prediger von St. Marien durch die Tür und bekreuzigte sich. Zwei Mägde und die Knechte folgten ihnen, und auch Margaretha drängte mit stark verweintem Gesicht durch die Tür. Die Frau in dem schwarzen Umhang, die als Letzte die Kammer betrat und unauffällig neben der Tür stehen blieb, beachtete niemand.

Verzweifelt schaute Maria von der Milch in ihren Händen zu Caspar. Er wirkte jetzt seltsam friedlich. Ängstlich beugte sie sich über ihn und berührte mit ihrer Wange seine Lippen, um zu spüren, ob er noch atmete. Da hob er noch einmal die Lider und schaute ihr mit klarem Blick in das Gesicht.

»Caspar …?« Von neuer Hoffnung erfüllt, strich sie ihm über das nasse Haar und benetzte seine Lippen mit Wasser. Als er sie bewegte, rückte sie näher an ihn heran, um ihn besser verstehen zu können.

»Maria«, hauchte er, »du warst mir von allen die Liebste. Die Medizin … Ich kann sie nicht mehr zu mir nehmen, und sie würde mir auch nicht mehr helfen. In meinen Gebeinen ist es bereits eisig kalt. Es wird so dunkel um mich herum. Das kann nur der Tod sein.«

»Caspar, du machst Scherze.« Verzweifelt kämpfte Maria mit den Tränen. »Du willst doch morgen mit deiner Braut vor den Altar treten.«

»Ich scherze nicht, Schwester. Gleich werde ich vor unseren Herrgott treten. Ich spüre es. Dabei hätte ich so gern noch deine Hochzeit miterlebt …« Er röchelte. Als sich eine Blase aus Blut und Schleim auf seinen Lippen bildete, tupfte sie ihm das Sekret fort.

»Lass dich nicht unterkrie...gen. Du bist keine Hexe, Schwester. Ich werde den Herrgott ... um einen braven Ehemann für dich bitten. Die Barbierstube ... sie gehört dir und ihm ...« Dann wurden seine Worte unklar. Maria konnte nur noch Bruchteile verstehen. »Di...ie Viereg...gge, das Luder, ha...at ...« Dann wurde sie plötzlich heftig von ihm weggezogen.

Erschrocken blickte sie auf den Bruder, der sich mit letzter Kraft aufbäumte und gegen den Tod ankämpfte. Mit weit aufgerissenen Augen blickte er zur Tür. »Daaa!« Seine Hand hob sich und wies anklagend ins Leere. Ein Schwall schwarzen Blutes quoll aus seinem geöffneten Mund, dann fiel er kraftlos zurück in die Kissen.

Nachdem der Leibarzt den Tod bestätigt hatte, trat der Prediger an das Bett, faltete Caspars Hände über einem Kruzifix und wickelte ihm die Gebetsschnur um die Knöchel. Die Mutter erhob sich schweigend und zündete leise betend ringsherum Talglichter an, bevor sie ein schwarzes Tuch vor den Spiegel hängte. Der Prediger sprach am Kopfende für alle Anwesenden laut das Vaterunser. Er beendete das Gebet mit den Worten: »Heute, am zweiten Samstag im Juni 1673, verstarb Caspar Rampendahl einen Tag vor seiner Vermählung mit Elisabeth Rullmann.«

Elisabeth schluchzte laut auf, und Margaretha warf sich schreiend über Caspars toten Körper. Plötzlich hob Elisabeth das verheulte Gesicht und schaute einen Moment wie abwesend und mit einem seltsam verklärten, fast irren Blick von einem zum anderen. Dann sprang sie auf und rannte kreischend auf Rullmann zu.

»Vater, so tu doch etwas! Du bist doch Ratsherr«, keuchte sie und trommelte verzweifelt gegen seine Brust, sodass er Mühe hatte, die Tochter zu bändigen. »Die Maria und ihre Mutter haben ihn vergiftet. Da, die Hexe hält den Krug mit der tödlichen Milch ja noch in den Händen!«

Rullmann wurde um eine Nuance blasser. Verlegen lüftete er die Hutkrempe und tupfte sich mit einem Seidentuch den Schweiß von der Stirn. »Beruhige dich, mein Kind. Du weißt doch überhaupt nicht, was du da behauptest.«

Catharina Rampendahl war gleichfalls blass geworden und hatte sich in Cordts Arme geflüchtet. »Überlege dir, was du sagst, Hure!«, brüllte sie mit vor Enttäuschung und Schmerz verzerrten Zügen.

»Im Angesicht des Todes missachtest du so unsere Gastfreundschaft? Dass du dich nicht schämst!«

Doch Rullmanns Tochter ließ sich nicht einschüchtern. Durch den Tod des Liebsten gleichermaßen um den Verlust der vorteilhaften Verbindung gebracht, gebärdete sie sich wie von Sinnen. »Sie haben beide nach dem Gelde geschnappt und in die Heirat nicht willigen wollen!«, brüllte sie zurück und wies anklagend mit dem Finger auf Maria.

Diese hatte sich bisher stillschweigend ihrem Schmerz hingegeben. Die feuchte Stirn an die erkaltenden Hände des Bruders gepresst, hatte sie das Geschrei teilnahmslos über sich ergehen lassen. Erst bei Elisabeths letzten Worten hob sie entrüstet den Kopf. »Ich verstehe deinen Schmerz«, entgegnete sie ruhiger, als sie es beabsichtigte, »doch du hast mit eigenen Augen gesehen, dass er die Milch nicht getrunken hat. Zudem habe ich mich auf eure Hochzeit gefreut, das weißt du nur zu gut. Warum also beschuldigst du Mutter und mich?«

»Weil ich die Wahrheit sage und du eine elende Hexe bist. Ist es nicht so, dass sich dein Erbteil durch den Tod deines noch unverheirateten Bruders um ein Vielfaches vergrößert?« Doch Marias abwartendes Verhalten strafte ihre Behauptung Lügen, und sie wand sich, unsicher geworden, unter ihrem erstaunten Blick. Vielleicht begriff sie in diesem Moment auch, was sie mit ihrer Anschuldigung anrichtete, und suchte beim Vater um Verständnis. Doch Rullmann nickte nur kurz und verließ wortlos den Raum. Seine überraschte Tochter zog er mit zur Tür hinaus.

In ihrem blinden Schmerz hatte Elisabeth beim Herausgehen versehentlich die Gestalt in der Tür berührt und ihr die Kapuze heruntergestreift. Einen Moment verharrten Vater und Tochter erstaunt, dann begaben sie sich rasch zu dem Gespann, das im Hof bereitstand. Als die Räder quietschend anrollten, hörte Maria Elisabeth aus dem Kutschenfenster lauthals schreien: »Das werde ich dir nie vergessen, du Hexe! Du hast mir aus Habgier meinen Ehemann genommen!«

Die verhüllte Frau hatte den Augenblick genutzt und war ihnen unbemerkt gefolgt, doch Maria hatte erkannt, wer sich unter dem Umhang verbarg. »Warte, du Luder!«, rief sie und setzte der flüchtenden Gestalt nach. Am Eingangstor stellte sie sich ihr heftig atmend in den Weg. »Was wolltest du bei meinem Bruder, Maria Vieregge?«

Die Knochenhauertochter war stehen geblieben und blickte Maria höhnisch in die Augen. Das schwarze Haar und den Rest ihrer hageren Schönheit hatte sie bereits wieder unter der Kapuze versteckt. Sie grinste. »Was regst du dich auf, Maria? Ich hätte weitaus größere Rechte, als lediglich von der Tür aus im Verborgenen meinen Liebsten sterben zu sehen, den du vergiftet hast, weil du nach immer größerem Reichtum gierst. Aber dein werter Herr Bruder war auch nicht besser. Herumgehurt hat er und mit Medikamenten gehandelt. Mich hat er entehrt, um mich dann wegen einer Ratsherrentochter fallen zu lassen. Ich war ihm nicht gut genug, doch nun hat Gott meine Gebete erhört!«

Maria durchzuckte ein furchtbarer Gedanke. »Hast du ihn vergiftet?«

Die Knochenhauertochter begann lauthals zu lachen, bevor sie todernst wurde. Böse funkelte sie Maria an. »Weißt du noch, Maria, als du dich mit falscher Freundlichkeit in unser Haus eingeschlichen hast? Als du die Milch mit Wurmkraut vergiftet hast, die ich meinem Bruder Johann nach dem Angeln zu trinken gab, ohne zu ahnen, welcher Hexe ich vertraute?«

»Aber das war doch nur harmloser Schachtelhalm, den ich in Milch aufgelöst hatte. Dein Bruder Johann hatte sich beim Angeln eine Blasenentzündung zugezogen, und du hattest mich um Hilfe gebeten. Warum lugst du jetzt?«

»Weil du seit der Hinrichtung des Schulmeisters Beschoren auf Rache sinnst und mir meinen Bruder genommen hast – so wie ich dir nun den deinen. Aber du wirst mir nichts beweisen können, denn du bist die stadtbekannte Hexe, nicht ich!«

Wie zur Bestätigung ihrer Worte begann sie sich über sie lustig zu machen. Sie lachte und kicherte, raffte die Röcke und drehte sich wie ein Kreisel schneller und schneller. Während sie immer wilder stampfte, hob sie beschwörend die Arme zum Himmel. Strähnen begannen sich aus dem Haarknoten zu lösen und fielen ihr wild in das glühende Gesicht. Sie sah unheimlich aus. »Kommt dir das bekannt vor, Maria Rampendahl?«, kicherte sie.

Maria spürte die Herausforderung. Sicher wäre es leicht gewesen, mit Hilfe der Knechte das Knochenhauerluder von der Diele zu werfen, doch der Schmerz um Caspar saß zu tief. Sie griff nach einer Heugabel. »Verschwinde und lass dich hier nie wieder blicken«, befahl sie. »Das nächste Mal lass ich dir von den Knechten das Fell gerben, Hure!«

Wütend drängte sie die Knochenhauertochter zum Ausgang, schob sie mit bemerkenswerter Kraft über die Schwelle und knallte die schwere Tür entschlossen hinter ihr zu.

Der Barbier aus Varel

Ein haar so kühlich trotz der Berenice spricht /
Ein mund / der rosen führt und perlen in sich heget /
Ein zünglein / so ein gifft vor tausend hertzen träget /
Zwo brüste / wo rubin durch alabaster bricht /
Ein hals / der schwanen-schnee weit weit zurücke sticht
Zwey wangen / wo die pracht der Flora sich beweget /
Ein blick / der blitze führt und männer niederleget /
Zwey armen / derer krafft offt leuen hingericht /
Ein hertz / aus welchem nichts als mein verderben quillet /
Ein wort / so himmlisch ist / und mich verdammen kan /
Zwey hände / derer grimm mich in den bann gethan /
Und durch ein süssen gifft die seele selbst umhüllet /
Ein zierrath / wie es scheint / im paradieß gemacht /
Hat mich um meinen witz und meine freyheit bracht.

(Christian Hofmann von Hofmannswaldau:
Beschreibung vollkommener Schönheit)

An einem schwülwarmen Augusttag 1675 näherten sich zwei junge Wandergesellen aus der oldenburgischen Unterherrschaft Varel der Lemgoer Landwehr an der Ostseite des Rieper Berges. Es war später Vormittag, und wo eben noch die Strahlen der Sonne unbarmherzig vom Himmel gebrannt hatten, zogen nun in rascher Folge drohend dunkle Wolken. Die Männer blieben stehen, um kurz zu verschnaufen, dann wies die Hand des dreißigjährigen Hermann Hermessen zum Himmel, wo in einiger Entfernung bereits die ersten Blitze zuckten.

»Es wird ein Unwetter geben«, stellte er fest, während sein drei Jahre jüngerer Bruder Anton Günther den Tornister nach etwas Essbarem durchsuchte. Die letzten einhundert Meilen waren sie ausschließlich zu Fuß marschiert, sie waren müde und zerschlagen. Eine letzte warme Mahlzeit hatten sie auf ihrer langen Wanderschaft in einer Herberge in Osnabrück eingenommen, jetzt knurrte ihnen wieder der Magen, und sie verspürten nur noch den Wunsch, vor Ausbruch des nahenden Unwetters ein Quartier zu finden, in dem es reichlich Brot und gutes Bier gab. Die Wege durch das Weserbergland waren beschwerlich gewesen, ein Umstand, der nicht gerade zur Verbesserung ihrer Stimmung beigetragen hatte.

Hermann zog sich den Filzhut vom Kopf, um sich den Schweiß von der Stirn zu wischen, und richtete seinen scharfen Blick auf die grüne Hügelkette, die ihren Weg links und rechts säumte. »Hinter dem Hang links müsste die Hansestadt Lemgo liegen. Dort bekommen wir sicher etwas zu essen.« Er schritt Anton voran, der ihm erschöpft den Hang hinauf folgte. Sein Gang war jetzt zielstrebiger, und seine Gesichtszüge verrieten die Vorfreude auf einen herzhaften Happen und einen guten Tropfen.

Mühevoll erklommen sie den Berg. Auf dessen Gipfel reichte Hermann dem Jüngeren helfend die Hand und zog ihn neben sich. Unter ihnen lag Lemgo. Erfreut wies Hermann auf die Stadtmauer mit ihren unverwechselbaren Türmen. »Bis zu einem der Stadttürme haben wir noch gut zehn Meilen Fußmarsch vor uns.«

»Doch wie es scheint, erwartet uns dort nichts Gutes. Wir täten besser daran, die Stadt nicht zu betreten. Sieh mal dorthin«, bemerkte Anton. Keuchend stand er neben dem Bruder und stützte sich auf den Wanderstock, während er, die Hand schützend vor den Augen, gen Osten deutete. Außerhalb der Stadtmauern erhob sich auf dem Holster Berge ein riesiger Galgen, das als »ius gladii« bekannte, abschreckende Wahrzeichen von Lemgo.

»Ach, wir sind nur Wandergesellen und redliche Leute, man wird uns schon gebührend empfangen«, antwortete Hermann. Sein Interesse galt eher dem Grabensystem der Landwehr, welches die Feldmark vom Wald trennte und die Stadt als Grenze zwischen Osten und Westen schützte.

»Um den Turmhof noch rechtzeitig vor Ausbruch des Unwetters zu erreichen, dürfen wir nicht länger verweilen.« Aus den Augenwinkeln verfolgte er sehnsüchtig den Flug des Habichts, der über ihren Köpfen majestätisch seine Kreise zog. Wie eine stolze Fregatte mit geblähten Segeln trotzte der Vogel jeder Windböe.

»Fliegen müssten wir können«, seufzte Hermann und boxte gleich darauf den Bruder freudig in die Seite. »Du wirst sehen, in dieser Stadt werden wir unser Glück machen. Komm, Bruderherz, die letzten paar Schritte schaffen wir auch noch!« Von der Aussicht auf ein baldiges Quartier beflügelt, schritt er schwungvoll den Hang auf der anderen Seite des Berges wieder hinab. Anton folgte ihm strauchelnd.

»Unser Weg führt durch Flussläufe und unwegsames Sumpfgebiet. Hast du dir das auch gut überlegt?« Gegen das flaue Gefühl in der Magengrube schob er sich die Wurzel einer Kuhblume zwischen die Zähne und kaute verdrießlich darauf herum.

Hermann lachte. »Wenn Gott, der Allmächtige, dich nicht vor den Sümpfen und Flüssen schützt, so wird dich zumindest doch mein Arm sicher vorm Ertrinken bewahren.«

»Spotte nur, Bruder«, antwortete Anton und spie den gallebitteren Saft angeekelt wieder aus, »Gott vergelte es dir. Wenn wir nur bald etwas zu essen bekommen.«

Dornensträucher, mannshohe Hecken und verstreute Äste erschwerten den Abstieg, und ihre Füße gerieten ein ums andere Mal ins Rutschen. Seit dem gemeinsamen Aufbruch aus Bremen hatte es nie eine Unstimmigkeit zwischen den Brüdern gegeben. Nun aber legte sich zum ersten Mal ein dunkler Zug auf Antons Gesicht, und sein Unmut über das unwegsame Land und einen quer liegenden Baumstamm entlud sich hinter Hermanns Rücken in heftigsten Flüchen. Zu spät hatte er das Hindernis bemerkt und sich schmerzhaft den großen Zeh gestoßen. Nun saß er am Wegesrand und massierte den Fuß. »Zum Schluss dieser Reise werde ich noch mein eigener Wundarzt sein und mich selbst kurieren müssen«, knurrte er Hermann an und wies auf den Zeh, der innerhalb von Sekunden zu einer reifen Feige erblüht war.

Hermann bückte sich zu ihm, besah sich den Zeh und bog ihn mehrmals vor und zurück. »Der Knochen ist nicht entzwei«, stellte er gelassen fest und begann im Beutel zwischen chirurgischen Instrumenten, Schermessern und Salben nach einem Kraut zu suchen, welches ihm für ein schmerzlinderndes Pflaster geeignet schien. Als er gefunden hatte, wonach er suchte, reichte er Anton den kleinen Strauß.

»Lege ihn auf die Schwellung, feuchte ihn etwas mit Wasser an und stopfe dir danach die Stiefelspitze gut aus. Das alles wird dem Zeh Linderung bringen.« Es waren mehrere Stängel eines Krautes mit kleinen gelben Früchten, die in ihrer Form an Arnika erinnerten und gut bei äußeren Verletzungen waren. Der schmerzende Zeh quittierte die Wirkung sogleich mit einem angenehmen Kribbeln.

Anton hatte das Kraut wie ein Fußtuch um Zeh und Ballen gewickelt und den Fuß dann vorsichtig, wie in einen Trichter, in den Stiefel zurückgeschoben. Als er sich seufzend erhob, begegnete er Hermanns kritischem Blick. »Bei allen Heiligen«, sagte er schon wieder etwas besser gestimmt, »damit werde ich dir bald wie ein Hase davonlaufen.«

Eine Zeit lang watschelte Anton mit vor Schmerz verzerrten Zügen hinter Hermann her, immer darauf bedacht, den Druck auf den Ballen zu verlagern und nicht auf den großen Zeh. Doch je näher sie ihrem Ziel kamen, umso mehr trat der Schmerz in den Hintergrund. Stattdessen ertappte er sich dabei, wie er sich mehrmals heimlich umsah und bei unvorhersehbaren Geräuschen erschrocken zusammenfuhr. Verstohlen musterte er die Wipfel der Baumkronen, die sich ihm ächzend entgegenbogen, und so manches Mal griff seine Hand unvermutet zum Gürtel, in dem ein langes Messer steckte.

Obwohl er gut damit umzugehen verstand, hoffte er nicht, es benutzen zu müssen. Die Zeiten auf Wanderschaft waren unruhig und oftmals gefährlich, doch es war nicht die Furcht vor Wegelagerern, die ihn jetzt verunsicherte. So manches Mal hatten ihn schon seine Sinne genarrt, und er hatte zwischen dahinjagenden Wolken und gespenstischem Wetterleuchten plötzlich seelenlose Körper gewähnt, die mit wehenden Haaren auf schwarzen Ziegenböcken dahergeritten kamen.

Anfangs hatte er die Bilder für Hungervisionen gehalten und einfach die Augen geschlossen, wenn die Auswüchse seiner Phantasie es zu arg mit ihm trieben. Doch immer noch klangen ihm die Worte des Barbiers Heinrich Glebe aus Bremen in den Ohren, bei dem er bis zum vorigen Jahr die Barbierkunst erlernt und der ihnen bei ihrem Aufbruch eine ernst zu nehmende Warnung mit auf den Weg gegeben hatte: »Wenn Euch Euer Weg nach Lemgo ins Westfälische führt, dann habt acht und geht einen Bogen um die Stadt! Hexen und Zauberer treiben dort ihr höllisches Unwesen. Vom Hohen Rat und ihrem Bürgermeister berichtet man, dass sie mit dem Leibhaftigen persönlich im Bunde stehen. In der Stadt herrschen Willkür und Korruption, es gibt Hinrichtungen in Massen. Schnell läuft da auch ein armer Wandergeselle in sein Verderben!«

Doch Hermann setzte jetzt all seine Hoffnungen auf die alte Hansestadt, und Anton hatte nicht vor, ihm diesen Traum zu zerstören. Er blieb ihm dicht auf den Fersen und überlegte, ob den Bruder wohl die gleichen Gedanken quälten.

Aber der seltsame Zauber schien bei ihm seine Wirkung zu verfehlen. Unbehelligt und leichtfüßig schritt Hermann voran. Das dunkle, im Nacken mit einer Spange zusammengehaltene Haar fiel keck unter dem breiten Hut hervor und reagierte auf jeden Schritt mit einem Wippen. Unter dem eng taillierten Wams zeichneten sich die Muskeln seines sehnigen Körpers ab.

Manchmal fragte sich Anton, ob ihr Äußeres nicht eher einer Laune der Natur entsprungen war. Im Gegensatz zu Hermann war er von kleiner und untersetzter Gestalt, und sein krauses, eckig gestutztes Haar leuchtete in einem auffälligen Rostbraun. Der Bruder hatte mit seinen grünen Augen, der gerade geschnittenen Nase, den markanten Wangenknochen und den wie bei einem Hengst geblähten Nasenflügeln in Varel jedes Weib betört, aber keines gefreit. Dass ihm die Frauen meist nur in Hermanns Gegenwart Beachtung schenkten, kränkte Anton oft, auch wenn sein Bruder ihn aufzumuntern versuchte und ihm immer wieder schmeichelte, er hätte einen schmalen, männlichen Mund und sinnliche Züge. Irgendwann würde auch er einer Frau begegnen, die seine Eigenschaften zu schätzen wüsste.

Am meisten bewunderte Anton an seinem Bruder die langen und schmalen Hände. Es waren die Hände eines Chirurgus', außerordentlich geschickt, sobald es sich um Operationen, Knochenbrüche oder Aussatz handelte.

Doch bevor Hermanns Hände heilend tätig werden konnten, stand ihnen beiden noch die Prüfung vor der wundärztlichen Zunft bevor. Dazu mussten sie den Nachweis erbringen, dass sie Fähigkeiten nicht nur im Haareschneiden und Bartscheren besaßen, sondern auch in der Lage waren, Geschwülste, Wunden, Beinbrüche und Verrenkungen zu heilen sowie Salben und Pflaster herzustellen. Zusätzlich sah die landesherrliche Verordnung vier beschwerliche Wanderjahre für sie vor. Erst danach würden sie den begehrten Meistertitel erhalten, der ihnen zugleich die Bürgerrechte sicherte.

Hinter einer Weggabelung wurde zwischen zwei Wallaufschüttungen die erste Wegsperre sichtbar. Die Wolken hatten sich weiterhin verdichtet und jagten in einer dunklen geballten Masse über ihre Köpfe hinweg, als sie den Schlagbaum an der Ostseite des Rieper

Berges passierten. Ein Blitz, der von grollendem Donner begleitet wurde, flammte am Himmel auf und verwandelte ihn in ein Meer aus bläulich gelbem Phosphor. Die kurze Helligkeit erleuchtete ihnen den Weg zu einer Anhöhe, hinter der sie das Kuppeldach des Gröchtenhofer Rundturmes erblickten.

»Jetzt haben wir es fast geschafft«, frohlockte Hermann. »Gleich befinden wir uns auf einer der wichtigsten Handelsstraßen in die Stadt.«

Kutschen und Wagenräder hatten in dem ausgetrockneten Lehmboden tiefe Spuren hinterlassen. Ein kräftiger, warmer Wind kam auf, der in die trockenen Blätter und Tannennadeln blies und sie aufwirbelte.

Hermann hielt sich den Hut schützend vor das Gesicht, und Anton verschwand bis zur Nasenspitze in seinem Überrock. Fast gleichzeitig rannten sie bis zum Turmgraben. Vom Laufen noch ganz außer Atem, begann Hermann am Grabenrand sogleich laut zu rufen: »Ist hier jemand, der uns Durchlass gewährt?« Als er sich schon anschickte, die Grachten nach einem Durchgang abzusuchen, erschien zur Antwort das bärtige Gesicht des Türmers im Turmfenster. Er hatte sie erspäht, und nachdem ihn die Antwort auf die brummige Frage: »Wer da und wohin?« zufriedengestellt hatte, ließ er die Holzbrücke hinunter.

Im Hof, geschützt vor dem aufkommenden Unwetter, zeigte sich der bewaffnete Mann gastfreundlicher und bewirtete sie in der Diele mit Brot, Käse und Bier. Als Hermann Hermessen nach dem üppigen Mahl sein Bündel schnürte und nach einer Herberge in der Stadt fragte, gemahnte der Türmer die Brüder, nicht weiterzugehen und das Unwetter besser hier auf seinem Hof abzuwarten.

»Böse Zauberer und Hexen treiben ihr Ungemach in der Feldmark. Schon manch frommen Mann hat auf seinem Weg der schwarze Kerl verführt und Unglück über ihn gebracht«, warnte er.

Die Furcht in seinen grauen Augen schien echt, doch Hermann drängte es nach einem Bad und Kurzweil in einer Herberge innerhalb der Stadtmauern. Sie verabschiedeten sich eilig und verließen den Gröchtenhof frisch gestärkt mit den frommen Wünschen des Hausherrn und einer genauen Wegbeschreibung zum östlichen Stadttor.

»Spürst du diese seltsame Ruhe auch?« Anton war unter dem Torbogen stehen geblieben und blickte erstaunt die ausgestorbene Gasse hinunter. »In einer Stadt wie Lemgo hätte ich mehr Frohsinn und Kurzweil erwartet.«

»Was verlangst du? Dass sämtliche Lemgoer Barbiere persönlich zu unserer Begrüßung erscheinen? Es wird die Ruhe vor dem Sturm sein, vor dem sich die Bürger in ihre Häuser zurückgezogen haben. Wir sind Fremde, niemand erwartet uns.«

Aufmunternd legte Hermann den Arm um die Schultern des Bruders und zog ihn rasch an den kleinen bäuerlichen Behausungen vorbei. Die schwüle Hitze zwischen den Häusern verbesserte Antons Stimmung nicht, zumal die Luft ein seltsamer Gestank durchzog. Der einsetzende Regen verstärkte als aufsteigender Dampf den süßlichen Geruch der städtischen Kloaken.

»Ich glaube, wir haben gerade die Abdeckerei des Scharfrichters hinter uns gelassen.« Anton hielt sich ein Leinentuch vor die Nase. »Ein schöner Empfang! Die Feldmark haben wir überstanden, ohne dem Teufel zu begegnen, und hier empfängt uns als Erstes sein Gestank!«

In diesem Augenblick kam ihnen eine Meute um ihr Leben rennender Hunde entgegen.

Unter lautem Geheul bogen sie in eine Seitengasse ein, während ein großer zotteliger Jagdhund sich hechelnd absetzte und mit weit ausholenden Sprüngen auf sie zugerannt kam. Seine Augen waren in maßloser Furcht geweitet, an seinen zitternden Flanken klebte Blut. Panisch schaute er sich nach seinen Verfolgern um, die nun mit erhobenen Knüppeln erschienen. Verzweifelt suchten seine Augen nach einem Fluchtweg, doch die näher kommenden Verfolger ließen ihm keine andere Chance, als seine Hoffnungen in die Fremden zu setzen. Flehentlich richtete er seinen gemarterten Blick auf die Brüder.

Plötzlich füllte sich die Gasse erneut mit Lärm und wilden Kerlen, die auf einen zurückgebliebenen Hund erbarmungslos einschlugen, bis er zuckend mit kaputtem Kreuz in seinem Blute liegen blieb. Bevor die Kerle die Meute weiterverfolgten, warfen sie den leblosen Körper unter kräftigen Zoten auf einen alten Karren.

Erstaunt über das seltsame Treiben, trat Hermann einen Schritt vor, um der hilflosen Kreatur seinen Schutz zu gewähren. Instinktiv fühlte Anton, dass die Luft nach Händel roch, und zückte seinen Wanderstab. Über Hermanns Züge huschte ein Lächeln. Wenn es darum ging, füreinander einzustehen, waren sie sich stets einig. Schulter an Schulter erwarteten sie die Kerle, während der Hund leise winselnd zu ihren Füßen kroch.

»Was erdreistet Ihr Euch? Der Köter gehört uns! Ich fordere Euch auf, ihn uns auszuhändigen.«

Vor ihnen stand ein riesiger Berg aus Muskeln mit dem Gebiss eines Pferdes, der drohend den Knüppel schwang. Hermann zuckte gelassen mit den Schultern: »Dann holt ihn Euch!«

»Bedenkt aber, dass Ihr es mit unseren Fäusten zu tun bekommt«, fügte Anton hinzu.

In diesem Moment ließ der Knüppel ein singendes Geräusch hören und sauste von oben in Richtung der Hundeschnauze zwischen ihren Beinen hinab.

Hermann reagierte blitzschnell: Noch in der Luft fing er den kräftigen Schlag ab und zwang den Kerl mit einem drohenden Blick in die Knie. Eisern umklammerte er das Handgelenk des Mannes und donnerte zornig: »Wer, Knecht, gibt dir das Recht, sich so an einer Kreatur Gottes zu vergehen?«

Der Mann schien verblüfft und blickte verständnislos von Hermanns zu Antons gespicktem Wanderstab, mit dem dieser den zweiten Kerl auf gebührendem Abstand hielt. Dann ergab er sich dem Stärkeren und nahm eine demütige Haltung ein.

»Hoher Herr, entschuldigt unser Vergehen. Es ist die Zeit der Hundstage in Lemgo, und wir befolgen nur die Anweisung unseres Herrn, die Stadt von den Kötern zu befreien, für die von den Bürgern keine Steuern bezahlt werden.« Ergeben senkte er den barhäuptigen Kopf.

»Er hält uns für Herren.« Hermann grinste in Antons Richtung. Sein Unmut hatte sich längst wieder gelegt. Geschmeichelt und mit einem Anflug von Spott in der Stimme, stellte er die Verwechslung richtig: »Du darfst dich wieder erheben. Mein Bruder und ich, wir sind keine Herren, sondern Barbiere aus dem entfernten Varel. Wir befinden uns auf Wanderschaft. Aber wer ist dein Herr, der dir befiehlt, auf so grausame Weise die Geschöpfe Gottes zu töten? Ich würde ihn gern dafür züchtigen.«

»Der Scharfrichter von Lemgo, Meister David Claussen.«

»Wer?« Als hätte sie der Teufel persönlich berührt, traten Anton und Hermann fast gleichzeitig von dem Mann zurück. Besonders Anton achtete darauf, dass der Abstand zu dem Kerl groß genug war, während sein Bruder sich die Hand, mit der er den Fremden berührt hatte, vom Leib hielt und kräftig schüttelte, als hätte er soeben in stinkenden Unrat gefasst.

»Filler! Sie sind unrein, und jeder, der sie berührt, wird es ebenfalls. Ich habe geahnt, dass uns diese Stadt nur Unglück bringen wird«, fluchte Anton hinter Hermanns Rücken.

»Ich glaube, die Berührung mit einem Aussätzigen ist gefährlicher. Wir als Chirurgen sollten damit leben können.« Hermann hatte sich als Erster von dem Schreck erholt. »Wie viel willst du für den Köter haben?«, fragte er den Knecht, der abwartend mit den Füßen in einer Pfütze aus Regenwasser und Blut vor ihm stand.

»Zwölf Taler.«

»Dann gib deinem Herrn dies hier für das Tier.« Hermann löste einen kleinen ledernen Beutel vom Gürtel und warf ihn dem Filler zu, der ihn geschickt auffing und sich zum Dank in überschwänglichen Verbeugungen erging.

»Lass das Gehabe. Ich sagte dir bereits, dass ich kein Herr bin. Verrate mir lieber, wo wir schnell eine gute Herberge finden und wo es das beste Bier in der Stadt gibt.«

Die Augen des Fillers leuchteten gierig auf, als er den Beutel im Hemd verschwinden ließ. Die beiden hatten ihn längst durchschaut. Der Scharfrichter würde von dem Handel niemals etwas erfahren, geschweige denn die Taler zu Gesicht bekommen.

»Wir benötigen dringend trockene Kleider«, stellte Anton ungeduldig fest. Missmutig kneteten seine Hände die Schöße seines völlig durchnässten Rocks. Er war so stolz auf das Kleidungsstück gewesen, dessen üppige Ärmel nun mit Wasser vollgesogen waren. Mittlerweile lief ihnen der Regen in Strömen über Haare und Gesicht, und sie unterschieden sich nicht mehr sehr von dem durchnässten Hund zu ihren Füßen.

»Herbergen gibt es viele in der Stadt. Sucht Ihr aber gute Gesellschaft und Kurzweil, dann kann ich Euch das Haus von Meister Rampendahl empfehlen. Er ist der beste Bierbrauer in der Stadt und seit Kurzem Ratsherr im Geschworenen Rat. Sein Sohn Caspar, Gott hab ihn selig, war ein von Gott begnadeter Barbier.«

»Woran ist er gestorben?« In Hermann erwachte das berufliche Interesse.

»Jemand hat ihn vergiftet.«

»Ist dir bekannt, was es für ein Gift war?«

Der Knecht druckste herum. Er schien zu überlegen und listig seine Vorteile abzuwägen. Dabei bohrte er sich mit dem Finger in der Nase und schnäuzte ihnen anschließend kräftig vor die Füße.

»Lass dich nicht so bitten, du siehst doch, dass wir es eilig haben«, drängte Anton und trat, von dem grünlichen Auswurf angeekelt, einen Schritt zurück.

»Der Ratsherr Rullmann sagt, dass er blau und schwarz wie ein Affe gewesen sei.«

»Ist dir zu Ohren gekommen, wer ihn vergiftet hat?«

Der Filler sah sich hilfesuchend nach seinem Helfershelfer um, der sein gesundes Auge ängstlich auf Anton gerichtet hielt. Eine wulstige rote Narbe zog sich über die linke Gesichtshälfte und quer über das Auge. Dort, wo normalerweise der Augapfel saß, gähnte ein leerer Krater aus Haut und Knochen. Es war unschwer zu erkennen, dass die Schneide eines Schwertes hier einst ihre Spuren hinterlassen hatte.

»Du hältst die Klappe, sonst ziert bald eine weitere Narbe deine Backe.« Anton war es leid, länger im Regen zu stehen. Mit einem drohenden Blick hinderte er den Knecht am Sprechen und forderte Hermann gleichzeitig ungeduldig auf: »Lass die Filler endlich ihrer Wege ziehen. Von dem, was allgemein in der Stadt gesprochen wird, erfahren wir noch früh genug in der Herberge.«

Der Filler beeilte sich, das Weite zu suchen. Nach einer überschwänglichen Verbeugung lief er rasch durch den Regen davon und verschwand mit seinem Kumpan zwischen den Häusern.

Hermann schaute den beiden gedankenverloren nach. »Sie waren besser gekleidet als anderswo die Knechte, ist dir das auch aufgefallen? Die Geschäfte des Lemgoer Scharfrichters scheinen offensichtlich gut zu gehen, aber seine Knechte beklauen ihn wie Diebe.« Als er sich nach Anton umsah, fiepte es leise zu seinen Füßen. Erstaunt, dass der Hund noch nicht Reißaus genommen hatte, kraulte Hermann ihn behutsam hinter den Ohren. Als er sich erhob und ihm die Hand leckte, griff er ihm in das wulstige Nackenfell und schob ihn von sich fort: »Geh, wohin dich deine Pfoten tragen, du bist frei!« Doch das Tier, das offenbar einen Herrn suchte, bewegte sich nicht von der Stelle und starrte ihn unverwandt an.

Zweifelnd beobachtete Anton Hermanns Bemühungen, den Hund zu verscheuchen. Er trauerte dem Beutel mit dem Geld nach. »Die Taler hätten wir auch besser verwenden können«, stellte er lakonisch fest, während er sich nach einem Stein bückte. »Jetzt sind sie weg, aber wir haben dafür diesen zotteligen Köter am Hals. Vielleicht kannst du ihn ja fragen, in welche Richtung wir uns wenden sollen?«

Der Stein flog zischend durch die Luft und traf den Hund am Schwanz. Jaulend rannte er davon.

»Er läuft dorthin, wo es etwas zu fressen gibt«, stellte Hermann fest, als das Tier sich noch einmal nach ihnen umdrehte. »Wir werden ihm folgen. Gott wird uns führen!«

Nach etwa einer Viertelmeile begannen die Häuser dichter zu stehen, und die Gasse ging in lehmigen Matsch über. Sie war ungepflastert, sodass dicke matschige Pfützen das Fortkommen der Brüder behinderten. Unterschiedlichste Gerüche stiegen aus den Abfallgruben auf und umflorten ihre Nasen. Hermann musste mehr als einmal rasch zur Seite springen, um nicht mit Unrat begossen zu werden, der klatschend vor seinen Füßen landete. Der Hund bog in eine Straße ein, die offensichtlich zum Marktplatz führte. Bauern kreuzten ihren Weg, die hastig ihr Vieh vor sich her trieben.

Die Brüder stolperten über streunende Hunde, halb nackte Kinder, Ziegen und quiekende Ferkel und wichen gerade noch rechtzeitig einem Ochsengespann aus, das hoch mit Waren beladen war. Ein anderes Mal galoppierte eine von edlen Pferden gezogene Kutsche mit dem Siegel des Rates lärmend an ihnen vorbei, sodass sie rasch in eine mit Holz überdachte Händlerbude flüchten mussten. Der Kutscher auf dem Bock schlug links und rechts mit einer langen Lederpeitsche auf alles ein, was sich bewegte oder sich ihm in den Weg stellte.

Entrüstet über die Rohheit, sprang Hermann zurück auf die Straße und beugte sich nach einem Jungen, der von den großen Holzrädern erfasst worden war und nun aus einem der Abwassergräben um Hilfe schrie. Hermann streckte die Hände aus, um ihm zu helfen, als plötzlich eine weibliche Gestalt aus dem Dunkel der Häusernischen erschien, dazwischentrat und mit ihren weiten gelben Röcken den Weg zu dem Kind versperrte.

»Ihr seid fremd in dieser Stadt und auf der Suche nach einem Quartier, schöner Herr? Bei mir werdet Ihr mehr als das finden. Ich entführe Euch ins Reich der Fleischeslust und versichere Euch, dass Ihr höchsten Genuss verspüren werdet. Für nur drei Taler, mein Herr ...!«

Erleichtert steckte Hermann das Messer zurück in den Gürtel, nach dem er beim Auftauchen des Weibes gegriffen hatte. Der Junge hatte sich bereits selbst aus seiner Lage befreit, und das barhäuptige Weib schien es zwar auf den Inhalt seines Geldbeutels, aber immerhin nicht auf sein Leben abgesehen zu haben. Neugierig wartete er ab, was sie von ihm wollte, und winkte Anton heran.

Die Frau hatte das vor Schmutz verfilzte und nasse Haar zu einem unordentlichen Turban aufgesteckt und ihr Mieder freizügig bloß gelegt. Ungeachtet dessen, dass Anton angeekelt das Gesicht verzog und sie mit unflätigen Anspielungen zu verjagen versuchte, reckte sie Hermann ihre beiden prallen Brüste auffordernd entgegen. Mehrere räudige Hunde umkreisten schnüffelnd ihren Rock, während sie wie eine läufige Hündin den älteren Bruder umgarnte. Aufreizend beugte sie sich nach unten, sodass er nicht anders konnte, als tief in ihr Mieder zu sehen, und lockte ihn kokett mit den Augen. Sie stank nach Stall, verdorbenem Samen und Kochstube.

»Warum verhüllst du dein Gesicht?«, fragte Hermann. Im Gegensatz zu ihren Brüsten und ihrem Haar hielt sie ihr Antlitz mit einem schmutzigen Seidenschal verborgen, der nur die lüsternen Augen frei ließ. Hermann hatte längst bemerkt, dass er es mit einem sogenannten »gemeinen Weib« zu tun hatte.

»Und warum trägst du keine rote Haube wie die anderen Huren?«, ergänzte Anton. Er fand das Weib anzüglich und schmutzig und hoffte, es schnell wieder loszuwerden.

Auf seine Frage senkte die Frau die Stimme und sah sich ängstlich um. »Ihr seid Fremde hier, sonst wüsstet ihr, dass mein Gewerbe in Lemgo bestraft wird. Der Hohe Rat hat die freie Liebe und die Fleischeslust unter Ankündigung strengster Strafe verboten.«

»Hast du einen Herrn, der dich schützt und versorgt?« Hermann hatte Mitleid mit dem Weib. Er ahnte, dass ihre guten Zeiten längst vorüber waren und sich hinter der Verhüllung eine früh gealterte

Frau verbarg, die ihren verbrauchten Körper gezwungenermaßen weiterhin feilbot – auch auf die Gefahr hin, dafür mit dem Leben zu bezahlen.

»Meister David war mein Herr, ein gütiger noch dazu«, kam die Antwort. Die Hure bekreuzigte sich bei der Erwähnung des Scharfrichters, und Hermann nutzte den Moment, um ihr das Tuch vom Gesicht zu ziehen. Mit einem leisen Aufschrei wich sie erschrocken ein paar Schritte zurück und verdeckte mit den Händen ihr gelbes Gesicht, welches, was Hermann längst gesehen hatte, von unzähligen rot geränderten Pusteln entstellt war.

Antons Miene veränderte sich. »Fort mit dir, du hässliches Weib!«, schimpfte er. »Willst du uns etwa anstecken?«

»Dein Gesicht ist von der Lustseuche zerfressen. Du brauchst keinen Freier, sondern einen Chirurgus«, stellte Hermann fest. Mit spitzen Fingern ergriff er ihr Kinn, drehte ihr Gesicht seitwärts und besah sich interessiert die Narben. Er überlegte, wie man der Frau helfen konnte. »Hast du ein paar Groschen gespart?«

»Ich besitze keine Taler, nicht einmal einen Mariengroschen, um mich armes Weib von einem dahergelaufenen Barbier, wie Ihr es seid, kurieren zu lassen!« Sie spuckte vor ihm aus und griff sich mit einer obszönen Geste an das dralle Hinterteil. Die Antwort war deutlich genug. Sie entriss ihm das Tuch und entfernte sich, indem sie wütend nach dem Hund trat. Doch Hermanns verändertes Interesse an ihrem Körper hatte auch Hoffnung in ihr geweckt, das bereits verloren geglaubte Geschäft durch ein anderes retten zu können. »Aber vielleicht möchten die Herren einen Blick in die Zukunft wagen?« Mit ihnen zugekehrtem Rücken wartete sie lauernd.

»Komm, lass uns weiterziehen«, drängte Anton seinen Bruder. »Es dunkelt bereits, und wir haben noch immer kein Quartier.«

Die aufziehende Nacht war die Verbündete der Diebe und Räuber. Sie lauerten überall, und wenn sie es auch nicht gerade auf das Leben der Brüder abgesehen hatten, so waren doch selbst deren Stiefel oder Umhänge eine brauchbare Beute. Schon geraume Zeit verkrampfte sich Antons Hand deshalb um seinen Wanderstab, den er als Waffe gegen Wegelagerer mit einer scharfen Messerspitze präpariert hatte.

»Was bringt uns die Zukunft?«, fragte Hermann nicht ganz ohne Interesse, obwohl er sich anschickte, Antons Drängen zu folgen.

Die Hure raffte eilig ihre Röcke und begleitete sie einige Schritte. Dabei hielt sie sich immer dicht an den Häuserwänden, um rechtzeitig vor den Stadtdienern in einer Nische oder einem Tor verschwinden zu können.

»Ich habe es in Euren Augen gelesen.« Sie versuchte, ihrer rauchigen Stimme einen feierlichen Ton zu verleihen. »Beide Herren werden alsbald einer schönen Frau begegnen. Ihr Liebreiz wird Euch zu einem ehrbaren Handwerk und Reichtum verhelfen, aber hütet Euch vor ihr, denn sie ist eine Hexe.«

»Das sind ja recht wundersame Aussichten. Aber für etwas Reichtum nehme ich eine Hexe gern in Kauf«, lachte Hermann und warf ihr einen Taler in den Schoß.

»Und jetzt gscht ... gscht ... gscht! Verzieh dich!« Missmutig versuchte Anton, die Hure endgültig mit dem Wanderstab zu vertreiben. Mit einem Grinsen auf dem hässlichen Gesicht und tausend Verwünschungen tat sie ihm den Gefallen und ließ sie allein weiterziehen. Als Anton sich noch einmal nach ihr umsah, entdeckte er einen Zipfel ihres gelben Kleides in der Menge, wo sie nach ihrem nächsten Opfer Ausschau hielt. »Du wirst doch dem Geschwätz der Hure keinen Glauben schenken?«, fragte er Hermann zögernd.

»Natürlich nicht! Aber ist es nicht genau das, wonach wir suchen ...? Ein eigenes Barbiergeschäft, ein gutes Weib und, Gott möge es mir verzeihen, einen gefüllten Beutel?«

Die enge Gasse mit ihren aneinandergereihten Fachwerkhäusern, den Viehställen und Gärten wich jetzt größeren Steinhäusern mit reich geschnitzten Giebeln. Einige der Patrizierhäuser besaßen sogar kostspielige Glasfenster. Ihr Weg hatte sie direkt zum Marktplatz geführt, wo sie unter den Säulen des Ratsgebäudes Schutz vor dem einsetzenden Hagelschauer fanden. Der Platz vor ihnen war wie leer gefegt, nur der Wind spielte auf dem vom Regen nassen Pflaster mit ein paar zurückgelassenen Tonkrügen. Der einsame Marktstand eines Händlers war in sich zusammengefallen, davon übrig geblieben war lediglich ein großer Berg aus Holz. Holzscheite, Stofffetzen und Töpfe wirbelten durch die Luft und blieben irgendwo im schmutzigen Rinnstein liegen. In der Marktplatzmitte stand etwas erhöht ein Pranger. Das Halseisen klirrte leise, während das lose Marterbrett, vom Wind herausgerissen, quietschende Geräusche von sich gab.

Angestrengt suchte Anton mit den Augen die gegenüberliegende Häuserseite nach einer Herberge ab, als plötzlich ein heftiges Geschrei ertönte. Erschrocken fuhren beide Brüder herum, und Anton zückte bereits wieder abwehrbereit seinen Wanderstab. Hermann legte den Finger auf den Mund und deutete Anton an, ihm leise zu folgen.

Der Lärm kam vom nördlichen Winkel des Rathauses, wo vor dem erleuchteten Fenster der Apotheke ein Mann heftig mit einer Frau stritt. »Du Hure, du Schandhure, eine Zaubersche bist!«, rief er und zog ihr dabei kräftig an den Haaren.

Doch das Weib war nicht auf den Mund gefallen und kreischte zurück: »Was sagt Ihr da, Schelm? Ich bin keine Hure, und Euch wünsche ich so viel Teufel an den Leib, als Ihr Haare auf dem Kopfe hättet.«

Aufgebracht durch ihre Worte, drehte der wütende Mann ihren langen Haarschopf so schmerzhaft, dass sie sich trotz heftiger Gegenwehr weit hintenüberbeugen musste. Mit der freien Hand suchte er einen Weg, um unter ihre Röcke zu greifen.

Die Brüder vermochten die Schmach der Frau nicht länger mit anzusehen. Hermann stürmte als Erster auf den Mann zu. In dem Moment, als dessen Hand erneut zwischen ihre Schenkel fuhr, traf seine Faust den Wüstling mit Wucht mitten ins Gesicht.

»Elender!«, brüllte Hermann. Blut spritzte. Als er zu einem weiteren Schlag ausholte, gebot ihm Anton Einhalt. Obwohl er einen ganzen Kopf kleiner war, hielt er den Wütenden von hinten an den Armen gepackt und versuchte, ihn zu beruhigen. »Zähme deinen Unmut, Bruder. Der Schelm trägt Kleider aus Seide und Brokat. Ich befürchte, der Händel bringt uns Ärger ein.«

Der Mann tupfte sich mit einem Tuch das Blut von der Nase. Rasch zog Anton den Bruder zu einer Verbeugung nach unten. »Das ist ein hoher Herr, der wahrscheinlich das holde Kind völlig zu Recht malträtiert«, flüsterte er dabei leise. »Wir müssen uns entschuldigen.«

»Und ob!«, schimpfte nun seinerseits der Mann, dem Antons Worte nicht entgangen waren. Er hatte sein bei dem Gerangel vom Kopf gefallenes Barett aufgehoben und betrachtete jetzt ärgerlich den verdorbenen Federschmuck. »Den Schaden werdet Ihr mir ersetzen, Fremder. Was erdreistet Ihr Euch überhaupt, dieser Hexe zu Hilfe zu eilen?«

»Aus Ehre und Anstand, hoher Herr«, antwortete Anton, um auf ihre gute Erziehung hinzuweisen, »und aus Ritterlichkeit für das schwache Weib.«

Hermann dagegen war nicht so schnell zu besänftigen. Wütend drohte er dem Mann mit der Faust. »Ob Herr oder nicht, wenn Ihr nicht augenblicklich Fersengeld gebt, wird Euch meine Faust ein zweites Mal lehren, wie man sich einem Weibe gegenüber gebührend benimmt!«

Der Mann lief vor Zorn puterrot an, ließ sich jedoch von der Drohung nicht sonderlich einschüchtern und bewahrte Haltung. Er hatte sofort bemerkt, dass die beiden Burschen unterschiedlichen Temperaments waren und Anton sich als der Besonnenere zeigte – was er zu seinen Gunsten nutzte, um nach dem ersten Schreck zum Gegenangriff überzugehen.

»Euch scheint nicht bekannt zu sein, wer vor Euch steht. Das Vergreifen an einem Ratsmann wird Euch eine hohe Strafe kosten.« Er hatte das Barett zurück auf die verrutschte Perücke gesetzt und wartete lauernd auf die Wirkung seiner Worte, die ihr Ziel nicht verfehlten. Hermann entschuldigte sich bei ihm, wenn auch widerstrebend.

»Verzeiht mein unflätiges Handeln, hoher Herr! Mein Bruder und ich sind Durchreisende und auf der Suche nach einem Quartier. Unsere Ehre gebot uns, der Frau zu Hilfe zu eilen. Wir glaubten, sie aus den Händen eines Bösewichtes zu befreien. Wir wussten nicht, dass wir es dabei –«

»– mit dem Werwolf Hans Hancke, einem Nachbarn meines Vaters, zu tun haben!«

Weder Hermann noch Anton hatten in der Aufregung auf die Frau geachtet. Sie war aus dem Schutz des Torbogens hervorgetreten, unter welchen sie sich geflüchtet hatte. Während der Auseinandersetzung hatte sie still in ihrem Versteck ausgeharrt und gelauscht. Ihr langes Haar hing nass und strähnig an ihr herunter und verdeckte das schmale Gesicht, dennoch ahnte Hermann, dass er es mit einer jungen Frau zu tun hatte, deren holde Weiblichkeit unter anderen Umständen sicher jeden Mann entzückt hätte. Im strömenden Regen, im Schmutz des aufgeweichten Marktplatzes und im faden Licht des erleuchteten Apothekerfensters unterschied sie sich hingegen kaum von jedem anderen gemeinen Weibe – zumal sie zum Erstaunen der Brüder sofort wie ein Marktweib mit loser Zunge zu keifen begann. Hermann und Anton tauschten überraschte Blicke, und Hermann fragte sich, wie es sein konnte, dass in einem solch zarten Körper eine derartige Furie steckte.

»Es ist eben nicht alles Gold, was glänzt«, grinste Anton und legte sich belustigt die Hände auf die Ohren, während das Weib sich noch dreister Luft machte.

»Lasst Euch von dem Hurensohn nur nicht einschüchtern, Fremde. Er ist ein Halsabschneider und ein Schelm, auf keinem Fall aber ist er ein Ratsherr! Das war er, als er noch mit unserem Scharfrichter, Meister David, in Geschäften stand. Unlängst hat er meine Frau Mutter überfallen, sie für eine Diebin hart gescholten und dazu mit einer vollen Kanne Bier vor die Stirn geschlagen, dass ihr das Blut über das Angesicht gelaufen und sie etliche Tage sehr schmerzlich gelegen ist! Aber mein Vater, der ehrenwerte Ratsherr Cordt Rampendahl, wird ihn noch lehren, dass wir solche Schmäh und Lasterworte nicht auf uns sitzen lassen! Seine blutende Nase wird Euch also höchstens eine Brüchtenstrafe einbringen!«

In ihrer Erregung vergaß sie allen Anstand und spuckte heftig in die Richtung des Mannes, der nun zurückbrüllte, dass er es seinerseits nicht auf sich sitzen ließe, einen Schelm und Werwolf geheißen zu werden. Die Hure habe seinem Kinde Gift beigebracht, es sei frisch und gesund gewesen, nach dem Besuch der Hure aber krank geworden und schließlich gestorben. Und eben habe er sie nur daran gehindert, Gift aus der Apotheke für weitere Missetaten zu besorgen.

Die Schöne raffte, aufs Äußerste empört, ihre Röcke. »Seit Jahr und Tag führt dieser Schelm Lasterworte gegen ehrbare Leute. Über mich verbreitet er mit böser Zunge, ich sei eine Zaubersche!«

»Bei meiner Seele, das bist du auch, du Miststück! Weshalb will dich denn kein ehrbarer Freier? Weil du den Teufel im Leib hast und eine Schande für jeden ehrbaren Mann bist!«

Für einen Augenblick war die Frau sprachlos, dann schienen ihr vor Empörung die Augen aus dem Kopf zu quellen. »Du Vermaledeiter …!« Wut und Verzweiflung schlugen über ihr zusammen und raubten ihr die Beherrschung. Wütend holte sie mit dem Fuß aus, nahm dabei etwas zu viel Schwung, strauchelte und verlor auf dem schmierigen Pflaster das Gleichgewicht. Hätte Hermann sie nicht aufgefangen, so wäre sie lang auf den Boden hingeschlagen.

Sie zappelte noch einen Moment mit den Beinen und boxte mit den Fäusten um sich, bis er ihr Einhalt gebot. »Haltet ein und zügelt Euer Temperament, schöne Frau, sonst wird es unser aller Unglück noch sein!« Gleichzeitig warf er einen verächtlichen Blick in die Richtung des Mannes. »Derjenige, der sich anmaßt, den Teufel zu erkennen, ist nicht selten der Teufel selbst.«

Die Augen des Mannes blitzten böse. »Ihr vergesst Euch, mein Herr. Aber was kann ein Ehrenmann von herbeigelaufenen Fremden auch anderes erwarten!«

Hermann spürte, wie er kurz davor stand, wieder die Beherrschung zu verlieren. »Haltet das Maul, oder ich verpasse Euch ein paar Schellen, die Ihr Euren Lebtag nicht vergesst«, fauchte er. Der Ratsmann zog sich unter Protest in das Gewölbe des Rathauses zurück, wo er ihren Blicken schließlich entschwand.

Hermann bemerkte, dass die Frau sich beruhigt hatte und nun nahezu bewegungslos in seinen Armen lag. »Und was machen wir jetzt mit Euch, kratzbürstige Schöne?«

Das Weib zerknüllte sein Taschentuch. Die feine Seide ihres Mieders klebte der Frau durchnässt und zerknautscht am Körper. Verlegen starrte Hermann auf die zwei dunklen Knospen, die frech aus dem Mieder lugten und sich im Takt ihres Atems hoben und senkten. Am Ende blieb sein Blick an dem Rubin in der hellen Vertiefung hängen, der ein seltsames Gefühl in ihm auslöste. Zugleich erinnerte er sich, dass sie ein Dach über den Kopf brauchten, eine Unterkunft, in der sie ihre Sachen trocknen konnten. »Wir sind Wandergesellen. Ob wir wohl in Eurem Hause ein Lager für die Nacht bekommen?«, fragte er und gab ihren Körper wieder frei.

Plötzlich schien sie ihm wie verwandelt. Erstaunt richtete sie die Augen auf Hermann, dann schien sie sich wieder zu erinnern, weshalb sie vor der Apotheke stand, und erschrak. Schnell trat sie einen Schritt zurück, zupfte in sicherer Entfernung den Kragen über der Brust zurecht, ordnete ihr Mieder und suchte in den Rockfalten, bis sie einen zerknüllten Zettel hervorzog. Befreit atmete sie auf, als sie feststellte, dass das Papier keinen Schaden genommen hatte. »Die

Medizin für meine Mutter … Ich hätte sie fast vergessen.« Rasch schlug sie den Weg zur Apothekentür ein.

Hermann sah ihr gedankenverloren hinterher, bis Anton ärgerlich sein Bündel über die Schulter warf und leise knurrte: »Undank ist der Welten Lohn. Komm, hier haben wir nichts mehr verloren!«

Als sie sich enttäuscht umwandten und schon den Marktplatz in die Richtung verließen, aus der sie gekommen waren, hörten sie hinter sich eine Stimme rufen: »Entschuldigt, Ihr Wanderburschen!«

Die Frau stand auf dem obersten Absatz der Stufen und winkte ihnen zu. »Lauft nicht weg! Bei meiner Ehre, nur einen Moment. Gott soll mich strafen für meine Unhöflichkeit. Ich bin Maria, die älteste Tochter des Cordt Rampendahl. Im Hause meines Vaters wartet das beste Bier der Stadt auf Euch, und an einem Lager für die Nacht soll es Euch auch nicht fehlen. Aber zuvor gestattet mir, beim Apotheker Henrichsen die Medizin für meine Mutter zu besorgen. Sie leidet auf der Brust. Mein Bruder Caspar, der Chirurgus, hat sie ihr, bevor der Herrgott ihn zu sich holte, verordnet.«

Ehe sie sichs versahen, war sie auch schon unter dem prunkvollen Steingiebel verschwunden, und sie hörten den Eisenring schwer gegen die Tür schlagen. Es dauerte nicht lange, und der Apotheker, ein kleines hageres Männchen, erschien auf der Schwelle. Mit einem brennenden Kerzenleuchter in der Hand, bat er Maria mürrisch herein.

Neugierig beobachtete Hermann durch die Butzenscheiben, wie das Männlein ein Kraut in einem Tiegel über einer kleinen Flamme erhitzte. Den so gewonnenen Sud füllte es mehrmals in verschiedene flache Schalen um, bevor es ihn in ein kleines kupfernes Gefäß goss. Zum Schluss schrieb der Apotheker etwas in ein Buch und reichte Maria die gut verschlossene Medizin. Sekunden später erschien die Schöne wieder auf dem Treppenabsatz und gebot ihnen, ihr zu folgen. »Es sind nur ein paar Schritte bis zur nächsten Gasse, wo Ihr Eure Sachen in der besten Herberge der Stadt trocknen dürft«, versprach sie ihnen und lief leichtfüßig wie ein Reh voran.

Anton und Hermann holten sie schnell ein. Als sie neben ihr herliefen, fragte Anton außer Atem: »Warum ist Euch der Apotheker nicht zu Hilfe geeilt? Er hätte den Lärm doch vernehmen müssen?«

»Vor zwei Jahren im April lag der Apotheker Henrichsen mit meinem Bruder Caspar im Prozess. Er hat ihn des unerlaubten Medikamentenhandels bezichtigt.« Sie schwieg einen Moment. »Mein Bruder war ein angesehener Barbier.«

»Es scheint, Ihr habt Euren Bruder sehr geliebt?« Hermann war stehen geblieben, um zu verschnaufen.

»Er war mir neben meinem Vater das Liebste. Ich habe viel von ihm gelernt.«

»Dann seid Ihr so etwas wie ein weiblicher Chirurgus?«

»Nein, eher ein Kräuterweib. Aber seit seinem Tod gehört mir die Barbierstube.«

»Dann barbiert Ihr auch Bärte?«

Sie lachte. »Wenn Ihr Euren Bart gestutzt haben wollt, ich habe eine sichere Hand. Aber eher verstehe ich mich auf die heilende Medizin. Ich braue für alles ein Mittel, egal, ob Ihr an Bauchweh, einem Furunkel oder Fieber leidet.«

Sie wischte sich mit dem Ärmel den Regen vom Gesicht und deutete dann auf ein großes Steingiebelhaus, dessen gewaltiges Tor weit offen stand. »Ihr werdet Euch gleich selbst von allem überzeugen können. An Eurem Koffer erkenne ich, dass auch Ihr Barbiere auf Wanderschaft seid.« Ihr Blick glitt zu dem Tornister in Hermanns Hand, in dem er Salben, Kräuter und chirurgische Instrumente aufbewahrte. »Woher kommt Ihr, Fremder?«

»Aus Bremen«, antwortete Hermann.

»Doch unser Geburtshaus befindet sich in Varel, wir sind Brüder«, lenkte Anton die Aufmerksamkeit der Frau auf sich.

»Aus Varel? Dann kommt Ihr sicher von weit her. Verzeiht meine Unwissenheit, aber wo befindet sich der Ort?« Sie lachte etwas verlegen, wobei sie eine Reihe gleichmäßiger Zähne zeigte.

Vor ihnen stand ein Weib, das sich für mehr interessierte als für die Hausführung! Anton war überrascht. »Unsere Geburtsstadt liegt im Oldenburger Land. Nicht weit entfernt von der Küste und der See. Habt Ihr die See schon einmal gesehen, Jungfer Maria?«

»Nein.« Maria schüttelte das nasse Haar. »Aber ich habe von ihr als Kind gehört. Sie soll von wundersamer blauer Farbe sein und bis in die unendliche Ferne reichen. Die fremden Kaufleute, welche früher den Fluss herunterschifften und bei Großvater Ludeke einkehrten, erzählten von großen, reich beladenen Schiffen, von Ebbe und

Flut, rauem Seegang und fernen Ländern, in denen die Menschen anders anzusehen sind als wir.«

»Gott hat Euch nicht nur Schönheit, sondern auch Verstand gegeben.« Anton verbeugte sich respektvoll. »Mein Name ist übrigens Anton, und das ist mein Bruder Hermann.«

Das Weib raffte abermals die Röcke und kicherte kokett ein »Angenehm!«, während sie Hermann belustigt zuzwinkerte.

Ihre Natürlichkeit und ihr übermütiger Charme zogen Hermann immer stärker in ihren Bann. Er konnte den Blick nicht mehr von ihr wenden. »Aber warum sprecht Ihr in der Vergangenheit? Betreibt Eure Stadt denn keinen Handel mehr?«

»Schon lange nicht mehr. Nach dem Krieg blieben die Kaufleute fort. Es sind nur noch wenige Tuchhändler, die sich zu uns verirren. Gott und die Kaufleute haben sich längst von uns abgewendet. Unsere Herrscher sind der Bürgermeister und der Geschworene Rat. Raub, Plünderung und Händel beherrschen die Stadt, während Teufel und Hexen ihr Unwesen treiben.«

»Kann man den Teufel nicht verjagen?«, fragte Hermann. Sie schien in Rätseln zu sprechen, zudem hielt er nicht viel von Teufels- und Hexengeschichten.

»Ihr macht Euch lustig über mich?«

Maria schien es mit ihren Worten todernst zu sein.

»Wenn Ihr einen guten Rat wollt, dann solltet Ihr Euch nicht zu lange in dieser Stadt aufhalten und alsbald wieder Eures Weges ziehen. Bei Eurer losen Zunge könntet Ihr gar schnell in das Gerücht geraten, ein Hexenmeister zu sein!«

Das Sommergewitter verdunkelte erneut den Nachmittagshimmel und verwandelte ihn in ein brodelndes Meer wogender Wolken. Schwarze, weiße und graue Ungetüme türmten sich übereinander und flossen und verschmolzen ineinander, wurden zum Spielball der Luftmassen. Ein heftiger Sturm erfasste ihre Kleidung, ihre Haare und Tornister, die in alle Richtungen gewirbelt wurden. Hermann griff nach Maria und zog sie an sich. Auch Anton war sofort an seiner Seite. Vereint stemmten sie sich gegen den Wind, während sie durch das Pfeifen und Heulen des Sturmes die Glocken der Nikolaikirche läuten hörten.

»In meines Vaters Haus, schnell!«, schrie Maria gegen den Wind an, und alle drei stürzten gleichzeitig durch ein Tor, das hinter ihnen mit quietschenden Angeln in das Schloss fiel. Nur mit äußerster Anstrengung gelang es den beiden Knechten, die eisernen Riegel vorzuschieben.

Das Erste, was Hermann durch die rot geränderten Augen erblickte, war ein großer brennender Kamin im hinteren Fachwerkteil der geräumigen Diele. Im Hohlraum über dem Feuer stak ein schwerer Spieß mit den Resten eines halb verzehrten Ferkels. In dem rauchgeschwängerten Raum davor saßen oder lümmelten etwa ein Dutzend Männer und Frauen auf Holzbänken und Holzstühlen vor massiven Tischen. Die meisten hatten Zinnkrüge vor sich stehen. Mehrmals ertönte der Ruf »Margaretha, Bier!«, woraufhin eine Maid eilig zwischen den Tischen hin und her tippelte, Bier mit einer Kelle aus einer Kanne nachfüllte und mit dem Tuch am Gürtel die Tischplatten von den verschütteten Resten säuberte. Zwischendurch verteilte sie Tonschalen zum Spucken und zum Reinigen der Finger.

Die aufgedunsenen Gesichter der Gäste zeugten von reichlichem Branntwein- und Biergenuss, und so manches Mal musste sich die junge Frau derber Zoten oder Anzüglichkeiten erwehren. Dann stemmte sie die runden Fäuste in die Hüften und zeigte sich, weiß Gott, nicht zimperlich.

»Wollt Ihr es etwa mit mir aufnehmen, Amtmann?«, hörte Hermann sie einmal kreischen. »Dazu hättet Ihr früher aufstehen müssen. Unter meine Röcke kommt eher der Teufel als einer wie Ihr!« Ihre schlagfertige Antwort hatte schallendes Gelächter zur Folge. Ein betrunkener Zwerg hatte sich erhoben und begann mit unbeholfenen Sprüngen auf sie zuzutapsen. Er taumelte leicht, fing sich zuerst noch rechtzeitig, prallte aber dann gegen ein Bierfass und blieb dort schnarchend liegen.

In der hintersten Ecke kam es zu einer Keilerei. Ein großer, schwerer Kerl drohte einer Bohnenstange in weiten Beinkleidern und breitkrempigem Hut mit der Faust: »Mit dir, Hexenmeister, werde ich nicht trinken!« Der Schmächtige spuckte abfällig aus, woraufhin ihn der Beleidigte packte, zu Boden warf und ihn mit seinen Fäusten traktierte, bis ihm das Blut aus der Nase lief. Doch so schnell, wie der Streit begonnen hatte, war er auch wieder beendet, und die zwei fuhren fort, friedlich miteinander zu saufen.

Die heiße Luft stank ekelerregend. Es roch nach Rauch, schalem Bier, Kot, ranzigem Fleisch und Fisch. Als Hermann einen Schritt nach vorn machte, huschte eine Ratte vor ihm davon. Erschrocken sprang er beiseite. Anton hatte einen fassrunden, auf ihn einstürmenden Ziegenbock bei den Hörnern gepackt. Er schleuderte ihn ein Mal um sich herum, bis das Vieh mit Schwung auf dem Boden landete, sich wieder aufrappelte und besiegt davontrottete.

Einige der Gäste grinsten anerkennend. »Gut so, Fremder!«, brüllte es aus einer Ecke. »Endlich hat es mal einer dem Viech gegeben.« Dann löste sich ein alter Mann in einem Lederkoller vom Nachbartisch. Obwohl sein rotes Haar bereits ergraute, war er noch immer von mächtiger Erscheinung. Mit schwerfälligen Schritten trat er neugierig zu ihnen herüber. Er hatte reichlich vom Bier genossen, versuchte aber, aufrecht zu gehen. Der Blick seiner blauen Augen kam Hermann bekannt vor. Er erinnerte ihn an den der Jungfer. Er sah sich nach ihr um.

»Ihr sucht vergeblich nach der Jungfer Maria. Meine Tochter besorgt sich trockene Kleidung, ist Euch aber dann sogleich wieder zu Diensten, Fremder.«

Der Mann stellte seinen Krug vor ihm ab und reichte ihm seine kräftige Rechte: »Ich bin der Hausherr Cordt Rampendahl und Euch zu Dank verpflichtet. Ihr hörte, Ihr habt meine Tochter vor großem Schaden bewahrt. Sagt mir Eure Wünsche, und ich werde sie Euch erfüllen. Mein Haus steht Euch jederzeit offen, an Speise und gutem Trunk soll es nicht mangeln.«

In diesem Augenblick tauchte Maria auf. Sie hatte sich ein trockenes Kleid übergezogen und hielt eine Kanne Bier und ein Gefäß mit Bohnensuppe in den Händen. Ihre blauen Augen lachten. In dem dunklen Kleid mit dem weißen gestärkten Spitzenkragen und dem seitlich aufgesteckten Haar war sie die Anmut selbst. Hermann verschlang sie mit seinem Blick.

Sie stellte die Bohnensuppe auf die Tischplatte und zauberte zwei flache Schalen, einen Laib Weizenbrot und ein Stück Speck unter ihrer Schürze hervor. Aus der Kanne goss sie erst Anton, dann Hermann den Krug voll Bier und füllte ihnen dann die Schüsseln mit der wohlriechenden Suppe. Cordt zog das Messer aus dem Gürtel und reichte es der Tochter, die mit geübter Hand den Speck zerteilte und jedem Bruder ein Stück reichte.

Anton ließ sich nicht lange bitten und machte sich schmatzend über die Suppe her. Er schlang, als hätte er seit drei Monden nichts mehr zwischen die Zähne bekommen. Jedes Mal, wenn er den Löffel voll Suppe in den Mund schob, schwappte die Hälfte über den Rand und ergoss sich auf die Tischplatte. Zwischendurch setzte er immer wieder den Krug an, ließ das Bier glucksend seine Kehle hinunterlaufen und rülpste danach genussvoll. In solchen Momenten besaß Anton kein Auge für weibliche Schönheit. Ihm wurde nicht abwechselnd heiß und kalt, und sein Herz klopfte auch nicht zum Zerspringen.

Welch ein Glück für ihn. Hermann beneidete den Bruder um diese Gabe. Im Gegensatz zu Anton brachte er in Marias Anwesenheit keinen Bissen hinunter und zog sie mit seinen Blicken förmlich aus. Immerfort musste er in ihr Antlitz schauen, das ihm wie von einem Steinmetz geschaffen schien, jedoch der unterschiedlichsten Regungen fähig war. Eben noch hatten sich lustige Grübchen in ihre Wangen rund um den Schmollmund gegraben, doch schon im nächsten Augenblick wirkte sie nachdenklich und sanft wie eine Madonna. Sie war unbescholtene Maid und reife Frau in einem. Je länger er sie betrachtete, umso heftiger begann sein Herz für sie zu schlagen. Er schätzte sie auf gut dreißig Jahre. Untrügliches Zeichen ihres Familienstands war die fehlende Haube, unter der verheiratete Frauen für gewöhnlich ihr Haar verbargen. Im Lichtschein der Lampe wechselte dessen Farbe vom Gold der reifen Ähre zum Rot der untergehenden Sonne und ergötzte ihn. Die Ähnlichkeit mit dem Vater war verblüffend.

»Verspürt Ihr keinen Hunger, oder schmeckt Euch meine Bohnensuppe nicht?« Maria hatte sich ihm gegenübergesetzt und schaute ihn besorgt an. »Meine Mutter hat noch Schaffleisch mit Zwiebeln und gebratenes Huhn mit Zwetschgen über dem Feuer. Würde Euch das besser munden?«

»Ein Hoch auf die Kochkunst Eurer Mutter und Eure Geschicklichkeit, Jungfer Maria. Ich wollte Euch nicht beleidigen und werde Eure Suppe mit größtem Genuss verspeisen.« Er setzte den Löffel an und führte ihn zum Mund, doch die Suppe schwappte vom Löffel zurück in die Schale. Ihr Blick trieb ihm den Schweiß aus den Poren und ließ seine Hand erzittern.

Anton hingegen klopfte sich zufrieden auf die Schenkel, furzte laut und prostete Cordt zu, der sein Fressgelage staunend verfolgt hatte.

Während der Hausherr seinen Krug in einem Zug mit Anton leerte, beobachtete er Maria blinzelnd über den Rand des Krugshinweg. Als sie Hermanns Blick mehr als einmal erwiderte, entlockte ihm dies ein Schmunzeln. »Von meiner Tochter hörte ich, Ihr seid ebenso Chirurgus wie mein Sohn Caspar, Gott hab ihn selig«, versuchte er, mit Hermann ins Gespräch zu kommen.

Hermann nickte abwesend, ohne Maria aus den Augen zu lassen. »Eurem Sohn gebührt große Ehre. Wie ich hörte, führte er erfolgreich eine eigene Barbierstube.«

»Mir scheint, meine Tochter hat Euer Herz erobert.« Cordt grinste.

Verlegen lächelte Maria Hermann an. Sie ahnte, worauf der Vater hinauswollte, und gab sich Mühe, nicht zu erröten.

Ahnungslos nickte Hermann Cordts Tochter zu. Seine Augen blieben unverwandt an ihren vollen Lippen hängen. »Wer sollte ein so schönes Kind auch übersehen? Welcher Mann würde Euch nicht um dieses Kleinod beneiden?«

»Wie recht Ihr doch habt, Fremder.« Cordt frohlockte. Am liebsten hätte er sich auf die Schenkel geklatscht, so sehr gefiel ihm Hermann. Schon lange war kein so stattlicher Bursche mehr bei ihm eingekehrt. Mit seinen guten Manieren würde er es zu etwas bringen.

»Ihr seid also auf der Wanderschaft, um Euch den Meister zu verdienen. Habt Ihr schon daran gedacht, Euch in Lemgo niederzulassen und ein Weib zu freien?«, forschte er weiter. Hermann war der Richtige für Maria, jetzt überlegte er, wie er ihn in die Falle locken konnte. Auf keinen Fall durfte der Bursche wieder sein Haus verlassen.

Zunächst musste er sich Maria entledigen, um ungestört ihre Vorzüge anpreisen zu können. Das war nicht schwer, denn das Brot war aufgebraucht, und Maria beeilte sich, neues zu besorgen. Als Cordt sicher war, dass sie den Weg zur Backstube eingeschlagen hatte, seufzte er: »Jeder, der meine Tochter ansieht, entflammt im Herzen für sie. Ihr seht ja selbst, sie besitzt alle Gaben, die ein gutes Weib für die Ehe braucht. Sie ist hübsch und gescheit. Ihr Becken ist breit und drall und wird einem Mann viele gesunde Kinder gebären. Kein

Weib in der Umgebung kann es im Kochen und Wirtschaften mit ihr aufnehmen. Selbst die Speisen hier hat sie mit eigenen Händen zubereitet, trotzdem befürchte ich, sie wird als alte Jungfer sterben.« Er seufzte gespielt theatralisch.

Hermann löffelte seine Suppe aus und war bestrebt, sich in seinem Benehmen nicht wieder zu blamieren. »Weshalb«, fragte er mit vollem Mund, »sollte Eure Tochter als alte Jungfer enden?«

»Ich bin Cordt«, erwiderte Cordt lallend, »du kannst ruhig ›du‹ zu mir sagen.« Er rutschte näher an Hermann heran und legte väterlich den Arm um seine Schulter. Antons Oberkörper war mittlerweile auf die Tischplatte gesunken. Er schnarchte.

»Ich sage es dir lieber gleich, Hermann: Einer wie der Hancke tratscht, sie wäre eine Hexe, und die Nachbarn haben Furcht vor ihr, weil sie gescheit und nicht auf den Mund gefallen ist. Sie alle halten mir die Freier für sie ab.« Enttäuscht schielte er in die Kanne und schüttelte sie hin und her. »Das Bier ist ja schon alle. Hast du etwa alles ausgetrunken?«

Er winkte der jüngeren Tochter, die gerade mit zwei Krügen am Gürtel und einem Brett Gesottenem aus der Küche im Hinterhaus kam. »Margaretha!«, grölte er. »Hierher mit dem Bier!«

Die Gerufene beeilte sich, der Aufforderung nachzukommen. Flink stellte sie einen der Krüge ab, aus dem anderen goss sie zuerst dem Vater und dann Anton nach, den Cordts laute Stimme geweckt hatte. Als er ihr den Krug über den Tisch hinweg hinhielt, betrachtete er sie aus zusammengekniffenen Augen.

»Das ist meine zweite Tochter, Margaretha«, stellte Cordt sie mit Stolz vor und klatschte ihr anerkennend auf das stramme Hinterteil. »Sind es nicht zwei prächtige Weiber, meine Töchter? Die eine rotblond wie reifes Korn und mit dem Teufel im Leib, die andere pechschwarz und mit Glut in den Augen!«

»Alter Bock!«, gluckste Margaretha leicht beschämt. Sie schob die Hand des Vaters auf den Tisch zurück, bevor sie liebevoll seine Wange tätschelte. »Solltest lieber zuerst die Maria unter die Haube bringen, damit auch ich noch einen ehrbaren Ehemann abkriege.«

»Ich stelle mich gern zur Verfügung«, witzelte Anton, inzwischen wieder hellwach. Er zwinkerte Margaretha zu, während er sich hinter vorgehaltener Hand mit einem Holzspieß in den Zähnen stocherte. Die Fleischreste schnipste er auf den Boden, bevor er die Kochkunst des Hauses lobte und nach einer kalten Hühnerkeule langte. Das Fett triefte ihm links und rechts aus den Mundwinkeln, sodass Margaretha ihm kichernd die Wasserschale reichte. Verdrießlich starrte er auf das kleine Schälchen, in welches er seine Finger tunken sollte, dann wanderte sein Blick zu ihren schmalen Händen und blieb verträumt an ihnen hängen. Als sie die Schale vor ihm abstellte, hielt er sie am Handgelenk fest und schmatzte hörbar einen Kuss auf ihren Handrücken.

Margaretha wurde bis über beide Ohren rot, und Hermann staunte. Er erkannte Anton kaum wieder. »Mir scheint, du sehnst dich nach einem häuslichen Herd, mein Bruder«, grinste er, »und nach Händen, die dich reichlich mit Fressen und Saufen verwöhnen.«

Anton schüttelte den Kopf. »Wer kann zwei solchen Prachtweibern schon widerstehen?«, rülpste er.

Cordt hatte währenddessen nachgegrübelt, wie er Hermann festnageln könnte. Plötzlich erhob er sich schwankend und schob Margaretha auf seinen Platz. »Leiste du an meiner statt dem Herrn Gesellschaft und vergiss nicht, ihn reichlich mit Bier zu bewirten. Ich werde noch einen guten Tropfen Wein besorgen«, flüsterte er ihr zu.

Einen Moment später taumelte Cordt zwischen den Tischen hindurch zum hinteren Bereich der Diele, wo sich die Küche befand. An einem abseits stehenden Tisch in der Nähe des Kamins stolperte er über einen vorgehaltenen Degen. Entrüstet suchte er an der Tischplatte Halt und sah sich nach dem Frevler um.

»Habt Ihr vor, Eure Tochter, die Hexe, jetzt doch noch unter die Haube zu bringen, Ratsherr Rampendahl?«, erklang es spöttisch, während Cordt vor Wut rot anlief und den Schelm, der ihn so dreist herausforderte, wutschnaubend am Spitzenkragen packte.

»Wer hat Euch in mein Haus gelassen, Cothmann?«, zischte er.

»Ihr wisst, dass ich dazu keine Genehmigung brauche. Und wenn Ihr nicht gleich Eure schmutzigen Finger von meinem Hals nehmt, so wird Euch das teuer zu stehen kommen.« Warnend schweifte sein Blick zum Nachbartisch, an dem gerade vier seiner Stadtdiener den Würfelbecher herumgehen ließen. Cordt verstand und ließ den Erzfeind los.

»So ist es recht«, sagte der Bürgermeister und rückte mit spitzen

Fingern den Kragen seines eng taillierten schwarzen Wams' zurecht, das reichlich mit Edelsteinen besetzt war. Das mit Straußenfedern geschmückte Barett auf dem Tisch wies ebenfalls reichlich Kleinodien auf. Cothmanns Augen funkelten kalt und grau, während er seine Überlegenheit auskostete und den Weinkelch aufreizend langsam zum Munde führte, bevor er ihn ebenso langsam wieder abstellte und sich mit dem Handrücken über den Schnurrbart wischte. Dabei ließ er Cordt nicht aus den Augen. Es war eine Art psychisches Kräftemessen, eine Herausforderung, die Cordt diesmal verlor. Er senkte als Erster den Blick. »Gebt endlich auf«, zischte er. »Und lasst endlich Eure Finger von meiner Tochter. Sonst werdet Ihr es noch bereuen.«

Ein breites Grinsen überzog Cothmanns Gesicht. »Worum wollen wir wetten, Rampendahl, dass sie mir noch vor dem zehnten Mond zu Willen sein oder aber in der Sandkuhlen brennen wird?«

Am liebsten hätte Cordt ihm dafür in das blasierte Maul gehauen. Zugleich aber spürte er, dass es unklug gewesen wäre, ausgerechnet jetzt mit ihm Händel anzufangen. Ein starker Schwiegersohn musste her. Ihm fiel ein, was er zuvor in der Küche gewollt hatte, zwang sich zur Ruhe und beugte sich noch einmal zu Cothmann hinab, bis sich ihre Nasenspitzen berührten.

Siegesgewiss lächelte der Schönling in Cordts dunkelrotes Gesicht. Seine Finger spielten gelassen mit den Enden der Schärpe, die er um den Leib trug, doch sein Blick war wachsam wie der eines Wolfes, bereit, aufzuspringen und Cordt mit dem Degen zu attackieren.

»Ich werde Euch im Auge behalten, Hermann Cothmann!« Cordt ballte die Faust und setzte mit Wucht den Krug vor ihm ab. Der Rest des schalen Bieres floss über die Tischplatte. »Weib! Wo bist du?«, brüllte er dann und suchte zwischen den aufgescheuchten Mägden nach Catharina.

Er fand sie im Küchenbereich vor der hinteren Riegenwand. Sie gab der Magd vor ihr am Tisch Anweisungen, wie sie die Gans zu rupfen hatte. Der Vogel hatte sich gerade aus ihren Händen gewunden und schoss nun mit dem Schnabel voran kreischend und zeternd über das Zinngeschirr. Als das Tier in Panik auf seine Beine zurannte, bückte Cordt sich und breitete die Arme aus, doch die Gans schlug einen Haken. Verblüfft schaute er ihr hinterher, dann geriet er ins Straucheln und verlor den Halt. Wild mit den Armen rudernd, landete er mit dem Hinterteil im leeren Butterfass.

Die Mägde kicherten und wechselten spöttische Blicke. Auch Catharina musste sich das Lachen verkneifen. »Mann, die Küche ist wohl doch nicht dein Revier!«, donnerte sie los. »Du wirst dir noch den Hals und die Haxen brechen. Was gibt es denn so Wichtiges, dass du mich ausgerechnet jetzt und hier aufsuchst?«

Mit in die breiten Hüften gestemmten Händen stand sie vor ihm. Unter ihrem Spitzenhäubchen kräuselten sich die ersten grauen Löckchen, und ihre grünen Augen lachten, als sie Cordt aus dem Fass half.

»Zwei Schwiegersöhne«, brummte Cordt, während er sich mit ihrer Hilfe ächzend aus seiner misslichen Lage befreite. »Sie sitzen draußen.«

»Ach, nicht doch?«, entfuhr es Catharina. Ihre Züge drückten Zweifel aus. »Wahrscheinlich hast du nur wieder zu viel gesoffen!«

»Aber wenn ich es doch mit eigenen Augen gesehen habe. Da draußen sitzen zwei Wanderburschen, und ich sage dir: Das werden unsere Schwiegersöhne! Es sind ehrbare Leute, und sie kommen von weit her. Das ist unser Vorteil. Sie stören sich nicht an den Gerüchten, wir müssen sie nur dazu bringen hierzubleiben. Aber bei der Mitgift, die meine Töchter erhalten, wird das sicher nicht allzu schwer zu bewerkstelligen sein.«

»Wenn die Burschen ihren Rausch ausgeschlafen haben, wird sie nichts mehr bei uns halten. Sie werden feststellen, dass unsere Maria von der ganzen Stadt als Hexe verleumdet wird und ich ihr lieber vorher mit einem Hackmesser den Kopf abhauen wollte, als dass Margaretha ihr vorgezogen wird.«

»Ach, was du schon wieder redest, Weib!«

Cordt schlug gekonnt den Bolzen von einem der Bottiche vor der Riege und ließ den gelben Saft in einen Krug laufen. Dabei nahm er einen kräftigen Schluck von der Kelle und wischte sich schmatzend über die Lippen. »Eine gute Maische«, lobte er das Bier. »Wir müssen ihnen heute noch das Heiratsversprechen abnehmen.«

»Du alter Kuppler!« Catharina hatte sich ihm auf einen Schemel gegenübergesetzt und die Gans zwischen die Schenkel geklemmt. Schnell zog sie ein Messer aus dem Rock und bohrte dem Vogel ein

Loch in den Hinterkopf. Nachdem sie die große Ader getroffen hatte, hielt sie die zappelnde Gans kopfüber über einen Zuber, um sie auszubluten.

»Woher willst du überhaupt wissen, ob die beiden unsere Töchter wollen? Außerdem ist nicht jeder Mann gut genug für sie. Schließlich sollen sie mit ihnen glücklich werden.«

»Was faselst du da? Die Maria braucht einen Mann, und die Brüder sind unser letzter Ausweg. Und die Margaretha können wir gleich mit unter die Haube bringen. Ein größeres Glück wird uns Gott nicht wieder schenken. Sieh doch selbst, sie fressen sich doch schon mit den Augen auf!«

Er zog Catharina zur Tür und wies auf die Brüder, die, über den Tisch gebeugt, angeregt mit den beiden Töchtern schäkerten.

»Der Jüngere hat die Margaretha sogar schon geküsst. Mit ihm werden wir keine Mühe haben. Bei seinem Bruder Hermann ist mehr Geschick vonnöten. Er scheint sehr klug, und hübsch von Angesicht ist er auch. Aber wenn wir den Anton erst so weit haben ...«

Catharina hatte die Gans erschrocken in den Zuber fallen lassen. Im Todeskampf schlug das Tier heftig mit den Flügeln und versuchte zu entkommen. Cordt machte ihr Angst.

»Du willst doch nicht etwa die Margaretha zuerst verheiraten? Das würde das Gerücht, Maria sei eine Hexe, nur noch bestärken. Außerdem ist da noch unsere Jüngste Ilsabein.« Ihre Augen flackerten unruhig. »Cordt, mein lieber Mann, begehe jetzt bloß keinen Fehler. Denk an die Nachbarn. Dein Plan würde auch mich als deine Frau in den Verdacht der Hexerei bringen.«

Hermann und Maria tuschelten leise, als Cordt mit einem gefüllten Weinkrug wieder zu ihnen trat. Antons Kopf lag erneut auf der Tischplatte, diesmal aber auf Margarethas ausgestrecktem Arm. Er schnarchte. Schon zum wiederholten Male versuchte sie, ihm vorsichtig den Arm zu entziehen, doch jedes Mal, wenn sie glaubte, sich erheben zu können, wachte Anton auf, packte blitzschnell ihr Handgelenk, hauchte betrunken ein paar Küsse auf den weichen, warmen Unterarm und schob ihn sich dann wieder unter das Gesicht, bevor er zufrieden weitergrunzte.

Gesättigt wischte Hermann sich mit einem Tuch die Reste vom Mundwinkel und reckte sich. Die Schläfrigkeit übermannte nun auch ihn. Das gute Essen, das Bier und die mittlerweile getrockneten, warmen Kleider hatten seinen Körper fast schwerelos gemacht. Zufrieden streckte er die langen Beine unter dem Tisch aus und berührte dabei wie zufällig Marias Fuß. Mit gespieltem Erschrecken zog sie ihn zurück und verfärbte sich züchtig bis unter den rotblonden Haaransatz. Verschämt senkte sie die Lider, bis Hermanns Blick sie erneut zwang, ihn anzusehen.

Schläfrig suchte er in ihrem Gesicht nach so etwas wie Zustimmung. Als ihr Lächeln ihm zu verstehen gab, dass seine Berührung ihr nicht unangenehm war, ergriff er vorsichtig ihre Finger, die neben dem Krug lagen. »Es ist eine Schande, dass eine solche Rose ungepflückt verblühen soll«, bemerkte er leise, während sich seine Finger sanft bis zu ihrer Handfläche vorarbeiteten. Seine Müdigkeit wich augenblicklich einem wilden Verlangen. Der reichliche Biergenuss enthemmte ihn, die Sitten des Anstandes und der Ehre wichen anderen Gefühlen. Wen störte es denn, wenn er dieses herrliche Weib heute Nacht in seinen Armen hielt? Am nächsten Tag würden sie schon weiterziehen, und immerhin signalisierte ihm die Schöne ihre Bereitschaft. Er brauchte also keine Gewissensbisse zu haben. Auch jetzt entzog sie sich ihm nicht, sondern erwiderte den Druck seiner Hand. Ihre Finger waren fest und warm. Er wurde mutiger, schob sein Knie vor, bis es zwischen ihren geöffneten Schenkeln ruhte.

»Dass Ihr den Teufel im Leib haben sollt, das glaub ich gern. Ihr habt mich mit Eurer Anmut verhext und mich bereits um den Verstand gebracht«, hauchte er.

Maria fühlte, wie ihre Schenkel heiß und kalt wurden. Einen Moment lang spürte sie Davids Kuss auf ihren Lippen, und Andreas' Liebesoffenbarung klang in ihren Ohren nach. Sie sah Christoph Stockmeyer, wie er für sie durch das Feuer sprang. Seitdem sie die Hoffnung auf einen Gatten aus Lemgo aufgegeben hatte, verlangte ihr Körper immer dringender nach einem Mann. Hermann konnte ihr nur Gott gesandt haben, denn wie sonst konnte es geschehen, dass allein seine Berührung ein solches Feuer in ihr entfachte, ein Feuer, das sie schier willenlos machte? Allein seine Augen versprachen ungeahnte Wonnen und schlugen sie in ihren Bann, bis sie verwirrt auf den Vater blickte, der unbemerkt hinter den Chirurgus getreten war.

Mit einem einzigen Blick hatte Cordt die Situation erfasst. Er stellte Hermann den Krug Wein unter die Nase, doch bevor er ihn zum Trinken aufforderte, gab er Maria ein Zeichen zu verschwinden.

»Chirurgus, probier diesen edlen Tropfen, er wird dir sicher munden. Er stammt von Ludeke Rampendahl, meinem Vater, Gott hab ihn selig.«

Als Hermann zögerte, grinste er und frohlockte insgeheim: »Du wirst meiner Tochter erst beiwohnen, wenn ich dein Eheversprechen habe, dafür werde ich sorgen.« Er goss ihm den roten Wein in einen reich verzierten Messingkelch. »Und jetzt sauf, Hermann«, ermunterte er ihn. »Maria richtet derweil das Lager in der Kammer.« Wachsam verfolgte er jeden Schluck, den der Chirurgus schlürfte. Als Hermann den Kelch bis auf den Grund geleert hatte, nickte Cordt seiner Frau zu. Das Pulver, welches Catharina in den Wein gegeben hatte, entfaltete prompt seine Wirkung.

Hermann leckte sich die Lippen. »Wirklich ein guter Tropfen!«, lallte er und blickte Cordt im gleichen Moment verständnislos an. Um ihn herum schien sich plötzlich alles zu drehen. Verwirrt versuchte er aufzuspringen, doch seine Glieder gehorchten ihm nicht mehr, und im nächsten Moment sackte ihm der Kopf auf die Brust. Innerhalb kürzester Zeit schnarchte er ebenso friedlich wie sein Bruder Anton.

»Geh, Margaretha«, forderte Cordt die jüngere Tochter auf, »und gib den Knechten Bescheid, dass sie die Fremden in die obere Kammer ins Hinterhaus bringen.«

»Was habt Ihr vor, Vater?«, fragte Margaretha leicht verwirrt.

»Nichts, was euch beiden zum Schaden gereicht. Ich will nur euer Bestes.«

»Ihr wollt uns mit den Fremden verkuppeln?« Nachdenklich räumte sie das Geschirr vom Tisch.

»Nur die Maria. Du, mein Kind, hast noch Zeit. Der Anton ist ein stattlicher Bursche, und ich habe gesehen, dass er dir gefällt. Einer späteren Verbindung mit ihm steht nichts im Wege, aber lass die Liebe erst wachsen. Lediglich Maria muss unter die Haube, sonst bekommst du weder Anton noch einen anderen Ehemann. Du weißt, wie deine Mutter darüber denkt.«

Er hatte ihr einen Teil des Geschirrs abgenommen und folgte ihr polternd. Auf dem Boden lagen betrunkene Zecher. Vorsichtig stiegen Vater und Tochter über Füße, Kleidungsstücke, Waffen und Spucknäpfe. Zusammengerollt und laut schnarchend lagen die Trunkenbolde neben den Bänken, während andere am Tisch ihren Rausch ausschliefen.

Sorgsam bettete Maria das Federbett über Hermanns Körper und entfernte die angewärmte Kupferpfanne unter seinen Füßen. Margaretha legte einen letzten Scheit Holz auf das Feuer im Wandkamin, das gemütlich vor sich hin prasselte.

Cordt beobachtete seine beiden Töchter von der Tür aus. Er wollte in dieser Nacht in der Kammer nebenan auf einer Bank ruhen, hatte alles genauestens durchdacht. Am Morgen würde er die Kammer betreten und seine Tochter Maria neben Hermann im Bett vorfinden. Durch den vorzeitigen Liebeshändel wäre die Ehre und Keuschheit seiner Tochter in Frage gestellt, und der arme Wanderchirurgus Hermann Hermessen würde sich glücklich schätzen können, dass er, Ratsherr Cordt Rampendahl, großmütig über die Schande seiner Tochter hinwegsah und Hermann als künftigen Schwiegersohn in seine Familie aufnahm.

Er ging in die Kammer und beugte sich ein letztes Mal über den schnarchenden Hermann. Nachdem er sich überzeugt hatte, dass er fest schlief und nicht vorzeitig erwachen würde, gab er Maria das Zeichen, sich in ihre Schlafstatt zurückzuziehen.

»Morgen vor dem ersten Hahnenschrei kriechst du zu ihm unter die Decke. Ich werde sofort zur Stelle sein, um euch beide zu kompromittieren«, flüsterte er.

»Und wenn er vorher erwacht?«, wandte Maria ebenso leise ein.

»Lege dich beruhigt schlafen, meine Tochter. Das wird nicht passieren. Das Mittel, das ich ihm in den Wein geschüttet habe, würde noch jeden Ochsen umhauen!«

Das Erste, was Hermann beim Erwachen spürte, war ein furchtbares Dröhnen. Es hämmerte und knirschte vom Hinterkopf bis zu den Ohren und endete als stechender Schmerz in den Augen, vor denen bunte Kreise wild miteinander verschmolzen.

»Aaaah«, stöhnte er und griff sich an den Kopf, unfähig, ihn auch nur einen Zoll weit zur Seite zu drehen. Unter heftigem Blinzeln versuchte er vorsichtig, zwischen den vom Schlaf verklebten Lidern etwas zu erkennen. Alles um ihn war hell, gleißend hell. Das Licht schmerzte.

»Wo bin ich?« Hermann erschrak über seine eigene Stimme, die ihm wie die eines Toten vorkam. Sein Mund war trocken, die Zunge schwer.

»Hier bei mir, mein Liebster«, rauschte es an seinem Ohr. Oh, welch schmerzhafte Wonnen! Seine Finger tasteten neben sich. Irgendwoher musste diese Stimme ja gekommen sein. Er spürte warmes, weiches Fleisch. Es fühlte sich gut an und erinnerte ihn an Marias Schenkel.

»Maria!« Wie ein Blitz verflog der Traumzustand, und er richtete sich ungeachtet der Schmerzen jäh auf. Hellwach kehrte die Erinnerung teilweise zurück, langsam genug, als dass er sich keinen Reim darauf machen konnte, warum er glaubte, die ganze Familie Rampendahl schemenhaft vor sich erkennen zu können. Der Ausdruck auf Cordts Gesicht verhieß nichts Gutes.

»Guten Morgen, Hermann Hermessen. Ich hoffe, du hast eine gute Nacht gehabt?«

Obwohl er sich nicht erklären konnte, was der Aufmarsch vor seinem Bett sollte, spürte er instinktiv, dass es etwas mit der Ehre des Hauses zu tun haben musste. Wenngleich sich die Bilder des vergangenen Abends inzwischen unscharf zusammenfügten, verblieb dennoch eine Lücke, die wie ein schwarzes Loch in seinem Kopf klaffte. In der Hoffnung, Anton neben sich vorzufinden, schielte er zur Seite, doch die andere Betthälfte war leer. Erstaunt fuhr er mit der Hand über das zerwühlte und noch warme Bettlaken. An einem kreisrunden Fleck hielt er inne. Neugierig fuhr er darüber und beroch anschließend die Finger. Sein Blick fiel auf Maria, die mit gelöstem Haar im Hemd neben dem Bett stand und ihn nervös beobachtete. Erstaunt suchte er in ihren Augen nach einer Erklärung, doch Cordt kam ihr zuvor.

»Es ist das jungfräuliche Blut meiner Tochter Maria, die du entehrt hast, obwohl ich dir mein Haus und meine Freundschaft angeboten habe!«, donnerte er. »Verteidige dich, Hermann Hermessen!«

»Nicht so hastig, Cordt Rampendahl.« Hermann versuchte immer noch, einen klaren Kopf zu bekommen und sich zu erinnern. »Du beschuldigst mich also, deine Tochter entehrt zu haben, dabei weiß ich doch nicht einmal, wie ich in dieses Bett gekommen bin. Wo ist überhaupt mein Bruder? Wo habt ihr ihn versteckt?«

»Ich bin hier, Bruderherz!« Lautes Poltern und Schimpfen erklang, Metall klirrte, und eine Tür fiel krachend ins Schloss. Maria sprang mit einem leisen Aufschrei zur Seite, als Anton im Türrahmen erschien. Nur mit Hemd und Hose bekleidet, schwang er den Wanderstab über dem Kopf und tobte: »Die Knechte haben mich im Zimmer nebenan festgehalten. Wir sind Opfer eines Komplotts geworden, Hermann!« Mit drei Schritten stand er neben dem Bett. »Wenn sich mir einer in den Weg stellt, wird er damit aufgespießt!« Drohend richtete er den Stock auf Cordt und machte ein paar Schritte auf Maria zu.

»Was soll das Theater?«, fragte er. »Du Hure hast dich Hermann doch förmlich an den Hals geworfen.«

Beschämt blickte Maria zu Boden, doch im gleichen Augenblick kam ihr Cordt zu Hilfe. Blitzschnell packte er Anton und schleuderte ihn gegen die Wand. Ebenso schnell war seine Hand an dessen Kehle und drückte ihm die Luft ab, bis er krebsrot anlief und seine Füße wie bei einem Frosch in der Luft zappelten. Antons Augäpfel quollen hervor, ein gurgelndes Geräusch entwich ihm, aber er konnte sich nicht aus der Umklammerung befreien. Bevor Hermann ihm zu Hilfe eilte, stellte Cordt Anton zurück auf den Boden und lockerte den Griff.

»Meine Tochter wirst du nicht beleidigen, Wanderbursche«, knurrte er. »Niemand wird jemals die Ehre meiner Tochter beschmutzen.«

Anton schnappte nach Luft, da trat Hermann blitzschnell hinter Cordt und attackierte ihn mit dem Messer. Die Frauen flüchteten sich kreischend in die Nähe der Tür.

»Was soll das, Deche? Du weißt genau, dass ich deiner Tochter nicht beigewohnt habe, doch mein reichlicher Biergenuss und der Wein haben es dir anscheinend leicht gemacht, mich zu betäuben. Was steckt dahinter, Rampendahl?«

»Die Ehre meiner Tochter«, gab Cordt nun klein bei und räumte Hermann grinsend das Recht des Überlegenen ein. Versöhnlich reichte er Anton die Hand.

»Nichts für ungut. Dein Bruder beweist selbst in der Not Scharfsinn. Ich glaube, jetzt können wir ins Geschäft kommen.« Cordt winkte Frau und Tochter zu sich und gebot ihnen, Bier und Brot zu bringen, während er sich ächzend auf einem Stuhl niederließ. Seine Züge wirkten grau und eingefallen. Der reichliche Genuss des Bieres und der wenige Schlaf hatten ihre untrüglichen Spuren hinterlassen. »Du hast sicher bemerkt, dass ich mir nichts sehnlicher für meine Tochter wünsche als einen Mann«, sagte er müde, dann ging er in einen vertraulicheren Ton über. »Als ich sah, dass Maria das Verlangen in deinen Augen schürte, griff ich zu einer List. Ihr seid Wanderburschen und wäret ansonsten, noch ehe wir uns versehen hätten, schon wieder auf und davon gewesen. Verzeiht also einem Vater dreier Töchter die kleine Intrige. Der Wein hat dir einen tiefen Schlaf beschert, und durch meine List hat meine Tochter Maria am Morgen neben dir gelegen, was meine Familie bezeugen kann. Damit ist sie entehrt, und nur ein Ehevertrag kann ihre Ehre wiederherstellen.«

»Du willst mich also zu einem solchen zwingen?« Hermann legte das Messer zwischen sich und Cordt und ließ sich ihm gegenüber nieder. »Was passiert, wenn ich nicht darauf eingehe?«

»Dann wirst du mein Haus so lange nicht verlassen, bis du es dir anders überlegst«, grinste Cordt.

»Und wie willst du uns am Gehen hindern?«, grinste Anton zurück.

»Damit!« Cordt klatschte in die Hände, und zwei vierschrötige Kerle traten in die Kammer. Die bäuerlich gekleideten Knechte gingen links und rechts neben der Tür in Stellung. »Das sind Hans und Klaus«, feixte Cordt. »Und ich habe noch mehr davon!«

»Alles solche Fleischberge?«, fragte Hermann. Mit einem unguten Gefühl besah er sich die Kraftprotze und tauschte dann mit Anton einen eher ratlosen Blick.

Versöhnlich schob ihm Cordt die Kanne Bier über den Tisch. »Ich will euch nicht eurer Freiheit berauben, nichts liegt mir ferner. Ich habe euch sogar in mein Herz geschlossen, aber ihr müsst einsehen, dass ihr mein Haus nicht mehr verlassen könnt, selbst wenn ich euch ziehen ließe. Jeder Knecht und jede Magd würde euer unehrenhaftes Verhalten in die Stadt tragen. Noch vor den Stadttoren würden euch die Stadtknechte einfangen, und wahrscheinlich würde man euch als Hexenmeister brennen.«

»Aber uns steht noch die Prüfung vor der wundärztlichen Zunft bevor, um eine Barbierstube betreiben zu können. Eher bekommen wir keine Bürgerrechte und ohne Bürgerrechte auch keine Familien«, wandte Anton listig ein. Seiner Meinung nach war es besser, sich zu fügen. Cordts Vorschlag war gar nicht so übel, und wenn man es richtig anstellte, könnten sie dabei einen vorteilhaften Handel herausschlagen. »Diese List, Bruder, könnte vielleicht unser Glück bedeuten. Erinnerst du dich noch an die Worte der Hure?«, flüsterte er Hermann ins Ohr.

»Sobald Hermann den Ehevertrag unterschrieben hat, werde ich dafür sorgen, dass ihr beide eure Prüfung ablegt und das Bürgerrecht der Stadt Lemgo erwerbt«, erklärte Cordt. »Dann bekommt Hermann die Barbierstube und eine Mitgift von vierhundert Talern.«

»Das klingt alles nach einem gut durchdachten Kuhhandel. Aber was ist mit deiner Tochter, Deche? Hast du sie gefragt, ob sie mich überhaupt zum Manne will?« Hermann sah zu Maria, die sich auf dem Bett niedergelassen hatte und dem Gespräch aufmerksam folgte.

»Aus deinen Worten höre ich Zweifel. Natürlich steht meine Tochter bei all meinen Gedanken an erster Stelle, schließlich geht es mir um ihr Glück. Mein Gefühl sagt mir, dass ihr füreinander bestimmt seid und sie dir von Herzen zugetan ist.«

»Zuneigung allein reicht mir nicht«, entgegnete Hermann. »Ein Mann und eine Frau sollten in Liebe füreinander entbrennen. Zudem kenne ich deine Tochter erst seit den Abendstunden und weiß noch gar nichts über sie.« Hermann grinste. So ohne Weiteres wollte er sich nicht übers Ohr hauen lassen. »Soll ich etwa die Katze im Sack kaufen? Vielleicht ist sie ja wirklich eine Zauberin oder leidet an irgendeinem Gebrechen.«

Jetzt stemmte Maria die Fäuste in die Hüften. Das Hemd rutschte ihr von den Schultern und entblößte schamlos die runden Schultern. Wütend baute sie sich vor Hermann auf. »Das ist ja ein wohlöbliches Argument, Herr Wanderbursche!«, zeterte sie zutiefst beleidigt. »Ich bin Euch also nicht gut genug? Der Herr stellt auch noch Ansprüche, ja? Was habt Ihr denn außer Eurer losen Zunge zu bieten? Im Vergleich zu Euch wäre ich eines Königs würdig, wenn es hier einen gäbe.« Wütend riss sie sich das Hemd bis zu ihren rosigen Knospen hinunter. »Sind meine Brüste etwa nicht fest genug?

Oder hier …« Noch zorniger schob sie den Stoff über die Knie und setzte ihren schlanken Fuß auf Hermanns Oberschenkel. »Habt Ihr schon jemals solch einen grazilen Fuß in der Hand gefühlt? Oder ist Euch etwa mein Hintern nicht drall genug?«

Zu seinem Erstaunen drehte sie ihm blitzschnell den Rücken zu, bückte sich und lüftete das Hemd an der Kehrseite. In diesem Augenblick war sie die süßeste Versuchung, die ihm jemals vor Augen gekommen war, und Hermann wurde bewusst, wie sehr er sie begehrte.

Cordt hatte den schwappenden Bierkrug fallen gelassen und lachte dröhnend, bis ihm die Tränen in den Augen standen: »Das ist meine Tochter, Chirurgus. Genau deshalb liebe ich sie. Immer das Schandmaul auf dem rechten Fleck!« Klatschend schlug er sich auf Schenkel und Bauch. Die Knechte grinsten mit kaum verhohlener Schadenfreude.

Nur Catharina war der Auftritt ihrer Tochter unendlich peinlich. Sie griff nach einem Rock und verhüllte rasch Marias Reize. »Das ihr euch nicht schämt, Männer!«, schimpfte sie. »Und du, Hure, ziehst dir gefälligst sofort etwas an. Sich so schamlos zu gebärden! Wo hast du nur deinen Anstand gelassen, Tochter?«

»Ihr sprecht von Anstand, Mutter?« Maria schob Catharinas Hände entrüstet von sich. »Ihr seid es doch, die mich an diesen Dahergelaufenen verschachern will. Ich werde ihn nicht heiraten – und wenn ich als alte Jungfer sterben muss!«

Zornig stampfte sie mit dem Fuß auf, zog sich den Rock über der Brust zusammen und rauschte zur Tür. Im Rahmen verharrte sie plötzlich, und ihre Augen suchten Hermann. Er sah, dass sie sich mit Tränen gefüllt hatten. Längst bereute er seine Worte und hätte Maria am liebsten in seine Arme gerissen. Doch er spürte, dass er sie zutiefst verletzt hatte. Er würde um ihre Liebe kämpfen müssen.

»Sieh da, da geht er hin, der Ehevertrag. Und mit ihm unsere glänzende Zukunft. Also, Bruder, schnüren wir das Ränzel«, bemerkte Anton lakonisch. »Da der Herr Deche mir die zweite Tochter vorenthält und die erste dich nicht haben will, wird er uns jetzt nicht mehr am Gehen hindern!« Er erhob sich und wollte an Hermann vorbei.

Cordt gebot ihm mit einem warnenden Blick auf die Knechte, sich wieder zu setzen. »Nicht so hastig, junger Mann! Ich bin noch nicht fertig«, tönte er. »Ich kenne meine Tochter und auch ihre Ausbrüche, bin ich doch bis jetzt der einzige Mann, der sie zu zügeln versteht. Was ist mit dir, Hermann? Du bist so still geworden, und ich bin nicht blind. Ich habe gesehen, wie du sie mit den Augen verschlungen hast. Willige in den Handel ein. Wenn du es schaffst, meine Tochter, diese vollblütige Stute, zu reiten, dann hast du das beste Eheweib auf Gottes Erde. Sei auf unbestimmte Zeit mein Gast und hole sie dir zurück, mach sie dir gefügig. Doch hast du das geschafft, so musst du unterschreiben!«

»Ich wusste, dass es so kommen würde!« Glücklich und müde lag Maria in Hermanns Armbeuge und spielte mit den feinen Härchen auf seiner Brust. »Seit Jahren habe ich mich danach gesehnt.«

Hermann küsste sie leidenschaftlich. »Vom ersten Augenblick an, als ich dir begegnet bin, habe ich es mir gewünscht.«

»Mein Liebster!« Sie richtete sich halb auf und strich ihm über die Augenbrauen, die gerade kräftige Nase und die Lippen. Ihr Haar kitzelte in seinem Gesicht. Die Strähnen rochen betörend nach Lavendel. »Zum Dank für diese kleine List werde ich meinem Vater in den Fenstern der Kirche von St. Nikolai eine Inschrift stiften.« Sie lachte und kuschelte sich an ihn.

»Du bist wirklich eine verführerische Hexe! Hast du gesehen, wie die Leute dich in der Kirche angestarrt haben? Ich glaube, sie haben noch nie eine schönere Braut zu Gesicht bekommen.«

»Und noch nie einen schöneren Bräutigam. Ich hätte nie gedacht, dass du mich wirklich willst.« Sie hauchte einen Kuss auf seine Fingerspitzen und legte sie auf ihre Brüste, die wie ein warmes schwellendes Tal vor ihm lagen, aus dem ihm die süßesten Verheißungen entgegenschwebten.

Er spürte, wie sein Glied wieder hart wurde und sich unter der Seidendecke steif emporreckte. Sanft schob er ihre Hand tiefer. Das Verlangen brannte lichterloh in ihm. »Komm«, hauchte er, »noch einmal. Ich bin unersättlich, seitdem ich zum ersten Mal in deiner Liebesgrotte lustwandeln und deinen süßen Schoß erkunden durfte.« Sanft knetete er ihre vollen Brüste und übersäte ihren Körper dann mit heißen Küssen. Er spürte, wie sie sich unter ihm bog, sich ihm verlangend entgegenstreckte.

»Nimm mich, Hermann«, flüsterte sie. »Ich werde dich mit meiner Liebe wärmen wie die Sonne die Erde mit ihren glühenden Strahlen.« Mit schlängelnden Bewegungen schob sie ihr Becken unter das seine. Ihre vollen Lippen waren vor Verlangen leicht geöffnet. Gierig sog er sich an ihnen fest, als er in sie eindrang.

»Ich liebe dich, Maria«, keuchte er.

»Ich dich auch, Hermann, mein Liebster!«

Ihre Schenkel schlangen sich fest um seinen Rücken. Wild presste sie sich gegen ihn, und langsam, Stoß für Stoß, nahm er von ihr Besitz. Als er sich schließlich in ihr ergoss, entrang sich ein spitzer Schrei ihrer Kehle. Ermattet blieb er auf ihr liegen und strich ihr das verschwitzte Haar zurück.

Ihre saphirblauen Augen glänzten feucht. Behutsam küsste er ihre Lider. »Woran liegt es nur, dass du für mich zugleich Jungfrau und Hure bist?«

Sie lachte glucksend. »Ich bin kein junges Mädchen mehr, sondern eine Frau, der Liebe nicht ganz fremd ist. Viele junge Burschen wollten um meine Hand anhalten, darunter auch der ehrenwerte Hans Henrich Borchmeyer. Aber letztendlich hat sie alle das Gerücht, ich wäre eine Hexe und könnte zaubern, davon abgehalten.«

Hermann stützte sich auf einen Ellbogen, während sie sich auf den Bauch wälzte und ihm ihren herrlichen Rücken darbot. Sanft kitzelten die Fingerspitzen seiner freien Hand die ebenmäßige Halslinie und die leichte Wölbung der schmalen Taille.

»Du hast damals dem Kämmerer Hancke gezeigt, wie man sich einer Frau gegenüber benimmt. Das war sehr ritterlich, aber du solltest auch wissen, dass sich der mächtigste Mann Lemgos mir gegenüber Anzüglichkeiten anmaßt, vor denen ich Furcht habe. Auf seiner Hexenbesagungsliste stehe ich zudem weit oben.«

»Dein Vater warnte mich bereits vor ihm.« Gerührt küsste er ihre Halsbeuge. »Ich bin jetzt dein Mann und dafür da, dich vor allem Ungemach zu beschützen«, tröstete er sie. Gleichzeitig spürte er, wie sie leicht erzitterte.

Sie kuschelte sich erneut an ihn. »Ich habe den Bürgermeister in der Kirche gesehen. Er kam im Auftrag des Grafen, als Hochwürden unseren Bund der Ehe segnete. In der Nähe der Tür, von wo aus er nur mich beobachtete, blieb er stehen. Niemand hatte mit seinem Erscheinen gerechnet, immerhin haben in jüngster Vergangenheit die Dechen mit meinem Vater an der Spitze mehrfach Widerstand gegen seine Herrschaft gezeigt. In einem Schreiben an den Grafen haben sie Cothmann schwer belastet, weil er gleich nach der Ratswahl wichtige Sprecher der Bürgerschaft ihrer Ämter enthob.«

Bewundernd blickte er ihr in das schöne Gesicht. Er hörte ihr gern zu. »Jetzt weiß ich auch, warum er es auf ein so schönes Weib wie dich abgesehen hat.« Entzückt küsste er ihre Nasenspitze. »Doch mit dem Schreiben an den Grafen hat dein Vater sicherlich nichts erreicht, oder?«

»Leider nicht. Er hat nicht bedacht, dass Cothmann neben seinem Amt als Bürgermeister zugleich Gräflich Lippischer Landrat ist, von Eurer Gnaden Graf Simon gnädig angenommen und in Verlaub dieser Geschäfte ihm jederzeit lieb und wert.«

»Ich nehme an, dass dein Vater der eigentliche Grund ist, weshalb er dir nachstellt, oder gibt es gar noch einen anderen?«

»Den gibt es wohl. Sein männlicher Stolz lässt nicht zu, dass er ausgerechnet an mir scheitert, wo ihm doch jeder Frauenrock der Stadt gehört. Selbst derjenige meiner Erzfeindin Maria Vieregge.«

»Ist das nicht die Schöne, welche um Mitternacht deinen Schleier abgetanzt hat?«

»Ja, das ist sie. Ich hätte es gern gesehen, wenn es Margaretha an ihrer statt gewesen wäre. Die Ehre, meinen Schleier abzutanzen, kam diesem Weibsbild am allerwenigsten von allen zu.«

Er spürte, wie sich ihr Herzschlag beschleunigte. »Ist dir der Gedanke an sie so unangenehm? Dann sollten wir uns schnell angenehmeren Dingen zuwenden.« Behutsam führte er ihre Hand zu seinem Schwengel, der schon wieder prall und hart wurde.

»Nein, Liebster, die Vieregge fürchte ich nicht mehr. Doch sie ist von Neid und Missgunst zerfressen, weil mein seliger Bruder eine andere Braut gewählt hatte. Dabei bin ich noch immer davon überzeugt, dass sie es war, die ihn vergiftet hat. Ich habe gehört, dass sie in ihrem Haus heimlich teuflische Rituale abhält. Meine Schwester Ilsabein hat sie ebenfalls schon in ihren Bann gezogen. Gemeinsam opfern sie Luzifer Federvieh und Hunde und trinken anschließend ihr Blut.«

Schaudernd hielt sie ihm die süßen Lippen hin. Er verschloss sie heftig und wild mit einem Kuss. »Wie es der Brauch verlangt, wird Maria Vieregge nun als Nächste heiraten. Es geht das Gerücht um, dass der Kaufmann Cordt Blattgerste sie zum Altar führen wird, aber er wird kein großes Vergnügen an ihr haben. Sie ist eine von Cothmanns Huren.«

»Dann sollte er dich doch endlich in Ruhe lassen.« Belustigt blickte er ihr in die blauen Augen.

»Das wird er nicht. Cothmann ist wie ein Feldherr. Er wird niemals aufgeben, bevor er sein Ziel nicht erreicht hat. Er wird alles daransetzen, mich zu vernichten. Und schuld daran ist nur dieses verdammte Pasquill ...«

Jäh brach sie den Satz ab und atmete tief aus. Gleichzeitig umschlang sie Hermann und presste sich hart an ihn. »Ich hatte dir doch von dem Pasquill erzählt? Und von Cothmanns Überfall auf mich, als er durch meine Unachtsamkeit dahinterkam, dass ich die Schmähschrift unter seinen Ballgästen verteilen sollte?« Hermann nickte. »Danach hörte ich lange Zeit nichts mehr von ihm. Seine Wahl zum Bürgermeister und mehrere Hexenprozesse nahmen ihn wohl zu sehr in Anspruch. Doch damals, als dir die Entscheidung mit dem Ehevertrag noch schwerfiel und Vater dich und Anton deshalb bis zur Hochzeit unter Verschluss hielt, standen wieder zwei Kämmerer vor unserer Tür und forderten mich auf, aufs Rathaus zu kommen. Ich sollte als Zeugin in einem Hexenprozess aussagen. Vater befand sich gerade auf unseren Ländereien außerhalb der Stadt, um bei den Bauern Schuldverschreibungen einzuholen. Cothmann musste ihn beobachtet haben, um zu wissen, dass ich an diesem Tag ohne Schutz war. Die Kutsche, die mich abholte, fuhr natürlich nicht zum Rathaus, sondern hielt vor seinem prächtigen Haus.«

Hermann spürte, dass es sie belastete weiterzusprechen. »Du musst es mir nicht erzählen, wenn es dir schwerfällt«, hauchte er ihr liebevoll ins Ohr.

»Aber ich möchte es. Du bist mein Ehemann und sollst alles über mich wissen. Der Landmann öffnete mir an diesem Abend selbst die Tür. Offenbar hatte er all seine Knechte und Diener weggeschickt. Er trug nur ein weißes Hemd über der Kniebundhose und einen kostbaren Überrock aus Goldbrokat. Das Hemd war bis zum Bauchnabel geöffnet. Obwohl er fast mein Vater sein konnte, musste ich zu meinem Ungemach feststellen, dass er recht vorteilhaft aussah. So war der Umstand, dass er mich zu sich bestellt hatte, nicht mehr ganz so furchtbar. Er verhielt sich zunächst auch recht ritterlich, verbeugte sich sogar vor mir und ergriff dabei meine Hand. Als ich sie ihm eingeschüchtert überließ, führte er sie an seine Lippen und hauchte einen Kuss auf meine Fingerspitzen. Mit einem prunkvollen Leuchter in der Hand, führte er mich am Arm in seinen Salon, wo er für uns beide den Tisch hatte decken lassen. Es war ein reichhaltiges Mahl, eine ganze Familie wäre davon satt geworden! Auf einem weißen Damasttischtuch standen in silbernen Töpfen Eiersuppe mit Safran, Pfefferkörnern und Honig, Hirse und Gemüse, Schaffleisch mit Zwiebeln und ein gebratenes Huhn mit Zwetschgen. Ferner lagen mit Öl und Rosinen garnierter Stockfisch, in Öl gebackene Bleie, gesottener Aal mit Pfeffer und gerösteter Bückling mit Senf auf einer Platte nebeneinander. Zudem waren die Speisen mit duftenden Blumen verziert und parfümiert.«

Maria atmete durch und schluckte, bevor sie weitererzählte. »Er zog mich neben sich auf ein Sitzmöbel, dessen Rückenlehne die Form einer riesigen Ohrmuschel hatte und auf korkenzieherartigen Füßen stand. Ich kam mir vor, als wäre ich bei einem Fürsten zu Gast, und nippte zaghaft an dem schweren Rotwein, den er mir mit einem verführerischen Lächeln reichte. Der Wein tat alsbald seine Wirkung. Ich vergaß sein Benehmen auf dem Ball und begann irgendwann, seine Schmeicheleien zu genießen. In Lemgo wollte mich ohnehin kein Mann mehr freien, dich hatte ich längst verloren geglaubt, und bald wäre meine fruchtbare Zeit vorbei gewesen. Gott wird mir verzeihen, wenn ich gestehe, dass ich mich in diesem Moment als Weib begehrt fühlte und ihm bereits in Gedanken zu Willen war. Denn an diesem Abend lag nichts von wildem Begehren oder gar Falschheit in seinen Augen. Nach ein paar weiteren Gläsern des köstlichen Weins rückte er näher und sagte mir Artigkeiten, die ich noch nie zuvor von einem Mann gesagt bekommen hatte. Dinge, die meinem Ohr schmeichelten und in meiner Seele ein Feuer entfachten, das bald meinen ganzen Körper erfasste. Während er meine Schönheit lobte, streichelte er mit einer Rose meine Brüste und küsste sanft meine Halsbeuge. Erst als er mein Mieder öffnete, erwachte ich wie aus einem bösen Traum. Immerhin noch rechtzeitig, denn just in dem Moment verwandelten sich seine verführerischen Schmeicheleien in heftiges Keuchen. Blitzschnell warf er sich über mich und riss mir die Kleider vom Leib. ›Endlich bist du mein, du Teufelshure!‹, schnaufte er. ›Zeig mir, wie es der Fürst der Hölle mit euch Hexenweibern treibt!‹«

Wieder musste Maria kurz innehalten, um neue Kraft zu sammeln. »In meiner Not warf ich mich hin und her, riss ihm die Perücke herunter, zerkratzte ihm das Gesicht und biss ihn ins Ohr. Aber all das schien seine Lust nur noch zu steigern. Da fiel mein Blick auf den Leuchter. Verzweifelt kämpfte ich mich an die Tischkante heran. Cothmann war auf meiner Seite und reichte mir das schwere Prunkstück sogar in die Hand. Als ich ihn noch einmal bat, von mir zu lassen, schlug er mir mit der Faust ins Gesicht. Ich schrie, und sofort hielt er mir brutal den Mund zu. In meiner Not holte ich aus und schlug ihm den Leuchter über den Schädel. Blut spritzte auf mein Kleid, und er sackte lautlos über mir zusammen. Entsetzt schob ich ihn von mir weg und rannte zur Tür. Als ich mich noch einmal umsah, lag er kopfüber zusammengesunken auf dem Sitzmöbel, inmitten der Speisen, die ich mit dem Tuch vom Tisch zu Boden gerissen hatte. Panisch raffte ich meine Kleider und rannte die Treppe hinunter durch die Diele zum Tor, wo ich plötzlich Maria Vieregge gegenüberstand. Sie war genauso überrascht wie ich über die Begegnung und starrte mich wie eine Erscheinung mit stummem Erstaunen an. Als sie des Blutes auf meinem Mieder gewahr wurde, verfinsterte sich ihr Blick. Sofort schien sie zu begreifen und schob mich energisch zur Seite. Ich höre noch ihre Worte: ›Wenn ihm etwas passiert ist, töte ich dich!‹, und sehe sie die Treppe zum Saal hinaufhechten. Kurz danach hörte ich sie schreien: ›Liebster, wo bist du? Graf Simon Heinrich hat alle Pässe des Teutoburger Waldes mit Wachposten besetzt!‹«

»Du tust mir so leid.« Hermann saß aufrecht in den Kissen und blickte voller Mitgefühl auf sie hinab. »Da der Hurensohn in der Kirche war, hat er deinen Schlag offenbar überlebt.« Er ergriff ihre Hände und drückte sie voller Mitgefühl an seine Brust, dort, wo das Herz lag. »Doch ich schwöre dir, meinen Schlag wird er nicht überleben. Ich werde ihn dafür vor die Klinge fordern!« Entschlossen sprang er aus dem Bett.

Maria richtete sich überrascht auf.

»Was hast du vor? Du darfst ihn nicht fordern! Ich liebe dich und will dich nicht durch ihn verlieren.« Flehentlich streckte sie die Hände nach ihm aus.

Doch ihre Sorge schien unbegründet. Er besann sich plötzlich eines anderen, beugte sich zu ihr hinunter und küsste sie beruhigend auf den Mund. »Du sagtest, Graf Simon habe die Pässe besetzt, hast du das wirklich gehört?«

Sie nickte.

»Dann ist es wahr, und die vom Kurfürst Wilhelm von Brandenburg besiegten Dänen haben die unter schwedischer Flagge stehenden Herzogtümer Bremen und Verden angegriffen. Das bedeutet, dass Bernhard von Galen, der kriegerische Bischof von Münster, seine Gelegenheit gekommen sehen und seine Truppen ebenfalls nach Bremen schicken wird. Er ist Simons Erzfeind.«

»Und?« Ungläubig lauschte Maria seinen Worten. »Was hat das alles mit uns zu tun? Komm lieber wieder zu mir und überschütte mich mit deinen Küssen.« Sie ließ sich auf das Laken zurückgleiten und räkelte sich verführerisch.

Hermann quälte sich in die Hose. »Gern, meine Taube, aber zuvor muss ich zu deinem Vater. Dass Graf Simon die Pässe mit Truppen besetzt hat, bedeutet, dass der Bischof seinen Weg über die lippische Residenz nehmen wird. Schon allein, um für seine Truppen Proviant und Ausrüstungsgegenstände zu fassen. Bernhard von Galen ist dafür bekannt, dass er alles auf seinem Weg plündert und niederbrennt, und er wird Lemgo nicht umgehen. Wir müssen so schnell wie möglich unser Hab und Gut in Sicherheit bringen, bevor der Bischof in Lemgo einmarschiert.«

»Du machst mir Angst, mein Liebster. Gott würde nicht wollen, dass unsere erst so kurze Zeit des Glücks von Unheil überschattet wird, wo er mir doch endlich dich geschickt hat. Aber vielleicht besteht ja noch Hoffnung. Von Galens Truppen scheinen noch weit entfernt, und die Vieregge lügt, wenn sie nur den Mund aufmacht.«

»Keine Furcht, meine Liebste. Schlafe ein wenig und träume von mir und unserer gemeinsamen Zukunft. Wenn ich zurückkehre, habe ich die wichtigsten Vorkehrungen zu unser beider Schutz getroffen, dann können wir uns auch wieder unserer Liebe zuwenden.«

Die Münstersche Invasion

»Berndken van Galen, de wert di halen.«

»Auuu! Du sollst endlich deine Finger von mir nehmen.« Energisch schob Cothmann ihre Hände weg und stülpte sich das Barett auf den Kopf. »Du scheinst vergessen zu haben, wen du vor dir hast, Knochenhauerhure!«

»Aber warum beschimpfst du mich, Liebster? Wer war es denn, dem du gar dein Leben zu verdanken hattest, als die Rampendahlsche dich um ein Haar erschlug? Bin ich dir nicht immer eine unterwürfige Dienerin gewesen?«

»Eben drum. Gleich werden die Herren Kuckuck und Krieger hier eintreffen. Wenn du nicht verschwindest, lasse ich dich von den Bütteln hinauswerfen!«

Maria Vieregge unternahm erneut einen schwachen Versuch, sich ihm zu nähern. Versöhnlich goss sie ihm einen Schluck Wein ein, als ihr Blick unruhig durch den halbdunklen Raum des Wirtshauses glitt. »Warum empfängst du die Herren eigentlich an solch einem unseligen Ort, Liebster? Hier sind die Ratten zu Hause, und nicht einmal einen guten Wein gibt es.«

»Das geht dich nichts an, Hexe!«

»Nenn mich nicht immer Hexe.« Sie schmollte. »Der anderen Maria gebührt der Name, schließlich ist sie es doch, der du die Wunde am Kopf zu verdanken hast. Heilt sie nicht endlich, so wirst du noch das Fieber bekommen und sterben.«

»Das hättest du wohl gern, was?« Er grinste.

»Nein, mein Liebster, nur das nicht! Ich werde Gott um ein langes Leben für dich anflehen. Ich liebe dich doch.« Erneut schlang sie ihre weißen Arme um seinen Hals und presste sich an ihn. Besorgt streichelten ihre Fingerspitzen über den Hinterkopf, bis sie unter der Perücke die heiße, wulstige Narbe ertasteten.

»Du sollst das lassen, Dirne!« Warnend funkelte Cothmann sie an.

»Aber ich will dir doch helfen, Liebster! Die Wunde muss dringend mit Kräutern behandelt werden.«

Ungehalten nahm er ihre Hände von seinem Hals und blickte ihr in die grünen Augen. »Du und mir helfen? Eher lasse ich mich von Luzifer persönlich verarzten, blöde Weibsperson!«

»Die andere Maria spukt dir noch immer im Kopf umher. Von ihr würdest du dir gern die Wunde behandeln lassen, nicht wahr? Man sagt ihr ja Wunderkräfte in der Heilkunst nach. Nur: Egal, an welches Krankenbett man sie auch ruft, sie lässt immer den Tod zurück. Frag die hohen Herren Reineking, Echtner und Rullmann. Und auch dich hätte sie fast getötet.«

»Das war etwas anderes«, grunzte er kleinlaut. »Aber was erzählen die Herren über sie?«

Da er ihr wieder Aufmerksamkeit schenkte, keimte neue Hoffnung in ihr auf. Sie rutschte näher an ihn heran, wobei sie ihm ihre Brüste entgegenreckte und ihm lüstern von unten her in die Augen schaute. Ihre Gesten riefen Widerwillen in ihm hervor. Wie hatte er sich nur jemals dazu herablassen können, sie zu besteigen? Abgesehen von den funkelnden grünen Augen und den wilden schwarzen Haaren war sie keinerlei Versuchung wert.

»Von einer vertrauenswürdigen Frau weiß ich, dass die Rampendahlsche sogar ihre Schwester Ilsabein zur Hexerei verleiten wollte. Selbst ihre Cousine Catharina bestätigt die Hexenkünste, mit denen sie den Nachbarn heimlich das Vieh und die kleinen Kinder vergiftet.«

»Das ist nichts Neues. Du plapperst nur das nach, was sowieso schon über sie gesprochen wird. Ich brauche Beweise.«

»Wenn du mich nicht abweist, mein Liebster, und es wieder so wie früher zwischen uns wird«, sie ergriff seine Hand und führte sie unter ihren Rock zwischen ihre heißen Schenkel, »dann liefere ich dir die Beweise.«

Abfällig grinsend zwickte er sie ins Knie, bevor er ihr die Hand entzog und ein Stück von ihr abrückte. Er schob ihr den Kelch hin. »Füll den hier lieber nach, du läufige Hündin«, brummte er ungnädig. »Und besinn dich endlich darauf, dass ich verheiratet bin und du bald Hermann Blattgerstes Ehefrau sein wirst. Nur weil ich dich einmal bestiegen habe, heißt das noch lange nicht, dass du mir wie eine Hündin nachrennen musst.«

Er setzte den Kelch an die Lippen und ließ sich den schweren Wein genüsslich die Kehle hinunterlaufen. Als er sich die Lippen mit einer Serviette betupfte, blieb ein kleiner dunkelroter Fleck im Tuch zurück. Missmutig betrachtete er ihn. »Bedauerlicherweise ist der Wein genießbarer als du«, stellte er trocken fest.

»Wieso, mein Liebster?« Hingebungsvoll öffnete Maria die Lippen. »Was hat die Rampendahlsche Hexe, was ich nicht habe, und was kümmert uns deine Frau? Du selbst hast gesagt, sie sei nur deine Ehefrau und die Mutter deiner Kinder, interessiere dich aber als Weib nicht sonderlich. Das Wichtigste an ihr sei ihre Verbindung zum hochwohlgeborenen Grafen Simon Heinrich.«

Bei der Erwähnung des Grafen zog Cothmann ein rundes silbernes Kästchen aus dem Rock und öffnete es mit einem leisen Klicken. Es enthielt eine wertvolle, mit Edelsteinen besetzte Uhr. Ein Geschenk seiner Frau Elisabeth. »Die Sonne wird bald untergehen«, murmelte er leise. »Wo die Herren nur bleiben?«

»Ich werde dir das Miststück bringen«, hauchte sie. Sie lechzte förmlich nach seiner Aufmerksamkeit und einer Umarmung.

»In mein Bett oder als Hexe?« Nachdenklich betrachtete er ihr hageres Gesicht.

»Ganz, wie du es willst, mein Gebieter. Aber stoße mich nicht von dir.«

»Du langweilst mich, Weib. Verschwinde jetzt, oder ich vergesse mich.«

Die Vieregge ist schlimmer als Aussatz und Pest zusammen, dachte er bei sich und blickte zur Tür, in der soeben der Ratsdiener Müller erschien. Links und rechts vom Eingang hielten je zwei Soldaten Wache. Seit der Ratswahl war es immer wieder zu Tumulten mit den Dechen und Meinheiten gekommen, sodass Beobachter des Grafen sich ermächtigt sahen, den Bürgermeister mit militärischem Beistand vor Übergriffen zu schützen.

Stadtsekretär und zweiter Bürgermeister Barthold Krieger erlaubte sich ein Hüsteln, als er das Weib an Cothmanns Seite bemerkte. Eingedenk der Halsstarrigkeit der Knochenhauerhure blieb diesem nichts weiter übrig, als gute Miene zum bösen Spiel zu machen.

»Ist das nicht Vierégges Tochter Maria?«, näselte der Stadtsekretär. Hinter ihm betraten die Ratsherren Rullmann und Kuckuck den Raum. Ihre Kleidung war staubig von der Straße, ihre Stiefel waren bis zum Schaft mit Schlamm bespritzt. Durch Rullmanns Rock quoll am Oberarm Blut.

»Das habt Ihr ganz richtig bemerkt, Krieger, aber sie wird das Wirtshaus sofort verlassen.« Cothmann erhob sich rasch und winkte dem Wirt. »Was hat Euch aufgehalten, meine Herren? Eurem Äußeren nach zu schließen, kommt Ihr nicht geradewegs vom Rathaus.« Cothmann reichte ihnen reihum die Hand. Der Wirt, ein kleiner, untersetzter Mann mit Fettpölsterchen an Kinn und Hüften, stellte eine neue Kanne Wein auf den Tisch. »Bringe Er uns etwas von seiner gebackenen Forelle und der Schweinskeule mit Gurken!«

Gehorsam machte der Wirt mehrmals einen Bückling bis zum Boden und entfernte sich dann rückwärts.

»Die Vieregge soll eine sehr gelenkige Zunge haben«, bemerkte Krieger süffisant und schickte der Knochenhauertochter nachdenklich einen Blick hinterher, als sie hinter dem Wirt durch die Tür rauschte.

»Ihr Hinterteil ist auch nicht zu verachten«, grinste Kuckuck, der mit Pistolen und Degen bewaffnet war, zweideutig zur Seite.

Cothmann ignorierte die Anspielungen. »Was ist nun passiert, meine Herren? Wie ich sehe, war Euer Weg hierher nicht ohne Folgen.«

»Das ist leider wahr, Euer Ehren. Bischof von Galen hat siebentausend Mannen zusammengezogen. Allein sieben der acht Münsterschen Regimenter lagern in Oerlinghausen«, erklärte Rullmann und stopfte sich ein Tuch in den Ärmel, um die Blutung zu stillen. »Wir kommen von Vahrenholz und entkamen nur mit Mühe einer Vorhut Galens.«

»Also sind wir ihnen ausgeliefert. Unsere Truppen stehen zur Unterstützung des Reichsheeres gegen den französischen König Ludwig XIV. am Oberrhein.«

»So ist es, Bürgermeister. Landeshauptmann Flörke obliegt die Verteidigung des gesamten lippischen Raumes, aber er kann sich nur auf die unerfahrenen Landesmilizen stützen. Obwohl selbst die Bauern mit Mistforken zur Verteidigung bereitstehen, haben die Ersten angesichts eines solchen Ansturmes bereits die Flinten ins Korn geworfen und das Weite gesucht.« Kuckuck tupfte sich umständlich mit einem Seidentuch den Schweiß vom Gesicht. Als ein typischer Emporkömmling hatte er es bis in den Rat geschafft, stand aber immer noch auf sehr wackligen Füßen. Für Cothmann war er bestenfalls ein Lakai, viel zu naiv. An den ihm an Skrupellosigkeit ebenbürtigen Barthold Krieger würde Flörke voraussichtlich niemals heranreichen.

»Aus Euren Worten schließe ich, dass Bischof von Galen bereits vor den Toren Lemgos steht?« Nachdenklich blickte Cothmann einer Fliege nach, die sich über eine Pfütze Wein hermachte und anschließend torkelnd über den Rand des Tisches krabbelte. »Das wirft natürlich meine Pläne um«, murmelte er.

»Hier, dies sollen wir Euch überreichen, Euer Ehren. Die Depesche haben wir von einem Kurier des Bischofs erhalten.« Kuckuck lüftete den Dreispitz und reichte dem Bürgermeister ein versiegeltes Pergament.

Rasch erbrach Cothmann das Siegel und überflog die mit ungelenker Schrift abgefasste Aufforderung. Mit jedem Satz verfinsterte sich sein Gesicht und schwoll die Zornesader über der Nasenwurzel stärker an. Seine Kaumuskeln bewegten sich nervös, er atmete schwer. Es entstand eine ungewohnte Stille. Lediglich das Klappern der Teller, während sie der Wirt mit dampfenden Speisen füllte, war zu hören. Zum Schluss verlor der Bürgermeister die Beherrschung, schleuderte das Papier zornesrot auf den Boden und fegte wutentbrannt mit dem Ärmel Geschirr vom Tisch.

»Bernhard von Galen, dir werd ich helfen!«, brüllte er zum Erstaunen von Rullmann und Kuckuck, die erschrocken aufgesprungen waren, und breitete hastig die Flurkarte von Lemgo vor ihnen aus. »Dieser Schelm will, dass ich ihm Lemgo ausliefere. Er maßt sich sogar an, mir drei Tage Bedenkzeit zu geben, dann will er die Stadt stürmen!«

Die Gesichter der Ratsherren wechselten die Farbe. »Aber wir sind nicht in der Lage, uns gegen eine solche Übermacht zu verteidigen«, bemerkte Rullmann.

»Keine Angst, meine Herren, so schnell geben wir nicht auf.« Cothmann hatte sich wieder beruhigt. »Räume Er den Dreck hier wieder weg!«, befahl er dem Wirt, dann beugte er sich über die Karte und zeichnete mit der Fingerspitze langsam die Landesgrenzen nach. Die Augen der Ratsherren folgten seinen Bewegungen gespannt. »Soviel mir aus guter Quelle bekannt ist, hat Graf Simon vor, das Leibregiment des Herzogs von Braunschweig für den Winter bei sich aufzunehmen. Wir werden noch heute Nacht einen Kurier zum Grafen Simon schicken. Wenn er es ermöglicht, dass der Obrist von Haxthausen eher mit seinen Truppen eintrifft, haben wir eine Chance. Bis dahin werden wir die Stadt mit allem, was uns zur Verfügung steht, verteidigen, und wenn uns dieser Kampf das Leben kostet.«

Rullmann öffnete den Mund zu einer Frage, doch Krieger kam ihm zuvor. »Ihr seid ein mutiger Mann, Landrat«, bemerkte er. Der listige Verwaltungsbeamte und enge Vertraute Cothmanns hatte sich bisher zurückgehalten, war aber dem Disput aufmerksam gefolgt. »Aber wen gedenkt Ihr, zum Grafen zu schicken? Bernard von Galens Truppen sind bereits überall. Der Bote müsste schon sehr geschickt vorgehen, um Schloss Brake unbeschadet zu erreichen.«

Cothmann grinste zuversichtlich und legte gelassen die Karte zusammen. Dann zog er sich die Schale mit der Schweinskeule heran, die wie ein Igel mit kleinen Gurken gespickt war. Mit spitzen Fingern zog er eine aus dem Fleisch und schob sie sich in den Mund. »Köstlich«, murmelte er und kaute eine Weile auf ihr herum, bevor er schluckte. Dann wischte er sich mit dem Tuch über die Lippen und sagte langsam, um die Spannung zu erhöhen: »Ich weiß, wen ich mit diesem Auftrag betrauen werde.« Er beobachtete ihre Gesichter und schob sich ein Stück Weizenbrot zwischen die Zähne. »Den Barbier Hermann Hermessen!«

»Aber der Chirurgus besitzt nach unserem Wissen noch kein Bürgerrecht«, warf Krieger überrascht ein. »Er hat grade erst die Rampendahlsche Marien geehelicht, und man munkelt, sie gehe vielleicht schon in guter Hoffnung. Er wird sich weigern.«

»Das lasst nur meine Sorge sein. Er wird reiten, darauf gebe ich Euch mein Wort, meine Herren!« Mit einem Mal veränderte sich Cothmann. Er wurde aschfahl im Gesicht und begann zu schwanken. Seine Finger suchten nach einem Halt. Als sie sich um die Tischkante krallten, stöhnte er kaum hörbar auf, zog sein Taschentuch aus dem Rock und betupfte sich die feuchte Stirn.

»Was ist mit Euch, mein Herr? Ist Euch das Gürkchen nicht bekommen?« Kuckuck war besorgt herbeigeeilt.

Cothmann beantwortete seine Frage mit Schweigen, glättete stattdessen das zerknüllte Taschentuch und faltete es umständlich wieder zusammen. Ratlos tauschte Kuckuck einen Blick mit Krieger, als sich Cothmann wieder in den Griff bekam.

»Mir deucht, Ihr habt Fieber, Herr Landrat? Soll ich Euren Leibarzt rufen lassen?«, fragte Krieger.

»Dummes Geschwätz! Ich habe nur zu viel Wein getrunken.« Er spürte, wie das Unwohlsein zurückkehrte, wollte sich aber die Blöße einer weiteren Schwäche vor den Ratsherren nicht geben. Steif erhob er sich und starrte wie abwesend in ihre Gesichter. Dann inszenierte er eine leichte Verbeugung und schwenkte das Barett. »Ihr entschuldigt mich, meine Herren. Ich habe noch etwas Unaufschiebbares auf dem Rathaus zu erledigen.« Er machte auf dem Absatz kehrt und schritt in aufrechter Haltung zur Tür. Hinter sich ließ er die erstaunten Ratsherren zurück.

Vor dem Wirtshaus sog Cothmann tief die kalte Abendluft ein. Sie tat gut und beruhigte seinen rebellierenden Magen. Müde hob er den Arm und winkte den Kutscher heran. Erst als er sicher in den Wagenpolstern saß, gestattete er sich, in sich zusammenzusacken. Langsam und mit ungelenken Bewegungen zog er die Perücke vom Kopf.

»So ein Luder!«, grunzte er und betastete mit der rechten Hand vorsichtig die Wunde am Hinterkopf. Sie fühlte sich noch immer geschwollen und heiß an. Als er die Fingerspitzen betrachtete, klebte blutiger Schorf daran. Vor Hass und der Gewissheit darüber, dass sie an der Blöße schuld war, die er sich eben gegeben hatte, verzog sich sein Gesicht. »Warte nur, du Rampendahlsche Hexe! Ich werde dich noch kriegen. Wenn nicht heute, dann eben morgen.«

Ärgerlich beugte er sich zum Fenster hinaus und befahl dem Kutscher auf dem Bock: »Fahre Er beim Leibarzt vorbei, Kutscher!«

Die Pferde zogen ruckartig an. Vor Kälte schlugen seine Zähne aufeinander, während sein Leib von einer Hitzewelle geschüttelt wurde. Fahrig suchte seine Hand nach dem Pelz, und als er endlich das weiche Hermelin zwischen den Fingern spürte, kroch er tief in das Fell. Krieger hatte recht. Er hatte Fieber.

Vor dem Tor erklangen Geräusche, als schlug jemand gegen das Holz.

»Schieb den Riegel zurück. Das ist Hermann!«, rief Cordt dem Knecht zu. Er stand auf einer Holzbank und hämmerte von innen Holzbalken an die Fenster. Maria und Margaretha stemmten sich kräftig gegen die Rückseite eines mit großen Fässern beladenen Wagens und schoben ihn gemeinsam mit Anton vor das große Eingangstor. Alle weiteren Türen und Ausgänge hatten sie bereits mit Holzbalken und anderen Fahrzeugen verbarrikadiert.

»Das hätten wir geschafft!« Anton spuckte in die Hände und griff nach einer Axt, als der Riegel quietschend nachgab und Hermann hastig durch das Tor trat. Schnell schob er den Riegel wieder vor und kroch unter der Deichsel hindurch. »Hier kommt so schnell keiner von Galens Männern herein. Selbst das gräfliche Schloss in Brake ist nicht besser gesichert.« Er grinste, doch als er Marias Gesicht erblickte, wurde er sofort wieder ernst. »Du sollst doch nicht so schwer arbeiten!«, mahnte er sie und fasste sie um die Hüfte, während er ihr die Lippen mit einem heißen Kuss verschloss.

»Catharina Margaretha wird es mir verzeihen. So lernt sie gleich das wahre Leben kennen«, lächelte Maria.

»Margaretha? Ein schöner Name – wenn es denn ein Mädchen wird.« Hermann lächelte und strich zärtlich über die Stelle unter der Schürze, an der man schon bald eine kleine Wölbung bemerken würde. »Aber so sicher, wie du dir bist, wird es wohl eines – und unsere Tochter wird gewiss genauso schön werden wie meine hübsche Schwägerin.« Er zwinkerte Margaretha zu, die Anton gerade einen Krug mit Bier reichte und dabei mit ihm schäkerte.

»Nun, sag es deinem Bruder ruhig, damit er es nur ja nicht vergisst! Und vielleicht denkt er ja auch beizeiten dran, dass ich bei Blattgerstes Hochzeit der Braut den Schleier abtanzen werde und er mich dann eigentlich bitten dürfte, seine Frau zu werden.« Übermütig küsste sie Anton auf die Wange und zwinkerte Hermann glücklich zurück.

Doch ihrem Schwager war nicht nach Frohsinn zumute. Das Lachen auf seinem Gesicht verschwand, und seine Züge verfinsterten sich. Besorgt wandte er sich wieder Maria zu, die sich zärtlich an seine Schulter schmiegte. Wehmütig strich er ihr mit der Hand über das Haar und küsste dann sanft ihre Augen: »Möge Gott seine Hände über uns halten, damit Margaretha eine glückliche Braut wird und unser Kind im Frieden seine Taufe erhält.« Maria entdeckte Tränen in seinen Augen. »Ich komme vom Bürgermeister mit sehr schlechten Nachrichten.«

»Was wollte der Hurensohn von dir zu so später Stunde?«, donnerte Cordt von der Holzbank und unterbrach seine Arbeit. Besorgt kletterte er von der Bank und winkte Hermann zu dem letzten noch frei stehenden Tisch neben dem Kamin. Dann rief er nach Catharina, die gerade den Küchenteil mit Hilfe der Mägde sicherte. »Bring uns allen Bier und etwas zum Beißen. Wir haben es uns verdient! Maria, hilf deiner Mutter.«

Maria konnte sich nur schwer von Hermann lösen. Er gab ihr einen Klaps auf das Hinterteil und flüsterte ihr zu: »Du kommst doch gleich wieder? Ich will dich keinen einzigen Moment missen.« Er ließ sich schwerfällig neben Cordt nieder und schob die langen Beine unter den Tisch. »Ich war ebenso erstaunt wie du über das Ansinnen des Bürgermeisters. Immerhin dachte ich, dass er mich kaum kennt. Aber ich sollte bald eines Besseren belehrt werden.«

Höflich rückte er zur Seite, als Maria mit einer Holzterrine erschien und Brot und Speck vor ihm absetzte. Er zog sie zu sich herunter in seinen Arm. Als Catharina gleich darauf mit einer duftenden Fleischpastete aus der Küche kam, gesellten sich auch Margaretha und Anton mit an den Tisch.

Catharina hatte Hermanns Worte in der Küche mitbekommen. Ihre runden, heiteren Züge wirkten jetzt bekümmert. Sorgenvoll ließ sie ihren Blick über die Köpfe hinwegwandern, bis er an Hermann hängen blieb.

»Nun, Schwiegersohn, stärke dich erst einmal«, forderte sie ihn auf. »Wer weiß, ob uns der Herrgott dieses Vergnügen noch lange erlaubt. Wenn Bernard von Galen uns in einen Krieg verstrickt, werden wir den Gürtel enger schnallen müssen.« Vorsichtig stellte sie die Schüssel in die Mitte des Tisches.

»Was soll das Gejammer, Frau? Wir haben auch den letzten großen Krieg heil überstanden. Da wird uns Galen doch jetzt nicht einschüchtern, eher kriegt der mächtig eins auf den Wanst. Darauf kannst du dich verlassen«, knurrte Cordt. »Wenn nicht von uns, dann mit Sicherheit von dem lieben Herrgott.« Zur Bekräftigung seiner Worte schlug er sich auf den Bauch, der mit einem lauten Kollern antwortete. »Wirst du wohl die Schnauze halten«, grinste er und langte als Erster nach der Pastete. Catharina schlug ihm mit dem Löffel auf die Finger, bis er sie murrend wieder zurückzog.

»Versündige dich nicht, Mann. Zuerst das Tischgebet«, mahnte sie ihn und bekreuzigte sich.

»Weiber!«, knurrte er beleidigt, erhob sich aber gehorsam und faltete die Hände vor der Brust. Mit einem letzten hungrigen Blick auf die Pastete senkte er den Kopf. »Komm, Herr, und segne, was du uns bescheret hast«, murmelte er, dann stürzte er sich auf das größte Stück und schob es sich in den Mund.

Nachdem eine Weile Stille geherrscht und nur die Löffel geklappert hatten, sagte Hermann mit vollem Mund: »Cothmann befiehlt mir, für Lemgo als Kurier zu fungieren. Noch heute Nacht soll ich nach Detmold reiten und dem Grafen eine Depesche überbringen.«

Die Neuigkeit schlug ein wie eine Kanonenkugel. Cordt knallte seine Faust auf den Tisch und brüllte: »Das sieht dem hohen Herrn doch wieder einmal ähnlich! Da steckt doch sicher eine seiner Gemeinheiten gegen uns dahinter!«

Catharina hatte leise aufgeschrien, und während Anton und Margaretha sprachlos Blicke tauschten, würgte Maria vor Schreck an ihrer Pastete. Als sie sie hinuntergeschluckt hatte, rief sie: »Alles, nur das nicht! Nur ich kann der Anlass für diesen sinnlosen Befehl sein. Dieser Teufel will Hermann in den Tod schicken!«

Dann übermannte sie die Angst um ihren Gatten. Aufschluchzend warf sie sich ihm an den Hals und überschüttete ihn mit wilden Küssen. »Bitte, Liebster, tu es nicht! Weigere dich für unser Kind! Du hast noch keinen Bürgereid geleistet und bist noch ein Fremder in unserer Stadt.« In ihren Augen stand die blanke Furcht. Von ihrer Stärke und ihrem sonst so vorlauten Mundwerk war nichts mehr übrig.

Besorgt strich er ihr eine Haarsträhne aus der Stirn, nahm sanft ihre Arme von seiner Schulter und behielt nur ihre Hände in den seinen. Er küsste ihre Fingerspitzen. »Er hat mir keine andere Wahl gelassen. Ich muss es tun, für dich und unser Kind. Weigere ich mich, so wird der Landmann dich zu einer Zeugengegenüberstellung in den Hexenturm bringen lassen.« Er nahm ihr Gesicht in beide Hände. Das Herz blutete ihm, als er ihr in die Augen sah. »Aber bevor ich reite, muss ich etwas von dir wissen. Hast du irgendetwas mit dem Tod von Christoph Stockmeyers Bruder zu tun?«

Marias Augen weiteten sich. Verwirrt blickte sie von einem zum anderen. »Ich kenne Christophs Bruder nicht. Mir war nicht einmal bekannt, dass er einen Bruder hatte.«

»Cothmann behauptet anderes. Zur Bestätigung hat er Christoph Stockmeyer sogar im Rathaus vorführen lassen. Es muss ihm sehr ernst gewesen sein, denn er hatte sich zur Unterstützung die Siegler Rullmann und Koch hinzugeholt. Beide trugen schwere Pistolen.«

»Wurde Christoph gefoltert?«, unterbrach ihn Maria.

»Möglich. Die Verletzungen an seiner Lippe und den Augenbrauen sprächen zumindest dafür. Auch kam er mir krank vor.«

Maria schluckte. Sie dachte daran, wie verwegen Christoph mit seinen breiten Schultern, den wilden schwarzen Locken und den lachenden Augen ausgesehen hatte. Nachdem ihre Hochzeitspläne bekannt geworden waren, hatte er aus verletzter Mannesehre Gerüchte über sie verbreitet, und sie hatte ihm dafür vor der Kirche ins Gesicht geschlagen und ihm die Pestilenz an den Hals gewünscht. Aber Folter verdiente er trotz allem nicht.

»Cothmann befahl ihm, mir mitzuteilen, was er Meister David gesagt habe. Stockmeyer senkte daraufhin den Blick zu Boden und behauptete stockend, du, meine Liebste, hättest vor dreißig Jahren seinen Bruder vergiftet.«

»So eine infame Lüge!«

Cordt war mit vollem Mund aufgesprungen. »Zu dieser Zeit war Maria doch noch ein kleines Mädchen!« Vor Wut verschluckte er sich und hustete über den Tisch. Anton sprang hilfreich hinzu und schlug ihm mit aller Kraft die flache Hand zwischen die Schulterblätter.

»Cothmann hatte das zunächst wohl auch eingeworfen«, sagte Hermann, »aber leider hat der junge Stockmeyer standhaft daran festgehalten, die Maria sei damals schon in der Lage gewesen, die Gestalt einer Hexe anzunehmen, um die Leute zu betören. Rullmann und Koch schlossen sich seiner Meinung an und bezeichneten Maria ebenfalls als eine famose Zauberin.«

»Die stecken doch alle unter einer Decke«, schimpfte Cordt und besah sich einen Knochensplitter, den er sich gerade aus dem Hals gehustet hatte. »Der Stockmeyer war schon immer beeinflussbar. Er will sich nur rächen, weil er meine Tochter nicht in sein Bett bekommen hat. Aber heiraten wollte er sie nie, der Schelm. Seine Mutter, die Böndelsche, hat ehrbare Absichten mit ihrem losen Maul zu verhindern gewusst.«

»Anschließend hat der Bürgermeister Christoph hinausführen lassen und mir erklärt, dass ich noch heute Nacht eine dringende Depesche zum Grafen bringen müsste. Sollte ich mich seinem Befehl verweigern, so würde er meine Ehefrau Maria umgehend dem Scharfrichter vorführen lassen.«

»Aber Maria ist guter Hoffnung. Meister David würde ihr niemals ein Leid antun«, meldete sich Margaretha entrüstet zu Wort. Sie löste sich aus Antons Armen und umschlang Maria tröstend.

»Ich weiß genau, welche Ziele Cothmann verfolgt, aber um meine Ehefrau zu retten, werde ich reiten. Ich kenne den Weg durch die Landwehr sehr gut, und die bischöflichen Mannen marschieren bereits über die neue Straße in die Stadt ein, wie er mir erklärte. Der Bürgermeister scheint unter Druck zu stehen. Er weiß nicht, wie er sich verhalten soll, weil der hochwohlgeborene Graf Simon noch keinen Befehl erlassen hat, ob er die Stadt verteidigen oder an den Bischof übergeben soll. Also braucht er einen Kurier, der für ihn nach Brake reitet.«

»Cothmann verfügt über genügend eigene Kuriere. Das kann nur eine Falle sein«, bemerkte Anton.

»Das glaube ich nicht, denn der Bürgermeister hat im Moment weitaus größere Sorgen als die Verfolgung einer Hexe. Aber natürlich kann ich mich auch täuschen, deshalb stelle ich meine Frau unter deinen Schutz, Anton, bis ich wieder zurückgekehrt bin.«

»Du gehst davon aus, dass ich dich allein durch die feindlichen Truppen reiten lasse?« Anton griff nach dem Wanderstab an der Wand und schnallte ihn sich um. »Wir waren noch nie getrennt, auch nicht in der Not. Du wirst dein Eheweib noch einmal dem Schutz seines Vaters unterstellen müssen. Der Deche verfügt über Bärenkräfte und wird in der Not mit einem ganzen Regiment fertig. Außerdem ist sein Haus sicher wie eine Festung. Ist es nicht so, baldiger Schwiegervater?« Er griff sich lächelnd an den Hals, um an die Würgemale zu erinnern, die ihm Cordt bei ihrer ersten Begegnung beigebracht hatte.

Der Brauer war geschmeichelt. Längst war ihm klar, dass Cothmann irgendeine Intrige spann und Hermann mit der Hoffnung auf die Reise schickte, dass ihm auf dem Rückweg etwas zustieße. Er begrüßte es, dass Anton seinen Bruder begleiten wollte. Zwei Männer konnten sich besser wehren als einer.

»Gut, meine Söhne, dann reitet gemeinsam. Meinen Segen habt ihr. Ich bin noch allemal fähig, meine Familie mit der bloßen Faust zu verteidigen. Außerdem steht mir ein Dutzend Knechte von meiner Figur zur Seite. Gott beschütze euch!«

Tröstend hielt Margaretha die Schwester im Arm. Seit Hermann sich verabschiedet hatte, hatte sich Maria verändert. Schon den zweiten Tag lief sie ziellos durch das Haus und brach, sobald jemand seinen Namen auch nur erwähnte, in Tränen aus. Als der Knecht am Morgen vom Nachbarn mit der Nachricht zurückkam, dass der Bischof mit einer Horde plündernder Truppen die Neue Straße passiert hatte und alles, was sich ihnen entgegenstellte, dem Erdboden gleichmachte, vermochte Margaretha Maria nur mit Mühe davon abzubringen, Hermann entgegenzureiten. Mit der Forke hatte sie die tobende Schwester zurückhalten müssen, damit diese das Tor nicht mit Gewalt öffnete. Jetzt lag sie in ihren Armen und weinte, dass die Balken sich bogen.

»Sie kommen bestimmt zurück, Maria. Der Herr wird unsere Gebete erhören. Wir müssen nur fleißig das Gespräch mit ihm suchen.«

»Beten, immer wieder beten!« Maria hob das verweinte Gesicht. »Wenn der Herr dem kriegerischen Gemetzel eines Bischofs so tatenlos zusieht, wie kannst du dann daran glauben, dass er unsere Gebete erhört?« Empört stieß sie ihre Schwester von sich. »Wie kannst du nur so ruhig bleiben, Margaretha? Hermann und Anton sind bereits die zweite Nacht unterwegs und noch immer nicht mit einer Antwort zurück. Morgen wird Bischof von Galen im Rathaus einmarschieren und Cothmann erschießen.«

»Und darüber solltest du dich freuen! So bist du endlich vor seinen Nachstellungen sicher.« Margaretha war beleidigt. »Erinnere dich daran, dass nicht nur du um einen Mann bangst!« Wie in Kindertagen stampfte sie zornig mit dem Fuß auf. »Warum dreht sich eigentlich immer alles nur um dich?«

Augenblicklich verstummte Maria und blickte der Schwester ins Gesicht. Erst jetzt bemerkte sie, dass auch in ihren Augen Tränen schimmerten, und sie bereute ihre Unbeherrschtheit. »Oh, wie recht du hast, Margaretha! Verzeih mir meine Unbesonnenheit. Bei all meinem Herzleid habe ich vergessen, dass auch du um deinen Liebsten weinst. Komm an mein Herz!«

Um Verzeihung bittend, breitete sie die Arme aus und zog die Schwester an ihre Brust. In dem Augenblick gellte Catharinas Schrei vom Fensterausguck aus der oberen Kammer: »Vater kommt vom Rathaus zurück!«

Vor Freude über die Nachricht vergaßen sie ihren Kummer und stürzten beide gleichzeitig die Treppe hinauf, doch Catharina fing sie mit besorgter Miene am Treppenabsatz ab. »Ich habe mich geirrt, Kinder. Es ist nur die Kutsche des Stadtsekretärs Barthold Krieger gewesen. Was kann er nur von uns wollen? Vater wird doch nichts passiert sein?«

Margaretha witterte die Gefahr. Leichenblass ergriff sie Marias Hände. »Krieger ist Cothmanns rechte Hand. Er kommt, um dich zu denunzieren. Es war doch eine Falle. Was machen wir jetzt?«

»Nichts!« Maria schien plötzlich wie verwandelt. Der Zorn auf Cothmann hatte ihren Widerstand geweckt. »Klug ist er, der hohe Herr Richter, und verschlagen noch dazu. Meinen Ehemann schickt er in den Tod, und meinen Vater beruft er zu einer Ratssitzung auf das Rathaus, um mich in der Zwischenzeit seelenruhig in den Hexenturm zu sperren. Aber ich werde ihn mit seinen eigenen Waffen schlagen!«

Entschlossen schob sie Margaretha zur Seite und rannte an der verblüfften Catharina vorbei zum Fenster. Ein kurzer Blick durch die Ritzen der Holzbohlen genügte, um zu begreifen, wie ernst ihre Lage war. Der Mann mit dem Dreispitz über der gelockten Perücke und den farbigen Strümpfen war unverkennbar Krieger. Marias Herz wollte zerspringen, als sie sah, wie er auf das geschlossene Tor zusteuerte und zwei weiteren Wachen winkte. Sie waren dem Ratsherrn verpflichtet zu öffnen.

»Die Knechte werden uns beschützen. Habe keine Angst, Tochter. Wenn wir es ihnen nicht befehlen, werden sie das Tor auch nicht öffnen.« Catharina war hinter die Tochter getreten und versuchte, sie zu beruhigen.

»Nicht, Mutter!« Maria kletterte behände vom Tisch, den der Vater zusätzlich vor das Fenster geschoben hatte. Mit todernstem Ausdruck ergriff sie Catharina bei den Schultern und blickte ihr fest in die Augen. »Ihr werdet Euch für mich nicht in Gefahr bringen. Befiehlt dem Knecht ruhig, das Tor zu öffnen, aber haltet ihn noch etwas hin, damit ich über das Hinterhaus durch den Garten fliehen kann. Ich will nur rasch einen Laib Brot mit etwas Speck und Käse in einen Beutel packen.«

»Aber Kind, wo willst du denn hin?« Catharina schlug erschrocken die Hände vors Gesicht.

»Das weiß ich nicht, aber ich komme wieder. Doch solange der Ratsherr und seine Büttel nach mir suchen, muss ich mich irgendwo verstecken, wo sie mich nicht finden«, versuchte Maria die Mutter zu besänftigen.

Vergeblich. Catharina sank in ihren Armen zusammen und wimmerte: »Das überstehe ich nicht!«

»Du stellst dir das so einfach vor, Schwester.« Margaretha stützte nun ebenfalls die Mutter. »Wir stehen kurz vor einer Belagerung. Wenn du Galens Mannen in die Hände fällst, wirst du dir wünschen, nie geboren worden zu sein. Sie werden über dich herfallen wie eine Horde räudiger Hunde. Dann sei lieber gleich dem Bastard Cothmann zu Willen. Bei ihm kommst du noch eher unbeschadet weg.«

Fäuste hämmerten dumpf gegen das schwere Tor. »Soll ich öffnen, Herrin, oder sollen wir die Eindringlinge verjagen?«, rief der Knecht aus der Diele.

»Warte noch einen Moment, Klaus!«

Margaretha zog die Mutter in ihre Arme und tröstete sie. »Ihr werdet Maria nicht halten können, Mutter. Sie ist ebenso stur wie der Vater. Wenn sie sich erst etwas in den Kopf gesetzt hat, dann hält sie niemand davon ab.«

»Es geht Cothmann längst nicht mehr nur um den Besitz meines Körpers. Ich habe ihn schwer verletzt, und diese Schmach wird er nicht auf sich sitzen lassen. Es ist ratsamer, wenn ich mich bei guten Nachbarn verberge, bis Hermann zurückkommt.«

»Aber all unsere guten Nachbarn sind als Hexen verurteilt worden«, klammerte sich Catharina verzweifelt an ihren Rock.

»Es muss sein.« Energisch schob Maria ihre Mutter zur Seite und tauschte mit Margaretha einen langen Blick. »Tröste sie«, wies sie sie an und rannte die Treppe hinunter in die Küche. Hastig nahm sie ein Brot vom Regal, vom Kamin eine Speckseite, teilte mit einem Messer das Stück in mehrere kleine Teile, dann riss sie ein Tuch aus dem Wandschrank und knotete daraus ein Bündel, in das sie alles stopfte.

Margaretha war ihr gefolgt. »Maria, ich wüsste niemanden, der uns noch zugetan ist.«

»Aber ich kenne einen guten Freund, bei dem mich kein Büttel vermuten würde.« Das Gesicht unter einem Schal verborgen, eine Pelerine gegen die Kälte über den Schultern und mit dem Bündel in der Hand, stand sie vor der jüngeren Schwester, die wie gelähmt ihre Handgriffe verfolgt hatte und ihr jetzt den Weg versperrte. Das Hämmern am Eingang ging in einen dumpfen Trommelwirbel über. »Öffnet das Tor, oder ich lasse es gewaltsam öffnen!«, rief Krieger erbost.

»Wenn Vater im Haus wäre, würde sich das der Schelm nicht erlauben«, zischte Maria. »Und du, Schwester, mach jetzt Platz!« Rasch küsste sie Margaretha auf den Mund. »Lass den Teufel nicht länger vor der verschlossenen Tür warten und hab keine Furcht. Richte dem Vater aus, ich komme bald wieder.«

Plötzlich dämmerte es Margaretha. »Ist es Meister David, zu dem du willst?«, fragte sie leise. Doch Maria rannte bereits zur Tür hinaus und nahm den Weg durch die Backstube, an deren Rückwand eine kleine Holztür in den Garten führte.

Meister David

»... der Teuffel möchte das Handwerck holen!«

Ein schwerer süßlicher Duft kitzelte ihre Nase. Von weit her wisperte eine Frauenstimme, dann knarrte eine Bank, und schwere Schritte schlurften über Holzdielen. Sie hielt die Augen fest geschlossen und bewegte sich nicht.

»Dem Herrn sei Dank! Ich dachte schon, Ihr würdet gar nicht wieder erwachen.« Jemand hielt ihr etwas Warmes an die Wange. »Trinkt dies, damit Ihr wieder zu Kräften kommt.« Sie blinzelte.

»Der Meister hat Euch etwas Honig und Johanniskraut in die Milch getan. Die Mischung wird Euch nicht nur stärken, sondern gleichzeitig auch beruhigen.« Das Mädchen hatte große braune Augen und hielt eine Schüssel mit warmer Milch in den Händen.

»Wo bin ich?«, fragte Maria verwirrt und versuchte, sich aufzurichten. Das Mädchen stopfte ihr helfend ein Kissen in den Rücken.

»Bei mir in der Scharfrichterei.«

»Meister David?«

Sie war überrascht und blickte in die Richtung, aus der die Stimme gekommen war. Von dem meistgefürchteten Mann Lemgos waren nur die Umrisse zu erkennen. Er saß im Halbdunkel der Stube hinter einem grünen, mit Ornamenten verzierten Kachelofen. Vor ihm, auf der von zwei schweren Ketten getragenen Tischplatte aus Paneelholz, lag ein aufgeschlagenes Buch mit einem Einband aus braunem Ziegenleder. Das quietschende Geräusch der Gänsefeder auf dem Pergament und die Finger, die er zum Zählen benutzte, ließen darauf schließen, dass er dabei war, etwas in das Haushaltsbuch einzutragen. Unter dem Tisch räkelte sich zu seinen Füßen ein großer brauner Jagdhund. Er hatte den mächtigen Schädel auf seine Pfoten gelegt und döste schläfrig vor sich hin.

»Wie komme ich hierher?«, fragte sie zaghaft und versuchte, sich zu erinnern. Gehorsam schlürfte sie die Milch, die ihr das Mädchen von einem Zinnlöffel reichte, und lächelte dankbar. In dem hübschen Gesicht suchte sie nach einer Erklärung, doch die Jungfer verbeugte sich züchtig und zog sich rasch zurück.

»Ich habe Euch nahe meinem Haus in der Pfaffenstraße gefunden. Meine Knechte sahen Euch von der brennenden Neustadt kommen. Beinahe wäret Ihr ein Opfer ihrer Treue zu mir geworden. Sie hatten den Auftrag, mein Haus mit ihrem Leben vor den Truppen des Bischofs zu schützen und alles zu töten, was sich ihm nähert. Einer meiner Filler war gerade dabei, Hand an Euch zu legen, als ich und mein Knecht Henrich zur rechten Zeit vom Rathaus geritten kamen. Im nächsten Moment seid Ihr mir ohnmächtig in die Arme gesunken. Um Euch vor Galens plündernden Horden zu schützen, brachte ich Euch in die Scharfrichterei. Hier seid Ihr vor den Übergriffen sicher.«

Die Dielen knarrten unter seinen schweren Schritten. Er kam mit einer schweren Decke aus Rosshaar in den Händen auf sie zu. Einen Moment lang blieb er stehen und blickte unschlüssig auf sie hinunter. Seine dunklen Augen wanderten forschend über ihren Körper und blieben zuletzt nachdenklich an ihrem Gesicht hängen. Hinter ihm bewegte sich auf den Fachwerkwänden sein Schatten gespenstisch auf und ab.

Hätte Maria nicht die andere Seite seiner Seele kennengelernt, sie wäre vor dem rauen Mann im Lederrock wahrscheinlich geflohen. So aber lächelte sie ihn dankbar an, als er sich über sie beugte und die mit Hundefell verarbeitete Pferdedecke über sie breitete. Seine Fürsorge tat ihr gut. Ohne dass sie es verhindern konnte, begann ihr Herz heftig zu klopfen.

»Eure Kräfte hatten Euch verlassen. In Eurem Zustand ist es besser, wenn Ihr Euch etwas schont.« Behutsam wickelte er das Fell um ihre herrlichen Hüften.

»Ihr wisst …?« Verlegen senkte sie den Blick und kroch bis zur Nasenspitze unter die Decke.

»Ich bin nicht nur der Scharfrichter Lemgos, sondern auch ein Mensch mit zwei Ohren. Man hörte jüngst so allerhand Gerüchte.«

Der leichte Spott in seinen Worten trieb ihr die Schamröte ins Gesicht.

»Ihr solltet dem Herrgott dafür danken, dass sich unsere Wege gekreuzt haben. Wenn auch wiederholt unter recht seltsamen Umständen.« Seine Mundwinkel umspielte ein seltsames Lächeln. Er beugte sich tiefer zu ihr hinab und sah ihr durchdringend in die Augen. Verlegen versuchte sie auszuweichen und bemerkte, dass die

Spitze ihres Brusttuches sich verschoben hatte. Weiß wie Alabaster reckte sich ihm im Schein der Talglichter ihr sinnlicher Busen entgegen. Unter ihr breitete sich wallend das gelöste Haar aus und glitzerte wie die frühen Sonnenstrahlen. Sein Blick wurde sanft, wanderte beinahe zärtlich über ihren Körper und blieb zuletzt fragend an ihren Lippen hängen. Ihr wurde heiß und kalt. Die Glut in seinen Augen war noch immer nicht verloschen, sein Blick drang bis auf den Grund ihrer Seele vor. Schmerzlich spürte Maria, wie die Leidenschaft auch sie erfasste. Ihre hilflose Situation schien sein Verlangen nach ihr zu bestärken, und sie fragte sich, ob es an ihm oder an der Macht und Kraft lag, die er ausstrahlte, dass das Weib in ihr schwach wurde.

»Maria«, hauchte er durch leicht geöffnete Lippen, »so lange habe ich darauf gewartet!« Er wirkte nicht so, als würde er Gegenwehr erwarten. Sehnsüchtig zählte er darauf, dass sie seine abermals aufflammende Begierde erwiderte. Inbrünstig hing sein Blick an ihren Lippen, längst bereit, sie mit den seinen zu verschließen.

Noch wehrte sie sich verzweifelt gegen das verzehrende Feuer seiner Augen, und als sie spürte, dass sie ihm nicht mehr lange standhalten würde, senkte sie verschämt die Lider, unschlüssig, wie sie sich verhalten sollte. Inständig hoffte sie, dass ihr wild klopfendes Herz sie nicht verriet.

Eine Weile geschah nichts, dann vernahm sie seinen heißen Atem an Wange und Hals. Tausende kleine Schmetterlinge schienen wild durch ihren Körper zu flattern und sorgten wie damals dafür, dass sie die Kontrolle über sich verlor. Fast schmerzlich flehte die eine Hälfte in ihr: »Komm endlich und küss mich, denn auch ich habe so lange auf diesen Augenblick gewartet«, während die andere schrie: »Hermann, wo bist du? Gott bewahre mich vor dieser Sünde!«

Auch David vermochte seine Gefühle nicht mehr länger zurückzuhalten. »Bist du endlich gekommen, Weib, um das Feuer, das du in mir entfacht hast, zu löschen?«, brach es aus ihm hervor. »Oder was suchtest du sonst in der Nähe meines Wohnhauses? Ich hatte dich doch davor gewarnt, mir je wieder unter die Augen zu treten.« Er kniete neben ihrem Lager auf dem Boden und bedeckte ihr Ohr mit verzehrenden Küssen, während er ihr Haar hastig zurückstrich.

Die Wonnen seiner Berührungen überwältigten sie und rissen sie mit in die Tiefe. Sie vergaß das Gewissen und begann sich leidenschaftlich unter seinen Liebkosungen zu winden. Nur ein einziges Mal öffnete sie die Augen, wollte ihm als verheiratete Frau Einhalt gebieten, aber da war sein Gesicht bereits über ihr, und seine markanten Züge schienen ihr wieder so vertraut und begehrenswert.

Überwältigt von dem Verlangen, ihn zu küssen und zu berühren, strich sie mit den Fingerspitzen behutsam über die trotzig vorgewölbte Unter- und die schmale, energische, von dunklem Flaum bedeckte Oberlippe. Ihre Finger wanderten zu dem Grübchen am Kinn, das sie so liebte, und zeichneten sanft die Konturen der edel gebogenen Nase nach. Dann fuhren sie weiter über die hohen Wangenknochen bis zu den unzähligen kleinen Lachfältchen in den Augenwinkeln, die sein Gesicht so liebenswürdig erscheinen ließen.

Träumend verharrte sie einen Moment, während sie rätselte, wer ihm die tiefe rote Narbe auf der rechten Wange zugefügt haben mochte. Sanft und behutsam begann sie, die Verletzung zu küssen, obwohl Hermanns Gesicht sich warnend vor ihr geistiges Auge drängte. Doch wie vor vielen Jahren erlag sie noch einmal der Faszination und genoss mit all der Hingabe, zu der ihre Seele fähig war, die Wonnen des Augenblicks. Sie entzog David nicht die Hand, als er sie behutsam an seine Lippen führte und jede einzelne Fingerkuppe sanft küsste, während die getreue Ehefrau in ihr den sinnlosen Versuch unternahm, ihre Seele vor dem teuflischen Einfluss zu retten. Aber Luzifer war stärker und bog ihren Körper lustvoll, als seine heißen Lippen ihren Unterarm mit wilden Küssen bedeckten.

»Der Herrgott beschütze mich«, flehte sie und erwiderte mit einer Träne in den Augen das Verlangen in seinem Blick. Erst als sein schwerer Körper sich auf sie wälzte und seine Zunge heiß die Knospen ihrer Brüste liebkoste, bäumte sie sich plötzlich keuchend auf. »Es darf nicht sein, David, es ist dafür zu spät! Ich habe dich aufgesucht, Liebster, aber nicht um deiner Liebe willen, sondern weil ich deine Hilfe brauche.«

»Sooo ...?« Ihre Worte ernüchterten ihn schlagartig. Für einen Moment verharrte er regungslos zwischen ihren Brüsten, bevor er den Sinn des Gesagten verstand. Als er den Kopf hob, hatte sich über seiner Nasenwurzel eine steile Falte gebildet. Mit zusammengezogenen Brauen blickte er auf die Frau, die er seit Jahren begehrte und die ihm jetzt zuerst ihren wunderschönen Leib dargeboten und ihn dann zutiefst beleidigt hatte, indem sie ihm diesen wieder entzog.

Sie hatte nicht nur seine Männlichkeit verletzt, sie hatte ihn tief getroffen, bis auf den Grund seiner Seele. Doch er liebte Maria bereits viel zu sehr, als dass er sie gewaltsam nehmen würde.

Enttäuscht kletterte er von ihr herunter und ging vor der Bettstatt auf und ab. In der niedrigen Stube wirkte seine Gestalt besonders groß und kräftig. Er musste gebückt gehen, um sich nicht den Kopf an den Balken zu stoßen.

»Du bist vor deiner Gefangennahme weggelaufen, habe ich recht?«, knurrte er. »Stadtsekretär Krieger hatte mich zu einer peinlichen Gegenüberstellung auf den Hexenturm rufen lassen. Ich musste unverrichteter Dinge wieder abziehen, da die Hexe geflohen war. Dachte ich's mir doch fast, dass es sich um dich handelt. Den Weg hierher hättest du dir sparen können.«

»Ich wollte deinen Zorn nicht heraufbeschwören, David!«, versuchte sie, ihn zu beschwichtigen, bereute aber sogleich ihre Worte. Schmerzlich spürte sie, dass sie ihn verletzt hatte. »Es ist die ungewohnte Umgebung, die mich schwach werden ließ. Du darfst meine Gefühle für dich nicht ausnutzen.« Ihre Empfindungen straften die mühsam beherrschten Worte Lügen. Zu lange hatte sie die emotionalen Regungen unterdrückt. Ihr Körper schrie regelrecht nach ihm.

»Oh, David!« Sie schob die Beine unter der Decke hervor, setzte sich aufrecht hin und hob beschwörend die Hände. »Damals war es nur ein einziger Kuss, aber du weißt ja nicht, was er in mir ausgelöst hat. Wie viele Nächte ich von dir geträumt habe, wie oft sich unsere Körper in wilder Leidenschaft vereinten, wie viele Wonnen und Zweifel die Erinnerung daran immer wieder in mir auslöste, als ich wegen des Hexengerüchts von Brautwerbern abgewiesen wurde. Seitdem sind Jahre ins Land gegangen, und heute bin ich Hermann Hermessens Ehefrau. Es wäre nicht rechtens, deine Liebe zu erwidern, doch in der allergrößten Not vertraute ich auf sie, auch wenn mich nun erneut die Leidenschaft zu dir übermannte.« Die letzten Worte hatte sie leise ausgesprochen.

David hielt inne und blieb vor ihr stehen. Nachdenklich schaute er auf sie hinab. »Wenn du mich so liebst, warum hast du diesen Hermann dann geheiratet? Hat ihn dir dein Vater aufgezwungen, damit du dein Leben nicht als alte Jungfer beschließen musst?«

Sie schüttelte den Kopf. »Das würde mein Vater mir niemals antun.« Aufrichtig sah sie ihm in die Augen. »Ich liebe Hermann – genauso wie ich dich liebe.«

»Kann eine Frau denn zwei Männer mit der gleichen Leidenschaft lieben? Ich dachte, das tun nur Huren.« Er grinste zynisch. »Du bist eine schlechte Lügnerin, Maria. Ich habe mit deinem Vater schon so manchen Krug Bier ausgesoffen. Die Schmach, seine Töchter unverheiratet zu wissen, hat ihn gewiss bewogen nachzuhelfen.«

»Du tust mir unrecht, David! Ich bin keine Hure, aber du bist der Scharfrichter. Mehr als eine deiner Geliebten hätte ich nie werden können.« Sie blickte ihn flehentlich an. Warum begriff er nur nicht, wie sehr sie litt? »Gott hat uns für unsere Liebe bereits gestraft, indem er uns die fleischlichen Gelüste verwehrt und uns Leiden auferlegt hat!«

Sein Unmut verrauchte, und seinen Mund umspielte wieder jenes verführerische Lächeln, das sie so an ihm liebte. »Ich kann den Bürgermeister durchaus verstehen. Du bist ein überaus listiges und verschlagenes Hexenweib, das andere behände verführen und bestricken kann.«

Er zog einen Holzstuhl mit einer ausladenden Armlehne heran und ließ sich neben ihr nieder. Die muskulösen Arme ineinander verschränkt, die Beine in den hohen Stiefeln übergeschlagen, so beobachtete er sie. »Verzeih dem Mann in mir das Temperament. Auch ich habe die Umarmung im Rathaus nie vergessen können. Du warst für mich immer eine Versuchung wert, weil auch ich die Liebe und Leidenschaft in mir verspürte. Ich habe sie versucht zu unterdrücken, eben weil ich der Henker von Lemgo bin und eine ehrbare Bürgerstochter nicht in Verruf bringen wollte. Doch diesmal hat uns der Herr in meinem Haus zusammengeführt. Das ist ein Zeichen. Ich glaube nicht, dass er etwas dagegen hätte, würdest du mein Begehren erwidern. Ehebruch, Biersaufen und Händel gehören doch zu unserem alltäglichen Leben. Warum sollten ausgerechnet wir beide eine Ausnahme machen?« Abermals ergriff er ihre Hände und führte sie an seine Lippen. Sein Blick war eine einzige Frage.

»Nein, David.« Sie strich ihm sanft über das dunkle, von Silberfäden durchwirkte Haar. »Einen Augenblick glaubte ich mich dieser Welt entrückt und erlag deiner Leidenschaft. Es ist ehrenhaft von dir, dass du mich schützen wolltest, indem du mir in den vergangenen Jahren aus dem Wege gingst, aber ich glaube nicht, dass Gott uns heute hier zusammengebracht hat. Eher war es der Teufel, der uns in Versuchung führen will.« Sie bekreuzigte sich. »Unsere Liebe, David, wird ohne Erfüllung bleiben. Ich habe Hermann Hermessen vor Gott die Treue geschworen und trage die Frucht dieser Liebe in mir.«

»Aber du musst deinen Ehemann doch deswegen nicht weniger lieben. Ich begehre dich, Maria, und ich weiß, dass du ebenso empfindest.«

Er flehte, hatte noch nicht aufgegeben. Seine Hartnäckigkeit machte ihr Angst. Cothmann fiel ihr ein, sein Verlangen und die Mittel, mit denen er sein Ziel verfolgte. Lag nicht auch in Davids Augen dieses versteckte Lauern? Zum ersten Mal stellte sie sich vor, wie es wäre, ihm als Gefangene im Hexenturm auf Gedeih und Verderb ausgeliefert zu sein.

Er bemerkte ihr Zögern und begann, um sie zu feilschen. »Du suchst also Hilfe bei mir, sagst du? Und wie willst du sie mir vergelten? Selbst ein Hingerichteter zahlt nach seinem Tod an mich. Immerhin begebe ich mich in die Gefahr, mein Amt als Scharfrichter zu verlieren oder gar selbst als Hexer denunziert zu werden, wenn ich einer gesuchten Hexe Zuflucht gewähre.«

»Ich weiß von der Gefahr, in die ich dich bringe«, gestand sie reumütig. »Niemand würde sich ausgerechnet in die Hände des Henkers flüchten, doch ich vertraue darauf, dass in deiner Brust ein gütiges Herz schlägt. Ich tue es deshalb, weil ich weiß, dass du mich liebst. Und mein Vater wird dich entsprechend dafür belohnen.«

»Dein Vater? Du Närrin!« Er grinste verächtlich. »Seine Gulden machen mich auch nicht reicher. Erst kürzlich habe ich Barthold Stockmeyer hundert Taler gegen Waren geliehen. Ich habe selbst genügend Geld, um die gesamte Brauerei deines Vaters zu kaufen. Außerdem bin ich nicht gütig, ich bin der Scharfrichter. Meine andere Seite ist dir sicher nicht unbekannt geblieben.«

Sein Ausbruch löste widersprüchliche Gefühle in ihr aus. »Dann habe ich mich eben geirrt, und du bist auch nicht anders als deine Filler«, hörte sie sich erschrocken antworten. »Ohne Hirn und Verstand. Einer, der auf hochherrschaftlichen Befehl Unschuldige hinschlachtet und sich mit dem Köpfeabschlagen eine goldene Nase verdient.«

Die Beleidigung kam so unerwartet und so heftig, dass er mit offenem Mund nach Luft schnappte und rot anlief. Verletzt brüllte er: »Sei bloß froh, dass du eine Frau bist! Kein Mann sagt so etwas ungestraft zu mir.«

Wütend ergriff er den Stuhl mit beiden Händen und warf ihn gegen die Wand, wo er krachend zersplitterte. Sekundenlang blickte er ihm ausdruckslos hinterher, dann bemerkte er, was er angerichtet hatte. »Den richte ich wieder«, murmelte er betreten, wich ihrem Blick aus und überließ sie ihren eigenen Gedanken.

Sie sah, wie er im hinteren Teil der Stube im Mauerwerk einen Wandschrank öffnete und ihm wortlos eine Karaffe mit dunklem Wein sowie zwei Gläser entnahm. Als sie bemerkte, dass seine Hände leicht zitterten, schämte sie sich im Nachhinein. Verzweifelt überlegte sie, wie sie die Beleidigung wiedergutmachen konnte, aber da winkte er ihr bereits, als sei nie etwas vorgefallen.

»Komm her und trinke ein Glas Wein mit mir. Meine Unbeherrschtheit eben hat dich sicher erschreckt.« Er wies auf den freien Stuhl neben dem Tisch. »Setz dich und leiste mir Gesellschaft.«

Gehorsam kam sie seiner Aufforderung nach.

»Es ist ein schwerer Moselwein. Er wird dir munden und die Farbe in dein Gesicht zurückbringen.«

Er ließ sie nicht aus den Augen, als sie ihm den Kelch aus der Hand nahm. Wie unbeabsichtigt berührten sich noch einmal ihre Finger. Der Kachelofen gab eine wohlige Wärme ab, und sie nippte zögerlich am Glas. Der Wein war schwer und süß. Der Tropfen auf der Zunge fühlte sich an wie Samt. Rasch nahm sie einen größeren Schluck und genoss den seltsamen Geschmack von Zimt und Koriander. Schon nach kurzer Zeit fühlte sich leicht und beschwingt, spürte, wie das Blut erneut heiß durch ihre Adern pulsierte, und errötete unter Davids Blick. Er bemerkte die Verwandlung, unterließ es aber, sie ein weiteres Mal zu bedrängen. Während er nachdenklich in den Wein starrte, sagte er mit veränderter Stimme: »Gott lässt uns manchmal Dinge tun, die wir später nicht mehr mit unserem Gewissen vereinbaren können. Gerade hast du erlebt, was für ein Mensch ich bin, wie widersprüchlich meine Seele ist. Je mehr Jahre vergehen, umso häufiger denke ich über das Leben und seine mir von Gott gegebenen Handlungen nach. Glaubst du, dass ich ein Sünder bin und mich die Hölle erwartet?«, fragte er und schaute sie an.

»Du bist der beste Scharfrichter weit und breit. Deine Dienste sind in Detmold, Herford und Lippe gefragt, doch als Mensch lebst du das gleiche bürgerliche Leben wie wir alle. Du hast dir nichts vorzuwerfen.«

Dankbar für ihre Worte fasste er über den Tisch nach ihrer freien Hand und führte die Fingerspitzen an seine Lippen. »Seit vielen Jahren schon bin ich der Henker von Lemgo und den hohen Herren als Nachrichter verpflichtet. Mein Vater Diedrich lehrte mich einst, während der Ausübung meines Handwerks das Herz bei meinem Weib und meinen Kindern zu lassen. Als ich jung war, gelang mir das gut, denn ich träumte von Ruhm und Ehre. Ich war ein echter Heißsporn und wollte den hohen Herren ebenbürtig sein. Fast hätte ich mein Ziel erreicht. Bei den *actus torturae* habe ich stets erfolgreich funktioniert und die Delinquenten beim Aufhängen am Galgen sich nie ungebührlich lange quälen oder sie zappeln lassen. All die vielen Jahre war ich niemals stümperhaft oder habe Ehre und Ansehen der Obrigkeit verletzt. Vielleicht habe ich mich nicht immer rühmlich verhalten und die Herren mit meinen Saufereien und Prügeleien des Öfteren gegen mich aufgebracht, aber warum verfolgen mich jetzt Nacht für Nacht die Augen der Gequälten und Gefolterten? Warum stören ihre Schreie und ihre Unschuldsbeteuerungen plötzlich meinen Schlaf? Nicht den hohen Herren, sondern mir allein gilt ihr letzter Blick, bevor sie durch meine Hand in das Reich des Herrn eingehen. Viele meiner Freunde sind bereits durch meine Hand gestorben. Meine Nachbarinnen, die Kaufmannswitwe Böndel, Ilsabein Meyers, die sich morgens immer Feuer aus meinem Hause borgte, und Pastor Andreas Koch, mein Beichtvater. Gerade sie haben die größten Zweifel in mir entfacht, die mich nicht mehr loslassen und mein Gewissen Tag und Nacht peinigen. Was, Maria, geschieht mit mir, wenn ich einmal vor meinem Richter stehe und es sich herausstellt, dass ich nur ein willfähriger Handlanger von Kerckmann und Cothmann war? Immer öfter verfluche ich mein Handwerk und wünschte, der Teufel möge es holen!«

Betroffen hatte sie ihm ihre Hand überlassen. Seine Worte hatten eine seltsame Wirkung auf sie: Sie schmerzten. Mit dieser Wendung des Gesprächs hatte sie nicht gerechnet, und sie litt mit ihm, als sie bemerkte, wie sehr er sich quälte. Zugleich fühlte sie sich geschmeichelt, dass der geliebte Mann ihr vertrauensvoll sein Herz ausschüttete. Noch nie hatte sie genauer über das Handwerk des Scharfrichters nachgedacht und wäre auch nie auf die Idee gekommen, dass ein Henker in seelische Konflikte geraten könnte. Einerseits war er für sie wie für alle nur der Nachrichter, andererseits aber auch ein Mann, der tiefe Gefühle in ihr weckte. »Ich würde dir so gern helfen, David«, sagte sie mit belegter Stimme, »aber diese Nöte kannst du nur allein mit dir und Gott ausmachen. Ich hoffe, der Herr wird Nachsicht mit dir üben.«

Sie verspürte das heftige Verlangen, ihn zu umarmen und zu trösten, doch er lächelte bereits wieder. »An diesem Tisch habe ich oft mit meiner Frau Agnesa gesessen. Seitdem der Herr sie zu sich rief, fühle ich mich nicht nur einsam, sondern auch von Gott verlassen.«

Gerührt nahm sie sein Gesicht in ihre Hände. »Du hast sie sicher sehr geliebt?« Maria entsann sich seiner glücklichen Ehe und seiner großen Trauer, von der die ganze Stadt gesprochen hatte, als seine Frau verstorben war.

»Agnesa war all die Jahre meine Geliebte, meine Ehefrau und die Mutter meiner Kinder.« Behutsam schob er Marias Hände zurück auf den Tisch. »Es gab nichts, was ich auf der Welt mehr geachtet hätte als sie, aber nach dem Herz eines Scharfrichters fragt niemand. Wen interessiert schon, wie es tief in ihm drin aussieht? Zu früh hat mich mein Vater verlassen, und ich musste die Wasemeisterei mitsamt der Wirtschaft meiner Mutter übernehmen. Die Aufgabe verlangte nach einer tüchtigen Ehe- und Hausfrau. Bei Meister Jürgen in Schüttdorf fand ich, noch viel zu jung an Jahren, die Frau, die mir acht gesunde Kinder gebar und der ich meine Häuser und Ländereien anvertrauen konnte.« Seine Augen begannen zu leuchten. »Wir Scharfrichter suchen uns immer unsere Frauen in der gleichen Zunft. So erhalten wir uns unsere Stärke und sichern unseren Kindern die Zukunft.«

»Wirst du noch einmal auf Brautschau gehen?«, unterbrach sie ihn.

»Das habe ich bereits getan und um Agnesa Gertraud Muth, die Tochter des Lübecker Scharfrichters, gefreit.«

Maria erinnerte sich, das fade blonde Mädchen einmal bei einer Kindstaufe von Davids Knecht Henrich gesehen zu haben. »Sie ist noch eine sehr junge Frau«, stellte sie überrascht fest. »Viel jünger als deine Töchter.«

Er grinste bis über beide Ohren. »Traust du mir das etwa nicht mehr zu – oder bist du gar eifersüchtig?«

»Dir wünsche ich die beste Frau der Welt, David.« Sie senkte den Blick, um ihn nicht in ihr Herz sehen zu lassen. »Ich bin noch nie einem Mann begegnet, dessen Bestimmung es ist zu töten und der doch so viel Leidenschaft und Herz besitzt wie du.«

»Warum verweigerst du dich mir dann?« Von neuer Hoffnung erfüllt, ergriff er ihre Hände und suchte ihren Blick. »Oder ist es das gottlose Gerücht über meine Tochter Ilsabein und mich? Hält dich die Vorstellung ab, ich könnte meiner zweitältesten Tochter beiwohnen?«

Seine letzten Worte klangen hart und wütend. Beschämt senkte sie den Blick. Tatsächlich hatte sie einen Moment darüber nachgedacht, ob es stimmte, was man über David tratschte, dabei wusste sie nur zu gut, dass er sein Leben für seine Kinder gegeben hätte und all sein Vermögen in ihre Ausbildung und Zukunft steckte.

»Das Mädchen vorhin, war sie das?«, fragte sie zaghaft und hoffte, ihn durch ihr Interesse abzulenken.

»Gefällt sie dir? Sie ist eine recht schöne Maid, nicht wahr?« Aus seinem Blick sprach wieder Freude. »In meinem größten Schmerz war sie bei mir und hat mich liebevoll getröstet. Gewisse Leute haben aus Rache und Missgunst das Gerücht unters Volk gestreut, um mich zu vernichten. Dabei habe ich noch drei weitere hübsche Töchter, die ich bereits standesgemäß verheiratet habe. Zwei meiner Söhne sind Scharfrichter außer Landes und zudem berühmte Ärzte«, berichtete er stolz, hielt dann aber inne und musterte sie nachdenklich. »Mir deucht, ich langweile dich?«

Der Wein hatte ihre Lider schwer gemacht, und David spürte es. »Du kannst in der Scharfrichterei bleiben, so lange du willst«, sagte er. »Ich werde zu meinem Wohnsitz in die Pfaffenstraße reiten, wo sich meine junge Frau und meine beiden jüngsten Söhne befinden. Sie werden meinen Schutz nötig haben. Für dich lasse ich meinen Knecht Henrich hier. Er wohnt gegenüber.« Als er ihre großen Augen bemerkte und das Erschrecken in ihnen sah, ergänzte er: »Keine Angst, die Scharfrichterei wird niemand plündern.«

»Du reitest allein?« Erst jetzt, als er sich erhob und nach dem

Schwert griff, wurde ihr bewusst, was er eben gesagt hatte. »Aber sie werden dich angreifen und töten!«

»Ach was, der Henker von Lemgo hat Narrenfreiheit«, grinste er. »Meine Schlagkraft ist bis weit über die Lande hinaus bekannt. Allein mein Name lehrt meine Feinde bereits das Fürchten. An mir vergreift sich so schnell keiner. Und wenn, dann werden sie mit meinem Schwert Bekanntschaft machen.« Entschlossen ging er zur Tür.

»David!« Eine seltsame Ahnung, dass sie den geliebten Mann nie wiedersehen würde, überkam sie. Mit einem beklemmenden Gefühl im Herzen lief sie ihm hinterher. Im Türrahmen erwischte sie ihn am Ärmel. Als er sich zu ihr umdrehte, schlang sie spontan die Arme um seinen Hals.

Erstaunen glitt über seine Züge, bevor er ihren zitternden Körper sekundenlang an sich presste. Noch einmal spürte sie den harten männlichen Körper, das wilde Klopfen seines Herzens und seinen rauen Atem. Zärtlich hob er mit der linken Hand ihr Kinn an und sah ihr ernst in die blauen Augen. Mit der Rechten strich er ihr behutsam über das Haar. »Nein, ich werde dich nicht küssen«, hauchte er. »Unsere Wege werden sich ab jetzt nicht mehr kreuzen. Als einen letzten Liebesdienst werde ich nach deinem Ehemann suchen und ihn dir wohlbehalten zurückbringen. Gib ihm einen Teil deiner leidenschaftlichen Liebe zu mir ab, und ich denke, du wirst ihm eine ebenso gute Ehefrau sein, wie sie mir einst meine Agnesa war. Der Herr behüte dich davor, dass ich dir jemals unter anderen Umständen begegnen muss.«

»Haut kräftig zu, Meister David!« Cothmann stand breitbeinig neben dem Henker und starrte ungerührt auf die Frau vor ihm am Pranger. Sie war noch jung, ihre Brüste glänzten prall in der Mittagssonne.

Missmutig griff David nach den zusammengebundenen Weidenruten. Es war nicht rechtens, was Cothmann da von ihm verlangte. Entgegen allen Regeln hatte er ihm befohlen, die Frau mit ihm zugewandten Gesicht festzubinden. Finster zog er die dichten Brauen zusammen und schickte den Knecht weg, um dem Weib wenigstens die Schmach eines weiteren männlichen Zuschauers zu ersparen. »Weshalb soll ich ihr nicht wie üblich den Rücken mit Ruten stäupen?«, knurrte er.

Cothmann grinste lüstern. »Die Dirne hat mit dem Teufel Unzucht getrieben und einen Bastard gezeugt. Die Ruten soll sie dort spüren, wo sie die fleischliche Sünde empfangen hat. Sorgt dafür, dass sie den Bastard verliert, Henker!«

David musste ihr das Hemd vom Leibe reißen, sodass ihre Brüste und ein Teil des gewölbten Leibes unbedeckt waren. Unschlüssig verharrte er und ließ den Blick unsicher über die Köpfe der Menge und die anwesenden Ratsherren schweifen. Das Weib wurde auf dem Marktplatz während eines ganz normalen Markttages gezüchtigt.

Als niemand Cothmanns Befehl widersprach, holte David mit beiden Händen aus. Die schweren Ruten zwischen seinen Fingern knisterten, als der erste Schlag auf ihrem Bauch landete. Die gespannte Haut platzte, und die ersten roten Blutrinnsale liefen an ihrem entblößten Körper hinab. Gellend schrie sie auf und wand sich in den Seilen. Jeder ihrer Schmerzensschreie wurde von einem lauten »Buh!« der Zuschauer begleitet.

»Fester, Meister David!«, brüllte Cothmann. »Ist Euch etwa der Saft ausgegangen? Ihr habt das Weib doch nur gestreichelt.« Gelangweilt entfernte er ein Staubkörnchen vom Rock und wandte sich Krieger zu: »Ich glaube, unser Meister David wird alt, oder die Weiber und der Suff saugen ihm das Mark aus den Knochen!«

David holte noch weiter aus und ließ abermals die Rute durch die Luft singen. Die Bauchdecke der Schwangeren riss, und ihr Leib bewegte sich auf seltsame Art. Die Frau verdrehte vor Schmerz die Augäpfel, bis das Weiße zum Vorschein kam, und sackte dann in den Stricken zusammen. Blut spritzte. Nachdenklich musterte David die Rute, umfasste dann die Spitze und drückte zu. Erschrocken zog er die Hand zurück. In seiner Handfläche staken kleine spitze Dornen. »Das sind nicht meine Ruten!«, donnerte er.

Bürgermeister Cothmann war gerade mit Barthold Krieger in ein Gespräch über Perücken vertieft und tat, als würde er David nicht bemerken. Die Schmach trieb dem Henker das Blut ins Gesicht, und er warf ihm die Rute vor die Füße. »Hoher Herr!«, brüllte er. »Wenn einer besser hauen kann, dann soll er es tun. Ich jedenfalls schlage keine ungeborenen Kinder – und schon gar nicht mit gespickten Ruten!«

Cothmann unterbrach das Gespräch und starrte überrascht von

David zu der Rute vor seinen Füßen. Sein Blick wanderte zu Krieger, der sprachlos mit den Schultern zuckte, dann wurde sein geschminktes Gesicht puterrot, und seine Augen verengten sich zu Schlitzen. »Was soll das, Henker?«, zischte er. »Wollt Ihr uns den Gehorsam verweigern?«

»Nichts liegt mir ferner als das.« David verneigte sich. »Doch als wohlerfahrener Meister werde ich niemanden zu Ungebühr verderben oder ihm Schaden tun, so wahr Gott mir beistehe. Noch nie wurde mir etwas zugemutet, was sich nicht gebühret.«

»Ach ...?« Cothmann hatte sich wieder erholt und lächelte zynisch. Seine Augen loderten arglistig. Endlich bot sich ihm die Gelegenheit, diesem arroganten Nachrichter seine Grenzen aufzuzeigen. »Seid Ihr uns, dem Hohen Rat, etwa nicht zu Eifer, Gehorsam und dazu verpflichtet, der Stadt und der Bürgerschaft jederzeit getreu und aufwärtig zu sein?«

»Das will ich wohl sein, hoher Herr. Aber in all meinen Dienstjahren wurde vom Rat noch nie eine Schwangere gezüchtigt, und so soll es auch bleiben.« Er wusste, dass seine Worte eine Kampfansage waren, und der Bürgermeister ging darauf ein.

»So ...?« Cothmann grinste breit. Er kam langsam auf ihn zu und winkte dabei heimlich den Knechten hinter der Bühne.

»Ist es Euch vielleicht lieber, dass wir Eure Tochter Ilsabein stäupen? Die Hure, mit der Ihr Euch in Eurem Hause fein lustig gezeigt und in Eurer Witwerschaft ein unchristlich säuisches Leben geführt habt? Wäre das vielleicht besser?«

David wurde erst rot, dann blass. Seine Hände ballten sich zu Fäusten, bis die Adern stramm hervortraten, dann brüllte er: »Das ist eine infame Lüge, ehrwürdiger Richter!«

In seinem Zorn und seiner verletzten Ehre vergaß er, wem er gegenüberstand, und machte unüberlegt einen Schritt nach vorn. Darauf hatte Cothmann nur gewartet und gab den Knechten ein Zeichen. Lauthals sprangen sie von hinten heran und ergriffen David. Ohne Weiteres hätte er die Knechte von sich abschütteln können, doch ein Blick in Cothmanns Augen genügte, um zu wissen, wie er sich zu verhalten hatte. Der Bürgermeister wartete nur darauf, dass er weitere Fehler beging, doch die Blöße wollte er sich nicht geben und verhielt sich abwartend. Wie ein Baum stand er zwischen den beiden Knechten und fixierte Cothmann durch schmale Augen.

Zwischen den Zuschauern war es unruhig geworden. Ausrufe wie »Buuuh!« und »Cothmannen, verpisst Euch!« wurden laut. Gleichfalls traten die Ratsmänner Bohne, Rampendahl und Prott hervor und gesellten sich an seine Seite.

»Vielleicht verfügt das Weib ja über ein Vermögen, Bürgermeister?«, lenkte Rampendahl geschickt ein. »Wäre es nicht möglich, die Angelegenheit auf diese Weise zu regeln?«

»Ach, sieh an! Der Ratsherr Rampendahl legt sich also für den Henker ins Zeug. Interessant, interessant. Seid Ihr nicht der Vater einer stadtbekannten Hexe, und Ihr, Kämmerer Johann Prott, habt Ihr nicht selbst als sein Nachbar die selige Agnesa, Meister Davids Frau, als Hexe bezichtigt?« Vor dem Ratsherrn Johann Bohne deutete er eine leichte Verbeugung an. »Von Euch, Chirurgus, hätte ich allerdings keinen Fürspruch für den Scharfrichter erwartet.«

Er wandte sich wieder David zu. »Euer Ungehorsam übersteigt langsam unsere Geduld, Meister David. Erst verwehrt Ihr uns die geforderten *Hunde-Hänschen*, die Ihr Bürgermeister Kerckmann immer pünktlich im Mai geliefert habt, dann besauft Ihr Euch, spielt am heiligen Sonntag vor der Nachmittagspredigt mit Eurem Schwager ein Instrument im ›Kruge‹ und grölt säuische Lieder dazu, und heute weigert Ihr Euch, die Frau zu stäupen. Alle Vorfälle sind ein gewaltiger Akt des Ungehorsams und eines Scharfrichters nicht würdig. Aber das Verwerflichste Eures unziemlichen Lebenswandels ist, dass Ihr einer Hexe Unterschlupf gewährt habt.«

»Gott ist mein Zeuge, ich bin mir keines Ungehorsams bewusst«, antwortete David laut. »Der Hohe Rat hat seine zwölf Paar Handschuhe immer von mir erhalten, Schuster Balthasar Bitter kann das bezeugen. Er hat dreißig Jahre lang aus meinen Fellen Handschuhe gefertigt, und auch mein Schwager hat sich keines Frevels schuldig gemacht. Wir gingen davon aus, dass am Sonntag Jahrmarkt auf dem Markt ist und alle Leute sich vergnügen. Und das mit der Hexe ist nur ein Gerücht!«

Kalt musterte Cothmann die Ratsmänner. Er versuchte Zeit zu gewinnen und tauschte mit Krieger einen Blick, bevor er den Knechten befahl, die Frau loszubinden. Er hatte nicht vorgehabt, sich auf einen Wortwechsel mit dem Scharfrichter vor aller Öffentlichkeit einzulassen, doch zumindest eine Lektion wollte er dem ungehorsamen Henker erteilen. Gemeinsam mit Krieger stieg er die Stufe vom Podest hinab und winkte David, ihm zu folgen, sorgsam darauf bedacht, dass auch die Knechte sie begleiteten. Im Gewölbe des Rathauses ordnete er nachdenklich mit spitzen Fingern seinen Überrock, während er die Weste aus feinem Brokat zurechtstrich und den Straßenschmutz von den hellblauen Strümpfen entfernte.

Krieger beobachtete ihn mit gerunzelter Stirn. »Was fangen wir nun mit dem Henker an?«, fragte er. »Wir haben rechtlich nichts in der Hand, um ihn für seinen Ungehorsam zu strafen. Ginge es nach mir, so würde ich diesem widerspenstigen, respektlosen und pflichtvergessenen Menschen fünfzig Taler Brüchtenstrafe auferlegen und ihn bei Verlust seines Dienstes und Vermeidung schärferer willkürlicher Strafe zu Gehorsam anhalten.«

»Ich glaube nicht, dass wir ihn damit in die Knie zwingen, mein Freund«, erwiderte Cothmann und winkte den Henker heran.

Davids schwere Schritte hallten laut in dem Gewölbe wider. In seinem Rücken folgten die Stadtdiener. So wie es ihnen befohlen worden war, hielten sie die Flintenläufe auf ihn gerichtet.

»Mir ist etwas Wirksameres eingefallen«, grinste Cothmann und wandte sich an den Scharfrichter. »Wir, die hohen Herren vom Rat, sind gerade gewillt, den Barbierchirurgen von Lemgo ihren lang ersehnten Amtsbrief zu erteilen. Gleichfalls ordnen wir an, dass Euch, Meister David, aufgrund Eures Ungehorsams entgegen dem landesherrlichen Privileg von 1661 sämtliche Kuren verboten sind. Hiermit seid Ihr nicht mehr befugt, chirurgische Arbeiten auszuführen.«

David war leichenblass geworden, seine Züge wirkten eingefallen. Mutlos ließ er die breiten Schultern hängen. Er fühlte sich alt und hilflos. Alles, was Kerckmann ihm aufgebaut hatte, hatten diese Herren nun kaltherzig und berechnend binnen einer Minute zunichtegemacht. Voller Wehmut dachte er an seine Söhne. Sein ältester Sohn David sollte einmal in Lemgo sein Amt übernehmen.

»Was habe ich Euch getan, meine Herren, dass Ihr mir so übel mitspielt? War ich nicht immer ein nahezu ebenbürtiger Partner? Und jetzt wollt Ihr mich auf das Maß eines Untertanen zurechtstutzen, der willenlos zu parieren hat? Allein die Exekutionsgebühren seid Ihr mir schuldig. Früher war es üblich, gleich nach der Hinrichtung die Scharfrichtergebühr abzunehmen und von den Räten an mich auszuzahlen, doch seitdem Ihr Richter und Bürgermeister seid, muss ich die Leute selbst ansprechen und um Zahlung mahnen. Ihr habt mich damit zum Bittsteller degradiert. Obendrein verlangt Ihr, dass ich die einst von der Grafschaft Lippe erhobene Türkensteuer an Euch entrichten muss, dabei wisst Ihr doch genau, dass der Rat mich jahrelang darin unterstützt hat, den Kopfschatz nicht doppelt zu zahlen.«

»Bürgermeister Kerckmann lebt nicht mehr, Henker! Ich und der hohe Herr Barthold Krieger regieren jetzt die Stadt«, unterbrach ihn Cothmann gelangweilt. »Kerckmann hat Euch gelehrt, die Nase hoch zu tragen. Zu hoch für einen Scharfrichter, der normalerweise zu seinen Fillern gehört. Entweder Ihr pariert, wie Ihr es so schön genannt habt, oder Ihr fallt noch tiefer!«

David holte tief Luft und blickte Cothmann kampfbereit in das aufgedunsene Gesicht. Mit einer Handbewegung schob er die Knechte zur Seite, dann schritt er langsam auf die Ratsherren zu und blieb auf Augenhöhe vor dem Bürgermeister stehen. Cothmanns Augen flackerten nervös. »Keine Furcht, Schelm. So viel Ehre besitze ich noch, um mir nicht die Finger an Euch schmutzig zu machen. Aber eins lasst Euch gesagt sein: Auch Eure Macht ist nur begrenzt. Ich werde bei unserem hochwohlgeborenen Grafen Beschwerde über Euch einlegen, denn der mir angehängte Schimpf ist nur ein Ausdruck Eures Hasses und Eures Widerwillens.«

»Tut, was Ihr nicht lassen könnt, Meister David. Ich hoffe, der Graf hat endlich ein Einsehen und befreit uns von einem solch impertinenten Menschen, wie Ihr es einer seid.«

»Was seid Ihr nur für eine abstoßende, miese Ratte!«, verlor David nun doch die Beherrschung, und Cothmann wie Krieger wurde es ungemütlich. Fast gleichzeitig griffen sie mit der Hand zum Degen, doch ihre Furcht war David bereits Genugtuung genug. Angewidert spuckte er vor ihnen aus, trat wütend nach den Knechten und verließ schnellen Schrittes das Rathausgewölbe.

»Sieht ganz so aus, als sollte es heuer eine gute Ernte werden, Meister David.« Anton Hermessen deutete zur Feldmark hinüber, auf deren Äckern die ersten zartgrünen Roggenpflänzchen sprossen. »Und das, obwohl der Winter sich diesmal besonders lange gehalten hat.«

Anton beugte sich aus dem Fenster der Kutsche und hielt sich die Hand gegen die Sonne vor die Augen. Sein Gesicht wies Staubspuren auf, ebenso seine Kleidung. Schon seit Stunden versuchte er, mit dem Scharfrichter ins Gespräch zu kommen, was ihm nicht recht gelingen wollte. Meister David blieb einsilbig. Es war nicht ungewöhnlich, dass der Henker Mitglied der kleinen Reisegruppe war. Bei längeren Strecken wie der von Detmold nach Lemgo wählte er den bequemeren Weg mit der Reisekutsche. Er liebte es zwar immer noch, auf einem schnellen Pferderücken dahinzureiten, doch die steinigen und oft unwegsamen Pfade waren nichts mehr für einen Mann, der die fünfzig Jahre bereits überschritten hatte. Von den anderen vier Reisenden hatte niemand etwas gegen seine Gesellschaft. Im Gegenteil: Meister David scheute sich immerhin nicht davor, kräftig mit anzupacken, wenn unterwegs die Räder stecken blieben.

»Keine Bange, junger Freund, der Winter kommt bestimmt noch einmal zurück«, brummte er und verzog sich tiefer in seinen Fellumhang.

Suchend tastete seine Hand nach dem Kissen. Die schmale Sitzbank drückte am Hinterteil, und seine Beine waren zu lang, als dass er sie bequem hätte ausstrecken können. Außerdem taten ihm von der holprigen Fahrt sämtliche Knochen weh. Alle Augenblicke wich der Tölpel von Kutscher den am Rande liegenden Feldsteinen so ungeschickt aus, dass sein Gegenüber, der Wandmacher Prott, schon zweimal auf ihn zugeflogen gekommen war und ihm dabei schmerzhaft die Zehen malträtiert hatte. Er fluchte leise, litt er doch an Hühneraugen und trug ausgerechnet an diesem Tag einmal Schuhe, die die Etikette verlangte. Er hatte sich nach Detmold zum Grafen aufgemacht, um sich dort über den Lemgoer Rat zu beschweren.

Eine solche wichtige Aufwartung erforderte naturgemäß gewisse Äußerlichkeiten, zu denen auch die vermaledeite Perücke gehörte, die so stark juckte, dass er sich pausenlos am Kopf kratzte. Schuld daran waren seine langen Haare. Die hohen Herren machten es sich da einfacher und trugen unter der Perücke nur einen kahlen Schädel. Doch so weit würde Davids Ehrbezeugung dem Landesherrn gegenüber nie gehen. Mit einem Ruck riss er sich Hut samt Perücke vom Kopf und wedelte sich damit befreit den Staub vom Gesicht.

»Was finden die hohen Herren nur an diesem Kopfschmuck?«, bemerkte er und blickte dabei Anton an. »Habt Ihr schon einmal so einen Staubwedel getragen, Chirurgus?«

»Nein, aber das würde ich gern. Die Perücke ist ein wichtiges Zeichen des Mannes unserer heutigen Zeit.«

»Ich bin auch ohne diesen Firlefanz ein Mann.« David grinste breit. »Aber sagt, Ihr kommt mir so bekannt vor, seid Ihr mit dem Chirurgus Hermann Hermessen verwandt?«

»Ich bin sein Bruder.« Anton öffnete einen Lederkoffer und holte ein Stück Fleischpastete und eine verkorkte Flasche Branntwein hervor.

Beim Anblick des edlen Gebräus leuchteten Davids Augen auf. Schnell kroch er aus seinem Fell und richtete das Wort an Prott: »Nachbar, auf meinem Platz sitzt Ihr sicherer. Würdet Ihr ihn mit mir tauschen?«

Der schmächtige Wandmacher beeilte sich, sich umzusetzen. Am Fensterplatz des Henkers wärmte ihm die Märzsonne das Gesicht. Überrascht beugte David sich vor und begutachtete Protts violette, seltsam geschwollene Nase.

»Habe ich Euch den Zinken verpasst?«, fragte er interessiert und nahm den wulstigen Auswuchs genauer in Augenschein. Gleichzeitig bezeugte er chirurgisches Interesse und betastete sie. »Zeigt mal her.«

Prott ließ es mit sich geschehen, dass David das Nasenbein fachmännisch in seiner ganzen Länge untersuchte. Oft genug hatte er seine Hilfe schon in Anspruch genommen, wenn er sich mal wieder die Schulter ausgerenkt hatte oder ein gutes Kraut gegen Verschleimung der Brust brauchte. Aber genauso oft waren sie auch im Suff schon aneinandergeraten. Plötzlich zuckte er zusammen und stieß einen Schmerzenslaut aus.

»Ist halb so schlimm. Das Nasenbein ist gebrochen, wird aber schon wieder heilen. Ihr solltet die Nase mit kalten Tüchern und etwas Arnika kühlen.«

Davids Interesse für Prott erlosch schnell wieder, als er hörte, wie Anton den Branntwein entkorkte. Lächelnd ließ er sich neben den jüngeren Mann fallen. »Für den Zinken habe ich übrigens zehn Taler Brüchtenstrafe bezahlt. Der Schelm hat zuerst mit mir im Wirtshaus gesoffen und sich dann beim Hohen Rat darüber beschwert, dass ich ihm eins auf die Nase gehauen hätte. Die Tat habe ich nie bestritten. Schließlich sind wir in Streit gekommen, wer besser einen Reuter halten kann, darauf hat er mich einen Filler gescholten, und dafür musste ich ihm eine reinschlagen. Das war doch rechtens, was sagt Ihr?«

Anton nickte zustimmend und hielt David nun die entkorkte Flasche hin. »Trinkt einen, Meister David! Das Leben ist kurz. Auch Ihr, Prott, solltet einen tüchtigen Schluck nehmen. Ist gut für die Nase.« Er ließ die Flasche reihum gehen und stopfte sich dann die Pastete in den Mund.

»Ein gutes Gesöff«, lobte David den Branntwein. »Darf ich fragen, wer es gebraut hat?«

»Mein Bruder Hermann.«

»Tatsächlich?« Davids Augen weiteten sich vor Erstaunen. »Ich denke, er ist Chirurg?«

Da Anton sich mit dem Zeigefinger zwischen den Zähnen pulte, ergriff an seiner Stelle Prott das Wort. »Sicher geht es nicht mit rechten Dingen zu, dass er ein so reicher Mann geworden ist. Ich habe gehört, er habe das größte und schönste Haus am Markt gekauft.«

»Von wegen, nicht mit rechten Dingen! Mein Bruder ist der beste Barbier und Chirurgus in der Stadt, das kann jeder bezeugen.«

»Aber ist es nicht seltsam, dass ein Fremder ein so kostbares Haus auf dem Markt erwerben kann? Da kann nur Hexerei im Spiel sein«, beteiligte sich nun auch Kämmerer Henrich Grothe am Gespräch. Er saß neben Prott und hatte bis jetzt in einen Pelz gewickelt geschlafen.

»Wie kommt Ihr darauf?« Anton hielt dem Kämmerer auffordernd den Branntwein hin. Er war hellhörig geworden.

»Nun, er ist doch mit der Maria verheiratet. Jeder in der Stadt weiß, dass sie zaubern kann.«

»Blödsinn!« Anton lehnte sich wieder zurück. »Das sind alles nur Gerüchte, und ich als ihr Schwager muss es ja wissen. Die Maria ist in der Heilkunst bewandert und geht Hermann zur Hand. Sie ist eine Heilerin, keine Zauberin, oder hat sie Euch den Dorn aus Eurer Hinterbacke etwa mit Zauberei entfernt?«

David und Prott lachten scheppernd, während sich der Kämmerer beleidigt in seine Ecke zurückzog.

»Ist sie noch immer so schön, die Maria?« Davids Gesicht hatte bei der Erwähnung des Namens einen seltsamen Ausdruck angenommen.

»Sogar noch viel schöner. Man möchte es nicht glauben, aber obwohl sie viermal guter Hoffnung war, konnte das ihrer Schönheit nichts abtun. Ihre Mädchen sind ihr wie aus dem Gesicht geschnitten.«

»Wird wohl eher der Reichtum sein, der ihre Schönheit erhält. Die Hermessens können es sich halt leisten, über andere erhaben zu sein«, knurrte der Kämmerer aus seiner Ecke.

»Ihr beleidigt meine Familie«, antwortete Anton, dem das Lachen im Hals stecken geblieben war.

»Beruhigt Euch, Anton.« David legte ihm besänftigend seine Rechte auf den Arm. »Der hohe Herr weiß es nicht besser. Ehre und Reichtum, wem Ehre und Reichtum gebühret. Zudem hat der Hermann sein Ansehen mir zu verdanken.« Er schlug sich auf die Brust. »Wenn ich ihn damals nicht gefunden hätte, als sein Pferd gestürzt war, und ihn der Maria wohlbehalten zurückgebracht hätte, wer weiß, wie alles gekommen wäre. Vielleicht hätten ihn ja Galens Horden erwischt und aufgehängt. Aber dass der Hermann ein guter Barbier ist, kann ich sehr wohl bezeugen. Immerhin kenne auch ich mich ein wenig in der Kunst der Wundheilung aus.«

»Ihr? Ich denke, man hat Euch die Quacksalberei verboten?« Der Kämmerer winkte ab, als David zu einer Antwort ansetzte. »Schon gut, ich weiß, was Ihr sagen wollt. Ihr kommt vom Grafen, wo Ihr Beschwerde dagegen eingelegt habt, nicht wahr?«

»Das habe ich in der Tat, mein Herr. Seid mit Euren Äußerungen vorsichtig.« Jetzt war es an David, ärgerlich zu werden. Seine Augen verengten sich. Mit der Flasche am Mund knurrte er: »Denn wenn ich es dürfte, dann könnte ich so einiges über die Lemgoer Herren erzählen, dass es ihnen danach äußerst übel ergehe.«

»Ach ja?« Der Kämmerer grinste überheblich.

In diesem Moment zog die Kutsche hart an, und die vier Rappen fielen in Galopp. Die Peitsche knallte durch die Luft, der Wagen schwankte und holperte, und die vier Männer suchten eilig nach einem Halt. Schaumbedeckt jagten die Pferde mit der staubigen Kutsche durch das Ostertor.

Die Blattgerste

Den 5. Martij 1681 herman Blasttgarsten frawe Bekandt,
sölche Bekandtnüß auch mediante tortura Bestättiget,
wie ihr Ehemann kranck gewesen,
Vndt Sie nach Hermensen hause gangen,
fur ihren Man etwaß medicamenten zu holen,
hette dessen fraw Maria Rampendahlß ihr zu versteghen gegeben,
dass Sie Johan VerEggen tochter Marien Eliesabeth eine Zeitlang
nachgegangen, deroselben die Zaubereykunst beyzubringen …

Mit gerunzelter Stirn legte Hermann das Holzrohr zur Seite, durch das er seit längerer Zeit nach Geräuschen in Hermann Blattgerstes aufgetriebenem Bauch horchte. Seufzend zog er mit einer Pinzette dem Kranken die Augenlider nach oben.

»Kein Gelb in den Augen«, murmelte er nachdenklich. »Er kann sich erheben und den Bauch bedecken.«

Hermann Blattgerste rollte sich ächzend von der Holzpritsche, auf der Hermann Zähne zog, operierte, aber auch Bärte stutzte und rasierte. Sein Patient glühte vor Fieber, und Hermann betrachtete ihn sorgenvoll. Der alternde Kaufmann war mit heftigen Leibschmerzen zu ihm gekommen und hatte furchtbar nach Kot gestunken. Sein hageres Gesicht wirkte blass und aufgedunsen, mit tiefschwarzen Ringen unter den Augen klagte er über großen Durst. Hermann hatte ihn zunächst geschröpft und dann einen Einlauf gemacht.

»Ist Euch noch immer unwohl?«, fragte er, während Blattgerste stark schwitzte. Sein Hemd unter dem Rock war triefnass. »Ihr gefallt mir ganz und gar nicht, Blattgerste. Ich vermute, Ihr leidet an ›Branns Rache‹. Habt Ihr in letzter Zeit verdorbene Speisen zu Euch genommen oder Euch übermäßig vollgefressen?«

Der Kaufmann wischte sich mit dem Taschentuch den Schweiß von der Stirn. Es war aus feinster Seide. Er keuchte schwerfällig und rülpste fortwährend, wobei er sich am Tisch, auf dem die Instrumente lagen, abstützte und sich leicht nach vorn gebeugt den Leib hielt, aus dem immer wieder üble Gase entwichen.

»Meine Frau, die Maria Elisabeth, ist eine gute Köchin. Sie achtet sehr darauf, was ich esse. Ich habe keine Ahnung, woher die Leibschmerzen kommen, Chirurgus Hermessen. Könnt Ihr denn gar nichts für eine Linderung tun? Ich will mit der Belohnung auch nicht geizen.« Er warf Hermann einen Beutel Gulden auf den Tisch. »Da sind fünfzig Taler – aber in Gottes Namen, nehmt mir diesen Teufel aus meinem Leib!«

»Erst einmal wollen wir den Einlauf wirken lassen. Zusätzlich verordne ich Euch strengste Bettruhe und feuchtwarme Wickel. In den nächsten Tagen solltet Ihr nur etwas Tee zu Euch nehmen. Am besten mit Anis, Bitterklee und getrockneten Lembanenblättern. Meine Frau Maria wird Euch nachher die Kräutermedizin nach Hause bringen und Euch zeigen, wie Ihr sie einnehmen müsst«, beruhigte er ihn.

Als Herman Hermessen einen Augenblick später mit dem Geld die Barbierstube verließ und durch die Diele schritt, drang Kinderlachen aus dem oberen Stockwerk an sein Ohr. Ein sanftes Lächeln huschte über sein Gesicht. Einen Moment lang verharrte er zufrieden am Treppengeländer und lauschte. Oben in den Stuben spielten seine Kinder unter der Aufsicht einer Magd. Die glockenhellen Töne erinnerten ihn an Maria, und er lenkte seine Schritte zu dem Erker neben der Barbierstube. Der Raum darinnen diente zur Kräuteraufbewahrung. In ihm mischte Maria auch die Tinkturen an. Hermann drückte auf den verzierten Messinggriff und öffnete leise die Tür.

In der Stube war es schummerig, da Maria die bunten Glasscheiben der Fenster mit Vorhängen verhängt hatte. Das einzige Licht kam von dem Kronleuchter an der Decke, dessen flackernde Kerzen die unzähligen verschiedenen Zinnbehälter, Karaffen und Tiegel in den Regalen gespenstisch zum Tanzen brachten. Unter der gewölbten Decke hatte Maria büschelweise Kräuter an langen Leinen aufgehängt. Es roch nach Lavendel, Anis, Thymian und Pfefferminze.

Mit dem Rücken zu ihm zerrieb sie getrocknete Kräuter mit einem Stöpsel in einem Mörser. Leise schlich er sich von hinten an sie heran.

»Wie in einer Hexenküche riecht es hier bei meinem kleinen Hexenweiblein«, scherzte er und umfasste zärtlich ihre Hüfte.

Erschrocken fuhr sie herum. »Hermann! Du sollst mich doch nicht immer so erschrecken.« Sie kicherte und wand sich zum Schein in seiner Umarmung. Wie schön sie aussah! Wie immer zum Anbeißen frisch, mit rosigen Wangen und vollem Haar, das sie sittsam unter einer Seidenhaube zu einem dicken Zopf gebunden und aufgesteckt trug.

»Ich muss doch mal nach meinem Weibe sehen«, flüsterte er und küsste verlangend ihre Halsbeuge.

Lachend versuchte sie sich ihm zu entziehen und bog den Kopf nach hinten. »Hermann, mein Liebster, nicht jetzt. Ich muss noch die Medizin für den faulen Zahn und die Eiterpustel mischen!«

»Dann kommt hiermit noch etwas gegen ›Branns Rache‹ dazu. Aber beeile dich, mein Liebstes. Ich habe solche Sehnsucht nach dir.«

»Ist es dringend mit dem Durchfall? Wer ist es denn?« Sanft schob sie seine Hände von ihren Hüften und zupfte aus einem Bund getrockneter Kräuter ein paar Halme heraus. Dann entnahm sie aus einem Töpfchen ein Pulver, gab beides in einen Tiegel, schüttete aus einem kleinen Kessel eine wohlriechende Flüssigkeit dazu und erhitzte alles über einer Kerzenflamme.

Hermann schaute ihrem Treiben eine Weile stumm zu. »Es ist der Kaufmann Blattgerste«, sagte er dann. »Sein Leib gefällt mir gar nicht. Kannst du ihm die Kräutermischung später vorbeibringen? Er muss sie gleich heute in den Abendstunden mit dem Tee einnehmen, und ich habe noch Blutegel anzulegen und einen verdorbenen Magen zu kurieren.«

»Kein Wunder, wenn der gute Mann leidet.« Sie drehte sich zu ihm um und wischte sich mit dem Handrücken eine Strähne aus dem Gesicht. »Bei dem Eheweib! Er hätte die Knochenhauer Maria einfach nicht heiraten sollen, sie passt nicht zu ihm. Immer wieder frage ich mich, warum sie nicht standesgemäß einen Knochenhauer geheiratet hat. Aber stattdessen musste sie ja dem alten Blattgerste ihr Versprechen vor Gott geben.«

»Vielleicht hat so ein alter Mann auch seine Vorzüge? Seine Augen sind zum Beispiel nicht mehr die allerbesten. So etwas kann durchaus von Vorteil sein.« Er grinste verschmitzt. »Da wird ihm so einiges entgangen sein.«

»Etwa, dass sie Cothmanns Hure ist.«

»Sie hat ein gutes Gespür für Reichtum und Macht.«

»Blattgerste ist also reich?« Maria hob den Tiegel an und betrachtete den Inhalt durch ein Vergrößerungsglas.

»Arm ist er zumindest nicht, aber mit uns kann er sich nicht messen.« Er hatte wieder ihre Hüfte umfasst und küsste schwärmerisch ihren Haaransatz über dem gebeugten Nacken. »So viel Glück wie wir hat eben nicht jeder. Gott hält seine Hände wohlwollend über uns. Dank meiner schönen Ehefrau bin ich der angesehenste Barbier der Stadt, wir wohnen im schönsten Haus am Markt und haben vier gesunde Kinder. Selbst der Bürgermeister blickt voller Neid auf uns.«

Maria füllte die Tinktur in ein kleines rundes Gefäß und verstöpselte es fest. Als sie auf das Töpfchen in ihren Händen blickte, veränderte sich ihre Miene, und sie wurde ernst. Seine letzten Worte hatten sie nachdenklich gestimmt. Sie dachte an die Gerüchte, die vom Rat immer wieder neu geschürt wurden.

»Nicht nur Cothmann neidet uns unser Glück, Hermann. Ich bete, dass Gott nie seine Hände von uns nimmt.« Rasch band sie sich die Schürze ab und küsste ihn zärtlich auf die Nasenspitze. »Ich werde Blattgerste schnell die Kräuter bringen, Liebster. Und danach haben wir Zeit füreinander.« Sie schaute ihm tief in die blauen Augen. Hermann war mit den Jahren männlicher geworden, sein gebräuntes Gesicht breiter und energischer. Die Veränderung gefiel ihr gut.

»Du bist ein schöner Mann, weißt du das?«, gurrte sie. »Und wenn du so weitermachst, kann ich für nichts garantieren. Dann werden unsere vier Kinder noch viele Geschwister bekommen.« Lachend griff sie nach dem Töpfchen mit der Medizin und verschwand durch die Tür.

Die Straße zur Heilgeistbauernschaft führte vom Markt durch eine enge graue Seitenstraße. Es dunkelte bereits, als Maria aufbrach. Da sie den Weg gut kannte, lief sie zu Fuß und hatte auch keine Magd an ihrer Seite, wie es sonst ihre Gewohnheit war. Raschen Schrittes bog sie in die Pfaffenstraße, an deren Ende der prunkvolle Fachwerkgiebel des Scharfrichterhauses leuchtete. Ihr Herz klopfte stärker, so wie jedes Mal, wenn sie an Davids Wohnhaus vorbeikam. Mit jedem neuen Tag nahm sie sich vor, ihn zu vergessen, aber auch die Zeit hatte es nicht geschafft, ihn aus ihrem Herzen zu vertreiben, und so stand er immer noch zwischen ihr und ihrem vollkommenen Glück.

Als sie das große Dielentor der Scharfrichterei passierte, fiel ihr der Abend ihrer Flucht wieder ein, als sie ängstlich die Stunden bis zu Davids Rückkehr gezählt hatte und mit jeder verronnenen Stunde die Hoffnung, ihn wiederzusehen, geringer geworden war. Doch dann stand er plötzlich unerwartet vor ihr in der Tür, Hermann schwer verletzt auf den breiten Schultern. David selbst war bis an die Hüften verdreckt und blutete am Kopf, aber nichts an ihm verriet, was geschehen war. Mit einem leeren Blick entledigte er sich des scheinbar leblosen Körpers und brummte: »Hier hast du deinen Hermann zurück. Der Ritt zum Grafen ist ihm nicht bekommen. Doch da du dich in der Heilkunde ja auskennst, wirst du ihn dir sicher selbst wieder zusammenflicken können!«

Sein Verhalten verwirrte sie, hatte sie unfähig gemacht, Fragen zu stellen. Sie vermochte ihm lediglich die Hände entgegenzustrecken, um sich bei ihm zu bedanken, doch in seinem Blick hatte etwas Unwiderrufliches gelegen. Ohne ein Wort hatte er sich umgedreht und die Scharfrichterei verlassen. Erst viel später hatte sie Hermann in einer Liebesnacht die Geschehnisse jener Nacht entlocken können und erfahren, dass sich die Brüder nach Ausführung ihres Auftrages auf dem Rückweg vor dem Gröchtenhof getrennt hatten. Sie hatten sich geeinigt, dass Anton an Hermanns statt die gräfliche Antwort dem Bürgermeister überbringen sollte, was ihnen sicherer erschien, da Cothmann nicht über den Weg zu trauen war. Nachdem Anton davongeritten war, bockte Hermanns Pferd und ging mit ihm durch. Er übersah einen im Wege liegenden Eichenbaum, stürzte, und als er sich wieder aufrappelte, stand plötzlich der Scharfrichter mit zweien seiner Knechte vor ihm. Es gab einen kurzen Wortwechsel, und nachdem sich Hermann zu erkennen gegeben hatte, ging Meister David auf ihn los und beschuldigte ihn voller Zorn: »Während Ihr Euch vom Landgrafen für seine Zwecke benutzen lasst, hat Euer Eheweib bei mir Schutz vor den Cothmannen und Galens Horden gefunden. Sie gehört jetzt mir.«

Hermann wusste mit den Worten nichts anzufangen, bemerkte nur, dass der Scharfrichter stark betrunken war. Aber die Anschuldigung hatte ihn wütend gemacht. Heißblütig, wie er war, zog er den Degen und forderte ihn. Doch genau das war Davids Absicht gewesen. Der aufgestaute Ärger musste sich entladen, und da kam Hermann ihm gerade recht. Also hatten sie aufeinander eingeschlagen, David lachend, Hermann verzweifelt und wütend. Letztlich trennten plündernde Soldaten die beiden Haudegen, die anschließend Schulter an Schulter gegen die Feinde um ihr Leben fochten. Galens Leute waren schon fast alle in die Flucht geschlagen, da traf Hermann eine verirrte Kugel in der Schulter, und er brach blutend zusammen. Zuerst wollte David den Nebenbuhler liegen lassen, doch dann gab seine Liebe zu Maria den entscheidenden Ausschlag. Er warf sich den Nebenbuhler über die Schultern und brachte ihn, indem er ihn mit seinem eigenen Körper schützte, durch die feindlichen Linien zu ihr in die Scharfrichterei. In diesem Zustand hatte Maria Hermann aus seinen Armen empfangen.

Ihr Ziel war ein Fachwerkhaus, das reich mit Schnitzwerk verziert war und am anderen Ende der Gasse lag. Durch die dunklen Wolken warf der Mond sein silbernes Licht voraus und leuchtete ihr. Vor fast jeder Hausstätte liefen Hunde oder Schweine umher, aus dem einen oder anderen Hausinnern erklangen Stimmen und zeugten davon, dass die Nachbarn den Abend gemeinsam bei Bier und Branntwein ausgehen ließen. Nur im Hause Blattgerste war es seltsam still. Lediglich die Blätter der Birke vor ihm raschelten leise zu den sanften Klängen des Windes. Beherzt betätigte Maria den eisernen Türklopfer, doch als sich nichts im Haus rührte, drückte sie mit den Händen gegen das schwere Tor. Quietschend gab es nach.

Sie nahm allen Mut zusammen und steckte den Kopf durch die Tür. »Ist jemand im Haus? Ich bringe die Medizin!«

Als sich nichts regte und es auf der Diele still blieb, fasste sie sich ein Herz und trat ein. Obwohl sie nur ein einziges Mal zur Hochzeit in dem Haus gewesen war, konnte sie sich noch vage daran erinnern, dass die Stuben im Obergeschoss lagen.

Sie zögerte, machte unschlüssig einen Schritt nach vorn ins Dunkel. Ihr Herz klopfte vor Angst, doch ihre Neugierde war stärker. Mutig tastete sie sich mit den Händen am Kamin und am Tisch vorbei zum Treppengeländer, bis ihre Fußspitze die erste Stufe berührte. Die Holzdiele unter ihr knarrte. Schnell zog sie den Fuß wieder zurück und horchte in die Dunkelheit. Ein paar aufgeschreckte Mäuse piepsten, dann war es wieder ruhig.

»Du bist eine Närrin, Maria«, murmelte sie erleichtert und stieg entschlossen die Treppe hinauf. Doch mit jeder Stufe, die sie erklomm, wuchs auch die Angst. Ein Gefühl sagte ihr, dass etwas nicht in Ordnung war.

Plötzlich bereute sie es, allein gekommen zu sein, und wollte gerade wieder umkehren, als sie mit einem Mal hinter der ersten Stubentür Geräusche vernahm. Neugierig legte sie das Ohr an das Holz und lauschte. Schritte schlurften über den Boden, dann glaubte sie, ein lang gezogenes Klagen zu vernehmen und zwischendurch die Stimme der Maria Blattgerste.

Beim Gedanken an ihre Feindin verzog sie angewidert das Gesicht und beschloss, die Medizin nur vor die Tür zu stellen. Da ertönten aus dem Raum gurgelnde Würgegeräusche. Offenbar stand es um den Kaufmann Blattgerste sehr schlecht. Entschlossen drückte sie die Klinke hinunter und trat ein.

Für einen Moment musste Maria sich an die veränderte Umgebung gewöhnen, dann glaubte sie, ihren Augen nicht zu trauen. Sie befand sich mitten in der Hölle.

»Hexensabbat!«, entfuhr es ihr, als sie entgeistert auf das offen lodernde Feuer im Kamin und auf die unzähligen flackernden Talglichter an den Wänden blickte. In der Mitte des Raumes lag Hermann Blattgerste ausgestreckt auf einem Bett. Er war splitternackt, seine Hände waren an die gedrechselten Bettpfosten gefesselt, und über dem Kopfende stand seine Ehefrau Maria und ließ aus einem Trichter eine dickflüssige grüne Brühe in seinen Mund laufen. Der hilflose Blattgerste hatte gerade seinen Darm entleert, es stank wie beim Höllenfürsten selbst.

»Was geht hier vor?«, fragte Maria entsetzt. Jetzt hatte sie auch noch den ausgeweideten Hahn entdeckt, der, ans Bett genagelt, vor ihr sein Leben ausblutete.

Das Knochenhauerluder war blass unter dem Blut geworden, mit dem sie sich das Gesicht beschmiert hatte. In unveränderter Haltung machte sie nur eine hastige Bewegung mit dem Kopf, um Maria aus der Stube zu weisen.

Doch die ließ sich nicht einschüchtern. »Sofort beendest du den Spuk!«, schrie sie die Gattin des Kaufmanns an und erstarrte vollends, als plötzlich ihre Schwester Ilsabein hinter einem Vorhang hervortrat. »Aber … was machst *du* in Blattgerstes Haus?«

Ilsabein war von Natur aus ein blasses Geschöpf, so konnte Maria nicht sehen, wie sie erbleichte. Sie trug ein blutiges Messer in der Hand und versuchte unbeholfen, es vor Maria zu verstecken.

»Seid ihr des Teufels?«, beschwor Maria sie. »Sag endlich etwas, Schwester!«

Ilsabein druckste herum. »Die Hausherrin … hat mich zu ihrem … kranken Mann rufen lassen. Ich … sollte ihr helfen, ihn gesund zu pflegen.«

In Marias Augen loderte es. »Auf eine solch gotteslästerliche Weise? Was ist das für ein Gebräu, das die Blattgerste ihrem Ehemann einflößt?«

»Eine Medizin aus Hühnerblut, Kuhdung, zu Pulver gebrannten Maulwurfzehen und Eiweiß. Ich habe es mit einem halben Schoppen Essig und einem halben Schoppen Hefe-Branntwein vermischt.«

»Igitt!« Entsetzt schlug Maria mehrmals das Kreuz vor sich. »Und woher kennst du die Zusammensetzung? Bringt dir das Knochenhauerluder etwa nun schon das Zaubern bei?« Längst hatte sie erkannt, dass vor ihr eine Hexenbeschwörung abgehalten wurde. »Und du, wieso gibst du deinem kranken Ehemann solch ein Gebräu zu saufen? Willst du ihn umbringen?«, herrschte sie Maria Blattgerste an und war mit einem Schritt am Bett. Sie wunderte sich, dass die Vermaledeite keinerlei Furcht vor ihr zeigte und ungehindert ihr Tun fortführte. Sie warf ihr lediglich einen giftigen Blick aus ihren grünen Augen zu, begann dann, mit den Fingern beschwörende Runen in die Luft zu zeichnen, und sang dazu mehr, als dass sie sprach, die Worte: *»Rhi edlohnu temmok iebreh!«*

»Lass dieses Kauderwelsch und hör mir zu«, zischte Maria wütend und griff nach ihr, die immer wilder mit den Armen herumfuchtelte.

Ilsabein war ihrer Schwester verhalten gefolgt. Mit geheimnisvoller Stimme klärte sie sie auf: »Sie beschwört die Kräfte der Unterwelt, damit sie ihr in ihrem Schmerz beistehen.«

»So etwas Unsinniges ist mir noch nie zu Ohren gekommen. Hat sie etwas eingenommen?«

»Ja, ein Kraut für den Geist. So kann sie besser Kontakt mit den bösen Kräften aufnehmen.«

»Jetzt reicht es aber!« Maria drückte der Schwester die Medizin in die Hände und zog die Blattgerste energisch von ihrem Mann fort.

Die wehrte sich zwar nicht besonders stark, kreischte jedoch hysterisch und bespuckte sie. Dann raufte sie sich wild die Haare und bedachte sie mit unheilvollen Flüchen.

Maria aber kümmerte sich nicht um das zeternde Weib, sondern beugte sich über den leblosen Blattgerste. Sie legte ihm die Finger der rechten Hand an die Halsschlagader und zog mit denen der anderen die Lider nach oben. Dann schüttelte sie verständnislos den Kopf und begann, seinen Brustkorb mit den Händen zu bearbeiten. Aber sosehr sie sich auch anstrengte, das Leben in den aufgedunsenen Körper zurückzuholen – Blattgerste war mausetot. Als sie sich dessen bewusst wurde, wich sie erschrocken vor ihm zurück und bekreuzigte sich mehrmals.

»Du hast ihn getötet«, murmelte sie in Richtung ihrer Schwester, und es schien ihr die Wahrheit zu sein, denn Blattgerste hatte sich grün und blau erbrochen.

Ilsabein schrie leise hinter ihr auf und hielt sich ratlos die Hände vor das Gesicht. »Sie werden uns als Hexen verbrennen«, wimmerte sie. »Herr im Himmel, steh uns bei!«

»Die Einsicht kommt spät.«

Maria Blattgerste stand mit in die Seiten gestemmten Fäusten gegenüber vom Bett und lachte gehässig.

»Offensichtlich scheinst du deine Sinne ja wieder beisammenzuhaben«, bemerkte Maria und sah ihr kampfeslustig ins Gesicht.

»Hatte ich sie denn schon jemals nicht beisammen?« Die Blattgerste lachte noch breiter. »Ich weiß sehr wohl, dass mein Ehemann tot ist. Dem Herrn sei Dank, dass er mich von dieser Plage erlöst hat! Allerdings bin ich mir ganz sicher, dass du meinen Ehemann verhext hast und er nur durch deine Medizin einen qualvollen Tod hat erleiden müssen!« Sie täuschte das trauernde Eheweib vor und zog ein weinerliches Gesicht. »Genauso wie schon zuvor mein Bruder und mein Liebster durch deine Hand sterben mussten! Ist es dir denn noch immer nicht genug, Hexe? Musst du mir nun auch noch den Ehemann nehmen? Ich werde dafür sorgen, dass alle ehrbaren Leute in der Stadt erfahren, welch böse Hexe du bist!«

Entsetzt wich Maria vor der Blattgerste zurück. Sie war sich des Ausmaßes dessen, was sie eben in ihrer Überraschung gesagt hatte, durchaus bewusst. »Du bist ja krank im Geist, Blattgerste! *Du* bist die Hexe, nicht ich.« Ratlos tauschte sie mit Ilsabein einen Blick. »Da haben wir uns etwas eingebrockt. Wie bist du nur in dieses Haus gekommen, Schwester?«

»Ich bin wie du durch Zufall hier. Mit der Zauberei habe ich nichts zu tun. Ich glaubte, in der Blattgerste eine Freundin gefunden zu haben.« Ilsabein hob beschwörend die Hände.

»Die ist mit niemandem gut Freund. Sie ist abgrundtief böse, und die Einzige, die von uns dreien wirklich vom Teufel besessen ist. Wir sollten das unheimliche Haus schleunigst verlassen«, antwortete Maria und schob Ilsabein sogleich vor sich her zum Ausgang.

Doch vor der Tür hielt sie die Stimme der Blattgerste zurück: »Du willst mich doch nicht etwa hier allein zurücklassen? Wir gehören doch der gleichen Zunft an – der Teufelszunft! Sieh hier!« Sie deutete auf die leichte Wölbung unter ihrer Schürze. »Ich bin sogar guter Hoffnung vom Satan.«

Maria wies mit dem Kopf zu dem Toten. »Ist es von ihm?«

»Wo glaubst du hin? Der Alte hat doch keine Manneskraft mehr besessen. Es ist vom Teufel!«

»Lautet der Name des Teufels zufällig Hermann Cothmann?«

Die Blattgerste kicherte. »So ist es. Und genau deshalb brauchst du auch gar nicht zu frohlocken. Wenn ich es will, bist du die Hexe, und Cothmann wird dich mit einer ganz besonderen Freude brennen lassen.«

»Niemand hat mich gesehen, wie ich in dein Haus gegangen bin. Es würde nur wieder ein Gerücht mehr geben. Aber du, Maria Blattgerste, du solltest vorsichtiger sein. Der hohe Richter ist ein eiskalter Wolf, ganz bestimmt lässt er sich nicht ohne Weiteres einen Bastard unterschieben.«

Sie fühlte fast so etwas wie Mitleid mit der Kontrahentin und drehte sich im Türrahmen noch einmal nach ihr um. Traurig schüttelte sie den Kopf. »Was ist nur aus dir geworden, Maria Blattgerste? Wie groß muss dein Hass sein, wenn du meinetwegen deinen Ehemann tötest?«

»Du hast recht, ich hasse dich! Weil du mir die liebsten Menschen genommen hast, und das werde ich dir mein Leben lang nicht vergessen!«, schrie ihr die Witwe hinterher. Doch Maria und Ilsabein vernahmen ihre Worte nicht mehr. Sie hatten die Stube längst verlassen.

Am nächsten Morgen lenkten Margaretha und Ilsabein den Wagen nach dem morgendlichen Markteinkauf am Hause Hermessen vorbei. Margaretha nahm sich nicht mal die Zeit, das Pferd in die Diele zu bringen und es den Knechten zu übergeben. Sie sprang vom Kutschbock, warf der Schwester die Zügel zu und stürmte aufgelöst in die Barbierstube. »Schwester, ich habe Neuigkeiten! Weißt du schon, dass die Blattgerste aus der Stadt verschwunden ist?«

»Ruhe, ihr vermaledeiten Weiber!« Hermann stand mit hochrotem Gesicht über einen vierschrötigen Kerl gebeugt und hielt dessen Kinn in seiner Hand, während die andere vorsichtig mit einem Rasiermesser den Schaum von der gewölbten Wange kratzte. Der Mann rollte bei der Störung durch die Frauen genervt die Augen. Aus seinem Mund ragte ein Löffelstiel hervor, auf dem Holztisch neben ihm lagen drei schwärzlich verfärbte, übel riechende Backenzähne, die Hermann ihm zuvor gezogen hatte. Maria assistierte ihrem Mann und spannte das Leder zum Schärfen des Messers.

»Das ist mir in der Tat neu. Ist sie vor den Stadtbütteln geflohen?«

Margaretha blieb ihr die Antwort schuldig. Hilflos schaute sie von ihr zu Hermann und dann zu dem Mann.

»Jetzt geh schon, Marien. Ich schaff den Rest auch allein«, entließ sie Hermann und warf ihr einen liebevollen Blick zu. »Ich weiß doch: Wenn deine Schwestern kommen, gibt es immer etwas Neues zu bereden.«

Dankbar drückte ihm Maria einen Kuss auf die Wange und gebot Margaretha, ihr zu folgen. Ilsabein hatte inzwischen das Gespann in die Diele gelenkt. Sie erwartete die beiden mit dem Pferdegeschirr in den Händen.

»Wo bleibt ihr denn? Es ist wichtig, dass du die Neuigkeit zuerst von uns erfährst und nicht von den anderen!«

»Was gibt es denn, dass ihr es sogar auf euch nehmt, Hermanns Zorn heraufzubeschwören?«

»Ach, dein Hermann beruhigt sich schon wieder«, erwiderte Margaretha. »Die Neugierde wird ihn bestimmt auch gleich zu uns führen.«

»Da bin ich schon, Schwägerin.« Hermann wischte sich die Hände an einem Leder ab und wies auf die leeren Sitzmöbel. »Wollt ihr euch nicht niederlassen und meinen Branntwein probieren?«

Ilsabein ließ ehrfurchtsvoll die Augen umherschweifen und staunte. »Alle Achtung, euer Wohlstand wächst und wächst. Reich verzierte Dielenmöbel mit glänzenden Beschlägen und nobler Lederbespannung – das kann sich nicht einmal Vater leisten.«

»Was gibt es denn nun so Wichtiges? Ich habe mich extra mit meiner Rasur beeilt, damit ich es erfahre. Schließlich geht alles, was meine Liebste betrifft, auch mich etwas an.«

»Dann brauchen wir dir ja nichts über die Vorgänge im Haus Blattgerste zu erzählen. Sicher wirst du schon von Maria informiert worden sein«, platzte Ilsabein heraus. »Die Wohnstätte der Blattgerstes ist seit heute Morgen von Stadtknechten umstellt. Da der Kaufmann vermögend ist, erscheint es dem Hohen Rat ungewöhnlich, dass Maria Blattgerste verschwunden ist.«

»Sicher hat sie Angst bekommen und ist vor den Bütteln geflohen«, lenkte Maria ein.

»Nein, Maria. Wir denken eher, dass sie etwas Böses im Schilde führt.«

Margaretha unterbrach Ilsabein: »Wir haben Angst um dich, Schwester. Hermann Blattgerste war für die nächste Ratswahl als Siegler aufgestellt, seine Familie ist seit Jahren in Lemgo ansässig, sie zählt nicht zu den Armen und wird nichts unversucht lassen, seinen Tod aufzuklären.«

»Er war ein alter Mann und litt schon längere Zeit an Blutarmut, Fettleibigkeit und zuletzt auch noch an ›Branns Rache‹. Das viele Schröpfen und Zur-Ader-Lassen hat ihn geschwächt.« Hermann schüttelte den Kopf. »Sie werden Maria nicht in diese Sache hineinziehen.«

»Aber das haben sie schon. Man erzählt sich, dass Cothmann angesichts der seltsamen Farbe des Erbrochenen gestutzt und gesagt haben soll: ›Da hat die Rampendahlsche Hexe sicher wieder ihre Finger im Spiel!‹ Über die Blattgerste hat er dagegen kein Wort verloren.«

»Ist ja auch kein Wunder. Wenn er seine Hure mit hineinzieht, würde sie sich revanchieren. Der Schelm hat genug zu verbergen.« Hermann grinste.

»Wäre es nicht sicherer, ihr würdet die Kinder nehmen und eine Zeit lang nach Varel zu den Verwandten reisen? Keiner in der Stadt spricht mehr von der Blattgerste, sie scheint noch vor ihrer Flucht dafür gesorgt zu haben, dass alle nur über dich reden, Maria.« Margaretha umschloss besorgt Marias Hände.

Die öffnete den Mund, um zu antworten, doch Hermann kam ihr zuvor. »Wir werden nicht von hier verschwinden. Maria ist ohne Schuld, und der Schutz der Familie ist ihr gewiss. Cordt, der sicher im Rat sitzt, wird das Schlimmste zu verhindern wissen. Sollte der Richter dich dennoch denunzieren«, sanft küsste er ihr Ohrläppchen und strich ihr eine verirrte Haarsträhne aus dem Gesicht, »dann schwöre ich dir, Maria, wird er sich an uns die Zähne ausbeißen. Wenn es sein muss, werde ich dich mit meinem Leben verteidigen, meine Liebste.«

»Lasst mich zu ihm! Ich will zu dem Hurensohn Cothmann!«

Überrascht ließ Cothmann die Akte fallen, die er gerade geöffnet hatte, und warf Krieger einen verständnislosen Blick zu. Vor der Tür des Rathaussaales ertönte heftiger Lärm. Eine Frauenstimme kreischte und schrie: »Ihr Mistkerle, lasst mich los!« Dann polterte etwas krachend gegen die Tür, dass diese erzitterte. Hastig wollte er zu der großen Messingglocke auf dem Schreibtisch greifen, als die Tür aufgerissen wurde und zwei Stadtknechte ein wild um sich schlagendes Lumpenbündel in den Saal stießen.

»Gott vergebe uns, Euer Hochwohlgeboren. Aber die Megäre hier verlangt nach Euch und lässt sich nicht abweisen«, sagte einer der Knechte und verneigte sich untertänig.

»Schon gut, Hans.« Cothmann winkte gnädig mit dem Handschuh und trat neugierig hinter dem Schreibtisch hervor. Er schritt seltsam ungelenk wie eine Marionette, trug kein Barett mehr, dafür aber eine auffällig dichte, lang wallende Perücke. Sein Gesicht war bis unter die Augenlider seltsam aufgeschwemmt. Er wirkte krank. Die Schminke verbarg die roten Flecken in seinem Gesicht längst nicht mehr, und unter den Augen hatten sich tiefe dunkle Ringe eingegraben. Vorsichtig berührte er das Lumpenbündel mit der Schuhspitze. Als hätte das Weib nur darauf gewartet, sprang es auf.

Cothmann trat erschrocken und zugleich angewidert einige Schritte zurück. »Maria Blattgerste …?«, entfuhr es ihm überrascht, während er sich hastig mit dem Taschentuch vor der Nase herumwedelte, um die strengen Düfte, die dem Lumpenbündel entwichen, zu verscheuchen. »Was treibt Euch hierher, Weib?«, fragte er durch das Tuch. »Seit Monden suchen wir nach Euch, Ihr ward wie vom Erdboden verschluckt.«

»Du willst mich wohl nicht mehr kennen, mein Liebster, was?«, grinste sie und bleckte ihr schwarzes, lückenhaftes Gebiss. Hunger und Kälte hatten ihren Körper ausgezehrt und sie lange vor der Zeit in ein altes Weib verwandelt. Ihre grünen Augen glänzten übergroß wie im Fieber, und ihre Nase ragte noch spitzer als früher aus dem abgezehrten Gesicht. Das Haar hing in schmutzigen Zotteln an ihrem Körper hinunter, an dem sie etwas krampfhaft unter den Lumpen zu verbergen suchte.

»Nein, Weib, so kenne ich Euch nicht. Aber gut, dass Ihr Euch endlich selbst Eurem Verbrechen stellt. Es ist vor Gott erwiesen und vom Hohen Rat bestätigt worden, dass Ihr Euren Ehemann vergiftet habt.«

Aus dem Lumpenbündel erklang ein schauerliches Lachen. »Das wirfst gerade du mir vor? Sieh her, du Hurensohn, das hier ist dein Bastard!«

Sie schleuderte Cothmann ein blutiges Bündel vor die bestickten Hackenschuhe. Vor Entsetzen machte er einen Sprung in Kriegers Richtung. »Was will diese Hexe von uns?«, fragte er Krieger, der den Degen gezogen hatte und nun mit ängstlichen Bewegungen in den blutigen Lumpen herumstocherte.

»Sieh es dir nur an, du Mistkerl! Es ist dir wie aus dem Gesicht geschnitten.« Sie beobachtete Cothmann lauernd.

Krieger hatte indes den Inhalt freigelegt. Auf dem Parkett des Rathaussaales lag vor ihnen, inmitten der blutigen Lumpen, ein nackter Säugling. Auch er war blutverschmiert, um seinen Hals schlang sich die Nabelschnur. Vorsichtig beugte sich Krieger zu ihm hinab und berührte ihn mit dem Finger. Als das Kind keinen Laut von sich gab, zog er den Handschuh aus und legte ihm die Hand auf die Stirn. Sie war eiskalt.

»Das Kind ist tot«, sagte er leise zu Cothmann. »Bestimmt schon mehrere Tage. Es hat Flecken, stinkt und ist bereits steif.«

»Es ist tot geboren worden«, schnarrte die Blattgerste. »Weil der da mich wie einen Hund von sich gestoßen hat. Erst ein Balg mit mir zeugen und mir Liebe versprechen, der hohe Herr, und dann ...!«

»Jetzt ist es genug! Zähme deine Zunge, Weib!«, donnerte Cothmann. Er hatte sich wieder erholt und humpelte zum Schreibtischstuhl. »Schafft das Weib in den Hexenturm, und vor allem: Räumt mir diese tote Satansbrut aus den Augen«, herrschte er die Knechte an. Es war unter seiner Würde, sich der Furie auch nur einen Augenblick länger zu widmen.

Doch so schnell gab Maria Blattgerste nicht auf. Flink wie ein Wiesel entschlüpfte sie den Händen der Knechte, beugte sich über den Schreibtisch und blickte dem Bürgermeister geradewegs in die Augen. Unter seiner Schminke schimmerte Leichenblässe.

»Ist es etwa immer noch die Narbe der Hexe, die dir zu schaffen macht? Sie hat dir ja damals fast den Schädel gespalten und das Fieber angehext – und doch liebst du sie noch immer. Aber sie wird dich überleben, denn der Tod steht dir bereits ins Gesicht geschrieben.«

Böse kichernd wälzte sie sich vom Schreibtisch. Die Knechte versuchten, sich auf sie zu werfen, doch wieder war sie schneller und umrundete Krieger, der sich bisher zurückgehalten hatte. »Und ja, ich bin eine Hexe! Ich kann dir ›Branns Rache‹ anhexen, oder darf es vielleicht doch eher die Lustseuche oder die Pestilenz sein?« Wie besessen kreischte sie: »Nein, ich verhänge gleich einen Fluch über all Eure Weiber und Kinder!« Plötzlich drehte und bog sie den Oberkörper immer heftiger und würgte weißen Schaum hervor. Die Knechte waren ratlos und warteten unschlüssig auf die Anweisung des Bürgermeisters. In ihren Augen stand deutlich die Angst vor der Hexe geschrieben.

»Das Weib ist ja völlig irre! Schafft sie endlich raus«, befahl Cothmann erneut.

Da richtete sich die Blattgerste auf und wischte sich mit dem Ärmel den Schaum von den Lippen. Mit einem Mal wirkte sie wieder normal. »Ich bezichtige mich freiwillig vor Euch, Ihr Herren, und diesem Gericht als Hexe, damit Ihr mich brennt. Ich bin des Lebens überdrüssig, aber ich schwöre bei Gott, unserem Herrn: Meinen Ehemann habe ich nicht vergiftet.«

Ihr Blick wurde lauernd, als sie bemerkte, wie Cothmann aufhorchte und den Knechten das Zeichen zum Abwarten gab.

»Wer war es dann?« Seine Züge hellten sich plötzlich auf, und er reckte ihr den Kopf entgegen, um sich kein Wort entgehen zu lassen. Er glaubte zu wissen, wen sie besagen würde.

»Die Maria Rampendahl, Hermessens Ehefrau. Sie war es, die

Hermann Blattgerste vergiftet hat. Als mein Ehemann einmal krank wurde, bin ich nach Hermessens Haus gegangen und habe etwas Medizin holen wollen. Die Maria, die mir schon früher, als ich noch Vieregges Tochter war, stets nachgegangen ist, um mich das Zaubern zu lehren, nutzte die Gelegenheit, um mich zu verführen und in ihre Zunft zu locken. Zunächst habe ich mich gewehrt, versucht, mit ihr zu verhandeln, aber dann habe ich doch das Zaubern von ihr gelernt und das Gift, das sie mir reichte, meinem Ehemann gegeben.«

Mit einem triumphierenden Grinsen lehnte sich Cothmann zurück. »Habt Ihr das vernommen, Barthold?«, brach er das betroffene Schweigen, das dem Geständnis gefolgt war. »Endlich! Jetzt haben wir sie!«

Er klatschte sich auf den Schenkel, hätte jubeln können vor Freude. Vergessen waren die bohrenden Schmerzen im Kopf und das immer wiederkehrende Fieber. Endlich hatte Gott seine Gebete erhört. »Das wird der größte Prozess aller Zeiten. Mit diesem Geständnis und der Selbstbezichtigung einer Hexe werden wir die Rampendahls in die Knie zwingen, Barthold!« Cothmann wirkte um Jahre jünger, als er zur Feder griff und die verblüffte Blattgerste aufforderte: »Und nun noch mal das Ganze von vorn, Hexe – aber schön langsam zum Mitschreiben!«

Der Prozess

»Ich will Euch, Cothmann, keinen Fuß breit weichen ...«

»Schnell, Ilsabein, zieh Marias Kleider an!« Schnell streifte Margaretha der Schwester Marias Seidenröcke über. Wie mehrere Seiten feines Pergament raschelten sie an ihrem schlanken Körper hinab. »Du gehst jetzt an den Bütteln vorbei, als würdest du zum Markt wollen.« Sie wandte sich zur älteren Schwester: »Inzwischen verschwindet Maria durch das Hinterhaus und läuft, so schnell sie die Füße tragen, zu den Kindern. Versuche, mit ihnen nach Speyer zum Schwager zu flüchten. Ich werde inzwischen Hermann Bescheid geben.« Ängstlich schaute sie Maria in das totenbleiche Gesicht. »Jetzt lauf schon!«

Doch Maria verharrte unschlüssig in der Tür. Sie trug Ilsabeins einfaches Leinenkleid, das am unteren Rand und in der Taille mit einer bestickten Borte abgesetzt war, sowie einen dunklen ärmellosen Umhang mit einer weiten Kapuze, die ihr schönes Gesicht vor fremden Blicken verbarg. »Aber was wird aus euch, Schwestern?«

»Mach dir um uns keine Sorgen. Sie werden uns schon nicht gleich das Haus anzünden. Wichtig ist nur, dass du dich und die Kinder rettest.«

Maria war auf dem Weg vom Garten kurz bei den Geschwistern eingekehrt, als plötzlich ein Trupp Stadtbüttel die sonntägliche Ruhe störte und vor Cordt Rampendahls Haus aufmarschierte. Innerhalb kürzester Zeit nahmen die bewaffneten Knechte vor Türen und Fenstern Aufstellung, während vier von ihnen drohend die Flinten auf das große holzgeschnitzte Dielentor richteten.

»Dieser Hurensohn von einem Richter ist schlau wie ein Fuchs! Er weiß genau, dass Vater mit Hermann und Anton in Lorenz Bentzelers Haus sitzt, um eine Kindstaufe zu feiern. Er muss beobachtet haben, dass nur wir Frauen im Hause sind.« Ilsabein schüttelte ihre Faust Richtung Fenster. »Und diesmal hat es sich der Schelm nicht nehmen lassen, selbst zu erscheinen!«

In diesem Moment wurde erneut gegen das Dielentor gedonnert, und Cothmanns heisere Stimme ertönte: »Zum letzten Mal:

Öffnet das Tor! Ich weiß aus sicherer Quelle, dass sich die der Hexerei angeklagte Maria Rampendahl im Haus befindet. Im Namen des Herrn und des Hohen Rates fordere ich Euch auf, uns die Hexe auszuliefern. Das Weib ist der Zauberei stark verdächtig und soll auf Beschluss beider Räte in den Hexenturm im Regenstor gebracht werden.«

»Jetzt mach schon«, flehte Margaretha die Schwester an, die noch immer bewegungslos im Türrahmen stand.

»Aber was, wenn sie statt meiner nun Ilsabein in den Turm bringen? Das könnte ich nicht ertragen!«

Mit zitternden Fingern flocht Margaretha Ilsabein die Haare nach oben, so wie Maria sie trug, und stülpte ihr das Spitzenhäubchen darüber. »Sie werden den Unterschied schon rechtzeitig bemerken. Cothmann will nicht Ilsabein, sondern dich, Maria! Aber Ilsabein kann dir einen Vorsprung verschaffen.«

Auf dem Tisch standen noch Catharinas frische Brezeln. Aus dem Backofen zog ihr Duft durch das ganze Haus. Margaretha sammelte sie rasch ein und band sie auf eine Schnur. »Hier, Maria, nimm sie den Kindern mit. Ihr werdet sie brauchen.«

Keuchend erschien Catharina hinter Maria. Sie hatte an Leibesfülle zugelegt und drängte ihre Tochter zur Seite. Ihre Brüste hingen schwer und fleischig bis zum Bauchansatz, wo sie in die Ringe übergingen, die selbst die gerafften Röcke und das Fischbeinkorsett nicht mehr zu verdecken vermochten. Auch unter dem nicht mehr festen Kinn wölbten sich die Fettpölsterchen wie kleine Würste, Zeugen des unaufhaltsamen Alters und eines wachsenden Wohlstandes. Lediglich der lebendige Ausdruck in den warmen braunen Augen verriet die starke Seele in ihr und ließ ihre einstige Schönheit erahnen. Sie kämpfte mit den Tränen und wischte sich immer wieder mit dem Handrücken über die fleischige Nase.

»Ich habe die Knechte zusammengetrommelt. Notfalls werden sie das Haus mit ihrem Leben verteidigen, bis Cordt zurück ist. Am besten nimmt Ilsabein den Weg zu Bentzelers Haus. Margaretha und ich werden den Bütteln öffnen, sonst schlagen sie uns noch das Tor ein. Aber keine Angst, meine Mädchen, wir werden sie aufhalten. Dies ist das Haus eines Ratsmannes, und das stürmt man nicht so ohne Weiteres!« Sie küsste erst Maria, dann Margaretha auf die Stirn und schlug über ihnen das Kreuz. »Gott sei mit euch, meine Kinder!« Hastig nahm sie Margaretha bei der Hand und zog sie hinter sich her die Stufen hinab.

Ilsabein umarmte Maria. Sie sah ihr täuschend ähnlich. Aus dem einst schmächtigen, blassen Mädchen war eine schöne junge Frau geworden. Zwar war sie etwas kleiner als Maria und hatte einen weniger üppigen Busen, doch umrahmten die gleichen dichten rotblonden Flechten das fein geschnittene Gesicht und umschmeichelten sanft ihre geschmeidige Figur. »Wir sehen uns wieder, Schwesterherz«, flüsterte sie mit Tränen in den Augen. »Wir Rampendahls sind stark, das hat uns der Vater mitgegeben.«

Zitternd quetschte Maria sich an der Schwester vorbei und spähte über das Geländer. Den besetzten Toreingang konnte sie nicht einsehen, doch vier der acht Knechte warteten mit Mistgabeln bewaffnet unter ihr in der Diele, während sie Catharina rufen hörte: »Was erdreistet Ihr Euch, Bürgermeister, am Sonntag einen solchen Lärm zu veranstalten! Ihr steht hier vor dem Hause des ehrenwerten Ratsherrn Cordt Rampendahl. Ich rate Euch wiederzukommen, wenn der Hausherr zu Hause ist.«

»Ihr reißt den Mund zu weit auf, Weib! Hier, lest selbst, wenn Ihr des Schreibens und Lesens mächtig seid!« Papier raschelte, dann war es einen Moment so still, dass eine zu Boden fallende Bohne die Hühner aufgeschreckt hätte.

»Euer Schreiben sagt mir gar nichts! Da ich seinen Namen hier nicht finden kann, hat mein Ehemann seine Zustimmung zur Gefangennahme seiner Tochter nicht gegeben. Also trollt Euch und kommt ein andermal wieder! Außerdem ist meine Tochter nicht im Haus ihres Vaters anzutreffen. Wie Euch bekannt sein sollte, lebt sie am Markt im Hause ihres Ehemanns, des Barbiers Hermann Hermessen.«

Die letzten Worte hatte sie voller Ironie ausgesprochen, doch Cothmann zeigte sich unbeeindruckt. Er zog es vor, sich nicht aufzuregen, um seine schon starken Kopfschmerzen nicht noch weiter zu intensivieren. Gequält behielt er den gleichgültigen Ausdruck bei und massierte sich in einem unbeobachteten Augenblick mit den Fingerspitzen die Schläfen.

Zu gut kannte er diese Schmerzen! Seit Jahren fraß sich sein Hass auf die Hexe mit bohrendem Ziehen und Stechen durch sein Hirn. Dazu litt er an Schlaflosigkeit und quälendem Fieber. Doch so hartnäckig ihn die Schmerzen auch marterten, so aufrecht hielt ihn die Vorstellung, endlich Ruhe zu finden, wenn das Hexenweib auf dem Scheiterhaufen brennen würde. Bei dem Gedanken vergaß er für einen Moment die tiefen Augenringe unter seinen Augen, ein untrügliches Zeichen fehlenden Schlafes. Wenn er bisweilen daran dachte, dass selbst der Teufel sich vor seinem Anblick erschrecken würde, huschte ihm ein Grinsen über das Gesicht.

Catharina hingegen schien er nicht im Geringsten zu beeindrucken. Mutig blieb sie vor ihm in der Tür stehen, stemmte sich die Fäuste in die ausladenden Hüften und blickte ihm kampfeslustig ins Gesicht.

Für diese Frechheit gab es nur eine Bestrafung: Nichtbeachtung. Müde zuckte er mit den Schultern, ließ sie einfach stehen und schritt steif zur Kutsche zurück. Der Kammerdiener Simon Müller hatte ihn bereits erwartet und rollte hastig das lederne Treppchen hinab. Katzbuckelnd reichte er Cothmann den Arm.

Verwundert blickte ihm Catharina hinterher. Als sie sah, wie der Bürgermeister den Fuß anhob und sich anschickte, in die Kutsche zu steigen, atmete sie befreit auf, doch die Freude wehrte nicht lange: Auf dem oberen Treppenabsatz verharrte er plötzlich. Catharina hielt die Luft an. Unendlich erschienen ihr die wenigen Sekunden seines Zögerns. Schon lange trug der Bürgermeister nur noch tiefschwarze Kleidung. Selbst die Perücke und die Federn am Barett hatten nun die Farbe des Todes. Er war das lebendige Abbild Luzifers, als er mit dem Rücken zu ihr in die Kutsche starrte.

Dann kam Bewegung in den schwarzen Mann. Langsam drehte er sich noch einmal um, und der Blick seiner kalten Augen glitt gleichgültig über die Köpfe seiner Vasallen hinweg, so als weilte er längst in einer anderen Welt.

Er schien nachzudenken. Plötzlich hob er den Arm und wies mit ausgestrecktem Finger auf das Tor.

»Legt an, Männer«, befahl er schrill, »und holt mir die Rampendahl heraus. Ich weiß, dass sie im Hause ist, und will sie umgehend auf dem Rathaus sehen. Bei Widerstand verschont niemanden!«

Erschrocken schrie Margaretha auf, als sie die Flinten auf sich gerichtet sah, und flüchtete sich in Catharinas Arme. Ihre Mutter schob sie hastig hinter ihre breiten Röcke und kreischte hysterisch, aber mit dem Mut eines Mannes: »Knechte, haut ihnen eins in die

Fresse, dass es ihnen auf ewig vergehe, ehrbare Leute auf dem Sonntag zu denunzieren! Schlagt ihnen die Schädel ein!«

Die Männer stürzten an ihr vorbei und schwangen die Mistgabeln. Ein wildes Handgemenge entstand. Staub wirbelte auf, Fäuste prallten aufeinander, die Männer keuchten, und wildes Geschrei durchbrach die Stille der Straße.

Catharina schubste Margaretha zurück in die Diele und zog rasch das Tor ins Schloss, als sich Cothmanns Kutsche langsam in Bewegung setzte. Da ertönte plötzlich ein Schuss. Inmitten des Kampfgetümmels brach einer von Catharinas Knechten blutend zusammen. Dann krachte es ein zweites und ein drittes Mal, und plötzlich erblickten sie die schwarze Kutsche, die Ilsabein vor sich her trieb. Ihre Röcke und ihr Haar flatterten im Wind. In ihrer Not wollte sie sich unter einen Erker retten, doch die wendigen Rappen waren schneller. Die Kutsche schoss polternd an ihr vorbei, und Margaretha sah, wie Cothmann sich aus dem Fenster beugte und mit der Reitpeitsche nach ihr schlug. Erneut erzitterte die Luft von einer Salve, dann kippte Ilsabein mitten im Laufen vornüber und stürzte mit dem Gesicht auf die Straße. Zusammengekrümmt blieb sie reglos hinter der haltenden Kutsche liegen.

»Ilsabeiiiin!« Margarethas Schrei gellte durch das Haus. Mit weit aufgerissenen Augen brauchte sie einen Moment, um die Situation zu realisieren, bevor wieder Leben in ihren Körper kam. Sie raufte sich die Haare und riss mit den Fingern an der Seidenspitze des Mieders. Sie brüllte vor Schmerz und flehte den Herrgott um Vergebung an, dann rannte sie mit aufgelösten Haaren an der vor Schreck gelähmten Mutter vorbei auf die Straße und auf die Kutsche zu.

»Du vermaledeiter Hurensohn! Komm heraus aus deiner Kutsche, du räudiger Hund, damit ich dir den Garaus machen kann!«, schrie sie wie von Sinnen. Die Rappen scheuten und tänzelten nervös, und Cothmann hob erneut die Peitsche, als Margaretha es sich plötzlich anders überlegte, zurücklief und sich aufheulend über die Schwester warf.

Momente später stand der Bürgermeister über ihr. Er packte Ilsabein am roten Schopf, zog daran, betrachtete ihr Gesicht und ließ den Kopf dann enttäuscht wieder zurück in den Schmutz fallen.

Als er sich ungerührt abwandte, klammerte sich Margaretha verzweifelt an seine Beine. »Warum?«, brüllte sie. »Was hat sie Euch getan?«

»Ihr wolltet mich hintergehen, verdammte Hexen!«, fauchte er und trat nach ihr. »Das wird euch noch teuer zu stehen kommen.«

Vor Schmerz grub ihm Margaretha ihre Zähne in die hagere Wade. Cothmann entfuhr ein leiser Schmerzenslaut. Während er sie abzuschütteln versuchte, zielte er mit dem freien Fuß nach ihrem Leib. »Das hier ist für dich, du Hexe«, zischte er. Dann rief er dem Stadtdiener, der auf einen Befehl von ihm wartete, zu: »Das ist die Falsche!«

Einen Augenblick lang weidete sich Cothmann an ihrem Anblick, sah nachdenklich auf Margaretha hinab, die sich mit schmerzverzerrten Zügen neben Ilsabein krümmte. Dann verzog er zynisch die Mundwinkel und rief: »Sammelt die Männer! Wir müssen zu Hermessens Haus. Die wahre Zauberin ist geflüchtet, die Hure hier sollte uns nur ablenken.«

Der Kutscher schlug auf die Pferde ein, als Catharina mit totenbleichem Gesicht heranwankte. »Herrgott, warum bestrafst du uns so?«

Schluchzend kniete sie sich neben Margaretha, um ihr aufzuhelfen, dann kroch sie auf allen vieren zu der reglosen Ilsabein. Ihr Verstand wehrte sich verzweifelt gegen die Vorstellung, dass sie tot sein könnte. Fassungslos befühlte sie die Blutlache unter Ilsabeins Schulter und zupfte hilflos an ihren Kleidern.

»Steh auf, mein Kind«, wimmerte sie. »Jetzt steh doch endlich auf!« Dabei drehte sie Ilsabein vorsichtig auf den Rücken und zog sie an sich. Wie einen Säugling wiegte Catharina sie in den Armen und legte immer wieder horchend das Ohr an ihre Brust, bis Margaretha, die als Erste die Fassung wiedererlangte, sie weinend berührte.

»Sie lebt noch, Mutter! Wir müssen sie sofort zu Hermann bringen, bevor sie noch mehr Blut verliert.« Sie packte Ilsabein entschlossen an den Schultern. »Nimm die Füße«, gebot sie der Mutter. »Wir tragen sie in die Kutsche. Und bete zum Herrn, dass Maria vor den Bütteln das Haus erreicht!«

Krachend und quietschend fiel das Tor hinter ihr ins Schloss. »Schiebt den Riegel vor und den Balken gleich hinterher«, herrschte Maria die erstaunten Knechte an, während sie an der Barbierstube vorbei die Stufen zum oberen Stockwerk hinaufstürmte. »Und schirrt mir die Pferde an! Ich brauche Wasser, Verpflegung und Decken! Schnell!«

Aus einer der zwei Stuben erklang Kindergeschrei. Maria stieß die Tür auf, schob die Kindermagd zur Seite und riss die einjährige Agnes in ihre Arme. Aufschluchzend drückte sie den Säugling an ihre Brust. Auf ihrer Flucht hatte sie gesehen, wie Ilsabein gestürzt war. Doch wie ein gehetztes Reh, ohne sich noch einmal umzusehen, war sie einfach weitergelaufen. Nun, mit dem zarten, hilflosen Kinderkörper in ihren Armen, brach es schmerzlich aus ihr hervor: »Oh, mein Kind! Meine kleine Agnes! Deine Tante Ilsabein ist für deine Mutter gestorben, und der Herr wird mich für diese Sünde bis in alle Ewigkeit verfluchen.«

Die Magd, eine grobe Landschönheit mit hervorstehenden Wangenknochen und kantigen, breiten Hüften, war bei ihrem Anblick verstört aufgesprungen. Erschrocken suchten die drei älteren Kinder Catharina, Ilsabe und Anton Schutz in den Falten ihrer Röcke. Der zweijährige Junge begann lauthals zu weinen.

Die Angst ihres Sohnes holte Maria in die Wirklichkeit zurück. Glücklich, wenigstens die Kinder unversehrt zu sehen, küsste sie Anton überschwänglich seine rosigen Wangen. Als er sich beruhigte, herrschte sie die Magd an: »Rasch, Berte, mach die Kinder reisefertig. Wir brechen in Bälde auf!« Sie drückte ihr Agnes in die Arme und hastete in die Diele hinunter, um den Knechten beim Anschirren zu helfen. Die Magd folgte alsbald mit den Kindern und stieg mit ihnen in die gepolsterte Kutsche. Maria hob den Arm und gab dem Knecht das Zeichen, das hintere Tor zu öffnen. Alles geschah lautlos. Erst als der Fuhrknecht auf den Bock hinaufstieg und energisch die Zügel anzog, zerrissen Schüsse die Stille. Sekunden später klirrte Glas, und ein tödlich getroffener Hund jaulte.

»Sie haben Erich erschossen«, flüsterte Maria erschrocken und dachte mit Wehmut an den getreuen vierbeinigen Wächter. Fieberhaft suchte sie nach einem Ausweg.

»Es bleibt uns nur eine Chance. Wir müssen die Feinde überraschen und im Galopp durch sie hindurchpreschen«, schlug der Kutscher, ein schmächtiger blonder Bursche, vor.

Da krachte es ohrenbetäubend. Fäuste hämmerten gegen die

Wände und das Tor. Entschlossen erhob sich Maria. Hastig presste sie die Kinder ein letztes Mal an sich, dann sprang sie die drei Stufen zurück in die Diele. »Fahr zu, Balthasar!«, gebot sie dem Fuhrmann. »Lenk von mir aus die Pferde mitten durch sie hindurch, aber bring mir die Kinder in Sicherheit!«

Der Junge nickte, und Maria warf den Kindern eine Kusshand zu. »Halt sie ja gut fest!«, mahnte sie die Magd. Mit einem Kloß im Hals wartete sie, bis sich die Kutsche schwerfällig in Gang setzte. Die eisenbeschlagenen Räder dröhnten, als sie das Tor mit zitternden Händen öffnete und das Gespann die Diele durch das hintere Tor verließ.

Hinter ihr schwoll der Lärm an. »Hexe, zeige dich!«, hörte sie Cothmann wütend rufen. »Diesmal entkommst du mir nicht! Ich weiß, dass du dich hier verbirgst. Wenn du dich weiterhin den Anweisungen des Hohen Rates entziehst, werden wir eurem kostbaren Haus den roten Hahn auf das Dach setzen!«

Marias Herz klopfte zum Zerspringen, doch erst, als der Klang der Pferdehufe schwächer wurde und sie die Kinder in Sicherheit wähnte, rührte sie sich von der Stelle und kehrte langsam um. Vor der Barbierstube verharrte sie lautlos und lauschte angespannt. Offensichtlich hatten die Büttel des Richters sich Zugang zu ihr verschafft. Hinter der Tür rumorte es. Holz splitterte, und Schränke krachten zu Boden. Todesmutig fasste sie sich ein Herz und drückte auf die Klinke.

Dicker grauer Staub umfing sie und legte sich auf die Lunge. Maria musste husten. Als der Schmutz sich in der Luft zerteilte und ihre Augen wieder sehen konnten, erblickte sie, dass eine heillose Verwüstung im Gange war. Die Stadtbüttel verschonten nichts, schlugen mit Luntenstöcken, Flinten und Äxten auf die Schränke und Tische ein. Unter ihren trampelnden Stiefeln zersprangen Krüge, Karaffen und Tiegel. Heilsame Mixturen ergossen sich über getrocknete Kräuter, Blutegel wälzten sich in dem Sud, und sämtliche bunten Fensterscheiben lagen zersplittert am Boden.

Als einer der Knechte mit dem zerbrochenen Barbierbecken in der Hand, dem Wahrzeichen ihrer Zunft, in der Stube erschien, trat Maria einen Schritt vor. »Es ist genug, meine Herren! So benehmen sich nur Vandalen, und Ihr befindet Euch im Hause des wohllöblichen Barbiers und Chirurgus Hermann Hermessen.«

Während die Büttel einen Moment erstaunt ihr Wüten unterbrachen, löste sich aus dem Staubnebel die dunkle Gestalt des Bürgermeisters. Jeden Schritt auskostend, trat er langsam auf Maria zu, ein Hexenjäger, der trotz seines offensichtlichen Verfalls lächelte. Doch wie durch ein Wunder wich alle Furcht von ihr. Stolz bot sie ihm die Stirn.

»Nun, habt Ihr es Euch doch noch überlegt, Hexe?«

Cothmann stand nur drei Fuß von ihr entfernt und suchte in ihrem Gesicht nach einem Anzeichen von Unsicherheit. »Ich vermisse die Furcht in Euren Augen, Ehefrau Hermessen.« In seiner Stimme schwang Hohn mit, mit dem er die Enttäuschung vor ihr zu verbergen suchte. Er lächelte überlegen. »Woher nehmt Ihr nur die Frechheit, mir hocherhobenen Hauptes gegenüberzutreten? Hat gar der Leibhaftige oder haben Eure Zauberkräfte etwas damit zu tun?« Ohne sie aus den Augen zu lassen, begann er, mit dem Spitzentuch zwischen seinen Fingern zu spielen, und wischte sich wie zum Schein den Staub von den Rockaufschlägen.

»Mein Vater und meine Familie sind es, die mir Zuversicht geben, Bürgermeister! Ihr steht vor der Tochter eines Mitglieds des Geschworenen Rates. Das macht mich sicher und sagt mir, dass Ihr Euch nur der Lächerlichkeit preisgebt! Den Schaden, den Ihr mit Euren Bütteln angerichtet habt, werdet Ihr uns in Goldtalern aufwiegen, das schwöre ich Euch, so wahr mein Name Maria Hermessen ist!« Selbstbewusst hielt sie seinem Blick stand.

Er grinste breit. »Ihr könnt es wohl nicht lassen, was? Immer mit dem Mundwerk vorweg, selbst im Angesicht Eurer Gefangennahme.« Plötzlich lauschte er in den Raum hinein. Übertrieben ließ er die Augen umherschweifen. »Wo bleibt eigentlich Euer Retter? Ich vermisse ihn!«

Maria runzelte die Stirn. Sie verstand nicht, worauf er hinauswollte, doch da schlug er sich bereits mit gekünsteltem Erstaunen die flache Hand auf die Stirn. »Ach ja, wie konnte ich es nur vergessen. Euer Liebster, Meister David, kann es kaum erwarten, Euch dieses Mal in der Folterkammer zu Eurem kleinen Stelldichein zu begrüßen.«

Bei der Erwähnung von Davids Namen wurde Marias Gesicht um einen Schein blasser. Mit scharfem Auge hatte Cothmann die Verwundbarkeit sofort entdeckt.

»Entschuldigt, werte Ratsherrentochter, aber ich glaube, jetzt habe ich Euch in Verlegenheit gebracht. Mir scheint, das – ach so getreue – Eheweib Hermessens setzt sich über Gottes Gebote ebenso hinweg wie unser Foltermeister. Was wird nur Euer Ehemann dazu sagen? Oder Euer Herr Vater? Und hofft Ihr noch immer auf deren Unterstützung?«

»Geht mir aus den Augen, Ihr seid des Teufels! Von mir aus könnt Ihr mich gefangen nehmen und mich von dem Mann foltern lassen, der mich liebt und mehr Ehre im Leib hat als Ihr. Ihr könnt mich brennen, aber ich schwöre Euch bei meiner Seele und bei Gott, dass ich Euch widerlichem Hurensohn keinen Fuß breit weichen werde!«

»Vaaater! Anton!« Margaretha hämmerte mit den Fäusten an das schwere Holztor. Der Riegel klapperte, und der Balken wurde aus dem Eisen geschoben. Die verrosteten Eisen quietschten und kreischten wie Vaters alte Maischpfanne. Voller Ungeduld warf sich die junge Frau gegen das Tor. Die Angst um die verwundete Ilsabein in der Kutsche verlieh ihr ungeahnte Kräfte. Als das Tor einen Spalt breit den Blick in die Diele freigab, schob sie sich hastig an dem verdutzt dreinblickenden Knecht vorbei.

»Vaaater!«, rief sie noch lauter und suchte verzweifelt in dem niedrigen, von Ruß geschwärzten und Ausdünstungen geschwängerten Raum nach Cordt. Schwere Balken aus dunklem Holz stützten das niedrige Fachwerk und versperrten ihr den Weg zum Kamin. An einem der belebten Holztische war ihr Rufen gehört worden. Ein stämmiger Mann erhob sich und nahm in dem grauen Dunst rasch Konturen an. Mit schweren Schritten kam er auf sie zu.

»Margaretha, was führt dich hierher?«, fragte er mit vom Bier schwerer Zunge.

Sie erkannte den Vater und stürzte mit einem Aufschrei in seine Arme. »Maria, Vater! Die Cothmannen haben auf Ilsabein geschossen, Maria gefangen genommen und alles verwüstet! Ihr müsst sie retten!«, stammelte sie und begann verzweifelt zu schluchzen, während Anton, der nun hinter Cordt auftauchte, mitfühlend zu ihr trat und sie zu trösten versuchte. »Verschnaufe erst einmal, Liebste«, bat er sie und strich ihr beruhigend über das Haar, während er sie sanft zu der Holzbank am Kamin zog.

Weiß wie eine Kalkwand ließ sich Margaretha willig zu dem Platz führen, wo ihr Cordt einen Krug Bier reichte und sie aufforderte: »Trink einen Schluck, Tochter, und berichte uns, was vorgefallen ist.« Langsam begann sie sich zu beruhigen. Das mit Branntwein vermischte Bier verfehlte seine Wirkung nicht. Warm brannte das gelbe Gesöff in ihrer Kehle, und in ihre hübschen Wangen kehrte langsam etwas Farbe zurück. Neugierig waren der Hausherr Ratsherr Bentzeler und die Taufgäste näher gerückt, begierig darauf zu erfahren, was ihr zugestoßen war.

»Verzeiht mir, Vater«, richtete sie mühsam das Wort an Cordt und hielt den Krug mit Bier noch zwischen den Händen, »aber ich habe die Pferde selbst gelenkt, um Euch so schnell als möglich die unheilvolle Nachricht selbst zu überbringen.«

Cordt wurde blass. »Sprich schon, Tochter, was ist geschehen?«

Antons Hände begannen leicht zu zittern, während er beruhigend ihren Nacken massierte und sie auf den Scheitel küsste. Dankbar sah sie zu ihm hinauf und quälte sich, als sie die Sorge in seinen Augen gewahrte, ein Lächeln ab: »Um mich musst du dir keine Gedanken machen, mein Liebster. Ich lebe und bin gesund. Gott hat mich wohlbehalten in deine Arme zurückgeführt«, beruhigte sie ihn, bekreuzigte sich aber im gleichen Augenblick und schickte seufzend einen Blick zum Gebälk.

»Doch Vater, Euch wird es das Herz zerreißen! Der *ehrenwerte* Richter Cothmann und sein Kammerdiener Simon Müller haben Eure Abwesenheit genutzt, um Maria in ihre Gewalt zu bringen. Der Hohe Rat hat vor, sie öffentlich als Hexe anzuklagen. Sie wurde in ihrem Haus überwältigt und in den Turm gebracht. Als wir Cothmann von ihrer Verfolgung abzuhalten versuchten, hat er auf Ilsabein geschossen!« Beim Gedanken an die Schwester begann sie wieder heftig zu weinen.

Cordt war wie vom Donner gerührt. Vor Verblüffung lief ihm das Bier aus dem Mundwinkel, bevor er aufbrüllte wie ein Bär. Sein Gesicht wurde weiß wie eine frisch gekalkte Wand. »Mein Kind! Oh, Herr im Himmel, wenn du jetzt auf uns herabschaust: Warum lässt du so etwas nur zu? Ich werde diesen Mistkerl zwischen meinen Fingern zerquetschen. Ich spieße ihn auf wie ein Schwein! Wo ist er, der Hurensohn?«

Anton spürte, dass sein Schwiegervater weinte, und legte ihm beruhigend die Hand auf die Schulter. »Ist sie tot?«, fragte er mit belegter Stimme und zog Margaretha in seine Arme.

»Sie liegt schwer verletzt draußen in der Kutsche.«

»Was?«

Hermann hatte etwas zu viel über den Durst getrunken und am Tisch seinen Rausch ausgeschlafen. Doch als Marias Name gefallen war, war er aufgewacht und torkelte jetzt benommen näher. Mit den Ellbogen schob er die sie neugierig umstehenden Leute zur Seite und schlang tröstend die Arme um die Schultern seines Schwiegervaters. Der Deche stand über den Tisch gebeugt. Seine Schultern zuckten, sein Atem ging schwer. Er wirkte grau und müde, und seine Stimme zitterte. Das Herz wollte noch nicht begreifen, was das Ohr gehört hatte. Es wehrte sich. Hilflos gab Hermann Margaretha die Schuld: »Was redest du da, Schwägerin, und zerfließt in Selbstmitleid, anstatt mich zu Ilsabein zu führen, die vielleicht in der Kutsche verblutet, während du schwätzest?«

Seine Worte bewirkten, dass Margaretha ihr tränennasses Gesicht hob und wie aus einem bösen Traum erwachend rief: »O Gott, die Ilsabein, ja, Chirurgus, rasch, wir müssen ihr helfen!« Doch als sie nach dem Instrumentenkoffer unter dem Tisch griff und Hermann an der Hand fasste, um ihn nach draußen zu ziehen, entbrannte plötzlich zwischen dem Vater und einem Vetter des Bürgermeisters ein Streit. Der Vetter Cothmanns, ebenfalls Richter, trat aus dem Kreis der Umstehenden hervor auf Cordt zu und legte sich für den Verwandten im Rathaus ins Zeug. Der Deche hörte ihm mit unbeweglicher Miene zu, dann schnellte er plötzlich mit einem wütenden Aufschrei nach vorn. Erschrocken versuchte der schmächtige Richter auszuweichen, doch Cordt packte ihn an seinen Kleidern, hob ihn aus den Schuhen und prügelte ihn vor sich her durch die Tür ins Freie.

Vor dem Tor hörte Margaretha den Vater wie einen verwundeten Ochsen brüllen: »Sollte meiner Tochter Maria von Eurem Vetter auch nur ein Haar gekrümmt werden, bei Gott, der Verruchte wird es bereuen! Zu lange schon walten die hohen Herrschaften gottlos in ihrem Amte. So wahr ich Cordt Rampendahl bin, ich werde den Herren Cothmann, Rullmann, Krieger, Müller, und wie sie alle heißen mögen, das Fürchten lehren! Sie wollen Krieg? Den können sie gern haben! Was erdreistet sich der Sohn einer Hexe eigentlich?«

Dann vernahmen die im Haus Gebliebenen plötzlich Cordts markerschütternden Schrei: »Ilsabein ... mein Kind!«

»O Herr, hilf uns!«

Margaretha mit Hermann im Rücken bekreuzigte sich ängstlich. Der Weg nach draußen zur Kutsche war versperrt. Hastig drängelte sie sich durch die Männer und kam gerade rechtzeitig, um Anton den Weg zu versperren, der den Richter mit seiner Klinge attackierte.

»Nein, Anton!«, schrie sie. »Der Hurensohn ist es nicht wert!« Sie umklammerte seinen Arm und zog den Geliebten zum Vater, der jetzt klagend vor der Kutsche saß und Ilsabein an seine Brust drückte, während ihr Hermann hastig das Mieder aufriss und die Wunde unterhalb der Schulter freilegte.

»Sie hat Glück gehabt«, stellte er fachmännisch fest. »Die Kugel ist knapp über dem Herzen eingedrungen. Wenn wir sie sofort entfernen, wird sie bald wieder genesen sein.« Das tiefe Loch über dem Brustansatz zeigte an den Rändern schwärzliche Verfärbungen. Auf Ilsabeins Stirn perlten winzige Schweißtropfen, offenbar fieberte sie bereits.

Anspannung lag auf Hermanns Gesicht, als er die Wunde sorgfältig abtastete und mit den Fingerspitzen die Kugel zu fassen versuchte. Vor Anstrengung lief ihm der Schweiß die Schläfen hinab. Endlose Minuten vergingen, dann erhob er sich und wischte seine blutigen Hände an den Rockschößen ab.

Um ihn herum herrschte betretenes Schweigen. Alle Augen waren auf ihn gerichtet. Unschlüssig blickte er über die Köpfe hinweg, suchte nach etwas. Zuletzt blieben seine Augen hilflos an Cordt hängen. »Die Kugel sitzt zu tief im Fleisch. Auf der Straße kann ich ihr sie nicht entfernen, jedoch ist der Weg zurück zur Barbierstube für sie zu beschwerlich. Ein zweites Mal würde sie den Transport nicht überleben. Die Instrumente, die ich für den Schnitt benötige, liegen in meinem Haus am Markt.«

Sein Blick wanderte voller Hoffnung zu Anton, der seit Kurzem eine eigene Barbierstube betrieb. Doch auch der Bruder, der jetzt neben ihm kniete und die Diagnose bestätigte, zuckte unschlüssig mit den Schultern. »Der Weg zu mir ist noch beschwerlicher und führt über die Neue Straße. Ich kenne keinen Chirurgus, der nahe genug weilt, um ihr das Leben zu retten.«

»Aber ich!« Margarethas Gesicht hellte sich auf. Sie hatte unter den Männern Ilsabeins Retter entdeckt.

»Wen? Wer beherrscht das Handwerk ebenso gut wie wir?«

»Meister David!«

»Der Henker?« Cordts Gesicht verfärbte sich dunkelrot. Auf Hermanns Geheiß hatte er sich die Ärmel vom Hemd gerissen und Ilsabeins Mieder um die Wunde herum ausgestopft. Hell schimmerte die Haut seiner nackten Arme unter dem ledernen Rock, der ihm lose über die Schultern hing. »Ausgerechnet der Henker soll mir die eine Tochter retten, wo er mir morgen die andere doch vielleicht schon nimmt?« Abfällig spuckte er in den Sand.

»Zügelt Euren Unmut, Ratsherr Rampendahl. Eure Tochter spricht recht. Im Moment bin ich der Einzige, der Ilsabein helfen kann.«

Unter den Umstehenden bildete sich schweigend eine Gasse, durch die David mit schweren Schritten auf Cordt zusteuerte. Sein Gesicht verriet keine Regung. Der Ratsherr Bentzeler hatte den Henker zum Gevatter erbeten. Gebührlich, wie es bei einer solchen Ehre die Art war, war er während der Ereignisse still in einer Ecke vor seinem Krug Branntwein sitzen geblieben. Ein in schwarze Reisekleider gewandeter Fremder leistete ihm dabei Gesellschaft. Das Auftauchen Margarethas im Wirtshaus hatte ihn bis dahin nicht interessiert, denn der Henker mischte sich nicht in fremde Angelegenheiten. Als jedoch Marias Name gefallen war, hatten seine Augenwinkel nervös zu zucken begonnen, und sein wilder Blick war um einen Schein finsterer geworden. Cordts Schrei hatte ihn letztendlich neugierig vor das Wirtshaus getrieben.

»Die Scharfrichterei ist nur eine Straße weit entfernt. Dort habe ich alle Instrumente, die ich zur Entfernung der Kugel benötige. Ihr solltet nicht mehr allzu lang warten, Cordt Rampendahl«, stellte er nüchtern fest und beugte sich respektvoll zu dem Mädchen hinab. Gestützt auf das linke Knie, hielt er Ilsabein den Zeigefinger an die Halsschlagader. »Ihr Blut fließt langsam. Es ist nur noch wenig Leben in ihr.«

»Es ziemt sich nicht für Euch, eine Ratsherrentochter zu berühren, Henker!« Als Hermann ihm entrüstet in den Weg trat, beließ David die Hand an Ilsabeins Hals und hob nur langsam den Kopf.

Erstaunt, aber äußerlich völlig ruhig, blickte er auf Hermanns

Degenspitze. »Wollt Ihr Euch mit mir schlagen, Hermann Hermessen, oder soll ich stattdessen lieber Eure Schwägerin zusammenflicken?«

Hermann zögerte. Sekundenlang sog sich sein Blick an Davids Augen fest. Langsam, den Degen im Auge behaltend, erhob sich der Henker.

»Was soll das, Schwiegersohn? Du wirst doch jetzt nicht etwa Meister David herausfordern? Ilsabein braucht Hilfe, und der Henker kann sie ihr leisten«, lenkte Cordt ein und blickte voller Hoffnung zum Scharfrichter.

Als hätte David Hermann etwas abzubitten, beugte er kaum wahrnehmbar den Kopf mit dem langen dunklen Haar und antwortete ruhig: »Ich denke, Chirurgus, Ihr seid Manns genug, um zu wissen, wie es um die Jungfer steht. Denkt an Eure Frau, sie braucht jetzt dringender Eure Hilfe. Ich werde Euch meine Kunst für die Jungfer Ilsabein zur Verfügung stellen.«

»Bei Gott, Hermann, tu, was Meister David sagt«, flehte Margaretha ängstlich, während Cordt ein Stein vom Herzen fiel. »Du musst zum Rathaus, um das Schlimmste zu verhindern!«

Hermann war verwirrt. Davids Haltung hatte ihn beschämt, trotzdem war er noch unschlüssig, warum er dem Henker trauen sollte. Während David sich ausdruckslos wieder über Ilsabein beugte, beobachtete er ihn. Mit Leichtigkeit hob er die ohnmächtige Jungfer vom Boden und trug sie in die Kutsche. Vorsichtig, fast behutsam, bettete er sie auf die Bank und legte ihren Kopf in Margarethas Schoß.

Hermann verfolgte jede Bewegung des Nebenbuhlers lauernd und eifersüchtig. In diesem Moment interessierte ihn das blutige Handwerk des Henkers nicht mehr, welches er zutiefst verachtete. Seitdem er die Klinge mit ihm gekreuzt hatte, beschäftigte ihn Tag und Nacht immer wieder die gleiche Frage, was an diesem Mann so außergewöhnlich war, dass sich Maria zu ihm hingezogen fühlte. Er wusste, dass sie ihm in treuer und leidenschaftlicher Liebe zugetan war, und doch ahnte er, dass tief in ihrer Seele eine zweite Leidenschaft brannte.

In ihren Träumen hatte sie ein paarmal von ihm gesprochen, und einmal, in einer heißen Liebesnacht, da war es ihm, als habe er sie seinen Namen stöhnen hören. Jetzt, als der Henker sich zu ihm umdrehte und die dunklen Augen ohne Argwohn und Rivalität auf ihn richtete, glaubte er plötzlich zu wissen, was Maria an diesem Mann so faszinierte.

Zähneknirschend verdrängte er das bohrende Gefühl der Eifersucht. Im Angesicht der großen Gefahr, der sich Maria stellen musste, überwand er sich und streckte dem Gegner die Hand entgegen. Mit fester Stimme sagte er: »Ich denke, Ihr tut recht. Wir nehmen Eure Hilfe an, Henker!«

Cordt strich Ilsabein zum Abschied über das Haar. »Beeilt Euch, Meister David, bitte! Meine Tochter Margaretha wird Euch begleiten!«

David kletterte auf den Kutschbock und nickte. »Ihr könnt mir vertrauen, Deche.« Mit einem kräftigen Handschlag besiegelte er sein Versprechen.

In diesem Moment trat der Richter an das Handpferd heran und ergriff die Zügel. »Ihr seid nicht berechtigt, chirurgische Eingriffe auszuführen, Henker. Die Aufgabe wurde Euch abgesprochen«, schnarrte er. »In meinem Amt als Richter muss ich Euch daran hindern!«

»Das werdet Ihr schön bleiben lassen.« Noch ehe David reagierte, erhielt er Hilfe von Hermann, der blitzschnell aus der Kutsche gesprungen war. Rasch gestikulierte er David abzufahren, dann griff er nach dem Richter. Zum zweiten Mal wurde der richterliche Spitzenkragen aus dem Rock gerissen, und die seidenumsponnenen runden Knöpfe flogen umher wie Bleikugeln, während der Richter unter Hermanns Würgegriff hilflos wie eine Schabe zappelte. Sein Gesicht verfärbte sich blaurot, und die Worte blieben ihm im Halse stecken. Verzweifelt rang er nach Luft.

Hermanns Eingreifen verwirrte die Männer und teilte sie in zwei Lager: Wütend standen sich plötzlich die Ratsherren auf der einen und die Dechen mit finsteren Gesichtern und gezückten Degen auf der anderen Seite gegenüber. Die Luft knisterte. Es roch nach Blut.

Lediglich David scherte sich nicht um den Tumult. Er hob die Zügel und rief Margaretha vom Kutschbock aus zu: »Haltet die Jungfer gut fest, Weib, es geht los!« Aufrecht stehend, mit den Zügeln in beiden Händen, trieb er die Pferde an. »Folge mit meinem Pferd der Kutsche, Henrich!«, wies er seinen Knecht an.

Die Atmosphäre lud sich immer stärker auf, die Männer standen sich mit blitzenden Augen gegenüber. Schreie ertönten, als sich die Pferde aufbäumten und anzogen.

»Weg mit den Cothmannen!«

In diesem Augenblick spürte Cordt die Hand eines Fremden auf seiner Schulter. »Lasst Euch ja auf keinen Streit ein, Deche! Euer Weg sollte jetzt zu Eurer Tochter führen. Wenn Ihr es erlaubt, bringe ich Euch zum Rathaus. Mein Kutscher erwartet Euch bereits!«

Erstaunt blinzelte Cordt den Mann in der dunklen Advokatenkleidung an.

»Ich möchte Euch meine Hilfe in Rechtsfragen anbieten und Euren Schwiegersohn Hermann als Ehevogt seines Eheweibes vertreten. Mein Name ist Johann Adam Roleman, ich bin Advokat, Prokurator und Rechtsgelehrter aus Speyer.« Er deutete eine Verbeugung an und lüftete dabei kurz das breite, mit weißen Pfauenfedern geschmückte Barett.

Cordt glaubte, seinen Augen nicht zu trauen. »Heinrich Kleinsorge?« Mit einem Freudenschrei ergriff er die Schultern des Freundes und drückte ihn an seine Brust.

»Vorsichtig«, mahnte der Rechtsgelehrte leise, »wir werden beobachtet. Und selbst, wenn Ihr mich erkannt haben solltet, werde ich für Euch doch stets Adam Roleman sein.« Schnell hatte er wieder das Barett ins Gesicht gezogen, entfernte sich leicht gebückt und gebot Cordt und Hermann, ihm zu folgen.

Im Inneren seiner mit dunklem Tuch und Leder gepolsterten Kutsche nahm Heinrich Kleinsorge die Kopfbedeckung ab. Cordt saß steif an seiner Seite und sah ihm verwundert zu. Er hatte sich von der Überraschung noch immer nicht ganz erholt. Zum wiederholten Male schüttelte er fassungslos die von Silberfäden durchzogene rote Mähne: »Wie Ihr Euch verändert habt, Heinrich Kleinsorge! Aber wie kommt Ihr zu dem Wappen der Rolemans?« Für einen kurzen Moment vergaß er sein eigenes Unglück und klärte Hermann auf. »Der hohe Herr hier ist der Sohn unseres einstigen Bürgermeisters Balthasar Kleinsorge, Gott hab ihn selig. Unter ihm herrschte noch Gerechtigkeit.«

Der Advokat maß Hermann mit scharfem Auge. Ihm gefiel Cordts Geschwätzigkeit nicht. »Ich hoffe, er ist vertrauenswürdig?«, warf er misstrauisch ein.

Cordt nickte heftig. »Meinem Schwiegersohn könnt Ihr vertrauen. Er würde sich eher ein Bein abhacken, als Verrat zu begehen.«

Bevor der Anwalt sich mit Cordts Antwort zufriedengab, musterte er Hermann mit einem letzten kritischen Blick. Dann nickte er: »Es stimmt, was der ehrenwerte Ratsmann Rampendahl da sagt. Doch noch soll niemand erfahren, wer sich hinter dem Namen Roleman verbirgt, den ich mir für meine Mission sozusagen geliehen habe. Immerhin steht der Name Kleinsorge ganz oben auf der schwarzen Liste unseres Bürgermeisters. Auch mein Bruder Diedrich hält sich schon längere Zeit unter einem fremden Namen in Lemgo auf. Wir sind zurückgekommen, um die Ehre des väterlichen Namens wiederherzustellen. Ich habe viele Jahre in Berlin Recht studiert und bekleide dort inzwischen das Amt eines Geheimen Kammerrats. So bin ich für Cothmann zu einem ernst zu nehmenden Gegner geworden.« In seinen Worten schwang unüberhörbarer Stolz mit. »Leider ist es noch nicht an der Zeit, meinen wahren Namen preiszugeben«, bedauerte er zugleich. »Meinem Freund und Studienkollegen Roleman bin ich zu Dank verpflichtet, dass er den Handel mit mir einging. Die Gefangennahme Eurer Tochter, so traurig sie ist, stellt für mich eine Gottesfügung dar. Sie wird meinen Racheplan beschleunigen.«

»Aber was können wir jetzt für Marias Rettung tun?« Ungeduldig hing Hermann an seinen Lippen.

Der Himmel hatte sich verdunkelt, und der aufkommende kalte Märzsturm rüttelte an den Außenwänden der Kutsche. Äste polterten auf das Dach, und die Gardinen flatterten in ihrer Halterung. Laut ließ der Kutscher die Peitsche über die breiten Rücken der Pferde klatschen, die sich in die Riemen legten.

»Als Erstes müssen wir herausfinden, wessen die hohen Herren beider Räte Maria anklagen, ob Teufelsbuhlschaft oder Zauberei.«

Die Kutsche ächzte wie ein altes schwindsüchtiges Weib.

»Werfen sie ihr beides vor, so bedeutet das unweigerlich ihr Todesurteil. Dann haben wir keine Chance, etwas zu ihrer Verteidigung zu unternehmen. Lautet die Anklage hingegen nur auf Zauberei, so können wir ein Gnadengesuch beim Reichskammergericht und der Universität Rinteln einreichen. Vielleicht lassen sich die Fakultäten ja auch auf eine Untersuchung mit Hilfe der Wasserprobe ein, obwohl ich von diesem aufwendigen Spektakel abrate, da es für den Delinquenten letztendlich noch niemals einen Vorteil gebracht hat.«

»Mir scheint, Ihr seid gut über die Gefangennahme meiner Ehefrau informiert, hoher Herr?«

»Formulieren wir es einmal so: Ich habe seit geraumer Zeit Cothmanns Vorhaben auf das Genaueste verfolgt. Mir ist bekannt, dass das Gerücht um Euer Eheweib durch den Fall Blattgerste wieder in das öffentliche Interesse gerückt ist und dass Maria Blattgerste durch ihre Selbstbezichtigung Euer Eheweib Maria schwer belastet hat. Inzwischen ist der Rat in Hexendingen etwas vorsichtiger geworden, nachdem immer lautere Proteste aus der Bürgerschaft und den Zünften an die gräfliche landesherrliche Regierung und das Reichskammergericht herangetragen wurden. Beiden Instanzen ist es peinlich, ständig gegen den Vorwurf unrechtmäßiger Hexenverfolgungen ankämpfen zu müssen, außerdem ist ihnen sehr wohl das blutdürstige Gemüt unseres unbarmherzigen Richters und Bürgermeisters Cothmann bekannt. Darin sehe ich einen großen Vorteil für Euer Eheweib. Leider hat die Blattgerste, die ja bekanntlich zu Cothmanns Huren gehört hat, die Herren beider Räte letztendlich vor die Aufgabe gestellt, dem Fall nachzugehen. Sie ist derzeitig die Hauptbelastungszeugin Eures Eheweibes.«

»Aber Maria ist unschuldig! Sie ist keine Hexe. Das kann ich beschwören!« Mit geballten Fäusten und Tränen der Wut in den Augen starrte Hermann durch das Fenster der Kutsche auf die Straße. Im Galopp näherten sie sich dem Rathaus.

»Werden die hohen Herren mir wenigstens gestatten, mein geliebtes Eheweib zu sehen?« Er hatte sich wieder dem Advokaten zugewandt.

Kleinsorge alias Roleman tupfte sich mit dem Taschentuch die verlaufene Schminke vom Gesicht. Mit gerunzelten Brauen pustete er in die Straußenfedern seines Baretts. »Man wird Euch erst nach der Ratssitzung am morgigen Tag gestatten, sie zu sehen. Aber verzagt nicht und begeht keinen Fehler, meine Herren. Ich werde alle notwendigen Schritte zu Marias Freilassung einleiten. Vorausgesetzt natürlich, ihr wird nicht auch noch Unzucht angelastet. Ich möchte Euch nicht zu nahe treten, Hermann Hermessen. Maria ist Euch sicher jederzeit ein treu sorgendes Eheweib gewesen, aber im Rat munkelt man von einer seltsamen Beziehung zu unserem Nachrichter David Claussen.«

»Ich werde jeden vor meine Degenspitze fordern, der auch nur angehend Derartiges über Maria behauptet!« Entrüstet war Hermann aufgesprungen und prompt mit dem Kopf gegen das harte Leder des Kutschendaches gestoßen. Er massierte sich den Schädel, während Cordt ihn beschwichtigend in die Polster zurückdrückte.

»Beruhige dich, Hermann! In dieser Angelegenheit habe ich als Ratsmann ja auch noch ein Wörtchen mitzureden. Eine solche Anklage basiert lediglich auf haltlosen Gerüchten, die wahrscheinlich vom Richter Cothmann selbst unter das Volk gestreut worden sind. Ich kenne meine Tochter, schließlich habe ich sie selbst dazu erzogen, die Gebote Gottes zu achten. Sie ist ungewöhnlich temperamentvoll, aber für ihre Ehre lege ich meine rechte Hand ins Feuer.«

Mit unschuldiger Miene saß der Deche Hermann gegenüber. Während er an seine Tochter zu glauben schien, nagten Eifersucht und Misstrauen an Hermanns Seele. Er schaffte es nicht, dem Blick des Schwiegervaters standzuhalten, und wich ihm verlegen aus.

»Ich vertraue auf die Liebe meines Eheweibes. Und ich liebe Maria«, murmelte er leise.

»Dass Ihr, meine Herren, in jeder Weise von der Tugend Marias überzeugt seid, glaube ich Euch gern. Mir geht es jedoch darum, das Gerücht von vornherein zu entkräften. Doch sollte wider Erwarten Gott nicht mit uns sein, so habe ich noch einen letzten Trumpf im Ärmel, der dem Richter schließlich das Genick brechen wird!«

Neugierig geworden horchten Cordt und Hermann auf. Sie hatten sich weit nach vorn gebeugt und hörten dem Advokaten aufmerksam zu.

»Ein rechtliches Vergehen des Hurensohnes?«, fragte Cordt lauernd.

Kleinsorge bemerkte seine Ungeduld und grinste geheimnisvoll. »Nein, kein rechtliches Vergehen.« Er hielt inne, um die Spannung zu erhöhen. »Es ist … ein leibliches Vergehen … Ein Bastard!«

»Ein Bastard?« Cordt verschluckte sich vor Überraschung und dachte zunächst an ein Missverständnis.

»Genauer ausgedrückt: ein Säugling. Der gemeinsame Sohn des Bürgermeisters und der Hure Maria Blattgerste. Einer meiner spionierenden Bediensteten hat das tote Kind hinter dem Rathaus im Abfall gefunden.«

»Das ist das Zeichen Gottes, dass er uns erhört hat!«, frohlockte Hermann. »Seid Ihr Euch sicher, dass es auch wirklich das Kind des Bürgermeisters ist?«

»Ich weiß es aus sicherer Quelle!«

»Doch warum, hoher Herr, zieht Ihr damit dann nicht gleich vor den Rat und legt dem Tyrannen sofort das Handwerk?«

Quietschend und polternd hatte die Kutsche das Steinportal des Rathauses passiert. Cordt erhob sich, als die Pferde im Schritt auf das reich verzierte Tor zusteuerten.

»Das geht leider nicht so rasch, wie Ihr denkt, Deche. Eurer Tochter würde das im jetzigen Moment nur zum Schaden gereichen, auch wenn es alles in ein anderes Licht rückt. Es braucht Zeit, diesen Schritt sorgsam vorzubereiten. Aber spätestens bei der Verlesung des Urteils auf dem Marktplatz werde ich das Geheimnis lüften und den Richter öffentlich denunzieren. Das ist meine Rache! Bis dahin hoffe ich, auf Euer Stillschweigen zählen zu können, meine Herren. Denn ein toter Advokat würde Eurer Tochter, Deche, und Eurem Eheweib, Hermann Hermessen, kaum von Nutzen sein.«

»Die Herren beider Räte haben sich dahin geeinigt, es nicht länger auf ihr Gewissen zu nehmen, Maria Rampendahl zu übersehen, weshalb wir sie nach Gewohnheit und Brauch dieses Ortes aufs Rathaus forderten, da wir mit derselben zu reden haben!«

Gelassen nahm Maria die Worte des Stadtsekretärs hin und hielt den Kopf züchtig über die gefalteten Hände gesenkt. Seine Worte im geschnarrten Amtsdeutsch verklangen gerade in der Ratsstube, als sie zum ersten Mal die Lider hob. Sie fror in ihrem leichten Kleid und fühlte sich zwischen den kalten Steinwänden und den hohen, ehrwürdigen Archivschränken zunehmend verunsichert. Die riesigen, stummen Zeitzeugen im Hintergrund strahlten Düsterheit und Unvergänglichkeit aus und erinnerten sie an das Leid derer, die einst in den Mauern auf ein gerechtes Urteil gehofft hatten.

Hilflos suchte sie in den Gesichtern der Stadtknechte, die mit Pistolen und Flinten bewaffnet vor der Tür Wache hielten, nach Wärme oder Verständnis, doch sie folgten nur stumm und ausdruckslos dem Geschehen. Ganz anders die sechs Augenpaare unter den breitkrempigen Hüten und den weiß gepuderten Perücken, die von der mächtigen Kanzel aus lauernd auf sie gerichtet waren. Selbst die in Stein gehauene Justitia – mit dem Schwert in der einen und der Waage in der anderen Hand – beobachtete genau, wie sie sich verhielt. Da das Weib aus Stein hier keine Augenbinde trug, entging ihrem scharfen Blick nicht die geringste Regung.

»Hermann Blattgerstes Eheweib hat vor etwa vierzehn Tagen freiwillig bekannt, dass sie sich zum Zaubereilaster durch des Barbiers Hermann Hermessens Ehefrau habe verleiten lassen, ihrem Bruder Johann Vieregge und ihrem geliebten Ehemanne Blattgerste Gift gegeben zu haben, sodass sie daraufhin gestorben seien. Danach hätte die Maria Rampendahl das Werk vollendet und dieselbe in die Zunft gebracht. Die Blattgerste hat ihr Bekenntnis nicht nur auf der Folter bekräftigt, sondern es auch den beiden Predigern auf der Neustadt zu St. Marien bekannt, dass sie bei allem, was sie der Obrigkeit gesagt, leben und sterben wolle.«

Barthold Krieger holte tief Luft, dann beugte er sich weit nach vorn über die Kanzel und nahm Maria streng in Augenschein. Je länger er sie ansah, umso unbehaglicher fühlte sie sich. Lüstern hingen seine Augen an ihr und forschten lauernd nach etwaigen Anzeichen des Leibhaftigen. Im Saal herrschte andächtige Stille. »Wie wollt Ihr, Ehefrau des Barbiers Hermann Hermessen, diese Anschuldigung entkräften?«

Maria erschrak und schickte leise ein Gebet zum Himmel. Gehorsam hob sie den Kopf und richtete die Augen auf Krieger, blickte aber trotzig durch ihn hindurch. Die letzte Nacht hatte sie im Gemäuer des Turms verbracht. Auch wenn die Büttel es ihr bis dahin an nichts hatten fehlen lassen, sehnte sie sich doch nach ihrem Haus, ihrem Ehemann und den Kindern. Die Angst, Letzteren könnte vielleicht etwas passiert sein, machte sie fast wahnsinnig. Wo nur der Vater blieb? Ungeduldig wich sie Kriegers Blick aus und sah erneut zur Tür in, der Hoffnung, dass endlich Ratsherr Rampendahl eintreten und die Anschuldigungen gegen seine Tochter Lügen strafen würde. Auf die Frage schwieg sie beharrlich. Unter normalen Umständen hätte sie das Gesicht des Stadtsekretärs als angenehm empfunden. Sein markantes Profil verriet Spuren väterlichen Interesses, zumindest aber wirkte er lebendiger als die anwesenden Ratsmänner, weil er ungeschminkt war und eine gesunde Bräune seinen Zügen Natürlichkeit verlieh. Der verächtliche Zug um seine Mundwinkel und die seelenlosen blauen Augen schreckten sie dennoch ab.

Krieger wurde ungeduldig. Seine Finger trommelten leise auf die Tischplatte. Plötzlich hob er die Stimme. »Maria Rampendahl, seid Ihr gesinnt, in Güte die Wahrheit zu sagen, oder müssen wir dieselbe durch die Schärfe von Euch erforschen?«, mahnte er sie eindringlich.

Er hatte sich drohend aufgerichtet und die Hände auf dem Tisch aufgestützt. Sein Blick durchbohrte sie wie die Spitze eines Degens. Sie ahnte, dass er es ihr nicht leicht machen würde, wenn sie nicht bald redete.

»Ohne meinen Vater sage ich kein Wort«, erwiderte sie, um Zeit zu gewinnen. »Ich erkenne die hohen Herren Rullmann, Hans Koch und Reineking, aber wo ist mein Vater? Ich kann ihn nirgends entdecken.«

»Euer Herr Vater hat keine Einladung zu dieser außerordentlichen Sitzung erhalten.«

Erstaunt hob Maria die Brauen und trat nun mutig einen Schritt nach vorn. Der Ausschluss des Vaters ließ sie die wahren Absichten der hohen Herren erahnen. Wütend vergaß sie die Gefahr und entgegnete: »Fürchten die Herren etwa meinen Vater? Könnte er Euch auf diese absurden Anschuldigungen vielleicht etwas entgegnen, was Eure Ohren nicht vertragen? Oder welcher Art sind die Gründe, weshalb mein Vater an diesem an den Haaren herbeigezogenen Prozess nicht teilnehmen darf?« Stolz richtete sie sich auf. »Glaubt ja nicht, Ihr Herren, dass mein Vater dies alles als gegeben hinnehmen wird. In Euren Augen sehe ich jetzt schon die Furcht vor der Macht der Zünfte!«

Verächtlich spuckte sie vor sich auf den Boden. Vor ihr saßen ein paar alte Männer und ein kranker Bürgermeister, der bisher noch kein Wort gesagt hatte und stattdessen mit fiebrigem Blick gelangweilt in einem Buch herumblätterte. Jetzt hob er sein Gesicht und bedachte sie mit einem seltsamen Blick.

»Hurensohn!«, zischte sie verhalten. Die Knechte vernahmen es und grinsten. »Der Teufel hole mich, wenn ich zaubern kann. Mit der Blattgerste habe ich überhaupt nichts gemein«, begann sie sich zu rechtfertigen. »Sie ist eine infame Lügnerin! Aber Ihr, Bürgermeister, Ihr habt mich grundlos und unter Gewalt hierhergebracht und die Barbierstube meines Ehemannes Hermann Hermessen zerstört!«

»So?« Cothmann quälte sich ein Grinsen ab, das zu einer Grimasse geriet. Sein Zustand ließ keine Gefühlsregung mehr zu. Schwerfällig beugte er sich zu Krieger und murmelte etwas hinter vorgehaltener Hand.

Der Stadtsekretär schien zu überlegen und entrollte dann umständlich ein Pergament. »Dann werde ich Euch einmal die Bekenntnisse Eurer Komplizin vorlesen. Sie entstammen dem Inquisitionsprotokoll und entsprechen allesamt der Wahrheit. Doch zunächst zum Vorwurf der gewaltsamen Gefangennahme: Wir, die Herren beider Räte, haben dem Kammerdiener Simon Müller anbefohlen, Euch, Maria Rampendahl, aufs Rathaus zu fordern. Nach seiner Aussage habt Ihr Euch schlafend gestellt, eine Krankheit vorgetäuscht und Euch bereits damit verdächtig gemacht. Nun zu Eurer Anklage: Vor zwanzig Jahren habt Ihr Agneta Wegner das Zaubern gelehrt und im Hause des ehrwürdigen Hans Hancke an dessen Kinderbett geklopft, sodass darauf sein Kind krank wurde und gestorben ist. Weiterhin bezeugt der ehrenwerte Henrich Rullmann, dass Ihr gemeinsam mit Eurer Frau Mutter Bruder Henrich vergiftet habt, sodass er letztendlich blau und schwarz wie ein Affe gewesen ist und Eure Mutter es dem Diedrich Stockmeyer angelastet hat. Die Leute der Stadt erzählten später hingegen, Ihr selbst hättet ihn vergiftet. Auch der ehrenwerte Ratsherr Koch will gesehen haben, wie Ihr Euren Bruder Caspar vergiftet habt, und zudem ist uns aufgefallen, dass Cordt Welmerß um Eure Schwester Margaretha freite, um Euch, die Ältere, aber einen großen Bogen wegen des Gerüchts der Zauberei machte. Auch hat uns Johann Vieregge bestätigt, dass Ihr dessen Sohn vergiftetes Warmbier gegeben habt, er gleich darauf die schwere Not bekommen und ins heiße Wasser gefallen sei und sich zu Tode brannte. In diesem Fall ist uns bekannt, dass Ihr ihm den Tod des Schulmeisters Beschoren übel nachgetragen habt.«

»Wüsste ich von alldem, so müsste mich der Teufel holen. Doch auch, wenn Ihr mich in Stücke reißt, hoher Herr, ich bin keine Zauberin, und derartige Lügen geschehen mir nur aus Neid, Missgunst und Hass. Schließlich ist Papier geduldig.«

»Ihr seid ein gar vorwitziges und freches Weib, Maria Rampendahl, und seid, wie ich sehe, nicht gewillt, reumütig zu gestehen und Eure Sünden zu bekennen! Leider zwingt Ihr uns damit zu einer Gegenüberstellung mit der Blattgerste in der Tustodie. Und wenn Ihr Eure Seele dann immer noch nicht reinigen wollt, werden wir Meister David und seine Diener zur Befragung heranziehen.«

Bei Davids Namen zuckte Maria leicht zusammen. Cothmann hatte das Buch zur Seite gelegt, sich gelangweilt zurückgelehnt und beobachtete sie aus den Augenwinkeln. »In Eurem Fall, Maria Rampendahl, wird es uns ein ganz besonderes Vergnügen sein, Euren Hochmut mit Hilfe des Henkers zu brechen«, zischte er leise und winkte den Knechten.

Erstaunt wendete sich Krieger an den Bürgermeister. »Bedarf es hierzu nicht der Genehmigung der Universität Rinteln?«

Cothmann schüttelte leicht die schwarz gelockte Perücke. »Ihr wisst, Barthold, wie wir mittlerweile in manchen Dingen zu den Fakultäten stehen. Ich werde die Genehmigung persönlich einholen«, er grinste verlogen, »zum gegebenen Zeitpunkt.« Den Bütteln neben Maria gab er den Befehl: »Bringt das verstockte Weib in die Tustodie zur Blattgerste. Wollen wir doch mal sehen, ob ihr die Gegenüberstellung mit der Hexe nicht den Mund öffnet!«

»Ihr solltet Euch schonen, mein Freund!« Besorgt beugte sich Krieger über den Bürgermeister, der stark schwitzte und mit zitternden Fingern nervös am Kragen nestelte. In seiner Hast riss er einen der bestickten Knöpfe ab und warf ihn mit einem Fluch zu Boden. Er rang nach Luft, seine Brust hob und senkte sich schwer.

»Danke für Eure Besorgnis, Barthold. Aber es geht schon. Ich werde dieser Hexe nicht weichen, das schwöre ich Euch, auch wenn es mir miserabel geht und der Sensenmann bereits über meinem Kopfe schwebt.«

»Gibt es denn überhaupt keine Hilfe für Euch? Schon seit Jahren leidet Ihr an dem seltsamen Fieber, und ich sehe keinerlei Besserung. Bisher habt Ihr noch jeden Kampf gewonnen, wollt Ihr diesen einen etwa verlieren?« Krieger schüttete aus einem silbernen Flakon ein paar Tropfen Parfüm auf ein Spitzentuch und tupfte ihm damit die Schweißperlen von der Stirn.

Sie waren allein im Rathaus. Die Ratsherren hatten den Saal verlassen und waren bereits zum Hexenturm vorausgefahren. »Meine Anlagen sind vielleicht nicht so gut, wie sie nach außen hin wirken.« Der Bürgermeister grinste zweideutig. »Immerhin war auch meine Mutter eine Hexe, und in Lemgo habe ich keine verwandtschaftlichen Spuren hinterlassen. Meine Stellung in der Lemgoer Stadtgesellschaft hat trotz meiner Erfolge, wie Ihr mir so schön schmeichelt, etwas von der Einsamkeit meiner Studentenjahre. Ich habe zu den Bewohnern keine persönlichen Beziehungen, nicht einmal zu meinen Kindern und meiner Frau. Wahrscheinlich ist es Gottes Wille, dass ich einsam sterbe.«

»Ihr moralisiert, mein Freund! Das ist das Fieber. Immerhin genießt Ihr nach wie vor die volle Unterstützung des Landesherrn, obwohl Ihr, wie ich einräumen muss, nicht von Hause aus über das hohe Ansehen verfügtet, zu dem Ihr es in all den Jahren gebracht habt. Ich glaube eher, das Fieber nimmt Euch Eure Stärke und Euren Machtwillen und flößt Euch Ängste vor einem eventuellen Scheitern ein, vor einem gesellschaftlichen Absturz wie demjenigen Eurer Eltern.«

»Ihr habt recht. Doch Euch, mein Freund, kann ich meine Ängste anvertrauen.« Er stöhnte leicht und ließ sich von Krieger den Flakon reichen. Umständlich spritzte er sich etwas Flüssigkeit in den Halsausschnitt. »So wie die prächtige Fassade meines Hauses sind meine gesicherte stadtbürgerliche Existenz und mein gestrenges Regiment oft nur vorgetäuscht, um meine Ängste, wie Ihr richtig erkannt habt, vor den Leuten zu verbergen. Ich bin heute reicher, als es meine Familie jemals zuvor war, und es stört mich nicht im Geringsten, wenn die Leute uns nachreden, geldgierig zu sein, uns bestechen zu lassen und nach den Gütern anderer Leute zu trachten. Groß sind dagegen unsere Erfolge wie etwa die Niederschlagung der Tumulte zur Ratswahl mit den Dechen, als unser hochwohlgeborener Graf Simon sogar Schützen aufbieten musste, um Ordnung und Ruhe wiederherzustellen, oder die vom Grafen beglaubigte Ehrenerklärung um meine Verdienste für die Stadt. Trotzdem bin ich ein einsamer Mann, und Gott wird mich einsam sterben lassen.«

Hilflos stand Krieger dem Bürgermeister gegenüber. Cothmann war auf dem Stuhl in sich zusammengesunken. Über die hohlen Wangen des mächtigen Mannes liefen große Tränen. In all den gemeinsamen Führungsjahren hatte Krieger an Cothmann immer seine Standfestigkeit und seinen eisernen Willen bewundert, noch nie hatte den Bürgermeister etwas erschüttern können. An seiner Seite waren, so wie Krieger selbst, in den letzten Jahren zahlreiche Ratsmänner reich und mächtig geworden, doch nun erging der Freund sich zum ersten Mal in Selbstmitleid. Der Mann, der hier vor Krieger saß, war nicht mehr der mächtige Bürgermeister, vor dem einst eine ganze Stadt gezittert hatte. Wenn er nicht etwas unternahm, befürchtete Krieger noch vor Beendigung des Hexenprozesses seinen körperlichen und seelischen Zusammenbruch.

Vorsichtig berührte er Cothmann an der Schulter. »Bedenkt, wie viel Ordnung Ihr mit Hilfe der Hexenverbrennungen in der Stadt geschaffen habt. Es gibt kaum noch Unruhen und Aufstände in Lemgo. Man wird Euch deswegen nicht nur hassen, sondern auch lieben. Oder nehmt die Münstersche Invasion. Für Euren beispiellosen Mut bei der Verteidigung Lemgos sprach Euch der Rat die Freiheit für alle bürgerlichen Abgaben zu. Bedenkt auch Eure Verdienste um den Leinenhandel. Schon zu Lebzeiten seid Ihr ein berühmter Mann«, versuchte er ihn aufzuheitern.

»Doch was, mein Freund, nützen mir all diese Verdienste, wenn der Tod an meine Tür klopft? Nichts von alldem hat dann noch einen Wert.«

Schwerfällig erhob er sich und zog einen kleinen Handspiegel aus dem Rock. Mit Kriegers Tuch wischte er sich die Tränenspuren vom Gesicht, dann öffnete er eine kleine silberne Dose, entnahm ihr mit einem kleinen Schwamm etwas von dem weißen Puder und betupfte gleichmäßig die Wangenknochen und die Ränder unter den Augen.

»Die Hexe Rampendahl wird mein letzter Prozess sein. Danach, das schwöre ich vor Gott, meinem Herrn, wird es in Lemgo keinen Prozess mehr geben.« Wohlwollend betrachtete er sich in dem kleinen, in filigranem Silber gefassten Spiegel und wiegte die Dose dann einen Augenblick lang nachdenklich in der Hand. Sein Körper straffte sich.

»Ihr habt die Rampendahl geliebt, mein Freund?« Erfreut registrierte Krieger die Besserung seiner Verfassung.

»Ich liebe das Weib noch immer!« Cothmann klappte die Dose zu und reichte sie Krieger. »Ein Import vom Hofe des französischen

Königs. Probiert es, es wird Eurem Teint mehr Ebenmaß verleihen.«

Krieger wehrte ab. »Ihr wisst doch, dass ich mich nicht schminke.«

Cothmann ignorierte seinen Einwurf. »Ja, leider begehre ich die Hexe noch immer mit der gleichen Leidenschaft wie am ersten Tag unserer Begegnung. Sie hat mich betört, und ich bekomme sie nicht mehr aus meinem Fleisch, geschweige denn aus meinen Gedanken heraus. Nicht einmal Hass verspüre ich mehr gegen sie. Ich möchte sie nur ein einziges Mal besitzen. Ein einziges Mal ihren herrlichen Körper berühren!« Schwärmerisch richtete er die Augen auf den Freund. Der Gedanke an Maria ließ seine Wangen und seine Augen leuchten.

»Oh, mein Freund, wenn ich Euch doch immer so sehen könnte!«, entfuhr es Krieger, der über die Verwandlung staunte. »Wenn die Hexe so viel Macht über Euch besitzt, dann kann sie den schleichenden Tod, den sie Euch vor Jahren angehext hat, doch gewiss wieder von Eurer Seele nehmen. Jetzt habt Ihr die Möglichkeit, Euch dieses Körpers zu bemächtigen. Um ihr Leben zu retten, wird sie Euch mit Sicherheit zu Willen sein.«

Cothmann verdrehte lüstern die Augen. »Vielleicht habt Ihr recht, mein Freund. Es soll auch Hexen geben, die einem Mann den Saft des Lebens wieder einhauchen, den sie ihm zuvor genommen haben.«

In diesem Moment wurde die Tür weit aufgerissen, und Cordt trat, gefolgt von Hermann und dem Advokaten, über die Schwelle. Auf Cothmanns blasser Stirn bildete sich eine tiefe Unmutsfalte. Er bedachte Marias Vater mit einem ungnädigen Blick. Mit dem Ratsmann hatte er nicht gerechnet.

»Was soll der Überfall, Deche? Fasst Euch kurz. Wir sind in Eile.« Hermann bedachte er lediglich mit einem abschätzigen Blick und demonstrierte dem Barbier damit seine Überlegenheit. Der reiche Emporkömmling interessierte ihn nicht. Noch nicht. Klugerweise verbeugte sich Hermann stumm und überließ ansonsten dem Schwiegervater das Wort, der ohne große Umstände wutschnaubend auf sein Ziel zusteuerte.

»Wieso wurde ich nicht zur Ratssitzung geladen, Bürgermeister?

Ihr wisst sehr wohl, dass Ihr ohne die Anwesenheit der Meinheiten keinen Hexenprozess anstreben dürft! Und wieso konntet Ihr meine Tochter nicht freilassen?«

Dem Bürgermeister war nichts mehr von der eben überwundenen Schwäche anzusehen. Er musterte den Dechen. Quälende Minuten verstrichen. Cordt kannte Cothmann gut genug, um in seinen Augen das kalte Glitzern der Macht und jene grausame Freude nicht zu übersehen, die eine Katze empfinden muss, wenn sie mit einer wehrlosen Maus spielt.

»Was erdreistet Ihr Euch, Deche? Ihr, der Vater einer stadtbekannten Hexe, solltet dem Herrn dafür danken, dass wir nicht Euch denunzieren, sondern stattdessen Eure verruchte Tochter. Als Bürgermeister und Richter dieser Stadt enthebe ich Euch hiermit für Eure Dreistigkeit aller Funktionen eines Ratsmannes und schließe Euch von sämtlichen Anhörungen aus, welche die Hexe betreffen.«

Arrogant hielt der Richter dem Blick des Ratsmannes stand und schnitt ihm mit seinem Verhalten jedes weitere Wort ab. Seine undurchdringliche Miene ließ keinen Widerspruch zu. Auch die Verstärkung durch einen Advokaten war ein Schachzug, den er sehr wohl erkannt hatte, dennoch änderte es nichts daran, dass er es ablehnte, noch irgendein Wort an den Vater einer Hexe zu verschwenden. Es gab angenehmere Dinge. Ohne sich weiter um die nun einsetzende allgemeine Verwirrung zu kümmern, gab er Krieger das Zeichen zum Aufbruch und schritt aufrecht zur Tür.

Verblüfft und sprachlos über die unerwartete Abfuhr, starrte Cordt dem Bürgermeister hinterher. Dann zog er die buschigen Brauen hoch und holte tief Luft. Vorsichtshalber trat der Advokat von hinten an ihn heran und legte ihm beruhigend die Hand auf die Schulter. Leise flüsterte er ihm ins Ohr: »Keine Unüberlegtheiten jetzt, Cordt. Lasst mich das übernehmen.«

Doch der Deche schüttelte die Hand des Advokaten wie eine lästige Fliege ab. Er konnte die Demütigung nicht auf sich sitzen lassen. Aufbrausend brüllte er hinter dem Infamen her: »Ihr werdet an anderer Stelle von mir hören, Richter Cothmann! Die ganze Stadt pfeift es doch schon von den Dächern, dass es Euch bei dem Prozess nicht um meine Tochter, sondern um den Besitz der Hermessens geht. Und auf dem Wege dahin haben Eure gierigen Hände auch nichts dagegen, gleich noch den Besitz der Rampendahls zu vereinnahmen. Aber Eure Rechnung geht nicht auf. Unser Besitz wird Euren Reichtum nicht mehren. Sollte es zur Anklage gegen meine Tochter kommen, dann steht Ihr der gesamten Familie Rampendahl gegenüber. Wir werden keinen Taler scheuen, den Prozess zu verhindern und Eure Machenschaften aufzudecken!«

Ein verächtlicher Blick traf Cordt. »Eure Beschuldigungen gegen den Rat und meine Person sind mir bestens bekannt. Mein Vetter Diedrich hinterbrachte sie mir bereits aus Bentzelers Haus, wo Ihr wieder einmal lautstark gegen uns revoltiertet.«

Damit sah der Richter die Angelegenheit endgültig als beendet an. Entschlossen drückte er die schwere Türklinke nach unten, verharrte dann aber im Türrahmen, als sei ihm etwas Wichtiges eingefallen. Es war der unbekannte Rechtsgelehrte, der letztendlich seine Neugierde weckte. Er wandte ihm das Gesicht zu und verneigte sich, Überraschung heuchelnd, vor ihm. Dabei musterte er den Advokaten aus den Augenschlitzen heraus und überlegte, wo er ihm schon einmal begegnet sein könnte. Da er sich nicht schlüssig war, was er von dem fremden Rechtsgelehrten halten sollte und welchen Standes er war, schmeichelte er ihm höflich: »Entschuldigt meine Eile, hoher Herr! Euch sei der Zugang natürlich nicht verwehrt. Ich vermute den Ehevogt der Hermessens?«

»Ich bin Johann Adam Roleman, Anwalt im Dienste des Reichskammergerichtes, hoher Richter. In dieser Eigenschaft vertrete ich den Barbier Hermann Hermessen im Fall des Zaubereiverdachtes der Stadt Lemgo kontra seine Ehefrau Maria Rampendahl als sein rechtlicher Ehevogt.«

»Dann, hoher Herr, sehen wir uns nach der Gegenüberstellung der Rampendahl mit der Witwe Blattgersten wieder.« Er versuchte, seiner Stimme einen vertraulichen Klang zu geben. Abermals überkam ihn das Gefühl, diesem Mann schon irgendwann einmal begegnet zu sein. »Wie war gleich Euer Name?«

»Johann Adam Roleman, hoher Herr.«

»Seltsam.« Nachdenklich forschte er in dem Gesicht des schlanken, schwarz gekleideten Mannes und versuchte sich dessen Züge einzuprägen. Gleichzeitig kramte er in seiner Erinnerung. »Mir deucht, wir kennen uns. Weilt Ihr schon länger in Lemgo?«

»Nein, Euer Ehren. Ich bin soeben hier eingetroffen und noch auf der Suche nach einem geeigneten Quartier«, log Kleinsorge und belauerte seinerseits den Richter.

»Ihr habt Glück. Für einen Kollegen steht mein Haus jederzeit offen. Wie ist es, möchtet Ihr nicht bei mir in meiner bescheidenen Hausstätte Quartier beziehen?« Beim Anblick der verschmutzten Reisekleidung des Advokaten verzog er das Gesicht und grinste süßlich. Ohne die Antwort abzuwarten, lenkte er lauernd ein: »Kenne ich dann vielleicht Euren Herrn Vater, Herr Magistrat?«

Kleinsorge spürte genau, worauf die Frage des Bürgermeisters zielte, und täuschte lächelnd Ahnungslosigkeit vor. Innerlich tobte ein furchtbarer Kampf in ihm. Am liebsten hätte er den Gegner vor die Klinge gefordert, um sich auf schnelle Weise für die erlittene Schmach an seinem Vater, dem Bürgermeister Balthasar Kleinsorge, zu rächen. Nur mühsam beherrschte er sich, als er Cothmann untertänig und mit gespielter Freundlichkeit antwortete. »Mein Vater war Doktor Johannes Roleman, ebenfalls Prokurator beim Reichskammergericht. Aber ich sehe, Ihr befindet Euch in großer Eile«, fügte er rasch hinzu. »Gern nehme ich Euer Angebot an. Bei einer Flasche Wein in Eurem prachtvollen Haus lässt es sich später sicher besser plaudern.«

Einen kurzen Moment lang schätzten sich die Männer ab, dann lüftete Cothmann seinen mit Diamanten besetzten Dreispitz. »Ich freue mich auf Eure Gesellschaft, Advokat.«

Vor dem Portal des prunkvollen Ratssitzes legten sich die vier Rappen des Bürgermeisters ins Geschirr. Der Kutscher löste die Bremse, und die riesigen Holzräder setzten sich ächzend in Bewegung. Die drei Männer sahen der Kutsche hinterher, bis sie polternd in die Gasse zum Hexenturm einfuhr. Jeder hing seinen Gedanken nach, dann ging Cordt zwei Pferde besorgen, während der Advokat seinen Kutscher heranwinkte.

»Was wollt Ihr jetzt tun, Hermann Hermessen?«, fragte Kleinsorge den Barbier, der unschlüssig neben ihm stand, als die schwarze Kutsche auf sie zurollte. Regenwasser hatte sich in den schmutzigen Vertiefungen gesammelt und spritzte links und rechts unter den Eisenbeschlägen hervor. Mittlerweile hatte es aufgehört zu regnen, und an dem wolkenverhangenen Himmel zeigten sich vereinzelt die Sonnenstrahlen. Wohltuend strichen sie über die Gesichter der Männer und drangen bis in ihre Seelen vor, um sie zu wärmen.

»Ich werde der Kutsche des Bürgermeisters folgen und meiner Frau in ihrer Not beistehen. Meine Anwesenheit soll ihr Kraft geben, die Angelegenheit zu überstehen. Sie soll nicht allein sein und wissen, dass ich sie liebe – bis über den Tod hinaus.«

»Glaubt Ihr nicht, dass dieser Entschluss etwas voreilig gefasst ist? Vielleicht stellt sich die Gegenüberstellung als harmlos heraus, sodass man Eure Frau freilassen muss. Vielleicht aber lässt man Euch auch gar nicht zu ihr vor. Die Entscheidung liegt allein beim Richter oder beim Henker.« Bei der Nennung des Letzteren sah er Hermann nachdenklich ins Gesicht. »Soweit mir bekannt ist, gehören beide Herren zu Euren ganz persönlichen Gegnern?«

Der Barbier hatte sein aufrichtiges Mitleid. Selten war Kleinsorge bisher auf einen Mann getroffen, der ihm so schnell so sympathisch geworden war wie dieser Hermessen. Obwohl in den ehrlichen Augen Trauer, Angst und Sorge um sein Eheweib lagen, spürte er doch die Energie, die von ihm ausging. Dieser Mann würde ohne viele Worte kämpfen und versuchen, das, was er angekündigt hatte, in die Tat umzusetzen.

»Dann werde ich vor dem Turm ausharren, bis die Herren mich zu meinem Weib vorlassen. Notfalls werde ich mir mit Gewalt Zugang verschaffen.«

»Ich sehe, dass Ihr zu allem entschlossen seid, Hermann Hermessen. Aber vergesst nicht Eure Kinder, die übrigens bei mir in Speyer sicher aufgehoben sind. Und denkt bitte auch an Euer eigenes Wohl. Vor allem aber unternehmt nichts, was Euch zu Schaden gereichen könnte. Sollte es noch heute zur Verurteilung und gar zur peinlichen Befragung kommen, werde ich, wie schon erwähnt, sofort ein Gnadengesuch an das Reichskammergericht einreichen. Zunächst gedenke ich aber, noch heute Abend Cothmann auf den Zahn zu fühlen. Euch möchte ich bitten, Euer Eheweib dazu anzuhalten, ein Bittschreiben an ihn zu verfassen. Wenn das Gerücht stimmt, ist Eure Maria die Ursache für seinen kränklichen Zustand.«

Hermann reichte dem Vogt dankbar die Hand. »Ich vertraue der Unschuld meines geliebten Weibes und danke Euch für Euren Rat.«

Für den Bruchteil einer Sekunde hielten sie im Handschlag inne.

Ihre Blicke trafen sich, dann wurde Hermann von Cordt abgelenkt, der mit einem gesattelten Beipferd an der Hand auf einem stämmigen Braunen auf ihn zugetrabt kam. »He, Schwiegersohn!«, rief er schon von Weitem. »Sitz auf! Jetzt zeigen wir es dem Hurensohn von einem Richter. Er soll nicht glauben, dass er die Rampendahls unterschätzen darf.«

»Du kannst dein Schicksal immer noch zum Guten wenden, Maria. Sei mir nur ein einziges Mal zu Willen! Bedenke, nicht nur dein Leben, sondern auch das Schicksal deiner Familie liegt allein in deinen Händen. Du brauchst dich nur zu entscheiden«, vernahm sie seine Worte in ihrem Rücken dicht an ihrem Ohr. Sein Atem war warm und feucht, er roch nach Knoblauch, süßlichem Parfüm und ging stoßweise.

Voller Ekel spürte sie, wie sehr ihn die Vorstellung erregte, sie zu besitzen. Der Richter besaß das Recht, sie zu beleidigen und ihre Ehre mit Füßen zu treten, doch genauso durfte sie sich das Recht herausnehmen, ihn leiden zu lassen. Hier, zwischen den Kerkermauern, konnte sie seinen Zudringlichkeiten nicht entrinnen und musste es sich gefallen lassen, dass seine feuchten Hände an ihrer Taille entlang unter ihren Rock glitten, wo sie ihre Schenkel kneteten. Die Knechte tauschten untereinander obszöne Blicke und feixten lüstern. Dass sie seine Berührungen bemerkt hatten, schien ihn zu noch größerem Wagemut anzuspornen.

Voller Ekel presste Maria die Lippen aufeinander und blickte stumm geradeaus, als sich seine kalten Finger zwischen ihren Schenkeln vorantasteten. Mehr denn je hoffte sie auf den erlösenden Beistand des Vaters. Immer und immer wieder hatte sie sich zur Tür umgedreht, stets in der Hoffnung, dass seine vertraute Gestalt endlich in der Kerkertür erscheinen würde.

Nur widerwillig war sie den Knechten in das Innere des Hexenturmes gefolgt, war jedoch nicht wie erwartet in das Turmzimmer geführt worden, wo die Delinquenten untergebracht wurden, welche die Freiheit alsbald wiedersehen würden. Stattdessen stießen sie die Knechte tiefer in das undurchdringliche Gewölbe hinein und führten sie zu einer Steintreppe, die in einem schmalen, dunklen Gang mündete. Roh wurde sie die Stufen hinabgestoßen, und dumpf verklangen ihre Schritte in dem gruftähnlichen Gewölbe.

Aus Angst und Verzweiflung hatte Maria jeden ihrer Schritte mitgezählt. Beim einunddreißigsten endete der Gang. Es folgte ein noch tieferes Gewölbe, und ein gebeugter Mann mit einem hohlwangigen, von einem zottligen Pelz umrahmten Gesicht schloss sich ihnen an. Irgendetwas an der tierhaften Gestalt in den viel zu großen Schuhen aus Hundefell kam ihr seltsam vertraut vor. Sie versuchte sich den Mann ohne das Gefilz auf dem Kopf vorzustellen, das noch Spuren hellblonder Farbe aufwies, und blickte sich heimlich nach ihm um. Maria ahnte, dass dies der Kerkermeister des Verlieses sein musste, und als er sich eine Haarsträhne zurückstrich und sie für den Bruchteil eines Moments seine Augen sah, war es ihr, als narrte sie ein teuflischer Spuk. Der Mann, der ihr jetzt voranhumpelte, während sie mit den Knechten und gefolgt vom Bürgermeister, dem Prediger und dem Stadtsekretär die Folterkammer betrat, hatte die klaren blauen Augen ihres einstigen Gespielen Peter Grönspan.

Tausende Gedanken schwirrten ihr durch den Kopf, als die Tür mit sechs Schlössern aus Eisen krachend und quietschend hinter ihr zufiel. Warum schickte ihr der Herrgott gerade jetzt Visionen eines längst Totgeglaubten? Oder war es gar der Teufel, der ihren Sinn verwirrte? Würde es nur bei der Gegenüberstellung bleiben, oder würde man sie auch foltern? Und wie würde ihr David begegnen? Davor fürchtete sie sich am meisten.

Nur langsam gewöhnten sich ihre Augen an das Dämmerlicht des Raumes, der lediglich vom lodernden Schmiedefeuer, den Fackeln an den Felswänden und zwei Talglichtern erleuchtet wurde. Um sie herum gewahrte sie felsiges Gestein, an dem das Schwitzwasser in kleinen Bächen hinablief. Es sammelte sich auf dem Boden in schmutzig braunen Lachen. Gleich vorn, zu ihrer Rechten, stand ein Richtertisch aus Eisen mit zwei Stühlen, alles in den Boden gemauert. Auf dem Tisch verbreitete eines der beiden Talglichter trübes Licht. Die vom Fackelschein schwach beleuchtete Wand neben ihm war ihr sofort aufgefallen. Mit weit aufgerissenen Augen starrte sie auf die Reihe metallisch blinkender Folterwerkzeuge aus Schrauben, Stacheln, Winden und anderen seltsamen Dingen. Drohend erhellte der rotgoldene Feuerschein die Dornen, die messerscharfen Spitzen und metallenen Hals- und Armreifen vor der Felswand.

»Dies hier vor dir, mein Kind, ist ein Streckbett, daneben hängt eine Streckleiter«, hauchte Cothmann, immer noch dicht an ihrem Ohr. »An ihr wird die Hexe hochgezogen, bis es ihr in den Gelenken knackt, sie sich aus den Knochen drehen und überall abstehen. Lustig sieht das aus.«

Mit mulmigem Gefühl starrte Maria auf die schweren Steine und die Seile, die zu einer massiven Eisenrolle an der Decke führten. Übelkeit überkam sie. Cothmann wollte sie bewusst einschüchtern. Erneut spürte sie seine schweißnassen Finger, diesmal in ihrer Halsbeuge. »Du kannst immer noch zurück, brauchst nur Ja zu sagen«, hauchte er.

»Ihr seid impertinent, Richter«, fauchte sie dünn zurück und versuchte, das Zittern in ihrer Stimme zu unterdrücken.

Abrupt zog er seine Hand zurück. »Wenn du es nicht anders willst, Hexe! Aber bedenke, dass ich noch immer ein Strumpfband von dir besitze. Eine schwere Belastung für dich, selbst wenn Hermann Blattgerstes Eheweib sich wider Erwarten verstockt zeigen sollte. Überlege daher gut, was du tust.« Er wandte sich brüsk nach rechts zum Tisch. Ohne sich weiter um sie zu kümmern, breitete er seine Protokolle auf der Tischplatte aus, setzte sich und winkte Krieger heran. »Sagt Meister David Bescheid, dass wir anfangen können.« In seiner Stimme schwang ein harter Klang mit.

Erst jetzt bemerkte sie die Treppe hinter dem Richtertisch. Sie endete vor einer Maueröffnung, die ihr schwarz entgegengähnte. Ein heftiges Zittern überkam sie, und sie konnte nicht verhindern, dass ihr die Beine einknickten. Noch ein verzweifelter Blick zu dem Folterknecht, der ihr den Rücken zukehrte und im Hintergrund hantierte, dann spürte sie, wie eine Gänsehaut ihren Rücken überzog.

In der Maueröffnung stand David. Dem untersetzten Knecht an seiner Seite, der ein Weib in einem Hemd aus grobem Leinen vor sich herschob, schenkte sie keinen Blick. Sie sah nur David und suchte ängstlich sein Gesicht, doch die dunklen Augen hinter der schmalen Ledermaske schienen durch sie hindurchzublicken.

Gelassen, als zählte er jeden Schritt, trat er an ihr vorbei zu den Folterwerkzeugen. Sie konnte den Schweiß seines nackten muskulösen Oberkörpers riechen, als sie seine Armmuskeln streiften. Blaue Adern, fein wie ein Netz, umspannten die Wölbungen unter der braunen Haut, die in dem Gewölbe olivgrün schimmerte. Mit den behandschuhten Fingern hielt er einen eisernen Trichter und einen Zuber mit Wasser. Seine Handgelenke und die schmale Taille schützten schwere Gürtel aus Ochsenhaut.

Enttäuscht bemerkte sie, wie er dem Bürgermeister und dem Magister zum Gruß zunickte, sie aber überging. War sie für ihn bereits nur noch eine Delinquentin, der er mit Hilfe seiner grausamen Kunst ein Geständnis abpressen würde? Oder gar eine lästige Begebenheit vergangener Tage? Sie erinnerte sich seiner Worte im Rathaus: »Kreuze nie wieder meinen Weg, Maria!« Heimlich blickte sie in seine Richtung, immer noch in der Hoffnung, einen Blick von ihm zu erhaschen. Doch keine seiner Regungen verriet, dass er sie überhaupt wahrgenommen hatte.

»Bringe Er die Hexe zu mir!«, befahl ihm Cothmann, ohne aufzublicken, und kritzelte ungelenk etwas mit einer goldenen Feder auf das vergilbte Papier. Aufgeschreckt aus ihren Gedanken, gewahrte Maria erst jetzt die Blattgerste, die von dem Knecht mit Gewalt vor den Richtertisch gestoßen wurde.

»In diesen kalten Mauern bekomme ich stets Appetit auf ein warmes Bier. Seid Ihr einverstanden, wenn wir nachher noch in Rampendahls Wirtschaft einkehren und uns sein köstliches Gesöff munden lassen?« Cothmann grinste Stadtsekretär Krieger zu, hielt gut gelaunt im Schreiben inne und zwinkerte Maria zu. »Komm zu mir, mein Kind!« Er deutete gnädig neben sich. »Von hier aus kannst du der Prozedur besser folgen.«

»Ihr seid guter Laune. Dann geht es Euch also besser, mein Freund«, feixte Krieger zweideutig zurück und trat um den Tisch herum auf die Hexe zu. »Maria Vieregge, Hermann Blattgerstens Eheweib, du weißt, weshalb wir dich in die Folterkammer haben holen lassen?«

»Aber hoher Herr, ich habe Euch doch bereits alles gesagt. Ich bestreite ja gar nicht, dass ich eine Hure und Hexe bin«, wimmerte das Wesen in dem Leinensack.

In Marias Leben hatte es bisher nur zwei Situationen gegeben, in denen ihr das Herz vor Schmerz zu zerspringen gedrohte und sie geglaubt hatte, an einer Wegkreuzung ihres Lebens zu stehen. Das erste Mal, als die Großmutter Salmeke auf dem Wege zur Richtstätte, hoch oben vom Schinderkarren, die dürren Hände mit den gebrochenen Fingern nach ihr ausgestreckt und gellend, mit unmenschlich verzerrten Zügen geschrien hatte: »Das da ist mein Enkelkind! Lasst es zu mir! Es ist von meinem Fleisch und Blut und somit auch ein Hexenkind!« Sie hatte an der Hand des Vaters die Worte angehört. Wie alle war sie stumm vor Entsetzen gewesen, unfähig zu begreifen. Dann hatte sich der Vater abgewandt und ihr eingeschärft, nie wieder einer Hinrichtung beizuwohnen. Das zweite Mal war ihr der Atem gestockt, als sie Hermann Beschoren gegenübergestanden und mit ansehen hatte müssen, wie der Mann, den sie liebte, dem von ihr bewunderten Schulmeister das Fleisch von den Rippen riss.

Hier aber, tief unter dem Hexenturm, in diesem Labyrinth aus modrigen Gängen, wurde sie so tief wie noch nie erschüttert. Wie oft schon hatte sie der Feindin die Pestilenz an den Hals gewünscht und hätte sie lieber tot gesehen. Dass der Weg bis dahin aber so grausam sein sollte, hätte sie sich in ihren kühnsten Träumen nicht ausgemalt. Fast hätte sie die Blattgerste nicht wiedererkannt, lediglich die schrille, spitze Stimme erinnerte sie an die einstige Kontrahentin. Viel war von der früheren Maria Vieregge nicht übrig geblieben. Die Knechte hatten ihr auf Geheiß des Stadtsekretärs ihre dunklen Haare sowie die Augenbrauen abrasiert und waren dabei nicht besonders vorsichtig verfahren. Auf der dünnen, pergamentartigen Kopfhaut klafften mehrere tiefe Schnittwunden. Grau war es geworden, ihr hageres, breitflächiges Gesicht, so grau wie das einer Greisin. In ihm stachen zwei tief liegende Augen und ein dünner Mund mit rissigen Lippen hervor. Sie war zu einem farblosen Menschen geworden, ein gehender und sprechender Leichnam in einem sackähnlichen Gewand, das ihre mageren Füße entblößte. Ihres Stolzes beraubt, stand sie mit gebeugtem Rücken vor dem Richter und hatte die Augen demütig nach unten auf ihre nackten Zehen gerichtet.

»Meister David, habt Ihr der Delinquentin die Folterwerkzeuge erklärt?«, richtete Krieger das Wort an den Henker. »Doch bevor wir zum *actus torturae* schreiten, geben wir ihr noch einmal die Möglichkeit, sich vor Gott gütlich zu bekennen und ihre verirrte Seele zu reinigen.«

»Aber hohe Herren … Ich verstehe nicht …?« Hilflos ließ Maria Blattgerste den Blick über die Runde schweifen. Ihre wirren, rot geränderten Augen blieben am Magister hängen. »Hochwürden, auch Euch habe ich vor Gott, unserem Herrn, bereits bekannt, dass die Maria Rampendahl mich in die Hexenzunft gebracht und mir die Zauberei beigebracht hat.«

»Aber du hast uns, den Herren beider Räte, noch nicht bekannt, dass die Maria Rampendahl wirklich zaubern kann. Jetzt kommt es ganz darauf an, ob wir dir Glauben schenken können. Schließlich könnte auch der Teufel durch deinen Mund sprechen, um uns zu täuschen. Es will wohlüberlegt sein, welche Maßnahmen wir anwenden werden, um deine Seele zu retten.«

Maria begriff, dass der Richter vorhatte, sie mit einem Exempel abzuschrecken. Indem er die Blattgerste, die bereits gestanden hatte, vor ihr folterte, wollte er sie einschüchtern, um sie sich gefügig zu machen.

Die Blattgerste setzte gerade an, sich zu verteidigen, da stieß sie der Knecht breit feixend auf die Knie. Auch der Getretene trat gern einmal nach unten. Mit spitzen Fingern hob Krieger ihr Kinn an und suchte nach Angst in ihren Augen, die ihm die Befragung erleichtern würde.

Die Schultern der Blattgerste begannen zu zucken. Rhythmisch bewegte sich die magere Wirbelsäule unter dem Leinenhemd auf und ab. Einem gescholtenen Kind gleich blickte sie in Kriegers Gesicht und murmelte: »Verzeiht meiner verirrten Seele, Herr!«

Tage ohne Sonnenlicht im Hexenturm und die bereits überstandene Folter hatten ihre Sinne verwirrt. Lieber hätte Maria sie jetzt tobend und scheltend gesehen, doch der Anblick, den sie jetzt bot, einem gefangenen Tier gleich, das sich aufgegeben hatte, rührte ihr Herz. Hasserfüllt blickte sie auf den Richter an ihrer Seite, der entspannt zurückgelehnt die Szene mit übereinandergeschlagenen Beinen verfolgte. Sie vergaß ihre eigene Furcht und entschloss sich, für die Blattgerste um Gnade zu bitten.

»Ich flehe Euch an, hoher Herr, erspart der Hexe die Tortur! Sie hat doch bereits gestanden.«

Cothmanns Lippen verzogen sich zu einem triumphierenden Grinsen. Hatte er sie schon so weit, dass sie auf seine Forderungen einging? Langsam, als hätte er alle Zeit dieser Welt, hob er den Kopf und blickte ihr erstaunt in das bleiche Gesicht. Es dauerte lange, bis er sich zu einer Antwort entschloss. Lüstern leckte er sich über die

Lippen, zynische Überlegenheit und brutale Geilheit funkelten in den kalten Augen. Maria wurde klar, dass dieser Mann nur seinen Spaß wollte. Von ihm war kein Erbarmen zu erwarten, lediglich ein gleichermaßen verwerfliches Geschäft. Entrüstet und angeekelt wandte sie das Gesicht von ihm ab.

»Wir sollten es schnell hinter uns bringen, Barthold«, sagte er, indem er jede Bewegung Marias mit scharfem Auge verfolgte.

»Ihr sprecht mir aus der Seele«, erwiderte Krieger. »Seid Ihr bereit, Meister David?«

David nickte stumm und trat hinter die Hexe. Schweigend erwartete er den Befehl. Drohend und mit unbeweglicher Miene stand er hinter dem gebrechlichen Weib, bereit, auch den letzten Rest von ihr zu vernichten.

»Maria Blattgerste, ich frage ein letztes Mal, bekennt Ihr vor Gott, unserem Herrn, gemeinsam mit der Rampendahlschen Euren Ehemann und Euren Bruder Johann mit Gift getötet zu haben? Ist es wahr, dass die Rampendahlsche eine famose Zauberin ist, die Euch in die Zunft gebracht und Euch das Zaubern gelehrt hat? Zugleich weise ich Euch darauf hin, dass Ihr den Umständen nach schuldig seid und Euch keineswegs reinwaschen könnt. Gesteht darum lieber die Wahrheit, als dass Ihr Euch selbst Eure Strafe durch eine peinliche Befragung verdoppelt.«

Vor Angst gebannt, hingen Marias Augen an dem Wesen, das irgendwann einmal ein Mensch gewesen war. Die Gefangene hielt noch immer schweigend den Kopf gesenkt, schien zu überlegen, falls ihr Geist dazu noch fähig war. Cothmann dauerte die Antwort zu lange, und er gab David das Zeichen zum Beginn der Folter: »Zeigt Ihr den Knebel, Meister David, und erklärt ihn uns.« Wieder suchte sein Blick Marias Gesicht. Kalt lächelnd vergewisserte er sich, dass sie auch zusah.

Der Knecht mit dem Pferdegesicht trat aus der Ecke, wo er für die Prozedur Schwefel über dem Schmiedefeuer erhitzt hatte. Mit seinen großen schwieligen Händen packte er die zappelnde Gefangene und warf sie auf die Streckbank. An deren oberem Ende presste er ihre Handgelenke jeweils links und rechts in eine eiserne Fessel über einem Rundholz. Während er zum unteren Ende hinkte, wo er ihr, nachdem er ihr das Hemd vom Leibe gerissen hatte, die Füße mit einem Seil über einer Winde verknotete, redete Meister

David der Blattgerste scharf zu. Seine Stimme klang fremd und hohl. Krieger hatte derweil ein Pergament entrollt und verlas die Anklagepunkte.

Die Blattgerste schwieg noch immer, doch ihr Blick richtete sich jetzt auf Maria. Vor Qual rollten ihr die Augäpfel weit aus den Höhlen, und ihre Lippen zitterten heftig.

Meister David hielt ihr das Ohr an die Lippen, um ihre Worte besser zu verstehen. Enttäuscht blickte er zum Richter und zuckte mit den breiten Schultern. »Sie ist verstockt und hält Zwiesprache mit dem Teufel«, knurrte er. Abermals beugte er sich zu ihr hinab und erklärte ihr: »Wir kommen jetzt zur ersten Phase der Tortur. Mein Knecht wird dir jetzt einen Strick um den Hals legen und die Maulsperre anpassen, um den Teufel aus dir herauszulocken, damit er seine Missetaten bekenne. Dazu wird dir dieser hölzerne Knebel in den Mund geschoben und mittels einer Zwinge so weit gedreht, bis dir die Mundwinkel reißen. Solltest du weiterhin hartnäckig leugnen, werde ich dir den Trichter tief in den Hals drücken und Wasser einfüllen, bis du blau wirst wie ein Affe und bekennst!« Dröhnend hallten seine Worte von den Felswänden wieder.

»Nein, Meister David, kein Wasser! Gießt ihr diesmal Pferdepisse in den Rachen.« Cothmann feixte hämisch. »Die ist angebrachter für diese Hure!«

An seinen glänzenden Augen sah Maria, wie sehr er sich an dem gemarterten Körper weidete. Er hatte sich weit über den Tisch gebeugt, um mit einer Mischung aus Ekel und Lüsternheit der Prozedur beizuwohnen. Amüsiert, als wäre er auf einem Turnier, betrachtete er gierig die wie leere Haferbeutel herabhängenden Brüste, die aus dem Becken ragenden Knochen und die vor Angst verzerrten bleichen Züge.

Als der Knecht den Hals der Blattgerste mit dem Seil stranguliert hatte, dass sie gerade noch so viel Luft bekam, um dem Richter die Antwort zu geben, die er hören wollte, sagte David: »Fertig, die Hexe kann sich nicht mehr rühren. Sie ist bereit zur peinlichen Befragung.«

Die Knechte traten zurück und überließen nun dem Meister das Handwerk. Schnell griff Cothmann nach Marias Hand und belauerte sie mit geneigtem Kopf. »Was haltet Ihr von Pferdepisse? Ich habe mir sagen lassen, dass sie Eurer Freundin die Verstocktheit herausbeizen wird. Die so verhörten Hexen sollen nach der Prozedur den halben Magen ausgekotzt haben.«

Prompt übergab sich auch Maria auf den Boden.

»Hexe«, zischte Cothmann. Seine Strategie trug Früchte. Da er David das Zeichen zum Beginn gab, kreischte die Gefangene, als würde sie gerade aus einem bösen Traum erwachen: »Ich habe Euch doch alles freiwillig gesagt, was ich weiß, Ihr Herren! Bitte, bindet mich los! Ich will gern sterben und gern Ja sagen, wenn die Herren es auf Ihr Gewissen nehmen!« Irre blickte sie wieder zu Maria und schrie: »Da steht sie doch, die Hexe …! Sie, diese Teufelshure, ist an allem schuld!«

»Versündige dich nicht«, fiel ihr Maria flehentlich ins Wort. Sie zitterte am ganzen Körper. Angesichts der qualvollen Tortur schien ihr in diesem Augenblick selbst der Beischlaf mit dem verhassten Richter weniger grauenvoll. »Die Herren legen dir die falschen Worte in den Mund! Maria, so besinne dich doch! Du hast meinen Bruder geliebt. Wir haben dir nie etwas Böses gewollt. Du weißt, wie Caspar gestorben ist, und Gott weiß es auch. Versündige dich nicht vor ihm! Und dein Ehemann war krank, Maria, niemand hat ihn vergiftet! Du bist ebenso wenig eine Hexe wie ich!«

Die eindringlichen Worte verfehlten ihre Wirkung nicht. Sie brachten die Blattgerste durcheinander, verwirrten sie. Es dauerte endlose Minuten, bis sie erneut die Augäpfel verdrehte und röchelnd widerrief: »O Jesus, ich habe es nicht getan, ich habe es nicht getan. Wenn ich es getan hätte, wollte ich gern bekennen! Herr Richter, lasst mich nur unschuldig richten!«

In diesem Moment rammte ihr David den Trichter tief in den Mund. Der magere Körper bäumte sich in wilden Zuckungen auf, der Teufel fuhr in sie und verlieh ihr ungeahnte Kräfte. Die Stricke drohten zu zerreißen. Fast gleichzeitig stürzten sich die Knechte auf sie, während David aus einem Holzzuber einen kräftigen Schwall der stinkenden gelben Brühe hinterherkippte.

Der spitze Adamsapfel der Blattgerste bewegte sich zweimal, dann gurgelte sie laut und kotzte die Brühe in einer Fontäne wieder heraus. Sie verdrehte die Augen so, dass das Weiße in den Höhlen gespenstisch leuchtete.

Sofort hielt David inne und goss ihr aus dem Eimer, der neben ihm stand, Wasser über das Gesicht, um sie ins Leben zurückzuholen. Als sie ihn, wieder bei Sinnen, verwirrt ansah, ergriff er das Rad an der Streckbank und begann, den Blick seelenlos auf sein Opfer gerichtet, langsam das Holz zu drehen, das ein knarrendes Geräusch von sich gab.

Den markerschütternden Schrei der Blattgerste, als David ihre Füße über die Winde zog und ihr Körper so platt wurde, dass er Ähnlichkeit mit einer abgewetzten Pferdedecke hatte, vernahm Maria schon nicht mehr. Sie war ohnmächtig neben dem Richtertisch zusammengebrochen.

Das Brot lag ebenso unberührt auf dem Boden wie der Krug mit Wasser, der vor ihr stand. Breitbeinig saß sie davor und sang leise vor sich hin. Es war ein Wiegenlied aus ihrer Kinderzeit, das ihr die Großmutter jeden Abend vor dem Schlafengehen vorgesungen hatte. Kaum hörbar und stockend formte sie Wort für Wort und ließ sie dann langsam zu einer Melodie verschmelzen. Beten wollte sie nicht, denn Gott hatte ihr nicht beigestanden.

Seit einer Woche saß sie nun schon in dem Kerker, der ihr kaum Platz ließ, aufrecht zu gehen, geschweige denn zu stehen. Bis auf ein kleines Loch in der Felswand, durch das sich ab und zu ein winziger Sonnenstrahl stahl, herrschte trübe Dämmrigkeit im Kerker. Maria fror am ganzen Körper. Der glitschige Boden unter ihr war feucht, und von den kantigen Felswänden starrten ihr die verzweifelten Botschaften anderer unschuldig Verurteilter entgegen, die mit ungelenken Händen in die Wände geritzt worden waren.

Ihre Kleider waren steif vor Schmutz, und das rotgoldene Haar hing ihr nass, verklebt und strähnig ins Gesicht. Sie sehnte sich nach einem Bad. Seit Tagen schon hatte sie ihre Notdurft auf dem Boden des Kerkers verrichtet. Unter normalen Umständen hätte sie sich vor sich selbst geekelt, doch hier, in dem modrigen, stinkenden Loch, war ihr alles egal.

Erst seit diesem Morgen – sie vermochte die Zeit nur anhand der wandernden Sonne hinter dem Loch abzuschätzen – konnte sie wieder hoffen. Zum ersten Mal hatte der Hohe Rat sich gnädig gezeigt und Hermann zu ihr vorgelassen. Sie lächelte bei dem Gedanken, wie schön er ausgesehen hatte. Extra für sie hatte er Puder aufgelegt. Noch nie hatte sie ihn so männlich erlebt. In der Barbierstube, wenn er stets mit blutbefleckter Schürze, in Hemdsärmeln und im

Lederkoller arbeitete, hatte sie sich manchmal heimlich vorgestellt, wie ihr Mann wohl als fein gekleideter Edelmann aussehen würde. Sie waren reich, sie verkehrten in den oberen Schichten, eigentlich konnten sie es sich leisten. Aber Hermann hatte immer nur gearbeitet. »Für unsere Kinder«, waren seine Worte gewesen, wenn sie ihn manchmal darum gebeten hatte, eine der zahlreichen Einladungen der Oberschicht anzunehmen, und er stattdessen lieber seinem Beruf nachgegangen war.

Erst in der schmerzlichsten Stunde ihres Lebens hatte ihn die Liebe bewogen, im dunkelblauen Überrock aus feinstem Brokat und mit golddurchwirkten Ärmelaufschlägen, unter denen die kostbare Spitze des Hemdes hervorblitzte, vor ihr zu erscheinen. Ein anrührender Liebesbeweis. Nur zu gut wusste sie, wie sehr er das Tragen einer Perücke verabscheute. »Der falsche Pelz ist hinderlich bei der Arbeit, und man schwitzt darunter wie ein Schwein«, hatte er immer wieder als Entschuldigung vorgebracht.

In der braunen, wallenden Allonge-Haarpracht war er ihr zuerst etwas befremdlich erschienen. Seltsam. Es war ihr vorgekommen, als hätten sie sich Jahre nicht gesehen. Erschrocken und verwirrt hatte sie sich vor dem fremden Edelmann in das Innere des Kerkers zurückgezogen. Erst als er die Arme ausbreitete und sie zärtlich mit der von ihr so geliebten dunklen Stimme aufforderte, zu ihrem Ehemann zu treten, hatte sie ihre Scheu überwunden und sich mit einem Aufschrei der Erleichterung an seine Brust geworfen.

Endlich konnte sie dem Druck nachgeben und weinen. Bis dahin war ihr keine einzige Träne über die Wangen gelaufen, hatte sie Cothmann die Stirn geboten, indem sie die Nahrung verweigerte, und halsstarrig ihre Unschuld beteuert. Kraft schöpfte sie nur aus der Hoffnung, dass sich eines Tages der Schlüssel im Schloss drehen und sie das Verlies hocherhobenen Hauptes wieder verlassen würde.

Doch die Gegenüberstellung mit der Blattgerste und das Warten mutterseelenallein im Kerker, ohne zu wissen, wie es Mann und Kindern draußen erging, hatten an ihren Kräften gezehrt.

Taktvoll hatte Hermann gewartet, bis der Tränenfluss versiegt war und sie sich beruhigt hatte. Sanft strich er ihr immer wieder über das Haar und flüsterte ihr Koseworte ins Ohr, dass er sie liebe und immer zu ihr stehen werde, egal, was auch geschehe. Dicht an seinen Körper gepresst, nahm sie seine Wärme in sich auf, bis sie ganz ruhig wurde und er ihren tränennassen Mund mit wilden Küssen verschloss. Küssen, nach denen sie sich in den einsamen Nächten im Turm so gesehnt hatte. Als er ihr Gesicht zwischen seine schmalen Hände nahm, konnte sie in den sanften Augen deutlich lesen, wie sehr er sich beherrschen musste und wie sehr er mit ihr litt.

»Maria, es besteht Hoffnung«, sagte er lächelnd. Ein Lächeln voller Zuversicht. »Ich habe mit der Hilfe des Notars Adam Roleman Zeugen aufgetrieben, welche die Beschuldigungen der Blattgerste gegen dich Lügen strafen. Ebenso haben wir ein Gnadengesuch an den Rat und ein Gutachten über den Fall bei der Juristenfakultät der Universität in Rinteln eingereicht. Wir fordern deine Freilassung, und die Chancen auf die Bewilligung sind gut. Viele Bürger stehen hinter uns, sie stehen alle auf deiner Seite. Aber du musst noch stark sein und nicht den Mut verlieren!«

Das waren gute Nachrichten, aber am meisten freute es sie, dass es den Kindern gut ging und sie ihre Mutter alsbald erwarteten. Als Hermann stockend von Ilsabeins Verletzung berichtete, wollte sie wieder anfangen zu weinen, doch er erstickte die aufsteigenden Tränen in einem langen, heißen, nie versiegenden Kuss. »Um deine Schwester brauchst du dir keine Sorgen zu machen, andernfalls wäre sie keine Rampendahl. Ilsabein ist wieder wohlauf. Meister David hat ihr die Kugel herausgeschnitten und sie wohlbehalten bei deinem Vater abgeliefert. Gestern erst hat sie ihre Magd mit deinen Kleidern ausstaffiert und sie unter die Leute geschickt, um den Magistrat und andere Leute nachzuäffen. Sie musste zwölf Taler Brüchtenstrafe zahlen, aber die waren es ihr wert.«

Hermann, ihr Liebster, der Ehemann und Vater ihrer Kinder, hatte es geschafft, sie aufzuheitern, und ihr neuen Mut gegeben. Zum Abschied legte er die Hände um ihre Hüften und versicherte ihr, dass die gesamte Familie unerschütterlich hinter ihr stünde und schon seit vier Tagen geschlossen vor dem Turm ausharre. Er wollte ihr noch einmal klarmachen, dass sie in ihrer Not nicht allein war und die ganze Familie um sie kämpfen würde. Im gleichen Atemzug riet er ihr, dem Richter einen Bittbrief zu schreiben. Zum Aufsetzen des Briefes ließ er ihr eine goldene Feder und einen Flakon mit blauer Tinte ins Verlies bringen.

Gleich nachdem er sie verlassen hatte, hatte sie die Feder in die Tinte getaucht und den Brief an Cothmann geschrieben. Der letzte Strahl der untergehenden Sonne hatte ihr Licht gespendet. Auf dem glitschigen, kalten Boden kniend, schrieb sie: »*Wegen der über mich verbreiteten Verleumdungen möchte ich in gerechter und erlaubter Weise gegen Euch klagen und halte Euch demnach so lange für einen verlogenen Mann, einen Schelm und Zauberer, bis Ihr die zu meinem äußersten Unglück angeführten Dinge der Gebühr rechtens gegen mich erweist. Wenn Ihr ein ehrlicher Mann seid, so macht Euer Vorhaben von mir an einem unparteiischen Ort wahr. Ich will Euch keinen Fuß breit weichen, sondern Euer Vorhaben mit Freuden erwarten. Sofern Ihr eigenmächtig handelt, versichere ich Euch, dass ich Eure Bosheit zur Rettung meiner Unschuld der ganzen Welt kundmachen werde. Ich werde Euch so lange für einen Erzcalumianten und Ehrendieb halten, bis Ihr mir rechtens nachweist, dass ich eine Hexe bin.*«

Das Leuchten vergangener Tage war in ihre Augen zurückgekehrt. In Gedanken versunken, brach sie einen Krümel aus dem harten Brot, tunkte ihn bedächtig in das Wasser, bis er sich vollgesogen hatte, und legte ihn sich dann in den Mund. Versonnen lächelte sie vor sich hin. Die heilige Magdalena hätte in diesem Augenblick nicht schöner aussehen können.

Über den Steinboden huschten kleine graue Schatten. Anfangs hatte sie die Ratten noch gezählt, jetzt war sie dem überdrüssig und warf ihnen stattdessen den Rest des trockenen Brotes hin. Dazu zerkrümelte sie es und warf die einzelnen Krümel vor die gegenüberliegende Felswand, damit sie von den Tieren nicht wieder im Schlaf gestört werden würde. Die Biester hatten es auf den Stoff ihres Kleides und ihre Strümpfe abgesehen. Die Schuhe und die haarige Decke, die der Kerkermeister ihr großzügig überlassen hatte, waren bereits durchlöchert.

Quiekend stürzten sich die Nager auf die Krümel und balgten sich lautstark um jedes noch so kleine Stück. Einige stellten sich auf die Hinterpfoten und trommelten sich gegenseitig mit den Vorderpfoten gegen die haarigen grauen Leiber, andere verbissen sich heftig ineinander, bis sie blutend voneinander ließen. Ihre spitzen Zähne rissen tiefe Löcher in den Pelz des Gegners. Regungslos sah Maria zu, wie sie sich an den Hinterteilen beschnüffelten, aufeinandersprangen und sich mit kurzen, ruckartigen Bewegungen paarten. Das taten sie immer, wenn sie etwas gefressen hatten. Ihre nackte rosige Brut lag überall auf dem glitschigen Boden, vergraben unter hellem, weichem Flaum. »Ganz wie die Menschen«, murmelte sie nachdenklich und warf ihren Schuh dazwischen, sodass die Nager quietschend auseinanderfuhren.

Sie erwachte aus ihrer Erstarrung, als sich der Schlüssel im Schloss hinter ihr drehte und das ohrenbetäubende Quietschen das Gequieke der Ratten übertönte. Erschrocken sprang Maria auf und starrte gebannt auf die niedrige Eisentür. Hinter der vergitterten Klappe erschien ein Gesicht. Seit Hermanns Besuch mussten mehrere Stunden vergangen sein, denn die Sonne war bereits untergegangen. Was konnte man um diese Zeit noch von ihr wollen? Mit einem unguten Gefühl zog sie sich tiefer in den Kerker zurück.

In der Folterkammer saß ein einsamer Mann am Richtertisch. Längst waren die Fackeln erloschen, nur das Talglicht auf dem Tisch glomm noch. Es würde nicht mehr lange dauern, bis es sein kurzes Leben aushauchte wie all die anderen zuvor. Längst waren die Schreie der Blattgerste verklungen, und nur die düsteren Mauern der Folterkammer, stumme Zeugen der Tortur, hätten von den grausamen Qualen zu berichten vermocht, die den Menschen innerhalb dieser Mauern widerfuhren. Alles, was diese an Flüchen und Verwünschungen schon gehört hatten, an Stöhnen und Todesröcheln, hätte längst den Staub aus ihren Fugen rieseln lassen müssen. Doch anders als die Häuser in der Stadt, die Augen und Ohren hatten, waren diese Mauern als Bollwerk gegen den Teufel gebaut worden. Meterdick schluckten sie jeden Schall.

Die Schultern des Mannes zuckten. Sein Kopf war auf den Tisch gesunken, das Gesicht hatte er in den Armen vergraben. Er weinte. David war am Ende seiner Kräfte, doch niemand hörte sein Schluchzen, sein haltloses Wimmern und qualvolles Aufstöhnen, als er sein Leben und sein grausames Handwerk verfluchte.

Der Henker war zum Opfer geworden, zum Opfer seiner eigenen Machtlosigkeit. Der Mensch in ihm wand sich unter Schmerzen, brüllte wie ein Affe und wimmerte wie ein Kind, das um Liebe und Vergebung bettelte. Was er nie für möglich gehalten hätte, war eingetroffen: Die zwei Seiten seiner Seele waren aufeinandergetroffen und fochten nun wie zwei geharnischte Ritter um Leben und Tod.

»Maria! Oh ... Maria!«, brüllte er, und die Mauern warfen seinen Schmerz auf ihn zurück. Mit einem ohnmächtigen Schrei auf den Lippen sprang er auf, raufte sich wild die langen Haare, schlug mit dem Kopf gegen die Felswand und trat mit dem Fuß gegen den Tisch. Aber er bekam keine Antwort. »Ich kann es nicht tun! Herrgott, ich kann sie nicht foltern!«, brüllte er und drohte dem schimmligen Felsgestein mit der kräftigen Faust.

In diesem Moment hätte er am liebsten Gott und den Teufel erwürgt. Er gebärdete sich wie ein Wolf, der ein Leben lang eingesperrt gewesen war und nun wild gegen alles anraste, was sich ihm entgegenstellte. Blindwütig stürzte sich David auf die Folterwerkzeuge und warf sie einzeln gegen die Wände, die von seinem Zorn erbebten, aber stumm blieben. Er wollte mit Maria leben. Ihren herrlichen Körper berühren, ihr goldenes Haar streicheln, ihre Brüste liebkosen und ihre Füße küssen. Er verzehrte sich nach ihr.

Entschlossen packte er das Richtschwert, das bisher von seinen Verwüstungen verschont geblieben war. Der Respekt vor seinem Handwerk verbot ihm, ohne Begründung Hand an die Waffe zu legen. Im Gegensatz zu den von grausamen Menschenhirnen erfundenen Folterwerkzeugen war das todbringende Schwert für ihn heilig, vom Urgroßvater an den Großvater und vom Großvater an den Vater weitergegeben worden. Einst hatte er es blutjung aus den Händen des sterbenden Vaters empfangen. Jetzt packte er es und schwang es drohend über dem Kopf. Nur einer konnte dieses hart geschmiedete Schwert anheben: er, David Claussen, der Henker von Lemgo. Laut brüllte er, dass die Mauern erzitterten: »Hermann Cothmann! Ich, der Henker von Lemgo, fordere dich heraus! Mann gegen Mann! Ich werde dir mit diesem Schwert und einem sauberen Schnitt den Schädel vom Rumpf trennen! Im Gegensatz zu den vielen Unschuldigen in diesen Mauern, die durch deinen Urteilsspruch in der Verdammnis schmoren, wirst du nicht leiden, das verspreche ich dir! Denn ich bin ein nur allzu gerechter Nachrichter, der sein Handwerk versteht!«

Mit hocherhobenem Schwert raste er durch die Tür. Wut lenkte seine Schritte, und er hastete durch das Labyrinth der Gänge, ohne recht zu wissen, wohin ihn seine Beine trugen. Erst die riesige Tür zu dem Gewölbe, in dem die verurteilten Hexen untergebracht waren, stoppte seinen Lauf. Er trat mit dem Fuß dagegen, sodass die Schlösser krachend aus den Fugen sprangen und der Kerkermeister verstört sein Heil in einer Mauernische suchte. Der verwirrte, sich wild gebärdende Henker jagte ihm Todesangst ein. In seinem Versteck betete er auf Knien zum Herrgott, dass er ihn von diesem teuflischen Spuk befreien möge. Doch als er den Blick flehentlich zum dunklen Gewölbehimmel richtete, blickte er in Davids feuersprühende Augen. Abwehrend hielt er die Arme über dem Kopf, eine Geste, die David auf den Boden der Tatsachen zurückholte.

»Steh auf, mein alter Freund, du musst keine Furcht vor mir haben. Ich bin es nur!«

Der Mann warf sich vor ihm auf die Knie und küsste ihm überschwänglich die Füße. Mit zitternder Stimme sagte er: »Ich glaubte schon, der Leibhaftige rase durch die Gänge. Dem Herrn sei Dank, dass Ihr es seid, Meister!«

Beschämt, dass er dem Kerkermeister Angst eingejagt hatte, bückte sich David zu ihm hinab. Lautlos erhob sich der Mann. Er war wesentlich kleiner als David, aber breit wie ein Eichenschrank. In ledernen Hosen und mit in Hundefell gewickelten Füßen stand er vor ihm. Unter dem Kettenharnisch trug er ein grobes Leinenhemd und gegen die feuchte Kälte in den Mauern ein Katzenfell über den Schultern. Aus einem Wald von gelblich grauen Haaren starrten David zwei vor Schreck geweitete Augen entgegen und ein Schlitz, der Ähnlichkeit mit einem Mund hatte.

»Schon gut, Peter«, murmelte er, darüber verärgert, dass er sich derart hatte gehen lassen. Doch schon kurz darauf überkamen ihn wieder Trauer und Wut. Verloren blickte er auf das Schwert in seinen Händen. »Was würdest du tun, wenn du das Weib, das du liebst, töten müsstest? Würdest du der Anweisung Folge leisten? Und ist das alles hier denn überhaupt mit Gottes Gesetzen vereinbar?«

David wusste nicht, warum er gerade dem Kerkermeister diese Frage stellte – aber an wen sonst sollte er sich wenden? Peter war wie die Mauern, die ihn umgaben: An ihm prallte jeder Laut ab. Schon seit Jahren hatte er kein Tageslicht mehr gesehen, die Gänge und der Kerker waren sein Reich. Treuer ergeben als er konnte nicht einmal ein Hund sein. Früher, vor vielen Jahren, hatte er einst seine Zuflucht bei David gesucht und gefunden. Der Henker entsann sich eines schmächtigen, blonden Jungen, der von Kerckmanns Häschern gejagt wurde und ihm direkt vors Pferd lief. Der Bengel kam gerade aus dem Detmolder Zuchthaus. Am Ende seiner Kräfte, lief er auf mageren Beinen in einem zerfetzten Sackkleid um sein Leben, der Tod blickte ihm bereits aus den Augen. Der Scheiterhaufen war dem entlaufenen Hexenkind sicher gewesen, so gewiss wie das Amen in der Kirche.

Es war nicht Mitleid gewesen, das ihn damals hatte handeln lassen. Zu dieser Zeit war David solcher Gefühle für die Hexenbrut noch nicht fähig gewesen. Allein durch Marias Kuss, den er wenige Minuten zuvor empfangen hatte, war er so beseelt gewesen, dass er sich in Hochstimmung befand, die er nicht mit einem Schwertstreich hatte auslöschen wollen. Also zog er den Jungen gnädig zu sich in den Sattel herauf und versteckte ihn hier unten im Gewölbe. In einem Grab für die Ewigkeit. Von diesem Tag an war der heimatlose Hexenjunge Peter Grönspan sein treuester Knecht gewesen.

»Herr, Ihr seid doch der Henker, wie soll da ausgerechnet ich, Euer treu ergebener Knecht, Euch etwas raten?« Noch immer forschte er ängstlich in Davids Augen. Zu gut kannte er seinen unberechenbaren Charakter. Drei Mal schon hatte er ihm mit einem einzigen Schlag seiner Faust die Nase zertrümmert. Sein Fehler, denn er hatte die Laune seines Herrn falsch eingeschätzt. Aber er wusste auch, dass David seine Taten im selben Augenblick schon bereut hatte und seiner wilden Unberechenbarkeit immer eine überschwängliche Sorge um seine Gesundheit folgte. Doch seine Nase war ihm mehr als teuer geworden. Vorsichtshalber hielt er jetzt schützend die Hand darüber.

»Vielleicht hilft in dieser Sache ja bereits ein köstlicher Moselwein weiter?« Er grinste ergeben, was jedoch in dem Wald grauer Barthaare unterging. »Ich glaube tatsächlich, Ihr braucht jemanden, der Euch wieder auf die Beine hilft. Ein lebender Toter wie ich ist zwar stumm für die Welt über ihm, doch Euch kann er mit seinem Rat vielleicht von Nutzen sein.« Er hatte die Worte vorsichtig gewählt und verbeugte sich nun unterwürfig.

David überlegte einen Augenblick, bevor er nickte und dem Knecht folgte. Sie liefen einen kurzen Gang entlang bis zu einer Holztür, die aus dunklem Eichenholz gefertigt und mit kunstvollen

Schnitzereien verziert war. Ein Hauch Bürgerlichkeit zwischen Eisentüren und Felsgestein. Beinahe grotesk hob sie sich von dem restlichen Gewölbe ab. Der Knecht stieß sie auf, und David trat hinter ihm gebückt hindurch. Der Raum wurde von Wandfackeln hell erleuchtet. Ein Bett, das mit verschiedenen Fellen überzogen war, stand an einer Seite, rechts daneben ein Tisch aus Paneelholz und ein ebensolcher Stuhl mit geschwungenen Armlehnen. In der Ecke gegenüber befand sich der Kamin, in dem ein Feuer glomm. Über ihm blinkten auf einem reichlich verzierten Regal fein geordnet Kannen, Töpfe und Krüge aus Zinn und Silber. David ließ es seinem Knecht hier unten an nichts fehlen.

Einladend wies der Kerkermeister auf einen der Stühle, nahm vom Regal zwei Becher und holte aus einem in den Fels gehauenen Wandschrank eine verstaubte Karaffe aus rotem Zinn. Mit leicht zitternden Fingern füllte er daraus Davids Becher und sagte, während er ihn aus den Augenwinkeln beobachtete: »Wisst Ihr noch, Meister David? Aus dieser Karaffe habt Ihr mir damals einen Schluck Wein eingeflößt, damit ich wieder zu Kräften komme. Heute beschwöre ich Euch, ebenfalls davon zu trinken. Der Wein wird Euch guttun, denn Euer Blick verrät mir, dass Eure Seele etwas Schweres bedrückt.«

David starrte nachdenklich in den Becher. Die Lider mit den dunklen Wimpern waren vom Weinen geschwollen. Der Knecht betrachtete ihn abwartend. Das Schwert hatte David quer über den Tisch gelegt, sodass er es im Blick hatte, als verspräche er sich von ihm die Antwort auf seine Ohnmacht. Zu gern würde er wieder der Henker sein, aber sosehr er auch versuchte, sich zusammenzureißen, er blieb der Mensch David – und ein zweifelnder und verliebter noch dazu.

Hilflos richtete er die dunklen Augen über den Becherrand auf das Haargestrüpp vor ihm. Peter Grönspan war um Jahre jünger, doch das Leben im Kerker hatte ihn nicht nur vor der Zeit altern lassen, sondern ihm offensichtlich auch eine Weisheit verliehen, um die David ihn manchmal beneidete.

»Ihr liebt sie sehr, die Hexe?«, fragte er und goss sich selbst den Inhalt des Bechers in die Öffnung inmitten der Barthaare.

»Mehr als mein Leben«, knurrte David. Wäre er nicht so mit sich beschäftigt gewesen, hätte er wohl darüber nachgedacht, woher der

Kerkermeister dies wusste. So aber drängten all die Zweifel, die ihn immer schon bedrückt hatten, aus ihm heraus. Nach dem nächsten Schluck Wein fragte er den Kerkermeister: »Glaubst du, dass ein Henker vor Gott Vergebung findet?« Er erhob sich und lief unruhig durch den Raum. »Ich werde sie nicht foltern, geschweige denn töten. Niemals. Niemand kann das von mir verlangen.«

Der Kerkermeister war ruhig sitzen geblieben und beobachtete David. Er erkannte den Henker nicht wieder. In dieser Gemütsverfassung durfte ihn die Welt außerhalb der Mauern niemals zu Gesicht bekommen.

»Setzt Euch, Meister«, forderte er ihn auf. »Der Wein wird Euch gleich beruhigen, doch wenn Ihr meine ehrliche Meinung dazu hören wollt: Ein Henker wird genauso wie ich weder vor Gott noch vor seiner eigenen Seele Vergebung finden!« Er staunte selbst über seinen Mut und beäugte Meister David ängstlich.

Als sei er gegen die Bohlen vor den Wänden gelaufen, hielt der Henker im Schritt inne. Überrascht blickte er seinen Knecht an. Hinter seiner Stirn arbeitete es, während die Zornesader auf der hohen Stirn anschwoll. Auch die Kerbe über der Nase vertiefte sich, doch der erwartete Ausbruch blieb aus. Schwer ließ sich David in den Stuhl zurückfallen und hielt seinem Knecht den Becher zum Nachfüllen hin. »Das glaubst du wirklich?«, fragte er zerknirscht. »Und dabei habe ich doch, nur um Gott gnädig zu stimmen, einen Kirchenstuhl in St. Nikolai gekauft.«

»Gott lässt sich nicht bestechen, Meister, und wenn man es genau betrachtet, so seid Ihr ein bezahlter Mörder. Euer Handwerk haben sich die hohen Herren gekauft. Für sie tötet Ihr die Delinquenten, und wir beide wissen genau, dass es sich dabei längst nicht nur um Mörder, Diebe und Hexen handelt – Ihr tötet auch Unschuldige. Viel zu viele von ihnen! Mit Eurem Gehorsam gegenüber Richter Cothmann brecht Ihr jeden Tag das wichtigste Gebot Gottes: Du sollst nicht töten. In Euren Augen und denjenigen Eurer Zunft ist das grausame Handwerk rechtens und ehrenhaft, und für den Richter und sein Gefolge bedeutet es Reichtum, Macht und Zeitvertreib, doch für die vielen unschuldigen Seelen ist es Mord. An die dreißig Jahre habt Ihr Eure Berufung mit Leidenschaft ausgeführt, habt um Loyalität zum Volk und zu den Herren gerungen, und doch seid Ihr als Diener eines noch grausameren Herrn zum

Mörder Unschuldiger geworden. Für Eure Sünden hat Gott Euch mit einer unerfüllten Liebe bestraft und Euch diese schwere Prüfung auferlegt.«

Demütig und in der Erwartung eines kolossalen Wutausbruchs senkte er den Blick. Doch stattdessen stöhnte David auf. Seine Worte klangen wie der Schrei eines waidwunden Adlers: »Aber was, Peter, was kann ich tun? Wie kann ich Gott versöhnlich stimmen und zudem Maria retten?«

Der Knecht erschrak. Der Henker war bleich in sich zusammengesunken. War er vielleicht doch zu weit gegangen? Vorsichtig griff er nach Davids Hand und antwortete listig: »Ich denke, für Euch ist noch nicht alles verloren. Ihr zählt jetzt über fünfzig Jahre. Eure Tage werden kürzer, Eure Kraft wird versiegen und Euer Leib welken, doch Ihr habt ein Herz, David. Vielleicht ein Fehler für einen Scharfrichter, aber oft genug in Eurem Leben habt Ihr dieses Herz sprechen lassen. Ich verdanke Euch beispielsweise mein Leben. Und deshalb rate ich Euch: Hört auf Euer Herz! Dieser Teil Eures Körpers gehört nicht dem Henker, das Herz gehört dem Menschen David. Ihm kann niemand befehlen, nur Ihr selbst!«

Der Henker hatte seinem Knecht ruhig zugehört. Die dunklen, schwermütigen Augen waren nachdenklich auf ihn gerichtet, dann schob er plötzlich seine Rechte über die knochige Hand des Kerkermeisters. »Ich danke dir, Peter«, murmelte er ergriffen. »Und jetzt öffne mir ihre Tür!«

Er erhob sich und griff nach dem Schwert. Der Knecht lächelte verschmitzt und folgte ihm den Gang hinunter zu den Kerkern. An dessen Ende blieb er vor einer schweren Eisentür stehen und steckte den riesigen Schlüssel in das erste der fünf Schlösser.

David war an Dunkelheit und Dämmerlicht gewöhnt. Jetzt aber, nachdem die Tür hinter ihm zugefallen war, bereitete es ihm Mühe, seine Augen der Dunkelheit anzupassen. Verwirrt machte er einen Schritt nach vorn, bevor er unschlüssig auf der Stelle verharrte. Er sah nichts als die schwarzen Schatten der Felswände.

»Bring Fackeln, Peter!«, brüllte er in Richtung der Tür. »Außerdem Decken und etwas zu essen!« Er hatte eine schreckliche Vorahnung. Obwohl er sich seit der Folter der Blattgerste geschworen hatte, Maria zu ignorieren, da die Herren beschlossen hatten, sie zu richten, war er nun voll banger Erwartung, Furcht und Zweifel.

»Maria?« Als er noch einen Schritt nach vorn machte, quietschte es unter seinen Stiefeln. Erschrocken blickte er an seinen Beinkleidern hinab und hob den Fuß. Blut tropfte vom Stiefel, und etwas Kleines, Graues, Pelziges lag auf dem Boden. Ein winziger lebloser Teppich, von ihm zertreten. Hinter ihm rasselten erneut die Schlüssel, und Peter, der Kerkermeister, trat mit zwei Fackeln und einem Korb in den Händen in die Zelle. David nahm ihm die Fackeln ab und steckte sie links und rechts von der Tür in die Eisenringe an der Wand. Als er sich wieder umdrehte, stand sie plötzlich vor ihm. Übergroß und fiebrig glänzten die Augen in dem vertrauten Gesicht. Ein stummer Schrei lag auf seinen Lippen.

»Maria, Liebste, oh, Maria!« Erwartungsvoll breitete er die Arme aus, das Sprechen fiel ihm schwer. Er wollte ihr mehr sagen, wie schön sie war und wie sehr er diesen Augenblick herbeigesehnt hatte, doch der Kloß in der Kehle hinderte ihn daran. Er schluckte, doch der Schmerz kroch in seine Brust und hielt sie umklammert. Die Enttäuschung wurde zur Qual. Maria wich vor ihm wie vor einem Fremden ängstlich zurück in das Innere des Kerkers.

Ärgerlich spürte er Peters Atem in seinem Nacken. Die Anwesenheit des Knechtes störte ihn. »Verzieh dich und lass heute niemanden mehr zu ihr!« Entschlossen trat er auf Maria zu. Nur die Wand hinter ihr verhinderte, dass sie weiter vor ihm flüchtete.

»Komm zu mir«, murmelte der Henker in ihm fordernd und bestimmend. Ihr Haar glitzerte im Fackelschein, als seien unzählige Tautropfen hineingeflochten. Sie wirkte so zerbrechlich und war selbst hier, in dem düsteren Gemäuer, unsagbar schön. Der Hunger, das feuchte Gewölbe, die Angst und der Schmutz – nichts hatte ihrer Schönheit etwas anhaben können. Wie eine Blume im Grab, dachte er, und für einen Augenblick kamen ihm Zweifel, ob bei ihrem Anblick nicht doch Hexenzauber im Spiel war.

»Geh!«, klang es dunkel und ein wenig heiser aus ihrem Mund. »Geh weg von hier!« In ihren Augen blitzte etwas auf. War es Enttäuschung, Furcht, Hass oder Abwehr?

»Bitte, Maria, so hör mich doch an!«, bat David hilflos. Der Henker in ihm hatte noch nie um etwas gebeten, hatte sich immer genommen, was ihm gefiel. Doch für Maria war er bereit, notfalls auf die Knie zu fallen, wenn sie es von ihm verlangte.

»Du bist ein Scheusal, David! Du hast die Blattgerste gequält wie ein Tier! Warum nur, um alles in der Welt? Und bist du gekommen, um jetzt auch mich zu quälen – oder willst du das hier, Henker?« Sie trat von der Wand zurück, griff nach ihrem Kleid, zog es sich über den Kopf und stand im nächsten Moment nackt vor ihm.

David betrachtete schweigend ihren herrlichen Körper. Weiß wie glänzender Alabaster hob er sich von der dunklen Wand ab, wurde eingehüllt in einen Umhang aus rotgoldenem Haar. Maria war pure Sinnlichkeit in einer modrigen Gruft.

»Du bist mit Recht zornig auf mich«, bekannte er reumütig. Er bückte sich nach dem Kleid, hob es auf und reichte es ihr. »Ich habe dir einmal gesagt, dass du mir nie wieder unter die Augen treten sollst, weil ich wusste, dass es dich erschüttern würde, ansehen zu müssen, wozu ein Mensch fähig ist. Vor allem, wenn es der Mensch ist, den du zu lieben glaubst. Und ich weiß, dass du mich liebst, Maria. Glaube mir, meine Seele hat geblutet. Tausende von Tränen hat sie geweint, als ich dir in der Folterkammer gegenüberstand.«

»Was hat das jetzt alles noch für eine Bedeutung, David?« Maria hatte sich das Kleid wieder übergestreift. Die Furcht war aus ihren Augen gewichen. »Bald werde ich wieder frei sein, und dann werde ich dich aus meinem Herzen reißen. Wir werden uns nie wiedersehen.« Hocherhobenen Hauptes stand sie vor ihm.

»Und woher nimmst du diese Zuversicht?« Es schmerzte, sie so reden zu hören. Er bückte sich nach dem Korb, wühlte zwischen der Kanne mit Wein, zwei Broten, Pasteten und Salz.

»Mein Ehemann Hermann war heute Morgen bei mir. Er hat mich zuversichtlich gestimmt.«

Ihre Worte waren wie Dolchstöße. Jeder von ihnen traf sein Herz. Vielleicht war sie ja doch eine Hexe? Langsam richtete sich David wieder auf. Seine Augen suchten in ihrem Gesicht nach einer Emotion, doch vergeblich. Maria war stark. Aber war sie auch stark genug, seine Nachricht zu verkraften?

»Du irrst, Maria«, sagte er leise, während er sie ängstlich beobachtete. »Cothmann hat Hermann hintergangen. Dein Mann hat ihn unterschätzt, der Richter ist schlau und verschlagen wie ein Fuchs. Deshalb, meine Geliebte, bin ich zu dir gekommen. Er hat nicht, wie es sonst üblich ist, das Einverständnis zur Folter von der Universität Rinteln eingeholt. Nachdem ihm klar war, welche rechtlichen Schritte Euer Anwalt unternehmen wird, besorgte er sich die

Genehmigung von der Fakultät in Jena, wo er einflussreiche Freunde hat. Deine Bittschrift an ihn«, er wurde noch leiser, »hat er an seinen Vetter Diedrich ungelesen weitergeleitet. Der Hurensohn hat sie heute in den frühen Abendstunden, nachdem er sie öffentlich verlas, auf dem Marktplatz verbrennen lassen. Er hat dich und deine Familie verhöhnt. Morgen früh, noch vor dem ersten Hahnenschrei, soll ich dich holen, um dich der peinlichen Befragung zu unterziehen.«

Es war totenstill im Kerker. Nur die Ratten, die den Korb mit den Lebensmitteln in der Aussicht auf ein festliches Mahl umkreisten, piepsten leise. Da Maria nichts erwiderte und stumm blieb, schrie er: »Aber ich werde seine Anweisung nicht befolgen! Und wehe dir, wenn du doch eine Hexe bist und auch mich mit deinem Zauber behext hast. Dann werde ich dich mit meinen eigenen Händen töten, bei Gott! Mach endlich den Mund auf! Hast du dich auf dem Hexentanzplatz vergnügt? Hast du Menschen und Tiere mit deinem Hexenzauber vergiftet? Sag mir die Wahrheit oder lüge, wenn du es vor Gott verantworten kannst, aber rede mit mir, Maria!«

Mit allem hatte er gerechnet, damit, dass sie um sich schlug, schrie, kreischte und vor Angst ohnmächtig in sich zusammensank. Aber dass sie so regungslos und schweigend vor ihm stand, das hatte er nicht erwartet.

»Maria ... bitte sag etwas«, flehte er leise. Die Stille zermürbte ihn.

Stumme Schreie. Sie richtete die Augen auf den Boden, als könnte sie dort eine Erklärung finden. Sie schien keinen Gedanken fassen zu können. Davids Flehen erreichte sie nicht. Sie fühlte sich so leer und hilflos. Bedeutete dies wirklich das Ende ihres Lebens? Wo war all die Hoffnung hin? Die Hoffnung, die sie eben noch so zuversichtlich hatte sein lassen? Warum nur starrten ihr plötzlich die Großmutter Salmeke, der Schulmeister Beschoren und der Prediger Andreas mit traurigen Augen von den Wänden entgegen? Warum dachte sie ausgerechnet jetzt an die glühenden Liebesnächte mit Hermann? An ihre Kinder? Was sollte aus ihnen werden? Sie durfte ihnen doch den Schimpf nicht antun, eine verurteilte Hexe zur Mutter zu haben. Sie brauchten sie doch!

»Nein, David.« Plötzlich war es ihr, als würde ihre Stimme losgelöst von ihrem Körper sprechen. Eine Stimme wie aus dem Jenseits. »Ich bin keine Hexe. Gott ist mein Zeuge: Ich habe nie einem Menschen mit Zauberei ein Leid zugefügt. Aber du wirst mich foltern, so wie du die Blattgerste gefoltert hast. Ohne Rücksicht auf unsere Liebe.«

»Niemals!« Unbeherrscht hatte er sie an den Schultern gepackt und schüttelte sie. »Du bist von Sinnen! Niemals werde ich demjenigen Menschen Schmerzen zufügen, den ich von ganzem Herzen liebe.«

Sie hob die Lider. Ihr Blick war so verloren. »Wenn es so sein soll und Gott es will, wirst du auch mich töten. Du wirst Cothmann nicht die Genugtuung lassen, auch dich vernichtet zu haben.«

»Wir könnten fliehen. Alle Geheimgänge unterhalb des Turms sind mir bekannt. Einflussreiche Verwandte von mir wohnen in anderen Städten, in denen keine Hexen verbrannt werden. Komm mit mir, meine Liebste. Noch bin ich stark und kann dich beschützen.« Ungestüm riss er sie an seine Brust und bedeckte ihr Gesicht mit Küssen. Willenlos hing sie in seinen starken Armen, Tränen liefen ihr über das Gesicht. Es waren die seinen.

»Oh, David«, stöhnte sie unter seinen Küssen. »Aber was würde dann aus uns werden? Du würdest nie wieder in den Spiegel sehen können, denn du wärst nicht mehr der Henker von Lemgo. Es würde dich für alle Zeit deine Ehre kosten, gemeinsam mit einer Hexe zu fliehen. Wir wären auf ewig Gejagte. Niemals würden wir zur Ruhe kommen. Der Richter besitzt einen großen Einfluss auf den Grafen, dessen Häscher würden uns überall aufspüren. Und was sollte mit Hermann und meinen Kindern geschehen? Sollte ich etwa wie eine Hure weiterleben?«

»Wenn du so denkst, gibt es keine Hoffnung für uns.« Seine Stimme klang tonlos. Enttäuscht schob er sie einen Fuß breit von sich weg. »Ich kann ohne deine Liebe nicht mehr leben, Maria!« Verzweifelt suchte er in ihren Augen nach einem letzten Funken Hoffnung. Er war ein Bettler, ein Kind, das nach einem verlöschenden Stern griff.

Plötzlich sank er stöhnend vor ihr auf die Knie und umschlang mit seinen Armen ihren Schoß. »Maria, verdammt, du wirst sterben müssen. Unehrenhaft als Hexe auf dem Scheiterhaufen oder durch mein Schwert. Vielleicht als die Letzte in der langen Hexenliste der Cothmann-Ära. Willst du das wirklich? Vor drei Tagen habe ich die

Blattgerste hinrichten müssen. Sie hat geschrien wie ein Schwein unter der Axt. Hat gebettelt, Gott angefleht und widerrufen, aber alles war zu spät. Ich will dich nicht verlieren, Maria. Komm mit mir, bitte, komm zu Verstand!«

Beschwörend redete er auf sie ein, doch sie sah nur nachdenklich, fast versonnen, auf ihn hinunter. In einem schier immerwährenden Abschied tauchte sie in seine wilden Augen ein, sog seine Liebe in sich auf. Eine Liebe, nach der sie sich seit ihrer ersten Begegnung gesehnt hatte. Einem Impuls folgend, ließ sie sich neben ihn auf den Boden gleiten. Mit beiden Händen umklammerte sie sein Gesicht.

»Dann nimm mich, David! Nimm meine Liebe. Das Letzte, was ich dir in diesem Leben geben kann.«

Überrascht blickte David zur Seite. Ihr Angebot nahm ihm den Atem. Tu es nicht, entwürdige dich nicht, dachte er, hörte sich aber gleichzeitig mit trockener Kehle fragen: »Willst du das wirklich?«

»Wenn mir der Tod gewiss ist, David, dann will ich deine Liebe und deine Leidenschaft mit in den Tod nehmen! Nimm meinen Körper und streichle ihn so zärtlich, wie du dein Schwert streichelst, mit dem du mir morgen den Kopf vom Rumpf trennen wirst.«

Sie richtete sich so schnell auf, dass David nicht zurückweichen konnte. Mit einer Hand riss sie sich das Kleid vom Körper, mit der anderen strich sie das Haar zurück. Ihr nackter Leib wölbte sich ihm entgegen. Ein Körper, wie ihn kein Dichter beschreiben kann. David keuchte. Während sie ihm die Arme um den Nacken warf, zog er sich den Lederkoller vom Leib und ließ sich mit ihr zusammen sanft auf den Boden gleiten. Zärtlich zog er sie an seine nackte Brust, spürte ihre warme Nacktheit an seinem Körper und die feuchte Kühle unter sich, als sich ihre Lippen zu einem Kuss fanden, der alles in ihm verbrannte: die Vernunft, die Ehre und die Vorsicht. Er umarmte Maria wild, leidenschaftlich und zärtlich. Alle Scheiterhaufen dieser Welt hätten nicht das Feuer entzünden können, das ihre Leidenschaft in dieser Nacht entfachte, ihrer einzigen und letzten.

»Wollt Ihr Euch, Maria Rampendahl, Hermessens Eheweib, zu einem gütlichen Bekenntnis bequemen, oder gedenkt Ihr, anderweitig Eure Seele zu reinigen?«

»Der Teufel soll mich auf der Stelle holen, wenn ich eine Hexe bin! Niemals werde ich bekennen, weil ich unschuldig bin, auch wenn die Herren mich in Stücke reißen.«

Im schummrigen Licht der Fackel saßen hinter dem Richtertisch der Bürgermeister, der Stadtsekretär und vier ihr bekannte Ratsmänner, einschließlich des Kammerdieners Müller. Die Cothmannen! In schwarzen Gewändern mit weißen Perücken erschienen sie Maria wie Raben auf der Stange. Sie alle traten gegen sie als Zeugen auf. Auf ihren geschminkten Gesichtern spiegelten sich Neugierde und Furcht vor der Hexe wider.

Missmutig beäugte Krieger sie über den Rand einer goldenen, mit kleinen Edelsteinen besetzten Brille. »Wir haben Euch genügend Bedenkzeit gegeben, Maria. Warum zeigt Ihr Euch noch immer so verstockt?« Leise trommelten seine Finger auf die Tischplatte. Vor ihm lag die Akte mit der Anklageschrift. Sie war fast genauso dick wie das schwarze Buch daneben, die Liste aller besagten Hexen. Ein Stück weiter erkannte sie das kleine, in Leder gebundene Geschenk ihres Schulmeisters, zu Cothmanns rechter Hand lag das vermaledeite Strumpfband. Beide dienten als Beweisstücke teuflischer Herkunft, ausgegraben, um sie zu vernichten.

»Wenn Ihr Euch weiterhin weigert, uns die Wahrheit zu bekennen, Maria, dann werden wir jetzt zur peinlichen Befragung schreiten. Ein letztes Mal: Bekennt Ihr Euch schuldig?«

»Ich bleibe bei meiner Antwort: Ich bin keine Zaubersche. Selbst wenn Ihr mich zu Tode peinigt, Ihr hohen Herren, so bin ich doch unschuldig!«

Krieger beugte sich hinter vorgehaltener Hand zum Richter. »Wahrscheinlich fühlt sich die Ratsherrentochter noch immer sehr sicher. »Aber das Gefühl wird Ihr gleich vergehen«, grunzte Cothmann und erhob sich.

»Warum bekomme ich keinen Seelsorger als Beistand, so wie alle anderen Gefangenen?«, fragte sie ihn trotzig, als er um den Tisch herum langsam auf sie zutrat.

»Ihr habt noch immer ein recht flottes Mundwerk, Maria Rampendahl. Woher nehmt Ihr nur diese Kraft? Wenn Ihr keine Hexe wäret, würde ich vor Bewunderung meinen Hut vor Euch ziehen. Aber da die Sache nun einmal anders liegt, denke ich, dass der Teufel Euch weiterhin beistehen wird. Wir werden ihn also aus Euch herausfoltern müssen. Wie das geht, habt Ihr ja bereits mit eigenen Augen miterleben dürfen.« Er gab David das Zeichen.

Der Henker stand mit ihr zugekehrtem Rücken vor dem Schmiedefeuer. Im Schein der lodernden Flammen wirkte er wie eine lebendige Statue aus Stein. Die Fäuste hatte er aufgestützt, den Kopf mit dem langen Haupthaar gesenkt. Er war nicht fähig, die Folterwerkzeuge, die der Reihe nach zur Anwendung kommen sollten, zu ordnen. Sein Knecht beobachtete ihn mit besorgtem Pferdegesicht, bevor er, zwei schwere Eisenstiefel mit gespickten Dornen an einer Kette hinter sich herziehend, unschlüssig auf Maria zuschritt, um ihr anstelle des Meisters die Folterinstrumente vorzulegen. Er ächzte und wuchtete die schweren Stiefel vor ihre Füße.

»Bitte!« Cothmann wies zynisch auf den Stuhl vor der Felswand gleich neben ihr, der ebenfalls mit spitzen Dornen versehen war. »Ihr werdet doch jetzt nicht kneifen?«

»Ihr habt Euch das Gutachten von der falschen Universität besorgt, hoher Richter. Ihr werdet mir die Hexe nicht beweisen«, wandte Maria ein.

Cothmann ignorierte ihre Worte, grinste und schubste sie Richtung Stuhl. Ängstlich stützte sie sich an der Lehne ab. Die nadelspitzen Dornen berührten bereits den Stoff ihres Kleides. Maria brach der Schweiß aus. »Was ist nun, Meister David? Fühlt Ihr Euch nicht wohl? Wir möchten mit der Tortur beginnen.«

Langsam drehte sich David um. Schwerfällig kroch ihm sein größer werdender Schatten an der Felswand voraus. Dann stand er plötzlich vor ihr. Auf seinem muskulösen Körper glänzten noch die letzten Spuren ihrer leidenschaftlichen Liebe. Er trug keine Maske. Seine vor Kurzem noch so wilden, zärtlichen und leidenschaftlichen Augen flackerten seltsam fiebrig. Verzweifelt suchte sie in ihnen nach einem Zeichen. Wie würde er sich entscheiden? Doch er senkte verlegen den Blick und ließ ihr keinen Zugang zu seiner Seele. Stattdessen spannten sich die Muskeln unter seiner Haut und schwollen an wie bei einem Wolf, der zum tödlichen Sprung ansetzt.

Cothmann bemerkte das veränderte Verhalten des Henkers nicht. »Ach, und bevor ich es vergesse«, schnarrte er, »zuerst werdet Ihr der Hexe, wie es vorgeschrieben ist, die Haare vom Körper entfernen und sie auf Teufelsmale hin untersuchen. Solltet Ihr eines dieser schwarzen Muttermale entdecken, reißt es ihr mit glühenden Zangen heraus.« Die tief liegenden Augen des Richters flackerten lüstern. Der bloße Körper der Hexe war für ihn ein ganz besonderer Genuss. Der Henker blieb stumm.

Vorsichtig hatte Maria sich aus ihrer unbequemen Stellung erhoben. Ängstlich wich sie vor dem Knecht zurück, suchte nach Halt, griff ins Leere und taumelte. David fing sie auf. Für Sekunden spürte sie seine warmen Hände, dann riss ihr der Filler die Kleider vom Leib. Die Scham brannte wie Feuer, doch Davids Blick lag sanft und tröstend auf ihr. Er signalisierte: »Hab keine Angst, ich bin bei dir!« Gebannt hing sie an seinen Augen, suchte in ihnen den rettenden Hafen, die Kraft, um die Schmach zu überstehen.

Der Richter grinste und betrachtete ungeniert ihren Körper. Davids Unentschlossenheit reizte ihn, selbst Hand anzulegen. Er trat nahe an sie heran, um vor den Augen der anderen mit seinen behandschuhten Fingern ihre Brüste, ihre Hüften und ihren Schoß nach Teufelszeichen zu untersuchen, während der Knecht brutal ihre Beine spreizte, heißes flüssiges Wachs über die Schamhaare goss und sie dann schmerzhaft mit einem Messer herausriss.

»Keine Teufelsmale«, bemerkte er mit Bedauern, da er um ein besonderes Schauspiel gebracht worden war. In seinem Gesicht war die Enttäuschung abzulesen. »Waltet jetzt Eures Amtes, Henker!«, wandte er sich an David.

Das Stehen schien den Richter ermüdet zu haben. Er zog eine Grimasse und schleppte sich zum Sessel zurück. Ächzend ließ er sich in den Richterstuhl fallen. Extra für diese Prozedur hatte er sich den weicheren, bequemeren Lehnstuhl aus dem Rathaus holen lassen. Ein paarmal rutschte er auf der gepolsterten Sitzfläche hin und her, dann blickte er zu Krieger und stöhnte leise: »Seid Ihr bereit, das Protokoll zu schreiben?«

Krieger beobachtete ihn kritisch. »Sollen wir die Tortur besser verschieben, hoher Richter?«, fragte er besorgt.

Doch Cothmann winkte ab. »Es ist nur eine kurze Schwäche, mein Freund. Dem Teufel zu begegnen, fühle ich mich allemal stark genug.«

»Das Licht ist zu schwach, um das Protokoll ordnungsgemäß zu führen, hoher Richter«, wandte Krieger ein und verwies auf die flackernden, bis zur Hälfte heruntergebrannten Fackeln. »Soll ich noch Talglichter holen lassen?«

»Nicht nötig.« Cothmann schüttelte den Kopf. »Im Sinne einer zügigen Abwicklung sollte das Licht ausreichend sein.« Er hatte absichtlich keine Talglichter aufstellen lassen. »Was Ihr nicht genau erkennt, vermerkt Ihr, wir können es später immer noch nachtragen.«

Die Ratsherren und auch Krieger blickten erstaunt auf den Richter. Gerade was die Protokolle und das Urteil betraf, war Cothmann bisher immer besonders korrekt vorgegangen. Nicht das kleinste Detail durfte vergessen werden.

Was bewog ihn also plötzlich dazu, bei der Rampendahl so oberflächlich zu verfahren? Schon lange waren sie nicht mehr unbedingt einer Meinung mit dem Bürgermeister und billigten seine Vorgehensweise nicht in jedem Punkt. Doch ein Blick von ihm genügte, und sie wagten nicht, Kritik zu üben. Der kranke Mann besaß immer noch zu viel Macht.

Als Marias Haare Stück für Stück erbarmungslos der Schere des Knechtes zum Opfer fielen und den Steinboden unter ihr wie ein rotgoldener Teppich bedeckten, zog David ein Tuch aus dem Gürtel und verband ihr die Augen. Gleich danach spürte sie, wie er ihr die Hände auf dem Rücken zusammenschnürte. Seine Bewegungen waren hölzern, doch die Berührungen sanft. Noch immer hatte er kein Wort gesprochen.

»Zögert Ihr immer noch, Henker?«, hörte sie die schnarrende Stimme des Richters. »Legt ihr die Beinschrauben an. Dazu darf sich die Hexe ruhig setzen.«

Mit Grauen dachte Maria an den Stuhl, dessen spitze Dornen sich jeden Moment schmerzhaft durch ihre Schenkel und ihre Füße spießen würden.

»Seit wann muss ich Euch Euer Handwerk erklären, großer Meister? Wie es scheint, seid Ihr heute nicht so recht bei der Sache. Liegt es etwa an der Hexe Rampendahl? Hat sie Euch gar verhext?«

Cothmanns Ton war lauernd und zynisch. Neugierig erhob er sich wieder und stützte sich vorsichtshalber am Tisch ab. Er wollte keinen erneuten Schwächeanfall vor den Ratsherren riskieren. In seinen Augen waren sie nur dumme Lakaien, unfähig, einen Prozess ohne ihn zu führen. Er rang sich ein triumphierendes Grinsen ab.

Mit einer solchen Reaktion des Henkers hatte er gerechnet und war auf alles vorbereitet.

»Habt Ihr diesen Körper, dieses teuflische Kunstwerk, genossen und weigert Euch jetzt, es zu zerstören?«, fragte er mit gewichtiger Stimme. »Oder seid Ihr der Rampendahl etwa in Liebe zugetan?«

Er warf David einen stechenden Blick zu, der Macht demonstrierte und Gehorsam forderte. Davids Halsmuskeln traten hervor, seine Fäuste ballten sich. Maria hörte ihn bedrohlich mit den Zähnen knirschen.

»David«, raunte sie in die Dunkelheit, aus Furcht, er könnte wankelmütig werden. Die Angst um sein Wohl war stärker als die vor den nadelspitzen Dornen. »Gib ihm keine Chance, uns beide zu vernichten, David! Ich werde allem standhalten.«

Als er weiterhin schwieg, flehte sie ihn an: »Bitte, David, bei unserer Liebe, tu es endlich! Ich weiß, dass nicht du es bist, der mir Schmerzen zufügt.«

»Hört auf die Hexe, Henker!«, vernahm sie Cothmanns amüsierte Stimme. Er inszenierte die Situation wie ein Theaterstück und lenkte die Hauptdarsteller nach seinem Belieben. Interessiert verfolgte er das Schauspiel vor seinen Augen. »Ich könnte natürlich auch Euren Sohn rufen lassen, Henker. Ihr wäret dann in Unehren entlassen! Es liegt ganz in Eurer Hand.« Er wartete.

David stöhnte qualvoll auf. Mit jeder Faser ihres Körpers spürte Maria, wie sehr er sich beherrschen musste, um keinen Fehler zu begehen. Sie verzieh ihm seine Schwäche. Ein so starker Mann hatte bei Gott das Recht, ein einziges Mal in seinem Leben schwach zu sein. Dennoch ängstigte sie sich um ihn. Eine einzige Unbeherrschtheit, und sein Leben wäre wie das ihre für immer zerstört. Davids Gelenke knackten, er grunzte bedrohlich und schnaubte erregt durch die Nase. Ein wilder Stier, zur Weißglut gereizt. Plötzlich spürte sie seine feuchten Hände auf ihrem Arm. David hatte sich entschieden. Er war zu sich zurückgekehrt, war wieder der Henker von Lemgo.

Cothmann registrierte es mit Zufriedenheit. Er hatte von ihm nichts anderes erwartet, als dass er die Wichtigkeit seines Handwerks letztendlich doch über seine Gefühle stellte. Hätte er den Scharfrichter nicht so gehasst, so hätte er sich vor ihm verneigt.

»Wenn Ihr einverstanden seid, hoher Richter, beginne ich den *actus torturae* jetzt mit den Beinschrauben.« Davids Stimme war leer, ohne Leben. Sie hörte, wie er einen Stuhl unter sie schob. Für den Bruchteil einer Sekunde hielt sie die Luft an und überlegte, wie sie sich am besten setzen musste, um den Schmerz so gering wie möglich zu halten. Aber sie spürte keinen Schmerz. David hatte ihr einen einfachen Holzstuhl untergeschoben. Aufatmend lächelte sie ihm zu. Seine Haare streiften sanft ihre nackte Haut, und sein Atem war dicht an ihrem Ohr. »Steck deine Füße hier hinein«, murmelte er leise. »Ich werde ohne den Knecht weiterarbeiten und versuchen, sie weitgehend zu schonen. Bitte schreie nicht, wenn ich zudrücke«, flehte er. Im gleichen Moment packte er ihre Füße und schob sie in die Stiefel. Das Eisen fühlte sich kühl auf ihrer zarten Haut an.

Zunächst geschah nichts, dann spürte sie die Dornen. Von allen Seiten. Am Bein, unter der Fußsohle, zwischen den Zehen. Nadelspitze Eisendornen. Die Schellen quietschten. Als David an den Muttern drehte, zogen sich die Eisenplatten langsam zusammen.

Dann der Schmerz. Wie ein Orkan kam er über sie, flutete durch ihren Körper wie eine riesige Welle, lief von den Zehen ihre Unterschenkel hinauf und teilte sich auch der letzten, der kleinsten Faser ihres Leibes mit. Die Knochen des Schienbeins knackten, als die dolchartigen Dornen wie Mörser arbeiteten. Ganz langsam fraßen sie sich durch die empfindlichen Knochen. Maria hielt die Luft an. Der Schmerz jagte wie ein Schauer durch ihren Körper und brach ihr als kalter Schweiß aus allen Poren. Von weit entfernt vernahm sie die Stimme des Richters: »Fester, David!« Nach jedem Punkt der Anklage fragte er sie, ob sie bekenne, aber sie schüttelte hartnäckig den Kopf. Die Lippen hatte sie fest aufeinandergepresst, sodass kein Laut über ihre blutleeren Lippen drang.

Cothmann wurde ungeduldig. Er gab dem Henker das Zeichen, sie von hinten aufzuziehen. Ihre Beine waren taub vor Schmerz, als David sie aus den Stiefeln hob und ihren nackten Körper mit den am Rücken zusammengebundenen Händen über eine Winde auf die Leiter zog. »Halte noch einen Augenblick durch«, flüsterte er mit zitternder Stimme, »das Gerät wird dich in den Schlaf wiegen und dich von den Qualen befreien.«

Neue Schmerzwellen rasten durch ihren Körper. Die Schmerzen aus der Mitte, wo ihr Körper auseinandergerissen wurde, trafen auf die Pein, die von den oberen Gelenken aus ihren Leib erfasste, und vereinigten sich zu einer neuen unbeschreiblichen Höllenqual. Mit offenem Mund hing Maria in den Seilen. Ihr Kiefer verformte sich, jeder Gedanke schmerzte. Mit der letzten Kraft, die ihr Körper aufzubringen vermochte, dachte sie an die vergangene Nacht zurück. Sie musste sich ablenken, dem Schmerz keinen Zugang zu ihrem Bewusstsein erlauben. Noch einmal durchlebte sie die Wonnen in Davids Armen, ließ sich von seinen hemmungslosen Küssen ins Fegefeuer hinabziehen und auf den Schwingen seiner grenzenlosen Liebe davontragen. Eng umschlungen wälzten sich ihre nassen Körper auf dem harten Kerkerboden. Seine Leidenschaft raubte ihr den Atem. Seine Hände, sanft streichelnd und neugierig forschend, brachten ihren glühenden Körper zum Beben. »Ich liebe dich, Maria«, flüsterte er, während sich ihre heißen Leiber in Schweiß und unter Tränen zu einem vereinten. Sie spürte seine kraftvollen Bewegungen in sich, spürte seine Männlichkeit, hörte seine Schreie, als er sich in ihr ergoss, immer und immer wieder … und wusste, dass sie in dieser Nacht die Frucht seiner Lenden empfing.

»Wasser …«

Sie wollte schreien, doch ihre Zunge war zu schwer und fiel ihr in den Hals zurück. Sie blickte in Davids besorgte Augen. Er hielt einen Zuber mit klarem Wasser in den Händen. Das Tuch lag nicht mehr auf ihren Augen. David benetzte es und betupfte mit ihm vorsichtig ihre Wangen, die Stirn und den Mund. Wie wohl das tat! Sie wollte reden, hob den Kopf. Sie brachte keinen Ton hervor. Ihre Bemühungen endeten in einem Schwall unartikulierter Laute.

»Das Weib ist immer noch verstockt und will nicht bekennen«, drang es wie aus weiter Ferne an ihr Ohr. »Der Satan hat von ihr Besitz ergriffen und hält ihre Zunge, damit sie nicht reden kann!«

Sie kannte diese Augen, diese kalten, tief liegenden Augen, die jetzt in ihrem Gesichtsfeld erschienen. Cothmann hatte sich über sie gebeugt, sein Blick war gnadenlos. »Legt Ihr noch einmal die Stiefel an, Meister David!«

»Neiiin!« Ihr markerschütternder Schrei endete in einem Röcheln und war zugleich Erlösung. Mühevoll und unter qualvollen Schmerzen bewegte sie ihre Zunge. »Bitte, Ihr Herren, ich kann nicht bekennen. Ich bitte um Barmherzigkeit. Gebt mir Bedenkzeit und quält mich später weiter.«

»Sieh da, die Hexe ist schon wieder fähig, spitze Worte zu führen. Ganz offensichtlich ist sie das beste Beispiel dafür, wie stark und gefährlich der Teufel ist, meine Herren.« Cothmann hatte sich den Ratsherren zugewandt und blickte mit ungeduldiger Miene auf die Taschenuhr in seinen Händen. Er fror in dem Gewölbe und sehnte sich nach den warmen Öfen und den knisternden Kaminen in seinem Haus. Selbst das Wetter schien sich gegen ihn verschworen zu haben. Der Himmel schüttete unerwartet Schnee aus seinen Wolken über die Stadt und deckte die erwachende Natur mit einer weißen, eiskalten Decke zu.

Nachdem David ihr die Füße zum zweiten Mal zerquetscht hatte, zog er sie auf Befehl des Richters noch drei Mal auf die Leiter. Anfangs wimmerte sie und bat die Herren, doch barmherzig zu sein, dann erlöste sie eine Ohnmacht nach der anderen von den Qualen. Jedes Mal, wenn David sie mit einem Schwall Wasser wieder ins Leben zurückholte und Cothmann ihr die gleiche Frage stellte, sie dazu aufforderte, zu bekennen und ihre Seele zu reinigen, schüttelte sie den gemarterten Kopf. Als der Richter nach drei qualvollen Stunden endlich das Zeichen zum Aufhören gab, erwachte Maria wieder.

David band sie los und trug sie auf seinen starken Armen vorsichtig durch die Tür der Folterkammer. In der Kammer des Kerkermeisters bettete er sie sanft auf die Bank und deckte ihren Körper mit Fellen zu. Stühle wurden gerückt, Papier raschelte, und Degen klirrten am Gestein. Nebenan erhoben sich die Richter und Ratsmänner und rüsteten sich zum Aufbruch. Als ihre schweren Schritte in dem Gewölbe verklangen, Cothmann die mit Fuchsfell verbrämte Schaube enger um seine mageren Schultern zog und einen letzten triumphierenden Blick auf sein Opfer warf, hob Maria den Kopf und sah ihm mutig in die Augen.

Schwerfällig quälte sie sich ein Lächeln ab. »Ihr könnt gern zurückkommen, hoher Herr, und mich weitermartern, aber eine Hexe bin ich dennoch nicht und werde es auch niemals sein.«

Cothmanns Gesicht veränderte sich. Seine Lippen wurden schmal wie Striche, und um seine Mundwinkel zuckte es. Er machte eine Geste, die seine Enttäuschung verriet, und drehte sich abrupt um. Hastig, ohne noch einmal zurückzublicken, folgte er den Ratsherren.

Als die schwere Tür lautstark hinter ihm ins Schloss fiel, ging

David zurück in die Folterkammer und holte seinen Instrumentenkoffer. Er lüftete die Felle und besah sich mit gerunzelten Brauen die Wunden an Marias Beinen. Als ihre Blicke sich trafen, beugte er sich über sie. Behutsam strichen seine Hände über ihren kahlen Kopf, über das leichenblasse Gesicht und die blutleeren Lippen. Tief und lange sah er ihr in die Augen, dann begann es um seine Mundwinkel zu zucken, und sie spürte, dass ein Sturm in ihm tobte. Mit belegter Zunge und feucht schimmernden Augen sagte er: »Es gibt kein Verzeihen. Für das alles hier gibt es keine Vergebung. Der Mensch und Mann in mir ist zu schwach. Er hat gegen den Henker verloren.«

Er machte eine hilflose Bewegung. Die Schuld erdrückte ihn und hinderte ihn am Weitersprechen. Maria nahm sein Geständnis wie in einem Traum war. Einem Traum, den sie ein Leben lang geträumt hatte und der nun zerbrach. Sie prägte sich noch einmal seine Züge ein, dann drehte sie das Gesicht von ihm fort zur Wand. Eine Geste, die etwas Unwiderrufliches an sich hatte.

David schluckte und drückte sein Gesicht in ihre Halsbeuge. Er hielt sie in seinen Armen und deckte ihre Brüste mit seinen Haaren zu, bis er irgendwann, nach langen, schweigsamen Minuten, den Kopf hob und die Lippen bewegte. Als er das Gebet murmelte, war sein Gesicht grau und eingefallen. Mit ihrer Hand in seiner sank er neben der Bank auf die Knie. Mit klangloser Stimme hörte sie ihn beten: »Herr im Himmel, verzeih deinem reuigen Diener, aber der Henker von Lemgo sei verdammt bis in alle Ewigkeit.«

Zwei Tage später saßen Cordt, Hermann, Anton und der Advokat im frühen Morgengrauen in der Diele gemeinsam an einem Tisch. Ihre Gesichter wirkten finster und übernächtigt. Vor dem Kamin stand Margaretha und schürte nachdenklich mit einem Eisenhaken die Glut im Feuer. Ilsabein hockte zu Catharinas Füßen, die blass und schwer atmend auf der Bank neben dem Feuer in dicke Felle gewickelt gegen das Fieber ankämpfte. Ängstlich betrachtete die Tochter Catharinas eingefallene Züge und achtete auf jedes Röcheln, das sich ihrer Brust entrang. Zu ihrer Sorge um Maria war die Sorge um die Mutter hinzugekommen. Ab und zu tauschte sie einen Blick mit Margaretha, die still und bedrückt den Ausführungen des Advokaten lauschte. Die vergangene Nacht und den vergangenen Tag hatten sie tapfer unter einem Zelt aus gegerbten Häuten im Schnee vor dem Turm ausgeharrt. Erst als ihre Glieder vor Nässe und Frost steif gefroren waren, Ilsabein, noch geschwächt von der überstandenen Verletzung, im Schnee zusammensank und Catharina es auf der Brust bekam, hatten sie sich entschlossen, in der gut beheizten Diele weiterzuberatschlagen, wie sie Maria retten konnten.

»Es steht nicht gut um Eure Tochter, Deche«, murmelte der Advokat mit ernster Miene. Er beugte sich über einen Stapel Akten und holte tief Luft, bevor er leise, aber mit fester Stimme verkündete: »Der Richter Hermann Cothmann versucht, mich daran zu hindern, am Prozesstag Marias Verteidigung zu übernehmen. Grund dafür sind die Mängel, die ich bis jetzt in der Prozessführung gegen Eure Tochter aufgedeckt und die ich in einem Gutachten den Rechtsgelehrten der Universität in Rinteln dargelegt habe. Denn was hinter den Mauern Lemgos zurzeit vor sich geht, ist nicht rechtens, dafür aber haarsträubend. Die Anklage gegen Maria stützt sich lediglich auf den schlechten Ruf des Zaubereigerüchtes. Es wurden keine Zeugen zur Verteidigung herangezogen und die bestehenden Zeugen mit Gewalt unter Druck gesetzt. So wie in Eurem Fall, Ilsabein.«

Er sah zu der Frau, die zusammengekauert vor sich hin starrte. Ihr Anblick rührte sein Herz. Die jüngste Tochter der Rampendahls liebte den Bäcker Henrich Höcker, und er hoffte, dass ihre Liebe stark genug wäre, vor dem schrecklichen Ungemach dieser Welt zu bestehen.

»Es stimmt, hoher Herr«, gestand sie reumütig. »Ich habe mich versündigt und meine Schwester besagt, obwohl ich ihr doch eigentlich helfen wollte.« Sie verbarg das hübsche Gesicht vor Scham in den Fellen. »Aber Richter Cothmann hat mir die Worte in den Mund gelegt und mich aufgefordert zu gestehen, dass mir die Maria das Zaubern lehren wollte und ich nur mit Mühe und Not ihrem teuflischen Einfluss widerstanden habe.« Sie weinte. »Er hat mir damit gedroht, mich ebenfalls in den Hexenturm zu sperren und der peinlichen Befragung zu unterziehen.«

»Dich trifft keine Schuld, meine Tochter. Es war richtig, wie du dich verhalten hast. Als eine weitere denunzierte Hexe der Familie Rampendahl hättest du deiner Schwester eher geschadet als geholfen.« Cordt warf ihr einen versöhnlichen Blick zu, als er ihre Tränen bemerkte. »Der Richter versucht, euch alle gegeneinander auszuspielen, um eure Kraft, vor der er sich fürchtet, zu brechen.«

»Das ist wahr«, pflichtete ihm Hermann bei. »Heute Morgen hat der Richter mich auf das Rathaus befohlen. Er fragte mich, ob ich mich zu dem Gerücht bekenne, dass bei der Geburt unserer kleinen Agnes der ›schwarze Kerl‹ vor der Tür gestanden habe. Außerdem sagte er, ich hätte selbst erzählt, auf meiner Wanderschaft nach Billinghausen einer schönen Dame begegnet zu sein, aus der heraus zwei Männer wuchsen, einer davon schwarz und sehr groß. Obendrein warf er mir Hurerei und den Umgang mit bösen Leuten vor.«

»Dem Hurensohn dreh ich den Hals rum«, brummte Cordt.

Die Äußerung entlockte dem Advokaten ein leichtes Schmunzeln. »Wenn es nur so einfach wäre, Ratsmann. Aber dann hätten wir sicher die gesamte Obrigkeit gegen uns. Noch können wir uns einiger Freunde sicher sein. Zum Beispiel habe ich hier den Brief eines Sachsen, ein Kollege, der als fanatischer Hexenjäger bekannt ist. Selbst dieser gefürchtete Mann steht in diesem Fall auf unserer Seite. Er stützt sich ebenso wie ich auf die peinliche Gerichtsordnung Kaiser Karls V., die ›Carolina‹, und befürwortet prozessrechtliche Garantien für Maria. Auch die Schreiben zweier namhafter geistlicher Juristen wurden mir von einem Boten hinterbracht. Beide fordern vom Rat eine milde Behandlung Marias, doch Cothmann hat sich über alle Instanzen hinweggesetzt. Maria wurde der Seelsorger vorenthalten, ebenso wie die von mir beantragte Wasserprobe. Wissentlich hat er es unterlassen, Zeugen wie die Böndel, Stockmeyers Witwe, dessen Sohn und die Ratsmänner Rullmann, Hancke und Koch auf ihre Redlichkeit hin zu überprüfen. Stattdessen hat er Maria drei Stunden lang foltern lassen und die Gutachten darüber erst anschließend den Magistern der Universität Jena vorgelegt.«

Seinen Worten folgte eine beklemmende Stille. Stumm starrten die sechs Versammelten vor sich hin, doch innerlich schrien sie vor Schmerz und Unglück. Erst das Blättern des Advokaten in den Akten holte sie aus ihren Gedanken zurück. Roleman suchte etwas.

»Wahrscheinlich ist der Bote der Universität in Rinteln durch den unerwarteten Schneefall aufgehalten worden«, murmelte er ratlos. »Deshalb habe ich noch keine Antwort auf mein Gutachten erhalten. Morgen in den Mittagsstunden findet sich der Hohe Rat schon auf dem Marktplatz ein, um über Maria Gericht zu halten. Euer Gnadengesuch an den Grafen, Hermann«, über den Brillenrand blickte er auf den Barbier, der gebannt an seinen Lippen hing, »wurde leider abgelehnt. Allerdings war das vorauszusehen, schließlich ist der Richter mit dem Grafen befreundet und steht sehr hoch in seiner Gunst.«

Er nahm einen Schluck Bier aus dem Krug, um sich die trockenen Lippen zu befeuchten. »Es bleibt uns noch eine letzte Möglichkeit. Ihr, Hermann, nehmt das schnellste Pferd, das Ihr im Stall habt, und überbringt einem Freund von mir in der Alma Ernestina in Rinteln eine Depesche, die ich bereits geschrieben habe. Nutzt die Nacht dazu und reitet ohne Pause. Da Ihr Euch schon einmal als guter Reiter bewiesen habt, könntet Ihr es schaffen, vor dem Morgengrauen wieder hier einzutreffen, um Marias Hinrichtung aufzuhalten.«

Seine letzten Worte waren noch nicht ganz verklungen, da sprang Hermann schon vom Stuhl auf und streckte dem Advokaten beide Hände entgegen. »Übergebt mir den Brief, Magister, und ich werde mein Pferd nicht schonen.«

Auch Anton und Cordt hatten sich erhoben. »Wir begleiten dich, Hermann«, sagte der Deche und legte seine schwere Pranke auf Hermanns Schulter.

»Mitnichten, Schwiegervater. Ihr haltet hier die Stellung und kümmert Euch um Catharina. Im Moment erweist Ihr Maria einen größeren Dienst, wenn Ihr in ihrer Nähe bleibt. Anton jedoch, mein Bruder und Freund, wird mich begleiten.« Zur Bekräftigung warf er Anton den Degen zu, der ihn mit einer Hand auffing und zum Einverständnis grinste.

Während der Advokat das Schreiben unterzeichnete und in den Siegellack das Wappen der Hermessens drückte, rief Hermann nach dem Knecht, der wenige Minuten später mit zwei schlanken, hochbeinigen und gesattelten Rappen in der Diele stand. Rasch holte Margaretha zwei mit Bier und Pasteten gefüllte Satteltaschen aus der Küche, während Cordt Hermann seinen weiten ärmellosen Umhang aus Biber- und Fuchsfell über den Rock warf.

»Um dich vor der Kälte zu schützen, mein Sohn. Kehrt beide wohlbehalten zurück und bringt uns eine erfreuliche Nachricht.«

Stumm gaben sich die drei Männer die Hand, dann küsste Anton

Margaretha auf den Mund. Nur mit Mühe hielt sie die Tränen zurück. Sie liebte ihren Mann mehr als ihr Leben – und noch stärker, da der Herrgott ihnen bisher das größte Glück versagt hatte: Kinder. Mit der Furcht vor der Einsamkeit war ihre Verbundenheit zu Hermann und Maria mit den Jahren immer inniger geworden. Zum Dank für ihre Freundschaft stand sie bei Marias Kindern Pate und hatte der Jüngsten, Agnes, bereits zu Lebzeiten einen Teil ihrer reichen Mitgift vererbt. Schweren Herzens sah sie nun den beiden Männern hinterher, als sie im Galopp durch das Tor stoben. Noch immer fielen dicke Schneeflocken vom Himmel. Als ihre Spuren sich im Pulverschnee verloren, schloss Margaretha das Tor.

An einem Samstag im April 1681, als in Lemgo die Glocke von St. Nikolai die letzte große Hinrichtung auf dem Marktplatz einläutete, galoppierten zwei Reiter in großer Eile durch die Feldmark und steuerten auf das östliche Tor der Stadtbefestigung zu. Der Galopp der Pferde wirkte müde. Ihre Leiber berührten fast den sandigen Boden, während sie mit gestreckten Hälsen und zitternden Flanken über den aufgeweichten Boden jagten. Links und rechts aus den stark geblähten Nüstern spritzte rötlich weißer Schaum, der sich mit dem Schweiß vermischte, der ihnen vom Hals über die Brust in Bächen hinabrann. Eine Weile galoppierten die beiden Reiter Kopf an Kopf. Irgendwann schlug einer von ihnen mit einer kurzen Lederpeitsche auf die Kruppe des Pferdes ein, beugte seinen Körper weit über dessen Hals und übernahm die Führung. Sein schwarzer Mantel flatterte wie eine Fahne im Wind. Der Dreispitz mit dem dunklen Federbusch war ihm weit in den Nacken gerutscht.

Hermanns Gesicht war vom Wind gerötet, der Zopf hatte sich gelöst, sodass ihm die nassen Haarsträhnen schmerzhaft in die Augen peitschten, aber es störte ihn nicht. Er bemerkte es ebenso wenig wie die blutig gebissenen Lippen. Einen Tag und eine Nacht lang waren sie ohne Unterbrechung durchgeritten, hatten weder sich noch die Pferde geschont. Unterwegs hatten sie an zwei Poststationen kurz die Pferde gewechselt und waren sofort weitergejagt. Nur ein einziges Mal auf dem Rückweg, als Hermann Anton um eine Meile voraus war, hatte er das Pferd gezügelt und war erschöpft aus dem Sattel geglitten. Einen kurzen Moment nur, das Gesicht an den warmen Pferdekörper gepresst und die Hand am Sattel, hatte er mit geschlossenen Augen Kraft gesammelt. Als sein Bruder, die Hände weit nach vorn gestreckt und den Kopf seitlich am Hals des Pferdes, angeprescht gekommen war, hatte er bereits wieder im Sattel gesessen. Doch je näher sie den Mauern Lemgos kamen, umso stärker begannen Zweifel und Ängste seine Seele zu plagen. Trotz des schonungslosen Rittes hatte die Zeit sie eingeholt. Schuld daran waren die Unbilden der Natur, gegen die sie seit Stunden ankämpften. Geknickte Äste, Stürme, Regen und taubeneigroße Hagelkörner hatten sie immer wieder gezwungen, Umwege zu reiten. Die Angst, dass alle Strapazen umsonst gewesen sein könnten und sie es vielleicht nicht mehr rechtzeitig zum Prozess schafften, lag schwer auf Hermanns Brust. Gleichfalls kreisten seine Gedanken ständig um Maria und den Henker. Würde er es wagen, Hand an sie zu legen? Würde er sie widerspruchslos töten?

Die Hufschläge hallten laut unter dem Bogen des Steintores. Schon von Weitem sah Hermann, der vorausritt, die riesige Menschenansammlung. Er verlangsamte sein Tempo, bog in die Gasse ein und zügelte vor einer Einmündung scharf sein Pferd. Das Tier rutschte auf den schlüpfrigen Steinen aus und bäumte sich mit einem kläglichen Wiehern auf. Ungeachtet der Schmerzen, die er dem Pferd zufügte, drehte er sich im Sattel um und gab Anton das Zeichen zum Umkehren. Als sein Bruder gleich darauf ebenso abrupt neben ihm zum Stehen kam, wies er nach vorn und sagte: »Wir müssen zurück und durch das Rieper Tor in die Stadt einreiten. Von hier aus kommen wir weder durch das Ostertor noch das Regenstor an den Marktplatz heran!«

»Stimmt, aber bedenke, dass wir Lemgo dafür fast gänzlich umreiten müssten. Der Umweg würde uns nochmals Zeit kosten«, antwortete Anton mit regennassem Gesicht.

Hermann überlegte kurz, dann griff er Anton in den Zügel. »Du hast recht. Wir reiten durch die Menge hindurch. Und indem wir laut schreien, dass wir aus Rinteln mit Marias Begnadigung kommen, verschaffen wir uns Platz.«

Er schätzte die Lage vor sich ein. Die Einmündungen vom Rampendahldamm und der Tröger Bauernschaft schienen bereits verstopft zu sein. Die Menschen hingen teilweise wie Obst in den Bäumen, belagerten stehend die Mauervorsprünge oder saßen wie Tauben auf den Dächern. »Die ganze Stadt ist auf den Beinen«, murmelte Hermann. »So etwas hat es noch nie gegeben.«

»Ich vermute, sie kommen diesmal nicht, um sich an der Hinrichtung einer Hexe zu ergötzen, sondern um dem Richter den Garaus zu machen. Der Menschenauflauf scheint mir eher das Werk unseres Schwiegervaters zu sein.«

Erstaunt blickte Hermann in Antons müdes Gesicht. »Du könntest recht haben. Der Kleidung nach zu urteilen, stehen in der letzten Reihe die Dechen des Bäckerhandwerks, Wagenbauer und Schreiner mit ihren Knechten und Lehrjungen. Am besten brechen wir an dieser Stelle durch. Sie werden uns freudig Platz machen.« Er gab seinem Pferd die Sporen, hielt es aber gleichfalls mit solcher Gewalt zurück, dass es sich abermals aufbäumte, und zögerte.

»Was hast du, Bruder?« Anton zügelte überrascht sein nervös tänzelndes Tier und sah sich nach Hermann um. »Wir haben keine Zeit zu verlieren.« Eine heftige Böe warf ihn fast aus dem Sattel.

Hermann sah den grauen, dahinjagenden Wolken nach und runzelte nachdenklich die Stirn. »Glaubst du, dass Gott mit uns reitet und seine Hand schützend über mich und mein Eheweib hält?«

»Warum sollte er das nicht? Schließlich hat er uns bis hierher begleitet und über unser Schicksal gewacht. Die Magister an den Universitäten Rinteln und Jena hat er ebenfalls gnädig gestimmt. Dein Eheweib wird leben! Kopf hoch, Hermann, alles wird gut. Wir müssen nur rechtzeitig auf dem Rathaus sein«, drängte er.

»Wie aber wird mir mein Eheweib gegenübertreten? Wird sie mich noch lieben und mit mir unbefleckt die Schlafstatt teilen können?« Hermann hatte hastig und mit heiserer Stimme gesprochen.

»Dahin also gehen deine Bedenken? Du denkst an den Scharfrichter? Aber Meister David hat dein Eheweib gefoltert, das ist doch der beste Beweis für ihre Treue zu dir.«

»Und wenn er ihr Gewalt angetan hat und seine nach außen hin getragene Gleichgültigkeit nur gespielt ist?« Hermann dachte an Ilsabeins Verletzung und daran, mit welcher Glut der Henker ihm damals in die Augen gesehen hatte, als er ihm die Hand versöhnlich entgegengestreckt hatte. Er war der festen Überzeugung, dass der Henker Maria liebte. Nur für sie hatte er Ilsabein gerettet.

Anton richtete sich im Sattel auf und berührte mit der freien Hand vertrauensvoll Hermanns Arm, während er die andere am Zügel behielt. »Du wirst doch nicht in diesem Moment an der Treue deiner Frau zweifeln, wo du ihr gerade das Leben zurückbringst? Egal, was Meister David für deine Maria empfindet und sie für ihn, du schenkst ihr ein neues Leben. Sie wird dir folgen, nicht dem Mann, der ihr qualvolle Schmerzen bereitet hat und sie gewissenlos töten würde. Maria ist nicht nur deine Ehefrau und Geliebte, sondern auch ein Mensch mit Fehlern und Sehnsüchten. Vor Gott hast du geschworen, ihr in guten und in schlechten Tagen treu zu sein. Damit hast du nicht nur ihre Schönheit und ihren Mut, sondern auch all ihre Fehler geehelicht.«

Durch Hermann ging ein Ruck, als würde er aus einem tiefen Schlaf erwachen. Dankbar legte er seine Hand auf Antons Handschuh. »Wenn ich dich nicht hätte, mein Bruder! Wer könnte meine Zweifel besser verstehen als du. Ich liebe Maria viel zu sehr. Ich werde ihr immer verzeihen, egal, was passiert ist. Ohne ihre Nähe, ihre großen blauen Augen, ihr rotgoldenes Haar und ihren herrlichen weißen Körper hätte das Leben für mich keinen Sinn mehr. Außerdem ist sie die Mutter meiner Kinder und meine beste Assistentin in einer Person.« Befreit gab er dem Pferd die Sporen, und gemeinsam galoppierten die Brüder Hermessen auf die wogende Menschenmenge zu.

»Nachdem uns die Inquisitionsakte wider Maria Rampendahl, Hermann Hermessens Eheweib, zugeschickt und unser Rechtsbescheid darüber begutachtet wurde, sprechen wir demnach vor Recht; dass in Mangelung anderweitiger ungenügsamer Indizien zwar wider benannte Inquisitin nicht mehr vernommen werden darf, sie aber gleichwohl den Umständen nach, nebst Abtrag der aufgelaufenen Unkosten, mit der Landesräumung zu belegen ist!«

Cothmanns Hände zitterten ebenso wie seine Stimme, als er die Worte zum zweiten Mal laut verlas. Mit seitlich geneigtem Kopf lauschte er dem hohl von den Wänden widerhallenden Echo, verblüfft über das, was sein Mund soeben ausgesprochen hatte. Ein körperliches Wrack, innerlich gebrochen, um den größten Erfolg seines Lebens gebracht, ein schwer kranker Mann, so stand der hohe Richter Hermann Cothmann hinter der Kanzel des Rathaussaales und hielt noch immer fassungslos den Brief mit dem erbrochenen Siegel der Universität in der Hand.

Vor der Kanzel wartete ungeduldig und heftig atmend Anton in nasser, von Pferdeschweiß und Straßenstaub verschmutzter Reisekleidung. Im Hintergrund empfing Hermann Maria aus den Armen eines Knechtes. Sie hinkte stark und musste gestützt werden. David stand hinter ihr. Obwohl es allen Anwesenden so schien, als richte er den Blick unbeteiligt über ihren Kopf hinweg, entging den dunklen Augen doch keine einzige ihrer Bewegungen.

Langsam wanderte Cothmanns Blick wieder zum Advokaten Roleman zurück. Mit gerunzelten Brauen registrierte er das Aufleuchten in dessen Augen. Freu dich ja nicht zu früh, dachte er und suchte nach Krieger wie nach einem rettenden Anker. Der stand vor der Steinbrüstung am Fenster und versuchte gerade, sich selbst übertönend, den aufgebrachten Pöbel zu beruhigen. Als Cothmanns Augen Maria trafen, verzerrten sich seine eingefallenen Züge zu einer grinsenden Maske. Durch die Existenz dieses vermaledeiten Briefes war er gezwungen, tatenlos zuzusehen, wie sich Maria und Hermann in ihrer Wiedersehensfreude küssten. Diese Schmach schmerzte stärker als alle Schmerzen, gegen die er seit Jahren ankämpfte. Er musste sich davon befreien. Mit einer heftigen Handbewegung fegte er das Beweismaterial ihrer Zauberkunst, das Strumpfband und das kleine schwarz-goldene Buch des Hexenmeisters Beschoren, von der Kanzel. Ein nur wenige Minuten zu früh eingetroffener Brief hatte sein Lebenswerk zunichtegemacht. Oh, wie er diese Hermessens, diese reichen Emporkömmlinge, hasste! Ein Wort von ihm, und ihr Leben wäre keinen Gulden mehr wert gewesen.

Eben war er noch Herrscher zwischen Himmel und Hölle gewesen, hatte sämtliche Argumente des Verteidigers überlegen entkräftet und lediglich auf seine Forderung gnädig eingelenkt, einige unbedeutende Aussagen wie zum Beispiel die des Ratsherrn Rullmann zu streichen. Meister David hatte schon wartend bereitgestanden, um die Angeklagte zum Richtplatz zu fahren, wo ihr, gemäß ihrem Stande, öffentlich der Kopf vom Haupte getrennt werden sollte. Lediglich der grölende Pöbel vor dem Rathaus und die Wetterunbilden hatten ihn noch davor zurückgehalten, die hochnotpeinliche Gerichtsverhandlung auf dem Marktplatz abzuhalten.

Die Mitglieder des Hohen Rates warteten derweil allesamt vor dem Rathaus in ihren Kutschen, bereit, nach der Urteilsverkündung zur Sandkuhlen zu fahren, wo die Delinquentin verbrannt werden würde.

Einige Male hatte Cothmann schon versucht, die Anklage am geöffneten Fenster des Rathauses zu verlesen, hatte aber das Vorhaben unterbrechen müssen, weil er vom Pöbel mit Steinen und Kot beworfen worden war. Sogar eine Butzenscheibe war zu Bruch gegangen. In tausend kleinen Splittern war sie auf den Parkettboden gefallen, und Krieger hatte hastig versucht, das Loch mit einem der schweren Samtvorhänge zu stopfen.

Am meisten aber ärgerte den Bürgermeister das Geschrei des Ratsherrn Rampendahl. Breitbeinig stand er auf der Tribüne vor dem Rathaus und drohte ihm mit hocherhobener Faust: »Der Herr Richter und die Cothmannen sollen sich herausscheren, damit das Volk urteilen kann, ob dieser Prozess gerecht geführt wird! Hermann Cothmann, gib meine Tochter heraus! Wenn du nicht gleich erscheinst, werden wir dich an deiner Perücke aus dem Rathaus zerren!« Grölender Beifall hatte seine Worte begleitet.

Der Stadtsekretär im Fenster war blass geworden, hatte überlegt, ob es nicht doch ein Fehler gewesen war, den Dechen von der Verhandlung auszuschließen. Allem Anschein nach schien der Ratsherr mit seinen Drohungen Ernst machen zu wollen. Gerade griff er sich von einem der Stadtdiener, die grinsend zusahen, eine Flinte und feuerte zur Bekräftigung einen Schuss in die Luft ab. Alles sah nach einer ernsthaften Revolte aus. Das Volk auf dem Markt stand auf der Seite des Dechen. Es wollte sich vom Rat nicht mehr ausnehmen lassen, wollte nicht mehr im Feuer schmoren wie eine Weihnachtsgans und begleitete deshalb jedes von Cordts ketzerischen Worten mit einem kräftigen Brüllkonzert. Es hörte sich an wie ein heranrollender Orkan.

Krieger schloss das Fenster und blickte missmutig durch das Butzenglas. Diesem Pöbel haben wir nun versucht, Ordnung beizubringen, dachte er. Undank ist der Welten Lohn! Er war sich keiner Schuld bewusst.

Den Ehevogt der Rampendahls beeindruckte das Geschrei nicht, eher bestärkte es ihn in seinem Vorhaben. Jedes seiner Worte in den geheiligten Räumen saß wie ein gut gezielter Degenhieb. »Der Nachweis für Marias Unschuld scheint Euch, Herr Richter, nicht genehm zu sein! Euch scheint es nicht darum zu gehen, ob Maria Rampendahl eine Zauberin ist. Viel eher ist sie Euch zu reich geworden. Deshalb wolltet Ihr sie nicht nur um ihr Leben bringen, sondern Euch bei dem Prozess gleich noch etwas für Gerichtsgebühren und andere Unkosten sichern.«

Nach und nach begriffen die Anwesenden, dass es dem Advokaten in seiner Verteidigung nicht mehr nur allein um die Angeklagte ging, die von Anfang an nur ein Mosaiksteinchen seines eigenen Kampfes gegen den Richter gewesen war. Fast jeder im Raum hing gebannt an seinen Lippen und fragte sich: Wer ist dieser Roleman?

Cothmann maß ihn argwöhnisch und flüsterte Krieger etwas zu, der daraufhin leise zum Aktenschrank lief und zwischen den Dokumenten nach etwas Bestimmtem suchte. Als er mit einer schwarzen Akte unter dem Arm zurücktrippelte und sie dem Richter geöffnet auf die Kanzel legte, zitterten Cothmanns Hände kaum merklich, und er fasste den Advokaten scharf ins Auge. Er dachte daran, wie noch vor wenigen Augenblicken die Tür aufgerissen worden war und die Hermessen-Brüder mit dem Gutachten der Universität in den Händen hereingestürzt waren. Einen Augenblick später, und er hätte das Zeichen zur Urteilsverkündung gegeben gehabt. Alles wäre nach seinen Wünschen abgelaufen – wie bei der Folter, deren Gutachten er auch erst viel später an die Universität abgeschickt hatte, um eine etwaige Ablehnung der Tortur hinauszuzögern. Die sechs Männer, die ihn mit Pistolen und Flinten auf seinem Weg zur Tribüne abschirmen sollten, warteten schon eine geraume Weile auf seinen Befehl. Schließlich war er ein Vertreter Gottes und kein feiger Mann. Umgeben von den Männern des Hohen Rates, wollte er ein letztes Mal mit starker Hand Gehorsam von den Leuten fordern und dem Teufel die Stirn bieten. Doch jetzt hatten sich alle gegen ihn verschworen.

Hatte er nicht auch ein heimliches, triumphierendes Funkeln in den Augen des Scharfrichters entdeckt? Und der Chirurgus, hatte er nicht gerade mit Maria über ihn getuschelt?

Sein Blick sog sich an Marias eingefallenen Zügen fest. Mit ihr hatte sein Unglück begonnen. Zuerst hatte sie ihn behext und dann ihren Zauber an ihm ausprobiert. Nur da sie auf der Folter dies mit keinem Wort bekannt hatte, war die Begnadigung zur Landesverweisung möglich gewesen. Mit ihrer hartnäckigen Weigerung hatte sie sein heiliges Werk, die Tradition seiner Amtsvorgänger fortzusetzen, zunichtegemacht. Alle Institutionen, sogar Graf Simon, würden fortan mit Unbehagen auf ihn blicken.

Immerhin war es zumindest mit dem Reichtum der Hermessens fortan vorbei. Er grinste schadenfroh bei dem Gedanken, dass seine Diener auf seinen Befehl hin das Barbierbecken entfernt hatten. Ohne das Wahrzeichen seiner Zunft würde Hermann Hermessen nie wieder als Chirurgus in Lemgo praktizieren können, seinen Lehrling hatten die Leute wegen des üblen Leumundes weggejagt, und sein Besitz war beinahe vollkommen durch die Kosten des Prozesses aufgezehrt. Für Hermessen, den Barbier, mochte die Hexe noch schön sein, doch ihrem gemeinsamen Leben hatte er die Schönheit genommen. Fortan würde ihr jedermann die Hexe ansehen. Die Zauberin war gezeichnet, von ihm gebrandmarkt für die Ewigkeit. Barhäuptig mit glanzlosen Augen, hageren, leidenden Zügen, in einem aschgrauen Büßergewand und mit gebrochenen Beinen, die in von Meister David gezimmerten Schienen steckten.

Plötzlich lachte er lauthals auf, sodass Krieger erschrocken herumfuhr und ihn gerade noch auffing, als er rücklings in den Sessel fiel. Auch Roleman kam herbeigestürzt und beugte sich über ihn. Der Brief war dem Richter aus den Händen geglitten, dicke Schweißperlen bedeckten seine Stirn. Er röchelte nach Luft und griff sich mit beiden Händen an den Kopf. Krieger hob den Brief auf und wollte ihn im Rock verschwinden lassen, doch Cothmann röchelte leise: »Lege Er ihn zu den Akten, mein Freund. Es ist vorbei.« Mit Unterstützung Kriegers richtete er sich auf und befahl dem Henker: »Meister David, Ihr bringt die Hexe zum Schlagbaum, dass sie unsere Stadt nie wieder betreten und Unheil stiften kann.«

Als Leben in den Scharfrichter kam und er nach Marias Arm griff, stellte sich Hermann vor sie. »Ich bin ihr Ehemann«, fauchte er unwirsch. »Meine Ehefrau mit Euren unreinen Händen zu berühren steht Euch nicht mehr zu.«

Zum Richter gewandt sagte er mutig zum Abschied: »Hoher Richter, seid versichert, dass ich es bereue, die Stadt Lemgo jemals mit meinen Augen gesehen zu haben. Ich hätte mich, wie es mir von den Herren nahegelegt worden ist, von meiner Frau scheiden lassen oder auf und davon gehen können. Doch ich habe ihren Unschuldsbeteuerungen immer Glauben geschenkt und nicht denen ihrer Peiniger, die ihr nachblasen, dass sie ungeachtet der ausgestandenen Torturen gleichwohl eine Hexe ist. Ich fand es meinem Gewissen gegenüber verantwortlich, meine geliebte Ehefrau nicht zu verlassen. Und auch wenn sie durch die Universitäten der Landesverweisung vom Tode begnadigt worden ist, werden wir um unsere Rehabilitation kämpfen, das schwöre ich Euch bei Gott, und zwar als freie, untadelige Bürger dieser Stadt!«

Mit Antons Hilfe hatte er Maria auf seine starken Arme genommen. Widerspruchslos trat David zur Seite und gab den Weg zur Tür frei. Er hatte den Blick auf den Boden geheftet, sodass niemand sehen konnte, was in ihm vorging.

Auch der Ehevogt Roleman schloss seine Akte und war im Begriff, Hermann und Anton zu folgen, als er vor der Richterkanzel noch einmal stehen blieb und dem Richter fest in die müden Augen sah. »Wenn Euch der Tod nicht vorher erlöst, hoher Richter, sehen wir uns bei dem Revisionsprozess vor dem Reichskammergericht gegen Euch wieder!«

Zufrieden winkte er einem der Knechte vor der Tür, der ihm seinen Tornister brachte. Ein Lächeln glitt über sein Gesicht, als er die Lederverschnürung öffnete. Eine Mischung aus Triumph und Genugtuung. »Aber wir werden nicht nur Revision gegen dieses ungerechte Urteil einlegen, denn besagte Maria Rampendahl ist keine Hexe, das wisst Ihr so gut wie ich. Dank des mutigen Einsatzes der Familie Rampendahl wurde die Begnadigung der Universität in eine Landesverweisung umgeschrieben. Hätte der Chirurgus nicht unter Einsatz seines Lebens den Kurier gespielt und die Nachricht noch rechtzeitig überbracht, so hättet Ihr es geschafft, eine weitere Unschuldige zu richten. Ich habe hier etwas, werter Richter, was Euch sehr bekannt vorkommen dürfte. Etwas, das Euch allein betrifft und Eure Unglaubwürdigkeit vor dem Volk bestätigen wird. Dies hier!«

Mit einer schnellen Handbewegung zog er ein Bündel aus dem Tornister und warf es auf die Kanzel, ohne dabei die Hand von ihm zu lassen. »Ich denke, Ihr erkennt Euer eigen Fleisch und Blut? Dieses Kind, die Frucht Eurer Lenden, die mit einer Hexe gezeugt wurde, wird die Gerichte und den Grafen, unseren Herrn, davon überzeugen, dass Ihr allein hier der Teufel in Menschengestalt seid.«

Als Cothmann die Überreste eines in Seide gewickelten Säuglings mit den Merkmalen einer übel riechenden Verwesungsstarre vor sich auf der geheiligten Kanzel sah, griff er hilfesuchend nach Kriegers Hand. Er wollte etwas sagen, wollte schreien, doch ein Schleier legte sich über seine Augen. Bevor eine sanfte Ohnmacht ihn einhüllte, hörte er den Advokaten noch aus weiter Ferne zum Abschied sagen: »Ich habe niemals aufgegeben, Cothmann! Die erlittene Schmach meines Vaters Balthasar Kleinsorge ist mein Racheschild. Seht in mir zeitlebens Euren meistgefürchteten Gegner.«

Es war, als lächelte Gott auf die Erde herab. Der Himmel öffnete sich, als wollte er die vier Menschen in seinen Armen aufnehmen und ins Paradies geleiten. Verflogen waren Sturm, Hagel und Schnee, stattdessen lachte die Sonne und schickte ihre wärmenden Strahlen über das Land, das sich vor ihnen in seiner ganzen neu erwachten Schönheit ausbreitete. Sanft öffneten die ersten Knospen ihre Kelche und säumten als Schneeglöckchen und Krokusse in bunter Farbenpracht das zarte Frühlingsgrün der leicht im Wind wogenden Wiesen. Das Wasser der Weser rauschte leise zu ihren Füßen, und aus den Wäldern der noch nebelverhangenen grünen Hügelkette erklangen die werbenden Rufe des Kuckuckmännchens.

»Hier ist mein Weg zu Ende. Ich werde Euch nicht länger begleiten«, sagte David, während er den Schlagbaum öffnete. Er deutete mit der Hand über die Wiesen. »Dort drüben, am anderen Ufer, liegt Rinteln. Dorthin ist es nur noch ein halber Tagesmarsch. Erreicht Ihr die Stadt, seid Ihr frei.«

Der Henker hatte noch nicht zu Ende gesprochen, als plötzlich das lauter werdende Geräusch schwerer Kutschenräder erklang. Die Köpfe der drei Männer fuhren erstaunt herum. Unterhalb des Weges jagte eine schwarze Kutsche, gezogen von vier schwarzen Rappen, auf sie zu.

»Es ist Kleinsorge«, bemerkte Anton erleichtert. Er hielt sich die Hand vor die Augen und begann freudig zu winken. Obwohl das Gefährt noch einige Werst von ihnen entfernt war, konnte er Cordt im Fenster erkennen. Der Deche hing mit dem Oberkörper aus der Kutsche und schwenkte heftig seinen Hut.

»Der Advokat wird Maria zu guten Leuten nach Rinteln bringen, bei denen unsere Kinder schon auf sie warten«, sagte Hermann. Sanft hob er Maria aus dem Schinderkarren und stellte sie vorsichtig auf die geschundenen Füße. Sie bewegte sich wie eine hölzerne Puppe. Er bemerkte ihre Erleichterung, da sie endlich die frische Erde unter ihren Füßen spürte. Als sich ihre Augen trafen, lächelte sie tapfer, doch dann knickte sie in den Gelenken ein, und er musste sie erneut stützen. Sekundenlang verharrte sie wie in einer Starre und verbiss sich den Schmerz. Dann hob sie den Kopf und sog die frische Landluft tief in ihre Lungen. Sicher von seinen Armen gehalten, ließ sie sich langsam auf die Wiese hinabgleiten. Vor Ergriffenheit breitete sie weit die Arme aus, als wolle sie die duftende Welt umarmen, und drückte ihr Gesicht in das feuchte Gras. Wieder verharrte sie eine Weile in dieser Stellung, und niemand wagte, sie in ihrer Andacht zu stören. Erst als die Kutsche knarrend neben ihr hielt, schreckte sie aus ihren Gedanken auf.

»Mein Kind!«, rief Cordt und konnte nicht abwarten, bis der Kutscher die schäumenden Pferde gezügelt hatte. Vor Freude sprang er noch während der Fahrt vom Trittbrett. »Mein geliebtes Kind!« Närrisch vor Glück, seine Tochter endlich in Freiheit zu sehen, fiel er neben ihr ins Gras und drückte sie so ungestüm an seine breite Brust, dass sie das Gesicht vor Schmerz verzog. Hinter ihm erschien Margaretha mit Marias Kleidern in den Händen.

Weinend lagen sich die Schwestern einen Moment in den Armen, dann zog sich Maria im Schutz von Margarethas weiten Röcken das Büßerhemd über den kahlen Kopf, warf es auf den Karren und streifte sich rasch ihre Kleider über. Taktvoll warteten Hermann und Anton im Schatten eines Weidenbaumes, bis Maria in einem dunklen Reisekleid aus Samt und Taft, den kahlen Schädel unter einem Dreispitz mit wallendem Federbusch versteckt, ihre menschliche Würde wiederhergestellt hatte.

Einen Augenblick später mahnte Hermann mit einem besorgten Blick in Richtung David, der vom Pferd aus kritisch das Stadttor in Augenschein nahm, durch das ein Trupp Reiter im Galopp auf sie zujagte: »Ich glaube, es ist ratsam, Maria einsteigen zu lassen. Der Richter schreckt in seiner Enttäuschung auch nicht vor gedungenen Mördern zurück.«

Sanft zog er sie wieder in seine Arme, während David seine Befürchtungen bestätigte. Vorsichtig nahm Hermann Marias Gesicht in seine Hände. Sie hatte den Schädel unter dem Hut mit einem roten Tuch verbunden, was ihrem Gesicht einen verwegenen Ausdruck verlieh. Ihre Wangen waren noch immer blass, doch langsam kehrte die Farbe in sie zurück und mit ihr der Zauber ihrer Schönheit. Aus Scham und Schmerz hielt sie die Lider vor Hermann gesenkt. Als er sie ihr sanft küssen wollte, öffnete sie die Augen und sah ihn an. Das Blau hatte nichts von seiner Kraft eingebüßt, doch der Blick, mit dem sie ihn ansah, wirkte fremd. Er versperrte ihm den Weg zu ihrer Seele. In ihm lag etwas Unausgesprochenes, etwas, das sie ihm unbedingt mitteilen wollte. Noch im selben Moment las er es in ihren Augen, bevor sie die spröden Lippen mühsam zu einem Geständnis öffnete. Der Schmerz über ihre Untreue traf ihn wie ein Degenhieb mitten ins Herz, doch die Liebe in ihm war stärker, und er legte ihr beschwörend den Finger auf die Lippen. Er wollte nicht wissen, was zwischen ihr und David vorgefallen war. Vor ihnen lag ein neues, schöneres Leben, ein Leben ohne Angst. Um ihr Mut zu machen, flüsterte er leise: »Ich liebe dich, Maria. Du bist mein Eheweib und sollst es bis an das Ende deiner Tage bleiben. Die Entscheidung jedoch, meine Liebe anzunehmen, liegt allein bei dir.«

Er beobachtete David, der vom Pferd gestiegen und wie zu ihrem Schutz hinter sie getreten war. Eine Weile musterten sich die Männer stumm, dann senkte Hermann zuerst den Blick. Sanft löste er sich aus Marias Armen. Sein Schritt wirkte müde, als er langsam, ohne sich umzublicken, zu Adam Roleman alias Kleinsorge in die Kutsche stieg.

David hatte die dunklen Augen flehend auf Maria gerichtet, während sie gedankenverloren hinter Hermann hersah. Seit Tagen brannte das Verlangen in seiner Seele, die Geliebte ein letztes Mal in den Arm zu nehmen, ihre Lippen zu berühren und ihre Stimme zu hören. Nach der Folter hatte sie kein Wort mehr mit ihm gewechselt, und er hatte keine Gelegenheit gefunden, ihr zu beweisen, dass er sie trotz allem, was vorgefallen war, noch immer liebte. Als der Kutscher langsam die Pferde wendete und alle aufsaßen, stand Maria ganz allein vor ihm. Doch als sie endlich die Augen auf ihn richtete, klebte die Zunge so fest an seinem Gaumen, dass er kein Wort herausbrachte. Lediglich seine Augen sprachen eine beredte Sprache. Verlegen nestelte er an den Lederknöpfen seines Umhanges, der seine Gestalt fast gänzlich einhüllte. Er wusste nicht, wohin mit seinen Händen, während ihre Augen wie früher ineinandertauchten.

»Maria«, kam es leise bittend über seine Lippen. Seine Stimme klang dunkel, fast ein wenig heiser. »Ich weiß, dass du mir niemals vergeben kannst, aber du sollst wissen, dass ich dich von ganzem Herzen geliebt habe und immer lieben werde.«

In seinen Augen glitzerten Tränen. Unschlüssig verharrte Maria auf der Stelle. Die geschundenen Beine schmerzten, aber sie spürte nichts. So wie damals im Rathaus sah sie nur seine dunklen Augen, in denen die Leidenschaft unverändert brannte. Zu gern hätte sie ihn berührt, sich in seine starken Arme fallen lassen und ihm die Lippen zu einem letzten Kuss dargeboten, doch die vergangenen Tage hatten ihre Liebe zu ihm verändert. Die Glut seiner Augen schien sie plötzlich nicht mehr zu verbrennen. Stattdessen hörte sie ihre eigenen gequälten Schreie, sah das gemarterte Gesicht der Maria Blattgerste vor sich, und ihre Leidenschaft verebbte in Qual und Blut. Sein Gesicht war dem ihren so nah. Sie brauchte es nur anzufassen, nur ein Wort zu sagen, und er würde ihr den Himmel zu Füßen legen, doch ihr Mund blieb verschlossen. Stumm hob sie die Hand und strich ihm mit zitternden Fingern eine graue Strähne aus dem Gesicht. Wie von einer unsichtbaren Kraft gelenkt, wanderten ihre Fingerspitzen zu den vollen Lippen, die vor noch nicht allzu langer Zeit in heißer Liebe jede Stelle ihres Körpers liebkost hatten. Einen Moment lang ließ sie den Zeigefinger auf seinem Mund verharren, überlegte, wie alles wohl gekommen wäre, hätte das Schicksal es anders gewollt. Ohne seinem Blick auszuweichen, fragte sie sich, ob sie ihn als seine Ehefrau mit der gleichen Leidenschaft hätte lieben können, wenn sie gleichzeitig mit der Gewissheit hätte leben müssen, dass er ihre Nachbarn und Freunde tötete.

Leise, so leise, dass vielleicht nur sie es hörte, murmelte sie durch halb geöffnete Lippen: »Leb wohl, David! Ich werde dir verzeihen, doch meine Liebe zu dir wurde gleich einer Blume unbarmherzig zertreten. Sie kann niemals wieder erblühen.«

Verlegen senkte sie den Blick und sah an ihrem Körper hinab. Einen Moment schien es so, als wollte sie ihm noch etwas sagen. Dabei ließ sie es geschehen, dass er ihre Fingerspitzen mit seiner warmen Hand umschloss und sie sanft mit den Lippen berührte.

Dann entzog sie sie ihm jedoch ruckartig, drehte sich von ihm weg, damit er ihre Tränen nicht sehen musste, und humpelte, ohne sich noch einmal nach ihm umzuschauen, zur Kutsche. Das Geheimnis ihrer Liebesnacht nahm sie mit sich.

Aufrecht, doch mit hängenden Schultern, so als trüge sie eine schwere Last, stieg Maria in die Kutsche. David stand regungslos da und blickte dem kleiner werdenden Gefährt hinterher, bis es nur noch ein winziger schwarzer Punkt am Horizont war. Ein großer, einsamer und alter Mann, für dessen Schmerz es keine Linderung geben würde. Er drehte sich langsam um, stieg auf sein Pferd und jagte wie der Teufel in die Stadt zurück.

Epilog

Vierundzwanzig Jahre später, an einem kalten Dezembertag im Jahre 1705, saß vor einem noch frischen Steingrab auf einem kleinen, abseits gelegenen Friedhof des Ortes Varel im Oldenburger Land eine steinalte Frau. Die Luft war bitterkalt und frostig. Es hatte geschneit, und die dicken Flocken hatten die wenigen Gräber mit einer dünnen weißen Decke aus frischem Pulverschnee zugedeckt.

Die Frau wühlte mit den Händen im Schnee. Ihre Finger steckten in zerrissenen Handschuhen, an denen der Stoff an den Fingerkuppen fehlte. Offensichtlich spürte sie die blau gefrorenen Fingerspitzen nicht, denn sie kratzte immer tiefer in der steinharten Erde, bis ein Leuchten über ihr verfrorenes Gesicht glitt. Das, wonach sie gesucht hatte, lag nun vor ihr. In den Stein aus dunklem Marmor war in großen, ungelenken Buchstaben ein Name geritzt worden: »Maria Rampendahl, Ehefrau des Chirurgus Hermann Hermessen, geboren in Lemgo im Jahre des Herrn 1645, gestorben in Varel im August anno 1705. Ruhe in Frieden!«

Ihre Finger suchten weiter, bis sie ein paar steif gefrorene verwelkte Rosen zum Vorschein brachten. Fast zärtlich wickelte sie die Blumen in ihr Brusttuch und barg sie unter dem schäbigen Lumpenumhang. Das Gesicht mit der spitzen Nase nahm einen verklärten Ausdruck an, und sie blickte zum Himmel. Leise formten die dünnen Lippen Worte, die sich wie ein frommes Gebet anhörten, dann legte sie die wieder aufgetauten Blumen in den Schnee auf das Grab.

Ihre Stimme war dünn und klang wie das Rascheln der verwitterten Blätter am Stiel der welken Rosen.

»Verzeih mir, Schwester«, flüsterte sie, »dass ich nicht zu deiner Beerdigung kommen konnte. Die Reise von Lemgo ist weit und beschwerlich und kostet viele Gulden. Trotzdem wollte ich, bevor auch ich vor unseren Herrgott trete, sehen, wo du, meine geliebte Schwester, in Frieden deine Ruhe gefunden hast.«

Das Weib machte eine Pause und wischte sich mit dem Handrücken die Tränen von der Nase, bevor sie zu Eistropfen gefroren. Dabei zog sie aus dem Rock ein kleines schwarzes Buch und legte es neben die Rose. »Ich habe es für dich bei einem Trödler gegen Mutters Schmuck eingetauscht. Gott hab sie selig! Jetzt bin ich die einzige und letzte der Rampendahls, die der Herrgott noch zu sich rufen muss. Viel hat mir das Leben nicht mehr gelassen. Nachdem der Prozess deiner Revision, den Hermann und Kleinsorge erbittert gegen den Richter Cothmann führten, leider vom Hohen Rat gewonnen wurde, intrigierte Barthold Krieger als neuer Bürgermeister gegen meinen geliebten Ehemann Anton. Zwei Jahre später verstarb er vor Gram, ehrlos und ausgeschlossen von der Gesellschaft. Da du, meine liebe Schwester, heimatlichen Boden nie wieder betreten durftest, erlebtest du nicht mit, wie der Vater und unsere Schwester Ilsabein, die nach der Schussverletzung nie wieder richtig genas, nacheinander starben. Dem Herrn sei Dank, sie hat wenigstens ihren Bäcker noch bekommen. Ich, deine Lieblingsschwester Margaretha, blieb allein zurück. Eine schutzlose Witwe mit Bergen von Schulden. Alsbald wurde mein prachtvolles Haus versteigert, doch der neue Besitzer gestattete mir gnädigerweise, noch einige Monde darinnen zu wohnen. Die einzige Tochter Ilsabeins, Gott sei auch ihrer barmherzigen Seele gnädig, erbarmte sich meiner und nahm mich in ihrem Hause auf. Auch sie hat später geheiratet. Einen Knochenhauer, der mich nach ihrem Tod wie Vieh aus dem Haus trieb und mich um meine letzten mir noch verbliebenen Gulden brachte. David, der Henker, ist ein uralter Mann und wartet einsam wie ich auf die Erlösung. Heute führt sein Sohn das grausame Handwerk in Lemgo fort. Vor Wut und Enttäuschung, dass die Cothmannen es geschafft hatten, deine Revision zu zerschlagen, stürmte David mit gezücktem Degen in das prächtige Haus des Richters, um ihn vor die Klinge zu fordern und ihn endlich für seine Missetaten zu bestrafen. Doch der Tod war schneller gewesen, denn er wartete schon über Cothmanns Bett, um ihn dem Fegefeuer zu übergeben. Der Richter war nicht mehr in der Lage, sich Davids Klinge zu stellen. Drei Tage nach dem Prozess starb er qualvoll am Fieber.«

Schwerfällig erhob sich die alte Frau, zog sich den durchlöcherten Schal aus einst feinster Seide, ein letztes Überbleibsel aus längst vergangenen, besseren Tagen, fröstelnd um die Schultern und faltete die Hände. Zwei eisige Tränen liefen über ihr knochiges Gesicht, als sie leise murmelte: »Einen einzigen Wunsch hat uns der Herrgott erfüllt, Maria: Nach dir wurde nie wieder eine Hexe in Lemgo gerichtet.«

Leise knirschte der Schnee unter ihren Füßen, als sie den Blick müde zu dem kleineren Grab daneben schweifen ließ. Es war ein winziges Kindergrab, schon lange bedeckt von den Blättern der Ulmen, die darüber wachten. Das Einzige, was darauf hinwies, dass ein kleiner Mensch in ihm begraben lag, war ein Kreuz, auf dem in verwitterten Buchstaben der Name »David« stand.

Schlussbemerkung der Verfasserin zum historischen Hintergrund

Noch heute gibt es das kleine verträumte Städtchen Lemgo im lippischen Land. Es ist längst nicht so groß und geschichtsträchtig wie seine Nachbarstädte, und doch findet man noch heute hier die Spuren einer längst vergangenen Zeit, die es in das Zentrum eines ganz besonderen Interesses rücken. Zeugen einer Zeit, die uns gebannt verharren lassen und uns mit ein bisschen Vorstellungskraft in eine Welt entführen, die für uns heute fast unvorstellbar ist. Da sind das gut erhaltene und liebevoll restaurierte Hexenbürgermeisterhaus, welches heute als Museum dient, und das prachtvolle Haus am Markt, die Ratsapotheke. Ganz besonders faszinierte mich von Anfang an das Haus des Scharfrichters David Clauss d. Ä., sodass ich lange davor verweilte und mir dachte: Die Geschäfte des Henkers müssen gut gelaufen sein, dass sich ein Nachrichter ein solches Haus leisten konnte. So wurde ich neugierig.

Mein Weg führte mich in das Archiv, wo ich erstmals in Kontakt mit Hexenprotokollen aus dem 16. und 17. Jahrhundert kam. Natürlich hatte ich zunächst meine Schwierigkeiten mit der alten Schrift, doch schon allein das vergilbte Papier beflügelte meine Phantasie, und das Archiv hatte zudem noch sehr aufschlussreiche Übersetzungen zu bieten. Zu Hause stürzte ich mich auf die Aufsätze und verschlang sie regelrecht. Besonders die Biografie des Scharfrichters las ich mir so oft durch, bis dieser widersprüchliche und höchst interessante Mann in meinen Gedanken zu neuem Leben erweckt wurde. Ich glaubte, über einen Henker, der normalerweise zur untersten Schicht der Gesellschaft gehörte, noch nie etwas derartig Interessantes und Wissenswertes gelesen zu haben. Schon bald befand sich der Roman fertig in meinem Kopf; es sollte eine Liebesgeschichte vor dem geschichtlichen Hintergrund dieser grausamen Zeit werden. Deshalb habe ich – die Historiker mögen mir verzeihen – die tragische Liebesgeschichte zwischen David und Maria erfunden. In der Wirklichkeit dieser chaotischen Zeit wäre eine Verbindung zwischen einer Bürgerstochter und einem Henker schier undenkbar gewesen.

Seine Popularität verdankt der Scharfrichter David Clauss d. Ä. –

auch Meister David genannt – den Hexenverfolgungen, obwohl sie durchaus zweifelhafter Art waren. In der Literatur wird der frühneuzeitliche Scharfrichter oft als ehrloser Außenseiter dargestellt, als ein Mensch, mit dem kein anständiger Bürger etwas zu tun haben wollte, verachtet, gemieden, isoliert. Solange es darauf ankam, die Epoche der Hexenverfolgung als eine Zeit des Niedergangs in möglichst düsterem Licht erscheinen zu lassen, genügte es, die individuelle Person des David Clauss auf ihre nach diesem Geschichtsverständnis schauerliche Amtsfunktion zu reduzieren. Das einzig Richtige am Negativimage von David Clauss d. Ä. aber ist, dass er wie kaum ein anderer Scharfrichter auch über Lemgo hinaus von Berufs wegen mit Hexenprozessen befasst war. Mit neunundvierzig Dienstjahren war er der wohl am längsten diensthabende Scharfrichter, doch in dieser Zeit nicht nur Henker, sondern auch Mensch, Nachbar und Familienvater.

Allein in den Jahren 1665 bis 1667 wurden in Lemgo neunzehn Männer und fünfundfünfzig Frauen wegen Hexerei hingerichtet, darunter ein Oberstleutnant, ein Pfarrer, ein Magister und zwei ehemalige Ratsherren. Gehen wir einhundert Jahre zurück, so sind es sogar mehr als zweihundert Personen, die fünf Prozesswellen zum Opfer fielen. Wenige, denen der Prozess gemacht wurde, blieben unter der Folter standhaft oder erwiesen durch die Wasserprobe ihre Unschuld. Erst im Jahr 1681 gelang es einer mutigen Frau durch Unterstützung ihrer Familie und Freunde, der Folter zu widerstehen und der Hexenverfolgung ein Ende zu setzen.

Um all das darzustellen, ist es erforderlich, den Leser ein wenig in die chaotischen Verhältnisse und politischen Auseinandersetzungen der alten Hansestadt Lemgo einzuführen, die sich bis in das 17. Jahrhundert hinein als die bedeutendste Stadt der Grafschaft Lippe präsentierte und deren Wohlstand überwiegend auf dem Fernhandel der Kaufleute beruhte. Zugleich verdiente sie sich aber auch den Ruf, eine der Hochburgen grausamster Hexenverfolgungen zu sein. Ursache dafür waren kriegerische Auseinandersetzungen und verheerende Seuchen am Anfang des Jahrhunderts, die furchtbare Folgen für Lemgo hatten und somit eine dramatische Krise innerhalb der städtischen Gesellschaft heraufbeschworen. Nachdem die Stadt zweimal geplündert worden war, nahm die erste große Hexenprozesswelle ihren unheilvollen Lauf. Hinzu kam, dass nach dem Dreißigjährigen Krieg nur noch die Hälfte der einst vom Wohlstand geprägten Häuser intakt und die ursprüngliche Einwohnerzahl von viertausendsiebenhundert auf ungefähr dreitausend Einwohner geschrumpft war.

Als es 1609 zu einem Bürgeraufstand kam, der die Annahme der reformierten Konfession verhinderte, verteidigte die Stadt im acht Jahre späteren »Rührentruper Rezeß« in ihren Auseinandersetzungen mit dem Grafen ihr lutherisches Bekenntnis gegen das im Lande geltende reformierte Bekenntnis und sicherte sich die Hoheitsrechte der »Blutgerichtsbarkeit«. Ein folgenschwerer Schritt, denn regiert von einer Stadtelite aus Juristen und alteingesessenen Lemgoer Elitebürgern, die oftmals in engen verwandtschaftlichen Verhältnissen zueinander standen, spielte sich nun die Führungspolitik zunehmend in einem territorialen Rahmen ab. Isolation, Erstarrung und chaotische Zustände bis hin zu Gesetzlosigkeit waren die verheerenden Folgen. Die einst blühende Hansestadt Lemgo geriet in eine tiefgreifende Wirtschaftskrise. Das städtische Selbstbewusstsein, das sich auf den kaufmännischen Erfolg und auf die bürgerliche Freiheit gestützt hatte, wurde zutiefst erschüttert.

Die Stadtherrschaft aus eben diesen Elitebürgern, das Ratsgremium, bildete zugleich das Gericht. Gemäß einer alten Verfassungsurkunde aus dem 15. Jahrhundert, der »Regimentsnottel«, die besagte, dass in Lemgo stets zwei verschiedene Ratsbesetzungen umschichtig amtierten, regierten jeweils für ein Jahr als sogenannter Geschworener Rat zwei Bürgermeister, ein Beisitzer, ein Siegler, zwei Kämmerer und sechs Ratsherren, während sie für ein weiteres Jahr als Ruhender Rat eingeschränkte Funktionen ausführten. Zusätzlich zur Wahlprozedur am Dreikönigstag war eine Abstimmung des Rates mit den anderen beiden an der Stadtherrschaft beteiligten Ausschüssen notwendig, den Versammlungen der Amtmeister der Dechen und den Vertretern der Meinheit, der übrigen Bürgerschaft, die in den Bauernschaften organisiert war. Dieses Prinzip machte es sich zur Aufgabe, die Machtstellung der Ratsmitglieder zu begrenzen. Gleichzeitig nahm die Stadt in Kauf, dass sich eine moderne Verwaltungsarbeit nur bedingt ausbilden konnte. So befand sich diese über viele Jahre hinweg in den Händen eines einzigen Mannes: des beim Rat angestellten und ohne Unterbrechung amtierenden Stadtsekretärs, der mit seinem angesammelten Dienstwissen zum wichtigsten Mann Lemgos aufstieg.

Durch das insbesondere zu Beginn des Jahrhunderts veränderte Kräftespiel zwischen dem Landesherrn, der städtischen Obrigkeit und der Bürgerschaft strebte der Rat nicht mehr in erster Linie nach politischer Selbstbestimmung, sondern versuchte als zunehmend autoritär auftretende Obrigkeit im Bündnis mit dem Landesherrn die unzufriedenen Bürger im Zaum zu halten. Dies rief unweigerlich den Widerstand der Zünfte und der Meinheit hervor, die ihren Einfluss auf die städtische Politik schwinden sahen. Gleichfalls war es den bessergestellten Bürgern möglich, sich bei ungerechter Behandlung vom Rat an die lippische Landesherrschaft zu wenden oder zur besseren rechtlichen Absicherung Rechtsgutachten auswärtiger Juristenfakultäten einzuholen. Eine rein städtische Politik ohne den Grafen schien jedoch nicht möglich. Da der Landesherr die Autorität des Rates eher stärkte als eindämmte, sah sich die Bürgerschaft zunehmend einer doppelten Obrigkeit gegenüber, zumal sich der Landesherr die endgültige Entscheidung bei Streitigkeiten in Bezug auf die Ratswahl vorbehielt. Damit war den Ratsmitgliedern die Möglichkeit genommen, einen unliebsamen Bürgermeister abzulehnen, solange er das Wohlwollen des Grafen genoss.

Aufgrund dieser Geschehnisse gelangte eine der beherrschenden und zugleich umstrittensten Persönlichkeiten an die Macht: der langjährige Bürgermeister Dr. Heinrich Kerckmann. Bis ins hohe Alter hinein war er ein strenger Jurist und unbarmherziger Hexenverfolger, dessen harte Haltung sich nicht nur in der Zahl der Prozesse widerspiegelte, sondern auch darin, dass sich viele seiner nahen Verwandten unter den Angeklagten befanden. Zu den bekanntesten Persönlichkeiten gehörten sein Schwager, der Kaufmann Johann Rottmann, der Pastor Andreas Koch und dessen Schwager, der Kantor Bernhard Grabbe. Als Experte in Hexensachen, der insbesondere die Hinrichtungen perfektionierte, war Kerckmann gemeinsam mit seinem Studienfreund und langjährigen Mitarbeiter, dem Stadtsekretär Johannes Berner, auch an der zweiten großen Lemgoer Prozesswelle (1653–1656) beteiligt. Trotz heftigstem Widerstand aus den Reihen der Bürger- und konkurrierenden Führungsfamilien behielt er das Zepter bis zum Schluss in der Hand. Noch vor seinem Tod gelang es Kerckmann, seinem Günstling und Nachfolger Hermann Cothmann den Weg an die Macht zu ebnen. Indem er Kerckmanns furchtbares Erbe fortsetzte, blieb Cothmann im Gedächtnis der Stadt Lemgo haften, in deren Geschichte er als der Hexenbürgermeister einging.

Dank

Für die freundlicherweise zur Verfügung gestellten Unterlagen und die hilfreiche Unterstützung danke ich dem Stadtarchiv Lemgo, insbesondere der Archivleiterin und Autorin Dr. Gisela Wilbertz, deren Biographien der Maria Rampendahl, des Scharfrichters David Clauss d. Ä. und des evangelischen Pastors von St. Nikolai Andreas Koch, in die vorliegende Geschichte eingeflossen sind.

Gleichfalls bedanke ich mich bei Herrn Jürgen Scheffler, Herrn Nicolas Rügge, Herrn Heinrich Stiewe und Frau Gabriele Urbahn, deren Aufzeichnungen von mir ebenfalls für diesen Roman verwendet wurden.

Mein besonderer Dank gilt Herrn Christoph Laue vom Kreis Herford für die Übersetzung des Urteils des Schulmeisters Hermann Beschoren sowie Frau Kochsiek-Jakobfeuerborn, die mich außerhalb der öffentlichen Stadtführungen zu den Originalschauplätzen dieser Geschichte führte. Abschließend sei mein besonderer Dank ausgesprochen dem Verlag und der engagierten Lektorin, Susanne Bartel, für die gute Zusammenarbeit und Begleitung meiner Geschichte zu einem guten Buch.